**Ucrânia**
Diário de uma guerra

CARAMBAIA

**ANDREI KURKOV**

**Ucrânia**
Diário de uma guerra

*Tradução*
Márcia Vinha
Renato Marques

Nota sobre a edição  7
Prefácio do autor  9

**Parte I: Diário de uma invasão  13**
**Parte II: Nossa guerra cotidiana  195**

Epílogo  387

# Nota sobre a edição

Esta edição reúne uma seleção de entradas dos diários que o escritor Andrei Kurkov começou a escrever pouco tempo antes da invasão total da Ucrânia pela Rússia, em fevereiro de 2022. Esses registros foram transformados em livro e publicados em dois volumes, em Londres, em 2022 e 2024. Cada uma das partes desta edição corresponde a um desses volumes.

Nesta edição brasileira adotamos, na transliteração do cirílico ucraniano para o alfabeto latino, as grafias reunidas na tabela proposta pelo tradutor Emílio Gaudeda, indicada pela comunidade ucraniana no Brasil. Mantivemos, no entanto, algumas grafias de nomes próprios, logradouros e acontecimentos históricos do modo como ficaram mais conhecidas aqui, sobretudo na cobertura da guerra pela imprensa – que geralmente adota os termos tal como são transliterados do cirílico para o inglês.

Como regra geral, optamos sempre pelos termos em ucraniano e não em russo. Assim, a capital do país é Kyiv e não Kiev.

No momento do fechamento deste volume, a guerra continuava a devastar a Ucrânia. Andrei Kurkov escreveu o Epílogo especialmente para esta edição, diretamente de Kyiv, em dezembro de 2024.

## Prefácio do autor

Em 24 de fevereiro de 2022, eu mal escrevi uma linha. Despertado pelo som de explosões de mísseis russos em Kyiv, permaneci de pé ao lado da janela por cerca de uma hora enquanto olhava a rua deserta, consciente de que a guerra havia começado, mas ainda incapaz de aceitar essa nova realidade. Nos dias que se seguiram eu também não escrevi nada. A viagem de carro, primeiro para Lviv e depois para os Cárpatos, foi inimaginavelmente longa em função dos intermináveis engarrafamentos. Um mar de carros vindo de todas as outras regiões do país inundava o pequeno funil de estradas que levavam para o oeste. Todos tentavam escapar para salvar suas famílias da afronta da guerra.

Foi apenas depois de chegarmos a Ujhorod e sermos recebidos na casa de nossos amigos que me sentei e abri meu computador – não para escrever, mas para ler as notas e textos que eu tinha escrito nos últimos dois meses. Tentava encontrar neles um pressentimento dessa guerra. Encontrei muito mais do que esperava.

A Ucrânia já deu ao mundo muitos enxadristas de primeiro escalão. Os bons jogadores anteveem as jogadas da partida. Provavelmente, os ucranianos herdaram essa habilidade geneticamente, devido à história turbulenta do país e à necessidade de prever e planejar o futuro da Ucrânia e de suas famílias para muitos anos seguintes.

Uma experiência dramática leva a uma percepção dramática do futuro. Mas, como se fosse uma piada divina, no caráter nacional ucraniano, ao contrário do russo, não há fatalismo. Os ucranianos quase nunca ficam deprimidos. Eles são programados para a vitória, para a alegria, para a sobrevivência em circunstâncias difíceis, assim como para o amor à vida.

Você já tentou se manter otimista durante uma catástrofe ou uma tragédia, durante operações militares sangrentas? Eu tentei e vou continuar tentando. Sou um russo étnico que sempre morou em Kyiv. Enxergo na minha visão de mundo, no meu comportamento e na minha postura de vida um reflexo da visão de mundo e do comportamento dos cossacos ucranianos do século XVI, de uma época em que a Ucrânia ainda não havia se tornado parte do Império Russo, quando, para os ucranianos, a liberdade valia mais do que ouro.

Esta guerra expulsou a mim e à minha família de casa. Eu me tornei um dos milhões de desalojados ucranianos. Mas essa mesma guerra me deu a oportunidade de compreender melhor a Ucrânia e meus compatriotas ucranianos. Conheci centenas de pessoas, ouvi centenas de histórias. Fui presenteado com insights sobre coisas a respeito da Ucrânia que eu nunca havia entendido. Durante esses meses trágicos, os ucranianos aprenderam e entenderam muito sobre sua terra natal e sobre si mesmos. A guerra não é a melhor época para tais descobertas, mas sem a guerra elas jamais viriam à tona.

Este diário é composto, primeiramente, de textos que escrevi nos dois meses que antecederam a guerra, seguidos de notas e ensaios escritos já durante o conflito. É tanto um diário pessoal quanto a minha própria história desta guerra. Esta é a minha história, são as histórias dos meus amigos, dos meus conhecidos e de estranhos, é a história do meu país. Em seu conjunto, não é apenas a crônica da agressão russa à Ucrânia, mas a crônica de como a guerra imposta pela Rússia – e a tentativa russa de destruir a Ucrânia enquanto Estado independente – contribuiu para o fortalecimento da identidade nacional ucraniana. A guerra tornou a Ucrânia mais compreensível ao mundo – mais compreensível e mais aceitável enquanto um dos Estados europeus.

*Aos soldados do exército ucraniano*

# Parte I
# Diário de uma invasão

*Tradução*
Márcia Vinha

## 29 de dezembro de 2021
### Adeus, delta! Olá, ômicron!

Adeus, delta! Olá, ômicron! Assim se podem descrever os ânimos na virada do ano na Ucrânia, e isso nos coloca numa trajetória comum à da Europa e à do resto do mundo. Valores e inimigos comuns são as melhores armas contra a solidão geopolítica. Mas a Ucrânia não seria a Ucrânia se os ânimos de Ano-Novo dos cidadãos não fossem avivados por alguma decisão política brilhante e caótica. A "orquestra" do poder estatal – o gabinete ministerial – tem soltado novos projetos de lei como se fossem fogos de artifícios, fazendo todo mundo assistir, incrédulo, ao empolgante espetáculo.

Os ucranianos têm sempre que falar, discutir e discordar de alguma coisa! Quando o ministro da Defesa decidiu convocar para o alistamento militar quase todas as mulheres entre 18 e 60 anos, o tópico de uma possível guerra com a Rússia veio à tona com renovado vigor e tomou conta de todas as mesas de jantar do país. Aparentemente, esse era o único jeito de revitalizar o medo ucraniano da guerra – as pessoas já estavam mais do que cansadas de ter medo dela.

Houve medo em 2014 quando, durante a anexação da Crimeia, a Duma do Estado russo votou por permitir que suas tropas guerreassem em território de outros países. Desde então, a Guerra Russo-Ucraniana na região do Donbas tem, de fato, ocorrido.

Outra prova da presença militar russa no Donbas veio à tona quando um combatente da região, sob o efeito de drogas, deu de cara com as posições do exército ucraniano. Durante a interrogação do Serviço de Segurança da Ucrânia (SBU, na sigla original), ele reclamou de intimidação por parte dos oficiais russos.

É desnecessário dizer que o anúncio do Ministério da Defesa sobre a convocação de mulheres para o alistamento militar tem preocupado os homens ucranianos. Elas também não gostam da ideia, principalmente depois que se esclareceu que tanto as grávidas quanto as mães de crianças pequenas deveriam se registrar até o final de 2022. E mais, aquelas que não se registrassem dentro do prazo teriam de pagar multas consideráveis. Em suma, longe de promover uma nova união da sociedade contra os seus inimigos, esse projeto de lei tem causado um debate caloroso a respeito da competência da liderança militar nacional.

Foi provavelmente com o objetivo de amenizar essas discussões que as autoridades decidiram confundir ainda mais os cidadãos com outro projeto de lei. Este veio do Ministério da Ecologia e aumenta as multas por danos aos recursos naturais protegidos. O decreto especifica a quantia de cada multa aplicável aos possíveis danos, entre os quais multa pela morte de um sapo comum (14 hryvnias por sapo), por colher cogumelos sem permissão (75 hryvnias por cogumelo), pela coleta ilegal de castanhas silvestres (1.154 hryvnias por quilo).

Quem defende a decisão relativa ao registro militar das mulheres embasa os seus argumentos no exemplo de Israel, onde homens e mulheres servem o exército da mesma forma. É uma pena que os defensores dos sapos, cogumelos e castanhas protegidos não tenham empregado táticas semelhantes – por exemplo, mencionando a "polícia dos cogumelos" na Suíça, que tem o direito de pesar a colheita de quem pegou cogumelos na floresta e emitir uma multa se a colheita for maior do que é permitido por lei.

De modo geral, eu preferiria que a Ucrânia seguisse o exemplo suíço em vez do israelense. Nesse Ano-Novo seria isso que eu desejaria ao meu país.

Enquanto isso, olho para trás e penso: o que eu gostaria de transferir de 2021 para 2022? Sim, claro, eu gostaria de transferir as antigas tarifas de gás e de eletricidade. Mas a experiência me ensinou que o Ano-Novo sempre traz novos preços para tudo. Então, mantendo os meus pés no chão, desejo que a qualidade do café nas cafeterias de Kyiv se preserve a mesma.

Sem desejar que a seleção disponível de vinhos franceses, italianos e espanhóis diminua, eu gostaria que os vinhos da Bessarábia e da Transcarpátia ucranianas, com os seus sabores e qualidade, continuem a nos deleitar no novo ano. Eu também gostaria de desejar novos sucessos aos produtores de queijo e a todos os pequenos produtores, artesanais, de produtos deliciosos. Para os ucranianos, o sabor da comida é muito importante. Uma comida gostosa permite que eles se reconciliem com a realidade política. Essa é a nossa história e a nossa mentalidade.

Como escritor, não posso deixar de compartilhar em especial uma alegria de Ano-Novo. Um "lobby de livros", pequeno mas importante, convenceu o governo a incluir livros na lista de produtos e serviços que podem ser comprados com as mil hryvnias distribuídas aos cidadãos ucranianos que estivessem com as vacinas em dia. Cerca de 8 milhões de cartões de banco virtuais carregados desses "milhares da covid" já foram emitidos e os vacinados correram para as livrarias virtuais para gastar o dinheiro em literatura. Isso salvou da falência metade das editoras ucranianas e criou novos, e até prazerosos, problemas para os editores. Eles precisam reimprimir, com urgência, livros que já esgotaram. O único problema é a falta de papel e de gráficas. Isso é tanto um problema quanto um incentivo. Além disso, outros 18 bilhões de hryvnias foram injetados no orçamento estatal de 2022 para se presentear com os "milhares da covid" quem estiver vacinado. Logo será seguro afirmar que os ucranianos vacinados leem mais do que os não vacinados.

Então, em 2022, o dinheiro para os vacinados continuará, assim como o uso de máscaras, e também continuarão a guerra contra oligarcas selecionados a dedo e as promessas de proteger os investimentos estrangeiros e os QR codes – confirmando o nosso direito de viajar pelo espaço internacional e por restaurantes.

Vamos aproveitar 2022 ao máximo e que Deus nos abençoe!

## 3 de janeiro de 2022
## "Não fale na guerra!"

Todo 31 de dezembro, de dez a quinze minutos antes da entrada do novo ano, o presidente saúda a população pela TV. Essa tradição soviética se enraizou facilmente na Ucrânia, assim como outros hábitos e rituais da URSS. Até 2015, muitos ucranianos ouviam primeiro os votos do presidente Pútin ao povo russo às 22h50 e, uma hora depois, os do presidente ucraniano. Depois que começou a guerra no Donbas e depois da anexação da Crimeia, os canais de TV russos foram desligados na Ucrânia e, com eles, as saudações de Ano-Novo de Pútin. Desde então, o único a falar no Réveillon é o presidente ucraniano. É bem verdade que, em 2018, num dos canais de TV mais populares, de propriedade do principal oligarca ucraniano, Igor Kolomoisky, no lugar do presidente Porochenko, o povo foi cumprimentado pelo comediante Volodymyr Zelensky, que também anunciou que estaria concorrendo à presidência.

Agora, antes da entrada de 2022, no canal que era de Petro Porochenko, o quinto presidente da Ucrânia, e que hoje pertence aos próprios jornalistas, o antigo dono saudou os ucranianos pela chegada do novo ano. E, logo depois da meia-noite, foram transmitidos os votos de Volodymyr Zelensky.

O discurso televisionado de Zelensky durou 21 minutos. Percebendo que nem todo mundo teria paciência de assistir até o fim, o gabinete do presidente postou o texto completo do discurso no próprio site. Em grande parte um relatório de êxitos e problemas por resolver, o discurso mencionou listas das profissões mais importantes no país: militares, médicos, professores, atletas, mineiros etc. Também, numa clara referência à Rússia, o presidente expressou o desejo de que os "vizinhos nos visitem com uma garrafa (de vodca) e *aspic* de carne, e não invadindo com armas". Essa foi a única menção à guerra. O presidente não mencionou o fato de que, nas fronteiras com a Ucrânia, a Rússia tinha concentrado um enorme exército beligerante, apoiado por serviços de logística, hospitais de campanha e bases móveis para reabastecimento de tanques e outros armamentos. Mas, na época, isso era de conhecimento geral e a possibilidade de uma ofensiva militar russa contra a Ucrânia dificilmente seria um assunto a ser falado na mesa da festa.

Apesar de sua extensão recorde, o discurso de Ano-Novo de Zelensky não pode ser desmontado em citações vívidas, memoráveis. Há apenas uma frase que quero discutir, ou pelo menos dela discordar: "Nós não estamos esperando que o mundo resolva nossos problemas".

Uma vez, Boris Iéltsin, que acreditava firmemente que a Rússia e a Ucrânia só poderiam existir juntas, ficou famoso pela frase: "De manhã eu acordo e me pergunto: 'o que você fez pela Ucrânia?'". Agora, ao que me parece, o presidente Biden e os líderes de muitos países europeus estão acordando com esse mesmo pensamento. O presidente dos Estados Unidos teve sua segunda conversa telefônica com Pútin em duas semanas. Depois de cada conversa dessas ele tira uns dias para pensar e só depois liga para o presidente da Ucrânia para falar sobre o conteúdo e os resultados do que discutiram. A Croácia, enquanto isso, assinou uma declaração sobre a perspectiva europeia da Ucrânia[1], e o presidente estoniano prometeu ajudar o país com armamentos. Só a Alemanha é oficialmente contra o fornecimento de armas à Ucrânia. O ministro do Exterior alemão disse que a venda de armas ao país poderia aumentar as chances de uma guerra. Na verdade, uma possível guerra entre a Rússia e a Ucrânia reduziria as chances de lançamento do gasoduto russo-alemão Nord Stream 2, e a Alemanha, possivelmente ao lado de outros países da Europa Ocidental, quer ardentemente evitar uma situação dessas.

Claro, a Ucrânia não está sendo convidada a se juntar à OTAN, só que as armas dos países da OTAN – tanto os drones de ataque turcos quanto os Javelin – já estão aqui e já estão na linha de frente. Tanto a Turquia quanto os Estados Unidos estão prontos para vender armas à Ucrânia. A Turquia está até ajudando a construir uma fábrica para a produção de drones de combate perto de Kyiv. A Rússia não tem drones desse tipo. Imediatamente depois do primeiro uso dos drones de ataque turcos, os Bayraktar, contra os separatistas no Donbas e em resposta ao bombardeio da Ucrânia com armas proibidas, a Rússia começou a falar dos planos ucranianos de recapturar, com a ajuda de armas ocidentais, a parte que

---

1  Trata-se da iniciativa para promover a integração da Ucrânia à União Europeia. [TODAS AS NOTAS SÃO DESTA EDIÇÃO.]

fora tomada pelos separatistas. Foi sob esse pretexto que a Rússia começou a trazer divisões de tanques e artilharia de todo o seu território para a fronteira ucraniana. O presidente não reconhecido de Belarus, Lukachenko, imediatamente anunciou que seu exército apoiaria a Rússia no caso de uma eventual guerra russo-ucraniana. Isso significa que a linha de frente poderia se estender ao longo de toda a fronteira nordeste da Ucrânia – mais de 3 mil quilômetros. E isso sem contar as centenas de quilômetros de fronteira marítima ao longo do Mar de Azov, no qual tropas dos navios de guerra russos poderiam desembarcar. Hoje, o front no Donbas tem cerca de 450 quilômetros.

Enquanto isso, todos os 5 mil abrigos antibombas de Kyiv foram checados, assim como os alarmes antibomba e o sistema de som para fazer anúncios públicos importantes. Mas nenhuma dessas ações causou o menor pânico na população. "Já faz oito anos que estamos em guerra com a Rússia!", dizem alguns. "Pútin está blefando e chantageando o Ocidente!", dizem outros. Ambos têm razão. Mas também é verdade que a Rússia se recusa a dar ao Ocidente garantias de não agressão à Ucrânia.

Entretanto, Kyiv continua imperturbável. Os restaurantes e cafés estão lotados. Entregadores de pizza e sushi correm pelas ruas em bicicletas, vespas, patinetes elétricos e até mesmo a pé. Os kyivanos têm pressa em comemorar. Portões Dourados, uma antiga área de Kyiv onde moro, entrou na lista das cem áreas urbanas mais "descoladas" do mundo para se morar, ocupando o 16º lugar. Um amigo da minha filha voou de Londres para comemorar o Ano-Novo e gostou muito de Kyiv e do centro velho. Na minha ruazinha há quatro barbearias onde você pode aparar barba e bigode bebendo uísque, três bares especializados em vinho, seis cafeterias, uma pequena praça de alimentação com um subsolo no qual você pode apreciar um café com leite onde antes havia uma piscina. No prédio em que moro há um bar, uma galeria de arte com cafeteria, uma loja de material artístico e uma escola de costura e alfaiataria. Nos dez dias anteriores ao Ano-Novo, um jardinzinho aconchegante, público, que fica na frente da nossa casa, foi transformado, com uso de dinheiro do orçamento público, num parque de concreto aparente, um memorial descolado – para não dizer mal ambientado – dedicado a Pavel Cheremiet. Pavel Cheremiet era um jornalista belarusso que fugiu de Moscou para a Ucrânia e viveu numa rua próxima, até que foi morto em 20 de julho de 2016, nessa mesma rua. Simplesmente acoplaram uma bomba embaixo do carro dele. Ele deu partida e o carro explodiu.

*

Eu e minha esposa ouvimos a explosão. Foi cedo, numa manhã de verão, no terceiro ano da guerra com o Donbas, que na Ucrânia é chamada de Guerra Russo-Ucraniana. Mas essa foi a única explosão em Kyiv que eu tinha ouvido em toda a minha vida.

Os habitantes remanescentes da cidadezinha de Stanytsia Luganska, que foi parcialmente destruída pela artilharia separatista no início da guerra, viviam em relativa tranquilidade desde 2015, apesar de a cidade toda, onde antes da guerra viviam 12 mil pessoas, estar localizada na linha demarcatória, logo depois da Lugansk tomada por separatistas. E neste outono, pela primeira vez em seis anos, projéteis voltaram a cair nos telhados das residências civis de Stanytsia Luganska. Isso aconteceu antes mesmo de a Rússia começar a enviar formações escalonadas de tanques e armas para o Donbas e suas fronteiras com a Ucrânia.

Exacerbações e agravamentos locais durante hostilidades são comuns no Donbas, mas, geralmente, a artilharia dos separatistas e dos seus comandantes russos tem a intenção de destruir as posições militares do exército ucraniano, não as moradias de civis.

Na zona da linha de frente, a atitude com relação a uma possível guerra não é a mesma de Kyiv. Eles conhecem melhor a guerra, logo têm um medo genuíno dela. Durante as eleições presidenciais de 2019, os residentes votaram em Volodymyr Zelensky, que prometeu encerrar a guerra com a Rússia em um ano e trazer a estabilidade e a prosperidade de volta à Ucrânia. No terceiro ano da presidência de Volodymyr Zelensky, uma "grande guerra" parece mais próxima do que antes.

Mas parece que a maioria dos ucranianos tem pouco medo de tudo – da Rússia ou da covid (menos da metade dos adultos foram vacinados, mesmo com ampla disponibilidade de vacinas desde o verão). A julgar pelas pesquisas de opinião, os cidadãos ucranianos temem mais do que tudo a pobreza. É por isso que mais de

1 milhão deles se mudaram para viver e trabalhar na Polônia. Outras centenas de milhares vivem e trabalham na República Tcheca, Espanha, Portugal e Itália. Trabalhadores esforçados agora trabalham em fazendas dinamarquesas. Milhões de ucranianos vivem no exterior e estão constantemente transferindo os seus salários para entes queridos na Ucrânia. Muitas vezes o governo de Zelensky anunciou planos de taxar essas transferências. Afinal, estamos falando de bilhões de euros. Metade da Ucrânia ocidental vive do dinheiro recebido por parentes no exterior. E, aparentemente, eles vivem tão bem (e tão longe de bombardeios diários) que os habitantes da Ucrânia oriental, que tradicionalmente iam trabalhar na Rússia, também se mudaram para a Europa Ocidental. Na Rússia há bem menos trabalhadores temporários ucranianos do que já houve. E se a Ucrânia oriental, um bastião do sentimento pró-Rússia, começou a se voltar para o Ocidente, então a Rússia tem mais um motivo para ficar apreensiva.

*

Uma vez, Vladimir Pútin disse que os alemães inventaram a Ucrânia em 1918 para dividir o Império Russo, mas, no final do ano passado, ele mudou de opinião e disse que a Ucrânia havia sido criada por Vladimir Lênin. Aparentemente, ele disse isso para mostrar que a Rússia tem mais direito à Ucrânia do que a Europa. A Ucrânia, para o presidente russo, é uma *idée fixe*[2] que tira seu sono e toma cada hora de seu dia. Os seus companheiros de luta política da televisão russa diariamente sugerem bombardear Kyiv, dividir a Ucrânia em três Estados, ou tomar posse do território inteiro, com exceção da Ucrânia ocidental, ou tomar posse do território costeiro de Odessa à cidade de Transnístria. O presidente tchetcheno Ramzan Kadirov propôs tomar posse da Ucrânia sozinho e anexá-la à Tchetchênia. Na verdade, depois ele acrescentou que só faria isso se Pútin assim ordenasse.

Será que Pútin dará ordens para as tropas fazerem uma ofensiva? Isso ficará claro por volta de fevereiro. Pelo menos esse é o

---

2   "Ideia fixa". Em francês no original.

prazo previsto por especialistas políticos e militares. Até lá, americanos e russos terão se encontrado três vezes e discutido a situação, o futuro da relação deles e o futuro da Ucrânia.

"Nós não estamos esperando o mundo resolver nossos problemas", disse o presidente Zelensky na sua felicitação de Ano-Novo.

Pessoalmente, é o que eu espero, e até conto com isso.

## 5 de janeiro de 2022
## Feliz Natal!

Este ano o Natal não está branco! Está mais para um Natal cinza e, em alguns lugares, até verde – pelo menos perto da cidade de Brusyliv no *óblast*[3] de Jytomyr, onde o trigo de inverno está brotando nos campos.

Mesmo assim, o ânimo dos ucranianos está nevoso e alegre. Com um ânimo desses, as crianças geralmente vão esquiar ou fazer guerra de bolas de neve. No interior, o cair da noite revela quais casas são habitadas por famílias jovens. Guirlandas elétricas da China, de 30 ou 50 metros, se popularizaram, iluminando as fachadas das casas em ruas que, do contrário, estariam escuras. Muitos lares têm espécies de pinheiros decorados nos jardins, e aqueles que não têm plantas perenes, penduraram decorações de Natal em macieiras e pereiras.

A época de festas na Ucrânia dura um mês – do Dia de São Nicolau, 19 de dezembro, até a Epifania, em 19 de janeiro. Para comemorar um mês inteiro é necessário ter uma saúde invejável. Aqueles de constituição menos robusta reduzem o período festivo para duas meras semanas: do Natal "europeu" até o ucraniano, ou seja, de 24 de dezembro a 7 de janeiro. Na verdade, para os devotos genuínos, a preparação para o Natal ortodoxo inclui um jejum de quarenta dias. Primeiro, você vive corajosamente sem carne e sem álcool mais de um mês. Então, na véspera de Natal, em 6 de janeiro, você coloca doze pratos sem carne na mesa e espera o surgimento da primeira estrela no céu. Ucranianos não são fãs de restrições,

---

3   Divisão administrativa existente na Rússia, na Ucrânia e em outros países da antiga União Soviética.

não importa de onde venham – da igreja ou do governo. Como poderíamos jejuar na noite de Réveillon? E a *aspic* de carne, a salada Olivier, o champanhe?! Assim, pode-se dizer que o Natal é o ápice de uma montanhosa cadeia de comemorações de final de ano, e não apenas a única e principal festividade do inverno.

No Natal, você não pode limpar a casa, não pode recusar ajuda se pedirem e não pode nem caçar nem pescar. Tradicionalmente, são as donas de casa que monitoram a implementação dessas regras, as quais os maridos desconhecem. E se à mesa de Natal uma dona de casa, por costume rigorosa, permite generosamente que seu marido beba um pouco de vodca ou vinho, isso não significa que ela decidiu que ele tome todas no dia de Natal. É uma maneira simples de garantir que a mera ideia de caçar ou pescar não ocorra a ninguém.

Sempre houve uma grande diferença entre o Ano-Novo e as comemorações de Natal. O Ano-Novo é barulhento, com fogos e champanhe. O Natal é um momento da família, tranquilo. Ambos os feriados têm sido vítimas de repressão política. Em 1915, o tzar Nicolau II baniu a comemoração de Ano-Novo, declarando-a uma "influência negativa alemã". Os bolcheviques, depois de se livrarem do tzar, permitiram que o "feriado da árvore de Natal" ressurgisse e até vieram com um novo nome para o feriado, *Krásnaia iolka* – "Pinheirinho vermelho". Foi nesse feriado, em 6 de janeiro de 1919, que Vladimir Lênin seguia de Moscou para ver as crianças do vilarejo de Sokolniki, quando ele e os seus guardas foram assaltados pelo infame ladrão Iakov Kochelkov. Lênin ficou sem uma Browning, sem dinheiro e até sem carro, e ainda assim conseguiu chegar às crianças de Sokolniki. Para as crianças camponesas dessa época, o feriado de Ano-Novo era algo exótico e estrangeiro. O Natal era mais familiar. Você deve ter notado que Lênin estava a caminho das crianças em 31 de dezembro, e não em 6 de janeiro – ou seja, não na véspera de Natal –, o que deixa nítido que o plano bolchevique era substituir o Natal pelo Ano-Novo.

## 15 de janeiro de 2022
## Noite de janeiro à luz de velas

Há algum tempo uma ventania de até 70 km/h está passando pela Ucrânia. Vento forte geralmente significa mudança de clima e corte de eletricidade por causa do rompimento de cabos de força. A falta de energia geralmente significa uma interrupção da comunicação com o mundo lá fora – não há wi-fi, TV, nem meios de carregar o telefone celular. Tudo o que resta são uma vela e um livro, exatamente como há duzentos anos.

A escuridão trazida pelo vento me pegou durante uma visita a amigos no distrito de Obukhovski, a 66 quilômetros de Kyiv, no vilarejo histórico de Hermanivka, que tem existido pelo menos desde o século XI. Nós estávamos à mesa, bebendo vinho e falando de livros. Tenho a impressão de que, mais do que nunca, os livros existem não para serem lidos, mas para serem discutidos.

Naquele momento, a conversa era sobre um livro que os nascidos na época da União Soviética tinham que ler na escola para o curso de literatura russa, e os nascidos na Ucrânia independente leem e continuam a ler, mas como literatura estrangeira – o romance em versos *Evguiêni Oniéguin*, do poeta e escritor russo Aleksándr Púchkin (1799-1837).

À mesa, iluminadas por velas, sentavam-se duas jovens encantadoras, Dacha e Kátia – ambas refugiadas de Donetsk –, ao lado de nossos anfitriões, Julietta e Arie. A dona da casa, Julietta, é afro-ucraniana. Seu pai veio da África para a União Soviética como estudante. Depois de se formar, voltou ao seu país, deixando sua filha e a mãe dela em Kyiv. O marido de Julietta, Arie van der Ent, holandês, é um famoso especialista em estudos eslavos, editor e tradutor. Ele se mudou para a Ucrânia há alguns anos para ficar com Julietta. Foi Arie, tradutor de muitos poetas russos e ucranianos, inclusive de trabalhos da mais famosa e renomada dama da literatura ucraniana, Lina Kostenko, o primeiro à mesa a falar sobre *Evguiêni Oniéguin* e Púchkin.

Arie tinha acabado de receber uma bolsa de uma editora para fazer a tradução holandesa desse texto. A Rússia continua não economizando na promoção de sua cultura clássica. A poderosa imagem cultural russa é considerada o melhor argumento contra sua imagem política negativa e agressiva. Na Holanda, a imagem russa é bem pior do que nas vizinhas Alemanha e França.

Toda a poesia de Aleksándr Púchkin já está vertida para o holandês. As últimas traduções de *Evguiêni Oniéguin*, "O cavaleiro de bronze" e outras obras foram feitas por um dos especialistas em estudos russos mais famosos da Holanda, Hans Boland, que passou anos preparando uma coleção quase completa da obra poética de Púchkin. Em agosto de 2014, Boland se recusou a aceitar a Medalha Púchkin do governo russo pelos seus esforços em popularizar a literatura russa, afirmando: "Eu teria aceitado com muita gratidão a honra a mim dirigida, se [não fosse] pelo seu presidente, cujo comportamento e modo de pensar eu abomino. Ele coloca em grande perigo a liberdade e a paz em nosso planeta. Permita Deus que os seus 'ideais' sejam completamente destruídos num futuro próximo. Qualquer conexão entre mim e ele, entre seu nome e o nome de Púchkin é abjeta e insuportável".

Púchkin, assim como o mais famoso poeta ucraniano, Taras Chevtchenko, era, para usar a terminologia de hoje, um dissidente e prisioneiro político. Pelos seus poemas satíricos e antimonarquistas, o tzar o mandou ao exílio para combater gafanhotos em Chisinau e Odessa. Foi em Chisinau que Púchkin começou a trabalhar no romance *Evguiêni Oniéguin* e foi em Odessa que ele continuou esse trabalho. Então, a Ucrânia parece um lugar coerente para se trabalhar na nova tradução holandesa desse romance.

No antigo vilarejo de Hermanivka, numa casa aconchegante na rua Taras Chevtchenko, a nova tradução de *Evguiêni Oniéguin* segue a todo vapor. A tradução de poesia ucraniana também continua, atividade que Arie van der Ent faz sem bolsas ou apoio do governo ucraniano. Seu trabalho é estimulado por puro entusiasmo. Tenho certeza de que Arie também recusaria a Medalha Púchkin se o governo russo a oferecesse. Ele, assim como Hans Boland, ama Púchkin e não gosta de Pútin. E, além disso, ele ama muito sua esposa Julietta e a Ucrânia – o suficiente para vender seu apartamento em Rotterdam e comprar uma casa num vilarejo ucraniano!

Eu gosto dessa situação paradoxal, em que Púchkin "apoia" a disseminação da poesia ucraniana na Holanda e na Europa.

À mesa, nossa conversa sobre livros, taças a postos, continuou mesmo depois de as luzes da casa retornarem. Por via das dúvidas, nós não apagamos as velas para depois não termos que procurar os fósforos.

Ultimamente, na mídia de massa ucraniana, eles parecem ter medo de discutir livros. No site TSN do canal de TV 1+1, num artigo sobre presentes de Ano-Novo, recomendaram aos leitores não presentearem com livros seus parentes e amigos. Além disso, os leitores foram avisados das terríveis consequências de dar esse presente: se você não quer discussões e desentendimentos na família, é melhor não dar uma coisa dessas, um livro, para seu marido. E dar um livro de presente de Ano-Novo para sua esposa pode motivá-la à infidelidade conjugal. Deve-se acrescentar que, depois de uma calorosa discussão sobre essas dicas no Facebook, essa parte foi cortada do artigo sobre presentes de Ano-Novo. Agora livros não são sequer mencionados.

E, finalmente, quero chamar sua atenção ao vilarejo de Hermanivka. Aqui, você pode encontrar os mais interessantes exemplos da arquitetura do século XIX, uma galeria de arte, um museu histórico com rico acervo. Aqui, até 1919 vivia sua vida tempestuosa uma grande colônia judaica, cuja história se encerrou com dois sangrentos *pogroms*. A fronteira entre a Polônia e o Império Russo já passou perto dessa vila. Aqui, no século XI, havia um assentamento protegido, conforme foi descoberto por arqueólogos ucranianos no final dos anos 1990. E aqui, em 1663, ocorreu o "Conselho Negro", um encontro entre os dois clãs cossacos rivais, o do atamã Ivan Vyhovsky de um lado, e o do atamã Iurii Khmelnitsky do outro. Ivan Vyhovsky era considerado um político e homem de Estado pró-Polônia e Iurii Khmelnitsky era tido como pró-Rússia. O encontro acabou em matança. Daquele momento em diante começou um período na história ucraniana que é chamado de "As ruínas" nos livros de história escolares. É a era de guerras internas, que só fortaleceram a influência política de Moscou no território da Ucrânia atual.

## 21 de janeiro de 2022
### "Nada pessoal!"

Por volta da meia-noite, no dia em que visitamos nossos bons amigos Julietta e Arie, as duas mulheres do Donbas, Dacha e Kátia, começaram a se arrumar para voltar para casa, em Kyiv. Fiquei surpreso: "Será que dá para arrumar um táxi para vir aqui a essa hora da noite?". Pelo visto sim. Julietta ligou para vários taxistas particulares em Obukhiv, e um deles concordou em levar suas visitas até Kyiv por mil hryvnias – cerca de 33 euros. Pode parecer bem barato para uma viagem de uma hora. Mas é preciso lembrar que a aposentadoria mínima na Ucrânia é de 2.500 hryvnias, e o salário-mínimo, 6.500 hryvnias. Então, para um taxista que deve gastar 250 hryvnias em gasolina, essa é uma tarifa muito boa, mesmo considerando que sua corrida de volta seria sem passageiros.

De volta a Kyiv, fui visitar meu colega de Kharkiv, uma cidade com 1 milhão de habitantes, a 30 quilômetros da fronteira com a Rússia.

"O que você acha?", ele perguntou. "Vai ter guerra?"

"Espero que não", eu disse.

"Eu acho que vai", disse ele, triste. "Mas eles não vão entrar em Kharkiv. Não vai ter ataque por lá."

Ele continuou a explicar que as tropas russas concentradas perto de Rostov-no-Don, junto com os separatistas do Donbas, estavam se preparando para capturar a cidade de Mariupol e, possivelmente, abrir caminho e criar um corredor até a Crimeia. As tropas reunidas perto de Voróneruj também teriam como alvo o Donbas e a parte leste da região de Kharkiv, enquanto as tropas concentradas perto de Briánsk teriam como alvo Chernihiv e Sumy, de fácil acesso a Kyiv.

O café daquela cafeteria é geralmente excelente, mas a conversa estava deixando a bebida bem amarga.

Fui para casa e decidi parar de pensar na guerra e ver o Facebook. Entre os ucranianos, sempre houve mais posts de gatos do que de guerra. Minhas expectativas se mostraram corretas, mas eu ainda entrei numa calorosa discussão sobre refeições nas escolas. Ocorre que, em 1º de janeiro de 2022, uma reforma radical da alimentação escolar foi introduzida na Ucrânia. Pães doces, salsichas, bolos recheados com creme, açúcar e sal, bem como uma longa lista de outras coisas gostosas, foram proibidos. O autor da reforma foi o chef extremamente popular na televisão Yevhen Klopotenko. O apoio moral para a difícil tarefa de reformar as refeições nas escolas foi dado por Elena Zelenskaya, uma roteirista do estúdio Kvartal 95, criado por seu marido, Volodymyr Zelensky, agora presidente ucraniano.

A sociedade ucraniana, no Facebook e similares, está agora dividida em duas metades: aqueles que apoiam a reforma na alimentação escolar e aqueles que reclamam dela, ou escrevem dizendo que os seus filhos estão se recusando a comer a nova comida saudável e exigem o retorno ao que era antes, menos saudável, mas popular. Deve-se acrescentar que, antes dessa reforma na alimentação escolar na Ucrânia, as crianças eram alimentadas de acordo com o padrão, normas e receitas aprovadas na União Soviética em 1956. Então, algo de bom pode vir das celebridades da televisão.

Depois de duas semanas de férias, o país está gradualmente voltando à sóbria realidade. Durante nosso jantar em Hermanivka, as duas refugiadas do Donetsk nos disseram que fizeram cursos de defesa territorial perto de onde moram agora, em Kyiv. Lá, estão sendo treinadas em primeiros socorros militares e táticas de defesa civil. Elas estão prontas para responder em caso de ataque. Desde 1º de janeiro de 2022, não é só a alimentação escolar que mudou. O sistema de defesa do país também mudou. Esse foi o dia em que as forças de defesa territorial da Ucrânia foram ativadas. Uma nova lei já havia aumentado seu contingente para 11 mil pessoas em maio de 2021.

Estamos falando de voluntários que terão que usar armas para defender os seus vilarejos, povoados e cidades. Um membro do parlamento, Fiodor Venislavski, que lida com segurança, defesa e questões de inteligência, disse que por volta de fevereiro todos os membros das unidades de defesa territorial receberiam armas e seriam informados a respeito de seus posicionamentos de mobilização, no caso de hostilidades. Membros dessa força territorial de defesa que vivem na fronteira com a Rússia já devem estar em posse de suas armas e preparados para usá-las. Ao mesmo tempo, o Kremlin começou a transferir do extremo leste da Rússia para a fronteira com a Ucrânia o sistema de mísseis Iskander, capaz de destruir alvos no território inimigo a uma distância de até 500 quilômetros.

Acho que é seguro dizer que o ponto crítico nesse conflito geopolítico, que já vem produzindo faíscas há tempos na fronteira da Ucrânia, será atingido daqui a um mês. Já vejo nitidamente que a

Rússia não vai simplesmente retirar suas tropas da fronteira. As negociações infrutíferas com a OTAN estão encerradas, sem atingir os resultados mínimos. A Rússia vai continuar a arriscar ainda mais, acreditando que um ataque militar à Ucrânia seria um golpe à reputação da OTAN. No final das contas, ao início de quaisquer hostilidades em terras ucranianas, a OTAN vai dar três passos para trás e simplesmente observar o que está acontecendo. É possível que, para Vladimir Pútin, um golpe à reputação da OTAN seja mais importante do que abocanhar mais um pedaço da Ucrânia. Talvez, mais tarde, depois da guerra, ele até se desculpe com a vizinha. Ele vai dizer "Nada pessoal!", como fazem, às vezes, os mafiosos nos filmes de gângster americano antes de matar suas vítimas.

## 28 de janeiro de 2022
## Entre o vírus e a guerra

Na terça-feira, parti de Kyiv para passar um dia ou dois na nossa casinha no interior. Como de costume, eu tinha dois objetivos para essa viagem: trabalhar em silêncio e verificar se nosso aquecedor estava funcionando. O clima está temperamental neste inverno. Uma vez por semana, a temperatura cai até cerca de 12 graus Celsius negativos, para depois retornar a zero. Num clima desses, você precisa manter o aquecedor ligado e aí, lógico, preparar-se para pagar pelo gás que usar, ou desligar o aquecedor e fechar sua casa até a primavera.

 Nosso filho mais velho me ligou bem naquela noite e me disse que estava com covid. Por via das dúvidas, decidi não voltar para Kyiv tão cedo. A janela do meu escritório "rural" dá para o quintal do vizinho. Todos os dias, várias vezes ao dia, meu vizinho aposentado, Tolik, vai ao portão para fumar. Ele gosta de cumprimentar os outros moradores que estão passando pela rua. Alguns se detêm uns minutos para conversar. Ele nunca passa do portão – suas velhas pernas não o permitem. Ontem, enquanto estávamos conversando, passou um camarada do vilarejo que mora no final da nossa rua. "Temos boas-novas!", foi o seu cumprimento. "Agora podemos carregar nossos rifles de caça sem a capa! O Gabinete dos Ministros aprovou a lei! Por causa da ameaça militar!"

"Quem me dera ter uma arma de pressão!", respondeu Tolik, com ar sonhador. "Eu a usaria para espantar os cachorros de rua. Eles são tão barulhentos!"

Tolik tem três canis no seu quintal. Dois para os seus cachorros, Dolka e Baloo, e outro para o Pirata, o cachorro caramelo de um vizinho que morreu há dois anos. Tolik e sua esposa acolheram o Pirata quando seu dono morreu, mas todos os dias ele ainda corre para fazer guarda na casa ao lado, sua antiga morada, voltando para o quintal de Tolik só pela comida e abrigo noturno.

"Eles não estão falando do Porochenko!", foi a palavra final de Tolik, enquanto colocava a bituca de cigarro em cima da grade de metal. Fortemente apoiado em sua bengala, ele se dirigiu lentamente à porta de sua casa.

O fato de Porochenko quase nunca ser mencionado no noticiário dos principais canais de TV não me surpreende. Isso não significa que não pensem nele no gabinete presidencial. Ao contrário! Ele na verdade retornou à Ucrânia na semana passada para se tornar o líder da oposição unida; ao menos essa foi a própria versão dele sobre seu retorno. No entanto, de acordo com a versão do gabinete presidencial, ele retornou para ser preso, contando com a possibilidade de ser libertado mediante fiança de 1 bilhão de hryvnias (37 milhões de dólares).

O juiz levou três dias inteiros para libertar Porochenko, sem fiança obrigatória. Entretanto, os seus passaportes foram confiscados e ele está proibido de viajar para além da região de Kyiv. É evidente que esse não é o resultado esperado pelo gabinete do presidente, e provavelmente isso explica por que experts em política estão agora comentando o fato de Zelensky estar em busca de um novo procurador-geral e de outra equipe de investigadores com o objetivo de fazer outra tentativa de colocar o quinto presidente atrás das grades.

Os políticos russos regularmente alegam que a Ucrânia está em guerra civil, não em guerra com a Federação Russa. Se há algum tipo de guerra civil acontecendo na Ucrânia, é mais provável que seja a guerra entre o atual presidente e o ex. Esses conflitos se tornaram uma espécie de tradição para os políticos ucranianos, só que agora a guerra civil está acontecendo sobre o pano de fundo das preparações russas para uma guerra real contra a Ucrânia.

E, embora o país aparente estar se preparando para uma possível agressão russa, às vezes parece que, para o atual presidente, a guerra contra Porochenko é prioridade.

No meu vilarejo, assim como provavelmente ocorre em outros lugares, os locais repreendem o governo atual e permanecem em silêncio sobre os titulares anteriores. Enquanto na vila ninguém discute a guerra entre o sexto presidente e o quinto, as pessoas se mostram altamente indignadas com a atitude da Alemanha em relação à Ucrânia. O sentimento antialemão aumentou subitamente depois das declarações feitas por políticos ucranianos, criticando a Alemanha por se recusar a fornecer armas à Ucrânia e até mesmo proibir a Estônia de transferir ao exército ucraniano os obuseiros que havia comprado da Alemanha.

Enquanto eu me isolava da minha família numa casa entre Kyiv e Jytomyr, meu editor, Oleksandr Krassovitsky, o proprietário de uma das maiores editoras da Ucrânia, a Folio – também editor das traduções ucranianas dos escritores noruegueses Jo Nesbø e Erlend Loe –, foi a Odessa a trabalho e lá acabou ficando doente. Um teste de covid deu positivo. Uma forte onda da variante ômicron do vírus está cobrindo toda a Ucrânia. Oleksandr está confinado em um hotel de Odessa esperando se recuperar e tentando usar esse tempo para resolver, pelo celular, muitos problemas de produção, entre os quais o mais grave é a escassez aguda de papel que está paralisando a indústria editorial ucraniana. Enquanto os "milhares da covid" tiraram as editoras da beira do colapso, elas acabaram ficando sem livros para vender. Reimprimir livros é problemático porque o preço do papel aumentou 200%. E mesmo com um preço alto desses ainda não há papel disponível no mercado.

As fábricas finlandesas que, no passado, forneciam o papel a editores ucranianos, mudaram a produção de papel para livro para a de embalagens comerciais. Isso é compreensível porque, há alguns anos, os economistas previram a queda na demanda de papéis de livro em função do aumento da popularidade dos e-books. Existem apenas duas fábricas de papel na Ucrânia. Elas conseguem produzir até 5 mil toneladas de papel, mas as editoras precisam de 60 mil toneladas.

A editora Folio tem a própria gráfica. Ela fica na pequena cidade de Derhachi, entre Kharkiv e a fronteira russo-ucraniana – distante apenas 25 quilômetros. Supondo que Oleksandr consiga achar papel suficiente, comprá-lo por um novo preço, mais alto, e levá-lo até a gráfica, existe alguma garantia de que a gráfica, junto com o papel, não seja confiscada pelas tropas russas?

A palavra "garantia" se tornou muito popular hoje em dia. A Rússia exige dos Estados Unidos garantias por escrito de que a Ucrânia não será aceita pela OTAN. A Rússia pediu aos Estados Unidos respostas escritas a suas exigências por garantias de que a Ucrânia permanecerá na zona de influência russa. A Rússia se recusa a dar garantias de não agressão contra a Ucrânia, e a China se recusa a dar garantias de não agressão contra Taiwan. Por algum motivo, parece que esses dois pontos de tensão no mapa-múndi – Ucrânia e Taiwan – estão relacionados. Em ambas as regiões, "antigos donos" estão reivindicando os países independentes que um dia eles controlaram. Em ambos os casos, os Estados Unidos estão do lado dos países independentes. A agência de notícias Bloomberg recentemente informou que Zi Jinping pediu que o presidente Pútin não atacasse a Ucrânia até o final das Olimpíadas de Pequim. Isso também indica que não haverá ataques a Taiwan antes do final das Olimpíadas. Mas o que vai acontecer depois dos Jogos Olímpicos? "Nado sincronizado" em águas estrangeiras pelos exércitos da Rússia e da China?

Nessa noite, depois que terminou o seu cigarro, meu vizinho aposentado, Tolik, declarou com firmeza que não haverá guerra. "Como você sabe?", perguntei.

"Ele está com medo! Todo dia na TV mostram os aviões com armas da Inglaterra e dos Estados Unidos chegando em Kyiv!"

"Pelo contrário!", eu disse. "Isso pode fazer com que ele ataque o quanto antes, só para os Estados Unidos e a Grã-Bretanha terem menos tempo para fornecer estoques de armamentos."

Meu vizinho não discutiu comigo. Em vez disso, ele me convidou para um café. Recusei educadamente. Não bebo café à noite para não atrapalhar o sono.

Antes de me deitar, liguei para meu filho e ele disse que estava se sentindo melhor. Então liguei para meu amigo editor em Odessa e perguntei como iam as coisas com o papel.

"Encontrei algumas toneladas!", ele me disse. "Devem chegar logo na gráfica. Estou com quatro volumes de Ibsen prontos para impressão lá. Quero que estejam finalizados em fevereiro."

Eu quis perguntar se ele achava que teria tempo de imprimir o seu Ibsen antes do término das Olimpíadas de Pequim, mas não perguntei. A voz dele estava realmente muito alegre para um homem com covid. E perguntar por quê? Se ele achou papel, então é certo que deverá ter tempo de imprimir os livros antes de 20 de fevereiro. Se vai conseguir transportá-los da gráfica a tempo, isso já é outra história.

## 30 de janeiro de 2022
### Escolhendo as palavras: a questão da língua na Ucrânia

Você sabe quais são as regras para se corresponder com prisioneiros políticos? Eu sei. Estou me correspondendo com Nariman Djelial, um prisioneiro político tártaro da Crimeia que nunca escondeu sua visão negativa em relação à anexação da Crimeia, mas que é considerado bem moderado pelos seus companheiros. Ele foi preso em setembro do ano passado, depois de voltar de Kyiv, onde participara do primeiro encontro da "Plataforma da Crimeia", uma organização internacional que busca o retorno da Crimeia à Ucrânia por meios diplomáticos. De acordo com a prática russa, aqueles que não concordam com as políticas de Pútin sofrem flagrantes forjados de drogas ou granadas e então são acusados de tráfico de drogas ou de terrorismo. Nariman Djelial, como a vasta maioria dos tártaros da Crimeia aprisionados, foi acusado de terrorismo. Ele e os irmãos Akhmetov são acusados de tentar explodir um gasoduto rural – ou seja, de planejar um ataque ao onipotente gás russo.

Quando escrevo uma carta a Nariman Djelial com caneta e papel, tiro uma foto e envio por WhatsApp para a esposa dele, Leviza. Ela a imprime e a entrega a um advogado para que chegue ao marido preso. Ele escreve uma resposta, a envia para a esposa pelo advogado e ela, depois de fotografar a resposta, a envia para mim pelo WhatsApp. Muitas pessoas da Ucrânia e de outros países escrevem para Nariman Djelial na cadeia. Nem todas as cartas chegam até ele porque a maioria das pessoas envia direto para o endereço da prisão. Lá, as cartas são abertas e então se decide quais serão passadas para ele e quais não. A regra principal das prisões russas é que as cartas só podem ser escritas em russo. Caso contrário, são destruídas e, é certo, não chegam ao remetente. Isso também se aplica a estrangeiros nas prisões russas, incluindo aqueles que não sabem russo. Eu escrevo em russo, que é minha língua nativa. A língua nativa de Nariman é o tártaro-crimeu, mas, como todos os residentes da Crimeia, ele é fluente em russo.

Querem mantê-lo na cadeia por vinte anos. Por alguma razão, as cortes russas gostam de aprisionar os tártaros da Crimeia – e outras pessoas que não concordam com a anexação – por exatos vinte anos. O primeiro residente da Crimeia acusado de terrorismo foi Oleh Sentsov, em 2014. Ele também recebeu vinte anos por supostamente planejar explodir o monumento de Lênin em Simferópol. Cumpriu cinco anos até ser trocado por outro prisioneiro russo.

Talvez a liderança russa acredite que vinte anos seja tempo suficiente para garantir que ninguém ainda se lembre da anexação da Crimeia? Ou essa é a maior sentença de prisão que um juiz pode dar a um acusado, de acordo com a lei da Rússia? Não estudei a lei penal russa e nem pretendo. Mas vou apoiar Nariman Djelial até que ele seja solto. Mais de 130 ativistas tártaros da Crimeia estão agora nas prisões russas. E, provavelmente, logo serão mais.

Sobre o pano de fundo do que está acontecendo na Crimeia e dos grandes números de tropas e equipamentos militares nas fronteiras da Ucrânia, a bem conhecida apresentadora de TV Snejana Yegorova chocou o país com um post no Facebook. "SIM!!! Eu apoio o PÚTIN!!! E eu não vou mudar de opinião sobre o fato de QUE CHEGOU A HORA DE DEVOLVER O SENSO COMUM À UCRÂNIA!!!" Na mesma postagem, ela aconselha os espectadores a assistirem a um vídeo da propaganda política russa sobre operações secretas dos Estados Unidos para destruir a Rússia e tomar a Ucrânia, e compartilha um link desse vídeo no YouTube.

Foi graças a esse post que eu percebi que, agora, Snejana Yegorova está morando na Turquia. De lá, ela grava regularmente vídeos de duas horas, monólogos, para o YouTube – para todos que não gostam da Ucrânia atual e do rumo europeu de desenvolvimento que o país escolheu. Os vídeos dela são assistidos em São Petersburgo, Donetsk e na ilha Sacalina. Também são vistos em Odessa e em outras cidades ucranianas, embora lá a audiência dela seja pequena. Sua visão de mundo pró-Rússia é óbvia há muito tempo. Já em 2004, ela viajou por toda a Ucrânia fazendo shows em apoio ao candidato presidencial Yanukovych. As eleições de 2004 terminaram com a Revolução Laranja. E a presidência de Yanukovych, que começou em 2010, terminou com os protestos da Euromaidan, ou Revolução de Maidan, com a anexação da Crimeia e com a guerra no Donbas.

Se for para Snejana Yegorova ser lembrada nos anos futuros, será apenas por seu divórcio estelar do cantor e escritor Antin Mukharski. Eles se separaram em 2015 e o divórcio continua, até hoje, como a separação política mais famosa e midiática da Ucrânia. Divorciaram-se por motivos políticos. O marido, Antin, apoiou o movimento da Euromaidan e no dia a dia deixou de falar russo para usar o ucraniano. Snizhana[4], de etnia ucraniana, continuou a falar russo e se posicionou publicamente contra os protestos da Euromaidan. A mídia de massa russa alegremente noticiou algumas de suas declarações. Por exemplo, as alegações fantásticas de que, nas barracas da Praça Maidan, abortos ilegais eram feitos em prostitutas que prestavam serviços aos manifestantes.

O fato de ela, no fim, ter ido parar na Turquia não me surpreende. Antes de ir, ela garantiu a si, nos tribunais, quase todos os bens do marido. Antin ficou proibido de viajar ao exterior e de ver os filhos. Snizhana tem cinco filhos. Mukharski é o pai de três deles: de uma menina e dois meninos. Durante o midiático processo, muitos cidadãos tomaram o lado dela – primeiro, ela era a mãe e, segundo, uma estrela da televisão. Agora, para a maioria dos ucranianos, ela é uma traidora que fica na Turquia e tenta convencer as pessoas a amarem Pútin.

A história do divórcio de Mukharski e sua tortura legal tem um final mais feliz. Em julho de 2014, ele foi o primeiro cantor ucraniano a fazer um show para soldados num local que ficava praticamente nas trincheiras do Donbas. Na ocasião, ele organizou um projeto de apresentações estilo cabaré chamado "Ucrainização Suave", para popularizar a língua ucraniana. E agora sua nova esposa, a historiadora da arte Elizaveta Belskaya, está ativamente engajada em promover a língua ucraniana como a língua da comunicação íntima na

---

4    Aqui, o autor usa a grafia ucraniana do nome da apresentadora. Até então, usava a forma russa.

cama, provando que o ucraniano é bem mais sexy que o russo. Claro, essa campanha tem o apoio do marido.

Só a ideia de que o ucraniano é mais sexy do que o russo deixou os russos tão indignados que a atividade de Elizaveta Belskaya foi discutida num *talk show* no principal canal de televisão russo. Tenho certeza de que se você dissesse que o francês ou o italiano são mais sexy do que o russo ninguém na Rússia ficaria indignado.

O assunto da língua russa não vai desaparecer da mídia e da política porque a Rússia está pronta para defender todos os seus falantes – não apenas e tão somente os russos – em qualquer lugar do mundo. Se um russo deixou de ser falante do idioma, ele não tem interesse algum na Rússia. Na Ucrânia, a Rússia é vista como a protetora dos falantes de sua língua. Por esse motivo, os ativistas falantes de ucraniano têm uma atitude muito hostil com relação à língua russa e aos ucranianos que a falam – que são quase metade da população. O mesmo Antin Mukharski, que advogou ativamente em favor da libertação de Oleh Sentsov de uma prisão russa, escreveu para ele uma carta aberta depois que este retornou à Ucrânia, na qual expressou sua indignação pelo fato de Sentsov continuar a falar russo, até em eventos públicos internacionais.

Tenho que dizer que, nos últimos anos, Sentsov aprendeu até que bem tanto ucraniano quanto inglês. Sua página no Facebook está em ucraniano e ele fala publicamente em ucraniano. Na vida diária, claro, ele continua falando russo, mas a vida diária é um espaço pessoal no qual a censura, especialmente a linguística, não é permitida.

Recentemente, o mais famoso poeta ucraniano em língua russa, Aleksándr Kabánov, que publica livros tanto em russo quanto em ucraniano e edita uma revista bilíngue, publicou dois livros em Moscou. Numa entrevista para o portal de informações russo Revizor.ru a respeito do lançamento desses livros, ele disse: "Qualquer um que te disser que não estão maltratando a língua russa na Ucrânia ou é um tolo ingênuo ou um canalha".

Não, Kabánov não convida as pessoas a amarem Pútin. Ele simplesmente não está pronto para as mudanças linguísticas e geopolíticas que são inevitáveis num Estado recém-independente. Na Letônia, Estônia, Moldávia e Lituânia, enquanto para uma parte da população a língua russa continuou sendo a língua do dia a dia e, até certo ponto, a língua da cultura, a maioria dos falantes de russo nesses países também aprendeu a língua do país em que vivia. Isso também vai acontecer na Ucrânia. Em termos percentuais, muito mais falantes de russo permanecerão na Ucrânia do que nos países bálticos, porque a russificação foi muito mais agressiva na Ucrânia. Kharkiv, uma cidade com uma população de 1 milhão de habitantes, foi a capital da Ucrânia soviética de 1919 a 1934 e, naquela época, a língua ucraniana prevalecia quase 100%. Hoje, é quase 100% o russo. O que vai ser em cinquenta anos, não sei. Isso também depende de o exército russo, uma força de 130 mil falantes do idioma, fazer uma ofensiva contra a Ucrânia ou não. Caso não faça, a língua ucraniana retornará aos territórios antes tomados pela língua russa. Ela retornará lentamente, de forma quase imperceptível, para muitos ucranianos falantes de russo. Isso acontecerá passo a passo com as mudanças de geração. Afinal, as escolas públicas ucranianas não ensinam mais russo, a educação no ensino público se dá apenas em ucraniano. No ensino superior, algumas faculdades e universidades utilizam o inglês.

Enquanto isso, os falantes de ucraniano que são pais, esposas e filhos de prisioneiros de guerra e prisioneiros políticos ucranianos em cadeias russas são forçados a escrever cartas a esses filhos, maridos e pais em língua russa. Algumas vezes, em russo ruim. Mas, pelo menos, isso aumenta as chances de a carta chegar aos seus entes queridos.

## 2 de fevereiro de 2022
## Reinventando a história

Para muitas pessoas, a história há muito deixou de ser uma ciência e se tornou um braço da literatura. Ela é editada exatamente como se edita um romance antes de ser publicado. Algumas coisas são acrescentadas, outras cortadas, outras alteradas. Alguns conceitos são lustrados e suavizados, algumas ideias são transformadas em mais importantes, enquanto outras são minimizadas.

Como resultado dessa edição, em vez de uma reunião de acontecimentos já conhecidos, surge uma nova "fórmula" em que o significado dos eventos é alterado, assim como a influência desses acontecimentos na atualidade.

Alguns políticos gostam de encomendar novas edições da história, para que esta se encaixe melhor em sua ideologia e em seu discurso ideológico.

Algumas vezes, a mudança na ênfase aparenta ser bem inocente, sem consequências a longo prazo. Eu me lembro de como o presidente Viktor Yuchtchenko gostava da Cultura Tripiliana (a cultura neolítica e eneolítica do território da Ucrânia e da Moldávia que remonta a 5500 a.C.). Ele sinceramente acreditava que os ucranianos eram os descendentes dessa cultura. Muitos historiadores profissionais e amadores começaram a escrever livros sobre essa cultura como se ela fosse o berço da nação ucraniana. Ao mesmo tempo, os primeiros museus particulares de Cultura Tripiliana surgiram perto de Kyiv, num local onde arqueólogos encontraram traços dessa civilização. Desde a saída de Yuchtchenko da política ucraniana, ninguém mais fala sobre a existência de uma conexão direta entre a Cultura Tripiliana e a Ucrânia moderna.

Por outro lado, o presidente Pútin há muito gosta de editar a história de uma forma que não cause impacto na vida contemporânea. Seu artigo dedicado ao aniversário de 75 anos da vitória soviética sobre o fascismo foi publicado e lido até mesmo nos Estados Unidos. Não faz sentido entrar em detalhes sobre esse artigo, mas, na nossa situação atual, em que o presidente está pronto para transformar 3 mil quilômetros de fronteira entre Ucrânia, Rússia e Belarus num front de batalha, vale a pena fazer uma citação do seu parágrafo final:

> Baseado numa memória histórica em comum, podemos e devemos confiar uns nos outros. Isso serve como uma sólida base para negociações bem-sucedidas e para realizar ações combinadas pelo bem do fortalecimento da estabilidade e da segurança no planeta, pelo bem da prosperidade e do bem-estar de todos os países. Sem exageros, esse é nosso trabalho em comum, a responsabilidade do mundo inteiro para as gerações atuais e futuras.

Pútin continuou e disse que a Ucrânia foi inventada por Vladimir Lênin. Uma versão anterior da história russa afirmava que a Ucrânia fora inventada pelos alemães no final da Primeira Guerra Mundial. Essa versão foi favorecida tanto nos tempos soviéticos quanto na Rússia pós-soviética. Mas, agora, precisamos focar nas palavras do atual presidente da Federação Russa.

Foram os alemães que ajudaram Lênin a viajar em segredo do exílio para a Rússia, com o objetivo de liderar a revolução de 1917 e derrubar o tzar. Mandaram-no da Alemanha para a Rússia num vagão lacrado disfarçado de carga valiosa. Pelas leis atuais russas, Lênin deve ser considerado um "agente estrangeiro". Em teoria, isto deveria estar escrito no seu mausoléu, na Praça Vermelha: "Lênin, agente estrangeiro".

Você pode rir dos paradoxos de se escrever ou editar a história da Federação Russa, mas, dentro da Ucrânia, a história também pode ser um tópico espinhoso. De vez em quando, ocorrem disputas calorosas entre historiadores objetivistas e historiadores patrióticos. Uma disputa dessas ocorre atualmente entre Yaroslav Hrytsak, autor de um livro novo e brilhante sobre a história da Ucrânia, *Superando o passado: Uma história global da Ucrânia*, e Volodymyr Viatrovytch, um entusiasmado historiador, autor de muitos livros e ex-diretor do Instituto Nacional da Memória. O assunto principal de sua discussão é: a memória e a história podem ser seletivas? É bem possível que sim. Na verdade, nós vivemos nessa história "seletiva".

Recentemente, bem no centro de Kyiv, não longe dos Portões Dourados, uma placa memorial apareceu nas paredes do edifício onde se localiza o café Boulangerie. O quadro mostra um homem em uniforme militar de 1918-1920. Seu nome é Mykola Krasovsky. A placa mostra que ele era um importante oficial da inteligência no exército da República Popular da Ucrânia e que viveu nessa casa no início dos anos 1900. Para 99,9% dos moradores de Kyiv, o nome dele não significa nada, e a maioria daqueles raros indivíduos que conhecem o nome de Mykola Krasovsky provavelmente não sabe que ele tinha algo a ver com a inteligência.

Na verdade, na maior parte da vida, Krasovsky era um detetive conhecido que resolvia os crimes mais complexos e intratáveis em Kyiv e redondezas. Ele era também um dos investigadores no mais célebre caso antissemita na história do Império Russo, o Caso de Mendel Beilis. Esse caso era muito similar ao de Dreyfus na França. Mendel Beilis foi acusado de assassinar ritualmente um garoto, cristão ortodoxo, em Kyiv, a fim de obter "sangue para fazer a matzá" (o pão ázimo que se come no feriado judaico de Pessach ou Páscoa). Ambos os casos mostram como eram comuns as opiniões antissemitas em meio às elites europeias e russas. E não apenas na elite.

Krasovsky, no início, não acreditava na versão de assassinato ritualístico. Logo, ele achou os assassinos reais que, no final das contas, não eram judeus, mas bandidos locais. As autoridades precisavam de uma versão judia para o assassinato. Krasovsky foi dispensado do caso. As autoridades até tentaram colocá-lo na cadeia por desviar do Estado 15 copeques.

É uma pena que a participação de Krasovsky no Caso Beilis não seja mencionada na placa memorialística. Talvez devamos pedir à polícia de Kyiv para colocar outra placa nessa casa, com os dizeres "Legendário detetive de Kyiv, Mykola Krasovsky"? Também seria bom pedir a historiadores poloneses que procurem nos arquivos por dados sobre seu tempo de serviço na inteligência polonesa, assim como sobre a data e o local de sua morte. É triste, mas historiadores ucranianos não possuem nem os detalhes biográficos dessa importante figura de nossa história.

## 11 de fevereiro de 2022
### Os campos de batalha ucranianos: a rua, a biblioteca e a igreja

Outro dia, minha esposa voltou agitada para casa e disse que aqui perto, na rua Volodymyrska, houve tiros e alguém morreu. O que ela viu exatamente? Ela disse que a 100 metros da principal divisão do SBU havia muitos policiais, duas ambulâncias e um jovem ensanguentado, muito magro, deitado imóvel na calçada perto da casa de câmbio. E, ao lado dele, um homem gritando alguma coisa num microfone. "Como assim, num microfone?", eu disse, surpreso. "Num microfone sem fio com um amplificador na calçada, junto dos pés dele", disse ela. "Talvez fosse um tipo de protesto em forma de performance?", perguntei. "Não, o cara deitado no chão estava com certeza morto! Senão tinha sido levado na ambulância."

Decidi verificar as notícias na internet. E, naquele instante, surgiram muitas manchetes sobre um acidente com uma metralhadora perto de uma casa de câmbio de criptomoeda. Parece que começou uma briga envolvendo cerca de trinta pessoas, muitas de roupas camufladas, aí um deles atirou com uma metralhadora.

Cerca de um dia depois, a história do que havia acontecido ficou um pouco mais clara, mas não completamente. A polícia prendeu catorze pessoas envolvidas no ocorrido, aí onze foram liberadas e três continuaram presas. Todos os presos são membros de organizações patrióticas, incluindo vários veteranos da guerra no Donbas. Essa foi a segunda vez que eles tentaram fazer piquete na casa de câmbio de criptomoedas. De acordo com os veteranos, a empresa de câmbio financia o movimento separatista de Donetsk e Lugansk. A empresa em si é de Kharkiv e a empresa de segurança que protege o seu escritório também é de Kharkiv. Os ativistas todos tinham armas de caça e cartuchos legalmente registrados. Os seguranças que foram chamados pela empresa tinham metralhadoras. Ambos os lados deram tiros de advertência para cima. Houve muito pânico porque os tiros aconteceram no centro de Kyiv entre a principal divisão de polícia da cidade e a sede do SBU. Ninguém foi atingido pelas balas, mas duas pessoas foram encaminhadas ao hospital com ferimentos. Uma delas, a que minha mulher confundiu com um homem morto, soube-se que era Oleksiy Seredyuk, jornalista e veterano da guerra no Donbas. Fiquei um pouco mais interessado por esse homem. Acabamos sabendo que ele havia servido como comandante do destacamento voluntário do Saint Mary, que foi debandado em 2016, quando o Ministério da Defesa sugeriu que todos os voluntários ou se juntassem ao exército ucraniano como soldados contratados ou voltassem para casa. Ele também é o dono da editora Iron Papa, através da qual publicou seu livro, *Confissões de um provocador*. Em uma só palavra, não é um veterano típico da guerra no Donbas. Ele está mais para um típico combatente radical contra o "mundo russo".

Na Ucrânia, hoje, há aproximadamente 400 mil veteranos do conflito no Donbas e o número cresce regularmente. Eles se tornaram uma força tão influente na sociedade que, no final de 2018, o governo ucraniano foi forçado a estabelecer o Ministério de Assuntos Veteranos.

Os veteranos dessa contínua guerra são muito ativos e extremamente unidos. Muitos estão envolvidos em negócios e apoiam uns aos outros tanto economicamente quanto de outras maneiras.

Criminosos e escroques tentam evitar se relacionar com os negócios dos veteranos. Eles acham que podem encontrar resistência armada, embora tenha havido casos em que os elementos criminosos se saíram melhor em confrontos desse tipo. Na verdade, alguns dos veteranos que não encontraram uma função nos negócios legais passaram para o outro lado da lei. E se ouve com frequência a respeito de bandidos condenados que costumavam lutar pela Ucrânia.

O negócio de veteranos mais famoso de Kyiv é a rede de pizzarias Pizza Veterano e está associado aos quiosques de rua Café Veterano. Uma das pizzarias está localizada bem no centro de Kyiv, perto da Maidan. A decoração interna tem temática militar e é popular entre eles. É um dos seus pontos de encontro prediletos, onde se sentem confortáveis. Valerii Markus, o escritor mais famoso entre os que lutaram em Donbas, vai lá de vez em quando. Seus livros, todos sobre a guerra, são comprados principalmente por veteranos. Sua estreia, o romance autopublicado *Pegadas na estrada*, vendeu mais de 35 mil cópias pelas mídias sociais. Há muitos desses escritores militares. Eles escrevem quase exclusivamente sobre a guerra e não acompanham a literatura civil da Ucrânia. São mais ativos em cidades grandes. Nas províncias, a sua presença é quase imperceptível.

Na semana passada, consegui visitar um vilarejo remoto na região de Poltava, perto da fronteira com a Rússia. Lá, não ouvi uma palavra sobre a guerra no Donbas, nem encontrei ninguém que tenha participado dela.

Fui convidado a falar numa biblioteca rural num vilarejo com cerca de 4 mil habitantes. Eles me pediram para dar uma palestra sobre o tema "Elites locais e nacionais: os seus papéis e importância". Enviaram um carro para as cinco horas de viagem de ida e volta até Kozelshchyna, uma comunidade antiga próxima da cidade industrial de Kremenchuk. A biblioteca é de ponta. O velho prédio foi reconstruído e virou um *hub* educacional com salas para palestras. Nela não há um único livro publicado na União Soviética. Todos os livros foram publicados na Ucrânia independente. Também há um espaço para exposições e um pequeno café onde os visitantes ganham chá e café de graça ou esquentam suas próprias comidas num micro-ondas. A transformação impressionante do espaço da biblioteca foi paga pela Fundação Smart, fundada por um jovem empresário bem-sucedido que nasceu nesse vilarejo, mas que vive entre os Estados Unidos e a Ucrânia. Atrás da biblioteca existe um convento que pertence ao Patriarcado de Moscou, a Igreja Ortodoxa Russa. Nele, há uma catedral enorme, grande demais para um vilarejo como esse.

Estando no território do Patriarcado de Moscou, pode-se dizer que a igreja está no território espiritual da ortodoxia russa. Esse Patriarcado tem mais de 12 mil paróquias na Ucrânia. O número costumava ser maior, mas, desde 2018, mais de quinhentas igrejas foram transferidas ao Patriarcado de Kyiv, a Igreja Ortodoxa da Ucrânia. Por outro lado, na Crimeia as igrejas do Patriarcado de Moscou que costumavam ser ucranianas se tornaram igrejas russas.

À minha palestra compareceram pessoas dos vilarejos próximos e da cidade de Kremenchuk, distante 40 quilômetros. A julgar pelas perguntas da plateia, tive a impressão de que as pessoas lá não estavam contentes com a atual elite política do país. Queriam saber como seria possível substituir a elite política da Ucrânia por pessoas totalmente diferentes.

Depois da discussão, tomei chá com os organizadores e ganhei um tour pelo convento. Ao nos aproximarmos do portão, observei uma placa memorial escrita em polonês e ucraniano. Já na catedral, meu guia, Ivan Mykolaevich Kravtchenko, um historiador amador local, disse que em 1939-1940 (antes da guerra entre a União Soviética e a Alemanha) o NKVD[5] utilizou os porões da catedral como prisão e que, por muito tempo, 5 mil oficiais poloneses foram mantidos ali, aprisionados depois da partilha da Polônia sob o Pacto de Mólotov-Ribbentrop. Os historiadores não sabem que fim levaram esses oficiais. Há uma teoria de que eles foram transportados para uma prisão na cidade de Starobilsk, na região de Lugansk, e fuzilados. Mas nunca encontraram evidências disso.

Na catedral, fiquei imediatamente chocado com um grande retrato do último tzar russo, Nicolau II. "O que esse retrato está fazendo aqui?", perguntei.

---

5 Polícia política soviética, posteriormente chamada de KGB e, atualmente, FSB.

"Ele veio aqui", Ivan Mykolaevich explicou. "Nós temos um ícone da Virgem Maria que realiza milagres, então ele parou para ver o ícone em Kozelshchyna, a caminho de Odessa."

"Cadê o ícone?"

"As freiras mantêm escondido. Elas só mostram uma vez por ano, quando é o dia da igreja. E aí, à noite, elas escondem de novo."

Acaba vindo à tona que até recentemente duas imagens do tzar Nicolau II eram exibidas em Kozelshchyna. Uma na igreja e a outra na biblioteca. Antes da reforma, um membro do partido nacionalista radical Svoboda (Liberdade) vinha regularmente à biblioteca para protestar contra o retrato do tzar. No vilarejo também moram dois membros desse partido, fundado há quinze anos na Ucrânia ocidental. Um deles montou um piquete por muitos meses e se recusou a entrar no prédio onde havia o retrato. Então, durante uma reforma, a imagem do tzar desapareceu misteriosamente. Provavelmente está pendurada na casa de algum dos pedreiros. Mas agora o ativista nacionalista visita a biblioteca em toda palestra e evento.

Não há uma Igreja Ortodoxa Autocéfala Ucraniana em Kozelshchyna, há apenas o convento e a igreja, que é subordinada ao Patriarcado de Moscou. Talvez seja por isso que hoje em dia ninguém proteste em frente à igreja onde uma imagem do último tzar russo está pendurada.

Nas igrejas ucranianas do Patriarcado de Moscou, no começo de cada missa, desejam boa saúde a Kiril, o Patriarca de Toda a Rússia, um associado próximo de Pútin. Essa é uma das razões pelas quais muitos ucranianos exigem que a Igreja Ortodoxa Ucraniana do Patriarcado de Moscou seja renomeada para Igreja Ortodoxa Russa. Mas a própria igreja de Moscou não quer ser renomeada dessa maneira. Os padres temem que os paroquianos deixem a igreja caso ela seja oficialmente chamada de "russa".

Em 2004 e, mais tarde, em 2010, durante missas na igreja, os padres do Patriarcado de Moscou pediram que os paroquianos votassem no candidato presidencial pró-Rússia Yanukovych nas eleições presidenciais ucranianas. Desde 2014, os padres do Patriarcado de Moscou têm se recusado a enterrar soldados ucranianos mortos no Donbas. Como resultado, com frequência se referem à Igreja do Patriarcado de Moscou por "a igreja de Moscou". Ela é vista como uma organização política. Mas esse Patriarcado ainda tem uma posição muito forte na Ucrânia, e em três regiões – Zaporíjia, Kherson e Lugansk – nem uma única congregação do Patriarcado de Moscou se transferiu para a Igreja Ortodoxa da Ucrânia.

No vilarejo de Lazarivka, a uma hora de carro de Kyiv, onde nós temos uma casa, também há somente uma igreja e ela está subordinada a Moscou. As missas são em russo, embora toda a vila fale ucraniano. As pessoas vão à igreja só nos feriados, o que significa que o padre tem uma renda muito baixa. No seu tempo livre, o antigo padre fazia um extra de taxista. Onde o novo padre faz seu extra, não sei.

Um ano atrás o presidente Zelensky assinou a Lei dos Capelães Militares. Desde então, pela primeira vez, padres e centros de cultos religiosos apareceram no exército ucraniano. Padres do Patriarcado de Moscou não são aceitos como capelães.

A maioria dos recrutas começam seu serviço militar como agnósticos ou ateus. Mas muitos deles regressam devotos da guerra e se tornam paroquianos da Igreja Ortodoxa Ucraniana, a igreja independente de Moscou, ou da Igreja Católica Greco-Ucraniana, que foi banida em tempos soviéticos, mas que reviveu desde então. Eu não acho que a Ucrânia esteja atravessando um renascimento religioso, mas tenho certeza de que o Patriarcado de Moscou não tem futuro aqui.

## 13 de fevereiro de 2022
## A temperatura está subindo – até na sauna

Apesar da persistente ameaça de guerra, as coisas neste país devem estar indo muito bem. Senão, como o presidente Zelensky poderia prometer dar um smartphone a cada uma das pessoas vacinadas com mais de 60 anos? Se eu estiver entendendo direito, esse presente do governo também será dado aos novos "aniversariantes" que chegarem aos 60. Gosto bastante dessa ideia. Por dez anos ou mais, no nascimento de uma criança, o governo tem dado à mãe um pacote de oportunos itens de cuidados ao bebê. Para as crianças que estão começando a escola, o Estado dá um conjunto apropriado de artigos de papelaria. E agora, finalmente, os cidadãos que estão beirando a idade da aposentadoria receberão um smartphone.

Essa ideia é um passo lógico à política de digitalização da Ucrânia. Os representantes do gabinete do presidente foram rápidos em apontar que a liderança do país conduziria pesquisas econômicas e sociais através desses smartphones. Já é possível instalar neles o aplicativo Dyia (Ação), através do qual você pode gerar muitos documentos oficiais. Esse aplicativo se tornou o cordão umbilical entre o governo e o indivíduo. Você pode carregar uma versão eletrônica do seu passaporte, da carteira de motorista, de vários certificados e, claro, do certificado de vacinação. No futuro, a equipe presidencial sonha em realizar as eleições presidenciais através de smartphones, liberando, assim, os aposentados e doentes de ter que ir ao colégio eleitoral ou chamar membros da comissão eleitoral a suas casas ou às camas dos hospitais.

*The times they are a-changin.*[6] Antes, candidatos às eleições no parlamento, assim como candidatos presidenciais, subornavam eleitores mais velhos com pacotes de comida ou até recompensas em dinheiro. Agora, com a ajuda de um smartphone doado, será possível dar e receber presentes eletrônicos na forma de acesso barato à internet ou *voucher* de desconto em lojas.

Realmente, a possibilidade de emitir vales-refeições eletrônicos para os pobres foi discutida recentemente no gabinete do presidente. Eles também serão enviados pelo aplicativo Dyia. Quando as notícias sobre isso chegaram à imprensa, os jornalistas riram do gabinete do presidente. Parecia o reconhecimento de uma falha em regular a economia e um sinal de que o gabinete estava se preparando para o pior – o surgimento de um exército enorme de pessoas famintas. Essa preocupação logo se desfez e, quando apareceu na imprensa a informação de que o governo russo estava desenvolvendo um sistema de cartão de alimentação para os pobres, os mesmos jornalistas começaram a rir do governo russo. Na Rússia, eles gostam de falar sobre como os ucranianos vivem na pobreza, porque o país está sendo dirigido por nacionalistas que odeiam a Rússia. Bom, primeiramente, o presidente da Ucrânia não é nacionalista. Ele é um homem falante de russo de uma cidade industrial que fala russo e, em segundo lugar, não há um

---

6 "Os tempos estão sempre mudando." Citação da canção homônima de Bob Dylan.

único nacionalista no governo. Nem um único membro do partido nacionalista entrou no parlamento na eleição passada. Eles simplesmente não receberam votos o suficiente.

Meus vizinhos do vilarejo e outros moradores de Lazarivka não vivem na pobreza. Tradicionalmente, os ucranianos armazenam grandes reservas de alimento. No quintal de cada casa há um grande porão cheio de batatas e outros legumes, comida enlatada, banha, tudo conservado em grandes potes de vidro. Meus vizinhos costumam nos dar ou um balde de batatas ou um pote de vidro com 3 litros de picles. Nós também temos um porão, mas está vazio. Não somos do vilarejo. Embora tenhamos uma casa no interior e um grande pedaço de terra, não temos tempo de cultivá-lo.

Na última terça, fui à sauna com meus amigos. Eles vão todas as terças. Eu vou só uma vez por mês. Na verdade, não vou tanto pela sauna quanto para ouvir a conversa. Afinal, a sauna é, antes de tudo, duas horas de comunicação. Além disso, dessa vez meu velho amigo, o jornalista e professor de história Danylo Yanevsky, que recentemente se recuperou do coronavírus, deveria ir lá depois de uma longa pausa.

Um dia antes, ele apareceu na televisão dizendo que já havia comprado armas e um suprimento de munição no caso de guerra. Sei que, desde os tempos dos protestos da Euromaidan, ele tinha comprado uma pistola. É coisa legal e não é considerada uma arma militar. Eu quis saber no que ele havia investido dessa vez. Acabamos sabendo que fora uma metralhadora e que ele já tinha começado a ir a um clube de tiro do exército. Fez seus registros para a defesa territorial por telefone, ainda de cama.

"Você faz esse treinamento em algum lugar na cidade?", perguntei.

"Não. Eu me alistei na unidade regional!"

Danylo mora num vilarejo que faz fronteira com Kyiv. Para treinar ele viaja até Hostomel, uma cidade a 25 quilômetros dali.

"Como você vai até lá?", perguntei, sabendo que Danylo não tinha carro.

"De táxi."

"É tão caro!"

"E daí?"

Outro amigo, Serhiy Movenko, que uma vez elegemos como presidente da nossa Sociedade dos Amigos da Sauna, disse que tinha dois rifles de caça e uma carabina, mas não tinha munição suficiente. Vai comprar mais. Só duas vezes na vida ele participou de uma festa com caçada e aquilo fora há muito tempo. Mas armazena as armas do modo correto, num armário de ferro, paga sua afiliação na Associação de Caça de Toda a Ucrânia e a cada três anos leva os seus três rifles para a polícia, onde especialistas dão três tiros de cada um e acrescentam balas no "dossiê" de cada arma. É um procedimento soviético criado para facilitar a determinação de qual arma foi usada – ou, mais precisamente, qual arma não foi usada – no caso de um crime armado. Acho difícil entender como esse sistema funciona num país onde 800 mil membros da Associação de Caça têm mais de 4 milhões de armas em casa. E aqui só estou falando de armas oficialmente registradas. Quantas não estão registradas, especialmente desde o começo da guerra no Donbas?

Armas não são as únicas coisas que os ucranianos gostam de manter em casa. Quando, por lei, membros do parlamento e funcionários públicos começaram a preencher declarações eletrônicas de suas posses e cidadãos comuns tiveram acesso a essas declarações pela primeira vez, muitos ficaram surpresos ao descobrir que os parlamentares e oficiais tinham milhões de dólares e euros em casa, em espécie! Manter 2 mil ou 300 mil dólares em casa parecia ser norma para os ucranianos vips. Eu até fiquei com medo por eles, porque as declarações também indicam o endereço da casa dessas pessoas. Então quase toda declaração é um aviso ao mundo do crime.

Meu amigo, que é ex-membro do parlamento, me tranquilizou. "Não se preocupe, eles não têm esse dinheiro em casa e alguns nem têm nada. Eles escrevem isso por via das dúvidas. Se, de repente, ganham uma propina e querem comprar um Bentley ou um iate, podem dizer que compraram com o dinheiro que já tinham e que estava registrado na declaração. Caso contrário, as pessoas do fisco poderiam perguntar: 'De onde veio o dinheiro para essa compra tão cara?'. É por isso que eles deixam constar na declaração, aí fica tudo legal."

Nesse meio-tempo, meu amigo da igreja e meu xará, Andrei, um funcionário público que chefia o departamento de assistência social na cidade mais próxima, disse que desde 2019, o ano em que o presidente Zelensky foi eleito, seu salário diminuiu um terço. Anteriormente, ele ganhava o equivalente a 400-500 dólares por mês, agora ganha cerca de 300.

A maioria dos oficiais em áreas rurais não pode ostentar em suas declarações nem grandes quantias em espécie nem uma vida próspera. Mas muitos, como Andrei, plantam os próprios legumes, criam galinhas e coelhos, e armazenam as próprias reservas de alimento para o inverno. Isso barateia a vida, porém priva as pessoas de ter tempo livre.

Nesses dias, quando os Jogos Olímpicos de Inverno continuam em Pequim, nenhum dos meus amigos e conhecidos, nem no interior nem em Kyiv, estão assistindo à competição. A Ucrânia está participando, mas ninguém espera resultados sérios. O Estado não deu dinheiro suficiente para apoiar os atletas. As únicas notícias realmente desagradáveis das Olimpíadas são os péssimos resultados dos biatletas ucranianos. Quando aqueles que prometem muito não entregam nada, você não consegue evitar a decepção.

As Olimpíadas nem estão sendo muito discutidas nos noticiários de televisão. Mas todos os dias há relatos de um novo ministro do Exterior europeu ou até mesmo um presidente que decidiu vir para Kyiv. Há a sensação de que alguns dos dignatários estrangeiros decidiram trabalhar como carteiros. O presidente Macron primeiro foi visitar Pútin, depois foi para Kyiv se encontrar com Zelensky. Ele trouxe a Zelensky uma mensagem de Pútin. A atividade diplomática parou de aguçar o interesse dos ucranianos. A única coisa que os agrada, agora, é que toda noite, em Kyiv, pousa não apenas um avião com armamentos, mas três ou mais, vindos dos Estados Unidos ou do Reino Unido.

Essa ajuda com armas serve para acalmar muita gente. Mas outros só meneiam a cabeça, pensativos, e dizem: "A Ucrânia não deve ter tempo para usar as armas enviadas! Afinal, ela nem tem um sistema de defesa aéreo. E a Rússia não mandará a infantaria para o combate. Vão usar bombas e artilharia".

Outro dia, minha esposa, uma cidadã britânica, recebeu o terceiro e-mail da sua embaixada. Avisavam que a situação poderia deteriorar rapidamente e que os cidadãos britânicos que optassem por ficar na Ucrânia não deveriam contar com a ajuda da embaixada no caso de uma emergência.

Não sei se os diplomatas britânicos já voltaram para casa, ou se alguns deles ainda ficaram. Mas nós estamos ficando. Tem uma sauna agendada para quarta que vem. Não tenho certeza se irei, mas tudo é possível! E, se eu for, não vai ser por causa de algum feitiço feito numa cabine de madeira a 100 graus, mas por causa da comunicação – por causa da conversa – que pode me ajudar a entender o que meus amigos estão pensando e o que a Ucrânia está pensando.

## 20 de fevereiro de 2022
## A cultura sob ameaça

A ameaça de um ataque total da Rússia contra a Ucrânia, supostamente agendado para as primeiras horas do dia 16 de fevereiro, forçou Zelensky a anunciar um novo feriado nacional – o "Dia da União". Provavelmente, se esse novo feriado nacional fosse chamado "Dia da União do Povo Ucraniano em Face da Agressão Russa", teria sido mais bem recebido. Mas o Dia da União acabou sendo muito similar ao já existente Dia da Unificação, que é comemorado em 22 de janeiro.

Em 16 de fevereiro, andei pelas ruas por uma hora e meia, procurando evidências da comemoração desse novo dia especial. Afinal de contas, o presidente Zelensky convidou todos a comemorá-lo pendurando bandeiras ucranianas nas janelas e sacadas. Durante todo o passeio, vi apenas duas bandeiras ucranianas e uma bandeira lituana. Nesse mesmo dia, em 16 de fevereiro, a Lituânia tem um verdadeiro feriado nacional, o "Dia da Restauração da Independência".

No Facebook, sim, os ucranianos acrescentaram a bandeira nacional azul e amarela nos seus avatares. E eu também. Mas todos nós só o fizemos em 22 de janeiro, como se fosse um *flashmob*. Há mais manifestações de patriotismo no Facebook do que na vida real. O motivo para isso, não sei.

Um dia antes do esperado ataque noturno a Kyiv, minha esposa e eu fomos à estreia do filme de Oleh Sentsov, *Rhino*. No meio da exibição, meu celular tocou. Eu desliguei sem ver quem era. Então o telefone da minha esposa acendeu. Ela viu o nome, era uma amiga, e escreveu dizendo que ligaria de volta depois do filme.

Saindo do cinema, voltamos a pé para casa. Minha esposa não estava contente com a estreia, criticando o filme por ser violento demais. "Por que fazer, agora, um filme sobre os mafiosos dos anos 1990?", ela disse. Respondi que as pessoas que nasceram no final dos anos 1990 não sabiam nada a respeito da vida mostrada na tela.

Sentsov estava trabalhando muito no projeto antes mesmo das manifestações da Euromaidan. Ele foi preso pelo FSB na Crimeia e passou cinco anos na cadeia russa mais remota e severa até ser libertado. Recebeu algum financiamento da Comissão de Filmes da Ucrânia e mais dinheiro veio da Europa. E, finalmente, o filme está pronto. Sim, é sobre a vida no mundo pós-soviético, horrendamente pobre e perigoso, no qual os jovens não tinham para onde ir senão para o submundo. Tem muita violência e sexo grosseiro no filme. É bem-feito e, embora não haja nada de novo nele, é verdadeiro. Mas, agora que completou seu projeto – interrompido pela prisão –, Sentsov, espero, filmará um assunto mais contemporâneo.

Quando terminamos de debater sobre o filme, minha esposa retornou a ligação para a amiga. Era Lena, uma professora de música. Ela estava muito estressada e bastante convencida de que, às três horas da manhã, a Rússia ia bombardear Kyiv e que alguma coisa tinha que ser feita. Minha esposa disse a Lena que nada daquilo aconteceria, mas, mesmo se bombardeassem Kyiv, Lena não seria afetada de imediato porque ela vive nos tranquilos arredores – nem um pouco perto dos "alvos estratégicos". Lena não ficou convencida e nos mandou um link de notícias de televisão nas quais anunciavam que, de acordo com fontes confiáveis originárias da imprensa britânica, ataques aéreos e por mísseis aconteceriam às três horas da manhã de 16 de fevereiro.

Acordamos na quarta-feira, 16 de fevereiro, e percebemos que a guerra não havia começado. Entretanto, na tarde de quinta, caíram projéteis na vila de Maryinka e na cidade de Stanytsia Luganska, que visitei em 2015. Um projétil de artilharia perfurou a parede do térreo de um jardim de infância e explodiu numa sala de recreação infantil. No momento, não havia crianças, já que elas estavam na área de alimentação, no andar de cima. Mas houve feridos – duas cuidadoras que estavam na sala ao lado tiveram que ser socorridas com concussão. Pais e oficiais de polícia correram para evacuar as crianças e mandá-las de volta para casa.

Logo partirei na direção de Stanytsia Luganska, para a cidade de Sievierodonetsk, que dista cerca de 25 quilômetros da linha de frente com os separatistas do Donbas. Um filme baseado no meu romance *Abelhas cinzentas* está sendo gravado lá. A obra fala dos habitantes da zona cinzenta, uma área de vilarejos quase abandonados onde os moradores remanescentes sobrevivem sem eletricidade, sem lojas, sem correio e sem recursos médicos. No começo da guerra, Stanytsia Luganska, com os seus 15 mil habitantes, viveu sem eletricidade por meio ano. O produto mais importante daquela época era a cera de abelha.

E as pessoas iam para fora para respirar o ar fresco apenas no escuro, quando os atiradores de elite separatistas não conseguiam enxergá-las pelo visor. Desde aquela época, o mosaico da Virgem Maria na fachada de um prédio do governo local, a apenas 200 metros do rio, que forma a linha de frente, ficou cheio de buracos de bala. Atiradores de elite do outro lado do rio usavam o mosaico para praticar tiro ao alvo. A própria região de Lugansk é considerada muito religiosa e quase todas as igrejas daqui pertencem ao Patriarcado de Moscou.

Na semana passada, os ucranianos estavam preocupados não só com um possível ataque aéreo russo, mas também com a competição do Eurovision. Na verdade, havia mais canções na televisão do que notícias sobre uma potencial guerra. Os ucranianos estavam escolhendo um candidato para representar a Ucrânia no Eurovision da Itália. No final, baseado no voto popular e no voto de uma jurada profissional, Alina Pash, uma cantora da Transcarpátia, foi anunciada como a participante oficial da Ucrânia. Mal saiu o resultado, uma tempestade tomou as redes sociais. Soube-se que Alina Pash gosta de visitar Moscou e tirar selfies na Praça Vermelha. E mais: ela viajou da Rússia até a Crimeia anexada, o que é proibido pela lei da Ucrânia. Tentando se defender, Alina Pash arranjou um certificado dos guardas da fronteira ucraniana, dizendo que havia entrado na Crimeia a partir do território ucraniano, e o apresentou ao comitê organizador do Eurovision ucraniano. No entanto, o Departamento de Controle de Fronteiras comunicou que não havia emitido o tal documento para Alina Pash. Ao que parece, a cantora forjou um certificado para dar ao comitê organizador. A pobre menina é bem odiada. Ela se recusou a participar do Eurovision. Mas agora apareceu um novo problema. O segundo lugar na competição foi vencido por um grupo de rap chamado Kalush, mas alguém desenterrou e postou no Instagram uma fotografia de um dos membros da banda posando na capital russa. E Moscou deve estar rindo disso tudo. Moscou ama quando os ucranianos tiram fotos deles mesmos na Praça Vermelha e postam no Facebook ou no Instagram.

Fotografias de uma noite de poesia com Aleksándr Kabánov acabaram de aparecer no Facebook. Recentemente, ele presenteou a Casa Bulgákov, em Moscou, com dois livros de poesia, publicados por uma editora moscovita. Um dos livros se chama *A busca da polícia*. Kabánov se denomina um poeta ucraniano de língua russa, mas está muito preocupado com o destino da língua russa na Ucrânia. Ele próprio edita a revista kyivana *Nash* (Nosso), na qual há prosa e poesia em russo e ucraniano, junto com os trabalhos de artistas punks. Até recentemente, na Ucrânia havia um canal de televisão chamado Nash, mas foi banido por causa de sua orientação obviamente pró-Rússia. Esse canal era propriedade de Ievguêni Muraiev, um dos líderes do bloco de oposição pró-Rússia no parlamento ucraniano e o líder do partido político pró-Rússia *Nashi* (Nossos). De acordo com a CIA e outras agências de inteligências ocidentais, se a Ucrânia for ocupada, Moscou fará de Ievguêni Muraiev o presidente-marionete pró-Rússia.

No Museu Bulgákov de Kyiv, assim como na Casa Bulgákov de Moscou, existe um clube literário. Trata-se do lugar de literatura russa mais frequentado por intelectuais falantes do russo e membros da população. Em Kyiv, há muitos desses lugares que sempre apoiaram a cultura de subsolo ou a cultura não popular. Além do Museu Bulgákov, faz tempo que a Casa dos Cientistas, que é o clube da Academia de Ciências da Ucrânia, é conhecida entre os falantes de russo de Kyiv. Em 1987, quando eu era um tipo de dissidente, fiz a leitura de um dos meus romances lá. A leitura durou quatro horas, mas a plateia não desapareceu. Havia cerca de cem ouvintes. No final da leitura eu estava rouco. Naquela época, ainda não era publicado e aquelas leituras eram a única forma que havia de levar meus romances ao conhecimento do público. Outro lugar liberal como esse era a Casa de Cinema de Kyiv, onde minha esposa e eu assistimos à estreia do filme de Sentsov em 15 de fevereiro.

Nos últimos meses, apesar da situação perigosa, a Ucrânia permanece muito popular entre turistas árabes. Dezenas de milhares de turistas do Qatar, da Arábia Saudita, do Kuwait e dos Emirados vêm ver os Cárpatos, Lviv e Odessa. Parece que os habitantes desses países estão apaixonados pela Ucrânia. Eles gostam das florestas, tão diferentes dos desertos árabes. Alguns desses habitantes acabaram ficando por aqui e estão atuando no comércio e no ramo de restaurantes. Há também aqueles que atuam no contrabando de pássaros vivos, principalmente falcões.

Por muitos dias, os separatistas têm bombardeado posicionamentos do exército ucraniano ao longo de toda a linha de frente, matando e ferindo muitos soldados e oficiais ucranianos. Tanto os vilarejos da linha de frente quanto a população civil estão sofrendo. A Rússia começou a evacuar mulheres e crianças de territórios controlados por separatistas. E todos os homens de 18 anos ou mais que vivem nesses territórios foram recrutados para o exército separatista. É impossível prever como os acontecimentos vão se desenrolar, mas dá para ter uma ideia.

### 23 de fevereiro de 2022
### Tensão, mas sem pânico

Por três noites seguidas, meu telefone tocou continuamente. Um casal de velhos amigos, Igor e Irina, ligaram para dizer que estavam partindo, de carro, para os Cárpatos. Outros simplesmente quiseram saber se eu achava que ia ter guerra e se ela começaria imediatamente ou em duas semanas. Então o presidente russo se dirigiu ao povo russo na televisão para explicar sua versão da história da Rússia e também da Ucrânia e sua versão para mudar o mundo.

A Rússia reconheceu os dois "Estados" não existentes no território ucraniano e assinou tratados de amizade e cooperação militar com eles. Pútin disse que, agora, as "fronteiras" com a Ucrânia – ou seja, a linha de frente – seriam guardadas pelo exército russo. Isso significa que, de agora em diante, o exército russo atirará de dentro do território ucraniano para o território ucraniano.

"O que mudou?", talvez você pergunte. Muita coisa. Antes da "reorganização" de Pútin, as tropas ucranianas estavam respondendo com poder de fogo aos ataques dos separatistas. Agora, se o exército ucraniano responder aos ataques do exército russo, isso será chamado de guerra russo-ucraniana. E as tropas que já sitiavam a Ucrânia agora podem invadir seu território de qualquer ponto ao longo da fronteira entre a Rússia e Belarus.

Pela primeira vez, deu para sentir a tensão em Kyiv. Mas ainda não há pânico. Perto da minha casa, o restaurante libanês Mon Cher está construindo um terraço de verão. Afinal, este ano tivemos um inverno muito curto. A primavera chegou, a temperatura aumentou para 13 ou 14 graus. Faz sol, os pássaros cantam e, ao longo das estradas do oeste, vêm caminhões e veículos médicos militares. Eles atravessam Kyiv e vão para o leste.

Vêm à mente lembranças de 2014, quando veículos blindados de transporte de pessoal e caminhões militares também atravessavam do oeste para o leste da Ucrânia e tanques danificados e veículos blindados carbonizados eram trazidos em tratores. Agora o movimento é só em direção a leste. Mas há outro fluxo leste-oeste. Os refugiados de Stanytsia Luganska, uma cidade bem na linha de frente perto de Lugansk, chegaram a Kharkiv. Até então, só uma dúzia de pessoas. Abandonaram os seus apartamentos e casas, calculando que logo nada restaria deles. Eles sobreviveram em 2014-2015, quando um terço das casas da cidade de 15 mil habitantes foram danificadas por projéteis da artilharia. Até recentemente, restavam cerca de 7 mil pessoas na cidade. Agora é difícil dizer quantas ficaram, especialmente depois do ataque dos separatistas ao jardim de infância. Por milagre, ninguém foi morto.

E eu perdi minha passagem de trem. Em 2 de março, eu deveria ir a Sievierodonetsk, no *óblast* de Lugansk, e retornar a Kyiv no dia 4 no trem noturno. Agora não vou mais.

Até alguns dias atrás, uma equipe de filmagem de Kyiv ainda fazia o filme *Abelhas cinzentas* no vilarejo semiabandonado perto de Sievierodonetsk – a 16 quilômetros do front. Há mais ou menos uma semana, chegaram militares avisando que a evacuação deveria começar a qualquer momento. "Os russos vão avisar duas horas antes de atacar!", um oficial ucraniano disse à equipe de filmagem. "Estejam prontos!"

Ivanna Diadiura, a produtora do filme, combinou com os motoristas locais que eles ficariam de sobreaviso no caso de uma evacuação. Essa garantia custa muito dinheiro. Quase não há dinheiro na região, mas as pessoas têm carros. Existem carros, mas não estrada. Mais precisamente, não há asfalto. Durante uma semana, os carros ficaram parados, mas aí os militares chegaram e lhes disseram que fossem embora urgentemente.

A equipe de filmagem já está de volta a Kyiv. Eles não conseguiram terminar de filmar. Terão que encontrar outro lugar, talvez nas regiões de Chernihiv ou Sumy, onde há muitos vilarejos abandonados ou esvaziados. Essas regiões, *óblasts*, também fazem fronteira com a Rússia. E, no lado russo, há tropas russas. Por quanto tempo será seguro filmar lá? Ninguém sabe.

Não me preocupo mais com o filme. Desde o discurso de Pútin, estive pensando sobre algo totalmente diferente. Amigos ficam ligando sem parar. Então eu recebi mais uma ligação que acabou com minha ansiedade.

A professora de literatura Larissa Alekseievna, da Escola 92 de Kyiv, na qual todos os meus filhos já estudaram, telefonou me chamando para dar uma aula sobre romance policial no dia seguinte. Esse pedido foi totalmente inesperado. Concordei imediatamente. A aula foi muito boa. Enquanto falava sobre a diferença entre o romance policial da Austrália, do Japão e da Inglaterra, eu me esqueci da Rússia, do presidente Pútin e de seus crimes. As crianças também pareciam esquecidas da Rússia e da possível guerra.

Os políticos ucranianos têm falado mais alto do que o usual. O ministro do Exterior recorreu ao presidente Zelensky para finalizar as relações diplomáticas com a Rússia. Um antigo membro do parlamento e ativista, Boryslav Bereza, recorreu a Zelensky com a exigência de introduzir lei marcial nos *óblasts* de Lugansk e Donetsk. Algo me diz que o presidente Zelensky não vai fazer nem um nem outro. Há registros dizendo que ele ainda tem esperança de que a Ucrânia evite uma guerra maior.

Eu gostaria de entender a lógica dele, mas até agora não consigo. O líder da "República Popular de Lugansk", reconhecido pela Rússia, Venezuela, Cuba e Abkházia, exigiu que a Ucrânia "liberasse" a outra metade do *óblast* de Lugansk, que os separatistas não controlam. Ele quer criar uma "república" com as fronteiras da região ucraniana. O chefe da "República do Donetsk", por enquanto, está em silêncio, mas também ameaçou retirar todo o "seu" *óblast* da Ucrânia. O Ministério do Exterior russo anunciou que reconhece ambas as "repúblicas" dentro de suas fronteiras, mas que, no geral, as fronteiras de um "Estado" são uma questão particular do próprio "Estado".

Enquanto uma futura guerra ronda essa declaração, ela não parece iminente. O intervalo entre o reconhecimento das "repúblicas" e a continuação das operações militares russas contra a Ucrânia poderia se estender de duas semanas a três meses ou mais. Tudo depende de como o mundo reagirá a essa situação. Se a reação for barulhenta e se as novas sanções ferirem a economia russa, então o intervalo poderá se estender por seis meses. Se a reação acabar sendo fraca, então a guerra não demorará a chegar.

A Rússia ganha dinheiro para essa guerra na Europa vendendo petróleo e gás. Ela tem reservas financeiras enormes, de forma que somente sanções que coíbam outras fontes de dinheiro ao país podem conter o desejo russo de adentrar ainda mais no território ucraniano.

Enquanto escrevo estas linhas, continuo verificando o meu *feed* de notícias. Agora, Pútin afirmou que reconhece as "repúblicas" nos limites de fronteira mais amplos do que os atualmente controlados pelos separatistas. E, quase imediatamente, vejo uma declaração do presidente Zelensky de que ele acabou de assinar uma ordem para recrutar reservistas ao exército.

Nas últimas semanas, muitos ucranianos se tornaram analistas militares. Eu já sei que um exército que avança perde força de trabalho na proporção de 10 para 1. Ou seja, as baixas daqueles que estão defendendo o território são um décimo das baixas dos que estão avançando.

Meus amigos me mandaram a foto de tela de um site de compras públicas do governo russo. Nela, o Burdiênko – o principal hospital militar de Moscou – está anunciando a compra de 45 mil sacos de cadáver. Na licitação emprega-se o termo médico: sacos anatomopatológicos. Esse número de sacos está quase coincidindo com a opinião de um ex-general russo que disse que a Rússia está pronta para perder até 50 mil soldados durante uma ofensiva na Ucrânia. Eu enviei essa foto para um amigo que entende de sistemas de compras públicas. "É fake", ele respondeu. "Eles já têm centenas de milhares de sacos de cadáver há muito tempo!"

Enquanto escrevo, vejo uma mensagem de que Pútin reconheceu não apenas as "repúblicas" mas também suas "constituições". Essas "constituições" afirmam que os territórios das "repúblicas" incluem todo o *óblast* de Donetsk e todo o *óblast* de Lugansk. Ao ler isso, é como se a guerra tivesse se mudado para muito mais perto.

Já está bem mais difícil de se distrair dos pensamentos sobre a guerra. Pútin falou de novo e deu à Ucrânia e ao mundo um ultimato: ou o mundo e a Ucrânia reconhecem a Crimeia como russa e a Ucrânia desiste para sempre dos seus sonhos de se unir à OTAN, ou o exército russo irá avançar para Kyiv.

As notícias ucranianas estão cheias de previsões de ataques russos. A informação mais popular sugere que a Rússia primeiro vai atacar três cidades: Kharkiv, Kyiv e Kherson. Eu percebi que Kherson será atacada da Crimeia, Kharkiv da região russa de Belgorod, mas de onde atacariam Kyiv? Para o exército russo, o caminho mais curto até Kyiv é através de Belarus e da zona de Chernobyl. Há muito poucas estradas, muitos pântanos e pequenos rios. Sim, há muitos tanques russos do outro lado da fronteira belarussa. Imagens de satélite mostraram o treinamento militar russo praticando a construção de pontões temporários para tanques nos rios próximos à Ucrânia.

É impossível prever as ações de Pútin, só é possível ver claramente seu objetivo, o que ele deseja atingir. No seu último discurso, ele disse especificamente que não reconhecia a Ucrânia como um Estado. Para ele, ela é parte da Rússia. O objetivo é capturá-la e transformá-la no distrito federal sudoeste da Federação Russa. A Duma do Estado pode corrigir a constituição em duas horas, assim como fez para incluir nela a Crimeia. A máquina estatal russa, executora e estúpida, está pronta para cumprir cada capricho de Pútin.

Em 2014, quando o parlamento ucraniano fez uma reunião dedicada às operações militares no Donbas, à qual representantes de todas as igrejas e denominações foram convidados, declarou-se um minuto de silêncio em memória dos soldados ucranianos que morreram na guerra. Todo o parlamento ficou em pé, com exceção dos representantes do Patriarcado de Moscou. Eles permaneceram em suas cadeiras, desafiadores. Os padres do Patriarcado de Moscou se recusaram a enterrar soldados ucranianos que morreram na guerra. Ainda assim, ninguém ateia fogo em suas igrejas ou tenta bater nos seus padres.

Em tempos recentes, oficiais do SBU pegaram vários agentes russos que haviam tentado minar as igrejas do Patriarcado de Moscou em Kharkiv. Os agentes evidentemente queriam que as explosões servissem como mais um *casus belli*.

Não há nada no mundo pior que a guerra. Até a pandemia do coronavírus, agora, parece algo ordinário e compreensível. A guerra nunca pode ser compreendida ou aceita.

Os ucranianos continuam vivendo como de costume. Ontem, parei em frente a uma moderna barbearia hipster. Lá, dois clientes eram barbeados, enquanto um terceiro esperava no bar, bebendo uísque. Enquanto isso, um avião canadense transportando armas aterrissava no aeroporto de Kyiv. Essa nova realidade ucraniana ultrapassa com folga a minha imaginação de escritor. Eu não posso dizer que gosto dela. Mas aceito a realidade.

Nesse meio-tempo, meus velhos amigos Igor e Irina, que foram de carro aos Cárpatos para fugir da guerra, telefonaram para dizer que estavam pensando em seguir viagem à Lituânia pela Polônia. Tanto a Polônia quanto a Lituânia são parceiros confiáveis da Ucrânia e, se necessário, aceitarão não apenas o Igor e a Irina, mas centenas de milhares de outros ucranianos. Só espero que a necessidade disso não aumente.

### 24 de fevereiro de 2022
### Último borsch em Kyiv

Entre as conversas telefônicas da noite passada, eu estava preparando borsch para alguns jornalistas que me visitavam. Esperava que Pútin não interrompesse nosso jantar. Não interrompeu. Ele decidiu atacar a Ucrânia com mísseis às cinco horas da manhã de hoje. A guerra também começou no Donbas e houve ataques em outros lugares, até mesmo um vindo de Belarus.

Agora estamos em guerra com a Rússia. Mas o metrô de Kyiv está funcionando e as cafeterias estão abertas. Acabaram de noticiar que a Ucrânia cortou relações diplomáticas com a Rússia.

Desde o começo do combate, o exército ucraniano abateu seis aviões russos e dois helicópteros. Está claro que nós também temos grandes perdas. Se, antes da agressão russa, a situação mudava todos os dias, agora ela muda a cada hora. Mas eu fico e continuarei a escrever a vocês para que saibam como a Ucrânia vive durante a guerra com a Rússia de Pútin. Protejam-se, onde quer que estejam.

## 1º de março de 2022
## A hora é agora

Minha amiga jornalista da Alemanha não conseguiu falar comigo em nenhum dos meus dois celulares. Um atendimento automático lhe dizia: "Esse número de telefone não existe". Mas a internet fez suas maravilhas e, no final, nos falamos pelo Zoom. Depois da conversa, eu ainda me lembrei dessa frase "esse número de telefone não existe" e então vi no Facebook que uma amiga que trabalha no Ministério do Exterior da Ucrânia também reclamou que as pessoas que ligaram para ela do exterior não conseguiram achá-la. Nós precisamos parar de ficar surpresos com esse tipo de coisa. Enquanto eu existir, meu número de telefone também existe.

Agora estamos ficando com uns amigos no oeste da Ucrânia. Perto daqui há uma estrada que dá na fronteira com a Hungria. Muitos carros seguem nela. Às vezes param, e o motorista e os passageiros saem para esticar as pernas. Com muita frequência, estudantes indianos e árabes estão dirigindo carros velhos. Dá uma pena terrível deles. Sei que muitos estão viajando de Kharkiv, de Dnipro, de Sumy, onde fazem medicina e outros cursos; estudantes que deveriam receber seu diploma de graduação nesse verão. O que vai acontecer com eles? O que vai acontecer com o futuro deles? Mas o principal é sobreviver! Em Kharkiv, um estudante da Índia foi morto há alguns dias por um míssil russo. Perto de Kyiv, soldados russos atiraram num carro com um cidadão israelense que estava viajando. Ele também morreu.

Para mim, esta guerra já é uma "guerra mundial". Minha esposa e eu estamos muito preocupados com nossos amigos – um casal franco-japonês que vivia em Kyiv perto de nós. Ele é um ex-diplomata de 85 anos, sua esposa é uma artista japonesa. Eles sempre foram apaixonados por Kyiv e pela Ucrânia e queriam passar o resto da vida aqui. Compraram um apartamento perto da Ópera, e de suas janelas dá para ver a majestosa catedral Vladimirski. Nos primeiros dias da guerra, quando ainda dava para sair de Kyiv sem nenhum problema, nosso amigo francês simplesmente não queria deixar a casa. Aí, quando o ataque se tornou mais constante, sua esposa ficou preocupada e quis sair o mais rápido possível. Eu falei com ele por telefone, argumentando que eles tinham de sair. Por fim, eles se decidiram. Eles têm carro, mas não há gasolina suficiente no tanque. Pelo menos uma saída de Kyiv é segura – a saída para Odessa. Do outro lado não há nenhuma tropa russa. Eu sei que eles partiram, mas devem ter ido com um comboio organizado pelas Nações Unidas. Para onde foram, ainda não sabemos.

Ultimamente, nossas noites estão ficando bem curtas. Eu bebo 100 ml de conhaque ucraniano antes de me deitar, adormeço imediatamente, por volta da uma da manhã. Aí acordo várias vezes para checar as notícias. De novo, eu me levanto e cuidadosamente leio as notícias e começo a ligar para os meus amigos. Uma colega de trabalho, uma boa amiga, foi parar em Melitopol, que está ocupada pelo exército russo. Ela fica no apartamento, sem sair de lá. Não sei como ajudá-la. De vez em quando, ela me manda e-mails. Às vezes seu telefone não funciona, depois volta a dar sinal de vida.

Outro amigo, diretor de museu, não pôde pegar o trem para Lviv hoje. Ele tentou levar a mãe de 96 anos semiparalisada para fora de Kyiv. Ele a levou para a estação, eles encontraram o vagão, mas, mesmo com passagens, não conseguiram subir no trem. Os condutores disseram que as passagens não importam. Hoje, apenas mães com crianças pequenas serão embarcadas no trem. Trens de Kyiv para o oeste da Ucrânia estão, sim, partindo. As pessoas estão embarcando sem passagem. Quem conseguir embarcar no trem vira passageiro. A cada vagão, há sete ou oito vezes mais pessoas do que assentos.

Em fevereiro de 1919, algo similar aconteceu quando os bolcheviques entraram em Kyiv. Eles bombardearam o centro da cidade e mataram qualquer um que estivesse no caminho. Agora, a história está se repetindo. As tropas do patriota soviético Pútin circundaram Kyiv, mas não podem entrar na cidade. A cidade é defendida ferozmente. A população civil ou se esconde nos seus apartamentos, ou tenta partir no meio de transporte que estiver disponível, ou se junta ao exército territorial para defender sua amada cidade.

## 2 de março de 2022
## Lembrem de mim com um sorriso

Nunca imaginei que tantas coisas pudessem acontecer em uma semana, tantas coisas horríveis! Eu me lembro de uma história da minha mãe sobre como, no primeiro dia da guerra, ela atravessou o largo rio Volkhov num barco de madeira dilapidado com a mãe e o pai dela. Era a manhã de 22 de junho de 1941, o dia do ataque alemão à União Soviética. O pai dela estava indo para a guerra. Minha mãe nunca tornou a vê-lo.

Em 24 de fevereiro de 2022, os primeiros mísseis russos caíram em Kyiv. Às cinco da manhã, minha esposa e eu fomos acordados com o som de explosões. Foram três. Aí, uma hora mais tarde, houve outras duas explosões e tudo silenciou. O silêncio, sem o qual é impossível se concentrar, será raro agora.

Foi muito difícil acreditar que a guerra tinha começado. Quero dizer, já estava claro que ela começara, mas eu não queria acreditar nisso. Você tem que se acostumar psicologicamente com a ideia de que uma guerra começou. Porque, desse momento em diante, a guerra determina seu modo de vida, seu jeito de pensar, seu jeito de tomar decisões.

Um dia antes do início da guerra, os nossos filhos, inclusive a nossa filha que chegara de Londres, haviam ido com os amigos para Lviv, na Ucrânia ocidental. Eles queriam visitar os cafés, os museus e as ruas medievais do centro velho.

Um dia antes do início da guerra, eu me encontrei com o meu velho amigo Boris, um artista armênio e agora cidadão ucraniano, que mora em Kyiv há trinta anos com sua esposa ucraniana. Já faz um tempo que ele está com câncer. Boris parecia confuso. Ele acabou de sair do hospital, onde teve de fazer outra cirurgia.

"Você sabe", ele reclamou, "eu tenho sérios problemas de memória! Depois da última operação, comprei uma arma para defender Kyiv. Minha mulher me proibiu de guardá-la em casa. Eu dei para um amigo guardar, mas não lembro qual amigo. Perguntei para todo mundo, mas todos me dizem que eu não dei arma nenhuma para eles!"

Um dos problemas do Boris é que ele tem amigos demais. Metade de Kyiv ama o Boris; ele confia em todo mundo e está feliz em conversar com qualquer um sobre qualquer assunto. Não sei se ele achou a sua arma, mas tenho certeza de que ele está ajudando os militares em algum lugar. Talvez enchendo sacos com areia para fazer barricadas, talvez cavando trincheira.

Outro amigo, Valentin, está no hospital. Ele é médico, mas já aposentado. Tem diabetes há muitos anos e há pouco esteve doente, pegou coronavírus. Complicações acarretaram, primeiro, na amputação de sua perna direita, depois na da esquerda. Ele estava na unidade de tratamento intensivo no oitavo andar, onde eu o visitava regularmente. Sua esposa estava com muito medo de que os russos pudessem acertar o andar de cima do hospital com um míssil ou uma bomba, então se assegurou de que ele fosse transferido para o quarto andar. Ele ainda está lá. Sua esposa está a seu lado. Todos os dias ela cozinha para ele. Não restou quase nenhum paciente no hospital. E quase nenhum medicamento.

E nós, depois de passarmos o primeiro dia da guerra na casa de uma amiga, a escritora e jornalista inglesa Lily Hyde, que mora em Kyiv há muitos anos, decidimos partir para o interior. Nossa casa na vila não é tão longe, só 90 quilômetros de distância. Quando o toque de recolher acabou, eu olhei no Google Maps e vi que o caminho saindo de Kyiv para o oeste, na direção de nosso vilarejo, estava aberto. Nós arrumamos as malas, tiramos a comida da geladeira e do congelador, carregamos o carro e pegamos a estrada.

Infelizmente, a situação mudou e na hora que chegamos à ponta oeste da cidade o tráfego estava parado. Entre os carros, muitos tinham placas de outras cidades, Dnipro, Zaporíjia, Kharkiv e até Donetsk e Lugansk. Percebi que esses motoristas estavam na estrada havia pelo menos dois dias. Dava para ver isso nos rostos pálidos, nos olhos cansados, na forma como dirigiam.

No caminho, minha esposa ligou para a sua amiga Lena, a professora de música da Escola de Artes de Kyiv, perguntando se ela gostaria de ir conosco para o interior. Lena não conseguia se decidir. Então disse que sim, que iria com o filho. Eles foram para a estrada e nos esperaram por vinte minutos antes que chegássemos ao nosso ponto de encontro. Eles abriram passagem entre os caminhões e ônibus para chegar ao nosso carro e se enfiaram no banco de trás, com mala e tudo. Agora o carro estava cheio.

A viagem até nosso vilarejo, que geralmente leva uma hora, levou quatro horas e meia. Passamos por carros abandonados, carros destroçados, observamos armas e tanques sendo preparados para a defesa de Kyiv. Vimos muito equipamento militar indo e vindo pelo lado direito da estrada, geralmente utilizado por carros que estão a caminho de Kyiv. Bem poucos iam nessa direção agora.

Meu coração estava pesado. Ninguém disse uma palavra. Liguei o rádio do carro e ouvimos as notícias. Agora elas vinham do front. O front era todos os lugares. Hoje o front tem 3 mil quilômetros de extensão, o comprimento da distância entre Rússia e Belarus. Kharkiv e Mariupol estavam sendo bombardeadas, centenas de tanques haviam entrado no território da Ucrânia por diversos lugares, inclusive pela Crimeia. Mísseis balísticos voavam do território de Belarus rumo a cidades ucranianas. As notícias não nos acalmaram, mas nos distraíram dos engarrafamentos.

Dois caças ucranianos deram um rasante sobre nosso carro. Ouvimos explosões. Elas soavam mais alto à medida que avançávamos. Então entendi, pelas notícias do rádio, que ouvíamos os sons de uma batalha na cidade de Hostomel. Estávamos passando por ela. As tropas russas aterrissaram 34 helicópteros lá. Os russos conseguiram explodir a maior aeronave de transporte do mundo, conhecida como *Mriya* (Sonho). Ela fora construída na fábrica Oleg Antonov, em Kyiv. Era única e havia sido emprestada às Nações Unidas para prestar ajuda humanitária à África. Agora ela era passado.

A fábrica Antonov foi o motivo pelo qual minha família se mudou de Leningrado para Kyiv. Meu pai arrumou emprego lá de piloto de teste quando foi desmobilizado do exército soviético. Talvez ele se mudasse para Kyiv de qualquer maneira, para viver com minha avó, mas a fábrica Antonov lhe ofereceu o emprego de piloto de teste e, alguns anos depois, deu a nós um apartamento no quinto andar de um prédio de tijolos do outro lado da pista. Da janela se viam os aviões e a própria pista.

Enquanto nos arrastávamos ao longo da estrada emperrada, eu pensava na minha infância: como meus amigos e eu pulávamos a grade do campo de aviação da fábrica Antonov e procurávamos pedaços de alumínio na grama. Não havia mais nada além disso lá. Os pedaços de alumínio pareciam algo valioso e surpreendente por causa da sua leveza.

*

Quando finalmente chegamos ao interior, eu desliguei o rádio e tudo se aquietou. Não havia nem explosões nem tiros. Os pássaros cantavam, aproveitando o início da primavera. Levamos nossos pertences para dentro de casa, mostramos a Lena o quarto dela e do filho, fizemos chá. Levei um pouco de carne aos vizinhos, para os cachorros – nós sempre guardamos os ossos para eles, armazenando ou na sacada ou no congelador.

Nossos vizinhos Nina e Tolik estavam felizes por nos ver. "Estávamos esperando vocês ontem!", disse Nina. Um dia antes o filho deles, a esposa e o jovem neto haviam chegado de Kyiv.

"Jamais teríamos conseguido chegar aqui ontem", disse eu. No dia anterior havia um congestionamento de 80 quilômetros.

"Nosso filho chegou vindo pelos campos e vilarejos, não pela estrada principal", disse Nina. Concordamos que eu passaria lá várias vezes ao dia para conversar. Sempre mantivemos relações muito amigáveis com eles.

Preparei minha escrivaninha para trabalhar, arrumei meu laptop, liguei o aquecimento, que tinha sido desligado havia uma semana, quando a temperatura subira. Então, um amigo de Kyiv me ligou e perguntou: "Onde você está?". Eu lhe disse. Ele nos recomendou seguir caminho para o oeste imediatamente.

Olhei para meu local de trabalho, pensei no aquecimento, nos amigos que tinham vindo conosco. "Vamos encontrar as crianças em Lviv. Lena e o filho podem ficar aqui. É mais seguro do que Kyiv", falei para a minha esposa. Elizabeth ficou em silêncio, pensando.

"É melhor você contar para eles", respondeu com firmeza.

Contei a Lena nossa decisão de seguirmos caminho e sugerimos mostrar para ela como regular o aquecedor e ligar a bomba d'água. Ela se recusou categoricamente a ficar. "Nós vamos com você", disse, resoluta.

Levamos nossas coisas para fora da casa de novo e carregamos o porta-malas do carro. Elizabeth foi se despedir dos vizinhos.

Nina chorou e abraçou minha esposa; Tolik, seu marido, pálido, apoiava-se na muleta pesadamente. Sua mão esquerda tremia. Nós nos despedimos e voltamos à saída da estrada de Jytomyr.

A viagem a Lviv, a 420 quilômetros, levou 22 horas. Os engarrafamentos se diferenciavam em extensão, de 10 a 50 quilômetros. No final, comecei a pegar no sono, então paramos. Depois de uma hora e meia de sono, seguimos viagem. Na manhã seguinte estávamos em Lviv.

Olhei para as casas e casarões, velhos e familiares, nas mais belas ruas e pensei: "Será que o exército russo vem até aqui? Será que Pútin vai bombardear Lviv ou vai se limitar a outras regiões?". Por fim, dei um basta nesses pensamentos. Eles estavam tirando minha energia.

Encontramos nossos filhos desorientados e tristes. Eu deveria ter dado um cochilo no apartamento que eles alugaram, mas não quis. Estava dolorosamente alerta e sabia que eu não conseguiria dormir.

Não longe de casa, notei uma loja de armas. Ainda estava fechada, mas havia uma fila de gente na frente. Homens, rapazes e moças esperavam o horário de abertura.

Um amigo ligou e perguntou se eu havia partido de Kyiv. Disse que sim. Ele disse que agora a saída pela estrada de Jytomyr estava intransponível – o exército ucraniano explodira a estrada para os tanques russos não passarem em direção a Kyiv. Um pouco depois, chegou uma mensagem de nossa amiga Svetlana, que ficara na capital. "Eu decidi me despedir, por via das dúvidas. Avisaram que vai ter um bombardeiro horrível em Kyiv. Vou ficar em casa, no meu apartamento. Estou cansada de correr para os subsolos. Se algo acontecer, lembrem de mim com um sorriso."

Percebi que não havia ligado para meu irmão mais velho nem para meus dois primos. Consegui falar com meu irmão facilmente. Ele disse que estava em casa, no mesmo apartamento do outro lado da fábrica de aviões, e estava ouvindo o barulho das explosões vindo da direção de Hostomel, pela qual passamos. A ligação a meus primos não se completou. Fiquei me perguntando quando os veria de novo.

### 3 de março de 2022
### Fronteiras

Tínhamos que tirar nossa filha do país e colocá-la num voo de volta para Londres. Havia uma fila de cinco dias para entrar na Polônia. Então, dirigimos pelas montanhas rumo à fronteira com a Hungria. É uma estrada linda. Primeiro, a via de mão simples fluía relativamente bem. Depois, o trânsito acabou parando. Nós só avançávamos de hora em hora. Lá pelas dez da noite, entendi que tinha que parar e dormir um pouco. Todos os hotéis ao longo da estrada estavam lotados, mas alguém me falou de um albergue simples de esqui não longe da estrada. Encontramos o local e fomos conduzidos a quartos compartilhados que pareciam ter sido decorados em outros tempos, numa época melhor. Tinha água quente, mas não tinha toalha. Mencionei isso ao homem que nos deixara entrar. Ele imediatamente trouxe toalhas novinhas, com a etiqueta do preço ainda. Cada uma tinha custado um pouco menos do que o valor da estadia por pessoa. Minha filha veio me dizer que não havia papel higiênico no banheiro deles. O responsável se desculpou e disse que ele iria acordar uma senhora numa loja local para comprar alguns rolos. "Não, não faça isso", disse a ele. "Nós podemos dividir."

Eu dormi bem, mas acordei com o nascer do sol e percebi que precisávamos partir naquele instante se quiséssemos levar nossa filha à Hungria ainda naquele dia. A estrada estava relativamente livre e em torno das dez horas já avistávamos a fronteira.

### 5 de março de 2022
### Quanto dura a sombra do passado?

Quanto tempo dura a sombra do passado? Como funciona a memória? Há muitas respostas para essas perguntas, embora não possamos ter certeza de que alguma delas esteja cem por cento correta. Na prática, nós consultamos nossa própria memória para saber como ela funciona. A memória, mesmo quando se torna uma interlocutora, pode dar um nó na gente com os seus dedinhos e sem nenhuma malícia!

Dizem que as pessoas se lembram das coisas ruins com mais frequência do que das boas. Não eu. Eu me lembro bem do que me agradou e me surpreendeu na vida, mas o que eu não gostei ou o que doeu fica esquecido, abandonado numa profundidade quase inacessível no poço da memória. Vemos nisso o instinto de autopreservação, embora seu funcionamento seja especial. Protegemos nossa psique de memórias ruins e a apoiamos com boas memórias. Na nossa memória, podemos idealizar o passado para que a nostalgia logo se instale, mesmo se forem tempos que não desejaríamos nem aos nossos piores inimigos.

Eu nasci logo depois do Holodomor[7], depois da Segunda Guerra Mundial, depois dos *gulags*, depois da morte de Stálin. Minha mãe nasceu em 1931. Aos 10 anos, ela foi evacuada aos montes Urais com sua mãe, minha avó, e seus irmãos mais velhos. Seu pai, meu avô, foi enviado ao front. Ele acabaria morrendo em 1943 perto de Kharkiv e foi enterrado lá.

Quando eu era um aluno de ensino médio, a vovó Taisia – pois esse era o nome de minha avó – me contou como testemunhou um *pogrom* judeu e como um judeu que estava fugindo da violência, correndo numa ponte de madeira sobre o rio, foi alcançado por um cossaco vindo a cavalo, que o abateu com seu sabre.

Meu avô por parte de pai, um cossaco da região do rio Don, comunista e stalinista, falava só sobre a guerra e sobre as explorações dos soldados soviéticos. Ele nunca falou sobre nossos parentes, também comunistas, que foram parar num *gulag* e que passaram duas décadas nesses campos de trabalho forçado. Eu ouvi essas histórias só depois que meu avô morreu, em 1980. Ficou claro, então, que eu fora protegido de um passado nocivo. As histórias de nossos parentes, suprimidas, eram de conhecimento tanto do meu pai quanto da minha mãe, mas eles nunca falaram sobre isso comigo.

Acontece que, depois da morte da minha avó, graças a meu irmão mais velho, me falaram do livro proibido de Soljenítsyn, *Arquipélago Gulag*. Eu li avidamente, sabendo que dois parentes meus haviam sido enviados para esse *gulag*. Ao lê-lo, tive um desejo voraz

---

[7]  Holodomor, período de fome na Ucrânia de 1932 a 1933. Também conhecido como Grande Fome.

de descobrir a verdade, de saber sobre a história real da União Soviética, não aquela que a gente estudava na escola ou na faculdade. Comecei a viajar ao redor da União, às vezes de trem, às vezes pegando carona com caminhoneiros, chegando a viajar de barco na região do rio Vologda, no norte de Leningrado. Durante minhas visitas, procurei aposentados que haviam servido à burocracia soviética. Queria entrevistá-los sobre o seu passado para descobrir o que eles testemunharam e qual papel desempenharam. Gravei minhas conversas com muitos dos que concordaram em conversar comigo. Enquanto os ouvia, às vezes sentia como se eu tivesse encostado num fogão quente com meus dedos desprotegidos.

Uma das pessoas que concordaram em falar foi Aleksándr Petróvitch Smúrov. Eu o encontrei na Crimeia, perto da cidade de Sudak, onde ele morava como um pacato aposentado. Nos anos 1930, agora distantes, ele havia sido um de três juízes que sentenciavam pessoas sem realizar a audiência. Ele falou abertamente sobre como colocou sua assinatura em sentenças de morte para pessoas sobre as quais nada sabia. À minha pergunta sobre o número de sentenças que assinara, ele respondeu: "Talvez umas 3 mil, é possível que mais". Esse homem não tinha medo de relembrar diante de mim o que havia feito. Ele tinha confiança em sua inocência. Falava com afeto sobre a sua juventude, o seu entusiasmo pela causa soviética, e de como odiava Khruschóv. Ele não se parecia com o meu avô ou qualquer pessoa que eu conhecesse da mesma idade.

Tendo observado minha avó e minha mãe quando eu era jovem, não conseguia deixar de notar a conexão entre as experiências que elas tiveram com a fome, durante a evacuação na Segunda Guerra Mundial, e os seus comportamentos, os seus hábitos já bem depois, nos anos 1970. Na época, eu podia não ter conhecimento sobre o que é memória histórica ou trauma histórico, mas já via as consequências. Agora, entendo muito melhor. A União Soviética conseguiu apagar essas memórias da maioria dos descendentes de ucranianos que foram deportados para a Sibéria e para os Urais. Hoje, eles são leais cidadãos da Federação Russa, apoiando inteira ou parcialmente o dirigente do seu país. Não demandaram e não demandam uma desculpa nem uma indenização do Estado, herdeiro da União Soviética, pela tortura infligida aos seus antepassados pelo sistema soviético. Embora em casa eles talvez ainda contem histórias a suas famílias, coletivamente já removeram o passado. Depois dos eventos de hoje, tenho a impressão de que mesmo que a grande deportação tenha sido esquecida, ela, ainda assim, repete a si própria.

Os tártaros da Crimeia entendem melhor do que outras pessoas o significado dessa terrível palavra. A operação de deportação da população tártaro-crimeia começou às quatro da manhã do dia 18 de maio de 1944 e terminou às quatro da tarde de 20 de maio de 1944. Mais de 32 mil tropas do NKVD foram mobilizadas para executá-la. Deram aos deportados coisa de alguns minutos a meia hora para se arrumarem, e depois eles foram transportados de caminhão para estações de trem. De lá, os trens os levaram ao local do exílio. De acordo com testemunhas, aqueles que resistiam ou que não conseguiam andar eram, às vezes, fuzilados na mesma hora.

A luta não violenta dos tártaros deportados da Crimeia para retornar à sua pátria na Crimeia durou cerca de cinquenta anos e terminou em vitória. Em 1987 e 1989, por decisão do governo soviético, os tártaro-crimeus foram reabilitados, e começou então um longo e complexo processo de repatriação. A memória histórica deles acabou sendo o principal motor desse processo. Isso incluiu não apenas o retorno físico dos tártaro-crimeus à Crimeia, mas também a restauração do seu modo de vida no interior e nas cidades para onde retornavam, vindos de outras regiões da então União Soviética. Nesta Nova Era, vemos a história se repetindo. Na primavera de 1944, Moscou havia deportado todo um povo com a ajuda de forças militares. Setenta anos mais tarde, em 2014, também na primavera e também com a ajuda de forças militares, Moscou anexou toda a península da Crimeia, então parte da Ucrânia. A anexação incluiu todos as pessoas tártaro-crimeias que haviam retornado para casa depois de quase cinquenta anos de exílio forçado.

Em abril de 2014, quase imediatamente após a anexação, o presidente russo Vladimir Pútin assinou o decreto de número 268, "Sobre medidas de reabilitação dos povos armênios, búlgaros, gregos, italianos, tártaro-crimeus e alemães com fins de proporcionar apoio governamental para seu ressurgimento e desenvolvimento". Na melhor tradição de Orwell, o decreto "*re*formulou", ou seja, minimizou a tragédia dos tártaro-crimeus. O documento, no qual estão listadas em ordem alfabética as pessoas diretamente vitimadas pelas repressões stalinistas, vale ser mencionado, pelo menos em parte:

> Com a finalidade de restaurar a justiça histórica, de eliminar as consequências da deportação ilegal do território da República Socialista Soviética Autônoma da Crimeia dos povos armênios, búlgaros, gregos, italianos, tártaro-crimeus e alemães, e de outras violações contra eles, emite-se a seguinte declaração (conforme emendado pelo Decreto do presidente da Federação Russa de 12 de setembro de 2015, n° 458):
>
> I. O governo da Federação Russa, em conjunto com autoridades governamentais da República da Crimeia e da cidade de Sebastopol:
>    A. Tomará uma série de medidas para restaurar a justiça histórica, política, social, e o renascimento espiritual dos povos armênios, búlgaros, gregos, italianos, tártaro-crimeus e alemães que foram submetidos a deportações e repressões políticas por motivos nacionais e outros;
>    B. Deverá apoiar e promover a criação e o desenvolvimento de autonomias nacionais e culturais, de outras associações públicas e organizações dos povos armênios, búlgaros, gregos, italianos, tártaro-crimeus e alemães, os quais são cidadãos da Federação Russa com residência estabelecida nos territórios da República da Crimeia e da cidade de Sebastopol. Deverá apoiar e promover a educação básica geral nas línguas destes povos, o desenvolvimento de seus artesanatos tradicionais e das formas de vida comunais, assim como ajudar a solucionar outras questões relacionadas ao desenvolvimento socioeconômico dos povos armênios, búlgaros, gregos, italianos, tártaro-crimeus e alemães.
> II. Este decreto deve entrar em vigor no dia de sua publicação oficial.
>
> Presidente da Federação Russa, V. Pútin.
>
> Moscou, Kremlin
> 21 de abril de 2014
> N° 268

Não faz sentido comentar sobre um decreto no qual, em adição aos povos tártaro-crimeus, são mencionados os povos italianos e alemães, não indivíduos. Isso é surrealismo político de nível mais elevado. Eu sei com certeza que os povos italianos, búlgaros, alemães e outros povos da Crimeia mencionados nesse decreto não estão sendo submetidos, hoje, à repressão, enquanto os tártaro--crimeus estão lidando com uma forma de deportação neste exato momento em que escrevo. Alguns deles estão proibidos de entrar em seu país natal, proibidos de entrar nas próprias casas, estão proibidos de ver suas famílias. Essa repressão está sendo praticada abertamente numa tentativa de dividir o povo, de discriminar o contingente de tártaro-crimeus que estão prontos para colaborar com a Rússia daqueles que não estão. Este grupo já existe. Seria ideal para a Rússia se os tártaros da Crimeia esquecessem a deportação e se livrassem do opressivo peso da memória histórica, que determina as regras da sua conduta e o seu desejo de continuar a luta por sua honra e pela honra dos seus ancestrais. As autoridades russas entenderam que a memória histórica dos tártaro-crimeus é muito mais forte do que a memória histórica dos russos. Nos tempos da União Soviética, a memória histórica dos russos era formatada como "a memória de heroicos vitoriosos". Essa fórmula tem sido levada a um novo nível de absurdo na Rússia pós-soviética. É construída sobre "a honra do vencedor" em todas as guerras possíveis, mesmo se essas guerras foram, na verdade, perdidas. "A honra do vencedor" cria uma atitude condescendente e arrogante em relação aos "perdedores", ou seja, em relação aos portadores do trauma histórico, seja por experiência individual ou coletiva. O povo russo foi privado de suas feridas históricas e libertado de suas preocupações sobre injustiças passadas. Os mais de 20 milhões de vítimas dos *gulags* foram esquecidos, motivo pelo qual o *gulag* e as repressões stalinistas não se tornaram um trauma histórico para o povo russo. Essas feridas não mudaram a visão de mundo e as atitudes deles, nem alteraram sua identidade.

    O primeiro monumento às vítimas da deportação tártaro--crimeia foi erigido em Sudak em 1994. Em 18 de maio de 2016, dois anos após a anexação russa, no aniversário da deportação em massa, as autoridades russas abriram um complexo memorial próximo à estação de trem de Suren, dedicado às vítimas da deportação no distrito de Bakhtchissarai, na Crimeia. Coincidindo com a abertura desse complexo, o banco nacional da Ucrânia lançou uma moeda de prata comemorativa de 10 hryvnias, "em memória às vítimas do genocídio dos povos tártaro-crimeus". Essa guerra, conduzida em moedas e monumentos, continuará como uma guerra pela verdade histórica e pela memória histórica.

Os tártaros não estão sós. Catorze anos antes da sua deportação, durante 1930 e 1931, mais de 1,8 milhão de camponeses foram expulsos da Ucrânia, principalmente devido a sua resistência à coletivização. Esses números aparecem na documentação dos *gulags* como "colonos especiais". Em 1947, como resultado da assim chamada "Operação Oeste", outros 76 mil ucranianos foram expulsos da Ucrânia ocidental para a Sibéria e para o extremo leste da Rússia. Essas pessoas eram famílias de combatentes clandestinos antissoviéticos, os seus simpatizantes e pessoas simplesmente consideradas "não confiáveis" pelos líderes dos conselhos dos vilarejos daquela época.

Se a justiça algum dia for restaurada, mesmo que apenas formalmente, o trauma histórico dessas deportações e do deslocamento forçado precisa desempenhar um papel na vida dos herdeiros dos ucranianos deportados. Ainda não se adotaram decretos quanto à reabilitação desses deportados, nem durante a época da União Soviética, nem com relação à Ucrânia independente. O que foi promulgado, em 17 de abril de 1991, foi a lei da era soviética a respeito da reabilitação das vítimas de repressão política. A legislação ucraniana daquela época ainda era inteiramente coerente com a legislação soviética. A Ucrânia não possuía suas próprias regulamentações internas. A lei de 1991 cobria o período de 1917 a abril de 1991 e se aplicava a:

> Pessoas que durante este período foram condenadas sem justificativas pela justiça ucraniana ou sofreram algum tipo de repressão por outros órgãos estatais no território da república, incluindo a privação da vida ou da liberdade, recolocação forçada, expulsão e exílio para além das fronteiras da república, privação da cidadania, internação forçada em instituições médicas, privação ou restrição de outros direitos civis ou liberdades, com base em caráter político, social, de classe, nacionalidade ou religião.

Em maio de 2018, uma versão ucraniana melhorada dessa lei passou a vigorar, embora tenha mantido intacta a lista de pessoas cobertas pela lei. Isso deixou milhões de vítimas de recolocações em massa forçadas sem uma reparação prevista por lei. Essa omissão ilustra como os legisladores não querem incomodar a história ao lembrar as vítimas e seus descendentes de crimes cometidos contra suas famílias. Eles querem virar a página desta história traumática, colocando um ponto-final simbólico na questão.

*

Na Lituânia, parece que há uma atitude completamente diferente em relação aos deslocamentos forçados e à deportação de seus cidadãos. A memória histórica das tragédias de junho de 1941 e de maio de 1948 é muito importante para a formação da identidade nacional lituana e para a produção de um consenso dos valores comuns do país, em particular a liberdade do seu povo e a independência do seu Estado.

Em junho de 1941, quase toda a elite política, científica e cultural da Lituânia foi presa e enviada em trens de carga a um campo perto da cidade de Starobilsk, no território da atual região ucraniana de Lugansk. De lá, eles foram enviados em trens de carga ao norte dos Montes Urais e, em seguida, despachados em barcaças para o campo do NKVD no vilarejo de Gári. O *gulag* soviético de Gári manteve presos dois membros do gabinete dos ministros da República da Lituânia junto de milhares de outras pessoas, até mesmo policiais, oficiais do governo, estudantes e personalidades políticas e públicas.

Essa operação foi oficialmente chamada de "medidas para limpar as Repúblicas Socialistas Soviéticas da Lituânia, Letônia e Estônia dos elementos antissoviéticos criminosos e socialmente perigosos". É interessante que, no documento de 16 de maio de 1941, o Comitê Central do Partido Comunista de Toda a União dos Bolcheviques inicialmente se referia apenas à Lituânia. A Letônia e a Estônia foram escritas à mão no decreto, ou seja, logo antes de assinarem o documento.

Em maio de 1948, um ano depois da "Operação Ocidente" no oeste da Ucrânia, começou na Lituânia a "Operação Primavera".

Em apenas dois dias, os órgãos de repressão soviéticos deportaram cerca de 40 mil cidadãos para a Sibéria. Nesse contingente havia muitas mulheres e crianças. Foi a maior deportação de habitantes da Lituânia. O Ministério da Segurança do Estado da União Soviética agiu rapidamente e com rigor. Eles tinham pressa. As autoridades mais altas exigiram que a República "fosse limpa" de elementos antissoviéticos. Isso incluía partidários, assim como camponeses ricos que não concordavam em se organizar em fazendas coletivas. Se na própria Sibéria havia uma severa falta de mão de obra, então por que não enviar para lá alguns lituanos diligentes? O principal propósito da operação, entretanto, era intimidar a população que havia feito o seu melhor para boicotar as reformas econômicas e ideológicas soviéticas. Esse objetivo foi atingido em grande parte: o medo permaneceu alojado no espírito das pessoas por décadas a fio. "Milhares de pessoas foram destruídas e não apenas fisicamente. Muitos destinos foram macerados", reconhece o historiador lituano Arvydas Anushauskas. Enquanto os arquivos de Moscou guardarem os planejamentos e os mapas dessa deportação de setenta anos atrás, eles permanecerão confidenciais e ninguém poderá estudá-los.

Essas deportações, especialmente a última, aquela realizada em 1948, permanecem de certa maneira vivas, como uma ferida aberta. No seu retorno da Sibéria, depois de sobreviver por anos em condições desumanas, os lituanos criaram associações de deportados e coletaram muitas evidências escritas dos crimes do regime soviético. Eu encontrei com alguns membros dessa associação em Anykščiai, no leste da Lituânia. Para eles, a memória é a ferramenta mais importante para prevenir a repetição desses crimes contra o povo. Mas nem todos concordam com a ideia de que manter viva a memória das tragédias seja algo bom. Uma teoria rival, a do "esquecimento consciente", sugere que deveríamos esquecer esses eventos trágicos, já que recordá-los não teria utilidade. Historiadores trabalham em paralelo para substituir o termo "deportação" por palavras como "internação", enquanto continuam achando outros meios de minimizar a importância de tais tragédias históricas.

Os apoiadores da abordagem do "esquecimento consciente" como instrumento para atingir uma coexistência pacífica com vítimas e criminosos do passado estão em atividade em todos os lugares, não apenas na Rússia atual. A disputa entre o campo do "vamos esquecer isso" e aqueles que lutam contra o esquecimento consciente continua e vai continuar sempre que crimes forem cometidos contra milhões de pessoas, contra nações inteiras, contra a humanidade. Não é à toa que as mais terríveis repressões são chamadas de "crimes contra a humanidade". O termo por si só indica a impossibilidade de, algum dia, relegar esses crimes ao esquecimento.

O fato de que os crimes do *gulag*, apesar dos melhores esforços dos ativistas de memoriais e de outras forças democráticas, não sejam um trauma histórico para a Rússia atual, prova que o país ainda não se recuperou do passado, que sofre de algo análogo à Síndrome de Estocolmo, que o passado de Stálin ainda mantém a Federação Russa como refém. É inevitável que feridas históricas afetem a construção da identidade nacional. Elas podem desempenhar uma função tanto positiva quanto consolidadora. Contudo, se levarem a vítima a desenvolver uma predisposição a uma resistência permanente, as consequências dessas feridas históricas podem permanecer totalmente negativas. Aleida Assmann, uma conhecida especialista alemã em trauma histórico, escreve em seu livro *A longa sombra do passado: Cultura da memória e política histórica*:

> Uma política de identidade baseada na semântica do sacrifício acaba sendo parte do problema ao invés de ser uma solução. Mais precisamente, é parte da Síndrome Pós-Traumática, mas não uma tentativa de superá-la. Yehuda Elkana descreveu de forma convincente o desejo devastador de construir uma identidade israelense baseada somente na experiência sacrificial do Holocausto, já que valores culturais importantes são obscurecidos e extraídos da consciência. Ele não alega que o Holocausto deva ser esquecido, mas tem objeções a que o Holocausto atue como eixo central da construção da identidade nacional.

Houve um tempo em que tragédias históricas eram passadas para as próximas gerações em canções folclóricas e baladas. Com frequência, a verdade histórica e o trauma histórico são devolvidos às pessoas através de trabalhos de arte, através da literatura e do cinema. Quanto maior a força desses meios, maior o tempo que esses trabalhos permanecem relevantes às pessoas e, ao final, o melhor deles entra no cânone cultural da experiência histórica.

Dezenas, se não centenas, de milhões de pessoas assistiram ao filme *A lista de Schindler*. Milhões assistiram a *Os gritos do silêncio*, sobre o genocídio no Camboja. Espero que milhões de pessoas ao redor do mundo assistam ao filme de Agnieszka Holland, *À sombra de Stálin*, um filme sobre o Holodomor na Ucrânia e o desinteresse do mundo civilizado nos anos 1930 em ver e reconhecer a verdade sobre o que ocorria na União Soviética.

Espero que, algum dia, diretores ucranianos façam um filme baseado no romance de Vassyl Barka, *O príncipe amarelo*. O livro trata do drama de um vilarejo ucraniano nos anos 1930, durante a deportação em massa de camponeses, e do destino que tiveram. Um filme assim seria essencial tanto para apoiar a memória histórica quanto para nos ajudar a compreender melhor nossos valores nacionais fundamentais enquanto povo ucraniano.

## 6 de março de 2022
## Entrevista com uma xícara de café

Nesta época difícil, dramática, quando a independência do meu país, a Ucrânia, está em risco, os trabalhos do grande escritor escocês Archibald Joseph Cronin, que, de forma brilhante, combinou o talento de um médico e um escritor, me ajudam muito. Eu utilizo todos os cinco volumes da sua obra, publicados em Moscou em 1999 pela editora Fundação Sytin. Não importa quais histórias estão nesses livros. Hoje em dia, eu não leio ficção. Uso os cinco volumes como apoio para o meu computador, assim minhas chamadas por Zoom e Skype seguem as regras da televisão, para que a câmera do computador esteja localizada no nível dos meus olhos.

Esses não são os meus livros e eles não vieram do meu apartamento. Minha esposa e eu estamos agora na Transcarpátia. Uma senhora idosa, que não conhecemos, mas cujo nome é Larysa, nos deu as chaves do seu apartamento enquanto se mudava para a casa da filha. Ela é falante do russo, o que não é incomum na Ucrânia ocidental. Todos os livros – e há muitos deles aqui – são em russo. Há clássicos russos e universais e clássicos ucranianos traduzidos para o russo. Ela também nos deixou uma geladeira cheia de comida e nos disse para nos sentirmos em casa.

Nestes dias, a Ucrânia ocidental tem demonstrado o seu melhor lado, embora a tensão seja palpável. Quando fui ao mercado hoje e quis comprar mel, vi que tinha mel, mas não havia ninguém para me atender. Perguntei a um morador local que estava por perto: "Cadê o vendedor?". Sem se voltar, ele respondeu de forma bem brusca: "Como é que eu vou saber?". Então se virou e se desculpou com o olhar. Decidi não esperar pelo vendedor de mel e, em vez disso, comprei geleia de morango de outro lugar. Eu só queria alguma coisa doce. Nunca comi muita geleia e posso beber café e chá sem açúcar – estava me protegendo da diabetes. Eu dizia a todos que minha vida era doce demais. Mas agora eu quero mel ou geleia.

*

A guerra cria a morte e, ao mesmo tempo, desperta a humanidade nas pessoas. De repente, elas querem ajudar as outras, ajudar aqueles que estão em situações difíceis. Nós temos milhões em uma situação difícil agora mesmo. Sem exagero, também podemos dizer que há milhões de pessoas que ajudam. Os centros humanitários de ajuda aos refugiados têm muitas pessoas para ajudá-los. Esses centros estão localizados principalmente em escolas ou prédios administrativos. Os donos de vários carros na nossa rua penduraram avisos neles que dizem: "Se você precisar levar ajuda humanitária ou um passageiro, me ligue!", seguido dos números de telefone. À noite, a polícia patrulha e verifica os carros. Durante o dia, você vê com frequência policiais carregando metralhadoras.

Jornalistas de vários países me ligam constantemente ou mandam mensagens. Já aprendi a dividi-los em dois tipos: aqueles que realmente querem entender o que está acontecendo, compreender os sentimentos e a dor dos ucranianos, e aqueles que só querem criar uma reputação ou ganhar dinheiro cobrindo um tema quente. Youtubers têm aparecido tentando se fazer passar por jornalistas de publicações bem conhecidas. Eles também pedem entrevistas por vídeo. No estado em que se encontram as figuras públicas ucranianas, escritores e políticos, é fácil demais perder tempo explicando a um youtuber com quinze seguidores as complexidades da situação atual. Conhecendo muitos jornalistas franceses e ingleses já por muito tempo, comecei a checar no Google as credenciais de jornalistas que desconheço. Essa prática, no final das contas, não foi em vão, e me fez economizar muito tempo e esforço perdidos.

A guerra está acontecendo já há duas semanas. A Ucrânia está se segurando. Muitos jornalistas dedicados, tanto ucranianos quanto estrangeiros, continuam a trabalhar na Ucrânia. Hoje, dois deles estão indo à zona de combate perto de Kyiv, para Irpin. Eu lhes desejo êxito no trabalho e um retorno seguro à capital. Eu desejo o bem a todos os ucranianos e a todos que estão do lado da Ucrânia, e também saúde e força. Mas peço aos jornalistas que telefonam aos ucranianos do exterior e que, parece, querem segurar o telefone com a mão direita enquanto seguram uma xícara de café com a esquerda, para não fazerem perguntas burras. A mais estúpida é: "Você está pronto para morrer pela Ucrânia?". Os ucranianos estão prontos para morrer pela Ucrânia. Todos os dias ucranianos morrem pela Ucrânia. Mas a própria Ucrânia não morrerá! A Ucrânia vai sobreviver, vai reconstruir a si própria e seguir adiante, relembrando esta guerra por todos os séculos seguintes.

### 8 de março de 2022
### Pão com sangue

Desde que chegamos à Ucrânia ocidental, começamos a comer muito mais pão do que antes. Minha esposa e eu não costumávamos comer muito pão a não ser quando estávamos no interior. O pão feito na vila era sempre mais gostoso do que os da cidade. No interior ucraniano existe uma longa tradição de haver muito pão sobre a mesa e de comê-lo com manteiga e sal, ou molhando no leite. O pão molhado em leite de vaca fresco também é dado a crianças pequenas – e elas amam.

Os nossos meninos sempre gostaram de pão fresco. Eles gostam de fazer e comer sanduíches. Se fosse na loja do nosso vilarejo, compraríamos o nosso pão favorito, o Makariv – um pão fofinho, branco, em formato de tijolo. Ele era assado na famosa padaria Makariv, na cidade de mesmo nome, que fica a 20 quilômetros de nossa vila. Ocasionalmente, você pode encontrar esse pão em Kyiv, mas apenas em lojinhas de esquina, não em supermercados.

Tenho pensado sobre o pão Makariv já há muitos dias, lembrando o seu gosto. Enquanto lembro, sinto sangue na boca, como quando eu era criança e alguém havia rachado meus lábios numa briga. Na segunda-feira a padaria Makariv foi bombardeada por tropas russas. Os padeiros estavam trabalhando. Eu posso imaginar o cheiro aromático que os rodeava minutos antes do ataque. Num instante, treze funcionários da padaria foram mortos e mais nove ficaram feridos. A padaria não existe mais. O pão Makariv é coisa do passado.

\*

Já faz tempo que não tenho mais palavras para descrever o horror trazido por Pútin que se abateu sobre o solo ucraniano. A Ucrânia é o país do pão e do trigo. Mesmo no Egito, pães e bolos são assados usando farinha ucraniana. Agora é a época em que os campos estão preparados para o plantio, mas esse trabalho não está sendo feito. Em muitas regiões, o solo dos campos de trigo está cheio de metais – fragmentos de projéteis, pedaços de tanques e carros explodidos, restos de aviões e helicópteros abatidos. E tudo isso está coberto de sangue. O sangue de soldados russos que não entendem pelo que estão lutando; o sangue de soldados ucranianos e civis que sabem que, se não lutarem, a Ucrânia não mais existirá. Em seu lugar, haverá um cemitério com a cabana de um zelador e algum tipo de governador geral, enviado pela Rússia para ficar plantado lá, de olho nele.

O pão estava misturado com o sangue também em Chernihiv, quando soldados russos soltaram bombas "burras" não guiadas sobre a padaria na praça da cidade. As pessoas faziam uma fila do lado de fora, esperando para comprar pão fresco e quentinho. Quando a bomba caiu, alguém estava justamente saindo da loja carregando uma sacola. Muitas pessoas morreram nesse ataque. A Anistia Internacional documentou esse crime cometido pelo exército russo.

Todos os dias a lista de crimes fica maior à medida que mais e mais ações de Pútin são adicionadas à lista – os disparos contra jovens voluntários que estavam carregando comida a um abrigo de cães em Hostomel, o assassinato de carteiros que estavam entregando aposentadorias aos residentes idosos na região de Sumy, a execução de dois padres na estrada e o assassinato de funcionários no centro de televisão de Kyiv. E a lista só vai aumentando e aumentando. Nós certamente não sabemos todos os crimes que foram cometidos, mas todos eles serão descobertos e a lista será apresentada em um novo julgamento de Nuremberg. Claro que não importa em que cidade o julgamento ocorrerá. O principal a saber é que todos que cometeram esses crimes serão julgados!

Advogados internacionais já começaram a coletar evidências dos crimes cometidos.

Os ucranianos mal podem esperar pelo veredito sobre os assassinos e criminosos de guerra. Mas, por enquanto, têm que sobreviver aos bombardeios constantes do exército russo. Eles passam as noites nos subsolos, em abrigos antibomba, em banheiros. O último conselho que está circulando na internet nos diz que, no caso de um bombardeio, se você não puder sair de seu apartamento, os locais mais seguros para ficar são dentro de uma banheira de ferro fundido ou em corredores internos, aqueles que não têm janelas.

As pessoas de Kyiv de repente se tornaram muito apegadas ao metrô, um dos sistemas subterrâneos mais belos e mais profundos do mundo. O metrô já não é mais uma forma de transporte, é um refúgio, algo como em um filme apocalíptico. As estações estão cobertas com avisos instrutivos. Há espaços de convivência em todos os lugares. As plataformas se tornaram salas de cinema onde filmes são exibidos de graça: infantis de manhã e, para uma audiência maior, mais tarde. Grandes telas já foram penduradas em catorze estações de metrô de Kyiv. Existe um fornecimento constante de chá e wi-fi de graça, embora o sinal seja fraco. Mesmo com banheiros insuficientes, as pessoas já não reclamam por ficar na fila quarenta minutos ou mais. Todos aguardam pacientemente. Estão esperando o fim da guerra e o começo do julgamento – um julgamento que o mundo todo irá acompanhar, assim como todo o mundo acompanhou os julgamentos de Nuremberg.

Será que na Rússia eles pensam sobre esses futuros trâmites jurídicos? Creio que não pensem em nada disso. Eles estão muito ocupados comprando dólares e euros. Ações direcionadas ao setor bancário fizeram com que o valor do rublo caísse drasticamente, provocando pânico. Pânico também foi observado na fronteira russo-finlandesa, através da qual muitos russos têm deixado seu país natal. Eles deixam porque têm vergonha de ficar na Rússia, ou porque podem ser recrutados para o exército. Não querem morrer, nem querem matar.

Nem querem, tampouco, virar bucha de canhão para o Kremlin. Alguns soldados russos capturados chegaram a pedir permissão para permanecer na Ucrânia em definitivo. "Se voltarmos, é para a cadeia!", eles dizem.

Nas fronteiras entre Ucrânia e Moldávia, Romênia, Hungria, Eslováquia e Polônia há filas de refugiados. Alguns homens ucranianos estão tentando sair do país usando passaportes russos falsos. Eles também não querem lutar. Eu não os julgo. Deixe que o tempo e a história nos julguem a todos. Fico satisfeito que, nestes que são os tempos mais difíceis, a maioria dos ucranianos tenha mantido a sua humanidade e esteja tentando ajudar uns aos outros. Uma mobilização foi anunciada, mas ninguém está sendo levado forçosamente ao exército. Aqueles que querem defender o seu país natal vão ao escritório de registro militar mais próximo e se alistam. Com frequência, pedem a eles que deixem um telefone e aguardem uma ligação. Enquanto há muitos que querem lutar contra os invasores, nem todos podem ser úteis em operação militar.

Nos últimos dois dias, comecei a ter receio de abrir o Facebook. Cada vez com mais frequência, no *feed* de notícias, vejo postagens de jovens ucranianas declarando o seu amor pelos maridos recentemente mortos. Eu conheço algumas dessas mulheres e conhecia os maridos. Não posso ler esses prantos de desespero, atirados ao poço sem fundo da internet, sem lágrimas. Mas também não dá para não os ler. Eu quero ver e ouvir tudo o que está acontecendo agora no meu país. Sei que, na cidade ocupada de Melitopol, no sul da Ucrânia, começaram a prender ativistas tártaro-crimeus e outros cidadãos ativos. Sei que os funcionários da usina nuclear de Chernobyl são mantidos como prisioneiros pelos invasores russos e que os seus telefones celulares foram apreendidos. Propagandistas da televisão de Moscou foram para lá sob proteção do exército militar. Não sei quais histórias eles contam na Rússia sobre esta guerra, sobre a captura da usina de Chernobyl, ou sobre a captura da usina nuclear de Zaporíjia, que ainda está em operação. Por que eles precisam dessas instalações atômicas? Será que estão planejando chantagear a Ucrânia e o mundo? Por que estão bombardeando hospitais pediátricos e escolas?! Por que estão destruindo áreas residenciais em Chernihiv, Borodianka, Kharkiv e Mariupol? Por que estão bombardeando padarias e panificadoras? Eu não tenho respostas para nenhuma dessas perguntas.

"Não é possível entender a Rússia usando a razão!", escreveu Fiódor Tiutchev, famoso poeta do século XIX. Concordo com ele, mas ainda assim tenho uma pergunta: quem há de entender a Rússia, se a razão não pode ajudar?

## 9 de março de 2022
## Um país em busca de segurança

A minha família acha difícil ser refugiado. Para nos distrairmos do pensamento sobre o que foi deixado para trás e da incerteza quanto ao futuro, tentamos aproveitar a paisagem local e nos interessar pela arquitetura e pela história que estão ao nosso redor. No início, a minha família fotografava. Agora eles não fazem mais isso. Os habitantes locais, que são extremamente atenciosos aos refugiados em geral, olham com maus olhos qualquer pessoa que age como turista. "Você não sabe que tem uma guerra acontecendo?", gritam eles.

A acomodação no apartamento em que estamos nos foi dada por uma senhora aposentada com quem nunca me encontrei, parente de um dos nossos amigos. Ela foi morar com a filha e nem tirou a comida da geladeira. Disse para a gente comer. No começo, não havia aquecimento nem água quente. Um dia antes de a Ucrânia ser atacada pela primeira vez, o aquecedor quebrou. De madrugada, a temperatura cai a 1 ou 2 graus negativos. Infelizmente, deixamos a maioria de nossas roupas de inverno em Kyiv. Não esperávamos que estivesse tão frio. Afinal, fazia sol e nós já havíamos notado sinais da primavera na metade de fevereiro.

A proprietária do apartamento ligou para o técnico do aquecedor e, alguns dias depois, ele apareceu. Verificou o sistema de aquecimento mas disse que, para consertá-lo, precisaria encontrar algumas peças. Voltaria assim que as encontrasse. Dois dias depois, voltou em torno da meia-noite e trabalhou por volta de uma hora. Ele estava bocejando. Como queria ficar atento, começou a conversar.

Eu fiquei em pé segurando uma lanterna apontada para o aquecedor enquanto conversávamos, ou melhor, enquanto ele falava e eu ouvia. Falou de si mesmo, falou sobre como tem consertado aquecedores a sua vida inteira, sobre como algumas vezes foi chamado à casa de gente rica. Ele já foi até buscado por motoristas para ir a "umas mansões chiques". Porque, no fim das contas, os aquecedores de mansões pomposas também quebram! Finalmente, por volta da uma da manhã ele foi embora. Não cobrou muito. Disse que voltaria para casa a pé, não queria chamar um táxi.

Esse apartamento lembra o apartamento dos meus falecidos pais – é como um museu da era soviética. Dois quartos, uma pequena cozinha, banheiro com vaso sanitário separado. A sala é forrada de armários de madeira e estantes de livro. A proprietária é uma residente falante do russo. A Ucrânia ocidental é mais segura para todos, até mesmo para os falantes de russo. A maioria dos civis mortos pelo exército russo em Kharkiv, Mariupol, Melitopol, Chernihiv e outras cidades são falantes do russo ou russos étnicos. Esta guerra não diz respeito à língua russa, que eu usei para falar e escrever toda a minha vida. Esta guerra representa a última chance de Pútin, já envelhecido, realizar seu sonho de recriar a União Soviética ou o Império Russo. Nem um nem outro é possível sem Kyiv, sem a Ucrânia. Então, o sangue é derramado e as pessoas estão morrendo, até mesmo soldados russos. Esta guerra vai criar uma cortina de ferro entre os ucranianos e os russos por muitos e muitos anos.

Ontem à noite, liguei várias vezes para meu irmão em Kyiv. Ele tem quase setenta anos. Nos últimos trinta, tem feito ioga e meditação. Ele sempre fala de maneira calma e comedida. Nós temos nos falado pelo telefone todos os dias e, todos os dias, ele diz que ele, a esposa e o gato ficarão em Kyiv, apesar de viverem perto da fábrica de aviões Antonov. Atrás dele está Hostomel, onde vem se desenrolando uma intensa batalha já há dez dias. Mas ontem eles finalmente decidiram partir. Não irão para longe, somente a uma casa no interior, que fica a 150 quilômetros de Kyiv.

Meu irmão, a esposa, o irmão e a mãe dela partiram assim que cessou o toque de recolher noturno. O carro devia estar abarrotado. Junto dos quatro adultos e suas bagagens, havia ainda Pepin, o gato, e Semyon, o hamster. Agora há apenas uma saída mais ou menos segura de Kyiv, a sudoeste da cidade.

Eles chegaram ao vilarejo no fim da tarde. A casa estava fria. Havia apenas o fogão à lenha, um banheiro externo e sem água corrente, só um poço. Rapidamente, eles acenderam o fogo no velho fogão de tijolos, mas a casa ainda estava fria quando foram se deitar. Todos dormiram completamente vestidos, cobrindo a cabeça com cobertores velhos. Durante a noite, meu irmão acordou várias vezes para colocar lenha no fogão. Assim como os seus donos, o gato Pepin e o hamster Semyon também ficaram com frio. De manhã, as coisas estavam um pouco mais quentes. Meu irmão me telefonou e perguntou se houve alguma outra notícia durante a noite. Onde eles estão, não há televisão nem rádio e quase nenhum acesso à internet. Mas, pelo menos, eles estavam fora de Kyiv, fora do constante barulho de bombas com o qual viveram por mais de dez dias.

Agora, estou esperando dois velhos amigos saírem da capital. No momento, Valentin e Tatiana estão no hospital. Valentin, um diabético, recentemente teve suas duas pernas amputadas. Ele tem 92 anos de idade. Os dois têm um carro e Tatiana pode dirigir, mas Valentin não pode se sentar. Ele tem que viajar deitado. Sendo professor titular de medicina, participou de conferências científicas por toda a Europa. Colegas de trabalho e amigos da Alemanha já convidaram a ele e a sua esposa para irem para lá. Mas os obstáculos pareciam instransponíveis. Os pouquíssimos pacientes que permaneceram no hospital estão agora todos reunidos em um só andar para que o pequeno contingente de médicos e enfermeiras ainda disponíveis possa cuidar deles com mais facilidade.

No dia de hoje, Tatiana está ligeiramente mais esperançosa quanto à possibilidade de fugir de Kyiv. Informados de que um trem de evacuação estava sendo preparado para pacientes do mais importante hospital infantil da Ucrânia, o diretor ofereceu colocá-la nele com Valentin. Estou esperando notícias deles e espero que consigam vir para a Ucrânia ocidental junto com as crianças doentes.

Eles deixarão em Kyiv um apartamento extraordinário, repleto de antiguidades, pinturas e uma coleção enorme de discos de jazz. Fica em um dos prédios mais interessantes do século XIX da cidade. Valentin sempre gostou muito de jazz. Posso imaginar o turbilhão de sentimentos que eles vivenciaram durante a partida. E o que acontecerá quando chegarem à Alemanha? Certamente, vão esperar pela primeira oportunidade para voltar para casa. Disso tenho certeza. Todos os ucranianos que deixaram suas casas vão esperar o momento seguro para retornar. Assim como eu estou esperando.

Não só estou esperando pela oportunidade de retornar a uma Kyiv pacífica, mas de retornar à minha biblioteca, à minha escrivaninha, aos arquivos que eu estava usando para escrever meu último romance, aos meus planos para o futuro, ao mundo que eu tenho criado ao meu redor por décadas, um mundo que me fazia feliz. Eu não podia nem imaginar que esta alegria poderia ser destruída tão facilmente. Eu pensava que minha felicidade não fosse material, mas um estado mental, como a energia que brota ao fazer contato visual com outra pessoa. Eu sou alguém que ama e aproveita a vida, os raios do sol, o céu azul, as estrelas das noites de verão.

O que me conforta é que tenho sido feliz por muito tempo, mas me sinto muito triste pelos mais jovens. Porém, vejo como eles resistem às forças que querem furtar deles o futuro. Casais jovens têm se casado nas barricadas nas entradas da cidade pelas forças de defesa territorial. Mais de 480 crianças nasceram em Kyiv desde o começo da guerra. Quase todas nasceram no subsolo, em abrigos antibombas em plataformas de metrô e no subsolo de maternidades. Quero imaginar seu futuro brilhante e cheio de luz solar. Mas, para isso, elas precisam primeiro sobreviver.

Os pais de toda a Ucrânia estão fazendo o que podem pelos seus filhos. Um garoto de 11 anos de idade, de Zaporíjia, foi colocado num trem por sua mãe carregando apenas um saquinho plástico com o seu passaporte e um pedaço de papel com o telefone de amigos que vivem em Bratislava. Ele viajou por conta própria todo o percurso até a fronteira entre a Ucrânia e a Eslováquia, na região da Transcarpátia. A mãe dele teve que ficar em Zaporíjia para cuidar da própria mãe, que é acamada. O menino está agora na Eslováquia. Lá, foi recebido por boas pessoas, nossos vizinhos eslovacos. Eu espero que ele possa voltar para casa o mais rápido possível. Mas, para que isso aconteça, deve haver o fim das atrocidades contra o povo ucraniano pelo Estado russo.

Para que isso ocorra, primeiro será necessário expulsar os russos do território ucraniano ou fazer um acordo com eles para que cessem a agressão e recuem. As negociações estão ocorrendo e, provavelmente, continuarão ocorrendo por muito tempo. Esta guerra, conduzida ao estilo da Segunda Guerra Mundial, com o bombardeio de cidades pacíficas e o assassinato de civis, continua inabalável. O mundo todo observa e não acredita que tal guerra seja possível na Europa no século XXI. Mas é possível. A guerra continua e afetará o mundo inteiro, não apenas por causa do fluxo de refugiados, mas também porque o ardiloso líder de um grande país foi capaz de desestabilizar tudo, de destruir economias, de criar uma ansiedade e medo generalizados. O mundo inteiro deve ajudar a Ucrânia agora, caso contrário esta guerra recairá sobre a Europa.

### 10 de março de 2022
### Seria uma boa hora para olhar para trás?

Estou no oeste da Ucrânia, numa cidadezinha perto das montanhas, no apartamento de outra pessoa. A minha esposa e o meu filho mais novo ainda estão dormindo, o nosso filho mais velho passou toda a noite de plantão num centro de refugiados. De manhã, seguirá dando aula de inglês para crianças refugiadas. A biblioteca local está providenciando espaço para isso dentro de um programa de atividades para os pequenos.

Está escuro lá fora. Estou esperando o amanhecer iluminar as montanhas. Bebo café com leite, embora saiba que depois da terceira xícara vou sentir um desconforto. Como ontem, penso sobre o passado. Revejo em minha mente o que aconteceu comigo e com minha família durante os últimos 34 anos. Na minha família, sou o único cidadão da Ucrânia. A minha esposa nasceu em Surrey, ela e os nossos filhos são súditos britânicos. Ainda em 1988, durante o degelo de Gorbachev, após nove meses correndo de lá para cá nos escritórios soviéticos de visto, recebi permissão para partir da União Soviética e viajar a Londres para o nosso casamento. É uma longa história, digna de um livro, mas esse terá que esperar. A Ucrânia se tornou uma casa para minha esposa e para as crianças logo que nasceram.

Depois de nosso casamento em Brixton, viajamos de trem de volta à União Soviética. As pessoas pensavam que éramos loucos – até mesmo o funcionário da embaixada soviética em Londres que processou o pedido de visto de minha esposa. Junto da expressão cortante e hostil típica de um representante da KGB, havia também uma expressão de perplexidade em seus olhos. No final, ele até me aconselhou a comprar um videocassete, para que eu pudesse vendê-lo na União Soviética e ter algum dinheiro para viver.

Nossa viagem para Kyiv passou longe de ser fácil. Dormimos no chão da estação em Berlim, porque não havia nem trens nem passagens para a Ucrânia. Quando, certa noite e às altas horas, finalmente chegamos à cidade de Brest, na fronteira entre a Polônia e Belarus, fomos retirados do trem para que os oficiais da alfândega pudessem fazer uma busca detalhada em nossa bagagem. Levou horas. O trem partiu sem a gente. Ficamos ali até de manhã, olhando os oficiais da alfândega verificarem nossas coisas e folhearem os livros de editoras russas emigradas que eu levava para casa, em Kyiv – mais de duas centenas deles! Muitos eram diários e memórias de políticos e figuras públicas antissoviéticas do século XX. No fim, a oficial da alfândega disse: "Esses livros não são mais proibidos. Você pode levá-los. Mas se tivesse as memórias de Khruschóv, eu teria que tirá-lo de você. Khruschóv ainda não é permitido". Ela não havia visto que essas memórias estavam lá na minha pasta. Eu havia removido a capa do livro antes de partir de Londres. Afinal, eu precisava daquele livro para escrever o meu romance *O pavio de Bickford*, no qual um Nikita Khruschóv metade real, metade imaginário, é um dos principais protagonistas.

Mudar de um lugar para outro tem sido uma tradição de gerações na minha família. Em 1941, com 9 anos, minha mãe e a mãe dela, dois irmãos e a avó paterna fugiram todos juntos de Leningrado para a Sibéria. Eles eram refugiados até o fim da guerra, viajando em trens que foram bombardeados e vivendo em cubículos imundos, nada bem-vindos pela população local que tinha pouco alimento para si mesma. Em 1945, na viagem de volta para casa, minha mãe pegou escabiose. Já adolescente, a memória que ficou daquela época foi de uma vergonha horrorosa.

Depois da crise cubana, Khruschóv queria mostrar que a União Soviética era um país pacífico. Ele anunciou um desarmamento unilateral. Cem mil oficiais do exército soviético se tornaram reservistas e esperavam encontrar outro trabalho e outra forma de sustento. Meu pai, que fora piloto militar, também foi dispensado do exército. Ele se mudou para Kyiv para ficar com a minha avó. Eu tinha 2 anos de idade e meu irmão mais velho, Misha, tinha 9. O pinguim Misha, do livro *A morte e o pinguim*, é uma homenagem a ele.

Hoje em dia, a minha família e eu somos refugiados, mas não sentimos as dificuldades que muitos outros refugiados ucranianos experimentam no momento. Nós fomos ajudados por amigos e nos hospedamos em um lar temporário nas montanhas dos Cárpatos. Tivemos a chance de encontrar tranquilidade e fazer atividades que são úteis ao país. Mas, duas semanas atrás, quando escapamos de Kyiv de carro, éramos refugiados no sentido mais pleno dessa palavra.

Jornalistas de todo o mundo continuam a me telefonar para perguntar, entre outras coisas, "o motivo desta guerra". No início, nós não entendíamos o que era a guerra. Até vê-la e ouvi-la, você não pode entendê-la.

*

Em 24 de fevereiro, fomos acordados às cinco da manhã pelo ruído de explosões. Elas permanecerão para sempre na minha memória. Andamos ao redor do centro histórico de Kyiv, perto de onde vivemos, para encontrar o abrigo antibombas mais próximo. Eles também são velhos, quase da Antiguidade – foram feitos na época soviética, construídos no caso de uma guerra com a OTAN. Antes disso, não havíamos pensado em sair de Kyiv. Não podíamos imaginar que a Rússia bombardearia a capital ucraniana. Mas isso já aconteceu. Não creio que tenhamos sido ingênuos. O nosso choque resultante das ações do vizinho do leste é uma evidência do despreparo das pessoas modernas para horrores que já não encontram mais lugar na vida contemporânea. Admito que eu deveria ter entendido melhor. Meus próprios compatriotas, aqueles que vivem nas áreas ao leste do país, têm vivenciado ataques como esses por oito anos. Eu até escrevi sobre isso em *Abelhas cinzentas*. Mas eu continuava despreparado. E agora cá estamos, refugiados no sopé dos Cárpatos ucranianos. E, neste lugar, a própria natureza o convida à reflexão.

O motivo desta guerra, em poucas palavras, é o desejo de Pútin de restabelecer um território unido assim como já fora outrora considerado pela União Soviética. Por vinte anos, ele tem repetido o mantra "russos e ucranianos são um só povo", significando "os ucranianos pertencem à Rússia". Os ucranianos não concordam com isso. Pútin com frequência declarou publicamente que a maior tragédia que ele experimentou foi o colapso da União Soviética. Para a maioria dos ucranianos, isso não foi uma tragédia. Pelo contrário, foi uma oportunidade de se tornar um país europeu e de readquirir a independência do Império Russo.

Desde a eleição de Pútin, a Rússia tem interferido na economia ucraniana, na vida política e até mesmo na segurança do Estado, sempre tentando subjugar a independência do país. Quando a poeira baixou depois da tragédia da Maidan, não era para ser surpresa a descoberta de que muitos líderes de nossas forças armadas e dos serviços de inteligência tinham passaporte russo. Jamais deveriam permitir que tal situação ocorresse novamente. Pútin teria que encontrar outras maneiras de aleijar a independência da Ucrânia. E ele encontrou – na anexação da Crimeia e na ocupação de duas regiões no leste do país.

Pútin alega que os ucranianos não são um povo em separado e diz que a Ucrânia foi inventada por Lênin. Não há base histórica para essa afirmação. A Ucrânia tem sua própria história e a Rússia, a dela. Há épocas em que a história da Ucrânia e a da Rússia se cruzam e épocas em que não. Assim como, em outras épocas, o destino da Ucrânia coincidiu com o Estado Polaco-Lituano.

Nos séculos XVI e XVII, quando a Rússia continuou sendo uma monarquia, os cossacos ucranianos elegeram os seus comandantes-chefes, ou atamãs. Na Ucrânia, os cossacos também elegiam os seus oficiais superiores. Naquela época, a Ucrânia tinha seu próprio serviço diplomático e seu próprio sistema de justiça. A Ucrânia também estava constantemente em guerra, primeiro com a Polônia, depois com a Rússia, então com a Crimeia turca. Mapas antigos de diferentes anos mostram a Ucrânia com fronteiras distintas, refletindo os resultados das últimas batalhas lutadas pelos cossacos. Mas isso mudou quando, em 1654, o atamã ucraniano Bogdan Khmelnitsky pediu ao tzar russo ajuda militar contra a Polônia. Isso marcou o fim da independência ucraniana e baniu efetivamente o exército cossaco. Os cossacos deveriam ou servir no exército tzarista russo, mudando-se para o norte do Cáucaso e estabelecendo-se por lá, ou se tornar camponeses sob controle do Império Russo.

Os ucranianos nunca tiveram um tzar e nunca estiveram prontos para obedecer a um. Os russos, por outro lado, que viveram por séculos sob a monarquia, amavam os seus tzares. Às vezes, eles os assassinavam, mas depois adorariam o próximo que viesse. Lealdade ao monarca também foi uma característica-chave da era soviética. Dos seis secretários-gerais do Partido Comunista da União Soviética, apenas um foi dispensado, o ucraniano Nikita Khruschóv. Os outros cinco permaneceram líderes do Estado soviético até morrerem. Durante o período de 22 anos do governo de Pútin na Rússia, a Ucrânia teve cinco presidentes.

Os ucranianos são individualistas, egoístas, anarquistas que não gostam de autoridade nem de governo. Eles acham que sabem como organizar sua própria vida, à revelia de qual partido ou de qual força está no poder do país. Se não gostam das ações das autoridades, eles saem para protestar e para criar "Maidans". Qualquer governo na Ucrânia tem medo da "rua", medo do povo.

A maioria dos russos, leal à autoridade, tem medo de protestar e deseja obedecer a qualquer regra criada pelo Kremlin. Agora, eles estão privados de informação, do Facebook e do Twitter. Mas, mesmo quando eles têm acesso a visões alternativas, preferem acreditar nas oficiais.

Na Ucrânia, há cerca de quatrocentos partidos políticos registrados no Ministério da Justiça. Isso realça o individualismo dos ucranianos. Os ucranianos não votam na extrema esquerda ou na extrema direita. É simples: no fundo, eles são liberais.

A memória histórica que os ucranianos conseguiram readquirir desde o fim da censura soviética afetou muito as suas opiniões políticas. Agora que sabem mais sobre as deportações dos camponeses ucranianos para a Sibéria e para o extremo leste nos anos 1920 e 1930, eles podem dizer seguramente: "Nós e os russos somos dois povos diferentes!". As deportações ocorreram para punir os ucranianos que se recusavam a se unir às fazendas coletivas. Os ucranianos não são coletivistas: todo mundo quer ser o proprietário da sua própria terra, da sua própria vaca, do seu próprio plantio. Depois das deportações, o castigo seguinte imposto aos ucranianos por seu individualismo e falta de desejo em se tornar "o povo soviético" foi a fome, ou o Holodomor, de 1932 e 1933, organizada pelos comunistas e por Stálin. Oficialmente, as criações, os grãos e sementes, as rações animais, o estoque de alimentos foram tirados dos ucranianos para ajudar os russos que passavam fome na região do rio Volga. A expropriação foi total – tudo foi tomado, até o último grão, deixando ucranianos passarem fome até a morte. Para se salvarem, mercadores famintos do interior tentaram ir até as cidades, mas o exército soviético ficou de guarda e não os deixou entrar. Não há números exatos de morte por inanição durante aquela época horrível, mas estamos falando de muitos milhões. Durante o Holodomor, é certo que houve casos específicos de canibalismo. Contudo, a tragédia logo se tornou uma arma política. Mais tarde, quando a polícia soviética perseguiu os sobreviventes, estes foram acusados de canibalismo, mesmo que, com frequência, fosse mentira.

Depois da Segunda Guerra Mundial, a propaganda soviética focou em colocar em descrédito de uma vez por todas o conceito de nacionalismo ucraniano. A pessoa utilizada para este propósito foi Stepan Bandera. As autoridades soviéticas trabalhavam diligentemente para expor Bandera como um anti-herói, mas o resultado foi o oposto. Para muitos ucranianos, Bandera tornou-se um verdadeiro herói. Embora não houvesse nada realmente heroico sobre sua história, venerar o que quer que fosse que a União Soviética odiasse tornou-se um hábito ucraniano.

Depois da Primeira Guerra Mundial, a Polônia tomou algumas partes do Império Austro-Húngaro, incluindo áreas no território ucraniano, como a Galícia, onde Bandera nasceu. Cidadão polonês etnicamente ucraniano, ele organizou atentados terroristas na Polônia, numa campanha violenta pela independência ucraniana. Enviou estudantes ucranianos para assassinar políticos e estadistas poloneses. Era o líder de uma das muitas organizações nacionalistas que faziam campanha, na época, pela independência ucraniana. Quando a Segunda Guerra Mundial começou, Bandera esperava que a Alemanha nazista permitisse a criação de uma Ucrânia independente. Os nazistas não tinham essa intenção e o colocaram no campo de concentração de Sachsenhausen, onde permaneceu até o final da guerra. Ele nunca chegou a lutar. Depois da guerra, se escondeu em Munique, onde foi assassinado por um agente do NKVD em 15 de outubro de 1959. A Ucrânia teve, sim, os seus heróis – pessoas que foram verdadeiros combatentes pela independência –, mas a imagem de Stepan Bandera foi a que capturou a imaginação daqueles que, antes de mais nada, queriam a independência da Ucrânia com relação à União Soviética. Bandera era, de fato, um nacionalista, mas não um herói.

Hoje, o presidente da Ucrânia, eleito por 73% dos votos, é Volodymyr Zelensky. Ele é um judeu falante do russo do sul da Ucrânia. É ridículo falar sobre seu ódio por falantes de russo e sobre antissemitismo na Ucrânia. A Rússia, entretanto, continua com essa narrativa, assim como continua a bombardear as cidades habitadas principalmente por ucranianos russófonos: Kharkiv, Mariupol, Chernihiv, Okhtyrka, Kherson e outras. Inevitavelmente, a grande maioria das vítimas dessas atrocidades são falantes de russo.

*

O exército ucraniano está defendendo o país com êxito.

Os ucranianos estão acostumados à liberdade e a valorizam mais do que a estabilidade. Para os russos, estabilidade é mais importante que liberdade. Os ucranianos nunca aceitaram censura. Eles sempre quiseram falar e escrever o que pensavam. É por isso que quase todos os escritores e poetas ucranianos dos anos 1920 e 1930 foram assassinados pelas autoridades soviéticas. Essa geração de escritores é conhecida coletivamente como "Renascença Executada". Se a Rússia assumir o controle, haverá outra geração de escritores e políticos, filósofos e filólogos ucranianos executada – aqueles para quem a vida sem uma Ucrânia livre não faz sentido. Conheço muitos desses escritores. Eles são meus amigos. Eu me considero um deles.

É assustador escrever estas palavras, mas vou escrevê-las mesmo assim: ou a Ucrânia será livre, independente e europeia, ou não existirá mais. Então escreverão sobre ela nos livros de história europeus escondendo vergonhosamente o fato de que a destruição da Ucrânia foi possível somente devido ao consentimento tácito da Europa e de todo o mundo civilizado.

## 13 de março de 2022
## Arqueologia da guerra

Nasci em 1961, dezesseis anos após o fim da Segunda Guerra Mundial, na qual um dos meus avós morreu enquanto o outro sobreviveu. Durante a minha infância, eu brincava de guerra com os meus amigos. Nós tentávamos nos dividir em dois grupos: o "dos nossos" e o "dos alemães". Mas ninguém queria ser alemão, então tirávamos a sorte e quem perdesse tinha que ser enquanto durasse o jogo. Era evidente que os alemães deveriam perder. Corríamos à solta com kalashnikovs de madeira improvisadas, "atirando" nos inimigos, montando armadilhas, gritando "ra-tá-tá-tá!".

Quando, no quarto ano, tivemos que escolher uma língua estrangeira para estudar na escola, eu me recusei categoricamente a ir para o grupo da língua alemã. "Eles mataram o meu vô Aleksei", eu disse. Ninguém tentou me convencer a estudar alemão. Eu estudava inglês. Os ingleses foram nossos aliados naquela guerra. Desde então, o conceito de "dos nossos" mudou de significado, mas os ingleses ainda são nossos aliados. Só que agora não se trata da "nossa União Soviética", como antigamente, mas da "nossa Ucrânia".

Fico triste ao pensar que depois desta guerra, quando oferecerem às crianças a possibilidade de estudar russo na escola, elas vão recusar categoricamente e dizer: "Os russos mataram o meu avô!" ou "Os russos mataram a minha irmãzinha!". Isso com certeza vai acontecer. E isso acontecerá num país onde metade da população fala russo e no qual há muitos milhões de russos étnicos, pessoas como eu.

Pútin não está apenas destruindo a Ucrânia, ele está destruindo a Rússia e está destruindo a língua russa. Hoje, durante esta terrível guerra, numa época em que aviões russos estão atacando escolas, universidades, hospitais, eu acho que a língua russa é uma das vítimas mais insignificantes. Muitas vezes fui forçado a sentir vergonha de minha origem russa pelo fato de a minha língua materna ser o russo. Inventei fórmulas diferentes, tentando explicar que não se pode culpar uma língua, que Pútin não é dono da língua russa, que muitos defensores da Ucrânia são falantes do russo e que muitas vítimas civis no sul e no leste do país também eram falantes do russo e russos étnicos. Agora eu só quero ficar quieto. Eu falo ucraniano fluentemente. É fácil, para mim, mudar de uma língua para outra numa conversa. Eu já vejo o futuro da língua russa na Ucrânia. Ela logo diminuirá. Da mesma forma como, agora, alguns cidadãos russos estão rasgando seu passaporte e se recusando a considerar a si próprios como russos, muitos ucranianos estão desistindo de tudo que é russo, da língua, da cultura e até mesmo de pensar sobre a Rússia. Os meus filhos têm duas línguas nativas: o russo e o inglês. Minha esposa é do Reino Unido. Entre eles, os meus filhos já mudaram para o inglês. Eles ainda falam russo comigo, mas não têm interesse algum na cultura russa. Não é exatamente verdade – minha filha, Gabriella, de tempos em tempos me envia links para declarações feitas por alguns rappers russos e cantores de rock que se opõem a Pútin. Aparentemente, ela quer me apoiar desta maneira, mostrando que nem todos os russos amam Pútin e estão prontos para matar os ucranianos. Sei bem disso.

Entre meus amigos e conhecidos, há um pequeno grupo de escritores russos que não têm medo de declarar apoio à Ucrânia. Vladímir Sorókin, Boris Akúnin e Mikhail Chíchkin fazem parte dele. Esses escritores estão exilados há muito tempo e há muito se opõem ao Kremlin. Há ainda umas poucas pessoas desse tipo que ainda moram na Rússia. Também elas têm uma boa chance de se tornarem imigrantes. Sinto gratidão a elas e as coloco na minha lista de pessoas honestas e decentes. Quero que elas entrem para a história, que fiquem na cultura mundial, para serem lidas e ouvidas. Nem toda a Rússia é um Pútin coletivo. O infortúnio é que, lá na Rússia, não há um anti-Pútin coletivo. Até mesmo Alexei Navalny não estava pronto para discutir o retorno da Crimeia, ilegalmente anexada. Esses pensamentos significam que eu, com frequência, tenho vontade de me esconder nas minhas memórias de infância.

Quando criança, eu amava ir a Tarasivka, perto de Kyiv, para os campos de batalha da Segunda Guerra Mundial. Viajávamos de trem com o meu melhor amigo, Sacha Solovióv. Levávamos conosco pás dobráveis "de sapadores" e cavávamos nos morros perto do vilarejo. Lá era bem possível descobrir balas de metralhadoras, rifles e até achar projéteis. Havia também fragmentos de granadas e botões de uniformes. Muitas toneladas de metal da Segunda Guerra Mundial ainda estão enterradas perto de Kyiv. Não apenas ao redor da capital, mas em toda a Ucrânia. No entorno do vilarejo de Lazarivka, na região de Jytomyr, há também muito metal e faz tempo que alguns habitantes locais se dedicam a caçar tesouros. Eles compraram dispendiosos detectores de metal, capazes de verificar o solo até 1 metro de profundidade do chão. No tempo livre, eles andam pelos campos e florestas, carregando esses detectores.

Há dois anos, Slava, um tratorista de uma rua aqui perto, encontrou e desencavou parte de um canhão de tanque alemão. Por muito tempo, ficou sem decidir o que fazer com isso. Geralmente, ele vendia alguns pequenos achados pela internet, mas partes de um canhão de tanque – como uma peça de quase 2 metros de comprimento e pesando mais de 50 quilos – não são itens muito populares nem mesmo para os colecionadores de memorabília militar. Não sei o que ele acabou fazendo com o canhão. É possível que tenha vendido como sucata. Acho que ficou largado no quintal por muitos meses até que a esposa demonstrou insatisfação. Então o canhão desapareceu e eu não perguntei o que foi feito dele. Depois da guerra, Slava vai de novo andar com um detector de metal no campo. Espero que muitas novas descobertas estejam aguardando por ele. Agora, há milhares de toneladas de sucatas militares de metal, russas, tanto sobre o solo ucraniano quanto abaixo dele. Provavelmente, depois da guerra, a Ucrânia poderá vender todo esse metal para a China ou para outro lugar. Mas, por ora, por suas estradas e campos, a Ucrânia tem acumulado destroços de veículos blindados para transporte de pessoal e tanques incendiados.

Aqueles habitantes das cidades que não foram capturadas pelo exército russo estão cavando trincheiras e construindo fortificações. Muitos civis se tornaram especialistas em fortificações. Eles já sabem o significado de termos como "primeira linha de defesa", "segunda linha de defesa" e "terceira linha de defesa". Estão cavando trincheiras continuamente, dia e noite, esperando o avanço de tanques russos e da infantaria. Durante a escavação de trincheiras, descobertas completamente inesperadas acontecem – algumas não militares, mas arqueológicas. Já foram encontradas, em dois locais nas trincheiras, as ruínas de moradias antigas da Idade do Bronze, com artefatos antigos. Os arqueólogos amadores, é claro, queriam imediatamente informar os profissionais e os museus, mas atualmente arqueólogos reais não são fáceis de encontrar. Os museus, se ainda não tiverem sido bombardeados, não estão prontos para aceitar tesouros históricos enquanto a guerra continuar.

Uma saída para essa situação foi facilmente encontrada: apareceram instruções dos museus recomendando a qualquer um que encontrasse algum sítio arqueológico, que memorizasse o local de escavação, marcasse num mapa e o deixasse para futuros estudos e escavações posteriores, quando a guerra findar. Depois da guerra, a camada cultural antiga estará misturada à atual, mais precisamente, à moderna camada da "cultura russa". Arqueólogos terão a capacidade de distingui-las. Os itens de real valor histórico não trazem impresso *"Made in the Russian Federation"*.

Uma guerra nunca termina em uma data específica num ano específico. Ela continua, já que as pessoas continuam morrendo em consequência dela, de ferimentos causados durante bombardeios, de acidentes com munições reais. Psicologicamente, enquanto a Segunda Guerra Mundial já estava acabada, por volta do final dos anos 1970, na ex-URSS, o sistema soviético prolongou a memória do conflito e prolongou o ódio pós-guerra através de filmes, ficção, materiais escolares.

Os livros escolares nas novas "repúblicas" separatistas dizem que a Ucrânia é um Estado fascista. As crianças aprendem desde o nascimento a odiar a Ucrânia, a Europa e os Estados Unidos. Eu posso apenas imaginar como esta guerra será descrita nos livros de história da Rússia. A Rússia tem muita experiência em reescrever a história. Eles gostariam de controlar os livros de história de outros países também. O ex-ministro da Educação da Ucrânia, Dmitro Tabatchnik, que uma vez fugiu do país, me disse que a Rússia exigiu que os livros de história escolares ucranianos fossem mostrados aos seus especialistas. Isso há apenas dez anos. Durante a era soviética, a URSS controlava o conteúdo dos livros de história publicados por escolas na Finlândia. Moscou proibia historiadores finlandeses de escrever a verdade sobre a Guerra Finlandesa de 1939, assim chamada Guerra do Inverno, e uma série de outros eventos.

A independência sobre a própria história é uma garantia de independência de um Estado.

Eu quero que o que for escrito sobre a história ucraniana nos livros escolares da Ucrânia seja a verdade. As mentiras beneficiam apenas a Rússia. Mitos, contudo, já são mais problemáticos. Um mito se torna parte da história quando o país sente que precisa dele para elevar o moral, quando o país está em crise. É aí que os mitos se tornam mais importantes do que a verdadeira história para uma grande parte da população. Esta guerra já agregou muitos mitos à história não escrita da Ucrânia. Alguns deles acabarão sendo realmente verdade, outros não. Eu só não sei ainda qual é qual. No momento, contudo, não me importa muito o que é mito e o que é verdade.

O mito de hoje é do piloto que protege o céu de Kyiv, "O Fantasma de Kyiv", como é chamado. Ninguém sabe exatamente quantos aviões russos ele abateu, mas ele ainda está voando e o Ministério da Defesa da Ucrânia garante que é de verdade, que não é um piloto inventado. De qualquer maneira, ele já entrou para a história da Ucrânia.

## 15 de março de 2022
### "Quando eu choro, não consigo falar"

Nossas noites ainda são muito curtas. Embora a guerra real pareça estar longe, os mísseis agora estão atingindo a Ucrânia ocidental com maior frequência.

Por volta das duas da manhã aqui no extremo oeste, bem na fronteira com a Eslováquia, soaram os primeiros alarmes – aviso de um potencial ataque ou bombardeio. Nós não vamos a lugar algum. Apenas lemos as notícias em nossos celulares. Mais cedo ou mais tarde, voltamos a pegar no sono. Mas haverá outro alarme e mais leituras de notícias antes do próximo alerta de ataque aéreo à noite, que geralmente soa por volta das seis da manhã. Então acordamos e eu começo a ligar para amigos.

Quero entrar em contato com uma amiga de trabalho que, pelo que eu soube, estava na cidade de Melitopol, agora ocupada, na costa do Mar de Azov. Ela costumava me mandar mensagens pelo Facebook de tempos em tempos, mas já faz muitos dias que não recebo uma palavra dela. Eu também perdi contato com alguns amigos em Kyiv. Eles não atendem mais o telefone. Não sei onde estão ou o que foi feito deles.

Muitos dos meus amigos ainda estão na estrada. Os engarrafamentos já não são a causa dos atrasos. Agora, o movimento é lento por causa dos muitos postos de controle organizados pelos soldados ucranianos que perguntam se você está portando armas. Há muitos postos desse tipo na Ucrânia oriental, porém administrados por soldados russos. Eles verificam documentos e fazem buscas nos carros. Milhares de ucranianos deixaram os seus lares. Alguns vão de lugar em lugar na Ucrânia, procurando um local onde se sintam seguros. Outros foram para a Europa. Felizmente, foram recebidos com bondade. Eles se sentem seguros, mas muitas vezes ao dia devem se perguntar: "Quando é que eu poderei voltar para casa?".

Daria para o país inteiro transbordar pela fronteira? Acho essa uma questão alarmante por si só. Creio que a resposta é "não". São principalmente moradores da cidade que estão partindo. Os moradores dos vilarejos, no interior, estão ficando. Quando ouvem explosões, eles descem aos porões onde armazenam batatas ou se deitam no chão de madeira de suas casas e tampam os ouvidos com as mãos. Como Nina, que vive na casa ao lado da nossa, no interior. "Se eu não atender o telefone", ela me disse ontem, "significa que estou chorando. E quando eu choro, não consigo falar!"

Eu não choro, mas as lágrimas vêm aos meus olhos quando leio as notícias de Kyiv, Kharkiv, Mariupol. Não vou chorar. Só estou ficando com mais raiva. Eu perdi o meu senso de humor, como aconteceu oito anos atrás, na época da Maidan. Depois ele voltou. Se desta vez ele vai voltar, não tenho certeza.

## 16 de março de 2022
### Acompanhando e sendo positivo

Outra noite insone. Mas sem alarmes. Acordei de hora em hora e ouvi o silêncio. Não porque estivesse esperando um alarme me forçar a sair da cama, a me trocar e correr para fora, mas porque, agora, uma noite sem alarme parece de alguma forma mais perigosa, mais ameaçadora.

Ontem, o meu filho mais novo instalou um aplicativo de ataques aéreos no meu iPhone. Ele fica conectado à minha localização e irá me acordar quando houver um aviso de ataque aéreo – emitindo o alarme diretamente do meu telefone, mesmo que o volume esteja no mudo. Meu telefone passou a noite toda em silêncio.

Às seis da manhã, Stas ligou. Ele é um amigo de Kyiv que agora está em Lviv preparando um carregamento de ajuda humanitária para a capital. Queria o meu conselho sobre para onde ele deveria enviar a esposa e os filhos pequenos – para a Alemanha ou para a Inglaterra? Fiquei pensando sobre o que dizer quando ele falou que não queria enviá-los para a Alemanha. "A Alemanha está do lado da Rússia." "Bem, não exatamente", eu disse, mas era óbvio que Stas já tinha se decidido, então expliquei que, primeiro, eles teriam que arrumar alguns documentos na Polônia, mas eu não sabia nem onde nem como fazer isso.

Ao terminar aquela ligação, eu estava pronto para me levantar e seguir com o dia. Primeiro, tomei um banho duplo, um frio e depois um quente, e aí um café duplo com leite. Se eu beber sem leite, minhas mãos vão tremer e eu não vou conseguir trabalhar no computador.

A manhã estava cinzenta e chuvosa. Já é primavera. Durante a minha caminhada, ontem, passei por algumas casas e percebi que as pessoas já começaram a podar suas árvores frutíferas.

Não quero ter que gastar uma energia nervosa em coisas mundanas, mas preciso. Há dois dias, o meu antigo MacBook Air parou de funcionar e, com ele, foi-se o artigo que eu estava escrevendo. Não foi a primeira vez. Depois de reiniciar o computador, comecei a escrever o artigo de novo e, como que de memória, escrevi bem rápido, em duas horas e meia. Salvei num pen drive, traduzi para o inglês e dei para Elizabeth. Ela passou muito tempo editando o texto, esclarecendo o significado de frases. Em essência, agora essa é a nossa rotina, da manhã até tarde da noite.

Nossos filhos têm a sua própria rotina. Juntos, ajudam refugiados. Eles são levados a diversos postos na fronteira, onde preparam comida e distribuem a pessoas que estão esperando para cruzá-la. O meu filho mais velho também ensina inglês para crianças refugiadas.

Ontem, dois amigos meus me contaram que estavam voltando para Kyiv. Lá, Mykola Kravtchenko, um amigo editor, fica na escrivaninha do seu apartamento no térreo de um arranha-céu próximo à estação ferroviária central. Ele fica ali sentado, editando o manuscrito de um romance escrito por um jovem escritor de Lutsk. O título é *A boneca de porcelana* e fala de violência doméstica. Durante uma de nossas habituais conversas telefônicas, ele me conta sobre o livro. Não consigo deixar de demonstrar a minha surpresa.

"Violência doméstica? Agora?"

"Não, eu não posso publicar agora", diz ele. "Mas assim que a guerra acabar, eu já terei o livro editado e pronto para impressão." Ele diz que tinha vontade de publicar livros infantis. "Você sabe, agora os editores de livros infantis estão mandando os arquivos dos livros para a Polônia e para a Lituânia, onde imediatamente imprimem as obras em ucraniano e as distribuem para famílias de refugiados. Algumas gráficas até pagam para as editoras daqui por esses livros, para ajudá-las a sobreviver!"

Isso é verdade. Ontem, recebi uma ligação, não da Polônia ou Lituânia, mas da Suécia. Estão preparando livros infantis eletrônicos gratuitos em ucraniano, para refugiados, e pediram os meus contos de fadas sobre um porco-espinho em quem ninguém fazia carinho. Concordei em abrir mão dos direitos para essa edição. As crianças precisam ter uma infância, não importa onde elas acabem morando. Enquanto conversava com o editor de livros digitais sueco, eu também estava pensando que, talvez, pudesse encontrar tempo para escrever uma nova história para crianças. Então sorri por entre os dentes, balançando a cabeça. Se eu não consigo nem encontrar tempo para trabalhar no meu romance, como poderia escrever uma história infantil? Eu só consigo escrever sobre a guerra, sobre o que está acontecendo agora.

Às vezes, as memórias tomam conta de mim. Por algum motivo, acho fácil inseri-las nos escritos sobre a guerra. Talvez isso aconteça porque, durante toda a minha vida, a guerra sempre esteve por ali, bem perto. A Segunda Guerra Mundial sempre esteve por perto, como o *gulag* soviético e toda a história soviética. Os fascistas alemães mataram meu avô Aleksei durante a Segunda Guerra Mundial, uma outra guerra. Ele foi morto nos arredores de Kharkiv, perto da estação Valki. Está enterrado numa vala comum. Agora, em cima dele, soldados russos estão novamente matando cidadãos ucranianos em outra guerra. Um pensamento leva a outro – as fotografias do meu avô quando jovem, todo o arquivo fotográfico do meu lado da família, que está guardado em Kyiv e, se um míssil ou um projétil atingir nosso apartamento, tudo vai virar fumaça – o arquivo, minha biblioteca, a coleção de velhos discos de vinil e nossa coleção de arte ucraniana.

Como será que eu me sentiria se descobrisse que minha casa foi bombardeada? Talvez eu não sinta nada. Durante a guerra, coisas materiais parecem não importar. Só a vida humana tem valor real. Nós estamos prontos para ficar sem apartamento, sem uma casa no interior, sem dinheiro. Podemos recomeçar. E, se não pudermos, então nossos filhos poderão. Eles são mais jovens do que Elizabeth e eu quando começamos a construir nossa vida do zero.

Ontem, passei o dia inteiro sem conseguir contatar Valentin e Tatiana. Finalmente, por volta da meia-noite, tive notícias de Tatiana, que disse que eles haviam acabado de cruzar para a Polônia. Ela explicou que a viagem fora muito difícil e que Valentin estava com uma dor lancinante. Acrescentou que, quando Valentin estava sendo erguido para o vagão do trem em Kyiv, a cadeira de rodas dele desapareceu. "Foi roubada!", Tatiana soluçou, tomada de emoção. "Era uma cadeira cara, criada especialmente para quem é amputado." Eu imaginei as multidões nas plataformas, todos se empurrando para arrumar um lugar nos trens de evacuação. Duvido que alguém tenha furtado a cadeira de rodas. Provavelmente, ela foi só empurrada para o lado por pessoas que tentavam subir no trem.

Na fronteira, encontraram outra cadeira para Valentin, mais simples. "Nos disseram que teríamos que aguardar de dez a doze horas", Tatiana me contou. "Os poloneses estão procurando por comboios extras para a viagem até Khelm." De lá, eles seguem para Varsóvia, e de Varsóvia vão para Berlim. Uma vez em Berlim, seguirão para Frankfurt, onde são esperados pelos amigos alemães e antigos colegas de trabalho de Valentin, cientistas da área médica com quem ele se encontrava com frequência nos congressos internacionais. Valentin é um dos melhores anestesistas da Ucrânia. Agora, é ele quem tem dor e não tem anestésicos. Sua perna direita foi amputada alguns dias antes do início da guerra. O ferimento custou a sarar e agora, por causa da viagem, está sangrando novamente.

Perto de Kyiv, no vilarejo de Klavdievo, um escritor que escapou para a capital vindo de Donetsk, em 2015, tem permanecido com a esposa no porão da própria casa, ouvindo os ataques logo acima. Quando um projétil atingiu a casa deles, os dois começaram a andar em direção a Kyiv, mas logo perceberam que isso era algo perigoso demais para se fazer, então voltaram para o porão. Amigos conseguiram arranjar um carro para transportá-los até Kyiv, mas, assim que o motorista voluntário chegou a Klavdievo, o ataque recomeçou. Agora são três que estão no porão. O carro está no pátio. O ataque do exército russo a prédios residenciais em Kyiv e outras cidades e vilarejos não parece seguir nenhum cronograma discernível. Mais frequentemente ocorre à noite e de manhã cedo, mas, em alguns lugares, bombas e projéteis caem a qualquer hora do dia. Eu realmente espero que o meu colega, a esposa e o motorista consigam sair de Klavdievo e chegar a Kyiv em segurança. Por ora, podemos apenas esperar.

Não tenho notícias da minha amiga de Melitopol já há muitos dias. A última coisa que ela teve tempo de contar foi que agentes do FSB russo estavam indo de porta em porta com listas das pessoas que queriam deter. Estavam conduzindo buscas e fazendo interrogatórios. Jornalista e escritora, não há dúvidas de que ela está nessas listas.

\*

Os soldados russos próximos a Kyiv não têm nada para comer. Receberam permissão dos comandantes para roubar lojas e depósitos. No começo da guerra, eles tinham reservas alimentícias para oito dias. Elas acabaram há tempos. Ao mesmo tempo, mísseis russos estão direcionados aos depósitos de comida ucranianos. O maior depósito da zona periférica de Kyiv foi explodido. Muitas toneladas de carne congelada e outros alimentos foram destruídos.

Isso lembra o Holodomor de 1932 e 1933 e o de 1947, quando as autoridades soviéticas mataram os ucranianos de uma fome criada artificialmente. Essa foi a vingança pelos ucranianos se recusarem a participar das fazendas coletivas. Os agricultores não queriam dar as suas terras e criações para uso público. Agora, Pútin parece querer usar a fome para forçar os ucranianos a erguer os braços e se render, a parar de defender suas cidades e seus vilarejos. Mas essa tática não vai funcionar. Nem quando não eram livres os ucranianos desistiram – depois da Segunda Guerra Mundial, a guerrilha contra o poder soviético na Ucrânia continuou até o início dos anos 1960. Os ucranianos não desistirão agora, especialmente depois de trinta anos de vida livre e independente. Ninguém aqui quer um retorno à União Soviética, nem aos *gulags* russos modernos, onde centenas de ucranianos e tártaro-crimeus já estão encarcerados.

Os soldados russos capturados dizem que foram autorizados a atirar em civis. No YouTube, há vídeos de execuções de pessoas desarmadas, execuções de carros lotados de refugiados e execuções de residentes. Os mesmos residentes cujos prédios foram alvo dos lançadores de mísseis que a Rússia havia preparado no caso de uma guerra com os Estados Unidos.

Algumas pessoas parecem precisar de uma carga extra de adrenalina para viver uma vida normal. Eu não preciso disso. Eu preferiria estar na nossa vila agora, assistindo ao começo da primavera, às primeiras flores e à florada das cerejeiras. Se eu estivesse lá, visitaria os meus vizinhos Nina e Tolik duas vezes por dia, talvez mais. Nós ouviríamos as explosões dos projéteis ao longe e tentaríamos adivinhar de que lado elas estariam vindo.

Outro dia, Nina me disse que, alguns dias antes, ela se deitou no chão e chorou quando os aviões russos estavam bombardeando o vilarejo vizinho, Stavichtche. Hoje seu estado de espírito melhorou. As explosões parecem estar mais longe. A irmã dela e o cunhado conseguiram finalmente escapar de Kyiv e já chegaram a Khmelnitsky. Logo eles estarão no oeste da Ucrânia.

A noite passada foi mais ou menos calma. O exército russo está tentando obter apoio no leste do país. A cidade de Mariupol está sofrendo bombardeios constantes, estando agora praticamente em ruínas, mas há ainda dezenas de milhares de habitantes escondidos nos destroços. Disseram que duas filas de carros particulares, cada uma com 2 mil veículos, tiveram permissão de sair de Mariupol. Até agora, isso são apenas rumores e não houve confirmação oficial. Confirmou-se que as crianças da divisão de oncologia de Kyiv já deixaram a Ucrânia e estão sendo levadas à Suíça, onde continuarão os seus tratamentos.

Recentemente, ao que me parece, todos os países europeus adquiriram uma face humana. Eu gostaria de dizer obrigado a todos aqueles que expressaram sua disposição em aceitar os refugiados ucranianos. A solidariedade europeia e mundial existe. Este é um bom pensamento na hora de dormir.

### 23 de março de 2022
### Contas e animais

Hoje eu finalmente paguei as contas de eletricidade, gás e internet da nossa casa no interior. Ela está vazia e não tem ninguém para usar a internet nem a eletricidade. Foi anunciado que não haverá multas para as pessoas que não pagarem em dia as suas contas de serviços de utilidade pública, mas eu quero apoiar esses serviços. Eles têm que sobreviver para vislumbrarem um retorno à vida normal. Se ninguém pagar suas contas durante a guerra, não haverá salários para os funcionários das prestadoras de serviço de gás e eletricidade, o que significa que a vida deles vai se transformar num inferno duplo.

Muitas pessoas agora compram e pagam por aquilo que não precisam porque sabem que isso ajuda outras pessoas. Milhares têm comprado entradas on-line para o zoológico da cidade de Mykolaiv. O zoológico está fechado, foi atingido pela artilharia russa. Não há visitantes. Mas os animais estão lá e precisam ser alimentados. Essa compra de entradas beneficente permite ao zoológico comprar ração animal neste momento difícil.

Os animais na Ucrânia se tornaram vítimas do exército russo assim como o povo. Em Hostomel, projéteis russos atingiram um estábulo. Começou um incêndio ali dentro e os cavalos foram queimados vivos. Um míssil matou dois chimpanzés e um gorila no zoológico de Kharkiv. Projéteis atingiram um pequeno zoológico perto de Kyiv e alguns dos animais escaparam para a floresta. As autoridades locais pediram a todos os moradores para não tocarem nos veados na floresta e, o que é ainda mais crítico, não os caçarem. Já faz um mês que caçadores ucranianos não caçam. Se saem para caçar, as presas são os ocupantes russos.

Existem quase 700 mil caçadores na Ucrânia. Em suas mãos há 1,5 milhão de rifles e carabinas registrados. Eles já estão em guerra. Um caçador da região de Chernihiv se aproximou de soldados russos com uma granada na mão e a detonou. Ele morreu junto de muitos soldados russos. Em outros lugares, os caçadores montaram armadilhas nas florestas para a infantaria russa.

Enquanto os caçadores vão atrás de soldados russos, o exército russo está ocupado com atividades mais sinistras. Eles continuam destruindo deliberadamente depósitos de comida e remédio. Primeiro, o maior depósito de comida congelada foi destruído por mísseis russos nas cercanias de Kyiv, em Brovary. Depois, o depósito de frutas e legumes para vendas por atacado. Em Sievierodonetsk, perto de Lugansk, um grande depósito de comida também foi destruído. Perto de Kyiv, em Makariv, cidade que vem sofrendo há muito tempo, tropas russas explodiram o maior depósito de medicamentos. Aviões russos também bombardearam a ponte que cruza o rio Desna, pela qual a ajuda humanitária era transportada de Kyiv a Chernihiv.

Está começando a parecer uma tentativa de genocídio. A destruição deliberada de cidades e de infraestrutura, o bloqueio de ajuda humanitária, assim como os esforços para garantir uma fome artificial em Mariupol, Manhush e outras cidades. Ao contrário dos anos 1930, hoje é impossível matar milhares de pessoas em segredo, sem que ninguém no mundo tome conhecimento. Agora tudo é feito na frente do mundo inteiro. Nessa situação, é estranho ouvir perguntas de jornalistas estrangeiros, principalmente alemães, que questionam: "Você já está discutindo com os seus colegas escritores russos como vocês se comunicarão depois da guerra?".

A Europa "paz e amor", parece, ainda não percebeu o horror absoluto do que está acontecendo na Ucrânia. Os ucranianos compreenderam um pouco mais que meramente o que está acontecendo. O horror passou pelos nossos vasos sanguíneos, pelas nossas veias, pelos nossos nervos, ossos e músculos. O horror ocupou firmemente seu espaço no corpo e na mente dos ucranianos. Agora, qualquer coisa russa gera apenas ódio.

Sim. Também eu estou repleto de ódio. Mesmo assim, não desisto de ler os meus escritores soviéticos favoritos, com quem eu cresci. Não rejeito Mandelstam, nem Andrei Platónov, Boris Pilniák ou Nikolai Gumilióv. A maioria deles foi assassinada a tiros pelas autoridades. Hoje eles provavelmente seriam apenas mandados embora do país com o estigma de serem "inimigos do povo", em vez de tomarem um tiro.

Na Rússia, eles imprimem fotografias daqueles que não concordam com as políticas de Pútin, nem com a agressão russa contra a Ucrânia. Sobre as fotos, colocam em negrito: "Inimigo da Rússia" ou "Traidor". Um desses "traidores" é Boris Akúnin, que mora em Londres, outro é o cantor Andrei Makariévitch, que ainda mora na Rússia. Outros poucos também se tornaram traidores, mas a maioria das personalidades culturais russas permanece patriota de Pútin e apoia a guerra na Ucrânia. Não tenho interesse neles, assim como não estou interessado na totalidade da cultura russa de hoje.

Eu sei quem é quem na Rússia atual, mas não entro em discussões sobre tais temas. Meu tempo é agora valioso demais para ser gasto com essas questões. Não sei quanto tempo me resta. Considero que tenho direito de decidir por mim mesmo quais questões responder e quais ignorar.

## 24 de março de 2022
### Vidas desalojadas

Alguns dias atrás, preparei um jantar decente pela primeira vez desde que a guerra começou. Nós tivemos hóspedes – meu editor de Kharkiv, Aleksándr, e seu motorista Ivan. Na verdade, eles eram hóspedes de outros hóspedes e eu provavelmente deveria ter informado às proprietárias do apartamento que mais pessoas ficariam conosco algumas noites, mas, para ser honesto, eles não são os primeiros hóspedes a mais que tivemos aqui. Há cerca de uma semana, Vladimir, de 46 anos, passou a noite conosco. Não sabemos nada sobre ele a não ser que estava sendo evacuado da Ucrânia junto com outras pessoas que precisavam de hemodiálise. Os guardas na fronteira não o deixaram sair do país porque, sendo um homem na idade de recrutamento, ele não tinha a documentação necessária do departamento de alistamento militar. Já era tarde da noite quando recusaram a sua passagem pela fronteira e Vladimir não tinha para onde ir. O nosso filho, que estava ajudando no posto de controle fronteiriço, o trouxe para passar a noite em casa. Vladimir passou a maior parte do dia seguinte no escritório de alistamento militar. Ele finalmente conseguiu receber o certificado afirmando que ele não era apto ao serviço militar e, assim, poderia ir ao exterior. Naquela noite, o nosso filho o viu do outro lado da fronteira. Vladimir já está na Alemanha, em contato com os seus vizinhos da mesma divisão de tratamento do hospital ucraniano.

Vladimir dormiu no chão, em um colchão de ar, que é onde o meu editor e o motorista dormiram também. Nos divertimos bastante durante o jantar e até bebemos um pouco de vinho. No abrigo de nossa cidade evacuada, já dá para comprar cerveja e vinho, mas bebidas alcoólicas mais fortes ainda estão proibidas. No vilarejo "abrigo" do meu editor não é possível comprar nenhum tipo de álcool. Parece que cada região tem suas próprias regras com relação a esse tipo de coisa.

Nós ficamos ao redor da mesinha da cozinha e conversamos até a uma da manhã. De tempos em tempos, Aleksándr telefonava para a esposa. Ela está a quase 1.200 quilômetros de distância, em Dnipro, cuidando dos pais idosos. Lá está relativamente seguro, mas seria difícil para eles saírem de Dnipro se lá ficasse menos seguro. Os filhos deles e as suas famílias estão em outras cidades, espalhados pelo país como sementes de dentes-de-leão.

A nossa família também se separou. Agora só restam três de nós: eu, a minha esposa e o nosso filho mais velho. Continuamos mantendo contato com o resto de nossa família.

Ainda era dia quando o meu editor ligou para um amigo que vive no distrito mais perigoso de Kharkiv, onde um a cada três prédios já foi alvejado ou destruído. A conexão por telefone não estava muito boa. O amigo foi para a sacada para conseguir uma conexão melhor e, na mesma hora, Aleksándr conseguiu ouvir pelo fone os sons distantes das canhoadas dos ataques da artilharia. "É", disse o amigo em Kharkiv, "os ataques seguem contínuos e, ainda assim, tem crianças brincando no pátio".

Ligamos para os nossos amigos em Kyiv e Ivano-Frankivsk. "Como vocês estão?" Parece uma pergunta burra, mas a gente tem que perguntar. Todos ainda estão vivos – pelo menos aqueles com quem conseguimos falar.

Meu editor e seu motorista partiram para o vilarejo deles, na direção de Tchernivtsi. Espero que eles tenham conseguido relaxar um pouco conosco. Agora, temos um amigo do meu filho dormindo no chão. Ele estava morando num centro de refugiados a 20 quilômetros daqui, mas estava frio e as condições eram espartanas. Não sei quanto tempo ele ficará conosco, nem quanto tempo continuaremos a viver neste apartamento pequeno, mas aconchegante. Ninguém está nos apressando. A nossa anfitriã, que agora vive com a filha, não nos perguntou uma única vez quanto tempo pretendemos ficar.

Ontem à noite fui acordado três vezes por alarmes de ataques aéreos. Agora eu entendo como esses alertas são ativados nas diferentes regiões da Ucrânia. Assim que um míssil balístico ou de outro tipo decola no Mar Negro, na Rússia ou em Belarus, as estações de inteligência eletrônica ucranianas determinam a direção do volume e ligam os alarmes ao longo do "percurso de voo" do míssil. Ninguém sabe onde ele irá cair, mas todos os vilarejos e cidades que estão ao longo de toda a sua trajetória ouvirão os alarmes. Meus amigos em Lviv não prestam mais atenção alguma nas sirenes e não saem mais de suas casas à procura de um abrigo antibomba. Eles estão cansados de ficar com medo.

O desaparecimento do medo é um estranho sintoma da época de guerra. Acaba vindo uma indiferença em relação ao seu próprio destino e você simplesmente decide que o que tiver de ser, será. Ainda assim, para mim continua sendo difícil entender a atitude de pais que permitem aos filhos pequenos brincar perto de um prédio de vários andares, enquanto projéteis estão atingindo outros prédios não muito distantes. Será que, em se tratando dos próprios filhos, dá para pensar assim também – o que tiver de ser, será?

Mais de 115 crianças já morreram na Ucrânia nas mãos dos militares russos. Esses números são os que foram confirmados. Os números não confirmados são muito maiores. Famílias inteiras, incluindo as crianças, foram mortas por tanques e artilharia russos enquanto fugiam pela estrada que vai para o oeste da Ucrânia, enquanto fugiam das cidades tomadas pela guerra no sul e no leste do país. As ruas de Mariupol ainda estão atulhadas de corpos de civis, tanto crianças quanto adultos. Muitos corpos estão sob os escombros de casas bombardeadas. O comandante militar russo responsável pelo cerco a Mariupol é o mesmo coronel que, há bem pouco tempo, comandou os cercos a cidades sírias. Logo, é muito apropriado comparar o cerco de Mariupol com o de Aleppo.

Nos territórios ocupados, as tropas russas permitem que a população civil saia da cidade apenas através de vias que levam em direção às "repúblicas" separatistas. Aqueles que ousam cruzar esse corredor para ir embora da cidade destruída caem numa armadilha: os militares russos confiscam os passaportes ucranianos e outros documentos, colocam as pessoas num ônibus e as levam para a Rússia. Lá, elas recebem uma "permissão" em papel que as obriga a ficar na Rússia por dois anos e, então, elas são mandadas para a Sibéria, no extremo oriente, onde as populações locais têm se reduzido ao longo dos anos. Não há trabalho lá, há apenas muitas cidades e vilas vazias. Dessa mesma maneira o exército russo também "evacuou" os orfanatos nas partes ocupadas da Ucrânia, levando as crianças para a Rússia. Localizar essas crianças ucranianas desaparecidas, para que elas possam retornar para casa depois da guerra, será muito difícil.

Mais e mais crianças estão viajando por conta própria para Polônia, Eslováquia e Hungria. Elas carregam mochilinhas e têm bilhetes costurados nos casacos, nos quais estão escritos os números de telefone dos pais, o nome da criança e os nomes e endereços dos lugares onde ela espera ficar. Muitas famílias que partem levam consigo os filhos de outras pessoas, certificando-se de que todos os lugares no carro estão ocupados. Cada lugar vazio num carro que vai para o oeste representa uma vida que poderia ter sido salva.

Nas últimas três semanas, quase todos os estudantes estrangeiros fugiram da Ucrânia. Eles não são mais vistos nas estações de trem ou nos postos de controle da alfândega. Espero que já tenham chegado em casa, retornado em segurança à Argélia, a Camarões, à Índia e à Jordânia, ou aonde quer que seja seu lar. Por enquanto, os estudantes ucranianos começaram novamente a estudar on-line, desta vez não por causa da pandemia, mas da guerra. Isso se fez necessário porque todos os alojamentos estudantis dos *campi* universitários em Lviv, Lutsk, Ujhorod e Ivano-Frankivsk estão agora ocupados por refugiados no lugar de estudantes. No início da guerra, os alojamentos eram usados para abrigar qualquer refugiado que necessitasse. Depois, quando as acomodações ficaram muito escassas, os homens foram despejados dos alojamentos e permitiram apenas que mulheres e crianças ficassem. Muitos homens tiveram de deixar as famílias para encontrar acomodação em outros lugares, menos cheios – isso significava, na maioria das vezes, ir para o leste. Outros também estão indo para essa mesma direção. Mais de quatrocentos homens retornaram do exterior para a Ucrânia nas últimas três semanas. Na maior parte dos casos, vieram para casa defender o país.

Aqueles que não se importam muito com o destino da Ucrânia ainda estão tentando partir. Entre eles, os membros do parlamento dos partidos pró-Rússia. Isso inclui os irmãos Surki, ambos oligarcas e proprietários do famoso time de futebol de Kyiv, Dynamo. Eles chegaram à fronteira em carros caros, junto dos netos adultos e de um cidadão russo que os acompanhava. Na alfândega ucraniana, afirmaram que não estavam portando nada de valor. Entretanto, quando entraram na Hungria, declararam mais de 17 milhões de dólares em papel-moeda. Agora eles não têm mais volta.

Os familiares ucranianos do antigo primeiro-ministro russo e meio-que-presidente, Dmítri Medviedev, também tentaram deixar a Ucrânia e ir para a Romênia, mas os seus dois Rolls-Royce foram parados pelas guardas ucranianas da fronteira. Descobriram com eles quantias exorbitantes de dólares em dinheiro e, assim, foram impedidos de deixar o país, pelo menos com os dólares e os Rolls-Royce.

As pessoas que estão fugindo do país não são indiferentes ao próprio destino. É por isso que elas vão embora. São movidas pelo medo por si mesmas ou pelos seus filhos. Elas abandonam todos os seus imóveis e os túmulos dos pais e parentes. Espero que os refugiados comuns retornem; já alguns, como os irmãos Surki e Viktor Medvedtchuk, terão que continuar fugindo.

Medvedtchuk é outro oligarca e amigo de Pútin que não mais poderá viver em suas mansões perto de Kyiv e Odessa. Ele e pessoas como ele terão que se mudar ou para a Rússia ou para Israel. Desde 2014, muitos "desertores" já se estabeleceram nesses países. Oficialmente, há todo um "governo exilado da Ucrânia" em Moscou. É chefiado pelo ex-primeiro-ministro Mykola Azarov. Alguns membros desse governo foram instalados na Crimeia anexada, como o ex-ministro da educação Dmitro Tabachnik. Todas essas pessoas foram esquecidas há tempos na Ucrânia. Eu os imagino como velhas estátuas empoeiradas. É até estranho pensar que ainda estão vivos. Eles simplesmente pertencem a outra era, muito distante.

Tomo nota, com atenção, de todos os pedidos de entrevista que recebo, então entro em contato com os jornalistas na hora marcada. De segunda a sexta, jornalistas de todo o mundo me telefonam. Tento fazer com que a entrevista não passe de meia hora. Trinta minutos é tempo suficiente para eu explicar as coisas mais importantes que estão acontecendo na Ucrânia. No sábado e no domingo, recebo muito poucas ligações. Os jornalistas, parece, tiram folga no fim de semana. Eles descansam. No início, isso me surpreendeu. Agora, não mais. Que descansem – isso me dá tempo para escrever o que eu vejo, ouço e aprendo.

Daqui a pouco, essas ligações semanais de jornalistas provavelmente vão se tornar menos frequentes, à medida que o interesse deles diminui. A guerra, no entanto, continua sem trégua. O número de mortos e feridos aumenta, o número de vilarejos, cidadezinhas e cidades bombardeadas também sobe. Todos os dias, as notícias lembram as do dia anterior: o exército russo avança, começa a defender os territórios já capturados, continua bombardeando cidades que já foram destruídas.

Durante a Segunda Guerra Mundial, havia um slogan na União Soviética que dizia "Pela pátria, por Stálin!". Os soldados que morreram o fizeram pela União Soviética e por Stálin. Isso foi quando a União Soviética estava se defendendo do fascismo. Agora, os russos estão morrendo "Pela pátria, por Pútin". Os ucranianos morrem apenas por sua pátria, pela Ucrânia. Os ucranianos não têm um tzar pelo qual morrer. Ninguém aqui acha que está lutando por Zelensky. Nós nunca tivemos, e espero que nunca tenhamos, um culto à personalidade, nem um regime autoritário. A Ucrânia é um país de pessoas livres. Essas pessoas salvarão a Ucrânia e defenderão a liberdade do país.

## 28 de março de 2022
## Época de plantio do trigo

Na Ucrânia, começou a época do plantio. Nos vilarejos onde não se pode ouvir explosões ou tiros, os agricultores saem para trabalhar o solo. Os agricultores que estão perto dos campos de batalha apenas olham, aflitos, os seus campos atulhados de equipamentos militares queimados e minas que não explodiram. Ainda assim, eles querem continuar com a sua rotina de primavera. Correndo um grande risco, alguns até já começaram. Meu amigo Stas, que vende sementes holandesas para agricultores ucranianos, retornou a Kyiv depois de levar a esposa e os filhos para a Ucrânia ocidental. Ele me ligou para dizer que estava trabalhando com agricultores na região da capital.

Na Rússia, a época do plantio começará logo. Com certeza será mais fácil para os agricultores russos prepararem o solo e plantarem as suas mudas. Eles trabalharão em campos seguros. Para os agricultores ucranianos, hoje em dia esse trabalho está associado a um risco de vida. As tropas russas, por um tempo, usaram mísseis e obuses recém-produzidos. Agora, estão usando mísseis e minas de antigos estoques, dos quais até 40% acabam não explodindo. Esses mísseis com defeito sulcam o macio solo ucraniano e ficam enterrados a 1 metro ou mais da superfície, dependendo do tipo de solo. Os projéteis ficam onde caíram até que alguém acidentalmente os perturbe.

Alguns agricultores ucranianos já estão conscientes desses problemas há muito tempo. Desde o começo da guerra no Donbas, em 2014, os agricultores de lá tiveram que enterrar amigos que explodiram em seus próprios campos durante a época do plantio ou da colheita.

Agricultores ucranianos estão adquirindo uma reputação interessante. Recentemente, nos terrenos de um vilarejo na região de Zaporíjia, a polícia encontrou e confiscou onze tanques russos e muitas outras armas do inimigo em boas condições. A polícia prometeu que, depois da guerra, os agricultores seriam punidos por sair por aí dirigindo tanques sem informar o exército ucraniano sobre esses achados. Existe um antigo provérbio camponês em ucraniano: "No campo, tudo tem serventia!". Essa é a atitude que provavelmente inspirou os agricultores a agir como agiram. Os soldados russos abandonaram os tanques e as armas e fugiram para a floresta quando as suas colunas começaram a sofrer ataques pesados. Eles nunca voltaram para os tanques e, agora, o mais provável é que tenham se rendido ou retornado às suas posições. Eu me pergunto que tipo de recepção eles tiveram.

Quando a guerra terminar, posso imaginar que muitos agricultores tentarão manter os tanques, canhões e outros armamentos russos que ficaram – isto é, se eles já não os tiverem desmontado e vendido o metal como sucata.

Histórias assim até melhoram o humor. Dá para imaginar uma vitória iminente. Você começa a fantasiar: em qual data será celebrado o Dia da Vitória na Ucrânia? A Ucrânia já abandonou o Dia da Vitória soviético, em 9 de maio[8], embora poucos ucranianos, especialmente aqueles da geração mais velha, continuem a celebrá-lo.

---

8    Comemoração da vitória sobre os alemães na Segunda Guerra Mundial, um dos feriados nacionais mais celebrados hoje na Rússia.

Outros migraram para o europeu Dia da Lembrança, em 8 de maio. Mas, depois desta guerra, um novo dia da vitória ou dia da lembrança será certamente instituído. A Segunda Guerra Mundial deixará de ser a última guerra importante para a Ucrânia.

Ainda assim, temos que admitir que as notícias sobre a guerra nem sempre são encorajadoras. Todos os dias tomamos conhecimento de mais soldados e oficiais mortos, de famílias refugiadas assassinadas, incluindo aquelas cujos carros foram atingidos por tanques russos. Todos os dias, alguém no Facebook posta a foto de um parente morto, um marido, um irmão. Todos os dias há novas viúvas e novos órfãos, pessoas cujo presente e futuro foram completamente anulados por esta guerra.

Eu ainda posso ligar para os meus amigos e conhecidos todas as manhãs. Eu ainda falo com os nossos vizinhos no vilarejo de Lazarivka. Eles me contam que ainda podem ouvir explosões o dia inteiro, embora os sons já estejam mais distantes do que antes. As tropas ucranianas fizeram os invasores russos recuarem de 30 a 50 quilômetros de Kyiv, aproximadamente. E, em alguns lugares, eles recuaram até 70 quilômetros. A região de combate está agora localizada entre Kyiv e Jytomyr, perto da cidade de Korosten.

"Está fazendo um pouco de sol!", Nina me diz no pátio da frente da sua casa, enquanto olha as galinhas ciscando quirera de milho. "Durante o dia está mais quente, faz 15 graus. Eu já limpei as folhas do jardim. O alho que plantei no outono já está brotando. A florada das cerejeiras está quase começando. Daqui a um mês vamos plantar batatas." Não há tanto medo em sua voz agora. Os russos não entraram na nossa vila; seguiram o seu caminho em direção a Kyiv. Mas sim, eles bombardearam a vila de Stavichtche, ponto de saída da rodovia de Kyiv, em que todos passamos quando vamos para nossas casas no interior.

As tropas russas também não atingiram nem entraram em Brusyliv, a 6 quilômetros de Lazarivka e da cidade mais próxima. Na página da comunidade de Brusyliv no Facebook, os moradores perguntam onde podem comprar combustível e galinhas ou quais lojas têm açúcar. Refugiados procuram casas baratas para alugar. Um homem oferece os seus serviços para consertar geladeiras.

Logo os moradores locais estarão completamente absorvidos pelo trabalho de cultivo. Eles não vão mais prestar atenção aos sons distantes de explosões e de fogo da artilharia, a não ser que os barulhos comecem a ficar altos outra vez – ou que o exército russo faça uma ofensiva, alegando ser contra Kyiv.

E isso é bem possível. A Rússia está novamente enviando trens com equipamentos militares e soldados em direção à Ucrânia e a Belarus. Dos depósitos de armas, trazem equipamentos soviéticos desativados – caminhões e tanques velhos dos tempos da União Soviética, armas e veículos blindados de transporte de pessoal. Todas essas coisas estão sendo enviadas para a Ucrânia, junto de mais soldados.

Minhas esperanças estão depositadas na corrupção dos militares russos. Eu li que uma grande quantidade de equipamentos armazenados nos depósitos do exército da Rússia foi roubada e vendida. Os oficiais e soldados de lá sabem tudo sobre os preços de metais preciosos e onde encontrá-los em meio ao equipamento militar. Qualquer prata ou outro metal utilizado em rádios militares e estações de radar já deve ter sido retirado há muito tempo. Eles desmontaram os motores de caminhões desativados e venderam as peças como partes sobressalentes a civis que possuem veículos de modelos parecidos.

Temos um pequeno jardim e esperamos poder plantar batatas e cenouras para nós. É só um passatempo, mas que tipo de passatempo a gente pode ter durante uma guerra? Se o exército ucraniano conseguir expulsar os militares russos da nossa região, tentaremos retornar a Lazarivka para viver uma vida normal de novo. Ainda que o termo "vida normal", neste momento, pareça mais um mito, uma ilusão. Na verdade, para a minha geração não é possível haver uma vida normal. Toda guerra deixa uma ferida profunda no espírito de uma pessoa. Ela permanece parte da vida, mesmo depois de a guerra já ter terminado. Tenho a impressão de que hoje a guerra está em mim. É como saber que você vive com um tumor que não pode ser removido. Você não pode escapar da guerra. Ela se tornou uma doença crônica, incurável. Ela pode matar, ou pode simplesmente permanecer no corpo e no pensamento, lembrando-se de tempos em tempos da própria presença, como um problema na coluna. Tenho medo de carregar esta guerra comigo mesmo quando eu e minha esposa estivermos de férias algum dia – em Montenegro ou na Turquia, como fizemos uma vez.

Esta guerra foi apresentada para mim por outros escritores que a carregam dentro de si. Agora eu tenho muitos amigos assim, entre eles a escritora Ferida Duraković, de Sarajevo, e o artista armênio-ucraniano Boris Yeghiazaryan, cujo estúdio, junto de todas as suas primeiras pinturas, foi queimado em Ierevan por apoiadores da União Soviética durante os eventos de 1991. E todos aqueles ucranianos, claro, os que eu conheço e os que ainda não conheço, todos aqueles que desejem compartilhar as suas guerras tanto comigo quanto com o mundo, assim como eu compartilho esta com vocês.

Será que algum dia poderei não escrever sobre a guerra? Talvez. Com toda a certeza serei capaz de escrever livros infantis nos quais não há guerras. Mas as crianças ucranianas terão suas próprias guerras dentro de si. Para as pequenas, que ainda não entendem o que está acontecendo, a guerra será menor e, espero, elas poderão se recuperar. Crianças mais velhas terão uma guerra maior que nelas permanecerá vida afora, especialmente se testemunharam a destruição, se perderam amigos ou família, se tiveram que fugir da guerra. Isso é verdade também para todos aqueles que podem olhar o passado e lembrar-se da vida como outrora, serena e feliz, uma vida que ficou para trás.

### 30 de março de 2022
### Abelhas e livros

Tenho saudades de Kyiv, mas sinto ainda mais saudades do nosso vilarejo, especialmente agora que a primavera está chegando. Está mais quente por lá e, apesar dos distantes sons de explosões, os pássaros devem estar cantando. Logo as árvores estarão em flor. Eu acompanho a vida do nosso vilarejo no Facebook, leio as mensagens dos meus vizinhos de lá no nosso grupo no Viber. Sei das novidades deles.

Alguns dias atrás, em Lazarivka, a loja de comida Bucephalus recebeu uma encomenda de cerveja e bebidas de baixo teor alcoólico. O proprietário da loja orgulhosamente informou a todos sobre a entrega. Embora vinho e destilados estejam ainda proibidos, lá todo mundo sabe quem produz aguardente caseira. Um mês atrás, quando entrou em vigor a proibição por causa da guerra, a polícia visitou as casas dessas pessoas e pediu que parassem a produção. Não acho que dê para parar esse tipo de coisa. Se uma pessoa que vive com medo descobre que um copo ou dois de vodca caseira o acalma, então a aguardente pode ser considerada, seguramente, um tranquilizante medicinal.

Minha segunda jornada saindo de uma Ucrânia em guerra rumo a uma pacífica e alegre Europa está chegando a um fim. Agora parece que eu deixei a Ucrânia há muito tempo.

Minha primeira viagem para fora do país desde o começo da guerra foi mais difícil, tanto física quanto psicologicamente, devido às muitas horas gastas nas filas de carros na fronteira. Eu pensei que tivesse tempo suficiente e que eu deveria esperar na fila como qualquer outra pessoa. Depois de três horas de espera sem me mover, comecei a ter minhas dúvidas. Por fim, peguei uma carta da embaixada da Ucrânia com uma solicitação de que eu recebesse assistência e a mostrei para os guardas da fronteira. A carta dizia que eu era o presidente do PEN Club, uma organização de direitos humanos, e que a minha presença no Reino Unido era necessária para que eu participasse de conferências e programas de rádio sobre a situação na Ucrânia. A carta funcionou conforme o esperado. Fui expressamente transladado para a Eslováquia e não tive outros problemas.

Minha viagem pela Eslováquia me conduz por estradas desertas. Noto que as igrejas são bem diferentes das ucranianas. Eu me tornei um viajante curioso, embora a minha curiosidade seja um pouco forçada, não muito genuína. De alguma forma, vejo essas igrejas e não sinto que elas acrescentem algo à minha vida, à minha experiência. Em tempos normais, gosto de observar novas paisagens, a história de outras pessoas, arquitetura dos outros.

Se ainda for possível entrar na Europa de carro através da fronteira entre a Ucrânia e a Hungria, e daí seguir até o aeroporto húngaro mais próximo, num caminho um pouco mais longo, embora não muito, eu certamente passarei pela Hungria numa futura viagem. Isso vai me oferecer uma paisagem diferente, uma linguagem diferente nos outdoors, casas diferentes. Conheço a Hungria um pouco melhor do que a Eslováquia, então a Eslováquia é mais interessante para mim. No presente momento, contudo, esse interesse não me faz pensar mais profundamente sobre a Eslováquia, sobre a sua história ou as suas tradições.

Depois, a minha viagem se acelerou. Voo até Viena, depois para Londres e depois para Oslo. Na Noruega faz frio. Às vezes neva. A capital pendurou bandeiras ucranianas. Elas estão penduradas perto da prefeitura, perto do prédio da Associação Norueguesa de Artistas, na frente de outros belos prédios, tudo igualmente rígido e severo, apesar de estilos diferentes.

No meu primeiro dia em Oslo, encontrei Mikhail Chíchkin, um escritor russo que vive na Suíça desde 1995. Íamos participar, juntos, de um evento público sobre a Ucrânia. Os organizadores cautelosamente me perguntaram se eu ficaria bem com esse "ato duplo". Eu disse que eu não me importava. Conheço Mikhail há muitos anos. Já o visitei na casa dele. Faz tempo que ele é crítico de Pútin e vem recusando aceitar prêmios e condecorações do governo russo. Chíchkin é um escritor suíço de origem russa e escreve tanto em russo quanto em alemão. Ele não tem nada a ver com esta guerra, mas, ainda assim, é muito difícil para ele falar sobre a Rússia. Ainda se sente culpado, assim como eu. Não consigo evitar de me sentir culpado porque minha língua nativa é o russo e Pútin está destruindo a Ucrânia para "salvar os falantes de russo e os russos dos nacionalistas ucranianos". Toda vez que Pútin tentou proteger os russos e os falantes de russo dos nacionalistas ucranianos dentro da Ucrânia, eu quis me tornar um nacionalista ucraniano. O país está repleto de ucranianos nacionalistas falantes do russo. Mas Pútin não entende isso. Ele acha que todo mundo que fala russo no mundo deve amar a Rússia e Pútin, ou somente Pútin, porque ele é a Rússia na Rússia atual.

No palco, Mikhail Chíchkin afirma, confiante, que a Ucrânia tem um futuro, mas a Rússia não tem; que a Ucrânia irá vencer e se reconstruir, enquanto a Rússia continuará em ruínas. Eu não tenho ilusões de uma vitória fácil e rápida. Ou mesmo de vencer. Mas também não penso sobre a derrota. Pútin não se importa com os cidadãos da Rússia. Ele mandaria milhões para a morte a fim de realizar o seu sonho derradeiro. Ele não tem arrependimentos pela economia russa, que está sendo destruída por sanções. Ele irá até o fim com sua guerra.

E os ucranianos irão até o fim com esta guerra. Eles já estão indo até o fim. O comando do exército deu aos soldados que defendiam a cidade destruída de Mariupol a opção de deixar a cidade e avançar até seus batalhões, mas eles recusaram. Das ruínas, atiram nos soldados russos e nos tanques. Eles queimam tanques e veículos blindados de transporte de pessoal. Eles morrem ou ficam feridos.

Isso aconteceu antes, em 2014, no aeroporto de Shostakovich, em Donetsk. Todos aqueles que o defenderam morreram nas suas ruínas. Eles não queriam recuar para um território mais seguro e continuar a guerra de lá. Por quê? Afinal de contas, se tivessem partido, eles poderiam ter continuado vivos e continuado a lutar. Em certa medida, aparentemente, o mecanismo de autopreservação é desativado nos combatentes. No seu lugar, existe a confiança de que se sacrificar pela Pátria é uma necessidade. A Ucrânia não precisa de suas mortes heroicas, mas, sim, de suas vidas heroicas. Especialmente agora.

Eu voo de Oslo para Paris. Haverá uma boa quantidade de entrevistas e uma palestra pública sobre o meu romance *Abelhas cinzentas* e a guerra na Ucrânia.

Ontem, acabei não falando nada sobre o romance, mas, em um jantar, a conversa passou para as abelhas e a importância de preservá-las na Ucrânia. Foi surpreendentemente fácil e agradável falar sobre a Ucrânia e o mel, sobre as milhares de toneladas de mel ucraniano que são exportadas para a Europa e para outros continentes. Eu disse que a coleta de mel no hábitat de abelhas selvagens foi uma das primeiras artes que nossos ancestrais aprenderam. Então eles se tornaram apicultores, aprendendo a fazer colmeias dos troncos das árvores, para onde transferiam famílias de abelhas selvagens e, assim, as domesticavam. Depois, os antigos eslavos começaram a plantar trigo, fazer farinha e assar pão. Quando criança, eu amava pão branco com manteiga e mel. Ainda não consigo imaginar uma época em que já houvesse mel, mas não pão.

A Rússia continua destruindo as lojas de alimentos e os depósitos de combustível. Em Mariupol, nas ruínas, mais de 100 mil pessoas estão escondidas, sem nada para comer. Sem pão, para não falar do mel.

Na tradição ucraniana, é costume considerar todos que se dedicam ao cuidado das abelhas como pessoas especialmente sábias. Os ucranianos também consideram as abelhas um inseto sábio, o mais sábio e o mais útil. Meu romance é sobre um apicultor que vive no Donbas. A princípio, ele protege apenas as abelhas durante a guerra – seis colmeias ao todo – porque ele mesmo é uma abelha. Ele só sabe trabalhar e viver de acordo com as regras estabelecidas. Não sabe tomar decisões que vão além dessas regras e tem medo de fazê-lo. Mas a guerra o força a tomar decisões. Uma das suas decisões mais importantes no romance é levar as abelhas do território onde há guerra para um território pacífico, e dar a elas a oportunidade de coletar pólen nos campos onde a pólvora queimada não cobriu tudo, onde não há explosões nem tiros.

*

Na Ucrânia, o tempo dos livros chegou ao fim.

Quando nos tornamos refugiados, deixamos todos os nossos livros em Kyiv, todos exceto uma bíblia e o meu último romance, que a minha esposa apanhou no último instante. Eu não levei comigo nenhum outro livro. Agora, desde a minha primeira viagem à Europa durante a guerra, tenho alguns livros novamente. De Londres, eu trouxe comigo cinco livros em inglês, presentes do meu editor.

Agora tenho vontade de saber quando será possível trazer esses livros para casa e adicioná-los à minha biblioteca. Em casa, os meus livros estão organizados principalmente por língua, em prateleiras separadas para inglês, francês, alemão e ucraniano. De tempos em tempos, eu os reorganizo para arranjá-los de um jeito diferente. Também gosto de retirar das prateleiras aqueles livros que não vou ler de novo. Esses eu doo para lojas beneficentes ou bibliotecas. Tenho que abrir espaço para novos livros. Enquanto a gente está vivo, não consegue deixar de notar que novos livros estão sendo escritos e que alguns deles são importantes ou populares – e, às vezes, as duas coisas.

Não há nada sendo publicado na Ucrânia neste momento, e eu também não consigo imaginar que os ucranianos estejam lendo muito. Eu não leio, embora tente. Guerra e livros são incompatíveis. Mas, depois da guerra, os livros contarão a história dela. Vão fixar a memória da guerra, vão formar opiniões e revirar sentimentos. Não sei se escreverei um romance sobre esta guerra. No entanto, se me contassem que o surgimento de romances sobre esta guerra faria com que ela terminasse mais rápido, então eu deixaria tudo de lado e começaria a escrever um romance.

Entre os livros de que me lembro vividamente está o romance *Doberdo*, sobre a Primeira Guerra Mundial, de autoria do escritor comunista húngaro Máté Zalka. Gostei muito. O livro me explicou muitas coisas sobre a Primeira Guerra. Desde então, tive a estranha sensação de que, embora a Primeira Guerra tivesse terminado, a Segunda ainda continuava a acontecer. Acho que isso é porque eu nunca li um romance sobre a Segunda Guerra Mundial que tivesse me chocado da mesma forma como *Doberdo* me chocou.

Não sei quando esta guerra acabará. Não sei se ela vai virar uma Terceira Guerra Mundial ou não, nem se vai se tornar uma Segunda ou Terceira Guerra Russo-Ucraniana. Mas sei que as abelhas também têm sido vítimas dela, assim como os livros, assim como os livros sobre abelhas, como o meu último romance. Hoje em dia, você não pode comprá-lo na Ucrânia por três motivos: ele esgotou antes da guerra, os editores não podem reimprimi-lo, e as livrarias em si não existem mais. Em Mariupol e outras cidades ao sul e ao leste, elas foram destruídas junto com os livros; em cidades de outros lugares da Ucrânia, elas simplesmente fecharam como resultado da guerra. Quando abrirem novamente, significará que a paz voltou à Ucrânia.

Quando uma livraria abrir novamente em Mariupol, isso significará muito mais.

## 6 de abril de 2022
## Sobre a guerra e livros "mortos"

Acabei de falar ao telefone com uns amigos em Kyiv. Aqueles que saíram da capital e voltaram estão se encontrando e trocando experiências com aqueles que ficaram. Agora, todos os que podem estão tentando voltar imediatamente para retomar os negócios. O editor Kravtchenko, que nunca saiu de Kyiv, continua trabalhando nos manuscritos de jovens escritores.

O meu irmão Misha e a esposa estão novamente em casa com Pepin, o gato, perto da fábrica de aviões Antonov, e ouvem o silêncio. Pelo menos foi assim que o meu irmão explicou o que eles estão fazendo agora. Anteriormente, eles passavam o dia ouvindo explosões do lado de fora do apartamento. Depois de três semanas assim, trocaram o apartamento por um vilarejo a 150 quilômetros de Kyiv. Lá estava mais calmo, mas ainda bem perturbador. As explosões, ainda que distantes, às vezes pareciam estar se aproximando. Então eles voltaram para casa.

Mais e mais gente está retornando para a capital. Muito poucos estão partindo. Os trens seguem os horários e há assentos vazios até nas rotas mais populares – as que vão para o oeste. O prefeito da cidade, Vitaliy Klitchko, pediu que as pessoas não tenham pressa em retornar. É necessário tempo para resolver os problemas com abastecimento de alimentos, transporte e atendimento à saúde. Soube que já é possível ir de Kyiv ao nosso vilarejo de ônibus, mas o percurso é muito difícil ao longo das estradas rurais. Apenas o tempo de partida é anunciado e ninguém sabe quanto tempo a viagem vai durar.

Amigos que retornaram a Kyiv reclamam que, assim que suspenderam a proibição de bebidas com alto teor alcoólico, começaram as brigas no supermercado. Aparentemente, ninguém havia alterado as etiquetas de preço nos departamentos de vodca e uísque desde o início da guerra, quando a proibição de álcool foi imposta pela primeira vez. Durante esse tempo, os preços de todos os outros produtos subiram significativamente e as etiquetas de preço também foram atualizadas, mas a seção de álcool foi simplesmente isolada e os valores das etiquetas, esquecidos. Um dia antes de a proibição da venda de álcool ser suspensa, os preços subiram, só que ninguém teve tempo de alterar o valor das etiquetas. Consequentemente, clientes cansados e estressados levaram um belo de um susto ao passarem pelo caixa.

Ainda há bem menos carros nas ruas de Kyiv do que havia antes. Isso a torna menos perigosa para jovens motoristas inexperientes terem aulas. Os adolescentes que ficaram em Kyiv mereceram a má reputação que têm com os soldados nos postos de checagem militar, onde todos os carros devem parar para que os documentos e o porta-malas do veículo sejam inspecionados. Esses jovens motoristas com frequência brecam seus veículos velhos de forma desastrada, deixam o carro morrer, especialmente se for antigo. Os soldados, então, são obrigados a ajudar a empurrar até que o automóvel pegue no tranco e libere o caminho para os outros.

Grandes caminhões de mudança são um cenário mais frequente nas ruas de Kiev do que já foram há um tempo. Estão ali para retirar o conteúdo dos apartamentos das pessoas que fugiram da cidade e que não têm planos reais de retornar. Também transportam e evacuam carros caros que sobreviveram ao início da guerra em estacionamentos no subsolo ou em garagens. Tenho a impressão de que, quanto mais ricos os proprietários dos apartamentos e carros, mais eles têm medo de voltar. Então, de novo, é mais provável que tenham outro lugar mais confortável para viver.

A embaixada da Alemanha é um dos que estão pagando por esses serviços "extremos" de mudança na Ucrânia. Todo o mobiliário foi retirado do prédio cinza e bem-arrumado deles. O ministro das Relações Exteriores alemão também está pagando pela remoção do mobiliário e da propriedade do corpo diplomático, enquanto acordos de aluguel de apartamentos arrendados pelos diplomatas estão sendo encerrados. Ao mesmo tempo que a embaixada da Alemanha está se mudando, a embaixada da Turquia está voltando com toda a força. Eu não tenho lá muita certeza se é apropriado falar sobre o mercado imobiliário em Kyiv enquanto a guerra continua. Imóveis se tornam algo efêmero neste momento; eles não apenas perdem o valor, perdem a forma, o volume e o significado.

Para os ucranianos, geralmente permanece uma estranha conexão com as suas casas, mesmo entre aqueles cujas casas ou apartamentos foram destruídos pelo exército russo. O serviço de gás doméstico ucraniano continua a enviar lembretes sobre a leitura dos medidores e sobre pagamentos. Pessoas confusas têm feito perguntas nos sites dos serviços de utilidade pública: "E se o apartamento não existir mais? Eu ainda tenho que pagar se a casa estiver destruída e o medidor de gás danificado pela explosão?". As prestadoras de serviço respondem com um nível de flexibilidade incomum: "Envie a última leitura do medidor. Aja de acordo com a situação".

Dar a última leitura do medidor de uma casa que não existe mais é como pronunciar a data em que a casa morreu. Cada casa tem uma data de construção, uma data de nascimento. Para dezenas de milhares de casas e apartamentos, a Rússia trouxe uma data de morte, o dia em que todos os medidores pararam: de água, de gás e de eletricidade. E toda a vida parou.

Por dois anos, meu irmão Misha tem alugado o apartamento de nossos falecidos pais. Os inquilinos, uma família nova, com duas crianças pequenas, são muito cuidadosos e sempre pagam o aluguel no prazo. Antes da guerra, a mulher do inquilino levou as crianças para visitar os avós na região de Donetsk. Agora, ela está em uma cidade ocupada, escondida num subsolo. O marido foi para o front como voluntário e está combatendo. Não há ninguém no apartamento. Mas o marido continua enviando o aluguel para a conta do meu irmão. Meu irmão disse a ele para não pagar até a guerra terminar, mas o inquilino insiste. Ele diz que quer voltar para o apartamento depois da guerra e continuar morando nele.

*

Enquanto isso, a Ucrânia está pronta para confiscar a propriedade de cidadãos russos e de colaboracionistas. Dois palácios que pertencem a Viktor Medvedtchuk, o líder político pró-russo e amigo de Pútin, já foram mostrados na televisão. Na área de um dos palácios, escondido atrás de três cercas, encontraram trilhos ferroviários e, ali, o vagão pessoal de Medvedtchuk, estilo "presidencial" – muito mais luxuoso do que o do Expresso do Oriente. Vinte anos atrás, ele sonhava em se tornar o presidente da Ucrânia. Entendeu que jamais venceria uma eleição geral, então tentou modificar o sistema eleitoral de tal forma que o presidente não fosse eleito pelo povo, mas pelo parlamento. Não funcionou da maneira como ele pretendia.

No vagão, que agora está sujeito a confisco, há alguns móveis bem caros. Tudo dourado. No armário, copos de cristal com suportes em prata para tomar chá. Os suportes são adornados com uma águia bicéfala em ouro, o símbolo do Império Russo. As câmeras de televisão já olharam por dentro de todos os halls e cômodos dos palácios de Medvedtchuk. Estou chocado pela total ausência de livros: não existe uma única prateleira com livros, nem uma só estante de livros. Mas há um espaçoso cômodo à parte para armazenar os casacos de pele da esposa dele. Oksana Martchenko, uma apresentadora de televisão e outra amiga de Pútin, também tinha uma coleção de chapéus e gorros de pele, todos expostos em bustos de manequins.

Já vi na televisão muitos desses palácios, com mobiliário caro parecido, imensas piscinas cobertas e muros de 5 metros de altura. Aquela do antigo procurador-geral Pshonka até que tinha uma estante de livros no escritório. Nela, entre outros, havia um meu. Fiquei com um pouco de medo ao ver o meu livro lá. Eu com toda a certeza não o autografei para ele, nunca o encontrei e não consigo nem entender como ele arrumou esse livro. Talvez a presença de meu romance nas suas prateleiras tenha sido para os jornalistas que foram convidados a sua casa, para mostrar que o procurador-geral sabia do que estava acontecendo na literatura ucraniana moderna. E o que está acontecendo na literatura moderna ucraniana hoje? Essa é uma pergunta interessante que não é fácil de responder.

A maioria dos escritores ucranianos se tornou refugiada, certamente quase todos que viviam na Ucrânia central e do leste. Alguns se tornaram refugiados pela segunda vez e agora foram para o exterior. Mykola Semena, um jornalista e escritor de 70 anos de idade, foi para a Polônia depois de ter sido tirado da Crimeia dois anos atrás. As autoridades russas queriam aprisioná-lo por discordar da anexação do território. Agora, ele está num país cuja língua não conhece. Uma poeta de Lugansk, Iya Kiva, também está na Polônia. Ela escreve no Facebook que se sente como um cachorro de rua que ninguém quer. Ambos são membros do PEN ucraniano e recebem apoio financeiro dele, mas nenhuma quantia de apoio financeiro pode diminuir o sentimento de desamparo daqueles que estão no exílio. O escritor desabrigado é portador de um trauma muito difícil de curar.

A maioria dos escritores, intelectuais e artistas se encontra reunida em Lviv, uma cidade que há muito tem sido a capital cultural da Ucrânia. Aqui, as livrarias estão abertas, embora tenham poucos clientes. A guerra empurrou os livros e a literatura, de modo geral, para o plano de fundo. Os escritores agora escrevem colunas de jornais, apresentam programas de rádio e participam de projetos de informação. Há aqueles que ficaram em Kyiv e escrevem de lá sobre a vida durante a guerra. Há também aqueles que se uniram às forças armadas. E há aqueles que não existem mais – aqueles que morreram no front. Entre eles, o poeta e ativista Iurii Ruf.

Pela segunda vez em um mês, meu editor, Oleksandr Krasovitsky, veio me visitar na Transcarpátia. Nos sentamos e conversamos sobre livros e sobre a guerra. A editora dele fica em Kharkiv. Todas as janelas do edifício foram estilhaçadas quando três mísseis explodiram no pátio. Não há mais ninguém por lá agora, mas o sistema de computação está funcionando e os editores ainda conseguem se conectar a ele, trabalhando à distância. Oleksandr continua preparando livros para imprimir no futuro; assim, a sua equipe pode trabalhar e ser paga. Em sua gráfica há cerca de 60 mil livros impressos, muitos ainda esperando para serem encadernados. Entretanto, ele não tem acesso à gráfica. Ela fica na cidade de Derhachi, localizada entre Kharkiv e a fronteira com a Rússia. A cidade está sob bombardeio 24 horas por dia.

Entre os livros que ele já terminou, há um sobre o historiador russo Mark Solonin, um emigrado político que vive perto de Kyiv. O livro fala da Segunda Guerra Soviético-Finlandesa, mais conhecida pelos historiadores como a Guerra da Continuação. Não sei nada sobre essa segunda guerra, embora eu saiba bastante sobre a Primeira Guerra Soviético-Finlandesa de 1939, quando a Finlândia corajosamente defendeu as suas fronteiras e não se permitiu ser ocupada – embora ela tenha perdido parte do seu território, a parte que se tornou a Carélia soviética. De certa maneira, a atual guerra me lembra a Guerra Soviético-Finlandesa. Os planos de Pútin para ocupar a Ucrânia falharam, mas o final da guerra está bem longe e ninguém ousará prever nenhum resultado ou a data do seu encerramento.

O livro de Solonin poderá sucumbir ao bombardeio feito pelo mesmo exército sobre o qual trata o próprio livro. As primeiras dez cópias foram enviadas para ele, conforme previsto em contrato, mas as cópias restantes do livro estão fora de alcance e podem acabar ficando em território ocupado. Nesse caso, elas muito provavelmente serão destruídas porque a história que Solonin conta no livro não coincide com a versão oficial da União Soviética. Embora Solonin tenha passado anos pesquisando nos arquivos militares russos antes de escrever o seu livro, tudo o que não coincide com a história oficial na Rússia é passível de apagamento. Ou o livro será lido por leitores ucranianos depois da guerra, ou será destruído pelo inimigo.

Eu não consigo imaginar a vida sem livros, mas em Kyiv as livrarias ainda estão fechadas. Uma delas, aquela que fica na rua Lysenko e mais perto do meu apartamento, já poderia ter reaberto a esta altura. O motivo de não terem feito isso foi bem estranho. Ela está localizada no subsolo de um prédio residencial de cinco andares, no fim da rua que vem da Casa da Ópera. As pessoas que vivem nesse prédio, lembrando-se de como os russos destruíram o Teatro de Mariupol, pediram ao gerente da loja permissão para passar a noite lá, protegidos de ataques aéreos. Eles dizem que o subsolo do prédio foi originalmente criado para ser um abrigo antibombas. Só muito tempo depois ele recebeu permissão para ser privatizado e vendido. Agora, o subsolo pertence à livraria e o diretor se recusou a deixar que as pessoas se protegessem lá. Será que ele estava com medo de que os livros fossem desaparecer? A decisão é estranha. Sou amigo do antigo diretor e proprietário do The Globe Bookshop em Paris, François Dever. Uma vez, ele autorizou migrantes que não tinham dinheiro nem para um hotel nem para um albergue a passarem a noite na sua livraria em Paris. Eles não roubaram nada, mas se lembraram da livraria para o resto da vida. Dormir no meio de livros é uma forma de felicidade. Seria uma oportunidade de escapar do pânico e do medo por pelo menos uma noite.

No apartamento onde vivemos agora não há um único livro de um autor vivo. Acho que, no futuro, vou tentar organizar os livros da minha biblioteca na nossa casa no interior em livros de escritores "vivos" e "mortos", só para ver o que acontece. Fazer isso, claro, não faz muito sentido. Se o livro é lido, o escritor está vivo. Mesmo que ele tenha morrido duzentos anos atrás.

## 13 de abril de 2022
### Escolher a escola para seu filho só ficou mais difícil

Quase metade da população da Ucrânia é agora de refugiados ou os chamados "deslocados internos". Muitas famílias estão longe de casa. Centenas de escolas e institutos foram destruídos por bombas e mísseis russos. Universidades também foram destruídas, embora os estudantes continuem a participar de aulas on-line, assim como faziam durante a pandemia. Às vezes, eles nem sabem qual é a localização do professor – podem estar falando da Alemanha ou da Polônia, ou até mesmo de um abrigo antibombas em

Kharkiv. Essa é a nova realidade e ela está refletida em todas as esferas da vida.

Durante a época de guerra, é muito mais difícil obter educação. É muito mais difícil focar em arrumar uma vaga numa universidade, passar nos exames. Em época de guerra, os alunos não fazem ideia do que farão depois de se graduarem. Aqueles que estão no primeiro ano de estudos não podem ter certeza de que irão se graduar. Não há garantias para o futuro, nem para os alunos individuais, nem para o país como um todo. Existe raiva pela destruição das esperanças e dos planos e existe ódio daqueles que trouxeram essa destruição para o meio de nós. Só dá para supor quando esse ódio vai ter fim, como se fosse a passagem de uma tempestade violenta.

Ainda assim, o futuro da vida acadêmica da Ucrânia está sendo planejado. Existe um calendário, de acordo com o qual o processo educacional continua, tanto nas escolas quanto nas universidades. O calendário designa que, nesta época do ano, os pais dos futuros alunos do primeiro ano devem realizar suas escolhas sobre a escola do ensino básico, enquanto as escolas devem estar preparando a listagem dos novos ingressantes. O ano escolar começa em 1º de setembro e não falta muito tempo até lá. Neste ano muita coisa pode acontecer antes do outono.

Como qualquer pai na Europa inteira, os ucranianos gastam uma grande quantidade de energia na escolha do colégio para os seus filhos. É um período estressante. Ainda assim, por causa da guerra, apenas os pais permanentemente residentes no oeste da Ucrânia ou no sudoeste do país têm o luxo dessa preocupação previsível e relativamente objetiva. O número de cidadãos ucranianos que foram para o exterior já é superior a 4 milhões – sobretudo mães e filhos. Dos 16 milhões que se encontram internamente desalojados, mais da metade são crianças. E agora os pais têm que decidir para qual escola, em qual vilarejo, em qual cidade ou até mesmo em qual país, devem enviar os filhos.

Na Polônia e na República Tcheca, as escolas já estão aceitando um grande número de crianças ucranianas. É uma missão complicada, já que crianças de todas as idades chegam pouco a pouco e a maioria delas não fala nem tcheco nem polonês. As escolas estão contratando professores ucranianos para ajudar com os recém-chegados. Será um desafio para todos os envolvidos.

As famílias deslocadas internamente que acabaram indo parar em Lviv terão dificuldades ainda maiores. Embora a cidade seja grande e com muitas escolas, simplesmente não há lugares suficientes para todas essas crianças. Eu imagino que, de algum jeito, terão de arrumar lugar, mas o tamanho das turmas será imenso e será ainda mais difícil do que de costume atender às necessidades individuais das crianças. Isso numa época em que as necessidades individuais delas tendem a ser particularmente complexas.

Enquanto isso, o Departamento de Educação da cidade de Jytomyr criou um aplicativo on-line para alunos do primeiro ano. Famílias de Jytomyr que, no momento, estejam espalhadas pela Ucrânia ocidental e pela Europa podem ao menos se planejar para setembro, mas um dilema se coloca diante delas. Será que deveriam ficar onde estão e enviar os filhos para o primeiro ano escolar em, por exemplo, Hamburgo, onde ninguém fala ucraniano? Ou deveriam planejar voltar para Jytomyr no final de agosto, mesmo que ninguém saiba o quão seguro será retornar para a Ucrânia, especialmente para essa região, que já sofreu muito com a agressão russa? Prever como será a situação no fim de agosto é impossível.

Apesar do perigo óbvio da nova ofensiva russa contra Kyiv e outras regiões da Ucrânia central, muitas pessoas estão voltando para casa. Aqueles que já voltaram para Jytomyr exigem que a língua russa não seja mais ensinada em suas escolas. O russo agora está associado apenas à guerra e a postura em relação a ele se enrijeceu, assim como a postura das pessoas soviéticas ficou mais rígida em relação à língua alemã depois da Segunda Guerra Mundial. Eu aprendi alemão em 1997, quando tinha 36 anos, mas acho que minha atitude em relação a isso se suavizou muito antes. Tenho medo de que o ódio pela língua e pela cultura do nosso atual agressor possa durar ainda mais.

## 20 de abril de 2022
### O conto do galo e da guerra

Assim que o ministro do Exterior russo Lavróv anunciou que a segunda fase da guerra russa na Ucrânia havia começado, um dos mísseis caiu no zoológico de Mykolaiv. Dois deles atingiram o cercado dos bisões, mas não explodiram. Nós podemos apenas nos alegrar com a má qualidade das munições russas. Às vezes, isso salva a vida de pessoas e, às vezes, a vida de animais.

O solo ucraniano já está "semeado" de projéteis e mísseis, muitos plantados profundamente no chão. Eles vão explodir periodicamente por muito tempo ainda, nos recordando dessa guerra.

O departamento pessoal do exército russo está trabalhando duro. Depois das pesadas perdas nas unidades militares da própria Rússia, o exército está contratando tantos homens quanto possível das duas "repúblicas separatistas" de Donetsk e Lugansk e ainda de países onde a Rússia luta ao lado de ditadores locais, como a Síria e o Mali. O escritório de recrutamento do exército russo não tem que se preocupar muito com a taxa de sobrevivência entre os soldados separatistas e estrangeiros. Certamente, nenhum dos familiares dos combatentes separatistas mortos ousará reclamar sobre as mortes. Diversas centenas de soldados sírios do exército do califa Haftar foram recrutados pelo grupo mercenário russo Wagner, levados até a Rússia de avião e então transportados à Ucrânia. Eles receberam a promessa de um bom salário, mas não foram avisados a respeito do mau tempo. Soldados ucranianos têm se surpreendido ao encontrar dinheiro sírio e americano nos bolsos de soldados mortos e, às vezes, notas da República do Mali.

Também na Ucrânia há "surpresas de contratação", mas de um tipo diferente: o time inteiro de futebol da cidade de Ivano-Frankivsk, o Prykarpattia, junto com o técnico, fechou contrato para servir no exército ucraniano. Eles foram enviados para treinar. Só irão para o front quando tiverem adquirido as habilidades necessárias para combate.

*

Kyiv está se tornando mais e mais parecida com uma colmeia desperta. Todos os dias, de 30 mil a 40 mil pessoas retornam à cidade. Engarrafamentos nas estradas próximas à cidade às vezes se estendem por dezenas de quilômetros. A estrada que vem do oeste, a estrada de Jytomyr, logo será aberta. Já quase terminaram de construir uma ponte temporária sobre o rio Irpin. Proprietários de carros que voltaram à cidade perceberam muito rapidamente que precisam trocá-los por bicicletas ou patinetes elétricos. Existem muitas barreiras na cidade e fila de carros em cada uma delas. Para dirigir do sul até o norte da cidade, você tem que parar diversas vezes, mostrar os documentos e abrir o porta-malas toda vez, bem como responder a umas poucas perguntas se necessário. Ninguém para ciclistas e pessoas com patinete elétrico.

Eu continuo telefonando para meus amigos regularmente, em especial para o meu irmão e os meus vizinhos no interior. Os habitantes de nosso vilarejo já plantaram batatas. Agora estão plantando cebolas. Logo plantarão cenouras e beterrabas. Onde não há guerra, ouve-se o ronco do trator por todos os lugares. Agora está acontecendo uma campanha desenfreada de plantio. O governo pediu às pessoas para plantarem legumes e cereais em cada pedacinho de terra disponível. Este ano, uma vasta área da Ucrânia não será usada para agricultura. No leste e no sul, em vez de trigo, o exército russo está plantando morte. Por esse motivo, o governo anunciou a campanha de "Jardins da Vitória", pedindo para as pessoas cultivarem legumes nos seus canteiros de flores e sacadas. Acho que esse pedido será atendido. Eu estava planejando plantar pimentas jalapeño e pasilla nesta primavera. O bom é que consegui dar aos amigos uma porção das sementes que eu tinha. Sei que eles já as plantaram em vasos, nas suas casas. Agora estou longe de casa, longe dessas sementes. Mas algum dia, espero que logo, eu mesmo vou plantar as pimentas no jardim ao redor de casa, no meu vilarejo.

Outra ocasião, deixei a Ucrânia de novo por alguns dias. Eu esperava cruzar a fronteira com facilidade, rapidamente, mas outra vez fiquei esperando numa fila de carros por quatro horas. Não é tanto tempo quanto foi antes, mas recentemente eu estava conseguindo cruzar um posto de controle na fronteira, completamente deserto, em apenas alguns minutos. Parece que a nova fase da guerra provocou outra onda de refugiados ao exterior. Nos lados eslovenos e húngaros da fronteira, os voluntários ainda trabalham. Há cabanas aquecidas, onde você pode comer de graça e todo mundo é presenteado com um chip de telefone gratuito e acesso à internet. Os rostos desses últimos refugiados parecem menos amedrontados pela guerra do que o de seus antecessores de quase dois meses atrás. Depois dos horrores de Bucha e Hostomel, Irpin e Borodianka, os novos refugiados acham que são sortudos – primeiro, porque estão vivos; segundo, porque conseguiram chegar à fronteira.

Há ainda uma cabana urbana para ucranianos na estação de trem de Bucareste. É um conjunto de várias cabanas grandes, alaranjadas, com janelas, e aquecidas. Perto há uma cafeteria com comida gratuita. Dei uma olhada dentro de uma dessas cabanas. Tinha cerca de quinze pessoas deitadas em camas dobráveis. Algumas estavam dormindo, outras lendo livros e outras falando em seus telefones celulares. Meus amigos romenos disseram que os primeiros refugiados da Ucrânia não queriam ser chamados de "refugiados" e disseram que não precisavam dormir em cabanas. Eles chegaram com malas e foram procurar um hotel para se hospedarem. Estavam interessados apenas em como seguir adiante – rumo à Itália, à Croácia, à Áustria. A onda de refugiados que veio a seguir, muito maior, foi bem diferente. Eles estavam felizes em receber qualquer ajuda e agradeciam constantemente aos voluntários. Eles tentavam comer menos comida gratuita, com medo de que não seria suficiente para os outros. O que realmente chocou os meus amigos romenos foi que esses refugiados não tinham malas. Muitos chegaram com grandes sacolas de plástico cheias de roupas e sapatos. Era bem óbvio que jamais tiveram que pensar em bagagem antes. Alguns tinham sacos de viagem, mas bem poucos tinham malas.

Na mesma hora, presumi que esses refugiados provavelmente eram do Donbas. Os habitantes de cidades pequenas e vilarejos nessa região raramente viajam, com certeza não como turistas. Quando há uma crise econômica, eles vão para as cidades grandes mais próximas para comprar comida ou roupas. Quando acontece de viajarem, sempre carregam sacolões de plástico xadrez que fecham com zíper. Esses sacolões, nos quais caberia um pequeno gerador movido a diesel, são muito comuns não apenas no Donbas. Os habitantes da Ucrânia ocidental também os utilizam quando vão à Polônia para vender ferramentas elétricas e comprar roupas e cosméticos para vender na Ucrânia. Houve uma época em que esses turistas-mercadores eram chamados de "sacoleiros", depois de "traslados" e, por fim, de "turistas de negócios". Eu me lembro de como os meus próprios pais, uma vez, fizeram uma dessas corajosas mas não lucrativas "viagens de negócios" para a Polônia no final dos anos 1980, esperando vender ferros de passar roupa elétricos e comprar taças de cristal. Algumas taças ainda estavam dentro das caixas quando fomos esvaziar o apartamento deles depois que faleceram. Esse período demasiado recente da história ucraniana parece agora muito distante.

Sinto algo de medieval no deslocamento forçado de milhões de pessoas. Isso aconteceu antes, quando as hordas tártaro-mongóis de Gengis Khan atacaram o território da atual Ucrânia. Na ocasião, as pessoas também tiveram que abandonar tudo e escapar o mais rápido possível para o oeste. O oeste tem sempre sido um local de segurança para aqueles que estão escapando do leste. Agora a invasão das hordas russas está novamente empurrando os ucranianos para o oeste. Mas os refugiados continuam olhando para o passado, tanto física como emocionalmente. Eles querem ir para casa, mesmo que esta não mais exista.

No começo da guerra, o exército russo conseguiu capturar várias cidades no sul sem bombardear ou destruir casas. Nessas cidades, há ainda civis muito bons. Só fugiram aqueles que não concordaram em viver sob ocupação. O resto ficou. Alguns participam de manifestações pró-ucranianas. O exército russo os ameaça com metralhadoras apontadas para as suas cabeças. Os oficiais do FSB os fotografam e filmam. Colaboracionistas locais ajudam o serviço federal a descobrir os nomes e endereços dos ativistas. Daí os ativistas são levados para a interrogação. Alguns não voltam.

Bandeiras russas estão penduradas sobre todos os prédios administrativos dessas cidades. Os ocupantes introduziram o rublo russo e estão forçando comerciantes locais a registrarem novamente os seus negócios de acordo com as leis russas. Agricultores são forçados a enviar suas primeiras colheitas de legumes para a Crimeia. Lá, equipes da televisão russa filmam uma feira e alegam que agricultores de Kherson estão trazendo a sua produção para a Crimeia anexada. Na própria Crimeia, eles brincam que, num futuro próximo, a região ucraniana ocupada de Kherson será oficialmente anexada à Crimeia.

Uma das primeiras cidades capturadas pelo exército russo foi Henichesk, no *óblast* de Kherson. Lá, em frente à prefeitura, o exército russo ergueu um monumento a Lênin – não aquele que ficava ali antes da política de descomunização ucraniana, um outro. Eles devem tê-lo trazido no trem vindo da Rússia, junto com os tanques.

Estou tentando achar uma explicação lógica para o surgimento de um monumento a Lênin em Henichesk. Talvez a ideia seja fazer com que os habitantes pensem que estão de volta à União Soviética. Ou será que isso é um tipo de brincadeira de Pútin, que já disse que a Ucrânia foi inventada por Lênin? Assim como na União Soviética, os monumentos aos "fundadores do Estado" devem estar em frente de todas as instituições estatais. Mas então por que não há nenhum monumento ao tártaro-mongol Gengis Khan na frente ou até mesmo dentro do Kremlin? Afinal de contas, foi ele quem praticamente organizou o sistema de impostos para o seu principado de Moscou e outros principados russos. Foi Gengis Khan que apontou as elites locais como os seus representantes. Foi ele que programou o cérebro russo com a crença de que as pessoas deveriam ser levadas à base do medo e que, ao menor sinal de desobediência ou desacordo, deveriam ser punidas com severidade ou mortas.

Algum dia, Kyiv irá presentear Moscou com um monumento a Gengis Khan. A cultura de monumentos, tanto na Rússia como na Ucrânia, é puramente oriental. Eles servem para marcar um território geográfico ou espiritual. Os ucranianos têm orgulho das estatísticas, não verificadas, que dizem que há mais monumentos ao poeta nacional ucraniano Taras Chevtchenko do que a qualquer outra pessoa no mundo. Eu acho que há muito mais monumentos a Lênin na Rússia do que a Chevtchenko na Ucrânia. Há também monumentos a Ataturk em cada vilarejo turco.

Não acredito que o monumento a Lênin vá sobreviver em Henichesk por muito tempo, embora esteja claro que o exército russo vai protegê-lo até o último momento. Afinal de contas, não foi por nada que a justiça russa sentenciou Oleh Sentsov a vinte anos de prisão por falar sobre a necessidade de explodir o monumento a Lênin em Simferopol. E isso apesar do fato de que, de acordo com o relato de testemunhas, essa conversa nunca tenha acontecido.

## 21 de abril de 2022
### Dois meses de guerra. Olhando para trás e pensando para a frente

Pelas manhãs, verifico a previsão do tempo. Fico satisfeito quando vejo que está chovendo ou nevando na zona de guerra. Isso significa que o exército russo não pode se mover com rapidez e que os mercenários da Síria e do Líbano, que foram trazidos à Ucrânia por ordem de Pútin, estão com frio e desconfortáveis.

Esta guerra fica mais estranha a cada dia que passa. O motivo principal dessa estranheza é a liderança do exército russo. Pútin prometeu 20 mil soldados libaneses e sírios para o combate no Donbas, mas até agora não vieram mais de quinhentos. Os soldados russos contratados estão se recusando com maior frequência a ir para a guerra. Você deve pensar que eles são obrigados a ir se receberem ordens. Mas na Rússia essa agressão não é oficialmente uma "guerra". Oficialmente, a Rússia está conduzindo uma "operação especial" na Ucrânia. E ocorre que os soldados russos têm o direito de se recusar a participar de "operações especiais"[9]. Eles são, é claro, imediatamente descomissionados e têm o seu registro de identidade militar carimbado com as palavras "inclinado a mentiras e traição". Esse carimbo vai ficar na ficha deles para o resto da vida e os impedirá de retornar ao serviço militar no futuro. Mas isso está longe de ser uma desvantagem! Talvez eles encontrem uma profissão pacífica.

A Rússia diz que capturou mais de setecentos militares e civis ucranianos. Entretanto, de acordo com informações oficiais da Ucrânia, mais de mil civis foram detidos – ou melhor, raptados – pelas forças russas. O lado ucraniano alega que capturou mais de seiscentos soldados russos, entre os quais muitos oficiais graduados. A troca de prisioneiros está indo muito devagar. Parece que a Rússia não está realmente interessada no retorno dos seus soldados capturados. Ou isso, ou a Rússia simplesmente não quer se desvencilhar dos prisioneiros de guerra ucranianos. Já há algum tempo, tenho me perguntado como isso é possível. Mas outro dia, na Duma Federal Russa, o deputado Serguei Leónov, do Partido Liberal Democrata (não deem muita atenção ao nome, não tem nada a ver com ideologia), anunciou a necessidade de passar uma lei permitindo a retirada de sangue de prisioneiros de guerra ucranianos

---

[9] O governo russo chama a invasão na Ucrânia e seus desdobramentos de "operação especial na Ucrânia", sendo proibido tanto à mídia como às pessoas referir-se ao ocorrido como "guerra", ato que é passível de punição.

para utilizar no tratamento de soldados e oficiais russos feridos. Seria essa a razão para continuarem mantendo os prisioneiros? Essa prática foi empregada por Hitler durante a Segunda Guerra Mundial, quando o sangue para os soldados e oficiais alemães era retirado dos prisioneiros de campos de concentração.

Mesmo sem a guerra, a Rússia não tem sangue suficiente para transfusões. A prática de doar sangue é incomum e indesejada para a maioria das pessoas. De modo geral, o principal problema deles, no entanto, é a falta de gente. Desde 2014, a Rússia tem ludibriado residentes das repúblicas separatistas – assim como refugiados da Ucrânia – para irem à Sibéria e ao extremo oriente. Agora, dezenas de milhares de refugiados de Mariupol e até orfanatos inteiros de território ucraniano ocupado pelo exército russo estão sendo levados para lá. Não importa o quanto a Rússia tente esconder seus problemas demográficos, eles continuam visíveis. Parece que esses problemas também são uma das principais razões da agressão russa. O país não tem população suficiente, assim como o exército não tem soldados suficientes. Unidades do exército russo às vezes capturam cidadelas e vilarejos apenas para abandoná-los e seguir adiante. De acordo com as "regras de guerra" usuais, eles deveriam ter deixado uma guarnição e um escritório de comando militar em cada localidade. Eles provavelmente esperavam mais apoio de ucranianos solidários. Há poucos e raros colaboracionistas, e os russos simplesmente não têm mão de obra para manter o controle dos territórios que eles "tomaram". E há também o movimento de guerrilha ucraniano que, só na cidade ocupada de Melitopol, já matou cerca de cem soldados russos.

Ultimamente, estou começando a me preocupar demais com os futuros problemas demográficos da Ucrânia, os que estão sendo criados agora pela Rússia. Quantos ucranianos retornarão da Europa depois da guerra? E aqueles cujas casas e apartamentos foram destruídos? Eles ficarão no exterior para sempre, ou arriscarão voltar? Entre os 5 milhões de refugiados que encontraram abrigo na Europa, há realmente muitas famílias com crianças pequenas. Eu não consigo vislumbrar famílias com crianças voltando se as suas casas desapareceram. O governo já deve estar pensando nisso, mas está claro que a escala do problema é tamanha que uma quantia significativa de ajuda internacional será necessária.

Antes da guerra, a idade média de um habitante da Rússia estava um pouco acima de 42 anos, enquanto a idade média de um habitante da Ucrânia estava um pouco abaixo de 41. Depois da guerra, devido às perdas das tropas russas, a idade média da população russa provavelmente aumentará um pouco, mas a idade média da população ucraniana aumentará muito mais devido ao número de crianças que partiram para o exterior como refugiadas.

Uma piora na situação demográfica de ambos os países não será o único efeito negativo da agressão russa. Ela também causará um enorme impacto na economia, na agricultura, na liberdade de expressão e na cultura, assim como no suprimento de serviços médicos e educacionais.

É possível dizer que essa agressão fortaleceu o espírito nacional ucraniano. Isso deve beneficiar o país nos anos difíceis que virão e deve encorajar as pessoas a voltarem da emigração. Talvez seja ainda muito cedo para considerar soluções para todos os problemas que a agressão russa criou. Mas o fato de esses problemas estarem sendo discutidos no país agora significa que os ucranianos acreditam na vitória. Acreditam que a Ucrânia será capaz de defender o seu caminho pró-europeu e permanecerá um Estado independente e democrático, apesar de todos os esforços da Rússia de Pútin.

## 25 de abril de 2022
## A cultura vai ao subsolo

No Teatro Dramático de Ujhorod, a peça *Acordo com um anjo*, baseada no trabalho da dramaturga de Kyiv Neda Nezhdana, tinha acabado de começar quando o alarme anunciando um ataque aéreo pôs-se a tocar. Os atores congelaram. O diretor do teatro correu até o palco e pediu a todos para irem de maneira organizada ao abrigo antibomba, abaixo do teatro. Ele acrescentou que, se o sinal verde fosse dado dentro de uma hora, a apresentação recomeçaria – caso contrário, uma nova data seria anunciada. Para sorte da plateia, o sinal verde veio 45 minutos depois. Eles ocuparam novamente seus lugares na sala e a peça foi apresentada desde o início.

Ujhorod, a capital da região administrativa da Transcarpátia, é uma cidadela pitoresca no lado ocidental dos Cárpatos. Eles amam café e *bograch* por aqui. Este último é um prato-chave da culinária húngara – uma sopa feita de carne, batatas, cenouras e pimentas picantes. Situada bem na fronteira com a Eslováquia, a cidade fica próxima dos pontos de cruzamento entre a Hungria e a Romênia. Junto com a vizinha Bukovina, que fica na fronteira com a Romênia, é o lugar mais seguro para se estar na Ucrânia neste momento. Isso poderia mudar a qualquer instante, claro, mas até agora nem um único míssil foi direcionado à região da Transcarpátia. Provavelmente, há vários motivos para isso. A região é pequena e não densamente povoada, embora atualmente a população tenha dobrado devido ao influxo de refugiados. E aqui ainda não há praticamente nenhuma cidade grande ou instalações militares. O principal motivo para esta "não agressão" é o alto número de húngaros étnicos que têm morado na Transcarpátia nos últimos séculos. Orbán, o primeiro-ministro húngaro, é o único amigo de Pútin entre os líderes da União Europeia. Muitos húngaro-ucranianos possuem passaportes ucranianos e húngaros. Eles também têm seu próprio partido político "húngaro", no qual sempre votam. Levando isso em consideração, nunca houve realmente uma vida política ativa nesse território. Húngaros são pessoas calmas, trabalhadoras, que preservam não apenas a sua língua, mas também a sua cultura e tradições e, especialmente, a sua gastronomia. Até 2017, os políticos ucranianos prestavam pouca atenção à cultura como um todo, sem tentar integrar as culturas das minorias nacionais, inclusive a húngara, à cultura nacional da Ucrânia. Dessa maneira, não surpreende que, das várias dezenas de escritores ucranianos que escrevem em húngaro, não haja livros traduzidos para o ucraniano. Como resultado, eles continuam desconhecidos na Ucrânia, exceto entre moradores de cidadelas e vilarejos húngaro-ucranianos, tais como Berehove, Vinogradov, Bono e Peterfölvo.

Na eleição presidencial de 2019, muitos húngaro-ucranianos votaram em Volodymyr Zelensky. Eles não podiam aceitar as políticas de Petro Porochenko e, em especial, o seu slogan "Exército, Língua, Fé", que se voltava aos patrióticos ucranianos ortodoxos. Os húngaros são católicos. A sua língua nativa é o húngaro. Porochenko também introduziu a Lei da Língua do Estado, que coloca um ponto-final na prática de ensinar crianças nas línguas das minorias nacionais. Ucraniano se tornou a única língua de instrução nas escolas e nas universidades. Na verdade, a Lei da Língua do Estado foi adotada para remover o russo como língua de instrução, e o húngaro acabou se tornando uma vítima acidental. Daquele momento em diante, as relações entre a Ucrânia e a Hungria se deterioraram, enquanto as relações entre Orbán e Pútin melhoraram. Os serviços secretos russos arrebataram a oportunidade de ajudar a "melhorar" essas relações ainda mais premeditando um incêndio no Centro Cultural Húngaro em Ujhorod. Eles queriam culpar os ucranianos nacionalistas por isso, mas câmeras instaladas nos prédios próximos ao Centro Cultural atrapalharam os planos. Esses vídeos gravados levaram à prisão de dois cidadãos poloneses que vieram da Polônia para efetuar o ataque. Seus mandantes russos lhes deram dinheiro pelo incêndio.

Felizmente, não houve outras provocações. Hoje, muitos húngaro-ucranianos estão lutando pela independência da Ucrânia no exército. Há com certeza aqueles que não querem combater e que estão tentando deixar a Ucrânia utilizando os seus passaportes húngaros, mas os guardas da fronteira na Transcarpátia distinguem com facilidade um húngaro-húngaro de um húngaro-ucraniano. Homens húngaro-ucranianos estão proibidos de ir ao exterior até alcançarem a idade de 61 anos, de acordo com a Lei de Mobilização Geral. Os guardas da fronteira conferem o local de nascimento do dono do passaporte húngaro. Se for na Ucrânia, então já sabem que essa pessoa é, antes de tudo, um cidadão da Ucrânia. Cidadania dupla ainda é proibida por aqui.

Na mesma noite em que a peça de teatro em Ujhorod foi interrompida, a apresentação de "um livro infantil para adultos", do escritor americano Adam Mansbach, *Vai dormir, ca...!*, ocorreu com êxito em Kharkiv, em um abrigo antibomba no subsolo. O livro ainda não foi lançado. A publicação teve de ser adiada devido à guerra. Mas aqueles que foram à apresentação já sabem o seu conteúdo: o livro é um poema dedicado a um pai irritado, cuja filha não consegue dormir.

A guerra modificou os planos de muitos editores. Flexibilidade agora é essencial e eles tentam não cancelar o que está planejado para que a vida cultural e literária da Ucrânia possa continuar mesmo com as hostilidades. Este ano, a Ucrânia participou do trabalho do Salão do Livro de Paris. O estande da Ucrânia apresentou livros de escritores ucranianos traduzidos e publicados em francês. Não foi possível organizar a entrega de livros em ucraniano vindos da Ucrânia à França. Entretanto, à medida que a França aceita mais e mais refugiados – a maioria dos quais, mães com crianças –, haverá sempre mais necessidade de livros infantis em ucraniano. O ministro da Cultura francês já está considerando a possibilidade de comprar esses livros tanto para crianças quanto para adolescentes para as bibliotecas da França. Logo a vida cultural ucraniana será fomentada na França, assim como em muitos outros países europeus.

## 26 de abril de 2022
## Escolhendo dos males o menor?

Quando a guerra se aproxima da sua casa, só lhe resta uma opção: ou partir ou aceitar a ocupação. Uma pessoa começa a pensar sobre essa escolha bem antes de as primeiras explosões serem ouvidas nos arredores da sua vila ou cidade. A guerra é como um tornado. Você pode vê-la de longe, mas não consegue prever facilmente para qual direção ela está indo. Não se pode ter certeza se ela explodirá a sua casa ou apenas passará perto, se arrancará pela raiz algumas árvores do seu jardim, ou levará o telhado da sua casa. E nunca se pode ter certeza de que se permanecerá vivo, mesmo se a casa for apenas levemente afetada.

Há muitos dias, num vilarejo próximo a Zaporíjia, um míssil explodiu em uma plantação de legumes e verduras. A casa permaneceu intacta, mas os donos, uma família de três pessoas, morreram. Eles estavam plantando alguma coisa na horta, pensando no que comeriam no próximo inverno. Para eles não haverá mais um próximo inverno, nem um próximo verão. Para eles tudo acabou em 25 de abril.

Na Ucrânia é comum a crença de que os damascos mais deliciosos crescem na região do Donbas e que as melhores cerejas vêm de Melitopol. Melitopol foi chamada de "a capital ucraniana da cereja". Mas em 1º de março a cidade foi capturada por unidades do exército russo, que invadiram a Ucrânia a partir da Crimeia anexada. Ninguém recebeu o exército russo com os presentes tradicionais de boas-vindas – pão, sal e flores. Pelo contrário, desde o começo da ocupação, houve protestos em massa no centro da cidade. Os moradores de Melitopol gritavam "Voltem para casa!" para os soldados. Estes respondiam: "Estamos em casa! Aqui é a Rússia!".

Depois de um mês de protestos diários, alguns habitantes começaram a considerar a possibilidade de partir. Muitos manifestantes haviam sido presos, espancados e testemunhado os seus documentos ucranianos serem pegos e destruídos pelo exército russo, que lhes dizia como aquilo já não significava mais nada. Primeiro, os manifestantes mais ardorosos foram levados de carro a cerca de 50 quilômetros da cidade e deixados lá, no campo. Eles caminharam teimosamente até a cidade e continuaram a protestar mais uma vez. No final, muitos perceberam que ficar se tornara perigoso demais para eles. Um ativista, depois de muitos dias sob detenção pelo exército russo, anunciou por vídeo que havia sido "mal orientado" e que os ucranianos é que eram culpados pela guerra. Outros, especialmente aqueles com famílias e filhos, começaram a pensar em partir para um território que estivesse sob controle ucraniano.

Deixar a própria casa é invariavelmente muito difícil e doloroso, mas deixar um território ocupado é bem mais difícil do que deixá-lo enquanto ele ainda é uma zona livre. Quase todos os dias há pessoas conseguindo sair. Já existem "guias profissionais" que conhecem as estradas mais seguras e que podem negociar nos postos de checagem do exército russo para que a passagem dos carros seja permitida. Esses "comboios de evacuação" são pequenos, cinco ou seis carros no máximo. Antes de saírem, o guia dá instruções sobre o que você deve levar e dizer nos postos de checagem e ainda sobre como você deve se portar de maneira geral. A regra vital é se manter junto com os outros carros na estrada. Se você ficar para trás, ninguém vai esperar por você. Se você não conseguir acompanhá-los, não há garantia alguma de chegar ao território controlado pelo governo ucraniano. Você também deve levar pelo menos vinte maços de cigarro, mesmo que não conheça ninguém que fume. Os soldados russos nos postos de checagem aceitam cigarros de bom grado e, com isso, tratam os viajantes um pouco melhor. Uma viagem nesses comboios de Melitopol até a ucraniana Zaporíjia custa, em média, dezesseis maços de cigarro por carro.

Outra coisa importante para lembrar é que, com frequência, os soldados russos obrigam os homens que estão deixando as zonas ocupadas a se despirem. Eles procuram por tatuagens patrióticas e sinais indicando que carregaram uma metralhadora no ombro durante muito tempo. Esses evacuados também devem levar em consideração que os soldados russos estão muito nervosos e podem começar a atirar a qualquer momento e à menor suspeita. Têm razão para ficarem nervosos: durante o período de ocupação, mais de uma centena deles foi morta por guerrilheiros durante as patrulhas noturnas.

Claro, nem todo mundo pode partir. Há aqueles que agora estão escondidos com amigos e que, se tentassem sair do país, seriam definitivamente detidos pelos militares russos. E há aquelas pessoas que desapareceram durante os primeiros dias da ocupação. Não se sabe se ainda estão vivas. Uma delas é Irina Shcherbak, a chefe do Departamento de Educação da cidade, que foi levada pelo exército russo para uma localidade desconhecida depois que se recusou a mandar as escolas da cidade passarem a ensinar em russo e a seguir o currículo russo. Desde então, não há notícias dela. Isso vale também para outros habitantes de Melitopol sequestrados.

Em 6 de outubro de 1941, Melitopol foi capturada pelos nazistas. Nesse dia, alguns moradores realmente receberam os soldados invasores com flores, esperando que o exército alemão os ajudasse a reaver bens expropriados pelos bolcheviques após a revolução de 1917. Em 2022, embora ninguém tenha recebido os soldados russos com flores, uma porcentagem da população ficou animada com sua presença.

A "administração de ocupação" é composta tanto de colaboracionistas quanto de cidadãos russos. Os russos demitem ou substituem os colaboracionistas de tempos em tempos. No momento, muitos estão na cadeia de Melitopol, incluindo ex-vereadores locais do partido da bancada de oposição, pró-Rússia. Aparentemente, descobriu-se que eles se apropriaram indevidamente de recursos dos ocupantes. Na verdade, não importa por que eles foram presos. Está claro que o exército russo não confia muito neles. Ainda assim, sem colaboradores, as forças de ocupação não podem trabalhar. Elas precisam de pessoas locais para trabalhar nas "autoridades locais".

A chefe do "governo local" pró-Rússia, Galina Daniltchenko, apareceu no canal de notícias da televisão russa outro dia. Filmaram-na presenteando com um apartamento recém-construído uma jovem família da cidade ucraniana de Vuhledar, onde ainda há combates. Acompanhada de jornalistas da TV, a família foi transportada de Melitopol por um helicóptero militar russo. A representante dos invasores os presenteou com as chaves de um apartamento num prédio construído pela Alemanha para refugiados das regiões de Donetsk e Lugansk. O prédio deveria ter sido inaugurado numa cerimônia no final de fevereiro, na presença de representantes da embaixada alemã na Ucrânia. A jovem família que recebeu a chave desse apartamento contou aos espectadores russos sobre os horrores do "fascismo ucraniano". Um apartamento em troca de umas mentiras em público – é um acordo suspeito, mas sempre haverá aqueles que estão prontos a fazer coisas desse tipo.

"Os ucranianos não poderão mais saborear as cerejas de Melitopol", os russos escrevem, exultantes, nas suas redes sociais. Roubar uma cidade e roubar cerejas são crimes diferentes. Mas, neste caso, eles são dois lados do mesmo crime de guerra cometido em nome do povo russo pelo exército russo. Não é apenas Pútin que terá que responder por esse e muitos outros crimes.

## 29 de abril de 2022
### De que lado estão os golfinhos do Mar Negro?

Publicações on-line dizem que a Rússia colocou "golfinhos combatentes" para patrulhar a baía de Sebastopol, onde vários navios de guerra da frota do Mar Negro estão localizados. Mísseis ucranianos não podem alcançar a baía, então nesse ponto os navios estão seguros. Aparentemente, os golfinhos foram treinados para atacar mergulhadores e submarinos inimigos. Eu não sei como os golfinhos seriam capazes de distinguir os submarinos que estão do lado deles dos submarinos inimigos. Sei apenas que a marinha ucraniana não tem um único submarino. Na verdade, é difícil até chamá-la de "marinha". Ela está mais para uma frota de "pulgas", formada de pequenas lanchas. Ainda assim, desde que o navio-chefe russo, *Moskvá*, foi destruído pela Ucrânia a partir do continente, comecei a achar que a Ucrânia não precisa de uma marinha maior. E, definitivamente, ela não precisa de golfinhos com treinamento militar. A expressão "golfinhos militares russos" soa como algo tirado de um romance irônico de ficção científica. Mas é realidade.

Os golfinhos ucranianos foram notícia recentemente quando evacuados de Kharkiv para Odessa, uma localidade que deve ser mais como um lar para eles. Esses são golfinhos que foram especialmente treinados para tratar crianças com transtornos de aprendizagem, como Síndrome de Asperger ou autismo. A evacuação dos golfinhos, com toda a sua complexidade e perigo, não se distingue de uma operação militar completa. Caminhões especiais com piscinas cobertas saíram de Odessa para Kharkiv, via Kyiv. Eles tiveram que fazer um desvio por questões de segurança, já que a linha de frente se arrasta pelo sul e logo haverá mais áreas atacadas e com maior frequência.

Verificou-se que é possível resgatar não apenas os golfinhos de Kharkiv usando esses aquários móveis, mas também focas e leões-marinhos. Os animais marinhos foram acompanhados pelos treinadores de golfinhos e veterinários na sua viagem até Odessa. Sempre há a chance de, um dia, os golfinhos serem soltos de volta ao mar em Odessa e, nadando pelo Mar Negro, talvez chegarem acidentalmente à baía de Sebastopol. Então como será que os "golfinhos combatentes russos" os receberiam?, eu me pergunto. Como sabotadores ucranianos?

Durante a guerra, até mesmo um país grande pode parecer pequeno demais e lotado demais. Os mil quilômetros que separam Kharkiv de Odessa não significam que Odessa seja muito mais segura do que Kharkiv, ainda que seja assim para os golfinhos. O crucial é que Odessa fica no mar, ao contrário de Kharkiv. No caso de um bombardeio do enorme oceanário em Kharkiv, não há chance de soltar no mar os peixes e mamíferos, e assim salvá-los, ao contrário de Odessa.

Odessa também está sendo atingida, apesar disso. Até agora, os ataques vêm do mar e do território controlado pelos russos. A oeste de Odessa está a "república separatista" da Transnístria, que foi anexada de volta à Moldávia nos anos 1990. No seu território localizam-se alguns dos maiores depósitos de armas velhas, feitas na União Soviética. A Rússia também mantém ali 3 mil soldados "mantenedores da paz" e utiliza homens que carregam metralhadoras kalashnikov para controlar a "república". Embora a qualquer momento a Rússia possa dar uma ordem para que esses "pacificadores" comecem a atacar Odessa por trás, as pessoas de lá não estão em pânico. Elas levam uma vida praticamente normal. Estão se preparando, como todos os ucranianos, para o *Grobki* ("o dia dos pequenos túmulos"). É assim que, todos os anos, nós chamamos esses dias especiais perto da Páscoa, quando honramos a memória de parentes e amigos que já se foram. Nessa época, toda a Ucrânia se dedica aos cuidados dos túmulos de familiares nos cemitérios. Neste ano, alguns habitantes de Odessa não terão apenas que limpar o mato crescido nos jazigos, terão ainda que consertar os monumentos e as cercas que foram danificados ou destruídos pelos mísseis russos.

Muitos cemitérios na Ucrânia foram danificados ou destruídos pelas tropas russas, incluindo o cemitério Berkovtsi, em Kyiv, localizado perto de Tupoleva, a rua onde cresci. Alguns cemitérios foram bombardeados pelos tanques russos e veículos blindados para transporte de pessoal. Sapadores russos também deixaram bombas camufladas em vários cemitérios. Como resultado, as autoridades estão tentando convencer os ucranianos a não visitarem os cemitérios este ano, especialmente aqueles que estavam ou permanecem sob ocupação do exército russo. Mas os ucranianos estão acostumados a não fazer o que é pedido. Fazem o que consideram necessário. Ainda assim, eles irão arrumar os túmulos dos parentes.

A igreja tem pedido com frequência aos ucranianos para não levar flores de plástico aos túmulos, só naturais, mas ainda assim muitos ucranianos levam flores de plástico porque elas não morrem. Algumas famílias tentarão até mesmo ir a um lugar que só tinham autorização para visitar uma vez ao ano, ainda antes da guerra – os cemitérios na zona fechada de Chernobyl[10]. Há vários cemitérios nos vilarejos e cidadelas que foram evacuados depois do desastre de 1986. Anteriormente, ex-moradores dessas áreas e seus familiares viajavam por toda a Ucrânia para lembrar o aniversário do desastre de Chernobyl no "dia dos pequenos túmulos".

---

10 Também chamada de "zona de exclusão" ou "zona de alienação" de Chernobyl: um raio de 30 quilômetros ao redor da área onde houve o acidente com o reator nuclear, local ainda radioativo e de acesso restrito ao público.

Mas neste ano visitar a zona de Chernobyl é estritamente proibido. Depois que o exército russo capturou a usina nuclear de Chernobyl e toda a área ao redor dela, o nível de radiação lá aumentou bruscamente e voltou a ser muito perigoso.

O exército russo controlou a zona por mais de um mês. Durante esse período, eles pavimentaram uma estrada até Kyiv atravessando o território radioativo. Cerca de 10 mil tanques, veículos blindados para transporte de pessoal e outros veículos militares viajaram por ela, levando milhares de soldados em direção ao que previam que seria uma entrada triunfante em Kyiv. Antes disso, soldados russos cavaram dezenas de quilômetros de trincheiras através da zona morta e ficaram nelas um mês inteiro. O quartel-general do exército russo que supostamente capturaria Kyiv também se localizava ali. Agora os russos se foram e sobrou apenas a radiação.

Alguns dos soldados russos que estavam baseados em Chernobyl retornaram depois por essa mesma estrada até Belarus, com seus equipamentos militares remanescentes e coisas que roubaram das casas ucranianas – máquinas de lavar roupa, computadores, patinetes e até brinquedos. Os soldados que retornaram por Belarus enviaram seus saques para casa, para cidadelas e vilarejos por toda a Rússia. Muitos desses trâmites postais foram filmados pelas câmeras dos entregadores, e todos os endereços e nomes dos recebedores dos bens roubados ficaram no sistema. Talvez isso já teria sido esquecido agora, se não fosse por Chernobyl e sua radiação.

Pouco depois que o exército russo deixou a zona de Chernobyl rumo a Belarus, funcionários do serviço de entrega começaram a adoecer. Muitos foram aos seus médicos. Estes logo identificaram que eles sofriam de envenenamento por radiação devido à exposição à radioatividade. Depois dessa descoberta, a KGB belarrussa iniciou sua própria investigação, que, sem dúvida, não vai dar em nada. Afinal de contas, Belarus já é território controlado *de facto* pela Rússia. Do ponto de vista russo, não importa quanta radiação os seus soldados russos levaram a Belarus ou quanta enviaram para casa, em pacotes, às suas famílias. Para a Rússia também não importa que o equipamento militar que atravessou a zona de Chernobyl duas vezes tenha se tornado, por si só, uma fonte de radiação, contaminando os soldados russos que o utilizam enquanto estão em ação. Para a Rússia as vidas desses soldados também não importam. É mais provável que eles morram no campo de batalha e não no hospital em decorrência de envenenamento por radiação.

Outro problema que a Ucrânia enfrenta é que o equipamento militar russo destruído em Chernobyl continua no território ucraniano. Ele se tornou uma fonte perigosa de radiação para ucranianos e eles poderão se tornar as próximas vítimas do problema de radiação de Chernobyl. De novo, se não formos cuidadosos, o número de novos túmulos vai aumentar nos cemitérios da cidade e ainda mais pessoas vão, então, tentar ir aos cemitérios no fim de abril e no começo de maio para se lembrar dos seus mortos no "dia dos pequenos túmulos".

Nesses dias, os ucranianos visitam os cemitérios com cestas e bolsas de piquenique, se sentam no chão perto dos túmulos ou em mesas especiais presas ao chão perto das cercas ao redor deles. Lá, celebram os mortos, brindando a eles. Essas tradições são mais fortes do que os projéteis e a ocupação. Com guerra ou sem guerra, elas vão continuar. A guerra pode até fortalecer essas tradições porque agora há muitos novos túmulos nos cemitérios da Ucrânia – integrantes do exército ucraniano e da população civil mortos pelo exército russo.

Pútin gostaria de matar todas as tradições ucranianas. Então seria mais fácil para ele dizer que os ucranianos não existem, que eles são apenas russos que foram ludibriados, um povo a quem foi dito que não eram russos, mas ucranianos. Porém a guerra mata somente pessoas. As tradições permanecem e elas cimentam a identidade nacional – e a Ucrânia tem muitas tradições. Muitas delas estão relacionadas à agricultura, porque os agricultores ucranianos estão acostumados a serem independentes. Até agora, mesmo nos territórios ocupados, eles cultivam a sua terra, semeiam canola, trigo, trigo-sarraceno e centeio. E continuam fazendo isso mesmo sob ataque e sob ameaças do exército russo. Embora o exército russo prometa confiscar até 70% das próximas colheitas desses agricultores, eles continuam plantando com a esperança de que, pela época da safra, não haverá mais russos na região de Kherson. Enquanto estão semeando, os agricultores às vezes vestem colete à prova de balas e até capacete de ferro, se conseguem encontrá-los. Os soldados russos tendem a reagir agressivamente quando veem os agricultores vestindo colete. Isso significa que os agricultores precisam vestir algo sobre os coletes para escondê-los; caso contrário, podem levar um tiro.

Não é somente nas áreas ocupadas que os agricultores estão em perigo. Tratores também podem ser explodidos por minas. Recentemente, um agricultor na região de Kyiv ficou seriamente ferido quando o seu trator foi destruído dessa maneira. Ele não estava vestindo colete à prova de balas nem capacete.

### 1º de maio de 2022
### A cultura ucraniana em guerra

Em 24 de fevereiro de 2022, todos os cidadãos da Ucrânia descobriram que suas vidas foram brutalmente partidas em duas, no período "antes da guerra" e "durante a guerra". Claro, todos nós esperamos que também haja o "depois da guerra". Tragicamente, para muitos, essa possibilidade já foi perdida. Para o resto de nós, o final da guerra continua distante.

Muitos ucranianos acreditam que a atual guerra começou em 2014, com a anexação da Crimeia e o surgimento das assim chamadas "repúblicas separatistas" nos mapas do território ucraniano. A Rússia havia declarado que não participaria da guerra, porém apoiava os separatistas e "restaurava a justiça histórica" para a Crimeia. Mas foi também o momento em que a Rússia participou diretamente das hostilidades no Donbas e entrou no território da Ucrânia com brigadas inteiras de artilharia para alvejar a cidade de Ilovaisk e tentar capturar a cidade de Debaltseve.

De fato, a Rússia começou essa guerra pelo domínio cultural sobre a Ucrânia e outros países que eram parte da União Soviética muito antes disso. Dezenas de milhares de dólares têm sido gastos pelo Kremlin todo ano desde os primeiros anos deste século para provar ao mundo inteiro que a cultura russa domina não apenas a ex-União Soviética, mas também para além do Leste Europeu. O Kremlin já pagou para a Rússia ser convidada de honra em todas as feiras internacionais de livros. E quando a Rússia já havia sido convidada de honra, por exemplo, no Salão do Livro de Paris, em 2005, então a próxima jogada foi tornar São Petersburgo a convidada de honra alguns anos depois, então Moscou, e assim por diante.

Programas do canal Russia Today repetindo constantemente o quanto a cultura russa é grandiosa não fariam outra coisa senão convencer seus espectadores estrangeiros de que não há cultura mais poderosa nem mais importante no mundo do que a russa. Para os visitantes russófonos ao redor do mundo, os canais de televisão via satélite Kultura, Nostalgia e muitos outros funcionaram – e continuarão funcionando – para ressaltar o exagerado orgulho em relação aos êxitos da arte russa, que floresce entre os antigos habitantes da União Soviética, à revelia do seu país de residência.

Eu estou mais preocupado com o modo como a Rússia tentou e tenta destruir a cultura ucraniana e apagar a história do país. Durante a guerra, essas tentativas são especialmente evidentes. Nas cidades ocupadas, os soldados russos usam martelos para amassar as placas comemorativas colocadas nas casas onde viveram escritores e poetas, filósofos e cientistas ucranianos. Em Chernihiv, o exército russo queimou os arquivos do NKVD e da KGB. Isso foi feito para impedir que a Ucrânia cite dossiês específicos que mostram como o governo soviético perseguia personalidades culturais ucranianas. Incontáveis escritores e poetas ucranianos dos anos 1930 foram presos; muitos foram enviados aos campos de Solóvki, no Mar Branco, e depois fuzilados em Sandarmokh (na Carélia do Norte) – quase trezentos deles, conhecidos como a "Renascença Executada".

Dois meses de agressão russa se passaram. Durante esse período, dezenas de milhares de casas, centenas de escolas, bibliotecas, museus e instituições culturais foram destruídas. Um terço do país está em ruínas e quase metade da população da Ucrânia se tornou refugiada ou é de deslocados internos. Fábricas e indústrias pararam de funcionar. Muitas delas não existem mais. Centenas de milhares de ucranianos estão sem emprego e, portanto, sem meios de subsistência. Eles estão salvos da fome por causa da solidariedade europeia e mundial. Foram resgatados de privações graças ao apoio de muitos países. Milhões de cidadãos do mundo vieram participar de eventos beneficentes em ajuda à Ucrânia e aos ucranianos, mas muitos já não possuem um lar, negócios, carreiras, canteiros de legumes ou mesmo jardins de flores.

Logo no primeiro dia da guerra, os trabalhos dos teatros, editoras, estúdios de cinema e filarmônicas da Ucrânia pararam. A vida cultural deste grande país de 40 milhões de pessoas foi suspensa. Escritores ucranianos, assim como todos os ucranianos, imediatamente sentiram o peso da agressão russa. Muitos se mudaram para a Ucrânia ocidental. Escritores que moravam na Ucrânia ocidental se apressaram em cuidar de seus colegas de profissão e das famílias deles, que se mudaram para lá vindos do leste distante. Alguns escritores e artistas foram para a Europa com os filhos. Outros permaneceram nas cidades ocupadas pelo exército russo. Muitos já foram levados não se sabe para onde.

Antes do início da guerra, comecei a trabalhar num romance sobre acontecimentos na primavera de 1919 em Kyiv, durante a guerra civil que começou depois da Revolução Russa de 1917. A presente guerra cruzou os meus planos para esse romance. Passei os primeiros dias transportando a minha família para fora de Kyiv. Como centenas de colegas escritores, nos tornamos refugiados. No nosso novo abrigo na Ucrânia ocidental, assim que tive uma mesa na qual trabalhar, eu me sentei novamente ao computador, porém já não conseguia mais pensar em ficção. Comecei a escrever artigos e ensaios sobre as relações russo-ucranianas, sobre a Ucrânia e sobre esta guerra. Comecei a publicar meus textos no Reino Unido e nos Estados Unidos, na França e na Alemanha, na Noruega e na Dinamarca. O ritmo da minha vida não se modificou por dois meses. Aquele romance será completado em algum momento futuro. Por agora, cada escritor, cada artista ou representante de qualquer profissão criativa deve trabalhar por seu país e pela vitória nesta guerra.

A Ucrânia me deu trinta anos de vida sem censura, sem ditadura, sem controle sobre o que eu escrevia e sobre o que eu dizia. Por isso, sou infinitamente grato ao meu país. Agora, eu entendo muito bem que, se a Rússia conseguir capturar a Ucrânia, todas as liberdades às quais os cidadãos ucranianos estão tão acostumados serão perdidas, ao lado da independência de nosso Estado. Enquanto os soldados estão lutando com armas em punho no leste e no sul da Ucrânia, escritores estão lutando no front da informação contra fake news e narrativas falsas, através das quais a Rússia está tentando justificar aos habitantes de outros países e continentes a sua agressão.

Na Europa, a Rússia está perdendo esta guerra. A Europa se

recuperou da sua ingenuidade e agora entende perfeitamente bem o que está acontecendo na Ucrânia. Mas, na América Latina, a Rússia está ganhando a guerra de informação. Onde quer que haja o sentimento antiestadunidense, sempre há mais compaixão por Pútin e pela Federação Russa. A Ucrânia está muito longe da América Latina e poucas pessoas lá sabem onde fica a Ucrânia no mapa-múndi. É fácil para elas acreditarem que fascistas estão no governo ucraniano e que a Ucrânia, enquanto tal, é um Estado antissemita e russofóbico, onde os judeus e os russos que vivem ali têm medo de sair nas ruas. Eu já recebi numerosos pedidos de jornalistas latino-americanos para confirmar ou negar essas narrativas russas. Embora uma busca no Google seja suficiente para refutar facilmente todas essas histórias, jornalistas e leitores querem ouvir a voz de uma pessoa ucraniana respondendo a essas questões. Então eu explico que um Estado "antissemita e russofóbico" dificilmente elegeria um judeu falante do russo como presidente, especialmente com 73% dos votos, como foi o caso de Volodymyr Zelensky. Já em relação aos "fascistas" do governo, eu digo a eles que não há um único membro de Partido Nacionalista representado no parlamento ucraniano atualmente. Será que eles poderiam dizer o mesmo dos seus próprios países? Sem mencionar a ausência tanto da esquerda radical quanto da direita radical. Os ucranianos, por tradição, não votam em radicais, embora por um breve momento depois da Revolução Laranja uma certa quantidade de radicais da direita tenha se tornado politicamente ativa.

    A cultura ucraniana, tanto contemporânea quanto clássica, se tornou vítima da guerra. Enquanto muitos museus puderam evacuar seus itens de maior valor para o oeste do país, muitos outros não tiveram tempo de fazer isso. Entre os museus que foram destruídos desde então, sinto mais pena pela perda do museu-casa da artista primitivista ucraniana mais conhecida, Maria Prymatchenko. A casa onde ela viveu toda a sua vida ficava perto de Kyiv. Ela não existe mais. Foi destruída pelos russos e todo o seu conteúdo foi queimado. Dez trabalhos seus foram salvos pelas pessoas que moravam no mesmo bairro. Elas correram para o museu, enquanto o fogo serpenteava ao redor, e carregaram para fora tudo que ainda podia ser salvo. Foi dito que as pessoas que realizaram o resgate levaram as pinturas para as próprias casas, esperando o final da guerra, quando planejam retornar as obras de arte resgatadas para outro museu, novo, que esperam ser construído "depois da guerra".

Hoje, esse conceito abstrato de futuro "depois da guerra" ou "depois da vitória", como nós preferimos dizer, inspira não apenas personalidades culturais, escritores e músicos, mas faz todos os ucranianos falarem sobre os seus planos. Políticos ucranianos estão falando agora sobre projetos para restaurar o país destruído pela Rússia. Eles já podem designar quantias precisas de dinheiro que serão necessárias para o material de construção. Já estão contando com voluntários de muitos países que talvez desejem vir e trabalhar na reconstrução da Ucrânia. Alguns arquitetos europeus sugeriram criar projetos para reconstruir cidades destruídas, como Mariupol e Chernihiv.

É estranho perscrutar esse futuro pós-guerra enquanto estamos bem no meio dela. O futuro parece ser de um colorido-reluzente. A mim parece que raramente se veem exemplos de um otimismo tão elevado assim durante uma guerra sangrenta, se é que já foram vistos alguma vez. Mas na Ucrânia esse otimismo está muito presente. Isso ocorre, em parte, porque personalidades culturais têm se posicionado contra a guerra, cada uma à sua maneira. Quase todas encontraram um uso para as suas habilidades e talentos em um front ou outro. Elas estão juntas em um objetivo comum de proteger a independência do país em que nasceram.

Nas cidades da Ucrânia ocidental, agora lotadas de refugiados, os teatros estão novamente abertos e são organizadas noites literárias. Mesmo em Kharkiv, as últimas semanas foram testemunhas de apresentações de novos livros e shows de rock – embora seja verdade que alguns tenham ocorrido em abrigos antibombas. E mais: você não pode comprar nenhum livro nessas apresentações, já que não há ainda nenhuma editora ou gráfica funcionando na Ucrânia no momento. Mas esses futuros livros poderão ser ouvidos, pois são lidos pelos autores ou tradutores.

As pessoas não podem viver sem água, sem ar, ou sem cultura. A cultura dá sentido à vida de alguém. Logo, torna-se especialmente importante em épocas de catástrofes e guerras. A cultura se torna algo que não pode ser abandonado. A cultura explica a alguém quem ele ou ela é e a que lugar pertence. Enquanto Pútin colocou a cultura russa a serviço do seu regime ditatorial, a cultura ucraniana continua independente das autoridades e da política. Ela serve para proteger a dignidade de cada ucraniano, independentemente da sua origem étnica ou da sua língua materna. Ela é o colete à prova de balas invisível do espírito humano. Para os ucranianos, ela protege o seu modo de vida e a sua forma de pensar.

Ontem tomei café com Andriy Lyubka, um jovem e popular escritor da Transcarpátia.

Andriy disse que em apenas poucos dias ele havia coletado dinheiro suficiente no Facebook para comprar duas caminhonetes para o exército ucraniano. Este é outro papel dos escritores e das personalidades culturais: levantar dinheiro para o exército, para refugiados e para ajuda humanitária. Tradicionalmente, os ucranianos são bem mais inclinados a confiar numa personalidade cultural do que num político. Não é surpresa que as arrecadações mais bem-sucedidas sejam feitas por músicos, escritores, atores de teatro e cantores de rock. Afinal, o que está acontecendo agora não é apenas uma tentativa de um exército destruir o outro. Trata-se de uma tentativa de destruir a Ucrânia. Trata-se de uma tentativa de destruir a sua cultura e substituí-la pela cultura russa. Se a cultura ucraniana for destruída, não haverá mais Ucrânia. Todo mundo entende isso. Melhor do que ninguém, as próprias personalidades culturais ucranianas entendem isso. É por isso que elas não estão desistindo. É por isso que elas estão contra-atacando – assim como os soldados ucranianos no front oriental.

## 11 de maio de 2022
### Tatuagem. A vida na cidade de outra pessoa e no apartamento de outra pessoa

Logo fará dois meses desde que começamos a viver no apartamento de outra pessoa. O local se tornou quase um lar para nós. Sei onde encontrar uma panela de tamanho médio ou temperos para *pilaf*[11] na cozinha. Sei onde fica o ferro de passar e onde a tábua de passar

---

11  Prato de origem árabe preparado à base de arroz e com sabor marcante de especiarias, muito popular nos países eslavos.

fica escondida. Sei onde a proprietária guarda as toalhas de banho limpas. E mais: basta um olhar para que vários vendedores da feira me entendam. Eu conheço um homem que vende batatas ruins. Perguntei a ele duas vezes: "As suas batatas são boas?". Ambas as vezes ele me garantiu que as batatas eram excelentes. Metade delas foi para o lixo; estavam pretas e podres por dentro. Ele as vende já empacotadas, em pacotes de 2 quilos. É assim que todos os comerciantes fazem. Você compra batatas e sai gato por lebre. Não compro mais batatas dele, mas o cumprimento todas as vezes que estou andando pela feira.

Neste período, descobri quinze conhecidos que estão temporariamente perto de nós. "Perto" não significa na porta ao lado. Aqui na Transcarpátia, no lado ocidental das montanhas dos Cárpatos ucranianos, se alguém vive a 50 quilômetros de você, então já é perto. Faz dois meses que uns amigos próximos de Kyiv estão morando a 60 quilômetros de nós, num espaçoso apartamento térreo, em um prédio de dois andares na cidade de Berehove. É a família da viúva do meu primeiro editor, Irina, com sua filha Alena, seu neto Artem e mais três conhecidos. Eles vivem de acordo com as regras oficiais para refugiados e deslocados internos. Fizeram o registro como "pessoas desalojadas" e receberam comprovantes para certificar tais condições. Com esses comprovantes, você pode receber ajuda humanitária. Há vários centros humanitários em Berehove. Cada qual tem sua própria programação, mas ninguém sabe que tipo de ajuda estará disponível ou exatamente onde e quando ela ocorrerá. Os deslocados internos fazem uma rota regular no centro da cidade, andando de um centro humanitário a outro. Se eles veem uma fila de pessoas, imediatamente entram nela – provavelmente isso significa que há distribuição de comida. A ajuda alimentícia agora está irregular. Irina, a viúva do meu editor, se recusa a ficar nessas filas. "Eu não pareço alguém que precisa de esmolas!", ela disse. "Tenho vergonha disso." Mas ela pede que a filha Alena vá e aceita o que quer que seja. Geralmente é óleo de semente de girassol, peixe enlatado, trigo-sarraceno e outros cereais.

Alena fica feliz em ir aos pontos de distribuição para a mãe. Ela gosta de interagir com as outras pessoas da fila. Da última vez, ficou na fila durante uma hora por uma caixa de produtos de higiene. Levou para casa doze rolos de papel higiênico, dez sabonetes, três quilos de sabão em pó, cinco escovas de dente, três tubos de pasta de dente e lâminas de barbear descartáveis. Tudo isso empacotado em uma caixa de papelão com os dizeres "Conjunto de higiene para uma família de cinco, para um mês". Também estava escrito que esse kit era da Cruz Vermelha Austríaca. Para recebê-lo, Alena teve de mostrar o seu comprovante de registro de deslocada interna.

Não longe do ponto de distribuição do kit de higiene, há um quiosque onde você sempre pode receber pão fresco, quentinho e gratuito, sem comprovante. Um pouco além, há uma loja inativa com dois cômodos cheios de roupas gratuitas coletadas pelos moradores da cidade e dos vilarejos vizinhos. Nos provadores improvisados você pode se trocar e já sair pronto de lá! O único problema é que não há "sapatos humanitários", mas felizmente os refugiados não vieram descalços.

Com muita frequência, são as mulheres mais velhas que ficam na fila por ajuda humanitária. Elas também gostam de conversar umas com as outras e descobrir quem escapou de onde e o que deixaram para trás. Em geral, são avós que vieram da cidade. Elas são bem-vestidas e têm cortes de cabelo profissionais. As avós do campo são fáceis de se reconhecer pelas roupas e gestos. Toda a vida, além do trabalho principal, elas também trabalharam em suas lavouras. Têm os ombros curvados e quase sempre problemas nas costas.

Ontem, depois de ler as últimas notícias, tive muita vontade de apresentar duas senhoras ucranianas uma à outra. Eu não posso fazer isso, claro, já que não conheço nenhuma das duas pessoalmente, mas posso imaginar a conversa que elas teriam tido caso eu o fizesse. As duas avós me surpreenderam demais. Uma delas, uma campesina de 85 anos do vilarejo de Horenka, ao qual se pode ir de bonde do centro de Kyiv, fez *paskas* – um pão doce especial que se come na Páscoa. Ela os assa em um forno muito danificado que, até recentemente, usava tanto para cozinhar quanto para aquecer sua casa. A casa foi destruída pela artilharia russa, mas o forno, construído dentro da parede interna do prédio, sobreviveu quase intacto.

A segunda avó, Nadezhda Radionova, uma aposentada octogenária de Vinítsia, tem tido mais sorte. Seu apartamento não foi danificado pelas bombas. Influenciada por sua neta, que é tatuadora profissional, ela decidiu fazer uma tatuagem patriótica na perna – o brasão da Ucrânia, o tridente, acompanhado do símbolo das espigas de trigo. Durante a agressão russa, fazer uma tatuagem patriótica pode até mesmo custar sua vida. Se a avó Nadezhda Radionova cair nas mãos do exército russo com a sua nova tatuagem, será que terão piedade dela? Os russos não entendem nem aceitam o patriotismo de mais ninguém. Para eles, tatuagens de Stálin e de Pútin ainda estão na moda, junto com todo um conjunto de tatuagens baseado em histórias de prisão contadas por bandidos, sobre as quais foram escritas enciclopédias inteiras.

Na língua e tradição ucranianas, a palavra *toloka* significa "trabalho comunitário realizado para o bem comum", inclusive para o benefício de uma pessoa ou de uma família em particular. Nessa tradição, vizinhos e habitantes das vilas próximas ajudam a construir uma nova casa para aqueles cuja casa foi incendiada, ou ajudam pessoas solitárias, idosas, a fazer a colheita em seus lotes de terra. Eu imagino que depois da guerra haja muitas dessas festas de trabalho comunitário, organizadas para ajudar aqueles que ficaram sem ter onde morar. Há pouco tempo, outra palavra com muitos significados foi acrescentada ao conceito de *toloka*. É a palavra "voluntário". Esse conceito, que envolve ajudar pessoas que você não conhece, é relativamente novo para a Ucrânia. A família do meu primo Kostya foi, como voluntária, limpar as ruínas da cidade de Bucha depois que o exército russo bateu em retirada. Eles dirigiram até lá, limparam as ruas da manhã até a noite, examinaram os destroços das casas destruídas e informaram o exército quando encontraram granadas não detonadas. Não teria sido possível realizar a grande quantidade de trabalho feita em Bucha sem os voluntários.

Voluntários também levam ajuda humanitária aos habitantes dos vilarejos na linha de frente e em cidades que ficaram sem fornecimento. Eles estão até tentando evacuar moradores dos territórios ocupados. Essa atividade está sempre associada a um risco para suas vidas. Vários voluntários foram mortos pelo exército russo ou morreram sob fogo da artilharia ou de tanques. E, claro, o exército russo não tem nenhum respeito por eles. Mas os voluntários, ainda assim, continuam oferecendo os seus serviços, acreditando que sem a sua ajuda a vitória não será alcançada, que é possível perder aqueles que poderiam ser salvos.

Por acaso, ou melhor, por causa da fotografia tirada por Christopher Okkichene para o *Wall Street Journal*, uma jovem moradora de Irpin tornou-se uma das voluntárias ucranianas mais famosas. Seu nome é Nastya e ela conseguiu evacuar cerca de dezoito cachorros deficientes da cidade de Irpin durante a ocupação russa. A propósito, Nastya também não queria virar estrela. Ela nem deu seu sobrenome para os jornalistas, nem disse para onde estava levando os cachorros. Dos vários milhares de voluntários que ajudam refugiados e servidores do exército, a maioria prefere permanecer anônima.

Na Ucrânia ocidental, onde minha família e eu vivemos agora, embora temporariamente, o movimento voluntário também é muito ativo. Interessante que, da mesma forma que buscam aliviar necessidades básicas, aqui as organizações voluntárias também ajudam a dar apoio emocional e psicológico para os deslocados internos. Há muitos refugiados de outras regiões, inclusive muitas mulheres com filhos. Alguns vivem gratuitamente em escolas e albergues, outros alugam quartos e apartamentos. Aqueles em idade economicamente ativa gostariam de poder trabalhar, mas há pouco trabalho na Transcarpátia, em Bukovina ou na região de Lviv. O bom é que há refeitórios e cafeterias gratuitos, assim como centros de ajuda humanitária em cada centro populacional de maior tamanho, mas psicologicamente é difícil viver sem trabalho numa região desconhecida.

A guerra pode ser um período de aperfeiçoamento íntimo, de educação pessoal? Claro que pode. Em qualquer idade e em qualquer situação, até mesmo durante a guerra, você pode descobrir novos aspectos da vida, novos conhecimentos e novas oportunidades. Você pode aprender a assar *paskas* em um forno danificado. Você pode fazer uma tatuagem pela primeira vez na vida aos 80 anos. Você pode começar a aprender húngaro ou polonês. Você pode até começar a aprender ucraniano se não falava ucraniano antes. Agora, cursos gratuitos de língua ucraniana são oferecidos na Ucrânia ocidental, e refugiados da parte oriental da Ucrânia, majoritariamente falantes do russo, estão começando a estudar ucraniano de bom grado. Eles entendem que saber apenas russo é perigoso. Afinal de contas, Pútin pode decidir que você precisa de "proteção" como falante do russo. Ele pode ordenar que o exército russo não apenas "proteja" você, mas também "o liberte" de sua casa ou do seu apartamento, da sua feliz vida de antes. A língua importa, especialmente se a sua vida de repente passa a depender da língua que você fala.

## 18 de maio de 2022
## Será que Zelensky se tornará
## um escritor best-seller de verdade?

O clima de maio é indulgente com a Ucrânia, tanto com a cálida luz solar quanto com violentas trovoadas. A natureza ganhou vida, as árvores estão verdes e o próprio ritmo da vida no país se acelerou.

Novamente, pela terceira vez neste século, a Ucrânia ganhou o Festival Eurovision da Canção. Cada vitória nacional nessa competição veio num cenário de crise histórica. Quero acreditar que a vitória deste ano será a última por muitos anos. Geralmente, eu não assisto "ao Eurovision" e perdi essa edição também, mas ouvi a canção vencedora e gostei. Mais do que tudo, gosto da solidariedade mostrada pelos europeus que votaram na Ucrânia – claro, não na canção propriamente dita, mas no fato de a Ucrânia mostrar uma coragem impressionante em resistir com êxito ao exército russo, que é muitas vezes maior que o seu tamanho.

Agora, há dias em que páginas do Facebook em ucraniano têm transbordado de alegria por causa dessa vitória. Os ucranianos brincam que Pútin acordou no domingo de manhã e ficou horrorizado ao ouvir que a Ucrânia vencera. Levou um tempo até que ele entendesse que o que a Ucrânia havia vencido era o Eurovision, não a guerra. Por enquanto.

A guerra continua, assim como a vida na Ucrânia, e alguns, como de costume, morrem de causas naturais. Na terça-feira, o primeiro presidente da Ucrânia, Leonid Kravtchuk, foi enterrado em Kyiv. A opinião sobre a sua importância para a Ucrânia independente se divide, assim como as opiniões sempre se dividem na Ucrânia. Eu não era um dos seus apoiadores e ainda acredito que foi por causa dele que a Ucrânia não seguiu o caminho da Lituânia, Estônia e Letônia na implementação de reformas eficazes nas obsoletas estruturas soviéticas de gerenciamento econômico do país. No período soviético, Leonid Kravtchuk foi responsável pela ideologia no politburo do Partido Comunista da Ucrânia. Diziam que ele podia andar na chuva sem guarda-chuva e sair completamente seco – ele sabia como se esquivar até das gotas! Seu estratagema político era famoso, mas sua liderança não trouxe nada genuinamente positivo para a Ucrânia. Caso se lembrem dele, será por causa do *kravtchutchka*, o carrinho de feira no qual os ucranianos costumavam transportar seus pertences ao mercado de pulgas para vendê-los. Eles precisavam fazer isso para levantar fundos suficientes para comprar comida durante a grave crise econômica do início dos anos 1990.

Agora essa crise parece história antiga. Desde então, a Ucrânia, apesar de seus numerosos problemas, tornou-se um país independente com uma população bastante próspera. Pelas conversas telefônicas interceptadas entre soldados russos e os seus parentes na Rússia, fica claro que os invasores estavam surpresos com o quanto os ucranianos viviam bem. Talvez seja isso que mais irrite o exército russo e desperte o ódio e o desejo deles de destruir casas e propriedades, ou expropriá-las quando possível – assim como aconteceu depois da revolução de 1917, quando os bolcheviques tomaram as roupas, os móveis, as fábricas, as lojas e os cavalos dos cidadãos ricos.

Oficiais russos levaram consigo muitos veículos de volta para a Rússia, inclusive tratores roubados, colheitadeiras John Deere e uma grande quantidade de carros. A não ser que esses oficiais vivam na Tchetchênia, agora eles terão a inconveniência de registrar seus veículos roubados segundo a lei russa. Afinal de contas, até mesmo um carro roubado deve ser registrado junto à polícia e necessita de um número de placa russo. A polícia russa ainda não tem certeza sobre o que fazer nessa situação. A Duma do Estado ainda não preparou uma lei a respeito da legalização de propriedade roubada de cidadãos ucranianos e demais países. Essa lei aparecerá num futuro próximo quase com certeza. Para cada crime russo, logo se adota uma nova lei para justificá-lo. As coisas são mais simples na Tchetchênia: o que você levar para o país é seu. Enquanto for leal a Kadírov, você pode dirigir carros com placas ucranianas nas estradas tchetchenas.

Assim como as opiniões ucranianas se dividem a respeito de seu primeiro presidente, Leonid Kravtchuk, os ucranianos estão divididos quanto à rendição dos defensores de Mariupol, as várias centenas de soldados que resistiram nas masmorras da fábrica sitiada Azovstal[12]. A maioria dos ucranianos teme que eles sejam mortos pelos russos. Outros estão descontentes porque sentem

---

12 Maior conglomerado siderúrgico da Ucrânia.

que o exército ucraniano não deveria ter se rendido. Pessoalmente, estou contente com o fato de os soldados ainda estarem vivos e mantenho esperança de que cedo ou tarde eles sejam repatriados.

Também é evidente um nível de otimismo cauteloso entre os ucranianos no recém-surgido interesse por livros. Não faz sentido falar de algum sucesso especial para o mercado de livros ucraniano. No país inteiro, há apenas duas ou três dezenas de livrarias ainda em operação. Ainda assim, já temos o primeiro best-seller dos tempos de guerra, embora o nome do autor do livro possa vender quase qualquer coisa, não somente um livro. Agora mesmo, seu sobrenome como autor é o mais caro do mundo – os Estados Unidos pagaram 40 bilhões de dólares por ele. É claro que estamos falando do presidente Zelensky e seu livro, intitulado *Discursos*. Naturalmente, Zelensky continua a falar e já existem discursos que não foram incluídos nesse livro, mas no devido tempo uma sequência pode ser publicada.

A editora Folio, de Kharkiv, está procurando papel para reimprimir o primeiro volume de *Discursos*. Não estamos falando de reimprimir um best-seller daqueles que você encontra na Europa ou nos Estados Unidos. Sem a menor surpresa, a primeira tiragem, de mil exemplares, duzentos dos quais são em ucraniano e oitocentos são em inglês, esgotou-se em uma semana. O editor conseguiu encontrar papel para mais 1.500 cópias da edição ucraniana e elas logo estarão à venda.

É tão difícil encontrar papel na Ucrânia neste momento que as pessoas podem ser mortas por ele, não pela concorrência, mas pelo exército russo. A gráfica da Folio em Kharkiv, na cidade de Derhachi, próxima da fronteira com a Rússia, está sem janelas há mais de dois meses, depois de ser bombardeada pela artilharia russa. Durante todo esse tempo, 24 toneladas de papel, cerca de sessenta rolos grandes, ficaram guardadas no depósito. Apesar de o telhado da gráfica ter sido perfurado por projéteis, apesar de a chuva torrencial e de as trovoadas do último mês terem estragado parte desse papel, ele continua com valor inestimável, já que não há outro papel na Ucrânia!

Oleksandr Krasovitsky, o diretor-executivo da Folio, já conseguiu transferir mais de vinte rolos para Kharkiv. Esta é uma época em que não há nem gasolina nem diesel no país, em que motoristas desesperados colam anúncios nos postes de luz elétrica com os dizeres "Compro 10 litros de gasolina aditivada" e dando os seus números de telefone. Até antes de a Rússia usar dezenas de mísseis para destruir praticamente todas as reservas de combustível ucranianas, não havia reserva de papel em lugar algum da Ucrânia, sendo esta a maior crise global de papel já vista.

Na história de sucesso de *Discursos*, eu estou menos interessado no conteúdo dos textos, já bem conhecidos, do que no nome dos autores dos discursos. Seus nomes não são divulgados e permanecem em segredo. No meu entender, são eles que deveriam ser declarados heróis! Esses poderosos exemplos de retórica jamais foram escritos em ucraniano. Posso até imaginar a inteligência russa procurando informação sobre esses autores para privar o presidente Zelensky de sua habilidade de influenciar tão efetivamente o público estrangeiro. Ainda mais uma questão me ocorre, porém em relação ao futuro da Ucrânia depois da guerra: será que o presidente Zelensky vai organizar sessões de autógrafos? Ele vai participar das futuras exposições e festivais de livro? Depois do seu mandato como presidente, ele deveria ser capaz de escrever um livro sobre a guerra, sobre sua atuação e suas experiências. Enquanto isso, ele tem outras coisas nas quais pensar, inclusive preparações para se apresentar em público diante de uma plateia estrangeira.

## 25 de maio de 2022
## Quem tem medo da vitória ucraniana?

Não sei o que vai acontecer amanhã. Para ser honesto, acho quase insuportável essa falta de certeza sobre o futuro. Mas sei, contudo, de quem e do que depende o futuro da minha família, de todos os ucranianos e da própria Ucrânia. Ao mesmo tempo, entendo que aqueles de quem depende o nosso futuro, de quem depende em grande parte o resultado desta guerra, talvez não estejam suficientemente interessados na vitória da Ucrânia. Eles talvez não estejam comprometidos a devolver à Ucrânia os territórios ocupados para, então, garantir a futura independência do país. Ainda assim, ao fazê-lo, eles também garantiriam sua própria segurança e prosperidade.

Agora faz três meses que todos os dias, com certeza quase a cada hora, eu tenho lido e relido os perfis ucranianos de notícias. Leio a CNN ou a Reuters também, mas com bem menos frequência. Quero notícias positivas. Preciso de notícias que me deem força e esperança. Meu maior medo é perder o meu otimismo. Os perfis ucranianos de notícias dão relatos muito mais positivos da linha de frente do que a gente vê nas manchetes das agências de notícias internacionais. Quase um quarto das notícias ucranianas é dedicado a matérias de assistência militar oferecida por nossos aliados.

Agora faz três meses que todos os dias eu tenho lido as notícias de que esse ou aquele país tem entregado armas modernas para nós, ou que está prestes a entregá-las. Muitas vezes deram à Ucrânia a promessa de entregar aviões militares – não os modernos, claro, mas aviões soviéticos que ainda ficam no chão dos campos e bases aéreas de países antes socialistas –, aviões prometidos, mas não entregues. Houve uma vez que alguma coisa foi entregue, mas descobriu-se que se tratava de um fornecimento de peças de reposição para aeronaves ucranianas.

Meu editor, Oleksandr Krassovitsky, mora em Kharkiv. Todo dia, ele ouve mísseis e projéteis russos explodindo em torno da cidade. Ele também lê os perfis de notícias e fica cada vez mais irritado ao ver itens relacionados ao último *démarche* da Hungria – o país não apoia as sanções contra a Rússia e proíbe o transporte de ajuda militar à Ucrânia por seu território. "Até que as armas europeias cheguem aqui, eles continuarão a nos bombardear todos os dias", Oleksandr diz. "Conseguir os suprimentos apropriados através da Hungria poderia ter ajudado a gente a forçar a retirada da artilharia russa de Kharkiv!" Embora a casa dele ainda esteja intacta, alguns dias atrás um míssil russo explodiu a apenas 200 metros de lá.

Hoje li que as negociações com a Polônia sobre a transferência dos velhos aviões de caça da MIG para a Ucrânia não pararam. Elas têm acontecido há três meses. Imagino muitas dezenas de negociações semelhantes, com relação à entrega de armas do exterior para a Ucrânia, se arrastando sem previsão de término.

Por outro lado, a Lituânia mandou de novo veículos e caminhões blindados de infantaria para a Ucrânia. A Lituânia envia armas para a Ucrânia quase todos os dias, a Estônia também. Chega também ajuda da Polônia e da Eslováquia. Claro, a maior parte da ajuda vem do Reino Unido e dos Estados Unidos. Mas não tenho certeza do tipo de assistência militar que vem da Alemanha, da França e de outros países europeus. Esses países estão nos fornecendo armas em segredo, sem comunicar à imprensa? Em tempos de guerra tudo é possível. Eu entendo que muito do que ocorre está encoberto pelo "sigilo militar".

No começo desta guerra, a Alemanha provocou um surto de sentimento antigermânico na Ucrânia com sua promessa de 5 mil capacetes para soldados ucranianos em vez de armas. Pelo que eu me lembre, um mês depois dessa promessa, os capacetes ainda não foram entregues. Ao mesmo tempo, a Alemanha declarou que não iria fornecer armas à Ucrânia para não provocar a Rússia. Agora, quase todos os dias são feitas declarações contra Pútin na imprensa ou pelo ministro da Defesa alemão, ou pelo chanceler Olaf Scholz. Até o momento, não li uma reportagem específica sobre equipamento militar sendo entregue para a Ucrânia. Eu vi, sim, um artigo dizendo que o governo alemão havia permitido que a Ucrânia encomendasse armas de um produtor alemão, armas que poderiam ser produzidas e entregues pelo final do verão.

Em 23 de abril, a empresa alemã Rheinmetall pediu permissão ao governo para consertar veículos blindados Marder para fornecer à Ucrânia. A primeira centena de veículos poderia ser consertada em seis semanas, o resto levaria quinze meses. A permissão para levar adiante os consertos ainda não foi dada. Isso significa que nem mesmo a primeira centena de veículos foi enviada à Ucrânia. Eles não estão sendo usados para defender os territórios ucranianos no front oriental. Mesmo que sejam finalmente entregues, resta o problema de fornecer munição para esses veículos. A Suíça produz os projéteis para a Marder, mas a Suíça não permite que a Alemanha os transfira para a Ucrânia em respeito à neutralidade do país. Da mesma maneira, Israel proibiu a Alemanha de dar ou vender para a Ucrânia os mísseis Spike produzidos numa fábrica na Alemanha. Israel teme que a Rússia possa se vingar dela na Síria.

O sentimento de aversão à guerra na Alemanha pode acabar se tornando um sentimento de aversão à Ucrânia. A imprensa alemã já publicou pelo menos duas cartas abertas de "intelectuais alemães" exigindo que não providenciassem armamento pesado à Ucrânia. Essas cartas apareceram depois da publicação, na Rússia, de cartas abertas em apoio à "operação especial do exército russo na Ucrânia", assinada por centenas de escritores e personalidades do mundo cultural russo. Uma carta em apoio à política de Pútin na Ucrânia foi publicada em separado, por membros da academia e alunos da Universidade de São Petersburgo. Alguns intelectuais ucranianos viram uma relação entre as cartas abertas alemãs e as russas e até decidiram que a Rússia está por trás das cartas dos intelectuais alemães. Essa é uma típica tática russa, e a Rússia está certamente interessada em impedir qualquer assistência militar alemã à Ucrânia. No Twitter, o embaixador ucraniano em Berlim retratou a assistência militar alemã como um caracol com uma única bala de rifle colada na sua concha com fita adesiva. Os discursos acalorados contra Pútin feitos por políticos alemães não compensam a falta de apoio militar concreto. Eles continuam sendo puramente decorativos: "Nós estamos com vocês em espírito. Nós sabemos que vocês têm razão, mas precisamos pensar em nós mesmos e não queremos deixar a Rússia brava".

A Alemanha estava pensando obviamente só em si mesma quando continuou a cooperar com a Rússia no projeto do gasoduto Nord Stream 2 depois da anexação da Crimeia e do começo da guerra no Donbas. Agora, a Alemanha e outros países europeus estão prontos para comprar rublos russos, bem como gás russo, fortalecendo assim a moeda dentro da Rússia, apoiando a economia russa e parcialmente compensando os danos causados por sanções internacionais. No final, isso está ajudando a Rússia a continuar o financiamento da sua agressão à Ucrânia. Que outras concessões a Europa fará à Rússia? Quais, também não sei, porém é bem provável que a Europa exija que a Ucrânia faça concessões à Rússia.

Na Europa e até nos Estados Unidos, com mais frequência se ouvem vozes pedindo que a Ucrânia aceite as perdas de seu território e se sente à mesa para negociar com Pútin. No início, as vozes vinham de cientistas políticos amplamente desconhecidos e "especialistas" autoproclamados. Agora ouvimos ex-políticos, tais como Silvio Berlusconi e Henry Kissinger, passarem a mesma mensagem. Quando palavras similares vêm da boca dos atuais chefes de Estado europeus, seria mais seguro afirmar que cálculos pragmáticos prevaleceram e que o mundo democrático traiu a Ucrânia. "Essas afirmações de Henry Kissinger e Silvio Berlusconi estão inter-relacionadas", diz Stanislav Varenko, um empresário ucraniano. "Fazem parte de um plano do lobby pró-Rússia nos Estados Unidos e na Europa. Políticos europeus são secretamente a favor da Rússia porque têm medo de mudanças na ordem mundial no caso da vitória ucraniana sobre a Federação Russa." Essa opinião é compartilhada por um conhecido historiador e jornalista ucraniano, Danylo Yanevsky: "Essa é uma óbvia tentativa de quebrar a unidade do coletivo ocidental com relação à Ucrânia. O coletivo ocidental já está dividido em duas coalizões. Uma está lutando para 'livrar a cara de Pútin' – a de Paris-Berlim-Roma-Budapeste-Nicósia. A segunda está completamente do lado da Ucrânia – a de Washington-Ottawa-Londres-Varsóvia-Vilnius".

Se, no momento que você ler isso, a região de Lugansk tiver sido totalmente tomada pela Rússia, junto com a cidade de Sievierodonetsk, significará que a Alemanha de fato ajudou a Rússia a capturar esse território. A mesma coisa poderia acontecer com os últimos territórios da região de Donetsk, controlada pela Ucrânia.

Na Crimeia, em Kherson e circunvizinhanças, a Rússia já está distribuindo passaportes aos habitantes. Reforços estão chegando para potencializar o exército russo para uma maior ofensiva da Crimeia contra Odessa e Mykolaiv. Novos batalhões táticos russos são formados na fronteira ucraniana perto de Chernihiv, o que pode ser um indicativo de preparativos para uma nova campanha contra Kyiv. Tudo isso está acontecendo porque o exército ucraniano não tem armas suficientes. Essa situação dá ao exército russo o tempo e a oportunidade de preparar novos ataques. Como resultado, haverá mais cidades e vilarejos destruídos e haverá mais vítimas entre os militares ucranianos e a população civil.

Ao ler os perfis de notícias ontem à noite e hoje de manhã, notei pela primeira vez um tom mais cauteloso e o reconhecimento de más notícias nos pronunciamentos do "blogueiro oficial" do gabinete do presidente Zelensky, Oleksiy Arestovych. Por três meses, ele tem contado aos ucranianos, várias vezes ao dia, o quanto as coisas estão indo bem no front e como nós derrotaremos o exército russo com as armas que os aliados nos deram. Agora, parece que ele perdeu um pouco desse otimismo. Diz que um mês de combate intenso nos espera, possivelmente com mais perda de território.

Não posso ter certeza sobre o futuro da Ucrânia porque, quando se trata de decidir sobre o fornecimento de armas para o país, os países europeus buscam um equilíbrio entre o futuro da Ucrânia e seus interesses político-econômicos. Mesmo países como a Grécia, que conseguiu prestar ajuda simbólica ao fornecer para a Ucrânia um avião cheio de rifles de assalto kalashnikov e outro cheio de sistemas de mísseis portáteis, que cabem na mão, correm o risco de assumir uma postura ambígua. Um estudo sociológico mostra que 62% dos gregos são contra o suprimento de armas à Ucrânia. Temo que logo os políticos gregos também começarão a dizer que a Ucrânia precisa parar de resistir e aceitar as futuras anexações dos seus territórios, como se isso fosse algo que não pudesse ser evitado.

Ao mesmo tempo, uma análise sociológica ucraniana relata que mais de 80% dos ucranianos estão determinados a não aceitar nenhuma perda de seus territórios e não estão de modo algum preparados para um tratado de paz nos termos de Pútin. Embora os gregos e os ucranianos tenham histórias bastante distintas, eu esperava que, depois do assassinato em massa dos gregos étnicos ucranianos na cidade de Mariupol, a Grécia fosse mais firme em sua oposição. Não foi o que aconteceu.

Enquanto isso, os ucranianos ainda estão determinados a vencer esta guerra. Perto de Kharkiv, eles conseguiram fazer o exército russo recuar empregando velhas armas soviéticas que há muito perderam a validade.

## 28 de maio de 2022
### Gim sem tônica

Desde a era soviética, toda fila tem servido de agência de notícias do povo. Enquanto esperam na fila por carne ou batatas baratas, as pessoas trocam notícias, rumores e considerações. No vilarejo de Lazarivka, do qual já tenho muitas saudades, raramente há filas. Uma pequena fila pode se formar ao longo da estrada quando a lojinha de celular chega vendendo produtos que são um pouco mais baratos do que os disponíveis. Nas últimas duas semanas, contudo, uma nova fila tem aparecido por lá todas as sextas-feiras, em frente de um Lada puxando uma carreta que vem do vilarejo vizinho, Iastrubenka. Os moradores de Iastrubenka têm muitos porcos e, uma vez por semana, trazem carne fresca e banha a Lazarivka.

Minha vizinha no interior, Nina, estava nessa fila quando liguei para ela hoje. Havia nove pessoas na sua frente. Não perguntei quantas pessoas estavam atrás dela. "Faz frio à noite", ela reclamou. "A horta não está crescendo. Só brotaram rúcula, rabanete e endro. E não tem sal nos mercados!" Sugeri a Nina que ela fosse à nossa casa e pegasse o nosso sal. Com certeza há um pacote de 1 quilo na cozinha. "Não, nós temos sal suficiente no porão", ela disse.

É verdade que é quase impossível achar camponeses ucranianos despreparados para a falta de itens alimentícios básicos. Em cada casa haverá suprimento de sal, açúcar e farinha. Agora, durante a guerra, esses estoques têm ficado bem maiores do que em tempos de paz.

A vida em Lazarivka ficou um pouco mais calma. Quase todos os refugiados do leste da Ucrânia partiram. Isso inclui até mesmo as pessoas de Kharkiv, que voltaram para casa apesar dos constantes ataques à cidade. Os habitantes que restaram na região do Donbas começaram lentamente a se mudar para o oeste, seguindo os passos de quase 6 milhões de ucranianos que já partiram para a Europa.

Graças à comunicação on-line, com frequência eu sinto que estou vivendo no vilarejo de Lazarivka e na cidadela de Brusilov, próximo dali. Faço parte de diversos grupos no Facebook dedicados à vida em Brusilov. No Viber, participo do grupo do vilarejo e do grupo de uma das lojas de lá, chamada Bucephalus. O dono da loja posta regularmente fotografias de entregas recentes de salsichões e iogurte. Alguém posta a pergunta: "Tem cigarro? Tem pão fresco?". O gerente sempre responde na hora. Eu me nutro dessas notícias da comunidade e dos nossos vizinhos e me sinto muito próximo a eles, apesar de estar a 800 quilômetros de distância.

É difícil prever o que terá pouco fornecimento e o que não terá. Quando retornei à Ucrânia de carro alguns dias atrás, presumi que ainda não haveria gasolina à venda por aqui depois da destruição de todas as nossas reservas de combustível pelos ataques a mísseis da Rússia, então enchi meu tanque antes de cruzar a fronteira. Fiquei agradavelmente surpreso, contudo, ao ver que não havia filas nos postos de gasolina de Ujhorod. Ao que parece, gasolina e diesel foram trazidos dos países vizinhos. Em Kyiv também, as filas para gasolina ficaram mais curtas, embora você só possa comprar 20 litros por vez.

Mesmo assim, ainda há escassez. A primeira coisa que eu queria fazer depois de voltar era tomar um gim com água tônica e relaxar. E foi aí que levei um baque daqueles. Entre a fronteira e o meu atual local de residência, parei em vários supermercados, mas não conseguia encontrar água tônica em nenhum deles. Eu temi que essa falta ocorresse no país inteiro, então liguei para o meu amigo editor em Kyiv e pedi para ele checar nas lojas perto dele. Na certa, lá também não havia água tônica. A garrafa de gim do apartamento onde nos hospedamos agora havia perdido todo o sentido.

Sentar com uma bebida e um livro à noite sempre foi uma tradição de verão para mim. Nos últimos três meses, eu esqueci como se lê. Espero que isso seja temporário. Eu continuo, sim, a acompanhar os acontecimentos na indústria do livro na Ucrânia. Também ela está lutando para não afundar. A artilharia russa e mísseis destruíram dezenas de bibliotecas, livrarias e gráficas. Até casas de escritores mortos foram alvo. O museu na casa do meu escritor e filósofo ucraniano favorito, Hryhoriy Skovoroda (1722-1794), foi destruído por um único míssil. Isso não pode ter sido um erro, tendo em vista o sistema de mísseis de alta precisão da Rússia. Um inconformista que escrevia poesia e ensaios em cinco línguas, Skovoroda passou a maior parte da vida andando pela Ucrânia, escrevendo e ensinando. Ele recusou a oferta de Catarina, a Grande, para servir como filósofo da corte. Parafraseando uma das mais mencionadas citações dele: "O mundo tentou me pegar, mas não conseguiu".

Na tradição clássica militar, os ataques da artilharia geralmente são seguidos de uma onda ofensiva da infantaria. Uma estratégia similar, de duas etapas, é empregada pela ofensiva russa contra a literatura e os livros ucranianos em geral. No território ocupado da Ucrânia, que os russos agora administram, muitas bibliotecas não foram destruídas pelos projéteis. Agora, "bibliotecários" da biblioteca de Donetsk, recentemente renomeada de Nadiéjda Krúpskaia em homenagem à esposa de Vladimir Lênin, foram enviados para verificar todos os livros que restaram nas bibliotecas localizadas nas novas áreas ocupadas, e selecionar para descarte a assim chamada literatura "extremista".

Na prática, isso significa que qualquer literatura publicada na Ucrânia independente desde 1991 pode ser confiscada e destruída, até mesmo livros do poeta ucraniano Vasyl Stus, que nasceu em Donetsk e morreu numa prisão soviética durante a Era Gorbachev. Livros soviéticos, dos quais ainda há um enorme número nas bibliotecas ucranianas, permanecerão. Sem dúvida essas bibliotecas serão "reabastecidas" com livros publicados na Rússia, frequentemente cheios de mensagens contra a Ucrânia, como *Kyiv Kaput*, de Eduard Limónov, *A Ucrânia e o resto da Rússia*, de Anatóli Wassermann, e até *Admirando Pútin*, de Marine Le Pen.

O Ministério da Cultura ucraniano, em parceria com o Instituto do Livro Ucraniano, está trabalhando numa contraofensiva. A diretora desse instituto nacional, Oleksandra Koval, já publicou uma declaração afirmando que 100 milhões de livros soviéticos que estão em bibliotecas de áreas não ocupadas da Ucrânia seriam removidos das suas coleções e enviados para reciclagem. Devido à grave falta de papel na Ucrânia, que correntemente impede a publicação de novos livros, a reciclagem de 100 milhões de livros soviéticos poderia, teoricamente, promover a impressão de alguns milhões de novas edições ucranianas. Mas isso apenas ocorrerá quando a guerra estiver terminada e os problemas mais urgentes estiverem resolvidos. Oleksandra Koval também disse que trabalhos de Dostoiévski e Púchkin estarão disponíveis apenas nas bibliotecas universitárias, para que os alunos possam estudar a influência dos escritores clássicos no surgimento do complexo de superioridade russa e de sua ideologia messiânica. Mais de uma vez eu já ouvi a ideia de que a Rússia é um Raskólnikov coletivo, o personagem de *Crime e castigo*. Ainda com mais frequência, ouço dizer que a Rússia de hoje é um Pútin coletivo.

Os ucranianos não questionam sobre como caracterizar as pessoas que espalharam armadilhas nas regiões de Sumy e Chernihiv, em resultado das quais adultos e crianças foram mortos. É possível dizer que essas minas foram plantadas pelo Pútin coletivo, mas também é possível imaginar facilmente o Raskólnikov coletivo, ou até o Dostoiévski coletivo, fazendo isso. Plantar minas em território estrangeiro é a mesma coisa que plantar sofrimento, que plantar o mal. O culto ao sofrimento sempre esteve presente na literatura russa, só que agora a Rússia quer que a Ucrânia e seu povo sofram.

As bombas camufladas "mina-pétala"[13] são popularmente conhecidas como "mina-borboleta". Elas vêm em cores diferentes e parecem borboletas. Qualquer criança iria querer pegar um "brinquedo" desses do chão. As minas-borboletas deixaram muitas crianças sem braços e pernas, e mataram muitas outras. Tropas soviéticas utilizaram essas mesmas minas contra a população civil no Afeganistão. Agora, elas são um enorme problema para os habitantes das regiões fronteiriças da Ucrânia com a Rússia. Isso explica a urgente pressão para mais inscrições no curso de sapadores, no qual os alunos são ensinados a como desarmar as minas-borboletas e outros "presentes" explosivos dos agressores russos. Voluntários das mais variadas profissões estão se inscrevendo nesses cursos. Na pequena cidade de Romney, perto da cidade de Sumy, no norte da Ucrânia, por exemplo, muitos agricultores e trabalhadores do campo fazem parte dos futuros sapadores. Para eles, a habilidade de tornar seguros as minas terrestres e os projéteis russos é importante. Sua vida depende disso.

De acordo com as estimativas mais conservadoras dos analistas militares, levará pelo menos sete anos para limpar a Ucrânia de minas terrestres e de projéteis não detonados depois do final da guerra. Do que eu entendo sobre as consequências da Primeira Guerra Mundial, imagino que, na verdade, demorará muito mais. Conheço um lugar no norte da França, perto do vilarejo de Vimy, onde minas e projéteis ainda não detonados, invisíveis abaixo do solo por mais de cem anos, são ocasionalmente desenterrados. Dada a escala da corrente ofensiva, simplesmente não é realista acreditar que tudo pode ser limpo em poucos anos.

## 12 de junho de 2022
### Uma princesa ucraniana e os "bons russos"

Alguns dias atrás, eu finalmente decidi entrar no TikTok, em parte porque materiais dessa plataforma têm se tornado um frequente tema de discussão entre meus amigos no Facebook, mas

---

13 Também conhecidas pelo acrônimo russo PFM-1, ou pelo seu nome em russo, *lepestók* (pétala), uma referência a seu formato.

principalmente por causa de uma jovem mulher chamada Tetyana Chubar. Tetyana tem 23 anos, 1,60 metro de altura e é loira. É divorciada e tem dois filhos pequenos. Nada disso importaria se não fosse por mais um fato: ela é a comandante de um veículo blindado autopropulsado – um veículo blindado, algo parecido com um tanque de guerra – e, sob seu comando, há quatro homens. Ela ainda consegue pintar as unhas de amarelo e azul e manter a sua conta no TikTok com o apelido de "Princeska-13".

Ela usava o TikTok para divulgar a diferença entre um tanque e um veículo de autopropulsão e anunciar o seu sonho de pintar o seu veículo de combate de "rosa-camuflagem". Eu só consigo imaginar uma única situação em que uma camuflagem rosa possa funcionar: caso o veículo pare num campo de rosas cor-de-rosa. Ainda assim, o comando dela a autorizou a realizar parcialmente o seu sonho. Ela teve permissão para pintar de rosa o interior do veículo de combate. Tetyana já comprou a tinta. Como será que os quatro homens sob seu comando reagirão a isso? Eu realmente espero que eles não se oponham. É tanto uma honra como uma responsabilidade ter uma comandante 24 horas por dia cuja página do TikTok é seguida por centenas de milhares de pessoas.

Tetyana admitiu a repórteres receber muitas mensagens de homens que dizem estar apaixonados por ela. Será que esses homens estão agora em casa ou no front? De qualquer forma, eles provavelmente entendem que, se fosse para ganhar a mão dela, eles seriam sempre subalternos à Princeska-13.

Um protagonista-chave do TikTok russo, o senhor da Tchetchênia, Ramzan Kadyrov, tem milhões de seguidores. Os posts não variam, sempre ameaçam a Ucrânia e os inimigos de Pútin. Os vídeos têm milhões de *likes*. Aparentemente, os russos admiram pessoas que tentam intimidar as outras.

As redes sociais ao redor do mundo se tornaram um campo de batalha há muito tempo. A batalha nas mídias sociais russas e ucranianas complementa as batalhas que ocorrem no mundo real no leste e no sul da Ucrânia, onde as mais acirradas acontecem agora, na cidade de Sievierodonetsk. Pela segunda semana seguida, o exército russo tem tentado capturar a cidade, sem conseguir. Nada se sabe com certeza a respeito das baixas em ambos os lados, mas, como no caso da cidade de Mariupol, a cidade de Sievierodonetsk – agora destruída, mas se recusando a se render – tornou-se outro símbolo de coragem dos soldados ucranianos. A mídia ucraniana oficial noticiou que as tropas ucranianas recapturaram dos russos metade da cidade e que estão prestes a recapturar toda a cidade. Contudo, um dos mais conhecidos e provavelmente mais independentes jornalistas ucranianos, Iurii Butusov, que regularmente vai até a linha de frente e fica com os soldados ucranianos, pediu às autoridades que parassem de mentir. Ele relata que as tropas ucranianas recuaram de volta à zona industrial da cidade, de onde continuam a se defender. "A situação não mudou, de forma alguma, a favor das tropas ucranianas", ele disse.

Essa não é a primeira vez que Butusov entra em conflito com as autoridades oficiais. Antes da guerra, em novembro de 2021, durante uma conferência de imprensa, ele entrou em uma disputa aberta com o presidente Zelensky, acusando oficiais do círculo presidencial de deliberadamente atrapalhar várias operações de missões especiais ucranianas. Dessa vez, depois da declaração do jornalista sobre a falta de honestidade nos relatórios oficiais sobre o combate, um membro do partido de Zelensky, o Servo do Povo, a deputada Maryana Bezugla, repreendeu Butusov e publicamente pediu ao Serviço Secreto da Ucrânia, o SBU, para "lidar com esse jornalista". Ela o acusou de dar o posicionamento da Ucrânia aos inimigos. A sociedade civil saiu avidamente em defesa de Butusov. Como resultado, Bezugla decidiu ir à linha de frente por conta própria e visitar um dos postos de comando de lá. Geralmente, políticos postam fotos suas da linha de frente no Facebook ou no Instagram, mas, nessa ocasião, a foto da deputada Bezugla de uniforme camuflado foi enviada a jornalistas por oficiais indignados, que a acusavam de tentar interferir em assuntos militares sobre os quais ela nada entendia.

Na manhã do último sábado, minha esposa e eu fomos despertados pelo toque do telefone. A nossa filha, que está visitando Kyiv vinda de Londres, disse que tinha ouvido pela primeira vez mísseis explodindo. Cinco mísseis russos atingiram a margem esquerda do rio Dnipro, recordando os habitantes da capital sobre a fragilidade do seu mundo. Essas explosões podem encorajar alguns kyivanos a considerar deixar a cidade, embora o número de pessoas retornando à capital continue crescendo. Teatros e cinemas já estão novamente em operação. Até academias e piscinas reabriram. Restaurantes e cafeterias estão novamente cheios de gente. Banhistas reapareceram nas praias do Hydropark de Kyiv, um resort numa ilha localizada no centro do rio Dnipro. Este ano a ilha está menos lotada do que de costume, mas, ainda assim, permanece um local popular para piqueniques e comemorações, às vezes há até fogos de artifício.

Durante a época de guerra, é mais provável que os fogos de artifício causem medo em vez de prazer, e já apareceu uma petição na mesa do presidente Zelensky pedindo para banir fogos de artifício até o fim da guerra. Recentemente, uma grande variedade de petições foi registrada no site oficial da presidência. O presidente é obrigado a responder a qualquer petição assinada por 25 mil pessoas, embora a maioria das petições recentes tenha muito poucas assinaturas. Os ucranianos têm mais interesse nas notícias do front do que no site presidencial. No momento, entre as petições menos populares está a "Petição para a transição do alfabeto cirílico para o latino" e a "Petição pela substituição do hino nacional". Uma petição exigindo total proibição sobre a entrada de cidadãos russos no território da Ucrânia tem mais signatários, mas não muito mais. Também não há muitas assinaturas para a petição pelo rompimento de relações democráticas com a República de Belarus. Até agora, uma petição para romper relações diplomáticas com Belarus tem apenas 1.085 assinaturas, se bem que restam ainda oitenta dias até a data-limite para a coleta de assinaturas. Durante a guerra, oitenta dias é muito tempo, especialmente quando cada dia traz novas preocupações.

Depois de entrar no TikTok para seguir a conta da oficial de artilharia Tetyana Chubar, comecei a me preocupar com ela também. Eu desejo que ela saia vitoriosa a cada novo duelo de artilharia, e apoiaria com prazer sua missão de pintar o veículo blindado autopropulsionado todo de rosa – ainda que depois da guerra, claro. Acho que esse será não apenas seu maior prêmio, mas a cereja do bolo para todos os seus seguidores do TikTok.

### 14 de junho de 2022
### Vendendo a guerra

A guerra na Ucrânia entrou numa fase menor, mais devagar. A Europa se acostumou a ela, embora os Estados Unidos, não. Lá, eles acham que se acostumar à guerra é algo extremamente perigoso. Junto com os Estados Unidos, a Noruega, a Lituânia e a Polônia estão ativamente ajudando a Ucrânia com armas. Eles acham que assim farão com que a Rússia concorde em negociar o mais rápido possível. A Alemanha, a França e a Itália, por outro lado, estão com medo de fortalecer a Ucrânia nesta guerra. Elas calculam que, ao diminuir o ritmo de fornecimento de armas, ou mesmo ao se recusar a ajudar a Ucrânia com armamentos pesados, vão acelerar o término da guerra. Parece que pensam que, quando a Rússia tiver ocupado todos os territórios que planejou tomar para si, ela suspenderá a agressão e chamará a Ucrânia para a mesa de negociações, colocando um *missão cumprida* na frente da liderança ucraniana. Numa situação dessas, a mensagem da Rússia seria "reconheça a anexação dos territórios ocupados ou nós anexaremos mais".

A Rússia tem seu próprio plano. Isso inclui a destruição de todo o Estado da Ucrânia. Seu plano foi anunciado em um artigo intitulado "O que a Rússia deveria fazer com a Ucrânia", escrito pelo estrategista político russo Timofiei Serguéitsev e publicado pela agência de notícias russa controlada pelo Estado, a RIA, em 3 de abril deste ano, cinco semanas depois de a agressão russa começar.

Enquanto isso, na Transcarpátia, uma área que até agora foi pouco afetada pela guerra, a não ser pelo enorme afluxo de deslocados internos, teve início um programa ativo de "alistamento de rua". Oficiais militares recrutadores começaram a visitar hotéis, albergues e qualquer lugar onde os deslocados estivessem instalados. Os oficiais militares escrevem ali mesmo intimações para o alistamento de homens em idade militar e requerem que eles se dirijam ao escritório de alistamento mais próximo para se cadastrarem no serviço militar. Cadastrar-se dessa maneira não significa, necessariamente, que você será levado de imediato ao exército e enviado à linha de frente, mas você está com certeza dando um passo a mais nessa direção.

Esse processo de alistamento se intensificou depois que as autoridades ucranianas anunciaram pela primeira vez os números aproximados das baixas no exército, cerca de 10 mil mortos. Numa entrevista, o presidente Zelensky também admitiu que, recentemente, a Ucrânia perde até cem combatentes por dia e até quinhentos ficam feridos. Provavelmente não é de causar surpresa o fato de que muitos homens que são deslocados internos tentem se esconder dos oficiais militares de alistamento para não serem registrados.

No quarto mês da guerra, não é tão fácil manter um espírito de luta na sociedade ucraniana, como foi no começo das hostilidades. A pressão das forças russas no front é implacável. Eles têm de quinze a vinte vezes mais artilharia do que o lado ucraniano, e mais soldados também. Apesar disso, não houve mudanças drásticas no formato da linha de frente a sul ou a leste.

No "front ocidental", ou seja, na guerra de narrativas com a Europa, a Ucrânia já derrotou a Rússia. Bandeiras da Ucrânia estão penduradas nos centros de quase toda cidade ou cidadela europeia. Às vezes, a bandeira ucraniana ondula entre as dos Estados membros da União Europeia. Isso agrada e inspira especialmente a maioria dos ucranianos, assim como me agrada também. Mas eu vejo, sim, outro significado nisso que talvez não seja tão óbvio. Chegará um momento em que os líderes europeus dirão para a Ucrânia: "É isso, nós não podemos mais ajudá-los! Concorde com a anexação russa do leste e do sul do país e, em troca, nós aceitaremos o que restou da Ucrânia na União Europeia". Ao prever essa contingência, a pergunta importante para os ucranianos é: o que restará da Ucrânia nesse momento? Odessa restará? Kharkiv restará? A geopolítica europeia é a arte do cinismo elegante, embora muitos não vejam nada de cínico nessa formulação. Ao contrário, dirão: "Veja só, a União Europeia salvou vocês da Rússia!".

É provavelmente cedo demais para pensar nesse cenário, especialmente se os Estados Unidos e o Reino Unido ainda não estiverem cansados de ajudar a Ucrânia. Depois de três meses de guerra, contudo, nem o presidente Biden se conteve ao lembrar publicamente que ele havia avisado Zelensky sobre a certeza do ataque russo e que o presidente ucraniano não quis ouvi-lo. Apesar disso, de acordo com a revista *Time*, Zelensky é hoje uma das personalidades mais influentes do mundo, ao lado, claro, de Biden. A Ucrânia agora também é mais do que só um país bem conhecido. Há poucos adultos no mundo que não sabem onde fica a Ucrânia e com quem ela está em guerra.

Esta guerra, como qualquer *blockbuster* de sucesso, tem potencial mercadológico. Claro, é perturbador comparar a propaganda ao redor do filme *Shrek* com a da guerra. Ainda assim, as mesmas regras econômicas e comerciais se aplicam. A Ucrânia se tornou popular graças a esta guerra, graças a sua resistência corajosa contra um agressor maior e mais bem equipado. A Ucrânia se tornou o símbolo de resistência contra as forças do mal, um símbolo de luta pela verdade e pela justiça. É por isso que milhares de cidades ao redor do mundo ergueram a bandeira da Ucrânia nas suas praças centrais. É por isso que cidadãos comuns de muitos países começaram a comprar bandeiras ucranianas e pendurá-las em suas sacadas e janelas. A produção dessas bandeiras deve ser muito intensa. Afinal de contas, a demanda aumentou muito e de maneira abrupta. Elas estão sendo produzidas e costuradas na China? Decerto a China é muito boa em reagir a mudanças súbitas de demanda. Mesmo assim, parece que os produtores das bandeiras não são capazes de atender à demanda das lojas e do comércio on-line. Um mês atrás, alguns moradores de Detroit e Washington reclamaram para mim que, nos Estados Unidos, para comprar uma bandeira ucraniana, depois de fazer o pedido, você ainda precisa esperar duas semanas.

Na França, de onde acabo de chegar de volta à Ucrânia, surgiu outro problema, este em relação à falta de guias sobre a Ucrânia. Não, o fluxo de turistas para a Ucrânia não aumentou. Tenho certeza de que agora não há turistas da França na Ucrânia. Mas, depois do começo da guerra, os franceses correram às livrarias e compraram todos os guias sobre a Ucrânia porque eles queriam saber mais sobre o país e não havia outros livros a esse respeito em francês. Agora não há nem mapas, nem guias. E é pouco provável que os editores façam algum esforço para lidar com seus prejuízos até receberem garantias de que as fronteiras ucranianas não mudarão por um bom tempo. E quem sabe quando eles conseguirão esse tipo de garantia, se o vizinho da Ucrânia prometeu destruir o país e renomear todos os territórios ocupados, para que a própria denominação da Ucrânia desapareça da geografia.

Mas a Ucrânia não vai desaparecer nem da história dos livros, nem dos mapas, nem da geopolítica do mundo e da Europa. A Ucrânia vai sobreviver porque, dentre outras coisas, centenas de milhares de ucranianos estão lutando por isso, porque centenas de milhões de pessoas ao redor do mundo estão torcendo por isso e preocupadas com isso.

Na Ucrânia, o exemplo mais bem-sucedido de mercadoria de guerra no atual conflito, até agora, tem sido o selo postal comemorando o abatimento do cruzador russo *Moskvá*. Os Correios ucranianos estavam prontos para vender 1 milhão desses selos comemorativos e enviar parte do dinheiro que recebessem com as vendas para ajudar o exército ucraniano. Ainda não há selos dedicados aos soldados ucranianos mortos. Mas, nas lojas de brinquedo, um cachorro de pelúcia chamado Cartucho se tornou uma febre. Um cachorro de verdade, chamado Patron, é o animal mais famoso da Ucrânia no momento. Ele ajuda os sapadores ucranianos a encontrarem minas terrestres russas e projéteis não detonados. Talvez algum dia façam um filme sobre o Patron, e sem dúvida um livro será escrito. Mesmo hoje todas as crianças ucranianas já conhecem a sua história, adoram o cachorro e querem ter a sua própria versão fofinha desse herói canino. Os pequenos também seguem o Patron no Instagram (em @ua.patron), onde ele ensina as crianças a cuidar de si mesmas no caso de se depararem com algum objeto explosivo.

## 28 de junho de 2022
## Todos à procura de sangue

A cidade de Kremenchuk está à procura de sangue. Outrora uma cidadezinha agradável, um míssil russo com uma tonelada de explosivos explodiu um shopping e centro de entretenimento onde cerca de mil pessoas estavam passando a tarde. Não se sabe ainda o número exato de mortos, mas centenas de pessoas estavam no epicentro da explosão. De alguns, não sobrou nada. A polícia recebeu dezenas de avisos de desaparecidos, daqueles que não voltaram para casa naquela noite. Sabe-se o número de feridos. Todos precisam de sangue. Os sobreviventes ficaram sem braços, sem pernas.

Kremenchuk não se esquecerá por muito tempo desse crime de guerra russo. O mais provável é que isso jamais seja esquecido e que um monumento às vítimas desse atentado terrorista seja erguido. As cidades recordam suas tragédias e anotam nos seus calendários os dias dedicados às memórias. Dia 27 de junho se tornará um dia de luto para Kremenchuk. Os cidadãos irão ao local do shopping center destruído, irão se recordar do que aconteceu e refletir sobre o míssil russo. Essa tragédia deu novo ímpeto aos esforços de doação de sangue. Sangue é necessário em todos os lugares da Ucrânia agora, onde quer que caiam mísseis e projéteis russos, aonde quer que tragam soldados feridos da linha de frente.

Em Lviv, esperam sangue no hospital militar localizado na rua cujo nome faz homenagem ao escritor russo Anton Tchékhov, e também no hospital regional, que fica numa rua cujo nome é uma homenagem ao escritor russo Lev Tolstói. Enquanto a busca por sangue ocorre em toda a Ucrânia, o conselho científico do Conservatório Piotr Tchaikóvski, em Kyiv, se reuniu para discutir se iriam renomear o conservatório em homenagem ao compositor ucraniano Mykola Lysenko, que, por sinal, era amigo de Tchaikóvski. O conselho científico decidiu não mudar o nome. E o conservatório continuará homenageando Piotr Tchaikóvski.

Apesar do dinamismo de jovens ucranianos e da demanda oficial da Ucrânia para que outros países boicotem a cultura russa, muitos ucranianos mais velhos permanecem mais conservadores e não desejam ir tão longe, opondo-se em silêncio ao boicote total da cultura russa. Um amigo nosso que adora ópera chorou ao pensar que não poderia nunca mais assistir a *Evguiêni Oniéguin* na Casa da Ópera de Kyiv.

Um poeta de Odessa bem conhecido, Boris Khersonski, recentemente falou em uma noite literária com Serguei Gandliévski, o poeta russo, ativista dos direitos humanos e célebre crítico de Pútin. Esse evento pouco notado enfureceu alguns intelectuais ucranianos e provocou uma onda de ódio contra Khersonski, que agora escreve poesia tanto em russo quanto em ucraniano. Até recentemente ele escrevia só em russo.

Ondas de ódio estão varrendo a Ucrânia e impelindo os ucranianos a procurar inimigos internos. Muitos inimigos internos existem. Alguém compartilhou com militares russos as coordenadas dos centros de treinamento militar ucranianos, e os quartéis foram destruídos por mísseis lançados de Belarus ou do território russo. Outros estão espalhando propaganda a favor da Rússia na internet. Ao mesmo tempo, isso cria mais e mais desconfiança e, às vezes, até mesmo ódio. Com enorme frequência, isso é direcionado para escritores e intelectuais falantes do russo, que agora devem se mostrar três vezes mais patrióticos do que suas contrapartes falantes do ucraniano. Mesmo que eles atinjam esse feito, isso não os poupa de acusações de que eles é que são culpados pela guerra porque falam, pensam e escrevem em russo. Ucranianos falantes do russo estão mais do que acostumados a constantes acusações como essas, da mesma forma que o país se acostumou à guerra. Não que isso signifique que as pessoas estejam agora acostumadas à explosão de mísseis, embora todos nós tenhamos nos acostumado à ideia de que esta guerra provavelmente durará um longo tempo. "Especialistas" constantemente dão uma data para o final da guerra. Alguns dizem que será em setembro. O presidente Zelensky diz que a guerra terminará antes de a geada cair, antes do inverno. Outros políticos pensam que na primavera de 2023 seja o mais provável.

As pessoas agora estão tão acostumadas com os alarmes, que só reagem depois que um míssil russo explode em algum lugar perto e mata várias pessoas que não quiseram ou não puderam correr para um abrigo antibombas. Eu mesmo questiono quais palavras fariam com que as pessoas levassem os alarmes mais a sério. Eu me preocupo com isso, assim como me preocupo com evidências de que o mundo do crime se adaptou à presença da guerra. Houve um aumento nos casos de tentativas de vender ajuda humanitária roubada e até equipamento de proteção que estava destinado aos militares. Como resultado, voluntários que compram coletes ou capacetes à prova de balas para dar aos nossos soldados correm o risco de comprar o que foi roubado de outros.

Há poucos dias, na rua cujo nome é uma homenagem a um designer de aeronaves soviético e russo, Túpolev, onde passei quinze anos da minha vida e onde o meu irmão mais velho e a esposa ainda vivem, um drone caiu inesperadamente do céu. Pedestres viram um pacote preso ao drone e descobriram que ele continha 50 mil dólares! Chamaram a polícia. Descobriram que, a muitos metros daquele local, dois bandidos haviam aberto uma casa de câmbio ilegal. Assim que um cliente dava maços de dólares através de uma janela aberta, os fraudadores colocavam o dinheiro numa bolsa e a enviavam por drone aos seus comparsas. Enquanto isso, eles escapavam pela porta de trás sem dar nada ao cliente em troca do dinheiro. Nesse caso, acabou sendo providencial que os dólares fossem pesados demais para o drone.

Os bandidos foram presos. O cliente, um deslocado interno fora de suspeita, receberá os seus dólares de volta. A ameaça de muitos outros esquemas fraudulentos permanece, entretanto. Na Ucrânia, depois de uma série de crises econômicas e falências de bancos, as pessoas guardam dinheiro em casa. Centenas de milhares de refugiados perderam as suas casas. Muitos deles conseguiram levar as economias consigo e agora as carregam por onde andam. Às vezes se torna necessário trocar para hryvnias uma grande quantidade de dólares, talvez para comprar um carro ou para seguir adiante, ou por algum outro motivo. Os ucranianos geralmente guardam muito do seu dinheiro em dólares ou euros, as moedas em que confiam. Então vem a parte perigosa: eles procuram a melhor taxa de câmbio. As casas de câmbio ilegais sempre oferecem os melhores preços. Esses lugares funcionam exatamente como casas de câmbio legais, caso você queira trocar uma quantia pequena, como 20 dólares ou 10 euros. Mas, assim que uma pessoa aparece com uma grande soma, esses bandidos levam o dinheiro e desaparecem rapidamente pela porta dos fundos. Ou eles usam um drone para retirar o dinheiro antes de desaparecerem, assim nenhuma evidência do crime pode ser encontrada caso eles sejam pegos.

Outra indústria criminosa que apareceu atende homens em idade militar que querem ir para o exterior a qualquer custo. Eles têm medo de ser convocados, então tentam ou arranjar documentação médica falsa, afirmando que estão doentes demais para servirem no exército, ou documentação estudantil falsa, emitida por universidades estrangeiras, que dão a eles o direito de retornar ao exterior e continuar seus estudos. Outra forma de partir para o exterior ilegalmente é ir até a fronteira e achar um guia que seja um experiente atravessador de pessoas. Nesse caso, claro, há o perigo de cair nas mãos de trapaceiros que pegam o seu dinheiro com antecedência. Eles cobram de 5 mil a 20 mil dólares por pessoa. Depois que você dá o dinheiro, eles desaparecem. Há também guias "honestos" que realmente levam as pessoas para o outro lado. É verdade que, às vezes, eles e os clientes são pegos pelos guardas da fronteira. Segundo estimativas não oficiais, cerca de meio milhão de homens em idade de alistamento militar encontraram formas de deixar a Ucrânia nos últimos quatro meses. Esses são os homens que não desejam combater. Membros do parlamento propuseram um projeto de lei que daria a eles um mês para retornar ao país e, caso não retornem, propõe-se que eles sejam privados da cidadania ucraniana. O projeto de lei recebeu mais crítica do que aceitação e foi descartado com segurança.

Enquanto os parentes de prisioneiros de guerra ucranianos exigem, com barulho e publicidade, a troca mais rápida possível de prisioneiros entre a Rússia e a Ucrânia, outro processo está ocorrendo em silêncio e fora do olhar do público: a troca dos mortos.

Não sei onde essas trocas ocorrem, embora acredite que seja em algum lugar perto da linha de frente. Onde quer que seja, um caminhão refrigerado com o número "Duzentos" no para-brisa chega regularmente ao necrotério regional na rua Oranzhereinaya, perto dos jardins botânicos de Kyiv. Esse número indica como os mortos são designados na terminologia militar. Soldados acompanhantes, que carregam os sacos pretos com os restos dos mortos pela guerra, os colocam no necrotério. Anatomopatologistas trabalham com esses restos mortais. A tarefa principal deles é tentar identificar o soldado, para que seus restos sejam transferidos aos parentes para o enterro. Se o falecido tiver tatuagem, isso é algo bem mais fácil de se fazer. Contudo, os sacos pretos nem sempre contêm o corpo de um soldado. Com frequência, contêm apenas ossos ou um crânio, às vezes só partes ou fragmentos de osso. Os parentes dos soldados tidos como desaparecidos na guerra entregam amostras de DNA para ajudar as autoridades a encontrarem e identificarem seus entes queridos falecidos.

Corpos são trocados na base do um por um – um soldado ucraniano morto por um soldado russo morto. Numa tentativa de obter tantos corpos quanto possível, os russos recorrem a truques. Eles colocam os corpos de civis mortos nos sacos pretos. Como resultado, o trabalho com sacos começa com um processo de seleção geral. Os restos mortais "civis" também são processados. É uma questão mais longa e complicada porque não se sabe de onde os russos trouxeram esses restos. Eles são mantidos por algum tempo no refrigerador do necrotério, para então serem transferidos a outros necrotérios regionais para posterior identificação na contínua busca por parentes desaparecidos.

O banco de dados de DNA de familiares de ucranianos desaparecidos na guerra está em constante crescimento. Qualquer um que estava no epicentro da explosão de um míssil russo, como no shopping ou no centro de entretenimento em Kremenchuk na última segunda-feira, desapareceu totalmente, nada restou deles – nem mesmo traços ou fragmentos. Ele ou ela desapareceu para sempre. Nós não sabemos exatamente quantas eram essas pessoas. No caso deles, o DNA não servirá de nada.

Enquanto habitantes da cidade doam sangue para os feridos, autoridades locais declararam três dias de luto. Geralmente, nessas horas de luto, eventos de entretenimento, concertos e apresentações de circo são cancelados de pronto. De toda forma, não consigo imaginar que os habitantes de Kremenchuk estivessem planejando se divertir nem nesses três dias, nem por um bom tempo.

Embora os períodos de luto possam ser declarados legitimamente em muitas cidades e cidadelas depois dos ataques e massacres de cidadãos ucranianos pelo exército russo, ainda assim é estranho declarar luto no meio de uma guerra. Afinal, ao término do período de luto, a vida geralmente volta ao normal – as comédias são de novo exibidas na televisão e teatros e circos reabrem suas portas. Desde o começo da guerra, só há um canal de televisão na Ucrânia – um canal de notícias que substitui todos os canais de televisão anteriores. E, enquanto ainda é possível ir ao teatro em algumas cidades, não há garantia de que os alarmes de ataques aéreos não interromperão a performance.

## 5 de julho de 2022
## O poder do pensamento

Combater no verão é algo quente demais de se fazer. É preciso lidar com poeira, com colete à prova de balas, capacetes e armas pesadas. A flamejante barragem da artilharia aumenta ainda mais a temperatura do ar e joga na atmosfera uma poeira escaldante – junto com a poeira e a fumaça de casas, árvores e outras vegetações queimando. Hoje em dia, ao longo de todo o comprimento da linha de fogo, há muito pouco combate de perto, exceto por batalhas nas ruas de algumas cidades. Depois de lutar batalhas intensas por Sievierodonetsk e Lysychansk, as tropas ucranianas recuaram. Agora que a região de Lugansk foi quase totalmente capturada pelo exército russo, o combate será mudado para a área ocidental da região de Donetsk, que ainda está sob controle ucraniano. O comando militar ucraniano diz que as tropas foram recuadas para salvar a vida dos soldados e que a intenção é retornar e libertar o território ocupado assim que possível. Ver esse processo de longe pode ser deprimente. Felizmente, a depressão ucraniana, em geral, não é muito profunda. Quando falta esperança, os ucranianos simplesmente olham com mais atenção para encontrar alguma notícia positiva. E eles sempre encontram.

Poucos dias atrás, a artilharia expulsou os militares russos que estavam na Ilha das Cobras, no Mar Negro. Os remanescentes da guarnição russa na ilha fugiram em dois ou três barcos, deixando para trás todas as suas armas. A liderança russa anunciou que as tropas partiram da ilha para mostrar que não estavam ameaçando os navios ucranianos que levavam trigo para fora dos portos da região de Odessa. Depois do anúncio, dois bombardeiros russos destruíram todo o equipamento militar lá deixado, para que não fosse capturado pelo exército ucraniano. Agora, a ilha voltou a estar sob controle ucraniano ou, para ser mais específico, a não estar mais sob controle russo. Isso é significativo porque, enquanto os russos estavam lá, seus mísseis podiam ameaçar uma área muito grande do Mar Negro e da Ucrânia. Contudo, por ser muito exposta, a ilha provavelmente continuará deserta até o final da guerra. É um alvo fácil demais para os mísseis balísticos e as aeronaves militares russas.

A segunda boa notícia veio do front cultural, onde a luta também é muito ativa. O diretor do famoso museu Hermitage de São Petersburgo, Mikhail Piotróvski, em uma longa entrevista ao jornal *Rossískaia Gazieta*, disse que a promoção da cultura russa é uma "operação especial", do mesmo tipo da invasão da Ucrânia. Não é exatamente uma boa notícia, mas é mais uma evidência para o caso que estão movendo contra a Rússia no Tribunal de Haia para os crimes contra a humanidade. Então, parece que a "operação especial" de Piotróvski foi ofuscada pelo anúncio de que a Unesco registrara a "cultura do borsch ucraniano" como parte da herança cultural imaterial do país. O deleite dessa notícia foi muito mais prazeroso do que a revolta causada pela entrevista de Mikhail Piotróvski e ressoou por toda a mídia ucraniana: "O borsch é nosso!", declararam os ucranianos ao mundo, com o mesmo entusiasmo com que os russos gritaram "A Crimeia é nossa!" em 2014. O fato de o texto do pronunciamento da Unesco não dizer exatamente "borsch", mas sim "a cultura de preparar o borsch ucraniano", não importa! A guerra pelo borsch, entre a Ucrânia e a Rússia, já vem acontecendo há um bom tempo. É surpreendente que a Polônia nunca tenha se envolvido. O borsch também ocupa um lugar importante na tradição epicurista polonesa, embora o borsch polonês seja diferente do ucraniano. Na verdade, não é o "borsch polonês", mas o "*barszcz* polonês". Os poloneses usam cidra de maçã e vinagre na receita deles, uma coisa que indignaria a maior parte dos ucranianos. De qualquer forma, não há muitos conflitos pelo borsch entre a Ucrânia e a Polônia, só entre a Ucrânia e a Rússia.

A porta-voz do Ministério do Exterior da Rússia, a famigerada Maria Zakhárova, fez declarações públicas defendendo repetidamente o borsch russo da "usurpação por nacionalistas ucranianos". Ganhei o dia com a decisão da Unesco, sem dúvida. Estou muito feliz que as palavras "Ucrânia" e "borsch" estão agora combinadas em uma declaração oficial desse tipo.

Há uma quantidade bem grande de médicos entre os refugiados. Em 2020, 95% do contingente médico ucraniano era formado por mulheres, então você pode esperar que, agora que tantas mulheres deixaram a Ucrânia, haja problemas com cuidados médicos no país. Aparentemente, a situação ainda assim é razoavelmente boa. Os problemas nessa área nos territórios ocupados são, contudo, muito mais sérios. Realmente, a situação lá é trágica. Não há médico algum em Mariupol. Depois de capturar o que restou da cidade, cuidados médicos foram prestados somente aos militares russos. Então a administração de ocupação pediu que enviassem médicos da Rússia. Imediatamente, no meio de maio, dezessete médicos vieram de Moscou, alguns da Crimeia anexada. O deputado da Duma do Estado do partido de Pútin, o Rússia Unida, Dmítri Khubezóv, chegou a Mariupol com jornalistas de televisão, medicamentos e alguns equipamentos médicos. Uma reportagem sobre a sua missão humanitária foi exibida nos principais canais de televisão da Federação Russa. Dias atrás, todos os médicos foram embora. Verificou-se que eles haviam tirado folga não remunerada de seus trabalhos nos hospitais de Moscou para ajudar em Mariupol.

Desde então, nenhum médico voluntário novo chegou para substituí-los. E tampouco há medicamentos na cidade.

Médicos que trabalhavam em Mariupol já assumiram postos em territórios controlados pelo governo ucraniano. Um deles, o cirurgião Oleh Chevchenko, se mudou para Andrushivka, uma cidadela na região de Jytomyr não longe de Lazarivka, onde fica a nossa casa de veraneio. Como muitos hospitais provincianos, o hospital de Andrushivka havia tempos vinha sofrendo com a falta de médicos. Agora, quase todas as vagas foram preenchidas por médicos da comunidade de deslocados internos. Chevchenko ainda mora no próprio hospital, dormindo no seu escritório, embora procure por acomodação em Andrushivka. Ele conseguiu deixar Mariupol no último instante e está extremamente grato aos militares ucranianos que dividiram com ele a gasolina que tinham.

Embora seja bem fácil para cirurgiões internamente desalojados e outros médicos encontrar trabalho, os dentistas têm mais dificuldades. Sempre houve muita competição no mercado de serviços odontológicos na Ucrânia. Agora, a competição ficou ainda maior. Ao mesmo tempo, praticamente não restou nenhum dentista nos territórios recentemente ocupados. Os habitantes que ficaram por lá têm de viajar à assim chamada "República Popular de Donetsk" ou "República Popular de Lugansk" ou mesmo até a Rússia, caso precisem de tratamentos dentários. Somente aqueles que têm transporte e dinheiro podem bancar isso. E ainda os numerosos postos de checagem russos podem impedir moradores dos territórios ocupados de chegar à fronteira com a Rússia ou com uma das "repúblicas separatistas". Soldados nos postos de checagem suspeitam se os passageiros do carro estão realmente procurando tratamento dentário ou não. Talvez eles sejam "comandos ucranianos" fingindo ir ao dentista quando, na verdade, estão tentando chegar mais perto do Kremlin. Que Deus o livre de ficar com dor de dente num território recém-ocupado durante esta guerra!

É curioso que alguns casos dramáticos na área de odontologia também têm ocorrido na Rússia. Recentemente, o senhor da Tchetchênia, Ramzan Kadyrov, recebeu a "Ordem ao Mérito em Odontologia" da Associação Russa de Dentistas. A cerimônia de premiação ocorreu em Grózny, capital da Tchetchênia, durante a inauguração de um novo prédio para a Clínica Dentária de Grózny nº 1.

O equipamento odontológico da melhor qualidade existente foi levado à nova ala da clínica. Nessa mesma cerimônia, o Chefe da Tchetchênia condecorou o cirurgião-dentista que dirige a clínica, Yunus Umarov, com o maior prêmio do país, a "Ordem de Kadyrov". Tudo isso parece lógico, os dentistas russos e Ramzan Kadyrov estão agora unidos pela amizade e pela cooperação. Kadyrov não mais precisa voar para Moscou ou Krasnodar para obter tratamento dentário. Entretanto, dentistas russos, também aqueles que vivem e trabalham na Tchetchênia, não estão tão otimistas. O fornecimento de materiais fundamentais para o tratamento dentário, os materiais odontológicos em si, junto com itens de manutenção, estão agora todos sujeitos a sanções por conta da agressão russa. A reserva russa de materiais importados para preenchimentos e próteses anterior à guerra já terminou. A qualidade dos materiais feitos na Rússia é muito ruim e apropriada somente para preenchimentos temporários. Em geral, os dentistas não querem arriscar as suas reputações e, por isso, evitam o fornecimento de materiais feitos no país. De acordo com a mídia russa, a China e a Coreia do Sul estão tentando entrar no mercado nacional de materiais odontológicos. Enquanto isso, consumidores das companhias odontológicas russas começaram a ir a Israel para trazer, dentro das próprias malas, os materiais necessários para implantes e preenchimentos. Como resultado, os preços dos serviços dentários subiram bruscamente e continuam subindo. Muitos russos já não conseguem pagar por um tratamento. Então, que esperança há para os ucranianos em busca de cuidados dentários nos territórios ocupados? Numa iniciativa para tentar aliviar a situação, o governo russo adotou outra resolução sobre "substituição de importação" – pirataria, em outras palavras.

No fim das contas, essas faltas também irão afetar a condição dos dentes dos soldados russos. Afinal, eles serão tratados com materiais domésticos do seu país. Entretanto, para um soldado russo, um preenchimento que sai de um dente só duas semanas depois de ter sido colocado não é um problema tão grande. O principal desafio deles é sobreviver à guerra até o dia em que o preenchimento cair. Se sobreviverem, sempre poderão colocar outro.

Na Ucrânia, tudo vai bem no "front dentário". Há materiais suíços e alemães disponíveis para preenchimentos, de modo que o tratamento não é tão caro quanto na Europa ou na Rússia. Os soldados e civis ucranianos podem bancar um sorriso, mostrar seus dentes. Eles acreditam na vitória. Acreditam nos seus médicos. Acreditam que tudo ficará bem em todos os fronts desta guerra: o militar, o cultural, o epicurista e o médico.

## 11 de julho de 2022
## Guerra, carros e o verão

O governador mais popular da Ucrânia – o chefe da região de Mykolaiv, em batalha – veste meias de cores vibrantes, fala russo, ucraniano, francês e coreano e, nas suas mensagens de vídeo, regularmente faz brincadeiras na tentativa de animar os habitantes da região, que está sendo bombardeada quase todas as noites pela artilharia russa e por mísseis balísticos.

O nome do governador é Vitaliy Kim. Ele é ucraniano de origem coreana. Um empresário bem-sucedido que entrou para a política na mesma época que Volodymyr Zelensky e é membro do mesmo partido do presidente, o Servo do Povo.

Um dos primeiros mísseis russos disparados a Mykolaiv destruiu o prédio da administração regional, até mesmo o gabinete do governador. Ele não estava lá no momento, mas o colapso do prédio matou mais de trinta funcionários da administração regional, incluindo a secretária de imprensa do governador. Vitaliy Kim encontrou um novo local para o seu gabinete e continua liderando a região – ao som cada vez mais alto das operações militares.

Recentemente, além de organizar o trabalho de restauração de prédios residenciais danificados e da infraestrutura regional, o governador Kim teve que "combater" com os militares ucranianos. Há uma grande quantidade de soldados na região de Mykolaiv, e Kim não tem problema com a maioria deles. Ele está preocupado com os motoristas militares que regularmente violam as leis de trânsito, gerando acidentes nas estradas da região.

É evidente que os militares, de modo geral, não obedecem aos civis, mas Vitaliy Kim assumiu um tom militar firme ao declarar que, se motoristas do exército violarem as regras de trânsito sem necessidade, ele irá confiscar seus veículos. O problema não está sendo causado por tanques e veículos blindados para transporte de pessoal, mas por caminhonetes em alta velocidade, doadas por voluntários de toda a Ucrânia e do exterior, para aumentar a mobilidade do exército e para tornar as operações mais eficientes.

As coisas estariam melhores se todos os motoristas, tanto militares quanto civis, fossem treinados a dirigir em época de guerra. O código e as leis de trânsito ainda têm validade, mas a sensação que se tem é de que foram suspensos, ao se avistarem veículos militares surgindo do nada, em alta velocidade, frequentemente sem placa e com as luzes piscando, como que avisando que da parte deles tudo é possível.

É claro que, diante do aumento no número de acidentes rodoviários envolvendo veículos militares, recentemente o governo decidiu que soldados motoristas devem ser treinados por pilotos de corrida para dirigir em condições difíceis e extremas.

Na verdade, muitos motoristas do exército já são altamente treinados, especialmente os que têm experiência em dirigir na linha de frente, onde a vida de toda uma equipe depende da velocidade do veículo e da habilidade do motorista em mudar abruptamente de direção.

Nesta guerra, a maior parte das hostilidades ocorre à noite. Uma das normas de segurança obrigatórias para os motoristas militares no front é que o farol deve estar desligado. Ou seja, os motoristas devem não apenas dirigir rápido por estradas, pelos campos e por um terreno inóspito, como também devem ser capazes de dirigir sem enxergar. Isso deve ser fácil numa noite iluminada pela lua, quando você pode pelo menos distinguir o formato dos obstáculos no caminho. Mas, se o céu estiver encoberto, você só pode seguir a sua intuição e a sua habilidade de discernir o barulho do motor de outro carro em relação ao seu.

Ao longo da linha de frente, o trânsito noturno pelos campos é tão intenso que acidentes são muito comuns. Mas, mesmo com a luz do dia, as estradas para ir e voltar do front continuam perigosas, não apenas devido aos ataques da artilharia russa, mas também em função do nervosismo dos motoristas e do baixo nível técnico dos equipamentos e caminhões militares antigos, produzidos no período soviético.

Um dos acidentes automotivos mais trágicos das últimas semanas ocorreu quando um ônibus-ambulância voluntário colidiu com um caminhão do exército que estava com um pneu furado. O ônibus, que havia sido convertido em uma unidade móvel para feridos durante a evacuação da zona de guerra, teve perda total. Infelizmente, houve baixas – morreu uma médica da Áustria, especialista em acidentes e emergências, e três paramédicos voluntários e um motorista ficaram seriamente feridos.

Os carros que foram danificados em acidentes são geralmente deixados no lado da estrada ou nos campos, causando problemas para outros motoristas. Na região de Mykolaiv, os destroços de acidentes de carro são removidos até que rápido. A maioria da região está sob controle da Ucrânia e sob a supervisão rígida do governador Kim.

Não há caminhonetes estrangeiras no lado de lá da linha do front. Será que as sanções tornariam impossível que os voluntários russos as conseguissem? Acho que não. A Rússia ainda pode comprar carros da Índia e da China. Mas simplesmente não precisa. A União Soviética deixou para a Federação Russa dezenas de milhares de unidades de veículos militares. De todas as partes daquele enorme país, esses veículos são regularmente colocados nos trens e transportados para a Ucrânia. As estradas no lado russo do front, que agora somam 2 mil quilômetros, fazem parceria com os antigos jipes militares soviéticos UAZ, ao lado de vários outros jipes modernos, projetados para qualquer terreno. Há mais um tipo de veículo utilizado pelo exército russo – um ao qual o exército ucraniano não se equipara –, o crematório móvel. Esses veículos muito especiais podem não ser danosos na estrada, mas ajudam a encobrir o número verdadeiro de vítimas da agressão russa.

O mercado automotivo russo parece estar enfrentando alguns problemas no momento. A imposição de sanções significa que os russos não têm nada para comprar nas concessionárias de carro. Então, Vladimir Pútin ordenou que se reiniciasse a produção da marca de carros soviética Moskvich. Para tornar a produção mais fácil, o governo russo flexibilizou as exigências de segurança para os carros. Agora é opcional a presença do sistema de airbag para o passageiro. Esse sistema não é produzido na Rússia, logo, a redução da quantidade necessária é uma grande ajuda. Mas, para os russos, a segurança não é o principal. O principal é que tenha rodas e um motor que funcione. Os modelos mais populares de carros soviéticos e russos, tais como o Lada, o Moskvich e o Volga, nunca tiveram airbags e, para as pessoas que não conseguem pagar um carro importado, um ícone religioso colado no console funciona do mesmo jeito.

Enquanto o mais conhecido governador da Ucrânia está lutando com motoristas militares, um caminhão de pizza do fundo beneficente escocês Siobhan Trust chegou à região. Um time internacional de voluntários organiza festas de pizza perto da linha de frente para habitantes que decidiram não ir embora, mas ficar em casa. Na semana passada, essa operação móvel alimentou milhares de habitantes na região de Mykolaiv com pizza quentinha.

Agora, há cinco caminhões de pizza na Ucrânia, cada um com uma equipe de voluntários. O Siobhan Trust também enviou caminhões com refrigeração para apoiá-los. São distribuídos ingredientes aos caminhões de pizza de um depósito especialmente colocado na cidadela polonesa de Medika, perto da fronteira ucraniana. O plano é manter os caminhões servindo à Ucrânia até o final da guerra.

Nestes dias o sol está quente – ao longo das linhas de frente no Donbas, nas fronteiras das regiões de Mykolaiv e Kherson, onde está o front sul, assim como na região de Odessa e em Kyiv. Faz calor em todo lugar. O verão chegou com tudo, mas este ano ninguém tem inveja daqueles que vivem perto do mar.

Na região de Odessa, foi oficialmente proibido ir à praia. Todas as praias estão fechadas e em muitos lugares usaram arame farpado. Pelo menos duas minas navais russas explodiram perto das praias de Odessa, ferindo ou matando os turistas com seus estilhaços. Incidentes do mesmo tipo ocorreram nos territórios ocupados pelas forças russas, só que as autoridades ocupantes não proibiram banhistas naquelas áreas. As pessoas ainda vão dar um mergulho no mar das praias da agora destruída Mariupol, mesmo que alguns banhistas tenham morrido por lá em função de projéteis e minas navais.

Ao longo das praias de Mariupol, os barcos militares russos constantemente patrulham as costas. As patrulhas armadas russas marcham ao longo da praia com metralhadoras nas mãos, verificando os documentos daqueles que, apesar da guerra, estão tentando pegar um bronzeado ao sol do sul da Ucrânia.

Recentemente, um barco passou, devagar e solene, ao longo da costa de Mariupol, acompanhado de um navio de guerra de Novorossisk. Ambos os navios estavam carregando padres ortodoxos russos. Essa "procissão" marítima, ao lado da exibição de ícones e de orações, foi arranjada pelo canal militar de televisão russo, o Zvezdá [Estrela]. Eles provavelmente queriam mostrar aos fiéis que Deus está ajudando o exército russo. Os jornalistas do canal incluíram cenas de algumas pessoas curtindo um banho de sol na praia. Com efeito, a visão de pessoas descansando à beira-mar sempre acalma e tende a inspirar pensamentos de estabilidade e paz.

As praias de Kyiv também estão cheias de gente. Sapadores inspecionaram tudo detalhadamente – não há minas. Os serviços sanitários da cidade anunciaram que todas as praias de Kyiv receberam tratamento contra carrapatos. Então, agora você só precisa se preocupar com os mísseis russos.

Apesar da guerra, muitas famílias ucranianas ainda querem relaxar na costa marítima. Se não no Mar Negro, então no Mediterrâneo ou no Mar Egeu. As agências de turismo estão funcionando e as férias no exterior não ficaram mais caras por causa da guerra. Na verdade, muito pelo contrário, agora elas estão um pouco mais baratas, especialmente se os turistas estiverem preparados para viajar de ônibus. Por uma semana em um resort no Mar Negro, na costa da Bulgária, os preços começam em 200 dólares por pessoa, incluindo transporte de ônibus. Se quiser ir ao Egito, à Turquia ou à Itália, você provavelmente terá que pegar um voo em Chisinal, na Moldávia. O principal aeroporto do país tem muito mais negócios do que antes da guerra, tendo se tornado um dos aeroportos de base para a Ucrânia, que ficou sem comunicação aérea com o resto do mundo desde 24 de fevereiro.

Apesar dos problemas com transportes, a guerra aproximou a Ucrânia dos seus vizinhos ocidentais. A Polônia, que tem muitas questões históricas mal resolvidas com a Ucrânia, deixou de lado as queixas e se tornou um dos seus principais parceiros. A Moldávia, cuja região industrial, Transnístria, foi ocupada pela Rússia há muito tempo, também ajuda a Ucrânia o melhor que pode. Os ucranianos estão fazendo uma contribuição real para o desenvolvimento da economia da Moldávia, e isso se reflete na recente decisão do principal canal de televisão do país de transmitir dois programas por semana em ucraniano.

    Quanto mais Pútin tenta "desucranizar" a Ucrânia, mais intensamente ocorre a integração da Ucrânia na Europa oriental e ocidental. Livros em ucraniano já estão sendo impressos na Lituânia, na Polônia e na República Tcheca. Muitos restaurantes na Europa oriental têm agora cardápios em ucraniano. E mais: novos restaurantes ucranianos estão aparecendo em cidades e cidadelas da Europa. Com frequência eles são montados por refugiados da Ucrânia, aqueles que mais provavelmente não retornarão. Mas um pouco dos lucros desses restaurantes deverá voltar na forma de caminhonetes para serem utilizadas pelo exército ucraniano – espero que com motoristas bem treinados.

# Parte II
# Nossa guerra cotidiana

*Tradução*
Renato Marques

## 1º de agosto de 2022
### Você sabe as coordenadas de GPS do seu quarto?
### Eles sabem!

Quando, há muitos anos, li pela primeira vez que a internet foi inventada para fins militares, o fato é que não acreditei. Eu era estudante de ciências humanas e não entendia muito de ciências tecnológicas. Só isso pode explicar minha ingenuidade. Mais tarde eu me lembrei de que as bombas nucleares surgiram muito antes das primeiras centrais nucleares.

Agora que a "internet militar" desempenha um papel tão crucial na Ucrânia quanto a "internet pacífica", não tenho mais dúvidas sobre a prioridade das inovações científicas militares. Além disso, entendo que, do ponto de vista militar, tudo e todo mundo são alvos potenciais, e que tudo o que existe no mundo tem coordenadas de GPS que permitem que forças destrutivas atinjam com precisão o alvo escolhido. As mesmas coordenadas de GPS que me ajudam a encontrar uma caverna pré-histórica na ilha de Creta podem ser inseridas num míssil lançado de um submarino russo no Mar Negro a fim de destruir ou, em termos russos modernos, "desnazificar" essa mesma caverna.

Parece que pelo menos um dos quarenta foguetes enviados para explodir a cidade ucraniana de Mykolaiv, na noite de 31 de julho, foi programado para atingir a suíte principal de uma casa particular. Foi esse foguete que matou o proprietário da maior empresa ucraniana de comércio de grãos, a Nibulon, Oleksiy Vadaturskyi, e sua esposa, Raisa.

A editora-chefe do canal Russia Today, Margarita Simonyan, imediatamente comentou esse assassinato, afirmando que Vadaturskyi foi incluído na lista de sanções da Rússia por supostamente financiar "destacamentos punitivos". Não está claro de que tipo de "destacamentos punitivos" ela estava falando, mas Simonyan tuitou com convicção: "Agora ele pode ser riscado da lista".

Tenho quase certeza de que Vadaturskyi, como o 15º homem mais rico da Ucrânia, segundo a revista *Forbes*, estava ajudando seu país e o exército ucraniano. Ele devia estar confiante na vitória da Ucrânia. Caso contrário, sem dúvida teria deixado Mykolaiv, cidade sujeita a ataques diários de mísseis, e ido para um lugar mais seguro. O jornalista do *Le Monde* Olivier Truc, que conheceu Vadaturskyi poucos dias antes de sua morte, relatou que o milionário sabia que era um alvo.

Figura-chave no negócio de exportação de cereais ucranianos, Vadaturskyi esteve envolvido na preparação de rotas marítimas para a exportação de grãos segundo o acordo turco mediado pela ONU. O primeiro navio de teste, com 26 mil toneladas de milho sob a bandeira de Serra Leoa, zarpou do porto de Odessa no domingo, 3 de agosto, sem a sua bênção.

O corredor de cereais de Odessa através do Bósforo e mais além começou a funcionar, e a Ucrânia retomou a exportação de produtos agrícolas durante a guerra em grande escala com a Rússia. É difícil imaginar o custo do seguro dos navios de carga, mas o fato de as rotas de exportação terem sido reabertas é extremamente valioso. A Ucrânia precisa ganhar dinheiro para apoiar o esforço de guerra, e fará isso principalmente na África e na Ásia. A Rússia pode ganhar dinheiro para sustentar a sua agressão em quase qualquer lugar, incluindo a Europa, uma vez que ainda vende gás e petróleo aos países da União Europeia.

Em Kyiv, ainda não houve escassez de gás. Durante alguns dias registraram-se problemas com o fornecimento de gasolina e sal, mas já foram resolvidos. A questão constante é a ininterrupta necessidade de doadores de sangue. Os residentes de Kyiv, tais como outros ucranianos, já estão habituados a doar sangue. Ninguém se surpreende com as filas à porta do departamento de doadores de sangue do Hospital Infantil Central, que desde o início da guerra trata militares feridos, mas sobrancelhas levantaram-se de espanto quando, recentemente, monges do mosteiro de Kyiv-Petchersk Lavra, bem como estudantes das escolas e faculdades teológicas do Patriarcado de Moscou, decidiram doar sangue para os soldados ucranianos feridos.

Não faz muito tempo, os líderes da Igreja Ortodoxa Ucraniana do Patriarcado de Moscou recusaram-se a se levantar para honrar a memória dos soldados ucranianos mortos. Agora, os monges da mesma igreja controlada por Moscou estão doando sangue aos feridos ucranianos. Talvez queiram provar a sua lealdade a Kyiv e não a Moscou. Ou talvez façam isso em memória dos monges e freiras do mosteiro de Sviatohirsk do Patriarcado de Moscou, no Donbas, que foram mortos pelos bombardeios da artilharia russa. Independentemente do que tenha provocado tal mudança de atitude, o principal é o resultado – bancos de sangue mais bem abastecidos.

Uma coisa que falta agora em Kyiv são os quadros de avisos do lado de fora das casas de câmbio e dos bancos anunciando as taxas oferecidas. Até recentemente, as taxas de câmbio tinham mudado muito pouco desde o início da invasão russa. Esses quadros de avisos cambiais eram uma visão tranquilizadora nas cidades grandes e cidadezinhas da Ucrânia. Agora, após acentuadas quedas no valor das hryvnias, o Banco Nacional proibiu a exibição pública das taxas de câmbio. Quem quiser saber a taxa mais recente tem de ir ao banco ou à casa de câmbio e, colocando os óculos, dar uma olhada atenta na tabela afixada no vidro do guichê dos caixas. O tamanho da impressão usado nesses avisos costuma ser tão diminuto que talvez você precise de uma lupa para conseguir enxergar os números. É lógico que, se os caixas do banco se mostrarem simpáticos e não se importarem em responder à mesma pergunta pela centésima vez, o jeito mais fácil é perguntar a eles.

*

Apesar das trágicas notícias diárias, os ucranianos não perderam o senso de humor. As piadas talvez sejam a forma mais barata de manter o otimismo. A instrução do Banco Nacional para manter as taxas de câmbio num estado de semissigilo gerou dezenas, se não centenas, de anedotas, piadas e cartuns. A piada mais popular é que nos próximos dias as autoridades ucranianas irão proibir a exibição de preços nos supermercados. Os compradores só saberão o custo de suas compras quando chegarem ao caixa.

Os ucranianos têm saudado com humor outras inovações das autoridades locais ou centrais – embora vez por outra com um humor dos mais raivosos. Desde a semana passada, muitas cidades introduziram uma regra segundo a qual o transporte público deve parar de funcionar toda vez que soar uma sirene de ataque aéreo, e os passageiros devem ser encaminhados ao abrigo antiaéreo mais próximo. Essa regra já entrou em vigor em Kyiv e Vinítsia. Verdade seja dita, tornou-se realidade apenas em parte. Quando a sirene soa, os ônibus e bondes param e os motoristas pedem aos passageiros que desembarquem e sigam para um local seguro; no entanto, em geral os passageiros permanecem parados junto ao bonde ou ônibus para aguardar o fim do alerta e continuar a viagem. Dessa forma, os alvos móveis tornaram-se estacionários e mais fáceis de atingir.

A lógica de algumas decisões é discutível, mas quase todas as resoluções estatais são agora motivadas por apenas duas coisas: questões de segurança e a difícil situação financeira do país. Devido à falta de dinheiro para armamentos, o governo vem discutindo a cobrança de um imposto de 10% sobre todos os bens importados. Isso significará um aumento de preços da ordem de 10% superior à inflação que a Ucrânia já enfrenta.

Em tempos de paz, um imposto como esse poderia estimular a produção interna de bens, mas a economia ucraniana, como disse outro dia o presidente Zelensky, está em coma. Muitas fábricas e indústrias fecharam, ao passo que outras estão em processo de mudança para a relativa segurança do oeste da Ucrânia. Por ora, o aumento da produção local é um sonho distante.

É necessário dizer que estão surgindo algumas novas empresas – sobretudo aquelas que servem ao esforço de guerra –, a exemplo de fábricas de roupas e calçados confiáveis para os soldados e de equipamentos para as guarnições militares, incluindo coletes à prova de balas. Quem compra esses bens produzidos em âmbito local são voluntários e grupos de voluntários, com dinheiro recolhido de cidadãos e amigos estrangeiros da Ucrânia.

A guerra cria também outras oportunidades de emprego incomuns. Por exemplo, surgiram empresas que fornecem inspeções preparatórias de terras agrícolas que necessitam de desminagem. A remoção de minas terrestres em si pode ser realizada somente por sapadores certificados de agências privadas ou governamentais. Na Ucrânia, embora apenas três empresas privadas tenham o direito de remover minas, as licenças de duas delas estão prestes a expirar. Essas firmas empregam apenas entre dez e quinze sapadores, enquanto o número de agricultores que aguardam a limpeza dos seus campos e pomares é enorme. Alguns agricultores julgam que não podem esperar, e por isso recorrem à ajuda não oficial (e, portanto, ilegal). Os sapadores não oficiais costumam ser ex-militares, bem como caçadores de tesouros munidos de detectores de metal. Os sapadores não oficiais cobram uma dinheirama para fazer o trabalho rapidamente, mas não dão nenhuma garantia.

Os custos dos sapadores oficiais para realizar o trabalho de desminagem para uma empresa privada licenciada são bastante elevados, começando em 3 dólares para esquadrinhar 1 metro quadrado de terreno. É verdade que as empresas oficiais de sapadores às vezes desminam gratuitamente áreas agrícolas particulares. Em vez de uma taxa, pedem aos agricultores que façam uma doação para cobrir os custos da gasolina e os salários dos sapadores. Hoje, os sapadores legais na Ucrânia ganham cerca de 700 dólares por mês. Não se sabe quanto ganham os sapadores não oficiais. De acordo com histórias contadas por agricultores, sapadores não oficiais pedem mil dólares para a inspeção e desminagem de 1 hectare (ou seja, 10 mil metros quadrados) de campo.

Segundo a Associação de Sapadores da Ucrânia, pelo menos 4,8 milhões de hectares de terras ucranianas estão minados, sem contar a zona de Chernobyl, que também foi temporariamente ocupada pelo exército russo. Alguns campos cultiváveis no Donbas não são desminados desde 2015.

É uma pena que o Google Maps ainda não tenha desenvolvido um sistema para avisar quando a pessoa se aproxima de uma área minada. De acordo com o Google Maps, ainda hoje é possível chegar à Donetsk ocupada a partir de Kyiv por estrada em menos de onze horas. Eles também estão tentando nos entreter com piadas?

## 8 de agosto de 2022
## Poesia e outras formas de tortura

As "viagens póstumas" são, mais uma vez, uma triste marca da cultura funerária ucraniana. A mais longa e famosa viagem póstuma da história da Ucrânia foi empreendida pelo poeta nacional do país, Taras Chevtchenko. Ele morreu em São Petersburgo em 1861, tendo retornado para lá após cumprir dezesseis anos de servidão penal como soldado do exército do tzar no deserto do Cazaquistão.

Chevtchenko foi enterrado pela primeira vez em São Petersburgo, mas, depois de 58 dias, o corpo do poeta foi exumado e, de acordo com a sua vontade, levado para Kyiv. Durante duas noites, o caixão de chumbo com o corpo do poeta ficou na Igreja da Natividade, no distrito de Podil. Em seguida foi carregado num barco e levado pelo rio Dnipro até os arredores de Kaniv, onde, numa colina acima da margem do rio, Chevtchenko foi mais uma vez sepultado.

O poeta Vasyl Stus, de Donetsk, morreu num campo de prisioneiros em 1985, quando Gorbachev já estava no poder na União Soviética. Em 1989, seus restos mortais foram transportados de avião da região dos Urais, na Rússia, para a Ucrânia. Foi bom que ele tenha sido enterrado novamente no cemitério Baikove, em Kyiv, e não em Donetsk, a cidade da sua juventude, caso contrário a esta altura sua sepultura já teria sido destruída pelos serviços especiais russos ou pelos militares. Um memorial em baixo-relevo em sua homenagem no muro da Universidade de Donetsk foi demolido pelos separatistas em 2014.

Nos últimos seis meses, centenas de veículos fizeram a triste viagem desde a linha de frente até as casas dos soldados caídos em combate de uma ponta à outra da Ucrânia. Vivos ou mortos, os soldados devem voltar para casa.

Numa igreja de Kyiv realizou-se o funeral de Oleksiy Vadaturskyi e sua esposa Raisa, vítimas de um míssil russo que atingiu Mykolaiv. Seus corpos foram levados para a missa fúnebre e depois transportados de volta para sua cidade natal, Mykolaiv, 500 quilômetros ao sul da capital. Você pode perguntar por que os corpos do casal assassinado tiveram que viajar mil quilômetros para a cerimônia na igreja. A resposta é simples: por causa da guerra. Mykolaiv é bombardeada várias vezes ao dia, e a artilharia russa não permitiu que os entes queridos do falecido casal se despedissem deles em segurança. A viagem póstuma de Oleksiy e da esposa Raisa possibilitou que seus amigos de Kyiv e representantes do Estado prestassem suas homenagens.

Após a morte de Oleksiy Vadaturskyi, descobriu-se que ele desempenhou um papel fundamental para impedir que o exército russo ocupasse a cidade portuária de Mykolaiv. Logo no início da guerra, ele cedeu aos militares os navios cargueiros de sua empresa para que bloqueassem a entrada do porto, impossibilitando assim a aproximação de navios russos.

Em Mykolaiv, como em outras cidades próximas da linha de frente, todas as manhãs as autoridades relatam aos moradores o que os bombardeios e foguetes russos danificaram e destruíram durante a noite. Aos poucos a cidade está se transformando em ruínas. Muitos vilarejos nas cercanias da cidade já foram completamente devastados. Seus habitantes morreram ou se tornaram refugiados. No início, é claro, os habitantes dos lugarejos mais próximos de Mykolaiv procuraram proteção na cidade grande. Tal como na Idade Média, as pessoas veem a cidade como uma fortaleza capaz de protegê-las. Os aldeões das redondezas de Mariupol devem ver essa cidade da mesma forma, assim como os moradores da cidadezinha de Derhachi ainda buscam guarida em Kharkiv.

Quando uma cidade grande ou pequena, ou o que resta dela, é capturada pelo inimigo, inicia-se um procedimento de verificação e registro de residentes, procedimento decretado no livro de regras do exército russo. Isso é chamado de "filtragem". Campos de filtragem são montados nos arredores das cidades capturadas. Seção por seção, a população local é orientada a trazer seus documentos e telefones celulares e depois é conduzida para o campo. Somente as pessoas que não têm tatuagens patrióticas, não fizeram postagens pró-Ucrânia nas redes sociais e conseguem provar sua lealdade à Rússia "passam" no processo de filtragem.

Durante algum tempo, os russos negaram a existência de campos de filtragem no território ocupado da Ucrânia. Mais tarde, porém, justificaram a sua utilização, alegando que os campos ajudam a impedir que elementos pró-Ucrânia – participantes da Maidan ou pessoal do exército, por exemplo – entrem em território russo. Essa explicação indica outra razão pela qual os russos criaram dezoito centros de filtragem em antigos campos de prisioneiros e centros de detenção construídos com essa finalidade específica nos territórios ocupados. Aqueles que passam no processo de filtragem são enviados para a Rússia como refugiados. São encaminhados sobretudo para regiões depauperadas: Murmansk, no extremo oriente, e até mesmo Kamchatka, áreas onde a população local é especialmente escassa. Os indivíduos que não passam na filtragem são enviados para campos de prisioneiros ou, de acordo com alguns relatos de testemunhas, imediatamente assassinados nas dependências dos próprios campos de filtragem. Quase todos os que estão dispostos a falar sobre suas experiências durante o processo de filtragem preferem permanecer anônimos. Têm medo da intimidação.

Entre os ucranianos que passaram pela filtragem e foram enviados para a Rússia, alguns conseguiram escapar para a Estônia ou Finlândia e depois regressaram à Ucrânia, trazendo consigo relatos do processo de filtragem. Suas histórias são semelhantes. Muito já se escreveu sobre os procedimentos de verificação utilizados – os interrogatórios, a coleta de impressões digitais e o preenchimento obrigatório de questionários. Na verdade, esses procedimentos foram inventados na década de 1940 pela agência de polícia secreta soviética da época.

Para mim, o que há de mais surpreendente na sombria atividade dentro dos campos de filtragem é o uso da poesia como tortura ou punição. No início se dizia que os cidadãos e prisioneiros de guerra ucranianos estavam sendo forçados a aprender o hino russo, uma versão ligeiramente modificada do hino soviético. Mas relatos recentes falam de ucranianos obrigados a memorizar o poema "Perdoem-nos, queridos russos".

Presumi que o poema tivesse sido escrito por um poeta russo "em nome" dos ucranianos, mas a autora do poema é Irina Samarina, poeta ucraniana pró-Rússia da cidade de Poltava. Ela o escreveu em 2014 em resposta a outro poema, mais conhecido, "Jamais seremos irmãos", da poeta ucraniana Anastasia Dmitruk, que então escrevia em língua russa. Dirigido aos russos, o poema de Anastasia termina com as palavras: "Vocês têm um tzar, nós temos democracia. Jamais seremos irmãos". Embora hoje em dia tenha praticamente caído no esquecimento, em 2014 o poema tornou-se uma canção bastante popular. Anastasia Dmitruk continua escrevendo poesia, mas agora principalmente em ucraniano. Ela também ajuda a organizar protestos em todo o mundo contra a guerra russa na Ucrânia.

Para muitos ucranianos presos nos territórios ocupados, ter de aprender poesia ofensiva não será a sua pior recordação. Por vezes os casais são separados nos campos de filtragem: a esposa passa pela filtragem e é levada do campo de detenção para o território russo, e o que acontece ao marido é um mistério permanente.

Agindo em segredo, grupos de voluntários russos ajudam muitos cidadãos ucranianos "filtrados" que acabam na Rússia a viajar para a Europa. Essa atividade é coordenada principalmente a partir do exterior, incluindo a Geórgia e a Grã-Bretanha. O grupo Rubicus, que já ajudou quase 2 mil prisioneiros ucranianos a deixar a Rússia, opera a partir da Grã-Bretanha, mas com a ajuda de voluntários russos, que são constantemente monitorados e caçados pelos serviços especiais russos.

Os russos podem denunciar qualquer um dos seus compatriotas que sejam vistos tentando ajudar refugiados ucranianos. Na cidade de Penza, por exemplo, vizinhos denunciaram Irina Gurskaya, voluntária que estava recolhendo roupas e dinheiro para doar a refugiados trazidos de Mariupol para um vilarejo próximo. Convocada à delegacia, Gurskaya foi interrogada por horas a fio, sob a ameaça de processo e pesadas multas. Quando um advogado local, Igor Zhulimov, se ofereceu para defender Gurskaya, os vizinhos dele pintaram na porta de seu apartamento as palavras "nazista ucraniano". No entanto, alguns voluntários russos continuam arrecadando dinheiro para os ucranianos e ajudando-os a chegar às fronteiras com a Estônia ou a Finlândia.

A vasta maioria dos russos apoia a agressão russa contra a Ucrânia. Para as poucas pessoas que optam por ajudar os ucranianos, a pressão e a perseguição podem se tornar excessivas. E por fim elas também partem para a Europa, aumentando ainda mais a proporção de pessoas na Rússia que apoiam Pútin.

Outro fator que engrossa a maioria pró-Pútin na Rússia é a emigração da parte ocupada do Donbas, das duas repúblicas separatistas. Esses emigrantes provavelmente ficariam felizes em aprender o poema "Perdoem-nos, queridos russos" de Samarina, mas muito provavelmente ainda não ouviram falar nem dele nem dela. Eles preferem Púchkin, não como poeta, mas como símbolo da grandeza da cultura russa. Recentemente, na Ucrânia, os defensores da cultura russa foram chamados de "puchkinistas".

A guerra contra a cultura russa tornou-se parte integrante da Guerra Russo-Ucraniana. O Ministério da Cultura e Política de Informação da Ucrânia anunciou um projeto chamado "Transformar livros russos em papel usado", cujo plano é usar o dinheiro arrecadado com a reciclagem de livros russos e soviéticos para apoiar o exército ucraniano. Perguntei a meu editor ucraniano, Oleksandr Krasovitsky, quanto dinheiro seria possível ganhar com a reciclagem desses papéis usados. "Muito pouco!", disse ele, "quase não há fábricas na Ucrânia capazes de transformar com eficiência papel usado em papel utilizável". Eu me pergunto se esse projeto de reciclagem de todos os livros russos terá continuidade, mesmo que se mostre ineficiente.

A guerra de palavras continua.

## 15 de agosto de 2022
## Odessa em tempos de guerra

No último sábado houve uma apresentação de *Dom Quixote* no Teatro de Ópera e Balé de Odessa. Embora tenha começado às quatro da tarde, a casa estava quase lotada. Agora considera-se mais seguro realizar espetáculos durante o dia. O cartaz de *Dom Quixote* ainda afirma que o balé foi encenado pelo "Artista Homenageado da Rússia" Iurii Vasyuchenko. Não faz muito tempo, ele era o coreógrafo-chefe do Teatro de Odessa, mas agora trabalha no Cazaquistão, no Teatro Abai em Almaty. O novo coreógrafo principal é o armênio Garry Sevoyan, e o maestro principal convidado é o japonês Hirofumi Yoshida. Entre os bailarinos e músicos de teatro há muitos cidadãos da vizinha Moldávia.

A cosmopolita mistura do teatro reflete as origens de Odessa: é uma cidade construída por bascos, espanhóis e franceses. Um dos primeiros prefeitos da cidade foi o duque de Richelieu, cujo monumento fica no topo da famosa Escadaria de Potemkin, acima do porto de passageiros da cidade, atualmente inoperante.

Richelieu foi prefeito e governador-geral de Odessa. Quando os Bourbon recuperaram o trono na França, ele voltou para casa a fim de se tornar primeiro-ministro no governo de Luís XVIII. Foi Richelieu quem deu impulso ao desenvolvimento do porto de Odessa, de onde agora, durante a guerra, partem flotilhas de cargueiros carregados de trigo, milho e víveres para alimentar o mundo.

Nas últimas duas semanas, Odessa não foi bombardeada, e a vida, especialmente a cultural e epicurista, floresceu, quase regressando aos níveis de atividade anteriores à guerra. O mercado mais famoso de Odessa, Privoz, está aberto. Porém, as bancas de peixes estão praticamente vazias – os pescadores estão proibidos de sair para o mar. Odessa sem peixes frescos é um vívido símbolo da vida em tempos de guerra. O mesmo aconteceu durante a Segunda Guerra Mundial, quando a cidade foi ocupada pelas tropas romenas aliadas de Hitler. Por outro lado, as frutas e os vegetais são abundantes, e os preços subiram muito pouco.

Turistas, residentes e refugiados do leste da Ucrânia já determinaram os pontos exatos onde é (relativamente) seguro nadar no mar ao largo de Odessa. Oficialmente, está em vigor a proibição de ir à praia. As minas escondidas sob a água revelaram-se fatais – faz pouco tempo, perto da praia de Zatoka, duas pessoas morreram e uma ficou ferida. No entanto, os banhistas ainda se divertem ao longo de toda a extensão do litoral da região de Odessa. Hotéis e centros recreativos estão funcionando. Os vinicultores locais entregam vinho nos bares e cafés à beira-mar. As melancias do sul da região de Odessa são tão doces quanto a variedade cultivada em Kherson, bem mais famosa. E agora devem substituir as melancias de Kherson, porque as tropas russas proibiram os agricultores de Kherson de entregar quaisquer produtos nas áreas desocupadas da Ucrânia.

Apesar do clima de férias na cidade de Odessa, amiúde a região é lembrada da guerra. As forças russas sabem que a costa de Odessa é protegida por mísseis Harpoon americanos. A inteligência russa gostaria de procurar as plataformas de lançamento a fim de poder destruí-las. Ninguém sabe se a Rússia conseguiu encontrar e destruir um único lançador de mísseis, mas com frequência mísseis russos explodem hangares e armazéns ao longo da costa de Odessa, aparentemente acreditando que contêm os arsenais de armas do exército ucraniano. Zatoka, um dos mais populares resorts ucranianos, também foi atacada com foguetes, que mataram vários turistas e deixaram hotéis e cafés em ruínas.

Na região de Odessa, mesmo os deslocados internos tornam-se "turistas", sobretudo os que podem pagar para ficar em parques de campismo e hotéis. Mas o outono virá, decretando o fim da temporada de férias. Quando setembro chegar, os "turistas" que permanecerem na região serão considerados deslocados internos. Muitos daqueles que agora pagam para ficar em casas de férias poderão permanecer lá gratuitamente durante o inverno. O único problema é o aquecimento. A maior parte das casas de veraneio e dos hotéis não dispõe de nenhum sistema de aquecimento porque são, em sua maioria, utilizados exclusivamente na temporada de verão.

Determinadas a descobrir em que lugares na região de Odessa o exército ucraniano esconde seus lança-foguetes, as tropas russas e a Diretoria Principal de Inteligência do Ministério da Defesa russo vasculham ativamente a área em busca de potenciais traidores, sobretudo entre os cidadãos russos residentes na Ucrânia.

Para eles é fácil manipular os cidadãos russos – que podem ser chantageados por meio de familiares que ainda estão na Rússia. Mas também são muitos os ucranianos pró-Rússia. O dinheiro oferecido em troca dessas informações também pode ser um fator. Quem concorda em colaborar recebe pagamentos enviados diretamente para sua carteira eletrônica. Basta caminhar ou dirigir por Odessa e pela região de Odessa fotografando tudo que seja relacionado ao exército ucraniano, e enviar as coordenadas via internet.

O serviço de segurança ucraniano faz questão de lembrar continuamente aos cidadãos que eles devem estar atentos a quaisquer pessoas que tirarem fotos de estruturas militares ou civis, e que é seu dever denunciá-las aos serviços de segurança ou à polícia. Todos os ucranianos, eu também, recebem em seus celulares lembretes acerca dessa obrigação.

Os oficiais de contraespionagem ucraniana também se mantêm ocupados. Eles se interessam sobretudo pelos cidadãos russos que vivem na Ucrânia. São muitos: 175 mil, segundo estatísticas oficiais. Nesta guerra a maioria está do lado da Ucrânia, mas há muitas exceções. Ao contrário dos cidadãos da Ucrânia, um cidadão de outro país que resida na Ucrânia não pode ser julgado por traição. Ele ou ela só pode ser levado a julgamento ou por ajudar o inimigo ou por espionagem, acusação capaz ainda de condenar uma pessoa a uma pena de prisão de quinze anos.

Recentemente, o Tribunal Distrital Prymorskyi em Odessa condenou um cidadão russo residente em Odessa a trinta meses de prisão por fornecer aos serviços de inteligência russos informações sobre a localização de instalações militares ucranianas. Natural de Moscou, ele já havia trabalhado no Instituto Central de Investigações Nucleares da Academia Russa de Ciências, e se mudou para morar com a esposa ucraniana em Odessa.

A curta pena de prisão que ele recebeu acabou irritando muitos ucranianos. Mais uma vez vieram à tona questões sobre a corrupção no sistema judicial ucraniano. Desta vez, porém, a corrupção não parece ter desempenhado um papel relevante na decisão do tribunal. Durante a investigação, o cidadão russo arrependeu-se sinceramente de seu crime. Além disso, embora não tenha subornado o juiz – ocorrência comum na Ucrânia –, optou por doar quase 100 mil dólares ao exército ucraniano. A meu ver esse caso deveria ser amplamente divulgado, de modo que os agentes russos que forem apanhados no futuro saibam como obter uma pena de prisão mínima por seus crimes.

Konstantin, um amigo meu de Odessa e jornalista aposentado, agora não pode ver a esposa. Ela ficou presa em Moscou desde o início da guerra. Durante muitos anos ela fez a viagem entre Odessa, seu lar, e Moscou, onde seu filho mais velho se estabeleceu. Esteve lá pela última vez para cuidar dos netos. Em Moscou, recebeu um passaporte russo e solicitou uma pensão, embora tenha nascido e vivido a maior parte de sua vida em Odessa. Antes da guerra, ela visitava Konstantin regularmente. Na última visita, deixou com ele seu cartão do banco de pensões russo, pois o valor de sua aposentadoria ucraniana, o equivalente a 160 euros por mês, era insuficiente para custear suas despesas de sobrevivência. Desde o início da guerra, todos os cartões bancários russos foram bloqueados na Ucrânia, e Konstantin já não tem acesso a esse dinheiro adicional, o que significa que não tem recursos para comprar os medicamentos de que necessita para o tratamento oftalmológico. Ele está quase cego.

Um número cada vez maior de casais é obrigado a se separar por causa do passaporte russo de um ou de outro. Os cidadãos russos com autorização de residência temporária na Ucrânia já não podem renová-los e têm de ir embora, a exemplo dos cidadãos de Belarus. Os que vivem na Ucrânia há muito tempo e têm residência permanente podem ficar, embora certamente os serviços especiais ucranianos fiquem de olho nessas pessoas.

No final de fevereiro deste ano, um novo museu privado de arte contemporânea tinha data marcada para ser inaugurado em Odessa. Seria localizado nas instalações da recém-falida vinícola Odessa Champagne Winery, construída na época soviética. A guerra adiou a abertura do museu para tempos mais calmos. A coleção de arte contemporânea que deveria estar pendurada nas paredes da antiga fábrica foi agora evacuada para o oeste da Ucrânia. No entanto, o champanhe Odessa, que a fábrica produzia antes de encerrar as atividades, ainda está à venda em Odessa, Vinítsia e Kyiv. Essa mesma fábrica produziu quantidades tão grandes de champanhe que talvez seja suficiente para a futura celebração da vitória da Ucrânia e do fim da guerra.

Não há grande procura por champanhe na Ucrânia neste momento. Continua, no entanto, a tradição de tomar a bebida nos espetáculos teatrais, que, graças a Deus, estão voltando a acontecer. Assim, bebe-se champanhe durante os intervalos do Teatro de Ópera e Balé de Odessa, no bufê do segundo andar, onde os amantes do teatro também podem saborear sanduíches com recheio de caviar vermelho.

Odessa sempre tentou viver com glamour, e a cidade faz o possível para continuar assim mesmo durante a guerra. O primeiro governador francês de Odessa deve ter trazido à cidade o amor pelo luxo e pelo champanhe, e isso parece natural até mesmo no contexto mais sombrio de hoje.

## 22 de agosto de 2022
### Sirenes de ataque aéreo e financiamento coletivo

À medida que a noite cai nas florestas da região de Jytomyr, muitas vezes dá para ouvir os golpes de um machado ou o estridente zumbido de uma serra elétrica. Depois que escurece, à noitinha e às vezes no meio da noite, ouve-se o ruído de carros velhos puxando reboques atulhados de toras, ou até mesmo o estrondo de enormes caminhões de madeira carregando para longe das florestas os troncos de pinheiros recém-cortados. Geralmente os carros antigos e seus reboques se dirigem aos vilarejos próximos.

A mesma coisa está acontecendo em toda a Ucrânia. É assim que a população rural estoca combustível para o inverno. Esse método de obtenção de lenha é obviamente ilegal, mas raramente a polícia presta atenção aos pequenos lenhadores ilegais. No passado, de tempos em tempos tomavam-se medidas contra os madeireiros noturnos em grande escala, aqueles que processavam a madeira e a vendiam a construtores e fabricantes de mobiliário. Agora esses madeireiros ilegais trabalham também para o mercado de lenha de inverno, mas a polícia não tem tempo para lidar com eles.

Desde 2014 e o início da guerra com a Rússia, muitos residentes de vilarejos e cidadezinhas da Ucrânia deixaram de confiar nas caldeiras movidas a gás e converteram seus sistemas de aquecimento para funcionarem com outros combustíveis, em especial a madeira. Em todos os quintais dos vilarejos e até mesmo nos pátios das residências particulares das cidades pequenas, crescem a olhos vistos as pilhas de lenha, cobertas com lonas que as protegem contra a chuva. Eu não me surpreenderia se soubesse que o mesmo está acontecendo na Polônia, na República Tcheca ou até na Áustria. Na Europa, esse fenômeno seria devido ao aumento dos preços do gás. Na Ucrânia, os preços do gás e do aquecimento a gás permanecem nos níveis anteriores à guerra. Recentemente o presidente Zelensky assinou um decreto que congela os preços dos combustíveis, para tranquilizar os ucranianos à medida que o inverno se aproxima. No entanto, para os moradores rurais, a conta do gás é a que mais dói. Embora possa congelar o preço do gás, da eletricidade e da água, Zelensky não tem condições de garantir o fornecimento desses confortos às casas ucranianas no inverno vindouro. Isso dependerá da artilharia russa. Já são várias as cidades ucranianas, as ocupadas e as livres, que não terão aquecimento no próximo inverno.

Enquanto a Ucrânia se prepara teimosamente para o inverno, sirenes de ataque aéreo soam muitas vezes ao dia, alertando sobre mísseis russos que voam em direção a alvos militares e civis. As explosões matam cidadãos e destroem edifícios e infraestruturas ao redor – sistemas de gás encanado, tubulações de esgoto e água, redes elétricas e centrais térmicas. Sempre que possível, as equipes de manutenção iniciam imediatamente os trabalhos de reparos emergenciais, isto é, contanto que o vilarejo ou cidade não tenha sido completamente destruído.

Este ano não haverá aquecimento em Mariupol nem em Melitopol, nem em Sloviansk e tampouco em Soledar. E está longe de ser uma certeza que haverá aquecimento em Kharkiv e Mykolaiv.

O prefeito de Kyiv, Vitaliy Klitchko, alertou os moradores de que neste inverno a temperatura nos apartamentos não deve ultrapassar os 18 graus Celsius. Ele aconselha as pessoas a comprar destilados secos para os fogareiros, procurar roupas quentes e providenciar aquecedores elétricos adicionais. No nosso apartamento no centro de Kyiv, no inverno a temperatura nunca ultrapassa os 18 graus Celsius. Muitas vezes cai para 13. Já estamos acostumados com o frio.

Outro dia o prefeito de Kharkiv, Ihor Terekhov, disse: "O inimigo está destruindo o sistema de aquecimento, mas nós vamos sobreviver ao inverno". Os trabalhos de reparação dos sistemas de aquecimento central da cidade são realizados 24 horas por dia, e muitas vezes sob bombardeio. Para que o sistema funcione corretamente neste inverno, todos os 200 quilômetros de tubulações, tanto acima do solo como no subterrâneo, terão de ser substituídos durante o mês de outubro. Tudo depende de os russos não destruírem os encanamentos e as usinas termelétricas que já foram consertadas.

Oleksandr Senkevych é o prefeito de outra cidade constantemente bombardeada, Mykolaiv. Ele alertou os moradores de que a fase mais difícil em termos de aquecimento está por vir. "É possível que haja bombardeios. Hoje está quente, mas se amanhã a infraestrutura de aquecimento for alvo de bombardeios, será necessário escoar a água do sistema, consertar tubulações danificadas e só então reiniciar o sistema. Nesse meio-tempo, pode ser que vocês já estejam congelando", alertou.

Senkevych mencionou outra coisa que todos os residentes das cidades grandes temem, algo que não está sendo discutido: a evacuação dos moradores em caso de ausência de aquecimento. Seria estranho se essa questão não fosse abordada mais cedo ou mais tarde. A destruição deliberada de centrais térmicas por mísseis russos durante temperaturas abaixo de zero tornará qualquer cidade inabitável. A água irá congelar nas tubulações dos edifícios e, mais cedo ou mais tarde, essas mesmas tubulações irão estourar. Aquecedores elétricos não serão suficientes para aquecer um apartamento durante o inverno ucraniano. Mas como seria possível evacuar a população de uma cidade inteira, e para onde? Estamos falando da necessidade de remover simultaneamente centenas de milhares de pessoas – o que não é uma tarefa simples.

As sirenes, que alertam os ucranianos sobre o perigo de ataques com mísseis, recentemente assumiram outra função: tornaram-se o sinal para a realização de manifestações-relâmpago com o objetivo de angariar fundos em apoio ao exército ucraniano. Esse plano de financiamento coletivo foi criado por Natalia Andrikanich, uma jovem voluntária de Ujhorod. Como se enfurecia toda vez que uma sirene de ataque aéreo ribombava sobre a cidade, Andrikanich decidiu mudar de atitude e fez da sirene um lembrete para si mesma de que o exército ucraniano precisava de apoio para acabar com a necessidade de sirenes de uma vez por todas. A partir daí, sempre que a sirene tocava, além de se dirigir ao abrigo antiaéreo, ela doava uma pequena quantia de 10 a 20 hryvnias para a conta bancária em apoio ao exército.

Outros ucranianos ouviram falar da ideia e começaram a fazer o mesmo. Agora, cada sirene que soa na Ucrânia aumenta o apoio financeiro às forças armadas ucranianas. A maior parte do dinheiro arrecadado dessa forma vem de regiões distantes da linha de frente. Dmitry Ovsyankin, conhecido fotógrafo de Kharkiv, me disse:

"Em Kharkiv, ninguém recebe um salário alto o suficiente para permitir doações com tanta frequência!"

De fato, há áreas e cidades onde as sirenes nunca param. É assim em Nikopol e Derhachi e em todo o entorno das regiões de Donetsk, Zaporíjia, Odessa e Mykolaiv. Nesses lugares, as pessoas simplesmente não têm tempo de ficar on-line para fazer uma doação.

Não sabemos exatamente como se gasta o dinheiro que vai para a conta bancária de apoio ao exército ucraniano. Trata-se sem dúvida de um "segredo militar", mas os ucranianos podem monitorar como e em que os voluntários mais conhecidos e ativos empregam o dinheiro que arrecadam. Até o momento, o voluntário arrecadador de fundos de maior sucesso é Serhiy Prytula, famoso showman, comediante stand-up e popular apresentador de TV.

Até 2019, Prytula era rival do comediante Volodymyr Zelensky em programas de comédia de TV. Quando Zelensky se tornou presidente, Prytula começou a se interessar ativamente pela política. Ele tentou, sem sucesso, uma vaga no parlamento como deputado do partido Voz, fundado pelo cantor de rock ucraniano Svyatoslav Vakarchuk. Prytula também usou a plataforma do partido Voz para apresentar sua candidatura no pleito para prefeito de Kyiv. Agora, muitos ucranianos o veem como rival de Zelensky nas próximas eleições. Ele provou sua popularidade no processo de arrecadação de dinheiro para os "Bayraktar do povo". Seu plano era levantar 500 milhões de hryvnias (cerca de 13 milhões de euros) por três drones de combate. Em apenas alguns dias, angariou 600 milhões de hryvnias e encerrou imediatamente o projeto de arrecadação de fundos.

Quando a fabricante turca de drones Bayraktar soube do projeto de arrecadação de fundos de Prytula, decidiu doar três drones ao exército ucraniano. Prytula anunciou que gastaria o dinheiro amealhado para comprar um satélite finlandês ICEYE – capaz de tirar fotografias de alta qualidade da Terra, mesmo com mau tempo. Além do satélite, ele pagou por uma assinatura anual de utilização de outro grupo de satélites, que também podem fornecer à Ucrânia fotografias de alta qualidade das posições do exército russo na Ucrânia e na Crimeia. Em suma, o voluntariado e a popularidade de Prytula atingiram níveis cósmicos. Contudo, nem todos os voluntários são celebridades televisivas com ambições políticas e, para aqueles que ocupam posições mais modestas na sociedade ucraniana, é muito mais difícil angariar dinheiro.

Serhiy Zhadan, poeta cult de Kharkiv, tem apoiado ativamente tanto as campanhas de financiamento militar como a vida cultural da sua cidade bastante fustigada por bombardeios desde o início da guerra total. Recentemente ele anunciou planos para arrecadar dinheiro destinado à compra de cem jipes e picapes usados para o exército.

Na Ucrânia, brincam que não existem mais jipes e picapes de segunda mão na Europa. Em breve, dizem, os veículos terão de ser trazidos de navio desde a Austrália. Toda piada contém um elemento de verdade. Hoje chega aos milhares o número de jipes e picapes já entregues ao exército ucraniano. Em alguns casos, os militares imediatamente instalam morteiros ou sistemas de miniartilharia nos jipes e os enviam para a batalha. Periodicamente os militares publicam nas redes sociais fotografias tanto de veículos recém-recebidos como de veículos destruídos pela artilharia e por tanques russos. As fotos mais recentes provam a necessidade contínua de mais jipes e picapes usados e indicam que, enquanto a guerra perdurar, será preciso fazer reposições.

## 28 de agosto de 2022
## Traidores e abelhas

Na semana passada, voluntários chegaram a Kyiv trazendo gatos órfãos e desabrigados de duas cidades destruídas na linha de frente no Donbas: Bakhmut e Soledar. Esses gatos adultos e filhotes precisam de um lar.

Embora as notícias sobre a evacuação de animais de estimação da zona de guerra já tenham deixado de ser exóticas, a história de algumas abelhas recém-deslocadas internamente da área de Bakhmut chamou minha atenção.

Antes da guerra havia milhares de apicultores no Donbas. Além do carvão, a região sempre foi famosa pelo mel. Há dois anos, apesar da perda da Crimeia e de parte do Donbas, a Ucrânia ainda exportava mais de 80 mil toneladas anuais de mel. Infelizmente, para o ano que vem, ou por um período de dois anos, talvez até mais, podemos esquecer números tão impressionantes no comércio de mel.

Já estamos acostumados à ideia de que, por causa da guerra, muitos animais de estimação podem ficar sem abrigo, mas agora temos de nos habituar à ideia de que dezenas de milhares de colônias de abelhas ficaram desabrigadas no Donbas e no sul da Ucrânia. Normalmente, se uma colmeia for danificada por um bombardeio, as abelhas tornam-se selvagens e "retornam" à natureza. Elas enxameiam de um lugar para outro, fixando-se nas paredes de edifícios destruídos ou em árvores, até encontrarem um local mais permanente, como o oco de uma velha árvore ou o sótão de uma casa abandonada. Enquanto procuram um novo lar, as abelhas também tentam fugir do barulho e da destruição da guerra. Elas fogem não somente porque coletar pólen com cheiro de pólvora não é muito agradável, mas principalmente porque abelhas adoram o silêncio, um silêncio no qual conseguem ouvir o zumbido umas das outras.

No início do verão, na linha de frente nos arredores da cidade de Bakhmut, um enxame de abelhas que havia fugido de uma colmeia danificada pela guerra instalou-se perto de algumas posições militares ucranianas. Entre os soldados estava um apicultor, Oleksandr Afanasyev. Ele deixara suas colmeias em casa, na região de Cherkasy, aos cuidados de alguns apicultores voluntários. Ao ver o enxame, Oleksandr pegou uma caixa de munição de madeira vazia, fez alguns furos e instalou dentro dela a colônia de abelhas. As abelhas suportaram as acanhadas condições de sua nova casa e, uma vez alojadas, voaram para explorar os arredores em busca de flores.

No final do verão, Oleksandr recebeu ordem de transferência para outro destacamento em um setor diferente do front. Seus companheiros de armas, que nada sabiam de apicultura, tiveram medo de assumir a responsabilidade pela colmeia e pediram a Oleksandr que a levasse consigo. Os soldados não estão autorizados a ter animais de estimação, muito menos enxames de abelhas. Então, foi uma baita sorte que Ihor Ryaposhenko, voluntário da região de Cherkasy que leva picapes e jipes antigos para a linha de frente, tenha chegado ao destacamento de Oleksandr a tempo de levar as abelhas para casa, mesmo sem ter experiência em apicultura.

As abelhas viajaram mais de 700 quilômetros na caixa de munição que se tornou sua nova colmeia. Elas sobreviveram à viagem e agora estão se instalando no jardim de Ihor. Para não perturbar ainda mais as abelhas, Ihor decidiu não as transferir para uma colmeia adequada e as deixou em sua casa improvisada. Felizmente há vários apicultores no vilarejo, portanto Ihor conta com gente para lhe dar conselhos sobre os cuidados com as abelhas. Em breve ele pedirá emprestado aos vizinhos um extrator para extrair o mel e enviará uma parte para a posição da linha de frente onde as abelhas encontraram seu lar militar.

Nos últimos tempos a localização dessas posições militares ucranianas não se alterou, embora as tropas russas estejam se aproximando de Bakhmut pelo leste e bombardeiem a cidade todas as noites com fogo de artilharia e lança-foguetes. Antes da guerra, mais de 70 mil habitantes viviam na cidade. Agora são cerca de 15 mil. Como os militares ucranianos não confiam muito nos residentes, optaram por permanecer na cidade ou nos vilarejos próximos, apesar de terem recebido ajuda para evacuar.

Muitos desses "remanescentes" continuam dizendo: "Vamos esperar. Vamos ver o que vai acontecer a seguir!". Os soldados ucranianos chamam essas pessoas de "esperadores", porque parecem estar à espera de que o território seja capturado pela Rússia. Alguns dos "esperadores" parecem ter uma atitude positiva em relação aos soldados ucranianos. Às vezes lhes dão legumes e frutas. No entanto, nem todos são considerados totalmente confiáveis. Talvez estejam lá especificamente para verificar a localização dos equipamentos militares, informação que poderiam enviar às forças de artilharia russas.

Dos que permaneceram na Melitopol e na Mariupol ocupadas, alguns, incluindo ex-policiais, decidiram cooperar com as autoridades de ocupação russas. O tema da traição não é muito popular na Ucrânia, e certamente não é um assunto dos mais agradáveis para se debater. Recentemente, porém, vieram à baila mais e mais informações sobre a ajuda oferecida por ucranianos ao exército e aos serviços especiais russos em diversas regiões do país, até mesmo em Kyiv. Foram detidos vários altos funcionários do gabinete de ministros e da Câmara Nacional de Comércio, além de líderes do bloco pró-Rússia Plataforma de Oposição Pela Vida, promotores e juízes, todos acusados de traição. Contudo, esses agentes do Kremlin são uma ínfima minoria em comparação com o número de colaboracionistas dentro dos territórios ocupados. O primeiro choque para os ucranianos foi o contingente de juízes, procuradores, oficiais do Serviço de Segurança da Ucrânia (SBU) e policiais que passaram a servir a Rússia na Crimeia após a anexação em 2014. Foi uma traição em massa, mas, como se viu, foi também o resultado de um longo e meticuloso trabalho na Crimeia por parte dos serviços secretos russos.

Foi também o resultado de um fracasso dos serviços especiais ucranianos. Agora, mesmo no Donbas, a traição não é tão generalizada como foi na Crimeia. A maioria dos residentes remanescentes não quer cooperar com os ocupantes. Mas a Rússia dispõe de muitas ferramentas para forçar os ucranianos a reconhecer as administrações de ocupação, pelo menos de forma passiva. As pessoas têm de se registrar junto a elas para receber ajuda humanitária, para ter religado seu abastecimento de água ou para ter acesso a qualquer tipo de pensão.

O tema da traição perdura como uma cicatriz nos vilarejos e cidades ao redor de Kyiv que caíram sob ocupação russa no início da guerra. Em todos os povoados e em todas as cidades grandes havia apoiadores de Moscou que ofereceram aos invasores listas de ativistas pró-Ucrânia, os endereços dos participantes nos protestos da Maidan e dos veteranos da operação antiterrorista no Donbas.

No vilarejo de Andriivka, não muito longe de Borodianka, a noroeste de Kyiv, descobriu-se que o ex-monge de um mosteiro pertencente ao Patriarcado de Moscou era um traidor. Ele não somente permitiu que vários invasores ficassem em sua casa, mas também lhes mostrou quais casas do vilarejo poderiam ser roubadas e quais moradores poderiam ser sequestrados e trocados por resgates. Quando o vilarejo foi libertado, o monge não teve tempo de escapar e acabou sendo detido, julgado e condenado a dez anos de prisão. Outra família – emigrantes de Donetsk que se estabeleceram no vilarejo depois de 2014 e também ajudaram os ocupantes russos – partiu com as tropas do exército russo em retirada para Belarus.

Mais de trinta residentes de Andriivka figuram em listas de desaparecidos. Soldados russos abriram fogo contra pelo menos dezessete pessoas, e muitas casas ainda estão em ruínas. Mykola Horobets, conhecido germanista e pesquisador aposentado que durante a maior parte da vida trabalhou na biblioteca acadêmica central da Ucrânia em Kyiv, voltou para sua casa em Andriivka assim que o vilarejo foi libertado das tropas russas. Antes da guerra, ele teria passado o verão todo lá, mas na semana passada visitou o lar de sua infância apenas pela quinta vez desde a libertação do povoado.

Mykola conseguiu plantar batatas, mas apenas na parte da horta mais próxima da casa. Ele tem medo de lavrar as terras mais distantes – e se houver minas? Ninguém inspecionou o terreno da horta em busca de explosivos. Apesar do tamanho reduzido da sua plantação, Mykola está moderadamente satisfeito com a colheita. Ele conseguiu guardar um bom estoque de batatas em seu celeiro. Agora está estocando lenha para o inverno. Ele pensa amiúde no monge traidor e na deslealdade dos reassentados de Donetsk.

Durante a ocupação, a cabana de Mykola foi habitada por soldados russos. Eles ficaram muito surpresos com todos os livros em alemão nas prateleiras. Os soldados perguntaram aos vizinhos sobre o dono da cabana: por acaso ele é alemão? Eles deixaram para trás um sofá quebrado, várias edições do jornal *Krasnaya Zvezda* (Estrela Vermelha), do Ministério da Defesa russo, e muitos pertences pessoais, incluindo um chapéu, pó para fazer bebida energética e uma panela de acampamento das grandes, perfeita para cozinhar alimentos.

Quando Mykola chegou após a libertação do vilarejo, policiais ucranianos entraram na casa antes dele. Deram uma olhada e pediram a Mykola que identificasse o que os soldados russos tinham deixado para trás. Mykola encontrou uma grande lata de óleo de máquina no galpão, provavelmente para o motor de um tanque. Os policiais não estavam interessados no óleo, mas um deles gostou do panelão do soldado russo e o requisitou.

A lata de óleo de motor ainda está no galpão. Talvez o museu de história local em Makariv, a cidadezinha mais próxima, a aceite. O diretor do museu está preparando uma exposição sobre a ocupação do distrito de Makariv e pediu a todos os residentes que doassem ao museu artefatos da agressão russa.

A bem da verdade, agora todos os residentes de Andriivka estão profundamente traumatizados, incluindo aqueles que, como Mykola, não estavam no vilarejo durante a ocupação. Ele permaneceu em Kyiv com sua filha adulta, que tem paralisia cerebral. Por causa dela, nem sequer cogitou tentar ir embora de Kyiv. Seu vizinho de povoado Andriy, amigo de infância, é também alcoólatra. Às vezes, Andriy rouba verduras e legumes da horta de Mykola e vende para comprar uma garrafa. Curiosamente, ele também é apicultor, ou melhor, um ex-apicultor que ainda tem abelhas. Há pouco tempo um enxame "escapou" de Andriy e pousou em uma cerejeira no jardim de Mykola. Andriy trouxe uma escada e subiu na árvore, quebrando vários galhos no processo, embora tenha conseguido recapturar o enxame.

Tenho a sensação de que da próxima vez essas abelhas voarão para muito mais longe, para um lugar onde seu dono bêbado não será capaz de encontrá-las.

A negligência é uma forma de traição, e as abelhas, como as pessoas, não conseguem perdoar um traidor.

## 6 de setembro de 2022
## Uman se prepara para o Ano-Novo judaico

Todos os anos, em setembro, a população da cidade de Uman, na região de Cherkasy, 190 quilômetros ao sul de Kyiv, quadruplica quando os judeus chassídicos chegam para celebrar o Rosh Hashaná, o Ano-Novo judaico.

A peregrinação a Uman homenageia um dos fundadores do chassidismo, o rabino Nachman de Bratslav (Breslov), que está enterrado lá. Ele morreu em 1810 em Uman e, de acordo com sua vontade, jaz no cemitério judaico próximo aos túmulos das vítimas dos massacres de Haidamack em 1768. Se o rabino Nachman não tivesse insistido em ser enterrado na Ucrânia, suas cinzas teriam sido transportadas para Jerusalém, e hoje Uman seria uma cidadezinha comum, tranquila e provinciana. Na realidade, Uman é há muito tempo o principal centro de peregrinação religiosa e de turismo da Ucrânia.

Desenvolveu-se um importante setor de atividade econômica em torno da celebração do Ano-Novo judaico, abarcando transporte, imóveis, aluguel de acomodações e culinária kosher. Muitos *chassidim* compraram imóveis em Uman e estão eles próprios envolvidos no ramo de aluguel de imóveis. Antes da guerra, dezenas de voos fretados de Israel e dos Estados Unidos decolavam rumo a Kyiv nessa altura do ano, e no aeroporto viam-se filas de carros e ônibus especialmente reservados para transportar os peregrinos em direção ao sul até Uman.

As comemorações podem durar mais de um mês, e a segurança sempre foi um problema. Em cooperação com as autoridades ucranianas, agentes da polícia israelense costumavam voar para a Ucrânia com o propósito específico de monitorar o comportamento de seus concidadãos. A polícia local também patrulhava meticulosamente as ruas de Uman, na tentativa de assegurar que não surgissem conflitos entre residentes e visitantes. No entanto, todos os anos ocorriam alguns atritos – era quase inevitável. Afinal, os *chassidim* celebram com grande dose de energia e barulheira, cantando e dançando todas as noites. Obviamente gostam de Uman e se sentem em casa lá, apesar de um quinhão de história trágica e da lembrança dos *pogroms*, que são, indiretamente, a razão da sua vinda.

Este ano, em virtude da guerra, as autoridades ucranianas e israelenses vêm tentando persuadir os *chassidim* a cancelar a celebração do Rosh Hashaná em Uman. A ameaça de ataques com foguetes é por demais concreta. Além disso, desde o início da guerra não existe aviação civil na Ucrânia, o que torna impossível voar para Kyiv. No entanto, as fronteiras no oeste do país estão abertas, e circulam trens e automóveis. Os primeiros mil *chassidim* já chegaram a Uman por estrada. A empresa internacional de serviços de ônibus FlixBus introduziu novas rotas para Uman, incluindo Cracóvia, Praga e Brno.

Em resposta aos alertas sobre o perigo, os representantes dos *chassidim* alegaram que a vida em Israel é constantemente permeada pelo perigo do terrorismo, por isso não veem razão para alterar suas tradições por causa da guerra na Ucrânia.

Enquanto os *chassidim* de Israel, Nova York e outros lugares se dirigem para Uman, há os que fixaram residência em Uman. Eles se lembram dos primeiros dias da guerra, quando mísseis russos caíram sobre a cidade e os vilarejos vizinhos. No início da guerra, aumentou o número de *chassidim* que vivem em Uman – uma vez que muitos chegaram para ajudar a comunidade judaica local –, bem como cresceu a população não judaica tanto de residentes permanentes como de refugiados.

No final de fevereiro e início de março, os bombardeios deixaram muitos mortos e feridos na cidadezinha. O porão da sinagoga foi aberto como abrigo antiaéreo para todas as pessoas, independentemente da sua fé religiosa. No final de março, era real a possibilidade de a Rússia tentar destruir a sinagoga por meio de foguetes: o Ministério da Defesa russo anunciou que os *chassidim* entregaram a sinagoga ao exército ucraniano como depósito de armas. "A propriedade do culto judaico em Uman está sendo deliberadamente utilizada pelo regime nacionalista de Kyiv para fins militares", declarou Igor Konashenkov, porta-voz do Ministério da Defesa russo. Em resposta, os líderes da comunidade judaica em Uman gravaram um vídeo mostrando as instalações vazias da sinagoga e de outros edifícios religiosos e definiram como mentiras as palavras do representante do Ministério da Defesa russo. Felizmente, nenhum santuário chassídico em Uman foi danificado durante o bombardeio russo.

As autoridades locais de Uman ainda esperam que haja menos peregrinos este ano. Se as tentativas de dissuadir as pessoas de virem forem bem-sucedidas, os outros destinos turísticos judaicos também sofrerão, a exemplo de Sharhorod, localizada na região de Vinítsia, 347 quilômetros a sudoeste de Kyiv; antes da guerra, muitos monumentos históricos judaicos na cidade foram cuidadosamente restaurados, incluindo a sinagoga mais antiga da Ucrânia, construída no século XVI.

Mesmo sob o domínio soviético, Sharhorod era uma cidadezinha quase inteiramente judaica até a Segunda Guerra Mundial, com uma população de cerca de 10 mil habitantes. Agora, com a mesma população, apenas uma dúzia de judeus vive na cidade, embora os residentes protejam a herança judaica e esperem que o turismo, mais cedo ou mais tarde, traga algum dinheiro para o município. Este ano, é quase certo que isso não vai acontecer.

Em contrapartida, Odessa, Lviv e até Kyiv estão se beneficiando de algum turismo, principalmente interno. Cansados da guerra, os ucranianos tentam se distrair fazendo pequenas viagens turísticas a outras cidades. Nas cidades afastadas da linha de frente, os museus estão abertos, como quase todos os museus de Kyiv – até mesmo o Museu Nacional de História da Medicina, não muito longe da Ópera. Situado numa antiga escola de medicina, permite aos turistas visitar a sala de anatomia humana, onde, há pouco mais de cem anos, o futuro escritor Mikhail Bulgákov assistiu a aulas de anatomia. Felizmente para a literatura, ele trocou o bisturi pela caneta. O Museu Bulgákov, localizado na Ladeira de Andrii, sempre foi uma atração turística popular.

O culto a Mikhail Bulgákov surgiu durante a era soviética, quando seus livros ainda eram proibidos. O escritor nasceu em Kyiv e sobreviveu à guerra civil que começou após a revolução de 1917. Ele escreveu sobre os acontecimentos desse período em seu romance *A guarda branca*. Agora, por causa desse romance, a União dos Escritores da Ucrânia exigiu o encerramento das atividades do Museu Bulgákov e a transformação das instalações num museu dedicado ao maestro de coral Oleksandr Koshits, que atuou no movimento de independência da Ucrânia.

Em 1919, o governo da Ucrânia independente enviou Koshits, juntamente com o seu coral, numa excursão pela Europa e Estados

Unidos com o objetivo de apresentar a música coral ucraniana ao mundo. No entanto, a Ucrânia permaneceu independente apenas por alguns meses antes de os bolcheviques assumirem o poder e tornarem-na uma república soviética. Koshits e seu coral nunca mais voltaram. É uma história interessante, mas você deve estar se perguntando o que Bulgákov fez para merecer ser expulso de seu museu. A questão é a seguinte: no romance *A guarda branca*, os personagens de Bulgákov falam com arrogância sobre o movimento de independência ucraniano e os principais nacionalistas ucranianos, Petliura e Skoropadsky. No romance fica claro que Bulgákov, russo étnico e russófono, aderiu a uma visão bastante irônica do exército ucraniano e do hétmane Skoropadsky, que, embora determinado a obter reconhecimento e alguma forma de autonomia para a Ucrânia, para alcançar seu intento estava disposto a trabalhar com quase qualquer um, incluindo alemães, tzaristas e eslavófilos.

A campanha anti-Bulgákov começou a ganhar força há cinco anos, quando uma das escritoras mais famosas da Ucrânia, Oksana Zabuzhko, declarou guerra ao culto de Bulgákov. Há pouco tempo, uma placa memorial dedicada ao escritor foi publicamente removida da parede perto da entrada da Universidade de Kyiv, onde ele estudou. Agora, diversos intelectuais e escritores ucranianos decidiram "pegar em armas" contra o museu dedicado a Bulgákov.

Sem dúvida os intelectuais ucranianos de língua russa se sentem constrangidos em defender Bulgákov e tendem a se manter calados. No entanto, alguns ativistas de língua ucraniana saíram em sua defesa. Agora a disputa sobre o destino do museu se dá entre grupos opostos de ativistas de língua ucraniana. Muitos dos meus amigos mais próximos viram-se em lados diferentes nessa cizânia e, como resultado, alguns se afastaram. A questão parece ter causado uma profunda divisão na comunidade intelectual ucraniana. Púchkin não conseguiu fazer isso. Ninguém na Ucrânia se pronunciou abertamente em defesa dele. Para os ucranianos, Púchkin acabou por se revelar um forasteiro sem noção, sobretudo depois de as autoridades russas decorarem as cidades ocupadas com cartazes reproduzindo um retrato do escritor e citando uma frase sua: "A Ucrânia [...] é uma bela parte do Império Russo".

Enquanto a Rússia reescreve a história ucraniana, tentando provar que a Ucrânia nunca existiu, alguns escritores e intelectuais ucranianos compilam uma nova lista de inimigos da cultura e da independência ucranianas. Mikhail Bulgákov foi acrescentado a essa lista. Não se sabe ao certo quem será o próximo a figurar no rol, mas sabemos o que os soldados ucranianos no front pensam sobre essas campanhas. "Enquanto estamos aqui lutando, vocês perderam o juízo?" – esse tipo de comentário aparece regularmente nas postagens de soldados ucranianos no Facebook. Os comentários são dirigidos aos ucranianos que permanecem em casa à procura de novos inimigos internos entre os vivos e os já há muito falecidos. No pé em que as coisas estão, ninguém vai fechar o Museu Mikhail Bulgákov. Quem fez essa afirmação foi o ministro da Cultura ucraniano, Oleksandr Tkachenko. Ao dizer isso, ele também ganhou o status de inimigo de alguns intelectuais ucranianos.

Nesse ínterim, realizou-se no museu outra noite de poesia, na qual dois participantes da guerra em curso leram trechos de suas obras: os poetas Pavlo Ritza, que atua como soldado voluntário, e Irina Rypka, que se tornou enfermeira militar.

### 7 de setembro de 2022
### Sonhar com uma ilha (excerto do discurso de aceitação do Prêmio Internacional de Literatura Halldór Laxness)

Eu gostaria que o mundo acompanhasse a literatura e a cultura ucranianas com a mesma curiosidade com que segue a literatura de uma ilha como a Islândia, mas, infelizmente, a literatura clássica ucraniana praticamente não foi traduzida para nenhuma língua estrangeira. Alguns dos nossos autores modernos estão apenas começando a atrair a atenção de leitores estrangeiros, mas hoje o mundo está acompanhando a guerra na Ucrânia e não as realizações da cultura ucraniana.

A verdade é que a Ucrânia teve sorte com a sua geologia, mas azar com a sua geografia. A Ucrânia é um país europeu rico em minerais, com vastas extensões de terras férteis, que, até recentemente, permitiam produzir e exportar até 10% do trigo mundial. A Ucrânia tem tantas terras agrícolas quanto a Islândia tem "campos de peixe" – o oceano!

A riqueza natural da Ucrânia legou ao país uma história de guerras, incluindo guerras pela independência, já que a Alemanha, a

Rússia, o Império Austro-Húngaro e outros países reivindicaram intermitentemente as terras ucranianas, o carvão ucraniano, o petróleo ucraniano. Mas sempre houve um aspecto da riqueza da Ucrânia que nenhuma potência vizinha quis roubar – pelo contrário, quiseram destruí-la –, que é a cultura ucraniana, a língua ucraniana, a própria identidade da Ucrânia, impossível de existir sem a cultura e a língua.

A cultura é a ligação mais óbvia entre um indivíduo e a terra na qual ele vive. As pessoas criam uma cultura em torno da sua relação com a terra e, por extensão, com o seu país. A ligação entre um povo e o seu território é legitimada na história mundial por meio da cultura. Se a cultura for destruída, então pode-se dizer que o povo não tem mais nada a ver com o país, nem com a terra.

A cultura ucraniana sempre foi uma ilha – por vezes uma ilha surpreendentemente pequena –, tão diminuta que corria o risco de desaparecer. Durante séculos, empreenderam-se tentativas de forçar os ucranianos a esquecerem a sua língua materna, a deixarem de entoar canções ucranianas e a abandonarem a sua história. Faz quase quatrocentos anos que a Rússia luta contra a identidade ucraniana, contra a língua ucraniana.

No século XVII, livros da Igreja ucraniana foram banidos e destruídos. Em 1720, Pedro, o Grande, assinou um decreto proibindo a publicação de qualquer livro em língua ucraniana. Em 1763, Catarina II proibiu o uso do ucraniano como língua de ensino na mais antiga universidade ucraniana, a Academia Kyiv-Mohyla. Em 1804, o ensino de ucraniano foi proibido nas escolas. Em 1884, o tzar Alexandre III vetou os espetáculos teatrais em ucraniano. Quatro anos depois, em 1888, proibiu também o uso da língua ucraniana nas instituições oficiais e tornou ilegal dar um nome ucraniano a uma criança no batismo. Em 1892, assinou-se um decreto proibindo a tradução de livros do russo para o ucraniano. No período de trezentos anos em que grande parte do leste da Ucrânia pertenceu ao Império Russo, do início do século XVIII ao início do século XX, os vários tzares assinaram mais de quarenta decretos proibindo ou restringindo o uso da língua ucraniana na Ucrânia.

Após a revolução de 1917, a Ucrânia conquistou um curto período de independência. Contudo, em 1921, o país tornou-se parte do novo Império Russo – a União Soviética –, e o processo de russificação foi revigorado.

Eu me lembro de como em Kyiv, nas décadas de 1970 e 1980, qualquer pessoa que falasse ucraniano era considerada um nacionalista fervoroso ou um camponês sem instrução. Fico contente que esses tempos tenham acabado e que a língua ucraniana tenha começado lentamente a regressar aos territórios de onde fora expulsa. Contudo, a ameaça à Ucrânia e à cultura ucraniana permanece e, devido à agressão russa, agora a ameaça aumentou.

Agora o presidente russo Vladimir Pútin vem implementando todas as políticas dos tzares. O ensino em ucraniano voltou a ser proibido nos territórios ocupados da Ucrânia, e os livros ucranianos estão sendo retirados das bibliotecas locais. No território da Rússia criam-se campos para a assimilação de ucranianos deportados dos territórios ocupados, instalações onde aprenderão à força as tradições e costumes russos e serão "transformados em" povo russo.

Hoje, todo o mundo democrático está ao lado da Ucrânia nesta guerra, ajudando com armas e assistência humanitária. Existe outra forma de ajudar que não requer financiamento. Requer um pouco de tempo pessoal de todos que queiram ajudar. A história e a cultura ucranianas ainda são pouco conhecidas na Europa e no restante do mundo. Por isso, eu lhes peço que encontrem e leiam livros de não ficção sobre a história da Ucrânia. Aqueles como *A fome vermelha: A guerra de Stálin na Ucrânia*, de Anne Applebaum; *Terras de sangue: A Europa entre Hitler e Stálin*, de Timothy Snyder, ou *A porta da Europa*, de Serhii Plokhy. Encontrem livros de escritores ucranianos, reservem um tempo para aprender um pouco mais sobre a Ucrânia, para que ela fique mais perto de vocês, apesar da distância física que separa a Ucrânia da Islândia.

*

Em todo o mundo, a agressão da Rússia gerou ondas de simpatia pela Ucrânia, mas gerou também interesse por meu país. Mais pessoas do que nunca estão dispostas a aprender ucraniano, que se tornou a língua da própria liberdade. Hoje há vários milhões a mais de falantes de ucraniano fora da Ucrânia do que havia no ano passado.

Nós, na Ucrânia, temos muitas histórias para contar e queremos e precisamos ouvir as suas histórias. É assim que surge o diálogo cultural. O diálogo e o intercâmbio constituem a base das boas relações. O diálogo e o intercâmbio genuínos constroem pontes entre ilhas de democracia, permitindo que desconhecidos se tornem amigos íntimos.

## 12 de setembro de 2022
### Ensinando e aprendendo

Visitei Lugansk apenas uma vez na vida. Foi alguns anos antes dos protestos da Euromaidan de 2013-2014. Dei uma palestra para alunos da Universidade Vladimir Dahl. O escritor russo Dahl (1801-1872) foi o criador do mais famoso dicionário explicativo da língua russa, que levou 53 anos para ser compilado. De origem dinamarquesa, ele nasceu em Lugansk e morreu em Moscou.

Depois da minha palestra, o reitor da universidade me apresentou a dois alunos e disse que eles me mostrariam a cidade. Durante a nossa curta caminhada pelo centro de Lugansk, fiquei surpreso ao saber que na Universidade Vladimir Dahl havia uma organização Komsomol (União da Juventude Comunista), da qual esses estudantes eram membros. Pensei que a Komsomol havia morrido juntamente com o Partido Comunista, e tive dificuldade para esconder o meu deleite diante da ironia do que os jovens me contaram enquanto caminhávamos. A diversão desapareceu quando chegamos ao monumento em homenagem aos professores soviéticos mortos no oeste da Ucrânia por "nacionalistas ucranianos". O monumento, uma grande pedra negra, foi erguido na época soviética e permaneceu na cidade depois que a Ucrânia conquistou a independência. Até onde sei, ainda está lá.

Eu relembro agora essa viagem a Lugansk porque, durante a recente retirada da cidade de Kupiansk, na região de Kharkiv, as tropas russas "esqueceram-se" de alguns professores russos que tinham vindo trabalhar nas escolas da cidade temporariamente ocupada. Os professores vieram a convite do governo russo e recebiam salários bastante elevados. O plano dos educadores era ficar entre seis meses e um ano, alguns por ainda mais tempo, e outros pretendiam permanecer para sempre nos territórios ocupados. As autoridades russas lhes prometeram um pedaço de terra ucraniana e uma casa ou apartamento gratuitamente. É claro que ninguém estava construindo coisa alguma na zona de guerra, por isso devemos presumir que os prometidos apartamentos e casas deviam ser propriedades pertencentes a ucranianos que fugiram.

Há alguns meses, jornalistas russos conseguiram obter uma lista de professores de diferentes regiões que se cadastraram para "contratos de trabalho temporário" na Ucrânia. A lista incluía cerca de quinhentos professores de toda a Rússia, alguns até de Kamchatka e Sacalina, no extremo oriente. Em sua maioria eram professores de língua russa, literatura russa e história. Muitas vezes, ficavam felizes em dar entrevistas à mídia russa sobre como iriam educar as crianças ucranianas.

Konstantin Matyukhov, professor de história que se preparava para viajar para a região de Lugansk, disse em sua entrevista: "Na República Popular de Lugansk, não ensinarei apenas crianças. Também realizarei atividades extracurriculares patrióticas, para ajudar os nossos povos a se aproximarem um do outro. Afinal, não pode haver divisão entre russos e ucranianos, porque somos um só povo russo".

Daria Ganieva, professora de russo e inglês que deixou a Sibéria para lecionar no Complexo Educacional Pochetnensky na Crimeia ocupada, e que cogitava mudar-se para "ajudar" no processo educativo na Melitopol ocupada, também compartilhou com um jornalista russo seus pensamentos e sentimentos. "Eu vim da Sibéria para a Crimeia e ainda não adquiri um lugar permanente para morar. Claro, estou com medo de me mudar, mas espero ter moradia e um salário decente. Além disso, a situação ecológica em Melitopol é boa, e há também o mar!"

Claro, Daria Ganieva é professora de russo e inglês, não de geografia. Por isso, pode ser perdoada por não saber que Melitopol fica muito longe do mar. Não sendo professora de história, pode ser que não tenha conhecimento de como a população ucraniana local recebeu professores soviéticos enviados para trabalhar em escolas no oeste da Ucrânia após a anexação da área pela União Soviética durante e após a Segunda Guerra Mundial. Cerca de 2 mil professores e médicos soviéticos morreram nas mãos dos rebeldes ucranianos antissoviéticos. Por outro lado, Daria Ganieva admite que tem medo de se mudar. Então, talvez ela desconfie de alguma coisa.

Hoje, os colaboracionistas ucranianos que concordaram em servir os ocupantes russos têm boas razões para estar assustados. Alguns já não estão vivos: foram mortos por guerrilheiros ucranianos ou por forças especiais ucranianas operando atrás das linhas russas. Entre os professores ucranianos nos territórios ocupados há também colaboracionistas que, antes da contraofensiva do exército ucraniano, foram enviados para "cursos de formação" na Crimeia anexada ou dentro da Federação Russa. Suspeito que alguns dos professores ucranianos desses cursos tenham dificuldade em se concentrar no currículo escolar russo. Afinal, suas cidades natais foram libertadas das tropas russas. O que eles deveriam fazer agora? Voltar para casa e acabar na cadeia? As chances de que queiram fazer isso são quase nulas. Muito provavelmente permanecerão em território russo e se tornarão professores russos. Ou será que ainda esperam que a Rússia ataque novamente e reconquiste Kupyansk, Izium e outras cidadezinhas e vilarejos libertados?

Tentar prever o curso de uma guerra é uma tarefa ingrata, sobretudo quando até mesmo os canais oficiais de comunicação por vezes lançam desinformação destinada a confundir o inimigo. Claro, isso confunde também os ucranianos comuns. A desinformação ou as fake news e narrativas falsas podem ser muito eficazes e úteis, mas deixam um sabor amargo nos ucranianos. Entendemos que, durante uma guerra, nenhuma notícia é confiável.

O país inteiro assistiu ao exército ucraniano se preparar para libertar Kherson. Os residentes de Kherson e Nova Kakhovka também esperavam ansiosamente para serem libertados da ocupação. Ainda estão à espera, porque se descobriu que a notícia de um esforço iminente para libertar a região de Kherson era uma pista falsa. No fim ficou claro que na verdade o Ministério da Defesa e o estado-maior do exército ucraniano estavam preparando uma operação para libertar a região de Kharkiv.

Mesmo quando não consegue ter fé total em nenhuma informação, você ainda assim pode permitir-se ter a esperança de que haja alguma dose de verdade nos rumores. No domingo à noite, meus amigos e eu estávamos indo para um restaurante quando um amigo jornalista inglês me enviou uma mensagem: "Você ouviu alguma coisa sobre um possível golpe militar em Moscou? O centro de Moscou está fechado!". Meu humor melhorou imediatamente.

Eu me vi andando com passos mais leves. Verifiquei o *feed* de notícias, mas não encontrei nenhuma confirmação de golpe. Eu me deparei com relatos de que Pútin havia mais uma vez mudado o comando das suas tropas e, ao que parecia, ordenara a detenção de vários generais tidos como responsáveis pelos fracassos do exército russo. No noticiário não havia nem sequer um indício de golpe. Mesmo assim, imaginei o centro de Moscou bloqueado e durante algumas horas permiti-me acreditar que o governo de Pútin chegara ao fim.

Acontece que Moscou estava comemorando o aniversário de 875 anos da cidade. Para celebrar o evento, as ruas foram tomadas por feiras e apresentações teatrais. Os cinemas exibiram gratuitamente uma seleção de filmes russos. Na sala de concertos Zaryadye realizou-se um concerto festivo com a presença de Pútin e do presidente da câmara de Moscou, Sobyanin; durante o espetáculo, por meio de uma ligação de vídeo, o presidente Pútin inaugurou a recém-construída roda-gigante "Sol de Moscou", com 140 metros de altura, descrita como "a maior da Europa" e "a London Eye de Moscou".

O fato de Pútin não ter comparecido à inauguração da maior roda-gigante de Moscou e não ter andado nela também causou uma onda de humor entre os ucranianos: "Ele não subiu na roda-gigante porque não quer ver o exército ucraniano se aproximando!". A ofensiva ucraniana nos reanimou e deu ímpeto a muitas novas piadas e anedotas. O humor de soldados é especial e bom apenas durante uma guerra.

É mais difícil fazer piadas sobre escolas e professores. Este ano, muitas crianças ucranianas não puderam ir à escola em 1º de setembro, data em que tradicionalmente se celebra o "Dia do Conhecimento". Os alunos estudam por meio de ensino remoto, ou porque suas escolas foram destruídas por foguetes russos ou porque não estão equipadas com abrigos antiaéreos.

As escolas que não foram danificadas e que contam com abrigos antiaéreos vivem uma vida especial durante os tempos de guerra. Os abrigos estão preparados para fazer as vezes de salas de aula, e alguns têm até internet de alta velocidade. As crianças devem estar preparadas para irem ao abrigo antiaéreo a qualquer momento, e ninguém sabe quanto tempo durará um ataque aéreo.

Nas cidades grandes ainda ocupadas, a exemplo de Melitopol

ou Kherson, as escolas funcionam de acordo com um programa educacional russo. Apesar das ameaças das autoridades de ocupação, muitas crianças não frequentam a escola. Representantes das administrações de ocupação ameaçaram tirar os filhos dos pais e mães que não os enviarem à escola, embora até agora essas ameaças não tenham sido concretizadas. Não há relatos de casos de "confisco" de crianças de pais e mães ucranianos em Melitopol. Sabe-se que os livros escolares russos prometidos às cidades ocupadas não foram entregues, pelo menos não em quantidade suficiente.

Agora os professores russos que concordaram em ajudar nas escolas nas áreas ainda ocupadas estão mais propensos a se preparar para uma fuga rápida do que para as aulas. A maior parte dos colaboracionistas ucranianos na região de Kharkiv fugiu juntamente com o exército invasor pouco antes da libertação das cidadezinhas e dos vilarejos. Os que não conseguiram fugir já estão presos, acusados de traição.

A capital russa celebrou o Dia de Moscou com uma longa queima de fogos de artifício coloridos. Ao mesmo tempo, o site da nova roda-gigante foi hackeado por nacionalistas russos que consideram uma espécie de blasfêmia celebrar o Dia de Moscou enquanto os soldados russos estão em retirada ou são mortos na Ucrânia.

Hoje em dia, nas escolas das regiões de Kharkiv e Poltava, as aulas são constantemente interrompidas por sirenes de ataque aéreo. Em retaliação à ofensiva do exército ucraniano, a Rússia dispara mísseis contra locais de infraestruturas vitais nessas regiões, tentando privá-los de eletricidade, aquecimento e abastecimento de água. Em breve, geradores elétricos e sacos de dormir quentes se tornarão os itens mais populares na Ucrânia. Devido à agressão russa, este inverno promete ser ao mesmo tempo muito frio e muito quente.

### 27 de setembro de 2022
### O que você sabe sobre a Rússia?

As forças russas estão sendo expulsas da região de Kharkiv e, no meio dos escombros da sua ocupação, encontramos o "mundo russo" embalado de modo a ser enfiado goela abaixo dos ucranianos sob ocupação. Quais são as duas espécies de lebre que vivem em Moscou e na região de Moscou? Quantas espécies de ouriço vivem na região de Moscou? Qual é o nome da maior espécie de cervo que vive na região de Moscou? Quem, em setembro de 1911, foi mortalmente ferido em Kyiv pelo anarquista e agente da polícia secreta tzarista Mordka Bogrov?

Você provavelmente não sabe as respostas a essas perguntas; no entanto, se a ocupação russa da região ucraniana de Kharkiv tivesse continuado, para as pessoas vivendo sob a ocupação tais fatos e muitos outros mais teriam se tornado o pão de cada dia. A Rússia anuncia o "mundo russo" como um projeto humanitário.

No início do verão, as autoridades de ocupação russas receberam de Moscou a ordem para se prepararem para a introdução do currículo escolar russo a partir de 1º de setembro, o "Dia do Conhecimento". Em Izium – o outrora ocupado vilarejo de Izium, cerca de 620 quilômetros a sudeste de Kyiv –, nesta data, o tradicional primeiro dia do ano letivo, apesar de a cidade estar livre das forças russas ninguém foi à escola, pela simples razão de que não sobrou uma única escola intacta na cidade.

Após a libertação de Izium, um grande número de cartões "O que você sabe sobre a Rússia?" foi encontrado no Departamento de Educação da cidade, juntamente com outros suprimentos "humanitários". Aparentemente o plano era apresentá-los às crianças da escola de Izium em cerimônias no dia 1º de setembro. Não se sabe ao certo o que deve ser feito com todos esses jogos, mas tenho certeza de que as pessoas deslocadas de Izium poderiam sugerir algo.

Enquanto os militares ucranianos se perguntam o que fazer com os livros russos, continuam a ser encontradas valas comuns em Izium e arredores. Os escritores ucranianos acompanham com especial atenção esse horrível processo; pode ser que alguma das covas contenha o corpo do conhecido escritor infantil ucraniano Volodymyr Vakulenko. Ele morava com o filho em Izium e decidiu permanecer lá mesmo quando a linha de frente se aproximava cada vez mais da cidade. Os serviços especiais russos o capturaram imediatamente após a ocupação da cidade. Ele devia saber o que o esperava, mas por algum motivo se recusou a ir embora. Vakulenko era uma pessoa muito teimosa. À medida que as tropas russas chegavam mais perto de Izium, ele reuniu seus diários e manuscritos e os levou para o jardim da casa da mãe, no vilarejo vizinho de Kapitolivka. Lá, ele os enterrou.

Agora o filho de Vakulenko mora com a avó. Outro dia, a escritora Victoria Amelina, minha grande amiga, foi visitá-los. A mãe de Volodymyr lhe mostrou o lugar debaixo da cerejeira onde o filho enterrou os manuscritos. Victoria os desenterrou. Entre os textos, ela encontrou trinta páginas de um diário – os últimos registros que Volodymyr escreveu. As anotações contêm uma mensagem de despedida a amigos e familiares e expressam uma robusta confiança na vitória da Ucrânia.

Os escritores ucranianos estão agora divididos quanto ao destino de Volodymyr. Alguns têm certeza de que ele foi assassinado. Outros acreditam nos rumores de que os serviços especiais russos o transferiram para Belgorod e o mantêm como prisioneiro lá. Mais de seis meses se passaram desde que ele foi retirado de casa. Quando todas as vítimas das valas comuns da cidade de Izium e arredores forem identificadas, a esperança de que Volodymyr esteja vivo ou aumentará ou desaparecerá para sempre.

A guerra continua, e a libertação da região de Kharkiv dos invasores russos prossegue, embora lentamente. A guerra também é uma espécie de escola. Não apenas uma escola de sobrevivência, mas também de engenhosidade. Nesta guerra, pela primeira vez há a utilização em grande escala de drones, tanto para atacar como para fazer reconhecimento. Do céu é mais fácil ver o inimigo, é mais fácil entender o que ele está fazendo e prever o que fará a seguir. Graças aos drones, impingiram-se às forças russas consideráveis perdas em termos de equipamentos militares. Ainda assim, eles inventam novas maneiras de abastecer de gasolina e munições suas tropas posicionadas na linha de frente.

Recentemente, oficiais de inteligência ucranianos notaram um acentuado declínio no número de caminhões de combustível russos e outros veículos militares no entorno da linha de frente. Ao mesmo tempo, viu-se um extraordinário aumento no número de caminhões de transporte de leite que utilizam as estradinhas de terra que atravessam os campos. As fazendas nessas áreas foram destruídas e saqueadas há muito tempo pelos militares russos, e certamente não há mais vacas nas proximidades. Os drones permitiram aos agentes de inteligência ucranianos descobrir que os caminhões leiteiros, que tinham sido roubados dos agricultores ucranianos, transportavam gasolina para posições avançadas do exército russo, bem como equipamentos militares para unidades de armazenamento da linha de frente.

Deve ter sido doloroso para os operadores ucranianos de drones de reconhecimento transmitirem a suas unidades de artilharia as coordenadas dos caminhões leiteiros. Mas isto é uma guerra. Até mesmo os equipamentos da Ucrânia têm de ser destruídos se caírem em mãos inimigas e forem utilizados contra o país.

Os militares ucranianos estão utilizando tanques e sistemas de artilharia russos capturados, mas ainda não apreenderam caminhões de transporte de leite russos. Até agora, nenhum chegou ao solo ucraniano, e espero que isso nunca aconteça.

A guerra continua causando o aumento dos preços dos alimentos. Leite e manteiga, açúcar e sal, ovos e carne subiram de preço recentemente. A partir de 1º de outubro, o governo ucraniano anunciará a elevação do salário mínimo, mas será difícil para os salários acompanharem os preços.

Não se fala de uma crise econômica total, mas toda guerra sempre exacerba os problemas e receios econômicos já existentes. O governo ucraniano peleja para evitar o pânico. Muitas pessoas têm medo do colapso bancário. Talvez por isso os dirigentes de um dos maiores bancos, o Alfa-Bank, tenham anunciado sua disposição de investir 1 bilhão de dólares na economia ucraniana.

O processo de privatização dos ativos estatais também foi reavivado. Outro dia, investidores chineses compraram o spa Zbruch, localizado em um parque nacional, numa floresta não muito distante da fronteira com a Romênia. Curiosamente, o comprador, um cidadão chinês chamado Duan Xiao Peng, vive na Ucrânia há muitos anos e já é proprietário de várias empresas ucranianas, incluindo uma construtora, um complexo de agronegócio e uma fábrica de produtos de plástico.

Os ucranianos têm uma atitude positiva em relação a essas notícias. Acham que, se os chineses estão comprando empresas ucranianas, é porque a guerra terminará em breve, ou pelo menos não alcançará as regiões ocidentais do país. Na Ucrânia, os chineses ainda têm a reputação de serem pessoas sábias, que não correm riscos.

Enquanto Pútin ameaça com armas nucleares a Ucrânia e o mundo, o governo ucraniano ressuscita planos arquivados para construir uma central nuclear na área central do país, perto da antiga cidade cossaca de Chigirin, na região de Cherkasy. A construção da usina foi cogitada pela primeira vez na década de 1970. O projeto foi arquivado após o desastre de Chernobyl. Agora que grande parte da infraestrutura elétrica da Ucrânia foi destruída pelo exército russo e a central nuclear de Zaporíjia se tornou uma base militar russa com todas as possibilidades de repetir o destino de Chernobyl, o governo ucraniano decidiu mais uma vez levar em consideração a opção da energia nuclear.

Parece que a Rússia já ameaçou tantas vezes atacar com armas nucleares a Ucrânia e o mundo que as pessoas deixaram de ter medo de bombas atômicas ou de explosões em centrais nucleares. Ou será que simplesmente se resignaram à ideia de que a guerra nuclear é uma possibilidade palpável? Em Kyiv, os jovens responderam com humor às intimidações nucleares de Pútin. Agora é comum dizer-se que, no caso de uma explosão nuclear na Ucrânia, rapazes e moças correrão para uma festa ou talvez uma orgia em Shchekavytsia, colina no centro de Kyiv associada a antigas histórias de bruxaria. Nas proximidades há também antigos cemitérios, tanto ortodoxos como muçulmanos.

Os ucranianos não querem acreditar na realidade de um ataque nuclear, assim como antes não queriam acreditar na ameaça de uma invasão russa. A última anedota ucraniana diz muito sobre o que as pessoas pensam, ou desejam pensar, durante estes tempos dramáticos: "Quando perguntam aos ucranianos se estão se preparando para o fim do mundo, eles dizem que estão, na verdade, se preparando para isso e para os primeiros seis meses depois disso".

## 5 de outubro de 2022
## O valor da vida de um homem

Na República de Tuva, terra natal do ministro da Defesa russo Serguei Shoigu, as autoridades trocam homens por ovelhas. Por cada homem mobilizado, a respectiva família recebe uma ovelha viva e certa quantidade de farinha, batata e couve, além de carvão para aquecer a casa no inverno. A Rússia não levou gás para as casas das pessoas que vivem em Tuva, nem para as de muitas outras regiões e repúblicas autônomas, motivo pelo qual nesses lugares o carvão tem grande valor.

A mobilização é lenta, e entre os que se alistam ouvem-se queixas de que não recebem uniformes adequados, de que a alimentação é precária e de que são obrigados a passar a noite ao relento, apesar de o inverno já estar começando em algumas regiões. Vários russos recém-mobilizados foram imediatamente enviados para o front e já estão em cativeiro ucraniano. Por falta de organização, não tiveram o prometido treinamento militar. A julgar pelas entrevistas dadas a jornalistas ucranianos, os recrutas recém-capturados estão satisfeitos com o fato de que para eles a guerra terminou muito rapidamente. A maioria dos mobilizados não tinha vontade de combater, mas tampouco tinha dinheiro para evitar a convocação fugindo para a Geórgia, a Mongólia ou o Cazaquistão, como outros fizeram.

Enquanto o exército ucraniano avança ao longo de vários setores do front, os contingentes russos se preparam ativamente para a defesa. Não se pode subestimar a eficácia de combate das tropas russas. A Rússia ainda tem muito mais artilharia e muito mais tanques e aeronaves do que as forças armadas da Ucrânia.

Na região de Lugansk, as tropas russas foram instruídas a "enfrentar a morte". Proibidas de recuar, procuram edifícios que possam ser transformados em fortalezas inexpugnáveis. Um desses locais veio a ser o hospital psiquiátrico regional na cidade de Svatovo, que compreende uma dúzia de prédios antigos de um e dois andares com grossas paredes de tijolos e profundas salas subterrâneas.

Antes do início das hostilidades, mais de quinhentos pacientes eram atendidos por 340 funcionários. Há poucos dias, os militares russos despejaram os pacientes e os funcionários restantes do hospital e começaram a encher os edifícios com munições e armas. Não se sabe ao certo que destino aguarda os pacientes, mas está bastante claro o que aguarda o complexo hospitalar propriamente dito, que passou por uma reforma, com dinheiro do governo, apenas um ano atrás. Se o hospital se tornar um reduto militar, será destruído. Duvido que os pacientes sejam realojados em hospitais russos, mas já se anunciou a evacuação dos trabalhadores civis russos especializados da ocupada Lysychansk. Pouco dispostos a ficar sob o fogo da artilharia ucraniana, eletricistas e construtores que vieram para a Sievierodonetsk ocupada a fim de trabalhar em projetos de infraestrutura já estão voltando para a Rússia.

No passado, muitos dos antigos, enormes e bem fortificados castelos e propriedades da Ucrânia foram convertidos em hospitais psiquiátricos e internatos especializados. Essa tendência se iniciou na época soviética. O governo comunista procurava isolar os cidadãos com doenças mentais. Na Rússia, onde existiam poucos castelos ou propriedades desse tipo, os hospitais psiquiátricos se localizavam em ilhas situadas em rios ou lagos. Hoje, os hospitais psiquiátricos nos territórios ocupados estão em sua maioria fechados ou foram encampados pelos militares russos.

No final de setembro, o vilarejo de Strelcha, na região de Kharkiv, se viu sob o fogo da artilharia russa. Médicos e auxiliares tentaram evacuar pacientes do hospital psiquiátrico. Dos seiscentos pacientes, apenas trinta puderam ser levados para um local seguro. Quatro médicos morreram, e dois pacientes ficaram feridos.

Tal como na Idade Média, as antigas igrejas e mosteiros também foram convertidos em redutos dos militares russos. Isso não é exatamente um sinal da fé dos russos na Igreja, mas um indicativo do seu desejo de fazer uso das espessas paredes de pedra desses edifícios antigos. Até o mosteiro de São Grigorievsky Bizyukov, no vilarejo de Krasny Mayak, região de Kherson, parece ter se tornado uma fortaleza para o exército russo. Não se sabe ao certo onde os monges estão agora, mas, se ainda estiverem no mosteiro, poderão acrescentar mais uma página à trágica história da sua fraternidade. Fundado no final do século XVIII, o mosteiro passou por muitos momentos difíceis. Em 1919, durante a guerra civil que se seguiu à revolução de 1917, foi capturado por soldados do Exército Vermelho e transformado numa fortaleza a partir da qual as tropas atacavam os vilarejos dos arredores. Mantidos como reféns pelos soldados, os monges eram alvos de zombaria e espancamentos; alguns foram assassinados. Em segredo, os monges se queixaram dos soldados do Exército Vermelho ao comandante dos cossacos livres, o atamã Osaulenko, que estava acampado com cem homens nas proximidades, na cidadezinha de Beryslav. Os cossacos lançaram um ataque-surpresa ao contingente de 2 mil homens do Exército Vermelho aquartelado dentro e ao redor do mosteiro. Os cossacos venceram e expulsaram do mosteiro o Exército Vermelho. Porém, nesse processo, muitos de seus edifícios foram destruídos.

Durante a Segunda Guerra Mundial, os alemães retiraram todos os tesouros do mosteiro, incluindo a prataria da igreja escondida pelos monges durante a revolução de 1917. Na década de 1970, por ordem das autoridades soviéticas, a catedral principal do mosteiro foi explodida. Os trabalhos de restauração começaram na década de 1990. Ainda no ano passado, com o dinheiro recolhido pelos fiéis de toda a região de Kherson, concluíram-se as obras de reconstrução dos muros de pedra de quase 3 metros de altura que circundam o mosteiro. Isso levou vários anos. Se os militares russos abrirem fogo a partir do território do mosteiro, o exército ucraniano responderá na mesma moeda. Paredes espessas podem sobreviver às balas, mas o fogo da artilharia e dos mísseis irá destruí-las mais uma vez.

Além de antigas fortificações e edifícios de igrejas, os russos demonstraram interesse por antiguidades militares. Na cidadezinha libertada de Izium, soldados ucranianos encontraram uma caixa com armas antigas roubadas do museu histórico local pelos militares russos. Aparentemente o exército russo deixou a cidade às pressas – pelo visto não havia caminhões suficientes para transportar todo o butim. As armas antigas foram abandonadas. Agora serão devolvidas ao museu.

Alguns livros antigos da igreja também serão devolvidos ao museu, incluindo um evangelho publicado às expensas do atamã Ivan Mazepa no início do século XVIII. Os livros foram escondidos na casa da curadora do museu, Dina Listopad. Com lágrimas nos olhos e um sorriso nos lábios, agora ela dá entrevistas aos repórteres explicando como ocultou esses livros raros e valiosíssimos.

Por alguma razão, ao traçar num mapa o curso das hostilidades no sul e no leste da Ucrânia, é inevitável evocar os jogos de guerra de computador. Parece-me que, se na percepção de muitos russos a terrível realidade de hoje é algo semelhante a um jogo de computador, muitos jovens ucranianos também veem as coisas da mesma forma. Isso explicaria a sua atitude indiferente em relação às regras e aos regulamentos dos tempos de guerra. Ontem, meu irmão mais velho, Misha, me disse por telefone desde Kyiv: "Os jovens não dão a mínima ao toque de recolher, vão a bares e casas noturnas que funcionam ilegalmente. Eles ficam bêbados e vagam pelas ruas à noite. Se forem parados por patrulhas policiais e militares, serão multados apenas em 200 hryvnias (5 euros) por violarem o toque de recolher obrigatório".

Kyiv não é atingida por mísseis há mais de dois meses. Talvez isso crie uma ilusão de segurança. Nas últimas semanas, sirenes soaram constantemente na cidade, mas apenas uma minoria dos residentes reage a elas. Talvez para destruir essa ilusão de segurança, na semana passada as sirenes de ataque aéreo foram acionadas em Kyiv, entre a noite de terça-feira e a manhã de quarta-feira. Desta vez Kyiv teve sorte – a cidade não foi danificada. No entanto, drones iranianos atingiram Bila Tserkva, uma grande cidade industrial e um centro de produção de pneus para automóveis, a apenas 75 quilômetros de Kyiv.

Enquanto os residentes de Bila Tserkva descreviam as violentas explosões e os incêndios que assolaram as instalações industriais, compartilhando fotografias da cidade iluminada pelas labaredas, a capital, insone, acompanhava pelas redes sociais o ataque à cidade vizinha. Pela manhã, as autoridades apelaram aos residentes de Bila Tserkva para não abrirem as janelas até que os incêndios pudessem ser totalmente extintos. Um complexo de edifícios militares datados de 1900 ficou em ruínas.

Enquanto a Rússia bombardeava Bila Tserkva, Kharkiv desfrutou de certo momento de respiro, sendo atacada com intensidade muito menor que a habitual. As tropas ucranianas afastaram a artilharia russa de Kharkiv o suficiente para que agora os projéteis não consigam atingir a cidade. Agora os russos têm de usar caros mísseis balísticos para continuar a destruição dessa que é a cidade ucraniana mais próxima da fronteira russa.

Ironicamente, as políticas do governo soviético facilitaram a contraofensiva do exército ucraniano no leste do país. Na década de 1930, os comunistas ateus fizeram um enorme esforço para destruir as antigas igrejas da região. Construídas após a independência, as novas igrejas, principalmente do Patriarcado de Moscou, foram edificadas de forma rápida e econômica. Suas paredes não são mais grossas que as dos prédios residenciais. Assim, nas regiões de Kharkiv e Donetsk há menos locais para os soldados russos utilizarem como esconderijo ou transformarem em fortaleza.

Após o colapso da URSS, milhares de igrejas foram construídas às pressas na Ucrânia. Muitas delas, no sul e no leste do país, agora são destroços. Depois desta guerra, penso que a reconstrução das igrejas prosseguirá muito mais lentamente do que antes. A Ucrânia terá outra prioridade: construir habitações para as pessoas que perderam suas casas. As igrejas podem esperar.

Há outro motivo pelo qual as igrejas podem esperar. Muitos residentes que permaneceram no sul e no leste da Ucrânia, ou aqueles que em breve regressarão aos territórios libertados do exército russo, terão de tomar uma difícil decisão: permanecer paroquianos da Igreja Ortodoxa Ucraniana do Patriarcado de Moscou – que, claro, representa a Rússia, cujo exército destruiu as suas próprias igrejas e mosteiros – ou debandar para o lado da Igreja Ortodoxa Ucraniana. Na verdade, pode ser complicado converter-se à Igreja Ortodoxa Ucraniana no leste ou no sul da Ucrânia, já que nessas regiões do país quase não há igrejas da Igreja Ortodoxa Autocéfala Ucraniana. Elas também terão que ser construídas.

Uma estratégia poderia ser capturar e utilizar igrejas militares móveis russas, constituídas por grandes tendas infláveis com uma cruz inflável sobre uma cúpula inflável. Durante a presente guerra, contudo, ao que parece a Rússia não está usando essas igrejas de campanha com a frequência habitual. Embora sejam frequentemente empregadas em exercícios militares, por alguma razão as igrejas não vêm sendo utilizadas em operações de combate na Ucrânia. Será que a Rússia não quer que os soldados russos se voltem para Deus durante esta guerra? E se Deus lhes disser para serem misericordiosos? E se Ele disser "Não matarás"? Isso contradiria os sermões do Patriarca da Igreja Ortodoxa Russa que justifica a guerra e os assassinatos de militares e civis ucranianos.

## 17 de outubro de 2022
### A pressão persistente do plano de Pútin

Imagino que o presidente russo esperava que os mais recentes bombardeios contra cidades ucranianas tivessem o mesmo efeito sobre a população que o muito aguardado, ainda que inesperado, ataque com força total ao país em fevereiro. Ele queria ver dezenas de milhares de carros em disparada em direção à segurança da União Europeia – e o prefeito Vitaliy Klitchko, o presidente, sua equipe e outros políticos ucranianos, todos se escafedendo de Kyiv. Quando ocorreu o ataque, os canais do Telegram russos chegaram a noticiar a "fuga" de Zelensky, alegando que ele já não estava no poder. A realidade foi um pouco diferente. A Ucrânia enfrentou, com firmeza e sem vacilar, o maciço ataque com mísseis de 10 de outubro; a investida envolveu nove dúzias de mísseis disparados quase simultaneamente, mas o país conseguiu manter-se de pé.

Kyiv, que nos últimos meses se habituou a uma sensação de relativa segurança, recuperou-se rapidamente do choque. Uma hora depois das explosões dos foguetes, os serviços públicos começaram a tapar com tábuas as janelas quebradas do Museu Khanenko e a remover das ruas e estradas os carros queimados e fragmentos de foguetes.

Um míssil explodiu perto da Casa dos Professores de Kyiv, ao lado da qual há um monumento ao primeiro presidente do parlamento ucraniano, Mikhail Hrushevsky. Ele foi eleito em 1918, ano em que o parlamento se reuniu no edifício que hoje é conhecido como Casa dos Professores. De forma característica, o povo de Kyiv reagiu com uma piada: "Pelo visto o exército russo está usando mapas de Kyiv de cem anos atrás!".

Decerto muitos dos cidadãos de Kyiv não estão com disposição para piadas. Entre os mortos no ataque de segunda-feira estava uma jovem oncologista do principal hospital infantil da Ucrânia. Ela tinha acabado de levar a filha ao jardim de infância e estava a caminho do trabalho. Seu carro foi incinerado pelo impacto direto de um míssil. O chefe da segurança cibernética da polícia da cidade de Kyiv também morreu na explosão de seu carro. No total, oito pessoas morreram e mais de oitenta foram atendidas no hospital.

Dois dias depois das explosões, a minha filha e o noivo foram visitar Irina Kharzin, que vive do outro lado da rua do parque Chevtchenko. Eles ajudaram a limpar o apartamento dela e a remover os cacos de vidro e fragmentos de gesso quebrado. Irina ainda estava transtornada. Uma de suas preocupações era deixar o apartamento sozinho com todas as janelas quebradas. Ela mora no último andar, e o telhado foi danificado. Se chover, a água que entrará vai acabar arruinando a biblioteca de seu falecido marido. Petre Kharzin foi o primeiro editor de *A morte e o pinguim* na Ucrânia.

A filha de Irina não conseguiu encontrar madeira compensada para tapar as janelas, então as selou temporariamente com lonas de plástico – que qualquer vento forte arrancaria. Há esperança de que os serviços públicos essenciais da cidade consertem o telhado em breve, mas parece que neste momento são os proprietários que devem se incumbir dos reparos em seus apartamentos. Agora é quase impossível encontrar construtores-decoradores. Muitos foram para o exército, e os que permaneceram na cidade estão atarefadíssimos e sem tempo, porque são muitos os edifícios que necessitam de consertos urgentes em toda a região de Kyiv – em Bucha, Borodianka, Hostomel.

Em 10 de outubro, um dos mísseis atingiu o cruzamento de duas ruas principais de Kyiv, a avenida Taras Chevtchenko e a rua Volodymyrska, deixando um buraco profundo em forma de funil que imediatamente se encheu com a água de uma tubulação danificada. Em um único dia o encanamento de água foi restabelecido, o buraco foi preenchido e asfalto novo foi colocado por cima. Os moradores de Kyiv foram fotografar o local da devastação recente. Queriam se gabar da rapidez com que Kyiv era capaz de se recuperar de qualquer tipo de ataque.

Sim, a Ucrânia aprendeu a reparar rapidamente infraestruturas danificadas por mísseis, mas a cada novo ataque os problemas se acumulam. As autoridades locais publicaram um calendário de cortes de energia, e pede-se aos residentes que poupem eletricidade sempre que possível. Até diplomatas estrangeiros abraçaram a causa da conservação da energia elétrica. A embaixadora britânica Melinda Simmons fez uma postagem para relatar que estava trabalhando na elaboração de documentos usando uma lanterna portátil em vez de luz elétrica. Nas cidadezinhas e nos vilarejos de toda a Ucrânia, à noite há muito menos janelas iluminadas do que o normal. Em Kyiv, funciona apenas a iluminação pública essencial. Ao anoitecer, as belas igrejas e os prédios de apartamentos barrocos do centro da cidade permanecem na escuridão.

A captura da central nuclear de Zaporíjia pelo exército russo complicou ainda mais a situação do fornecimento de eletricidade. À medida que avançarmos inverno adentro, as coisas ficarão mais difíceis. Na maioria dos edifícios de apartamentos ucranianos os sistemas de aquecimento são controlados centralmente – um legado do seu passado soviético. Em Kyiv, já se fala em fixar a temperatura ambiente nos gelados 16 graus Celsius, mas será possível garantir algum tipo de aquecimento na cidade enquanto a Rússia constantemente direciona mísseis contra infraestruturas?

Irina Kharzin teve a sorte de poder ir morar com a filha após o ataque com mísseis de segunda-feira. Porém, o trauma de ver seu apartamento destruído a deixou insone por duas noites. No terceiro dia, ela decidiu ir à farmácia comprar sedativos. Na porta da farmácia, tropeçou no degrau e caiu feio, quebrando ossos acima e abaixo do cotovelo. A ambulância, que chegou rapidamente, levou Irina a um hospital próximo ao apartamento da filha. Um infortúnio levou a outro.

Irina Kharzin poderia ser adicionada à lista de vítimas dos ataques com mísseis russos. Ela não foi ferida por estilhaços ou cacos de vidro, o que teria sido muito pior, mas sofreu. Da mesma forma, milhares de outros residentes de Kyiv, juntamente com pessoas deslocadas que vieram para a cidade em busca de abrigo temporário, também podem ser considerados vítimas.

Não existem estatísticas publicadas, mas presumo que o número de ataques cardíacos e acidentes vasculares cerebrais tenha aumentado em Kyiv desde a segunda-feira, 10 de outubro. Sei que o vizinho de Irina, a cuja mesa da cozinha eu costumava me sentar para conversar sobre a vida, morreu de ataque cardíaco naquele dia. Ele nem sequer estava em Kyiv. Estava na Alemanha, um refugiado. Ele será enterrado lá, diferentemente do dr. Valentin Suslov, meu amigo. Ele também tinha encontrado abrigo na Alemanha e há algumas semanas morreu em Mainz, na casa de um velho amigo que acolhera a ele e à sua esposa, Tanya. Valentin foi cremado. No dia 10 de outubro, Tanya iniciaria a viagem de volta a Kyiv com as cinzas do marido para que ele pudesse ser enterrado em sua terra natal. Por causa do ataque com mísseis, ela cancelou a viagem e ainda não sabe quando fará outra tentativa de retornar a Kyiv com as cinzas do marido.

Ainda há muitos apartamentos vazios em Kyiv. Algumas pessoas que fugiram para a Europa alugaram seus apartamentos a refugiados de Kharkiv e Kherson. No início da nova fase da guerra, os preços dos aluguéis em Kyiv caíram 50%, mas depois voltaram a subir gradualmente. Não atingiram os níveis anteriores à guerra, mas os valores parecem mudar quase diariamente, e sua volatilidade reflete de maneira cristalina a percepção acerca do nível de perigo na cidade. Os preços não mudam para os inquilinos existentes, apenas para os novos. Em 10 de outubro os preços dos aluguéis de apartamentos caíram 25%, mas em dois dias voltaram a aumentar. Os novos inquilinos que assinaram contratos de locação depois do almoço da última segunda-feira certamente pagarão menos do que aqueles que assinaram no dia anterior, embora eu duvide que muitas pessoas tenham assinado contratos nesse dia, pois todos estavam sentados em abrigos antiaéreos ou estações subterrâneas.

Agora os residentes de Kyiv começaram a reagir muito mais rapidamente aos alertas de ataques aéreos. Até mesmo os indivíduos que antes costumavam terminar despreocupadamente seu café numa das muitas cafeterias de rua agora carregam copos térmicos para que possam levar a bebida a um local mais seguro assim que o gemido da sirene se erguer no ar.

À medida que a memória do dia 10 de outubro se afasta e o seu excepcional impacto é atenuado por novos ataques, podemos afirmar com convicção que a tentativa de Pútin de intimidar os ucranianos fracassou. Os residentes permanentes e os deslocados internos se mantêm, sem alarde, firmes. Eles compreendem que o nível de perigo é agora muito mais elevado do que nos últimos dois ou três meses. Eles se tornaram mais exigentes com as autoridades municipais, insistindo para que se arranquem as fechaduras das portas das instalações subterrâneas – concebidas como abrigos, mas privatizadas e depois fechadas. A prefeitura alega que não tem autoridade legal para fazer isso. O imbróglio naturalmente suscita questões, uma vez que os abrigos antiaéreos são protegidos por lei e não podem ser privatizados. Suspeita-se que seu estatuto legal tenha sido alterado em violação da lei.

De maneira geral, o povo de Kyiv está satisfeito com as autoridades da cidade e com o seu prefeito, o boxeador Vitaliy Klitchko. Tanto as palavras como o comportamento de Klitchko expressam com eloquência o estado de espírito militante da maioria dos moradores de Kyiv. Ele não tem medo de aparecer no local das explosões junto com os bombeiros e socorristas. Seu rosto sempre expressa determinação e prontidão para uma resposta instantânea a cada nova situação extrema.

Eu gostaria de acreditar que Kyiv continuará a resistir às absurdas pressões que Pútin insiste em impor a seus habitantes. Os moradores de Kyiv sabem que não estão sozinhos. Eles testemunham com admiração e orgulho o espírito de luta de outras cidades grandes, cidadezinhas e vilarejos de uma ponta à outra da Ucrânia. Neste fim de semana, o parque Chevtchenko voltou a estar repleto de famílias descontraídas, tirando selfies diante de uma paisagem com as cores do outono, incluindo fotografias tiradas dentro do profundo buraco junto aos balanços das crianças, a cratera que um míssil abriu na segunda-feira passada. Essas mesmas famílias talvez se sentissem um pouco estranhas ao olharem para as suas fotografias hoje, pois há mais um violento bombardeio em andamento no centro de Kyiv.

Um alerta de ataque aéreo deu aos residentes cerca de dez minutos para se encaminharem ao "lugar mais seguro" de sua escolha, e em seguida os drones chegaram, voando sobre os telhados, atingindo um edifício histórico de quatro andares perto do circo, bem como um prédio de escritórios de muitos andares. Há mais mortos e feridos.

## 20 de outubro de 2022
## Entre nacionalismo e patriotismo

Desde fevereiro deste ano, a questão da identidade tem sido constante em minha mente. O assunto surge diariamente durante meus debates e palestras em diversas cidades da Europa. Tento explicar aos europeus a diferença entre a mentalidade russo-soviética e a mentalidade ucraniana. Depois que eu explico essa diferença, fica muito mais fácil falar sobre as causas desta guerra. Isso me permite também explicar a minha própria identidade, questão que há muito é um estorvo à minha comunicação com a Rússia e cria muitos problemas para mim também na Ucrânia.

Na verdade, minha identidade ucraniana é uma das variedades que, até recentemente, não entravam em conflito com os principais marcadores de valor que constituem "um ucraniano". Contudo, há um elemento na minha identidade que tem sobre alguns dos meus colegas intelectuais ucranianos o mesmo efeito que um pano vermelho tem sobre um touro. Sou de etnia russa, e minha língua nativa é o russo. Em todos os outros aspectos, sou um ucraniano típico. Não escuto a opinião da maioria, valorizo a minha opinião. Para mim, a liberdade – em especial a liberdade de expressão e de criatividade – é mais valiosa do que dinheiro e estabilidade. Raramente apoio as diretrizes políticas de um governo no poder, e estou sempre pronto a criticá-las.

Em suma, se eu excluir da lista das minhas características a minha língua materna e a origem russa, fica evidente que sou um ucraniano ideal, que poderia ser acolhido com entusiasmo no seio dos ucranianos ideais. Os membros existentes desse grupo passam muito tempo no Facebook determinando publicamente quem é e quem não é um ucraniano de verdade – e quem não tem nada de ucraniano.

Considero-me ucraniano – um ucraniano de origem russa. E fim de papo. Vivo em um país lindo, com um caráter complexo e uma história complexa, onde cada cidadão ou cidadã tem na cabeça a sua própria imagem do Estado ucraniano, e onde todos consideram que a sua imagem é a correta. Em outras palavras, somos uma sociedade de individualistas.

Essa sociedade deriva da experiência histórica de anarquia organizada na qual a sociedade ucraniana mergulhou regularmente ao longo dos séculos. Não admira que o maior exército de anarquistas da Europa, o exército rebelde revolucionário de Nestor Makhno, tenha surgido e lutado na Ucrânia e não na Rússia – país com uma mentalidade coletiva. O exército de Makhno lutou com êxito contra todos os participantes da guerra civil de 1918-1921.

Olhando para a Ucrânia atual, vejo provas do individualismo ucraniano na presença de mais de quatrocentos partidos políticos registrados junto ao Ministério da Justiça. Compreendo e aceito a sociedade ucraniana tal como ela é, com todas as suas contradições e paradoxos.

Ao longo dos últimos trinta anos, de tempos em tempos sou abordado por pessoas conhecidas e desconhecidas entre os nacionalistas ucranianos que me pedem para começar a escrever em ucraniano. Por vezes aceitam a minha explicação de que escrevo na minha língua materna – em russo – e de que tenho direito à minha língua materna. Às vezes essa explicação é recebida com incompreensão e/ou insatisfação. No entanto, minhas conversas com pessoas sobre esse assunto geralmente permanecem amigáveis. De quando em quando, opositores anônimos publicam mensagens nas redes sociais afirmando que não sou um escritor ucraniano, mas sim russo. Eu não reajo. Todos na Ucrânia têm direito à sua opinião e todos têm o direito de expressar sua opinião. E todos têm o direito de discordar da opinião de outra pessoa.

A propósito, na Ucrânia há muitos nacionalistas ucranianos de língua russa. Um grande número de membros da conhecida organização radical "Setor Direita", que se tornou influente em 2014, falava russo. Assim, o nacionalismo nem sempre esteve ligado à língua ucraniana. Devo acrescentar que na Ucrânia existem dezenas de diferentes grupos de nacionalistas, que muitas vezes lutam entre si em sua tentativa de definir o "nacionalismo correto". Até mesmo o famoso personagem histórico Stepan Bandera entrou em conflito com colegas na luta por uma Ucrânia independente nas décadas de 1930 e 1940.

Ao mesmo tempo, os nacionalistas não estão representados no parlamento ucraniano. Nas últimas eleições, nenhum partido político nacionalista conseguiu ganhar os 5% de votos necessários para obter essa representatividade. Uma força que não consegue entrar no parlamento não é uma força política de verdade.

Por outro lado, o patriotismo ucraniano é mais inclusivo. O principal pré-requisito é amar seu país, e aqui não há entusiasmo pela criação de critérios exclusivos. Em sua maioria os ativistas tártaro-crimeus – impiedosamente transformados em alvos pelos serviços de segurança russos – não falam ucraniano. Geralmente falam russo e seu tártaro nativo da Crimeia, mas ninguém questiona seu patriotismo ucraniano.

Eu também sou um patriota ucraniano. A Ucrânia, como Estado independente, amadureceu diante dos meus olhos. Morei trinta anos na Ucrânia Soviética, e há 31 anos moro na Ucrânia independente. Desde a independência, a literatura e a cultura ucranianas reviveram, e surgiu uma diferente geração europeia de novos ucranianos, para a qual tudo o que é soviético é exótico. Essa geração colocou na moda a língua ucraniana e a literatura em língua ucraniana. Em 2012, as versões em russo e ucraniano do meu romance *Jimi Hendrix ao vivo em Lviv* foram lançadas simultaneamente na

Ucrânia. Foi então que percebi, pela primeira vez, que na Ucrânia um livro em ucraniano venderá mais exemplares do que a mesma obra em russo. Desde então, meus livros traduzidos em ucraniano sempre superaram as vendas das edições em russo. Os jovens ucranianos leem cada vez menos em russo. A língua russa está perdendo sua posição na Ucrânia. Francamente, isso não me chateia.

Em fevereiro, decidi deixar de publicar as minhas obras de ficção em sua língua original – russo. Que os livros sejam publicados na Ucrânia em ucraniano, na França em francês e na Grã-Bretanha e nos Estados Unidos em inglês. Os leitores russos não precisam dos meus livros. A publicação dos meus livros foi interrompida pela primeira vez na Rússia em 2005, após a Revolução Laranja da qual participei. A segunda vez que isso aconteceu foi em 2008, após um breve "degelo", durante o qual muitos dos meus romances foram republicados. Desde 2014, as livrarias russas estão proibidas de importar os meus livros da Ucrânia. Estou habituado à ideia de que, como escritor, eu não existo na Rússia. Não tenho leitores lá, e não me arrependo disso.

Nos últimos tempos, no Facebook ucraniano são cada vez mais frequentes as menções à língua russa como a "língua do inimigo". O Kremlin fez todo o possível – e muitas coisas aparentemente impossíveis – para obrigar os ucranianos de língua russa a mudarem para o ucraniano. Contudo, raramente ouvem-se conflitos linguísticos nas ruas, onde as pessoas usam tanto o russo como o ucraniano e ambas as línguas coexistem pacificamente.

A questão linguística e as controvérsias em torno dela eram prerrogativas da arena política, na qual, antes do início da guerra em 2014, os defensores da língua ucraniana brigavam com os defensores da língua russa – ou melhor, com os defensores da influência russa na Ucrânia. A atual agressão militar retirou da arena política os defensores da língua russa. Muitos deles revelaram-se traidores, colaboracionistas e até espiões russos, portadores de passaportes russos.

Nessa situação, alguns intelectuais ucranianos consideram todos os ucranianos de língua russa parcialmente responsáveis pela guerra em curso. É verdade que Pútin fez dos falantes de russo a causa aparente da guerra, ao argumentar que a sua "operação militar especial" era necessária para protegê-los. A persistente repetição dessa ideia levou alguns nacionalistas ucranianos a declarar que, se não houvesse falantes de russo na Ucrânia, então não teria havido guerra!

Alguns nacionalistas, a exemplo de Iryna Farion, parecem ter dificuldade em alcançar uma visão objetiva da sociedade ucraniana. Não veem que a Ucrânia é um Estado multicultural, com mais de duas dezenas de minorias nacionais. Felizmente, poucos ativistas ignoram dessa maneira a realidade da sociedade ucraniana e aqueles que não têm muita influência na política estatal. No entanto, aproveitam todas as oportunidades para alardear as suas opiniões divisoras, estimulando a criação de um cisma na sociedade ucraniana entre idealistas nacionais e realistas.

## 7 de novembro de 2022
## Velas na guerra

Em novembro deste ano, os residentes de muitas cidades grandes ucranianas puderam apreciar a beleza do céu noturno pela primeira vez em quase um ano. As estrelas nunca estiveram tão baixas sobre Kyiv, Kharkiv, Lviv e Odessa. O brilho das estrelas estava sempre escondido pelas ruas e casas bem iluminadas. Não mais. Após o choque dos primeiros apagões, os ucranianos estão se habituando a períodos frequentes sem eletricidade e água. Sempre que possível, as pessoas enchem as banheiras e armazenam água potável em garrafas plásticas de 5 litros. Armazenar eletricidade é mais difícil. Dá para carregar baterias portáteis e pilhas, mas não dá para conectar uma geladeira ou freezer a elas.

Kyiv, tal como outras cidades, vem se adaptando a esse novo regime. Há um cronograma de cortes de energia para cada distrito. Em um dia normal, a energia é cortada das três da manhã até as seis, depois do meio-dia até as quatro e, finalmente, das oito até a meia-noite. No entanto, os blecautes podem acontecer com mais frequência, começar mais cedo e durar mais tempo. Ficar sem eletricidade significa ficar sem wi-fi. Então, o exército de especialistas em TI de Kyiv, incluindo aqueles que trabalham remotamente para empresas estrangeiras, precisam labutar até as primeiras horas da manhã, e tirar uma soneca durante o dia, para realizar qualquer tarefa.

Os ucranianos conscienciosos deixaram de utilizar suas máquinas de lavar roupa, lava-louças e chaleiras elétricas, porque consomem energia em demasia. Lavam as roupas à mão, principalmente com água fria. É muito tentador usar a máquina, claro, mas os vizinhos podem sentir as vibrações ou ouvir o zumbido. Ninguém consegue prever como reagirão a um desperdício tão insano de kilowatts.

Após os primeiros e difíceis anos da independência da Ucrânia, o fornecimento de eletricidade nas cidades tornou-se mais confiável. Os ucranianos urbanos, no entanto, tendem a associar a vida rural à falta da maioria das coisas, incluindo luz. Não é uma imagem precisa, ainda que, na nossa casa no vilarejo, se alguém ligar a chaleira elétrica à noite, todas as lâmpadas da casa ficam fracas a ponto de escurecer. Pelo menos é o que acontecia antes. Hoje em dia, ninguém usa chaleiras elétricas. Tal como nas cidades, a população dos vilarejos está fazendo a sua parte para poupar eletricidade.

Não é de surpreender que a procura por velas tenha aumentado exponencialmente, e que agora as velas sejam um artigo escasso. O número de geradores importados para a Ucrânia também aumentou dez vezes, embora sejam caríssimos.

Eu costumava fazer pouco-caso do hábito da minha esposa de presentear amigos e conhecidos com lindas velas decorativas. Eu ficava igualmente surpreso quando ganhávamos velas de presente. Pareciam servir apenas para juntar poeira. Mas agora chegou a hora delas – a hora de dar e ganhar velas. De repente, esse presente faz todo o sentido. Uma vela é uma luz futura, e durante um apagão pode ser a única fonte de luz. Além disso, uma vela é uma oportunidade para compreender como as pessoas viviam antes do advento da eletricidade. Era um mundo muito diferente. Sem eletricidade e sem todos os nossos aparelhos que se empanturram de energia elétrica, talvez acabemos na escuridão, mas também seremos capazes de regressar à reflexão filosófica e aos valores eternos. Uma vela acesa desacelera o movimento. Você nunca passa muito rapidamente por uma vela, porque a lufada de ar pode apagá-la.

A popularidade da vela como mercadoria aumenta também o valor dos fósforos, que agora encontram um lugar de honra na cozinha ou sobre a mesa perto do castiçal, onde são fáceis de encontrar no escuro.

A mais vigorosa indústria de fabricação de velas da Ucrânia sempre pertenceu à Igreja. Em todo o país, centenas de milhares de velas são acesas todos os dias diante de ícones como parte de rituais religiosos. Embora muito finas, as velas de cera de abelha queimam lentamente. Eu não ficaria surpreso se encontrasse essas velas ardendo nas casas e apartamentos de muitos ucranianos hoje. Cinco anos atrás, no romance *Abelhas cinzentas*, descrevi a vida sem eletricidade, mas com velas de igreja. O romance previu a nova realidade ucraniana. Há oito anos, a luz de velas já era a realidade para muitas pessoas que viviam na zona cinzenta do Donbas.

Naquela época, propagandistas russos ameaçaram Kyiv: "Vocês também viverão como no Donbas! Vocês serão arrasados por bombas! Nós destruiremos tudo, onde quer que vocês estejam!". Naquela época, o Donbas foi bombardeado por "artilheiros voluntários" russos. Agora eles estão cumprindo essa ameaça, e pior ainda: lançam bombas e disparam projéteis de artilharia por todo o país.

Nas primeiras noites sem eletricidade, os habitantes de Kyiv se mostraram fascinados com o que viram. As redes sociais ficaram repletas de belas fotografias de Kyiv sem as luzes dos postes nem janelas iluminadas. É semelhante a um ser vivo que acaba de se deitar para dormir. Tal como outras cidades ucranianas, a Kyiv noturna já não é visível do espaço. As horas de escuridão protegem os sonhos pacíficos da cidade contra seus inimigos.

Enquanto isso, em toda a Ucrânia, as pessoas aprendem a fazer velas. Não do tipo usual que os apicultores fazem com cera, mas as chamadas "velas de trincheira". Os ucranianos já não jogam fora as latas vazias. Em vez disso, eles as utilizam para produzir essas velas toscas, porém eficazes, que em seguida são enviadas em caixas para os soldados ucranianos na frente de batalha. Tudo de que você precisa para fazer uma vela de trincheira é um pedaço de papelão, uma lata, cera natural ou parafina artificial e óleo – serve até óleo de palma. Você corta uma tira de papelão e enrola em uma trouxinha que caiba dentro da lata; um pedaço de papelão grosso se transforma em pavio. Depois, no fogão, você derrete a cera ou parafina artificial, adicionando óleo, se tiver. A mistura derretida é despejada na lata, por cima da trouxinha de papelão. Assim que a cera se solidificar, a vela estará pronta. Ela arde por até seis horas, e dá até para preparar café ou aquecer alimentos por cima dela. Uma vela de trincheira é uma importante fonte de calor e também de luz, especialmente quando o inverno se aproxima e os abrigos dos soldados estão úmidos e frios.

As velas de trincheira têm outro nome: "velas finlandesas". Dizem que foram utilizadas pela primeira vez por soldados finlandeses durante a Guerra Soviético-Finlandesa de 1939. Parece-me que o próximo inverno será, em muitos aspectos, uma reminiscência desse confronto, em que a União Soviética atacou a Finlândia. Nessa guerra, a URSS perdeu 126 mil soldados e oficiais, e cerca de 250 mil homens ficaram feridos. A guerra durou 105 dias. Sem conseguir capturar a capital da Finlândia, Helsinque, a URSS retirou seus exércitos, mas manteve parte do território da Finlândia – a Carélia.

A guerra na Ucrânia já dura mais de 260 dias. Segundo o Ministério da Defesa da Ucrânia, mais de 76 mil soldados russos já foram mortos. A Rússia afirma que o número verdadeiro é um décimo disso.

Em 1939, menos de 4 milhões de pessoas viviam na Finlândia, que perdeu 26 mil soldados durante a ofensiva russa. Os finlandeses defenderam a sua independência, embora durante muitos anos o país tenha permanecido sob a ameaça do seu vizinho do sul. Penso que os políticos russos deveriam ter relido a história da Guerra Soviético-Finlandesa antes de decidirem atacar a Ucrânia.

Em vez disso, os russos, em seu desespero de obter alguma vantagem contra a Ucrânia, contam com o clima e esperam a chegada do "general Moroz" (general Geada), que é tradicionalmente visto na Rússia como um aliado eficaz em todas as guerras. Na Ucrânia, por sua vez, jamais se atribuíram patentes militares a condições climáticas como geada ou chuva, nem mesmo por brincadeira. Na Rússia, conceitos como "general Geada" e "general Inverno" são levados extremamente a sério. A Wikipédia russa tem até um longo verbete intitulado "general Geada", que explica de que maneira o inverno sempre ajudou o exército russo "a derrotar os seus inimigos da Europa Ocidental". Por exemplo: o inverno de 1708 ajudou a enfraquecer o exército do rei sueco Carlos XII antes da Batalha de Poltava.

Os civis ucranianos estão plenamente conscientes do efeito das condições do inverno sobre os soldados na linha de frente. No sul da região de Odessa, nas imediações da cidadezinha de Reni, fica o vilarejo de Kotlovina, capital do povo ucraniano gagauz, minoria nacional de língua turca. Todas as noites, a maioria das mulheres e até mesmo alguns homens se reúnem a fim de tricotar meias quentes de lã para os soldados ucranianos. Tradicionalmente os gagaúzes se dedicam à criação de ovinos, por isso os seus estoques de lã são abundantes. Os habitantes de Kyiv também procuraram no fundo dos armários todas as velhas meias de tricô que lhes foram dadas de presente por avós e bisavós.

Em Kyiv ainda está em vigor o toque de recolher. Bares, cafés e restaurantes fecham por volta das dez da noite para permitir que os clientes possam estar em casa com segurança às onze. Muitas vezes localizados em porões e até mesmo em antigos abrigos antiaéreos de concreto, os bares ainda estão lotados. Durante os blecautes, acendem velas e param de aceitar cartões bancários. Você só poderá pagar em dinheiro vivo sua próxima dose de uísque *single malt* ou *bourbon*. A atmosfera fica mais calorosa e romântica.

Outro dia o prefeito de Kyiv, Vitaliy Klitchko, inadvertidamente alertou os residentes da capital de que talvez tenha de evacuar toda a população, cerca de 3 milhões de pessoas, caso todas as infraestruturas da cidade sejam destruídas por mísseis russos. A população de Kyiv reagiu de forma bastante agressiva. As pessoas se habituaram a não ter aquecimento nos bares e cafés, e quanto mais clientes vierem, mais quente o recinto será – a evacuação não é uma opção!

O otimismo da população de Kyiv parece estar em desacordo com o bom senso, mas se o pensamento positivo prevalecer e não houver evacuação neste inverno, as gerações vindouras se lembrarão da estação fria deste ano como um período dramático na vida de um país amontoado em torno de velas feitas à mão que se mantêm brilhantes e quentes noite adentro, tal qual o espírito ucraniano.

## 15 de novembro de 2022
## Quanto custa uma passagem de trem para a Crimeia?

Para os idosos residentes em edifícios altos, são tempos difíceis. Seu maior temor é ficarem presos em um elevador durante um blecaute. Eles gostariam de sentar em um banco perto de casa ou no parque, mas em vez disso passam o dia inteiro sentados dentro de seus apartamentos. Os mais jovens estão corajosamente jogando uma nova forma de roleta-russa com os elevadores. Os habitantes de Kyiv também estão colocando em prática o seu espírito "Nós somos capazes de fazer isso!" para lidar com a dificuldade. No chão dos elevadores de alguns prédios altos você encontra caixas de papelão com tudo de que uma pessoa precisa em caso de falta de energia elétrica: água, biscoitos, lenços umedecidos, remédios para pressão, um tapete, uma lanterna. Alguns elevadores têm também uma cadeira.

Na semana passada, a nossa amiga Tanya finalmente chegou a Kyiv, trazendo consigo da Alemanha as cinzas do marido, Valentin, falecido em setembro. Há um túmulo da família no cemitério Baikove, em Kyiv. Entre os convidados da cerimônia de enterro estavam vários ex-colegas do hospital onde Valentin trabalhou até os 80 anos. Nosso filho mais velho representou nossa família. Durante o velório, ele lembrou que Valentin lhe contou tudo sobre as dificuldades de comprar um carro na época soviética e o quanto a gasolina era barata naquela época. Tanya vai voltar para Mainz, na Alemanha, onde Valentin passou os últimos cinco meses de vida, sonhando em voltar para casa. Tanya tentou vender a garagem e o carro, mas no momento é impossível conseguir um bom preço por qualquer coisa que seja.

O inverno se aproxima, e à noite a temperatura já cai para zero ou menos. De manhã há neblina do lado de fora das janelas; depois de algumas horas a névoa se dissipa, permitindo que o sol aqueça o ar até 10 graus Celsius.

Os nossos vizinhos no vilarejo, Nina e Tolik, já estão pensando no Natal, mas ainda não decidiram quando celebrar – com a Europa, em 25 de dezembro, ou com a Rússia, em 7 de janeiro. Nosso vilarejo tem apenas uma igreja, vinculada ao Patriarcado de Moscou, que amaldiçoará os que celebrarem o Natal separadamente de Moscou.

O Patriarcado de Moscou deve sentir que seus dias no nosso país estão contados. Durante as cerimônias no Kyiv-Petchersk Lavra, o principal mosteiro da Ucrânia, os fiéis têm orado pela Rússia e cantado hinos glorificando a "Santa Rússia". Alguém gravou em vídeo essa atividade pró-Rússia, e o padre Zacharias, que oficiava o serviço religioso, foi temporariamente suspenso das funções na igreja. Então surgiram várias histórias interessantes sobre ele. Zacharias foi comparado a Rasputin e, ao que parece, foi o mentor espiritual de muitos políticos e estadistas ucranianos durante a presidência de Yanukovych. Ele faz até milagres, por exemplo prever a cotação do dólar.

Recentemente os serviços de segurança da Ucrânia visitaram altos hierarcas da Igreja Ortodoxa Ucraniana do Patriarcado de Moscou. Alguns dos religiosos tiveram a casa revistada. Vários padres foram detidos pela polícia por transmitirem aos vigários russos informações sobre o exército ucraniano e o estado de ânimo da população em diferentes regiões da Ucrânia.

Em Bukovina, dentro e ao redor da antiga cidade de Tchernivtsi, observaram-se estranhos "sinais" anti-Moscou. Rachaduras e depressões apareceram no solo ao redor das igrejas do Patriarcado de Moscou. Tudo começou no mosteiro Neporotovsky, na rua Shcherbanyuk. De acordo com jornalistas locais, buracos e fissuras apareceram também nas imediações da Catedral de São Nicolau, na rua Russkaya, e do Convento de Santo Vvedensky, na rua Bukovinskaya.

Eu estava começando a me perguntar se estávamos, de fato, testemunhando atividades paranormais anti-Moscou, quando o escritor e figura pública Vladimir Kilinich, ex-conselheiro do governador de Tchernivtsi, rapidamente me trouxe de volta ao planeta Terra. "Há uma explicação perfeitamente entediante", disse-me ele. "Sim, há fendas e buracos lá, mas nada muito grande, e a razão não é divina, mas sim relacionada com o mau estado da tubulação das águas subterrâneas."

Mesmo assim, a população local se animou. Em tom alegre, o jornal *Chas* de Tchernivtsi escreveu: "Isto é um mau sinal para os padres de Moscou! Eles deveriam fugir da Ucrânia imediatamente, caso contrário correm o risco de despencar no inferno!".

*

Antes do inverno, o exército ucraniano acelerou a sua contraofensiva e libertou Kherson. A cidade recebeu os soldados ucranianos com alegria e lágrimas. Não há eletricidade, nem aquecimento, nem água. Há gás, o que significa que as pessoas conseguem cozinhar alimentos. Antes de fugirem para a outra margem do rio Dnipro, os militares russos explodiram um centro de televisão, uma torre de televisão e muitas outras infraestruturas. Daquilo que não tiveram tempo de explodir eles tiraram proveito. Alguns dias depois, o ministro da Cultura anunciou que a televisão ucraniana já estava disponível em Kherson. Não se sabe ao certo como acessá-la sem eletricidade ou uma torre de televisão. Também não há ligação telefônica nem internet, mas há felicidade e alívio.

O Departamento de Ferrovias da Ucrânia prometeu colocar trens em circulação entre Kherson e Kyiv num futuro muito próximo. Os bilhetes de trem para Kherson já estão à venda no site da Companhia Ferroviária Nacional Ucraniana, em que também é possível comprar bilhetes para Donetsk, Lugansk, Mariupol e Simferopol – todas em território ocupado pela Rússia. Mais de mil aspirantes a passageiros já compraram passagens para Simferopol, capital da Crimeia. Ninguém sabe quando o primeiro trem partirá de Kyiv, mas a administração da malha ferroviária ucraniana precisa de dinheiro para reparar as estações e os trilhos seriamente danificados e para restaurar a ponte ferroviária de Antonovski sobre o rio Dnipro, vital para o transporte ferroviário para a Crimeia.

Enquanto os otimistas compram passagens para a Crimeia, tropas ucranianas fecharam Kherson – ninguém entra nem sai – e impuseram um toque de recolher a partir das cinco da tarde. A desminagem da cidade está em curso, bem como a caçada a colaboracionistas e soldados russos que não tiveram tempo de escapar para a outra margem do rio Dnipro com o restante das forças russas. Alguns soldados russos já foram detidos. Eles estavam à paisana e tentavam se passar por residentes de Kherson.

Dois colaboracionistas também foram detidos, mas em sua maioria as pessoas que optaram por ajudar as forças de ocupação fugiram da cidade com as tropas russas. Algumas delas, dizem, choraram ao partir. Elas não conseguiam entender como o exército ucraniano poderia ter retornado a Kherson se em todas as ruas havia enormes outdoors com a inscrição "A Rússia está aqui para sempre!". A Rússia, como se viu, esteve lá temporariamente, mas para Kherson aqueles oito meses devem ter parecido uma eternidade.

Antes de bater em retirada, os ocupantes russos desenterraram os ossos do amante da imperatriz Catarina II, o príncipe

Potemkin, cujos restos mortais provavelmente foram levados para Moscou. Talvez a Igreja Ortodoxa Russa esteja planejando alçar à santidade o príncipe folião e playboy.

Os ossos de Potemkin não foram a única coisa que os ocupantes russos levaram de Kherson. Eles removeram dois monumentos: um ao marechal tzarista russo [Alexander] Suvórov e outro ao almirante [Fiódor] Ushakov. Mais importante ainda, roubaram todo o conteúdo do museu da cidade de Kherson e do museu da região de Kherson. Aproximadamente 15 mil obras de arte foram transportadas para o outro lado do Dnipro, junto com os arquivos do fundo de pensões e da polícia.

## 22 de novembro de 2022
### Esperando Godot

O que Adão e Eva, Newton e Steve Jobs têm em comum? Meu primeiro pensamento foi: se seguirmos a história bíblica, Newton e Steve Jobs são descendentes de Adão e Eva. Mas há uma resposta melhor: para todos eles, a maçã foi muito importante.

Na Transcarpátia, essa ideia é essencial para uma escultura criada por Roman Murnik que foi recentemente instalada no histórico parque Shernborn, não muito longe de Ujhorod. Ao redor da escultura plantaram-se macieiras, e as autoridades esperam que essa "praça das maçãs" se torne uma atração turística popular.

A Transcarpátia, região que faz fronteira com a Hungria, a Polônia, a Romênia e a Eslováquia, ainda é relativamente pacífica. Aqui os mísseis russos não explodem, graças à amizade cada vez mais firme do primeiro-ministro húngaro Viktor Orbán com Vladimir Pútin. A Hungria está bloqueando a assistência financeira europeia à Ucrânia. E também é favorável à suspensão das sanções econômicas impostas à Rússia pela União Europeia. Além disso, a Hungria anunciou recentemente o seu desejo de desenvolver relações econômicas com o Irã.

No começo da guerra, milhões de refugiados passaram pela Transcarpátia. Mais de 50 mil deslocados internos de toda a Ucrânia ainda estão na capital regional de Ujhorod. No início, essas pessoas deslocadas mantiveram-se discretas, sem chamar atenção, mas agora começam a fazer sentir a sua presença na região. Os jovens recém-chegados à Transcarpátia ingressaram em faculdades e universidades e participam ativamente dos muitos projetos de voluntariado que surgiram. Ao mesmo tempo, a Companhia de Teatro dos Reassentados, conhecida como UZHIK, encenou *Rei Lear*, de Shakespeare, em Ujhorod, e a sua produção de *Esperando Godot*, de Samuel Beckett, acaba de estrear lá.

O papel de Vladimir na peça absurdista de Beckett é interpretado por Oleksiy Dashkovsky, que dava aulas de inglês numa escola em Irpin, uma cidadezinha dos arredores de Kyiv que foi parcialmente destruída durante o desastroso ataque da Rússia à capital. Quem faz Estragon é Sophia Almaz, uma refugiada de Kryviy Rig. A trupe amadora adaptou a peça, mas os temas centrais de incerteza e expectativa permanecem inalterados.

O grupo de teatro UZHIK parece prestes a crescer, e a Filarmônica de Ujhorod lhes emprestou seu palco. Em suma, a vida teatral da Transcarpátia foi enriquecida desde o início da guerra. O Teatro dos Reassentados se prepara para a sua primeira excursão pelo oeste da Ucrânia e sonha com uma turnê pela Europa.

Em Chernihiv, perto da fronteira com Belarus, a vida teatral praticamente parou. A região é bombardeada com frequência por fogo de artilharia e foguetes russos. As pontes entre Kyiv e Chernihiv, destruídas no início da guerra, não foram reconstruídas devido ao perigo de se tornarem novamente alvo de mísseis russos. A eletricidade é um convidado raro nas casas dos moradores da região, porém as coisas mais tristes de todas são a falta de iluminação pública, os semáforos que não funcionam e a escuridão geral, que nesta altura do ano cai como uma mortalha às quatro da tarde.

O número de acidentes de carro envolvendo pedestres aumentou drasticamente. As pessoas têm medo de atravessar a rua, mesmo nos cruzamentos sinalizados. A administração local está tentando encontrar uma maneira de manter a iluminação nos cruzamentos e nas faixas de pedestres, mesmo quando não há energia elétrica em outros lugares. Para começar, estão sendo distribuídos gratuitamente coletes e braçadeiras refletivos.

Em contrapartida, os trens ainda circulam – e geralmente partem no horário. Há poucos dias, o primeiro trem para a recém-libertada Kherson chegou à estação da capital regional sob vivas e aplausos. A bordo do trem, decorado com grafites patrióticos, havia três tipos de passageiro: jornalistas, parentes e amigos dos moradores de Kherson que queriam ter certeza de que seus entes queridos estavam vivos e bem, e outros ucranianos que não tinham nenhum interesse especial na cidade, mas queriam participar dessa vitória sobre o exército russo. A maioria dos passageiros, incluindo os jornalistas, não permaneceu na cidade, mas regressou a Kyiv horas depois, no mesmo dia, porque não há hotéis em funcionamento em Kherson.

Espero que a trupe de teatro UZHIK possa em breve levar uma peça a Kherson, mas que não seja *Esperando Godot*. Esperar é um assunto duro demais. O povo de Kherson sofreu sob a ocupação russa durante oito meses. Sentiu na pele uma terrível desilusão quando o anúncio – feito no início da primavera – de uma campanha militar para libertar sua cidade acabou se revelando uma desinformação destinada a enganar os russos. Felizmente a Rússia caiu no truque, o que permitiu que o exército ucraniano libertasse a região de Kharkiv de forma relativamente rápida, enquanto Kherson ficou à espera da liberdade. Cerca de 80 mil pessoas ainda vivem na cidade, em condições extremamente árduas. O governo se ofereceu para evacuar os residentes para a região vizinha de Mykolaiv ou para o oeste da Ucrânia durante o inverno, mas é difícil enviar mensagens à população de Kharkiv devido à falta de internet e de redes de telefonia celular.

Estão chegando ao fim os trabalhos de desminagem de escolas e jardins de infância, edifícios que neste inverno não servirão ao seu propósito habitual, mas serão transformados em "espaços para os invencíveis". O plano é criar uma dezena de centros comunitários, localizados em diversos pontos de Kherson e equipados com geradores nos quais as pessoas poderão carregar seus celulares e computadores e se conectar aos satélites Starlink de Elon Musk. Médicos e assistentes sociais estarão de plantão para ajudar e aconselhar. Por último, mas não menos importante, as pessoas poderão tomar um chá quente e fazer um lanche. Eu gostaria que livros e outras atividades culturais fossem incorporados a esses espaços; contudo, quando todos estão preocupados com a sobrevivência básica, a cultura talvez tenha de esperar.

Do lado positivo, um supermercado e dois bancos abriram filiais na cidade, e um ou dois cafés começaram a funcionar. As autoridades prometem retomar o fornecimento parcial de eletricidade em duas a três semanas *se* os russos não fizerem novos ataques às infraestruturas. É um baita "se".

Quinhentos policiais voltaram a Kherson. Outros trezentos estão trabalhando na região. A lei marcial ainda está em vigor, e a produção e a venda de bebidas alcoólicas são proibidas. A criminalidade é praticamente inexistente na cidade – há apenas escombros e vítimas dos crimes de guerra russos. Descobriu-se que em Kherson vários edifícios foram utilizados pelos militares russos como câmaras de tortura. Milhares de habitantes da cidade, incluindo adolescentes com atitude escancaradamente negativa em relação à Rússia e aos militares russos, passaram maus bocados nesses lugares medonhos. Agora a ocupação acabou, mas cada morador que sobreviveu pode contar histórias que encheriam muitos volumes de romances de terror.

Agora os adolescentes de Kherson saem às ruas para mostrar o seu apoio ao exército ucraniano. Cobrem as paredes dos prédios de apartamentos com murais do comandante em chefe das forças militares ucranianas, o general Valery Zalujnyi, cuja imagem foi pintada também no pedestal do monumento ao almirante Ushakov – monumento que partiu com o exército russo. Imagino que hoje a cidade aprovaria sua substituição por uma estátua do general Zalujnyi.

Kherson aguarda um bom sistema de telefonia celular e fornecimento de eletricidade, água e aquecimento. Quando esses serviços forem restaurados, será possível planejar uma vida cultural plena. Será a cereja do bolo.

## 29 de novembro de 2022
### Partidas de xadrez e jogos de guerra na Ucrânia

Quanto mais as autoridades ucranianas asseguram a seus cidadãos que não haverá uma ofensiva vinda da direção de Belarus, mais apreensivos os ucranianos olham para seu vizinho do norte. A fronteira entre a Ucrânia e Belarus tem cerca de 1.100 quilômetros de extensão e passa por quatro regiões da Ucrânia.

A região de Volyn, no noroeste da Ucrânia, faz fronteira com Belarus e a Polônia. Agora, soldados e policiais percorrem os vilarejos, visitando cada domicílio para dar instruções sobre o que fazer em caso de evacuação. Até o momento a área está tranquila, mas essas visitas assustam a população.

Na fronteira da região de Jytomyr com Belarus, ocorreram coisas estranhas. Patrulhas militares noturnas descobriram pegadas na neve, provenientes de vários pares de botas diferentes. Mais tarde, seis pessoas do Paquistão e de Bangladesh foram detidas.

Antes do início da guerra, Belarus "aterrorizou" a União Europeia, utilizando refugiados do sul da Ásia aos quais ofereceu entrada sem visto no país, razão pela qual os migrantes voaram às centenas e milhares para Minsk e imediatamente se dirigiram à fronteira com a Polônia. Os guardas de fronteira belarussos ajudaram os migrantes a se aproximar da linha de demarcação e depois formaram um muro para impedir que regressassem a Belarus. Todas as noites os refugiados se aglomeravam em acampamentos na fronteira polonesa. Agora esses acontecimentos parecem quase uma história arcaica, mas o aparecimento desses novos refugiados, desta vez no lado ucraniano da fronteira, trouxe à tona muitas questões. Por que estavam tentando chegar a um país em guerra? E como passaram pelas unidades militares russas estacionadas ao longo da fronteira do lado belarusso?

A resposta a essas perguntas é simples e macabra em igual medida. De acordo com os migrantes detidos, homens trajando uniformes militares os levaram até a fronteira com a Ucrânia e lhes deram instruções. Eles partiram a pé através da floresta coberta de neve, enviando regularmente dados de GPS aos militares em Belarus, conforme lhes foi instruído. É assim que os militares belarussos e russos verificam se as florestas do lado ucraniano da fronteira estão minadas, quais zonas da fronteira ucraniana são menos vigiadas, e onde ainda existem caminhos seguros para adentrar o território ucraniano.

A essas histórias bastante preocupantes somou-se a inesperada morte do ministro das Relações Exteriores de Belarus, Vladimir Makei, que, embora servisse a Lukachenko, tinha a reputação de nutrir simpatias pró-europeias. Ele morreu pouco antes de uma reunião agendada com Sergei Lavrov, o ministro das Relações Exteriores da Rússia. Lavrov cancelou imediatamente a sua visita a Minsk. O objetivo de todas as visitas oficiais russas a Belarus é convencer Lukachenko a enviar tropas para lutar contra a Ucrânia e a abrir a "frente norte" de modo que o exército ucraniano seja forçado a reduzir os seus contra-ataques no sul e no leste.

Enquanto a Ucrânia monitora a atividade militar dentro de Belarus e aguarda o próximo ataque da Rússia às infraestruturas energéticas do país, realizou-se um campeonato de xadrez relâmpago em Jytomyr, cidade localizada 140 quilômetros a oeste de Kyiv e alvo constante de ataques com mísseis. A competição teve quatro categorias: homens, mulheres, meninos e meninas. Organizado pela federação regional de xadrez, o torneio aconteceu na Universidade Ivan Franko de Jytomyr e foi dedicado ao aniversário do ex-presidente da federação de xadrez Artem Sachuk, que agora luta no front.

As disputas seguiram o sistema suíço: partidas de nove rodadas em que cada jogador tem três minutos por partida, mais dois segundos de tempo adicional para cada jogada. Quarenta e quatro enxadristas amadores participaram do torneio. O mais novo tinha 4 anos e o mais velho, 72. Durante o campeonato, arrecadou-se dinheiro para o exército ucraniano; todo o montante angariado foi enviado para a unidade de Artem Sachuk.

O xadrez lento é impossível na Ucrânia de hoje, onde tudo tem de ser feito rapidamente ou muito rapidamente. Se em tempos de paz apreciamos cada hora de tranquilidade, durante a guerra apreciamos cada minuto.

Enquanto a Universidade Ivan Franko de Jytomyr sediava o torneio de xadrez, a Escola nº 7 da cidade estava ocupada com o campeonato regional de basquete feminino, competição que durou dois dias e terminou com a vitória da equipe da Escola Dynamovets de Esportes Infantis.

Na cidade de Cherkasy, 300 quilômetros a sudoeste de Jytomyr, acontecia o campeonato nacional de luta greco-romana. Zhan Beleniuk, o conhecido deputado afro-ucraniano do partido Servo do Povo, o mesmo de Zelensky, tornou-se o campeão nacional na categoria até 87 quilos. O pai de Beleniuk era um piloto ruandês que morreu durante a guerra civil de Ruanda de 1990-1994. Beleniuk cresceu em Kyiv e, em 2020, conquistou a única medalha de ouro da Ucrânia nas Olimpíadas de Tóquio. O partido Servo do Povo convidou-o a tornar-se parlamentar (por meio do sistema de "lista partidária") devido ao seu caráter resoluto e à sua popularidade entre os adeptos dos esportes.

Como primeiro deputado negro do parlamento da Ucrânia, Beleniuk é também membro do Comitê Olímpico Nacional da Ucrânia (CON), que acaba de realizar novas eleições. Os resultados da votação chocaram o país. Quase todos os membros recém-eleitos do CON eram ex-representantes ou de partidos pró-Rússia, ou de oligarcas ou de autoridades próximas dos oligarcas. Em protesto, Beleniuk renunciou ao CON e apelou a todos os outros membros patrióticos do comitê para fazerem o mesmo.

O jogador de futebol Andriy Chevtchenko, um astro internacional do esporte, atendeu a esse apelo. Ele acabara de ser eleito para o cargo de vice-presidente do CON. Chevtchenko emitiu a seguinte declaração: "Neste que é o momento mais difícil da história do meu país, tenho orgulho de apoiar a Ucrânia e ajudar de todas as maneiras que eu puder para a nossa vitória. Considero uma honra servir no Comitê Olímpico Nacional e entendo a importância do seu desenvolvimento. Ao mesmo tempo, não posso fazer parte dessa formação. Estamos pagando um preço infinitamente alto por nossa liberdade com a vida dos melhores ucranianos. Devemos ser dignos deles".

Entre os novos membros do Comitê Olímpico Nacional está um dos mais destacados políticos ucranianos pró-Rússia, Nestor Shufrych. Ele também continua sendo membro do parlamento ucraniano e chefe da Comissão para a Liberdade de Expressão.

Enquanto continua a indignação com a composição do Comitê Olímpico Nacional, milhares de conhecidos atletas ucranianos lutam e muitas vezes morrem na frente de batalha. Há três meses, nos arredores de Donetsk, Igor Pastukh, amigo e colega de Zhan Beleniuk, tornou-se um dos cem atletas mortos em combate até agora. Eles são conhecidos como "anjos do esporte", e um site foi lançado em sua memória.

Embora as estatísticas indiquem que os jovens ucranianos não são, em geral, religiosos, há o entendimento comum de que o número de anjos no céu da Ucrânia está aumentando. O conceito de "cem celestiais" apareceu pela primeira vez em 2014, após a execução de manifestantes na Maidan e perto dela durante a Revolução da Dignidade da Ucrânia. A essas multidões de anjos podemos acrescentar as centenas de crianças ucranianas mortas por mísseis e morteiros russos, bem como dezenas de milhares de adultos, incluindo soldados.

A disposição dos ucranianos de apoiar eventos esportivos locais é uma forma de resistência; no entanto, o interesse pela Copa do Mundo de futebol no Catar este ano é baixíssimo, um recorde negativo. Apenas a notícia de um torcedor que invadiu o gramado durante uma partida vestindo uma camiseta com o logotipo do Batman e a inscrição "Salve a Ucrânia" atraiu a atenção. Os ucranianos estão concentrados nas suas próprias batalhas e em permanecer fortes.

À medida que a época do Natal e do Ano-Novo se aproxima, surgem novas tensões sobre como celebrar. Em Kyiv, após longos debates, o prefeito da cidade, o campeão mundial de boxe e detentor de múltiplos cinturões Vitaliy Klitchko, decidiu permitir a montagem da principal árvore de Natal do país na praça Sofia, como de costume. Em resposta aos protestos de representantes da administração presidencial e de outros ativistas, que afirmaram que colocar decorações festivas nas cidades ucranianas durante uma guerra não era uma atitude ética nem moral, o gabinete do prefeito insistiu que a guerra não deveria privar as crianças ucranianas de sua época natalina. Não se deve permitir que os agressores russos roubem das crianças a alegria sazonal, pois já lhes roubou a eletricidade, o aquecimento e a água corrente. Concordo com Vitaliy Klitchko: a guerra não cancela o Natal nem o Ano-Novo. A guerra só aumenta a importância dessas festividades para os ucranianos. Cada evento festivo ou esportivo que acontece contribui para o moral das pessoas e para o futuro do país.

Espero que muito em breve se realizem competições de xadrez clássico na Ucrânia. Essas partidas de xadrez exigirão prolongados períodos de silêncio, fornecimento ininterrupto de iluminação elétrica e condições em que os jogadores precisarão pensar apenas no movimento seguinte e na vitória.

## 12 de dezembro de 2022
## Sons da guerra

Nas manhãs geladas, Kyiv continua acordando aparentemente em paz e feliz. A neve estala sob nossos pés. Podemos ficar na expectativa de que uma árvore de Natal apareça na praça Sofia, como de costume. É verdade que teremos de abrir mão do mercado festivo e das cabanas de madeira que vendem decorações de Natal, vinho quente e comidas quentes que normalmente circundam a enorme árvore e se estendem ao longo das ruas da antiga "cidade alta" de Kyiv. Ninguém quer que multidões se reúnam. Nunca sabemos onde e quando o próximo míssil cairá.

Recentemente o clima mais quente substituiu as temperaturas congelantes, deixando Kyiv envolta em uma espessa neblina. Além de alertar para a fraca visibilidade, o gabinete meteorológico de Kyiv informou a população de que não há a necessidade de entrar em pânico caso se ouçam explosões vindas do noroeste da capital, na direção de Bucha e Irpin. As equipes de remoção de bombas explodiriam minas e granadas não detonadas na área. Durante todo o dia fiquei atento aos estrondos, mas nenhum som de explosão chegou aos meus ouvidos.

Enfim estou em casa. Depois de nove meses contando às pessoas sobre Kyiv, posso finalmente andar pelas ruas, sentar-me com amigos e ver o brilho cansado, mas resoluto, em seus olhos. Eu me tornei um ouvinte. Cada pessoa tem a sua própria história do momento em que a guerra chegou até ela. Já ouvi muitos desses relatos, é claro, mas é diferente ouvir essas coisas quando você está na sala de uma casa danificada ou passando de carro pelas ruínas de um vilarejo. Depois de me contarem de que maneira sobreviveram, as pessoas sempre perguntam: "O que você acha, quando isto vai acabar?", como se o tempo que passei longe tivesse me tornado clarividente. Costumo responder: "Provavelmente no novo ano, em 2023". Mas não sei por que digo isso.

Nossos amigos Iurii e Olga moram a três minutos a pé, descendo a colina dos Portões Dourados. Olga tem problemas de mobilidade e não sai muito, principalmente quando há muito gelo ou lama. O prédio deles tem elevador, mas ninguém o usa, mesmo quando há eletricidade, pois nunca sabem quando o fornecimento de energia será cortado. O edifício em que moram parece sofrer cortes de energia mais frequentes e mais prolongados do que os edifícios vizinhos. Olga passa a maior parte do dia sentada no escuro, contemplando com tristeza o prédio em frente, cujas janelas estão quase sempre iluminadas.

As ruas escuras de Kyiv têm uma qualidade mágica. A escuridão é azul-prateada. À medida que você caminha, círculos de luz vêm em sua direção e se transformam em pessoas usando lanternas ou carregando telefones celulares.

Na área ao redor dos Portões Dourados, os bares permanecem abertos com ou sem eletricidade, pelo menos até o toque de recolher se aproximar. Muitas vezes localizados em porões, é preciso entrar nos bares com cuidado. Uma vez lá dentro, velas e lâmpadas alimentadas por bateria criam um ambiente aconchegante. Os funcionários do bar estão satisfeitos em vê-lo – as empresas precisam sobreviver. Há velas nas mesas; além delas, sombras e vozes baixas. Onde há luz elétrica, o volume das vozes aumenta. À luz de velas, as pessoas até riem mais baixinho. Há uma sensação de hibernação; um dos clientes acaba de pegar no sono.

Nossa amiga Olga está tendo problemas para se manter positiva, e não apenas por causa dos cortes de energia. Seu marido, Iurii, que trabalha nos bastidores do Teatro Nacional de Ópera e Balé de Kyiv, estará em Paris com a trupe de balé no Natal e no Ano-Novo. Olga ficará sozinha para saudar 2023, possivelmente no escuro.

A viagem a Paris é uma boa notícia para a companhia de teatro. A temporada de Natal na França e no Japão permitirá que os artistas trabalhem em condições normais por algum tempo. Apesar dos ataques aéreos, a companhia tem apresentado fantásticos espetáculos ao agradecido público de Kyiv – a plateia ocupa apenas as cabines e camarotes inferiores, de modo que todos possam ser evacuados para o porão caso as sirenes soem. Mesmo com duas trupes em turnê, durante o período de férias o teatro ainda oferece aos moradores de Kyiv o balé *A rainha da neve*, que conta com música de vários compositores, nenhum deles russo.

É também positivo que as companhias de ópera e de balé de Kyiv tenham a oportunidade de exibir seus talentos ao público internacional. Afinal, geralmente são as companhias de balé e ópera de São Petersburgo – as companhias Mariinsky e Mikhailovsky – que viajam pela Europa e pelo Japão. Este ano, ninguém na Europa se atreve a convidá-las, e os teatros russos só podem fazer turnês dentro da Rússia.

Em 29 de novembro, o Teatro Mikhailovsky apresentou um concerto de gala com estrelas da ópera e do balé russos em apoio às famílias dos cidadãos russos mobilizados para a guerra contra a Ucrânia. Eu gostaria de saber se esse teatro também está envolvido em alguma outra iniciativa destinada a apoiar soldados e oficiais russos abrigados em trincheiras em território ucraniano. O comando militar russo pediu aos cidadãos que doassem gaitas, acordeões de botão, violões e balalaicas. Em São Petersburgo, os pontos de coleta dos instrumentos musicais doados são o Museu de Medicina Militar, o Museu de História Militar e o Museu Naval Central. Eu gostaria de saber de que modo esses instrumentos musicais serão entregues na linha de frente e como serão distribuídos.

Conversas telefônicas interceptadas entre soldados russos e seus familiares indicam que as forças no front carecem de comida e agasalhos, e não há menção a qualquer tipo de entretenimento. É claro que tocar instrumentos musicais pode aquecê-los, principalmente tocar acordeão. Talvez em breve os soldados ucranianos ouçam canções folclóricas russas e melodias de filmes soviéticos que atravessam a terra de ninguém a partir das trincheiras inimigas. No final, esses instrumentos musicais poderão tornar-se troféus para o exército ucraniano, ou poderão permanecer nas trincheiras encharcadas de sangue, deixando uma nova "camada cultural" sobre a qual os futuros arqueólogos farão reflexões.

Os sons da guerra são muitos e diversos. Geralmente é uma miscelânea que nada tem a ver com música. O som que os ucranianos ouvem com mais frequência é o da sirene de ataque aéreo. Há três semanas, quando eu dirigia rumo a Kyiv, outro som me assustou. Ouvimos um barulho estranho assim que entramos na região de Kyiv. Algo parecido com o rugido de um motor a jato; porém, o mais alarmante era que parecia vir de baixo do carro, das rodas do carro.

"São os rolamentos?", sugeriu meu filho mais novo.

Apreensivo, diminuí a velocidade, mas o som não desapareceu. Acompanhou-nos até Kyiv. Na manhã seguinte, levei o carro ao posto de gasolina.

Contei ao mecânico sobre o barulho. Ele abriu um sorriso estranho. "É ressonância", disse ele. "Todas as superfícies das estradas por aqui foram danificadas por tanques e veículos pesados sobre lagartas. O som apareceu quando você entrou na região de Kyiv, certo?", perguntou ele em tom de quem sabe das coisas. Eu disse que sim. Por precaução, o mecânico verificou as rodas. Estavam em boas condições. Agora que eu sei que o problema são as estradas, parei de prestar atenção ao estrondear agressivo embaixo do meu carro. Eu me acostumei. Mais precisamente, aceitei outro som que me foi imposto por esta guerra.

Recentemente, enquanto organizávamos o carro para voltar do vilarejo a Kyiv, minha esposa colocou no porta-malas um tapete de ioga. Fiquei surpreso. "Isto tornará o corredor mais confortável durante ataques aéreos!", explicou ela. Por toda a Ucrânia, os corredores dos apartamentos tornaram-se salas de estar, quartos, escritórios e, por vezes, até pequenas cozinhas, equipadas com mesinhas e cadeiras dobráveis para o café da manhã ou jantar. Algumas pessoas transferiram seus sofás para o corredor. Outras instalaram um aparelho de TV. O principal é ficar longe das janelas, que a explosão de um foguete pode espatifar, espalhando estilhaços na sala.

No metrô de Kyiv há anúncios de apartamentos em conjuntos de prédios recém-construídos. Os cartazes mostram plantas baixas, e notei que todos os novos apartamentos têm quartos dispostos em torno de uma área espaçosa e sem janelas – um design inteligente para tempos de guerra. Infelizmente, esses novos edifícios de apartamentos são quase sempre alimentados apenas por eletricidade; um corte de energia significa a inexistência de aquecimento, água ou instalações para cozinhar.

Em nosso vilarejo são raros os blecautes, mas a minha mulher e eu compramos uma chaleira para o fogão a gás, uma pequena contribuição para poupar eletricidade. Também fiquei satisfeito ao ouvir o suave zumbido da nossa nova chaleira – muito mais agradável do que o ruído de foguete da chaleira elétrica.

## 23 de dezembro de 2022
## Tudo o que queremos para o Natal...

Há alguns dias, minha dentista, Victoria, e eu passamos uma hora e meia em seu consultório esperando a eletricidade voltar. De acordo com o cronograma, o corte de energia deveria ter terminado às quatro horas, mas às cinco ainda estávamos esperando. Ficamos batendo papo à luz de velas, e quando a vela se apagou continuamos no escuro, comparando nossas viagens pela Ucrânia e pela Europa, sem mencionar a guerra em momento algum.

A certa altura, Victoria contou um episódio ocorrido havia pouco tempo: um de seus clientes habituais chegou às pressas ao consultório, atormentado por uma excruciante dor de dente. Assim que ele se ajeitou na cadeira, a eletricidade acabou. Gritando de agonia, o paciente pediu a Victoria que arrancasse o dente sem eletricidade mesmo. "Não precisamos de energia elétrica! Vou acender uma lanterna e iluminar a minha boca!" Vendo que o homem estava absolutamente desesperado, por fim Victoria concordou em tentar. Ele abriu a boca e segurou o celular junto ao rosto. A luz era muito fraca, e Victoria concluiu que seria perigoso demais arrancar um dente nessas condições. Ela se recusou a fazer a extração, e seu paciente saiu correndo em busca de um consultório dentário com energia.

Essa história chegou ao final, e a eletricidade ainda não havia retornado. Decidimos não esperar mais, e combinamos que eu voltaria na manhã seguinte, se houvesse luz, claro. Antes de se despedir, Victoria me contou outra história, sobre sua recente ida ao salão de cabeleireiro. Normalmente, primeiro o cabeleireiro lava os cabelos da cliente, depois corta os cabelos enquanto estão molhados e por fim seca com o secador. Desta vez o cabeleireiro de Victoria lavou os cabelos dela e imediatamente pegou o secador. Victoria presumiu que ele simplesmente se esquecera de cortar, mas ele explicou que estava secando enquanto havia energia. "Pra cortar eu não preciso de eletricidade", explicou ele.

Dentistas e cabeleireiros ficam bastante atarefados no período que antecede a época festiva. Apesar da guerra, as pessoas querem ter uma boa aparência e se sentir bem. Muitos ucranianos também parecem interessados em celebrar o Ano-Novo da forma habitual, na rua. Na maior parte da Ucrânia, o toque de recolher obriga os civis a permanecerem dentro de casa das onze da noite às cinco da manhã. As autoridades municipais de todo o país receberam uma petição dos residentes para suspender o toque de recolher por uma noite, na véspera de Ano-Novo. Embora as pesquisas sugiram que os ucranianos vão gastar muito pouco dinheiro durante as férias, os estoques de caviar vermelho e champanhe nas lojas de Kyiv dão a impressão de que os gerentes dos supermercados esperam fazer bons negócios.

Os residentes de Kherson estão se posicionando contra o Papai Geada ("Dyed Moroz"), personagem semelhante ao Papai Noel que, até pouco tempo, era ansiosamente aguardado pelas crianças ucranianas soviéticas e pós-soviéticas. "Papai Geada" foi identificado como um desvio russo e, este ano, São Nicolau é quem saudará as crianças pelo feriado. Uma "residência sobre trilhos de São Nicolau" foi inaugurada no teatro de Kherson, onde as crianças podem visitar São Nicolau e receber os presentes doados pelo Rotary Club.

Em Kharkiv, na estação subterrânea de metrô Yuzhny Vokzal, criou-se um jardim inteiro de árvores de Natal decoradas. Tudo está bem iluminado, e as famílias descem para tirar fotos. Às vezes, São Nicolau aparece entre as árvores, ostentando sua comprida barba branca e casaco e chapéu vermelhos. Na cidade de Mykolaiv, que é bombardeada todo dia pelos russos, a principal árvore de Natal da cidade foi feita com redes de camuflagem usadas no verão.

Todas as regiões da linha de frente, incluindo Kherson, serão visitadas pelo trem "Morada de São Nicolau", especialmente decorado com uma porção de presentes para as crianças dessas áreas danificadas pela guerra.

\*

Na cidade de Bakhmut, na região de Donetsk, onde os combates são mais intensos, apareceu inesperadamente com presentes para os militares um "São Nicolau" especial – o presidente Zelensky. A sua aparição não anunciada na linha de frente coincidiu com a visita sem brilho de Pútin a Belarus. É mais uma bofetada na cara do exército russo e de Pútin, que parece ter decidido recapturar Bakhmut, a mesma intenção de Yevgeny Prigojin, o chefe do

Grupo Wagner. Os ucranianos podem esperar mais bombardeios de infraestruturas civis e mais interrupções no fornecimento de água, aquecimento e eletricidade, a única área em que o exército russo teve algum sucesso.

Se o exército russo equipara a algum tipo de sucesso o roubo de coleções de museus dos territórios ocupados, não está sendo muito meticuloso nem mesmo nessas operações. Após a libertação de Kherson, um ícone de São Nicolau, não notado ou esquecido pelos invasores, foi encontrado no museu da cidade. Os serviços de segurança ucranianos descobriram também uma coleção inteira de ícones antigos que os russos roubaram da residência do cônsul-geral da Lituânia em Kherson. Todas as 120 antiguidades foram devolvidas ao cônsul, que imediatamente as doou ao Museu de Belas-Artes de Kherson. Por enquanto, essas obras, juntamente com o ícone de São Nicolau, vão decorar as paredes do museu no lugar das peças roubadas pelas forças de ocupação russas.

Enquanto a "morada sobre trilhos de São Nicolau" entrega presentes às crianças em cidades próximas da linha de frente, a Companhia Ferroviária Nacional Ucraniana lançou outra rota de passageiros. Chama-se "Expresso do Esqui" e circula entre Kyiv e a estação de esqui de Slavske. Pelos padrões ucranianos, é um trem muito veloz, percorrendo 680 quilômetros em seis horas. Antes da guerra, a viagem demorava muito mais. Esquiar é caro, mas espero que este ano haja ofertas especiais disponíveis nos resorts, pelo menos para veteranos de guerra e combatentes.

Tenho mais duas visitas ao dentista marcadas antes do Ano-Novo. Assim, a minha lista pessoal de desejos para a época festiva tem apenas um item: eletricidade no consultório da dentista, para mim e para outros pacientes que sonham em entrar em 2023 com dentes saudáveis e sem dor.

## 25 de dezembro de 2022
## Dia de Natal em Kyiv

A neve já cobriu a terra e, quando o sol reina no céu, seus raios acrescentam um brilho dourado à cobertura nevada. Todos os meus invernos anteriores, todas as minhas celebrações de Natal anteriores, foram pacíficos. A neve enfatizava a calma. A neve e o frio preservam a vida até a primavera, até os primeiros dias quentes. Parecem exigir que todos descansem, evitando movimentos e ruídos desnecessários. A neve afeta os sons da natureza. De alguma forma, mantém os sons acima do solo e evita que perturbem as toupeiras em hibernação e outros habitantes do fértil solo negro da Ucrânia.

Este ano a nossa família concordou em doar dinheiro para causas ucranianas em vez de comprar presentes. Na véspera de Natal, porém, notei minha esposa colocando as meias vermelhas das crianças em volta do fogão – abarrotadas de presentes, como sempre. "São apenas coisas práticas!", explicou ela. Pela manhã apareceram mais presentes das crianças. "É tudo feito na Ucrânia!", declararam elas.

O Natal de 2022 não é especial apenas por ser tumultuado e marcado pela guerra. Este ano, os ucranianos podem optar por celebrar o Natal de acordo com o calendário gregoriano, ou seja, no mesmo dia em que toda a Europa, ou de acordo com o calendário juliano, como faziam antes, com a Rússia e a Igreja Ortodoxa do Patriarcado de Moscou. No ano passado, meu vilarejo celebrou o Natal nos dias 6 e 7 de janeiro, juntamente com a Rússia e, na igreja do vilarejo de São Alexandre Nevsky, com um padre chamado Alexander, homem bastante corpulento com uma expressão habitualmente insatisfeita. Parece que sua esposa o abandonou, levando consigo os filhos. Ele permaneceu sozinho, reclamando repetidas vezes que sua paróquia lhe trazia poucos rendimentos. Ele ganhava um dinheirinho extra como motorista de táxi e vendedor de carros usados.

Alexander já se foi, e a igreja está fechada. Zina tem as chaves. Foi Zina quem pagou a construção da igreja após a morte do marido. Eles se mudaram da Sibéria para nosso vilarejo há cerca de quinze anos. Compraram uma das casas construídas para os reassentados da zona de Chernobyl, ampliaram o imóvel e acrescentaram dependências.

Zina é uma mulher de negócios e ganha dinheiro na Moldávia vendendo suplementos nutricionais que supostamente fazem bem à saúde. Eles são feitos de corais em pó. Ninguém sabe onde ela consegue esses corais e quem os tritura. As instruções na embalagem dizem que o pó pode ser adicionado à sopa, ao mingau ou ao chá.

Zina vivia ocupada com seus negócios, mas o marido não tinha nada para fazer. Ele caminhava pelo vilarejo com seus cachorros. Às vezes bebia. Num dia triste, ele morreu de doença cardíaca. Zina o enterrou e começou a construir uma igreja de tijolos, com vista para o rio, no centro do vilarejo. Antes disso as cerimônias religiosas do vilarejo eram realizadas em uma cabana de madeira das mais simples.

A construção da nova igreja foi um processo lento, pontuado por numerosos escândalos. Construtores vieram e se foram. Às vezes o trabalho de construção parava por vários meses a fio. No entanto, chegou o dia em que Zina pôde enfim convidar hierarcas do mosteiro de Kyiv-Petchersk Lavra do Patriarcado de Moscou para consagrar a igreja, que foi dedicada a São Alexandre Nevsky.

A igreja tem sido servida por uma sucessão de padres, todos relativamente jovens e todos insatisfeitos com a sua paróquia. Os aldeões vão à igreja apenas duas vezes por ano, no Natal e na Páscoa. No resto do tempo a igreja fica vazia. E agora está vazia e trancada. Também custeada por Zina, a pequena capela construída perto da fonte sagrada, logo além das cercanias do vilarejo, está igualmente trancada. A fonte, porém, permanece acessível, e os moradores vêm regularmente em busca de sua água limpa e gelada.

## 1º de janeiro de 2023
## Ano-Novo no corredor

Mesmo durante uma guerra, a aproximação do Ano-Novo faz você se sentir mais relaxado. No dia 31 de dezembro, nosso velho amigo Stanislav veio nos visitar em Kyiv. Devido à covid e à guerra, não nos víamos havia alguns anos.

Assim que ele chegou, ouvimos o barulho da sirene de ataque aéreo, mas ainda assim nos sentamos à mesa de jantar e, durante a refeição, começamos a trocar notícias. Faz oito meses que a sua esposa e duas filhas vivem na Grã-Bretanha. Ele quer que elas fiquem lá até o fim da guerra, mas sofre de solidão. Enquanto ele nos mostrava fotos da esposa se divertindo na neve em Londres, uma explosão soou em algum lugar próximo. Nós nos levantamos rapidamente e seguimos para o corredor. Stanislav começou a procurar na internet informações sobre os ataques aéreos. Depois ligou para a mãe, que mora do outro lado do rio Dnipro, e lhe disse que em breve apareceria para vê-la. Ouvimos a voz assustada dela dizendo: "Não venha hoje. É perigoso!". Mas Stanislav disse que iria de qualquer maneira. Assim que ele partiu, minha família começou a preparar a comida para o jantar de Ano-Novo.

Meu plano era assar coxas de peru, e de repente percebi que não havia alecrim em casa. Saí para o supermercado. As ruas já estavam escuras. Ao passar pela embaixada francesa, os três soldados ucranianos que montavam guarda com fuzis kalashnikov me olharam de cima a baixo. Eu os cumprimentei, eles relaxaram e voltaram à conversa. O supermercado não tinha alecrim nem qualquer outra erva fresca, então comprei azeitonas com anchovas e um pouco de papel-alumínio.

Às dez horas o jantar estava pronto. Meu irmão Mikhail e sua esposa Larysa chegaram trazendo saladas. Nossa filha Gabriela tinha que chegar a seu apartamento antes do toque de recolher das onze horas. Ela e o namorado ficaram conosco o máximo que puderam e depois voltaram correndo para casa. Pouco antes da meia-noite, servi prosecco em taças e conseguimos brindar às forças armadas ucranianas antes que a sirene de ataque aéreo soasse no silêncio da noite. Quase imediatamente, explosões ressoaram logo acima da nossa casa – as defesas aéreas da nossa cidade começaram a funcionar. Levamos nossas cadeiras para o corredor. Uma mesa de xadrez em que eu trabalho durante os ataques aéreos já estava lá.

"Que estranho", disse Larysa, "as explosões geralmente começam um pouco depois da sirene".

"Provavelmente os militares não queriam estragar o momento do Ano-Novo para nós", sugeriu meu irmão Mikhail. "Caso contrário, estaríamos sentados no corredor desde o ano passado!"

Talvez quisessem que os ucranianos assistissem sem interrupções ao discurso de Ano-Novo do presidente Zelensky na televisão, pensei. Os corredores raramente são equipados com televisores e, como pude ver no Telegram, o alerta de ataque aéreo cobriu todo o país.

Naquela noite, todos os 32 drones dirigidos a Kyiv foram destruídos antes de atingirem seus alvos, mas os destroços causaram danos a algumas casas e carros.

De tempos em tempos, nosso filho mais novo, Anton, saía à varanda para olhar o céu explosivo. Ele relatava ao resto de nós, abrigados no corredor, que, nas outras sacadas, nossos vizinhos estavam de pé, com taça nas mãos, gritando em coro um "F...# Pútin!" após cada explosão. Algum tempo depois das três da manhã, desistimos de esperar o fim do perigo e fomos para a cama. Kyiv parecia bastante quieta àquela altura.

Agora eu me lembro dessa noite com alguma tristeza; foi provavelmente a celebração de Ano-Novo mais bizarra da minha vida, um sombrio marcador da passagem do tempo. Apesar das petições e solicitações às autoridades municipais, o toque de recolher não foi cancelado. Fogos de artifício e visitas a amigos estavam proibidos. A polícia patrulhou as ruas para garantir o cumprimento da proibição. No final das contas, não foram muito rígidos com as pessoas flagradas fora de casa após o toque de recolher, desde que portassem algum documento de identificação.

No corredor, durante o ataque aéreo, pensamos em todos os ucranianos que foram mortos pela Rússia e não puderam saudar a chegada do novo ano. Recordamos também as famílias que não puderam celebrar por motivos ligados à guerra. O ataque de drones e mísseis na hora do almoço de 31 de dezembro destruiu portas e janelas de dezenas de apartamentos em prédios altos. Destroçou também uma casa particular na margem esquerda do Dnipro, deixando desabrigados seus moradores. Gosto de pensar que as pessoas tão sofridas ainda assim conseguiram se reunir com parentes e amigos para saudar o novo ano. Em todo caso, hoje enfrentarão a dura realidade das suas casas danificadas ou destruídas.

Apesar da proibição de fogos de artifício, alguns habitantes de Kyiv estavam determinados a adicionar brilho e ruído ao céu. Além dos caminhões de bombeiros e ambulâncias correndo para os locais onde os destroços dos drones haviam caído, patrulhas policiais reagiam rapidamente a qualquer avistamento de fogos de artifício. Pelo menos um infrator foi detido. Ele estava bêbado, mas é improvável que isso o salve da punição. Ele corre o risco de pegar até cinco anos de prisão.

Às cinco da manhã, o alerta de ataque aéreo foi cancelado. Às dez horas nós nos sentamos para tomar nosso primeiro café da manhã do ano novo. Nos últimos anos, essa refeição era animada com champanhe, mas hoje não tive vontade de comer nem de beber. Saímos para passear. O sol brilhava e, para nossa surpresa, muitos cafés já estavam abertos.

Almoçamos com nossa amiga Irina. Sua filha, Alena, estava cheia de novidades sobre as reuniões ao ar livre que aconteceram a noite inteira perto de seu prédio. No espaço entre os arranha-céus, fora da vista da polícia, os vizinhos montaram mesas e compartilharam comida e champanhe.

De uma ponta à outra da cidade, nos dias 31 de dezembro e 1º de janeiro, cozinhas comunitárias beneficentes ficaram abertas para quem precisasse de alimento. Organizações de caridade, tanto ucranianas como internacionais, recrutaram deslocados internos do leste e do sul da Ucrânia para ajudar na distribuição de comida. Pessoas tão deslocadas, que muitas vezes recebiam caridade, estavam felizes da vida por ajudar os outros.

Durante 2022, as doações e a caridade se tornaram a norma para a maioria dos ucranianos. O conceito de doações de caridade é usado até mesmo em campanhas de marketing locais. Às vezes é difícil dizer onde termina a caridade e começa o comércio. Nos bares há avisos anunciando que metade do dinheiro pago por determinado coquetel será doado ao exército. Os clientes ficam especialmente felizes em pedir esses coquetéis. Minha esposa e eu fomos a um bar com a intenção específica de beber um pouco. Esqueci o sabor, mas lembro que todos no bar pareciam estar gostando do coquetel.

Infelizmente, nessa situação também há perdedores. Antes da guerra, os pais e mães de crianças doentes arrecadavam dinheiro na internet para tratamentos médicos dispendiosos. Agora há menos apelos desse tipo. Os pais e mães simplesmente têm vergonha de pedir dinheiro quando há uma guerra em andamento.

Ainda há escassez de médicos e enfermeiros nos hospitais ucranianos. As cirurgias planejadas são quase sempre canceladas. Apenas tratamento de emergência está disponível. Maternidades e hospitais infantis funcionam melhor. Nesses estabelecimentos hospitalares, pode-se esperar quase a mesma qualidade de tratamento que antes da guerra, pelo menos nas partes desocupadas da Ucrânia. Nos territórios ocupados, agora a maioria dos hospitais trata apenas dos soldados russos feridos. E não há leitos suficientes para os feridos.

Os russos estão transformando escolas, sanatórios e até maternidades em hospitais militares. Na cidade de Pervomaisk, na região de Lugansk, o exército privado Wagner assumiu a maternidade. Pacientes e funcionários foram despejados, e 150 combatentes feridos foram transferidos.

*

Na maternidade de Ujhorod, na fronteira com a Eslováquia, a primeira criança nascida em 2023 foi uma menina – filha de uma deslocada interna de 24 anos de idade de Nikopol, na região de Dnepropetrovsk. Ela chegou a Ujhorod em 29 de dezembro e entrou em trabalho de parto na noite de 31 de dezembro. A menina, que sua mãe quer chamar de Ayramiya, nasceu cinco minutos depois da meia-noite de 1º de janeiro de 2023. A segunda criança nascida nessa maternidade também foi uma menina e filha de outra pessoa deslocada, desta vez de Kharkiv. No total, no primeiro dia do novo ano, nasceram quatro crianças em Ujhorod: três meninas e um menino.

Este ano, a cidade com maior número de nascimentos no primeiro dia do ano foi Kyiv. Aqui nasceram 31 crianças, incluindo meninos trigêmeos: Matvey, Bogdan e Vladislav. Todas elas, assim como todas as crianças ucranianas nascidas depois de fevereiro de 2014, podem ser chamadas de "crianças de tempos de guerra". As "crianças de tempos de guerra" soviéticas se qualificam para receber subsídios de combustível. Não tenho certeza se aos novos cidadãos ucranianos serão oferecidos quaisquer benefícios especiais, mas eles saberão muito mais sobre a guerra do que a minha geração. As crianças ucranianas já conseguem perceber a diferença entre o som de uma explosão produzida pelos sistemas de defesa aérea e o ruído da explosão de um míssil que atinge o seu alvo.

A maioria das crianças também consegue reconhecer o som do motor de um drone Shahed iraniano. Esses drones são apelidados de "motonetas" devido à natureza de seu som, semelhante a um motor. Os jovens tentam gravar esses sons em seus smartphones e trocar os arquivos de áudio para fins "educativos". Isso significa tentar ficar perto da varanda durante ataques aéreos – façanha extremamente perigosa.

Para a celebração do Natal Ortodoxo, nos dias 6 e 7 de janeiro, Pútin propôs um cessar-fogo de 36 horas. Talvez esperasse que Kyiv concordaria, mas Kyiv rejeitou a oferta, convencida de que as forças russas apenas usariam o tempo para reforçar as suas posições agora enfraquecidas ao longo das linhas de frente. Para a Ucrânia, algumas horas de paz não fariam diferença, depois dos meses de bombardeio que o país sofreu.

Desde o início da guerra, os alarmes antiaéreos já soaram centenas de vezes em Kyiv. A frequência do perigo é tão grande que anestesiou as pessoas para o medo da morte. Uma vez que há 3 milhões de habitantes na cidade e continuam nascendo crianças, talvez haja uma falsa sensação de segurança. Em certos momentos parece que a guerra acabou, a ameaça evaporando-se como se tudo tivesse sido um pesadelo. Somente o som da próxima sirene de ataque aéreo traz o povo de Kyiv de volta à realidade.

*

O que nos aguarda neste novo ano? Muito provavelmente, a continuação dos bombardeios, a continuação da guerra. A Rússia discute uma maior mobilização. Não há muita dúvida de que é em apoio ao novo esforço de recrutamento que Vladimir Solovyov, um dos principais propagandistas televisivos da Rússia, tem insistido que "o valor da vida é exagerado e não se deve temer a morte, porque ela é inevitável". Essa mensagem foi claramente dirigida àqueles que poderão em breve ser enviados para a guerra na Ucrânia. Hoje, depois de a artilharia ucraniana ter destruído uma base militar russa em Makiivka, perto de Donetsk, matando um grande número de soldados e oficiais russos mobilizados, a mensagem de Solovyov é especialmente relevante.

Somente agora o povo da Rússia começa a acreditar na extensão das perdas do seu exército. O anúncio do estado-maior russo de que "apenas" 63 pessoas morreram no edifício da faculdade técnica, onde cerca de setecentos soldados e oficiais estavam guarnecidos, provocou fortes críticas, mesmo por parte de vlogueiros propagandistas pró-Pútin. Na realidade, entre 350 e 450 soldados e oficiais russos morreram em Makiivka. Perderam a vida porque os militares armazenaram granadas e foguetes no mesmo prédio.

A detonação do armazém significa que nada restou do enorme edifício da faculdade técnica.

Enquanto isso, Yevgeny Prigojin, o proprietário e comandante do exército privado Wagner, queixou-se ao Ministério do Interior da Rússia, e até ao Ministério da Saúde russo, sobre os funcionários do necrotério de Lugansk, onde há semanas estão os cadáveres de centenas de soldados russos, incluindo soldados do seu exército privado de mercenários. Ele acusou a equipe do necrotério de sabotagem, por causa da demora de semanas para a liberação dos corpos dos soldados de modo que possam ser enviados aos seus familiares na Rússia e devidamente sepultados. Parece que o gargalo são os patologistas, que não emitem atestados de óbito. Pode ser que os patologistas tenham sido instruídos a protelar o regresso dos corpos, de modo a evitar o pânico e o derrotismo entre cidadãos russos que, de maneira geral, continuam a dar robusto apoio à guerra de Pútin.

## 15 de janeiro de 2023
## A escolha dos Estados Unidos

Na Ucrânia há o provérbio: "A maneira como você saúda o Ano-Novo é a maneira como passará o ano inteiro!". Costumava significar que você deve comemorar com alegria e otimismo. A celebração deste ano não foi alegre, tampouco as nossas expectativas para o futuro próximo são motivo de otimismo. No entanto, o início de qualquer ano provoca reflexões sobre as mudanças que poderia ou deveria trazer.

Nossos planos foram finalizados nos últimos dias de dezembro. Minha esposa e eu decidimos ir para os Estados Unidos por alguns meses, aceitando a oferta de um cargo de professor de curto prazo na Universidade Stanford. No dia 1º de janeiro terminamos de fazer as malas, e à noite já estávamos na estação. Para nossa surpresa, nossa jornada para a Costa Oeste dos Estados Unidos ocorreu conforme o planejado. Pegamos um trem noturno para Mukacheva, na Transcarpátia, onde trocamos para um pequeno e vagaroso trem eslovaco a diesel que nos levou através da fronteira e até Košice. Nessa cidade há um aeroporto projetado para apenas alguns voos por dia, mas um deles é sempre para Londres. Em Londres embarcamos rumo a São Francisco.

Lá fomos recebidos por Uylia, professora da Universidade Stanford que já havia morado em Kyiv. Ela e um colega trabalharam com afinco preparando acomodações para a nossa chegada. E dedicaram ainda mais tempo para nos ajudar a nos instalar em um complexo residencial com fácil acesso ao campus universitário. Não esperávamos um apoio tão generoso e altruísta, mas entendo que, além de serem pessoas muito simpáticas, o que os movia era o desejo de nos amparar como "pessoas da zona de guerra", como residentes da Ucrânia.

Apesar da grande distância da Ucrânia, o desejo de ajudar as vítimas da invasão russa é palpável nas cidadezinhas e condados de qualquer região dos Estados Unidos. No início de dezembro, uma pesquisa do Instituto Ronald Reagan mostrou que 57% dos cidadãos americanos acreditam que o país deve continuar a enviar ajuda militar e financeira ao povo da Ucrânia na sua luta contra a Rússia. Cerca de 76% dos estadunidenses consideram a Ucrânia um aliado, um significativo aumento em relação a 2021, quando apenas 49% dos entrevistados tinham essa opinião.

É claro que centenas de milhares de ucranianos vivem nos Estados Unidos. Os primeiros emigrantes ucranianos chegaram na década de 1850, mas os ucranianos que vieram para os Estados Unidos depois de 1991, após a independência, são a espinha dorsal da ativa diáspora ucraniana. São eles os catalisadores de projetos voluntários e os organizadores de manifestações e eventos que reúnem pessoas, angariam dinheiro e recolhem todo tipo de bens para apoiar o esforço de guerra e aliviar o sofrimento na Ucrânia.

Pode-se ver a maneira como os ucraniano-estadunidenses entendem a agressão russa pelo exemplo de um antigo residente de Kyiv chamado Boris, que há alguns anos se mudou para a zona norte de São Francisco e fez uma bem-sucedida carreira como programador. No final de fevereiro de 2022, quando a Rússia desencadeou a sua invasão em todo o território da Ucrânia, Boris perdeu seu centro de gravidade. Seu estado psicológico se deteriorou. Ele perdeu 20 quilos e passou a ter problemas para dormir. Mas depois Boris se recompôs e decidiu que poderia ser útil na nova situação. Ele recuperou sua estabilidade imediatamente.

Boris disse aos amigos Margaret e Joe, um casal ucraniano-
-estadunidense, que arrecadaria dinheiro para comprar drones a
serem enviados ao exército ucraniano. Em pouquíssimo tempo,
angariou 2 mil dólares e comprou seu primeiro drone. Cem dólares desse montante foram entregues pessoalmente a ele por Lyudmila, de 75 anos, que havia se mudado de São Petersburgo para os
Estados Unidos. Com as primeiras notícias da invasão russa, ela
ficou do lado da Ucrânia e imediatamente fez para si uma bandeira
ucraniana para agitar nas manifestações.

Algumas pessoas simplesmente arrecadam dinheiro para a
Ucrânia e depois usam esse dinheiro para comprar medicamentos
e suprimentos médicos necessários na Polônia. Em seguida os suprimentos médicos são distribuídos a hospitais militares e civis
na Ucrânia.

O individualismo dos americanos se reflete na forma como eles
conseguem apoio para dezenas de projetos humanitários. Margaret participou recentemente de um piquenique do tipo "traga algo
e compre algo" organizado por ucranianos na área da baía de São
Francisco. Tendo comprado diversas tortas de diferentes participantes, Margaret percebeu que cada vendedor estava arrecadando
dinheiro para um projeto diferente. Uma mulher ia comprar sacos de dormir para os militares ucranianos; outra, toalhas e lençóis para um orfanato evacuado do território agora ocupado. Cada
pessoa tinha ouvido falar de uma necessidade e respondia especificamente a ela.

Entre os voluntários ucranianos, há pessoas com opiniões e
atitudes políticas diferentes. Vez por outra surgem tensões. Nina
é uma cidadã russa que se mudou de Moscou para a Califórnia há
quinze anos. Ela trabalha arduamente para ajudar os refugiados
ucranianos na área da baía, e pediu à comunidade ucraniana que
a aceitasse no seu grupo fechado do Facebook de modo que ela
pudesse ser ainda mais útil aos refugiados e ao exército ucraniano.
Ao saber que Nina era da Rússia, o grupo de ativistas ucranianos
se recusou terminantemente a cooperar com ela. Isso não deteve
Nina. Ela continua a apoiar os refugiados ucranianos, ajudando-
-os a preencher formulários oficiais, levando-os de carro a entrevistas junto aos serviços sociais e ajudando-os, de forma geral, a
se adaptarem à vida americana. Ao mesmo tempo, ela hospeda e

cuida do filho de amigos de Moscou que fugiram da Rússia assim que a mobilização foi anunciada.

Os americanos que apoiam a Ucrânia muitas vezes desconhecem essas tensões, e, quando descobrem que a opinião popular na Ucrânia é a de que "não existem bons russos", pesarosamente atribuem isso ao trauma da guerra. Na Califórnia, é costume não julgar as pessoas pela cor da pele, pela religião ou pelo passaporte.

A mídia russa afirma com frequência que a maioria dos americanos é contra a ajuda militar extensiva à Ucrânia. Até agora, não encontrei um único americano que não fosse a favor do apoio à Ucrânia.

A guerra é tema constante em programas de rádio e televisão, que muitas vezes têm os seus próprios projetos de arrecadação de fundos para necessidades humanitárias. Para muitos americanos, a guerra na Ucrânia quase se tornou a guerra "deles". Talvez esse envolvimento emocional seja facilitado porque, ao contrário do Iraque ou do Afeganistão, não há forças americanas atuando no campo de batalha. E talvez a Califórnia não represente a postura do país todo, pois parece que muitas pessoas nesse estado estão dispostas a gastar tempo e dinheiro apoiando a Ucrânia.

### 5 de fevereiro de 2023
### Nossa fortaleza ferroviária

No final do mês passado, a indústria ferroviária europeia concedeu o prêmio "Campeão Ferroviário" à Companhia Ferroviária Nacional Ucraniana (*Ukrazalezhnitza* ou UZ), reconhecendo "a extraordinária resiliência da ferrovia e a continuação dos serviços de transporte em tempos de guerra e dificuldades inimagináveis".

Em 24 de fevereiro de 2022, a Rússia privou a Ucrânia da aviação civil num futuro próximo. Os voos regulares para aeroportos de todo o mundo e os aviões fretados para destinos de férias desapareceram do céu. Em seu lugar vieram mísseis russos direcionados a todas as regiões da Ucrânia, trazendo destruição e terror. Quando rugiram as primeiras explosões, às cinco da manhã, centenas de milhares de ucranianos correram para seus carros e rumaram para as fronteiras ocidentais, ocasionando engarrafamentos de 100 quilômetros. Um número ainda maior de pessoas não tinha carro, e por isso se dirigiu às estações ferroviárias. Em cada terminal havia dezenas de milhares de pessoas traumatizadas. Elas haviam deixado quase tudo para trás. Agora seu único pensamento era pegar um trem rumo ao oeste.

Ter uma passagem não fazia diferença nas chances de embarcar no trem. Os funcionários da companhia ferroviária não eram capazes de controlar as ondas de pessoas que invadiam os vagões. A certa altura, decidiu-se que apenas mulheres com filhos e idosos poderiam entrar nos trens, sem precisar de bilhetes.

Os que conseguiram embarcar nos trens nos primeiros dias da guerra nunca esquecerão a viagem. Doze pessoas amontoadas em compartimentos projetados para quatro passageiros, sentadas em silêncio, ouvindo o bater das rodas de ferro, temendo novas explosões de mísseis russos. Os trens paravam no meio de campos e florestas, em frente a pontes, imóveis por horas enquanto os maquinistas aguardavam instruções sobre quando prosseguir.

Desde o início da guerra, mais de 4 milhões de ucranianos foram evacuados por trem das suas cidades natais. Muitos partiram posteriormente para outros lugares da Europa, e a maioria não regressou.

Saímos de Kyiv de carro e fomos para Ujhorod, na fronteira com a Eslováquia. Amigos de lá nos ajudaram com acomodação. Quase imediatamente, nosso filho Anton anunciou que voltaria para Kyiv. Não conseguimos detê-lo. "Tenho 19 anos e decido o que fazer!", declarou. Anton comprou uma passagem para o trem das quatro horas daquele dia. Fomos vê-lo partir. O trem já estava parado na plataforma. Os fiscais na porta de cada vagão pareciam abatidos. Eles haviam chegado de Kyiv no mesmo trem, apenas uma hora antes. A jornada foi lenta e difícil. Anton não tinha roupa de cama. Não houve tempo para organizar. A imediata partida do trem era a prioridade.

Caixas e pacotes estavam sendo carregados para dentro de um dos vagões, mas não havia outros passageiros. Nós nos despedimos de Anton e o vimos sentar-se sozinho num compartimento de quatro camas. Ele acenou para nós pela janela, e notei que o vidro estava completamente coberto com tiras de fita adesiva de 5 centímetros de largura. Havíamos feito o mesmo com nossas janelas em Kyiv, precaução para evitar que cacos de vidro voassem pelos cômodos se um míssil caísse nas proximidades, mas não fizemos o trabalho com a mesma meticulosidade. Um vagão deve ter exigido muita fita adesiva e, imaginei, dado uma trabalheira danada para os exaustos fiscais, que naquele momento estavam subindo os degraus e fechando as portas do vagão.

De repente ouviu-se um grito, e um carro parou quase na plataforma. Dois homens saltaram e, gritando instruções ao fiscal do vagão mais próximo, empurraram várias dezenas de caixas de papelão para dentro do trem.

"São remédios", ouvi um dos homens dizer. "Alguém os pegará em Kyiv. A que horas vocês vão chegar, mais ou menos?"

Seguiu-se uma espera angustiada. Continuei verificando o *feed* de notícias. Vimos mísseis atingirem cidades por todo o país. A Rússia mira ativamente as ferrovias ucranianas. Mísseis caem sobre subestações elétricas, pontes, estações e trilhos. Na manhã seguinte, Anton ligou para dizer que seu trem havia chegado na hora certa. A estação ferroviária era controlada com rigor por soldados que verificavam os documentos e as bagagens de todos que entravam ou saíam. Por ser uma das poucas pessoas que chegaram a Kyiv, ele passou rapidamente pelos procedimentos de inspeção.

Os ucranianos têm grande fé, não somente no seu exército, mas também nos seus caminhos de ferro, bem como nos indivíduos que são responsáveis pela segurança do sistema. O tráfego ferroviário na Ucrânia não parou um único dia durante esta guerra. Tenho a impressão de que seria impossível pará-lo completamente. Os trens já não conseguem chegar às áreas ocupadas pelas forças russas, mas, poucos dias após a libertação de Kherson, um trem de passageiros chegou lá.

Eles podem mandar os trilhos pelos ares, mas equipes de trabalhadores chegam imediatamente para reparar os danos. Podem explodir estações ferroviárias e matar passageiros que aguardavam seu trem, como aconteceu em Kramatorsk em 8 de abril de 2022, quando 61 pessoas morreram e mais de 120 ficaram feridas. No entanto, nem mesmo essa tragédia interrompeu a ligação ferroviária entre Kyiv e Kramatorsk, tampouco impediu as pessoas de utilizarem os trens.

A rede ferroviária ucraniana foi construída quando o território fazia parte do Império Russo. Os russos construíram seus trilhos cerca de 89 milímetros mais largos do que a bitola Stevenson utilizada em outras partes da Europa. Alguns historiadores sugerem que fizeram isso para dificultar a invasão do Ocidente. Desnecessário dizer que as autoridades soviéticas não viram razão para mudar a distância entre os trilhos. O resultado é que o sistema ferroviário da Ucrânia está quase totalmente isolado do resto da Europa, sendo a linha Mukacheva-Košice, da Ucrânia à Eslováquia, uma exceção digna de nota.

Em 15 de março de 2022, apenas três semanas após a invasão, a primeira delegação internacional chegou a Kyiv, mas devido à diferença de bitola, tiveram que fazer a viagem desde a fronteira num trem da *Ukrazalezhnitza* (UZ). Os primeiros-ministros da Polônia, Eslovênia e República Tcheca foram os primeiros passageiros VIP a chegar. Sua chegada à capital num momento em que as tropas russas ainda ocupavam os subúrbios de Bucha, Borodianka e Irpin inspirou os ucranianos e reforçou a sua fé na vitória.

Seria difícil encontrar um político europeu ou um diplomata de alto escalão que agora não fosse capaz de reconhecer o uniforme dos fiscais da UZ. Todos são entusiásticos a respeito desse serviço que continua funcionando como se não houvesse guerra na Ucrânia. Boris Johnson fez questão de apertar a mão dos funcionários dos trens que ele pegou, incluindo o maquinista. O presidente finlandês disse que nunca teve uma noite de sono tão boa como no trem rumo a Kyiv.

A Companhia Ferroviária Nacional Ucraniana continua desempenhando um papel vital na luta da Ucrânia contra o ataque russo. Talvez o mais crucial seja o fato de permitir o abastecimento de áreas da linha de frente e de cidades danificadas pela guerra com bens e equipamentos essenciais para fins civis e militares.

De que forma a Companhia Ferroviária Nacional Ucraniana se tornou este bastião inabalável? Durante a era soviética, as ferrovias eram controladas centralmente e, em essência, faziam parte da maquinaria militar. Em 1991, quando a Ucrânia se tornou independente, a UZ passou a ser um Estado dentro de um Estado. Sendo uma sociedade anônima estatal, é a sexta maior empresa ferroviária de passageiros do mundo e, pelo menos até o início da guerra, a sétima maior empresa ferroviária de transporte de mercadorias. E sim, é um monopólio.

As condições de tempos de guerra impõem disciplina a todos os processos tecnológicos e logísticos. Sugerem que o preço de qualquer erro, de qualquer momento de relaxamento injustificado, poderá ser bastante alto. O sistema ferroviário ucraniano funciona como um relógio suíço porque funciona em condições extremas. Desde fevereiro de 2022, mais de 360 trabalhadores da UZ foram mortos no cumprimento de suas funções, e oitocentos outros ficaram feridos durante o trabalho. No entanto, os ferroviários continuam a se voluntariar para trabalhar em trens enviados para evacuar civis das áreas da linha de frente ou para entregar equipamento ao exército.

Em 4 de março de 2022, um míssil russo explodiu sobre o principal hospital infantil de Kyiv. As janelas e portas do prédio central do hospital foram despedaçadas. Na ocasião, os jovens pacientes estavam em um abrigo antiaéreo. A evacuação dos pacientes por trem começou algumas horas depois. Pouquíssimas pessoas tinham acesso às informações sobre o trem e o percurso que faria, embora saibamos que a operação de evacuação das crianças foi bem-sucedida.

Agora os gestores da UZ também estão trabalhando para reativar rotas de passageiros encerradas por motivos econômicos. A questão é: de onde virá o dinheiro no futuro? Embora os preços dos bilhetes pareçam elevados para os ucranianos, para os padrões europeus são baixíssimos. A passagem Ujhorod–Kyiv de Anton custou cerca de 20 dólares. As receitas provenientes das viagens de passageiros não são suficientes para manter o funcionamento do sistema ferroviário. Antigamente era a indústria do frete ferroviário de carga que custeava o sistema e sua manutenção. Grande parte desse frete teve origem nas indústrias pesadas localizadas em territórios que estão agora sob ocupação russa ou que foram devastados pelo ataque militar russo.

## 9 de fevereiro de 2023
### Aproxima-se o aniversário de dez anos desta guerra

No dia 20 de fevereiro de 2024, a Guerra Russo-Ucraniana completará dez anos. Não podemos esquecer que tudo começou com a anexação da Crimeia e depois se estendeu ao Donbas. É claro que ninguém está pensando no aniversário de dez anos da guerra, ainda não, pois ainda falta um ano. Mas o primeiro aniversário do ataque em grande escala da Rússia à Ucrânia está próximo. Dá para tocá-lo, ouvi-lo e sentir na pele seu hálito quente.

Ao que tudo indica, este aniversário será ouvido e visto em todo o mundo. A Rússia se prepara para um novo ataque total, para outro ataque geral com mísseis contra a Ucrânia. O agressor criminoso quer tomar o máximo de território possível antes que a Ucrânia receba os tanques prometidos pelos aliados ocidentais – e os aviões que eles ainda não prometeram.

Estamos novamente à beira de um precipício. Lá no fundo está a lava quente na qual a nossa vida feliz pré-guerra foi incinerada e na qual continuam a desmoronar edifícios altos, igrejas e universidades – uma fornalha escancarada que já destruiu centenas de milhares de vidas. Ser ucraniano hoje é padecer dessa terrível doença, com a qual fomos deliberadamente infectados. Podemos sentir que estamos saudáveis, mas numa guerra ou perto da guerra não há pessoas inteiramente saudáveis. Tal qual uma doença, a guerra assume o controle do seu comportamento, dos seus pensamentos e até dos seus sentimentos. A guerra começa a pensar por você. Ela toma decisões por você.

Eu também sofro dessa doença, e não procurei tratamento. Estou acostumado com ela. Não sou soldado nem médico, mas sou cidadão da Ucrânia. Amo meu país e minha antiga vida. Quando me vi diante da realidade da guerra, tive de escolher um front para mim. Eu precisava sentir que estava fazendo algo útil. Então, todos os dias, desde fevereiro do ano passado, eu escrevo e penso na guerra. Eu me cerco da guerra e deixo que a sua massa horrível passe através de mim. Perto da meia-noite, adormeço, apenas para acordar e ver de novo as notícias da linha de frente, das cidades grandes e vilarejos de toda a Ucrânia: notícias dos meus amigos e conhecidos, incluindo aqueles que agora estão lutando no front e que a qualquer momento podem morrer, vítimas de balas e morteiros russos.

Qual é a pior coisa na vida ucraniana de hoje? Talvez você pense que são os ataques com foguetes contra edifícios residenciais em cidades pacíficas. Sim, isso é assustador. Eu passei por isso, e minha família passa por isso todos os dias, mas não tenho certeza se isso é a pior coisa. A pior coisa de todas é que a morte das pessoas se tornou algo corriqueiro. A guerra é uma linha de produção de morte.

Quando, no início da guerra, um míssil russo destruiu o apartamento da minha amiga, matando-a instantaneamente, não consegui acreditar no fato da sua morte. Ela era uma jovem jornalista, com planos e sonhos. Desde então, vários outros amigos e amigas meus morreram, e vários conhecidos faleceram devido ao estresse ou porque não conseguiram consultar um médico a tempo. Eu sei o que eles estavam pensando: "Como é que posso pensar em preocupar um médico agora? Como posso pensar na minha própria saúde quando o meu país está em perigo?". E a realidade é que há poucos médicos. Muitos deles são agora refugiados na Europa. Nas cidades grandes e nos vilarejos mais distantes do front, eles foram parcialmente substituídos por médicos deslocados internamente, provenientes dos territórios do sul e do leste do país ocupados pelas forças russas. Mas ainda são poucos. Alguns médicos do oeste da Ucrânia também saíram de casa rumo ao leste para tratar soldados ucranianos feridos. Nunca tantos ucranianos tiveram de se desenraizar e correr em todas as direções, seja para apoiar o esforço de guerra, seja em busca de um lugar mais seguro para as suas famílias.

Apesar disso, apesar do esforço para manter qualquer aparência de vida normal, apesar da angústia das perdas e da ansiedade quanto a um futuro impossível de imaginar, os ucranianos tentam provar ao mundo que estão bem, provar ao mundo que são capazes de sobreviver e que vencerão esta guerra. Tenho certeza de que venceremos. Já vencemos uma vez, quando impedimos a Rússia de capturar a nossa capital, Kyiv. Vencemos novamente quando libertamos quase toda a região de Kharkiv dos invasores russos e os impedimos de tomar a cidade. Vencemos mais uma vez quando libertamos Kherson. De quantas vitórias mais precisamos para acabar com esta guerra de uma vez por todas?

É uma pergunta retórica. Esta guerra não terminará sozinha. Será que mais uma vitória, ou muitas vitórias mais, acabarão subitamente com este horror? A guerra só poderá acabar se a Rússia abandonar os territórios ocupados e puser fim à sua agressão contra a Ucrânia. Isso vai acontecer? Sim, mas não sei quando. Para que aconteça, os generais russos e os líderes do Kremlin precisam compreender a total falta de sentido da continuidade das hostilidades.

Se isso não acontecer antes do verão ou do outono, então podemos esperar uma vitória ucraniana no aniversário de dez anos do início da Guerra Russo-Ucraniana, em 20 de fevereiro de 2024. Isto também seria bastante lógico: a guerra começou com a anexação da Crimeia e deverá terminar com o seu regresso à Ucrânia livre. A justiça deve ser feita.

### 21 de fevereiro de 2023
### Entre a luz e a guerra

Apesar dos contínuos ataques às infraestruturas energéticas, as últimas duas semanas foram mais positivas para muitos ucranianos, não apenas devido à manifestação de apoio nas reuniões com figuras de alto calibre, incluindo a visita do presidente Biden a Kyiv, mas também porque há mais luz nas ruas ucranianas e mais eletricidade nas casas ucranianas. Bondes e ônibus elétricos voltaram a circular em Odessa e Kyiv, após uma pausa de cinco meses. Em Ujhorod e Lviv, a iluminação pública reapareceu.

Alguns ucranianos são cautelosos ou cínicos com relação a esses fatos aparentemente positivos: por que o fornecimento de eletricidade está subitamente melhor quando a infraestrutura ainda está sendo destruída por mísseis russos e drones iranianos? Será que os ucranianos aprenderam a conservar a eletricidade de forma tão eficaz que agora ela supre todas as nossas necessidades? Ou será que a frequência e a duração dos apagões refletiam mais a necessidade de conservar energia elétrica do que a incapacidade de fornecê-la? Ou o governo está tentando acalmar os nervos da nação no aniversário da invasão, demonstrando que a situação não apenas está sob controle, mas que as coisas estão melhorando?

Ou será que os engenheiros ucranianos aprenderam a reparar com extrema rapidez linhas e subestações danificadas? Houve relatos de que alguns apagões ocorreram antes do momento em que se esperavam os ataques, porque é mais fácil reparar sistemas que tenham sido desligados antes de um ataque aéreo. Seria possível criar uma série de TV sobre a coragem dos eletricistas das equipes de reparação, ou talvez eu devesse dizer batalhões, porque funcionam como unidades militares – homens desarmados que o tempo todo enfrentam ameaças militares. Eles são constantemente bombardeados pelo exército russo e muitas vezes têm de trabalhar em áreas que o inimigo minou. Tal como acontece com as ferrovias, esse exército de especialistas também sofre baixas. Em 20 de janeiro, o governo fez o anúncio oficial de que 127 eletricistas foram mortos, e muitos mais ficaram feridos.

Quando se pergunta aos ucranianos como a vida mudou no último ano, é raro que haja uma resposta rápida. O que geralmente vem à mente são rostos de conhecidos, amigos e parentes falecidos ou desaparecidos. Parece-me que todo ucraniano conhece alguém que a Rússia matou. Todo mundo já ouviu a música fúnebre para aqueles que morreram na guerra ou por causa da guerra. Em muitos vilarejos e cidadezinhas nas imediações da linha de frente, simplesmente não restam pessoas. É difícil imaginar alguém retornando a esses lugares, pois não há mais nada para onde os sobreviventes possam voltar. Reduzidos a escombros pela artilharia russa, os vilarejos e cidadezinhas permanecem apenas como lembranças e como nomes no mapa.

As estatísticas mostram que durante os últimos doze meses a população da Ucrânia leu menos, comeu menos e bebeu muito menos vinho. Por trás dos números está a simples verdade de que há agora muito menos ucranianos na Ucrânia. Em comparação com um ano atrás, há muito mais ucranianos na Polônia, na República Tcheca, na Alemanha e nos Estados Unidos.

"O que precisamos fazer para ter vocês de volta?", eu poderia perguntar aos 8 milhões de ucranianos que acabaram no exterior.

Posso imaginar as respostas que dariam: reconstruir nossas casas, nos dar garantias de segurança, indexar as nossas pensões para que possamos sobreviver. Essas respostas viriam apenas de uma parte dos refugiados. Outros permaneceriam em silêncio, ou porque não acreditam que retornarão, ou porque já decidiram ficar no exterior. Os refugiados mais empreendedores, muitas vezes adultos jovens, já encontraram emprego ou abriram seu próprio negócio. Ao viajar pela Europa e pelos Estados Unidos, notei vários casais jovens ucranianos, às vezes com filhos. Não posso deixar de me perguntar como é que os homens em idade de recrutamento conseguiram deixar a Ucrânia.

É claro que alguns ucranianos já se encontravam no exterior quando a guerra eclodiu. Conheci alguns no sul da França: por exemplo, um jovem casal de Chernihiv e a sua filhinha de 7 anos que estavam de férias no Egito no dia 24 de fevereiro do ano passado. O voo de regresso a Kyiv foi cancelado. Eles ligaram para seus parentes em Chernihiv e não conseguiram decidir o que fazer. O hotel esperava que saíssem, levando em conta as datas das reservas, mas depois permitiu que ficassem, já que nenhum novo turista ucraniano apareceu para substituí-los. Após vários dias de reflexão, eles voaram para a Europa. Igor, o marido, é cozinheiro, a esposa é contadora. Nenhum dos dois fala inglês muito bem. Depois de uma breve parada na Espanha, acabaram num centro de refugiados em Marselha. Durante nossa breve conversa, Igor não mencionou como conseguiu um emprego como assistente de cozinheiro em um hotel. Era isso que ele estava fazendo quando o conheci no verão passado.

O barman do hotel me perguntou de onde eu era. Quando contei, ele ficou muito feliz e disse, aos gritos: "Tenho um colega da Ucrânia! Espere. Vou chamá-lo!". Igor tinha se dado bem. O proprietário do hotel não apenas lhe dera emprego, mas também acolhera a sua família, proporcionando-lhes acomodações no hotel. Eles estavam felizes com a situação e não pensavam no futuro. Vestido com o dólmã branco de chef, os cabelos cacheados aparecendo sob o chapéu de chef, Igor estava a cara de um francês.

Como outros jovens acabaram no exterior, só podemos imaginar. Muitos partiram logo nos primeiros dias da guerra, antes da introdução da lei marcial. Alguns diriam que foram eles os sortudos. Ninguém sabe quantos homens deixaram a Ucrânia ilegalmente. Há uma semana, num único dia, os guardas de fronteira na Transcarpátia detiveram sete homens que tentavam atravessar em surdina. Desde fevereiro de 2022, centenas de homens ucranianos foram detidos enquanto tentavam deixar o país.

Enquanto alguns homens continuam patrulhando as fronteiras ocidentais do país, outros se voluntariam para se juntar ao exército; no entanto, outros ainda, que talvez não estejam tão interessados assim em lutar na guerra, acabam sendo convocados. Após uma campanha de informação destinada a deixar claro que um homem em idade de recrutamento pode, por lei, ser convocado para o serviço militar em qualquer lugar e a qualquer momento, o Ministério da Defesa enviou às ruas "brigadas de assalto de recrutamento". As convocações estão sendo distribuídas em cafés, lojas, academias de musculação e até mesmo nos spas escondidos nas montanhas dos Cárpatos.

Recentemente Odessa assistiu a vários incidentes de mobilização que suscitaram protestos, episódios nos quais homens foram fisicamente detidos nas ruas de modo a permitir que a convocação para a junta de recrutamento pudesse ser colocada em suas mãos. Em Ternopil, no oeste da Ucrânia, há indignação com o trágico caso de Bogdan Pokitko, de 33 anos. Ele nunca servira no exército, portanto não tinha experiência militar. Ainda assim, foi recrutado e enviado diretamente para a linha de frente no Donbas, sem treinamento algum. Morreu cinco dias depois. Indignados, seus familiares e amigos exigiram que o governador regional de Ternopil explicasse como isso poderia ter acontecido: "Agora a Ucrânia está recrutando seus cidadãos para o exército como fazem na Rússia – para serem usados como bucha de canhão?", queriam saber. O escritório de registro e alistamento militar de Ternopil está investigando o caso.

O Ministério da Defesa não divulga dados sobre as baixas ucranianas. Sem dúvida são números consideráveis. Batalhas contínuas no Donbas, dentro e ao redor das cidades de Vuhledar, Soledar e Bakhmut ceifam centenas de vidas russas todos os dias. Analistas militares europeus sugerem que a quantidade de baixas ucranianas é comparável, embora os porta-vozes ucranianos insistam que a Rússia está perdendo muito mais soldados do que a Ucrânia. A recente aceleração da campanha de mobilização na Ucrânia indica que há necessidade de mais soldados.

Não é de surpreender que os serviços especiais russos estejam intensificando seus esforços para sabotar a mobilização na Ucrânia, e por meio do Telegram disparam dezenas de milhares de mensagens para números de celular ucranianos. Os destinatários das mensagens são instigados a salvar sua vida e a se recusarem a aceitar a mobilização. As agências de inteligência ucranianas identificaram mais de quarenta contas falsas do Telegram a partir das quais são enviadas essas mensagens antimobilização. É curioso que muitas dessas mesmas contas foram utilizadas anteriormente dentro da Rússia para espalhar propaganda de apoio à guerra da Rússia na Ucrânia.

Na Rússia, figuras públicas exigem mais ataques às infraestruturas energéticas da Ucrânia, incluindo as centrais nucleares. Aparentemente também notaram o retorno da iluminação pública, dos bondes e dos ônibus elétricos nas cidades ucranianas.

### 24 de fevereiro de 2023
### Um ano depois

Tenho dificuldade para me lembrar da vida na Ucrânia antes da guerra. Não é que eu tenha esquecido, não totalmente. Só que agora parece um conto de fadas, algo que ouvi quando criança, quando acreditava em magia.

Minha família e eu adorávamos nossas viagens pela Ucrânia, até mesmo para o Donbas e a Crimeia. Eu queria que os meus filhos conhecessem a Ucrânia em toda a sua variedade: como o Donbas é diferente da Transcarpátia, o norte da Ucrânia da Bukovina. Muitos dos vilarejos e cidadezinhas pelos quais nos apaixonamos durante as nossas viagens foram reduzidos a escombros ou ocupados, tomados pelo regime tirânico da Rússia.

Logo no início da sua nova ofensiva, o exército russo ocupou Novooleksiivka, pequena e acolhedora cidadezinha a norte da Crimeia que serviu de refúgio para muitos tártaro-crimeus que fugiram da Crimeia, a sua pátria histórica, quando os russos a anexaram em 2014. Quando Novooleksiivka foi ocupada, muitos deles fugiram mais uma vez. Outros permaneceram sob ocupação, e alguns já foram presos ou sequestrados.

Quero dizer que os últimos doze meses foram os mais trágicos da história da Ucrânia, mas será que podemos realmente comparar tragédias? Em 1932-1933, muitos milhões de ucranianos morreram devido à fome orquestrada por Stálin e pelo Partido Comunista – o Holodomor. Discutida abertamente apenas desde a independência, essa tragédia ainda é uma ferida aberta na Ucrânia. Em 1943, toda a população tártaro-crimeia foi deportada da sua terra natal. Muitos morreram na viagem para o exílio. Todos perderam suas casas. Em 1989, receberam autorização para se reinstalar na Crimeia. Agora devem perder novamente as suas casas ou viver sob um regime que não dá à cultura tártara da Crimeia um lugar significativo na vida da península e fabrica processos criminais contra ativistas e aqueles que tentam defendê-los.

Uma tragédia passada é capaz de fortalecer as pessoas para enfrentarem uma tragédia em curso? Em Mariupol, prédios de apartamentos inteiros, com os residentes ainda no interior, foram fustigados pela artilharia russa até ficarem estruturalmente instáveis, e depois demolidos pelos agressores com os moradores mortos ainda dentro.

Dezenas de milhares de soldados e civis ucranianos foram mortos. Novas valas comuns de civis são descobertas regularmente. O Ministério Público ucraniano já registrou mais de 70 mil crimes de guerra cometidos pelo exército russo e pelo grupo mercenário Wagner. Quem investigará esses crimes – e quando, se cada dia continua trazendo novas atrocidades?

Esta guerra está sendo transmitida ao vivo para o mundo inteiro. Estamos assistindo ao passado travar uma batalha de vida ou morte contra o futuro – a fanática intolerância lançada contra a cultura e a identidade ucranianas. Um campo de batalha em que representantes da elite cultural e empresarial da Ucrânia devem lutar contra criminosos profissionais libertados das prisões. Prometeu-se liberdade aos condenados russos que sobrevivessem seis meses no campo de batalha. Alguns deles já voltaram para casa como "heróis". Alguns dos mortos são enterrados como heróis nos "becos da glória" da Rússia, ao lado dos túmulos de cientistas, políticos e artistas.

Entre os soldados do exército ucraniano há especialistas em TI, músicos, empresários, poetas e agricultores. Eles lutam e morrem pela Ucrânia a cada hora, a cada minuto do dia. Não pedem recompensas nem privilégios; a única coisa que querem é a vitória nesta guerra brutal imposta a eles e a todos nós pelo invasor russo.

Quase sempre se considera um aniversário como um motivo para fazer um balanço. Não quero resumir os resultados e as consequências desta abominação. A guerra ainda não terminou. Qualquer guerra termina com a contagem dos mortos e feridos, do número de casas, escolas e universidades, igrejas e museus destruídos. Esse terrível inventário ainda será elaborado, mais tarde, quando a guerra terminar de fato. Por ora, posso dizer apenas que os ucranianos não desistem. Eles acreditam na vitória. Já estão reconstruindo casas destruídas em março do ano passado nos arredores de Kyiv. Estão pensando no futuro pós-guerra, depois da libertação de todos os territórios ucranianos ocupados pela Rússia.

No dia 1º de janeiro, quando eu passava pelo playground do parque Chevtchenko, onde um dos mísseis russos explodira em outubro passado, ouvi crianças que brincavam na caixa de areia dizerem a frase "Ei, Pútin, vá se f...". As crianças sempre aprenderão palavras desse tipo com os adultos. Não culpo os pais e mães, o país inteiro pensa e fala da mesma forma. Agora a frase virou lugar-comum, mas me faz pensar naquela inocência perdida, na vida de conto de fadas que vivíamos antes de 24 de fevereiro de 2022.

## 25 de fevereiro de 2023
## A caneta e a poesia

O som de uma palavra ucraniana chega à costa atlântica dos Estados Unidos antes de poder ser transformado numa palavra impressa na Ucrânia. Agora tudo é som: explosões, tiros, gritos de desespero – e palavras faladas. Palavras que descrevem o que está acontecendo conosco e com nosso país. Palavras que contam ao mundo exterior sobre nós. Palavras que nos ajudam a compartilhar nossa dor e lidar com ela.

Livros, jornais e revistas levam semanas, meses e até anos para serem produzidos. É difícil encontrar tempo para que essas coisas nasçam num país em guerra. E onde poderiam nascer, uma vez que tantas gráficas e editoras foram bombardeadas no início da primavera do ano passado? Além disso, leitores, editores e escritores tornaram-se soldados no front, ou voluntários que se apressam para ir e voltar do front com todo tipo de ajuda.

Se os jornalistas contam as notícias ao povo do seu país, os escritores e poetas as contam ao mundo inteiro e às gerações futuras. Alguém ainda precisa escrever.

A caminho de uma conferência em Munique, no aeroporto de São Francisco encontrei Amelia Glaser e Yulia Ilchuk. Elas são excelentes tradutoras, e estavam viajando rumo ao Japão para uma conferência. Elas me deixaram ver uma prova de impressão de um volume de traduções para o inglês de poemas de Halyna Kruk, poeta ucraniana e professora da Universidade de Lviv. Amelia e Yulia estavam emocionadas por levarem com elas esse livro. A antologia de poesia é intitulada *A Crash Course in Molotov Cocktails* [Curso intensivo sobre coquetéis molotov]. Os poemas de Halyna Kruk ainda não foram publicados em seu original ucraniano. Serão lidos primeiro em inglês por acadêmicos japoneses e depois aparecerão nas livrarias americanas.

Precisamos de poemas sobre a guerra na Ucrânia? Precisamos. Precisamos deles na Ucrânia talvez mais do que em qualquer outro lugar. Eles têm o poder de resgatar, curar e amparar. A poesia também se tornou um poderoso motor de arrecadação de fundos para apoiar o exército. Vimos isso com o poeta e prosador ucraniano Serhiy Zhadan, cujos poemas são como tiros: disparam, incendeiam, e depois congelam por um momento, tempo suficiente para que várias imagens do poema fiquem gravadas na memória do leitor. Durante uma guerra, as pessoas se tornam muito sensíveis a palavras, entonações e imagens escolhidas com precisão.

Tenho a convicção de que, depois desta guerra, a poesia ganhará ainda mais leitores na Ucrânia. No front, onde o tempo é tão precioso, muitos soldados descobriram pela primeira vez o gosto pela poesia. Os poetas usam apenas palavras importantes. Um único verso é capaz de levar a pessoa para casa ou de volta ao passado – ao passado pacífico.

Os membros do PEN Club da Ucrânia viajam destemidamente até perto da linha de frente para visitar soldados e civis. Conversam com todo mundo. Compartilham a sua energia criativa, mas também recolhem informações sobre os crimes contra a cultura ucraniana cometidos pelo invasor russo. Também ajudam a restaurar a vida cultural e social nas cidadezinhas e nos vilarejos recém-libertados. Eles também escrevem, é claro, para narrar cada dia desta guerra.

Os escritores ucranianos tentam compartilhar as nossas experiências e a verdade sobre a guerra por todos os meios disponíveis. Estamos conseguindo? Às vezes sim, às vezes não. Mas os escritores e poetas ucranianos não podem deixar de falar sobre a Ucrânia, sobre a guerra, sobre as nossas perdas e esperanças. Quem mais pode contar ao mundo que Oleksandr Kislyuk, professor e tradutor de literatura clássica antiga, foi morto a tiros em frente à sua casa em Bucha, no início de março? Quem sabe melhor do que a escritora ucraniana Victoria Amelina sobre o trágico destino de seu colega, o escritor infantil Volodymyr Vakulenko, cujo corpo ficou desaparecido durante vários meses e depois, por mais de dois meses após ter sido encontrado, não pôde ser identificado? Ele só foi finalmente sepultado oito meses após sua morte. Os seus treze livros – um número de azar – continuam sendo seu legado na literatura ucraniana.

Duas balas de uma pistola Makarov foram retiradas do corpo de Volodymyr. Os soldados russos não usam pistolas, apenas metralhadoras. Os policiais têm pistolas. Volodymyr foi executado. Ele foi morto porque amava a Ucrânia e a língua, a cultura e a história ucranianas. Eles o mataram porque viram força nele. Eles o mataram porque ele não se ajoelhou diante deles, não implorou para ser deixado vivo e não mudou para o russo ao conversar com eles. É assim que a Rússia mata, como sempre matou a cultura ucraniana. Em 1937-1938, fuzilaram uma geração de escritores, poetas, dramaturgos e cientistas ucranianos no campo de prisioneiros de Sandarmokh (na Carélia) e na ilha de Solóvki, no Mar Branco.

Dezenas de poetas, escritores, tradutores, editores e jornalistas ucranianos morreram nesta guerra. Outros tantos, como Artem Chekh, Markiyan Kamysh e Artem Chapai, ainda estão lutando, não com caneta e bloco de notas, mas com metralhadoras. Eles atiram e depois escrevem. Eles filmam e depois dão entrevistas via Skype. São as vozes poderosas de um país em guerra. Sem eles, o mundo saberia menos e teria menos empatia por nosso drama diário.

*

O mundo aprendeu muito sobre a Ucrânia durante esta guerra. Por toda a Europa há novos livros sobre a história da Ucrânia e a história das relações russo-ucranianas – sobre os trezentos anos de incessante tentativa da Rússia de assimilar os ucranianos e destruir a cultura ucraniana. Acabou o tempo em que nada se sabia sobre a Ucrânia. As pessoas querem saber mais, mas é difícil para os ucranianos falar sobre qualquer coisa que não seja a guerra. Talvez, se eu fosse poeta, seria mais fácil.

Às vezes fecho os olhos e ouço o passado. Ouço e vejo a Ucrânia pré-guerra, os lugares que sempre me surpreenderam e fascinaram. Vejo Sharhorod – uma ancestral cidadezinha judaica no sul da região de Vinítsia, perto da Moldávia, onde existe uma das sinagogas mais antigas da Ucrânia. Ela foi caiada e reformada, à espera de visitação. Eu me lembro de Kamenetz-Podolsky, com seu profundo desfiladeiro, ao longo do qual corre o rio Smotrych. Eu me lembro de Bakhmut, um lugar de minas escuras, vinho espumante, atrocidades antigas e novas dos tempos de guerra, e de Soledar, mina de sal transformada numa enorme sala de concertos onde certa vez ouvi a Orquestra Sinfônica de Donetsk tocar Vivaldi. Era realmente eu?

## 10 de abril de 2023
### O longo caminho para a autoidentificação

Enquanto a Ucrânia luta contra a invasão, pode parecer estranho perder tempo relembrando o colapso da União Soviética em 1991. No entanto, considero útil refletir sobre esses acontecimentos. Agora surgem novas e inesperadas percepções, que por vezes provocam uma mudança nas minhas atitudes, permitindo-me reavaliar o passado a partir do ponto de vista da tragédia de hoje.

Em 1991, a URSS passou por uma desintegração física, desmoronando como um edifício antigo e abandonado. Agora, o sonho de Pútin de restaurar a URSS também se esfacela, e a nostalgia do passado soviético agoniza.

Enfrentei com otimismo o colapso da União Soviética em 1991. Para aquele país, que se desfez dolorosamente, pouco a pouco, durante um longo período, trazendo a cada dia novas dificuldades aos seus habitantes, não havia outra escolha senão desaparecer. O país teve que abrir caminho para a formação de um novo Estado em seu território. Na época eu tinha 30 anos de idade. Já me considerava bastante maduro. No entanto, ainda era um jovem, que tinha conseguido obter uma educação superior, concluir o serviço militar e arranjar emprego como editor numa editora estatal.

Sempre acreditei que o mais importante na vida é ter escolhas. Essa é a essência da liberdade. As escolhas dão a você a oportunidade de compreender melhor a si mesmo, o propósito da vida e seu próprio papel nela. Na sociedade soviética, não pude escolher um papel que fosse adequado tanto para mim como para o sistema soviético.

Nos meus tempos de estudante, fui uma pessoa soviética antissoviética, assim como muitos dos meus pares. Eu tinha aversão a muitas coisas na URSS. Várias e várias vezes discuti com meu pai comunista sobre o erro do regime soviético. E, no entanto, eu não acreditava que o regime pudesse ser mudado, que pudesse ser "corrigido". Meu pai não gostava de discutir, ainda que, à sua maneira calma e preguiçosa, sempre defendesse o sistema soviético. Sua atitude positiva em relação ao regime resultava da sua convicção de que o sistema soviético tinha lhe permitido realizar os seus sonhos. Desde criança ele queria ser piloto militar, e se tornou um. Ele ascendeu ao posto de capitão, passando vários anos nas forças de ocupação soviéticas na derrotada Alemanha. Regressou à URSS e, não fosse pela crise dos mísseis em Cuba e a política de desarmamento unilateral de Nikita Khruschóv, teria ascendido à patente de coronel. Após a crise dos mísseis em Cuba, tendo enfrentado a ameaça de uma Terceira Guerra Mundial, Khruschóv quis mostrar ao mundo que a URSS era um Estado pacifista. Isso significou que o meu pai, juntamente com dezenas de milhares de outros militares, foi enviado para o exército de reserva, para viver uma vida pacífica. Continuo grato a Khruschóv por esse belo gesto de manutenção da paz. Sem isso, eu não seria ucraniano hoje.

Depois de deixar o exército, meu pai começou a procurar trabalho na aviação civil. Ele teve sorte. A minha avó materna vivia em Kyiv, onde uma das maiores fábricas de aviões da URSS, a Antonov, produzia aviões civis de passageiros e de carga. Essa fábrica convidou meu pai para trabalhar como piloto de testes; assim, toda a nossa família se mudou para a Ucrânia – mais precisamente, para a República Socialista Soviética da Ucrânia.

Eu ainda não tinha nem 2 anos de idade. Portanto, o vilarejo russo de Budogoshch, na região de Leningrado, lar de minha mãe e onde nasci, é preservado em minha memória apenas por meio das histórias contadas por minha mãe e minha avó materna. Nas minhas lembranças da primeira infância, aparece apenas Kyiv – e

Eupatoria, na Crimeia, onde a nossa família passava as férias de verão todos os anos.

Não tenho lembranças de infância não ucranianas, embora seja difícil chamar as lembranças que tenho de "ucranianas", pois eram soviéticas, apesar de geograficamente ligadas à Ucrânia. A "ucraneidade" do país naquela época era expressa apenas nas canções e danças folclóricas ucranianas, como se somente nessas áreas estreitas as repúblicas soviéticas diferissem umas das outras.

A vida inteira meu pai e minha mãe se consideraram russos, mas na verdade eram pessoas de nacionalidade soviética. Foram criados na cultura soviética, não na russa. Eles não cantavam canções folclóricas russas. Gostavam das canções soviéticas dos filmes soviéticos populares.

Após 1917, Lênin sonhava em criar um "homem soviético" especial – uma pessoa separada das suas raízes étnicas, da história da sua pequena pátria específica. É claro que Lênin tomou a pessoa russa como a base da "pessoa soviética" – alguém com uma mentalidade coletiva, leal às autoridades e que valoriza mais a estabilidade do que a liberdade. E, logicamente, esse soviético tinha que falar russo. Sem a língua russa, o controle de um povo soviético era impossível. Portanto, o sistema político soviético, que inicialmente abandonou a política tzarista de russificação no início da década de 1920, regressou a essa política em meados da década de 1930. O impactante florescimento da cultura distintamente ucraniana na década de 1920 terminou em 1937-1938 com as execuções em massa de todos aqueles que tinham sido responsáveis pelo renascimento cultural ucraniano.

Em Kyiv, na década de 1970, a maioria das escolas ensinava todas as disciplinas em russo. As escolas ucranianas eram menosprezadas como instituições para filhos de faxineiros e cozinheiros, para crianças sem ambições e cujo futuro jamais poderia ser brilhante.

Na escola russa nº 203, apenas um dos meus amigos pertencia a uma família em que se falava ucraniano em casa. Mas na escola ele falava russo, como todo mundo. Naquela época, se alguém falasse ucraniano em Kyiv, presumia-se que estava na cidade a negócios, oriundo de algum vilarejo periférico, ou que era nacionalista.

Na escola, tínhamos aula de ucraniano duas vezes por semana. Alguns dos meus colegas eram dispensados dessas aulas. Para ser desobrigado de assistir às aulas de ucraniano bastava uma carta do pai e da mãe afirmando que, em virtude de uma possível mudança futura para outra região da URSS, seu filho ou filha não precisava aprender ucraniano. Frequentei essas aulas de língua e literatura ucranianas, mas não me lembro de ter gostado delas. Estranhamente, não consigo me lembrar nem do nome nem do rosto do nosso professor de língua ucraniana. Nem sequer me lembro se era homem ou mulher, mas tenho a nítida lembrança da minha professora de russo. O nome dela era Bella Mikhailovna Voitsekhovskaya. Ela nos ensinava literatura russa com grande entusiasmo, volta e meia recitando Púchkin, Lermontov e até mesmo a oficialmente desaprovada e proibida Anna Akhmatova.

Agora, quando penso no professor de língua e literatura ucranianas que desapareceu da minha lembrança, suspeito que ele ou ela fez todo o possível para parecer desinteressante e irrelevante, como se houvesse alguma vergonha em ensinar essa matéria, como se o conteúdo da disciplina fosse algo secundário.

Durante esses anos, a língua ucraniana não foi proibida. Havia comunistas e professores universitários de língua ucraniana. Quando eu era estudante na Universidade de Línguas Estrangeiras, tínhamos um professor que lecionava em ucraniano, o lendário Ilko Korunets, tradutor de inglês, alemão e italiano. Naquela época, livros de Oscar Wilde, Fenimore Cooper e Gianni Rodari foram publicados em ucraniano nas traduções dele. Estranhamente, de todos os professores universitários que me deram aula, ele é o único de cujo nome ainda me lembro.

Depois da universidade, trabalhei durante meio ano como editor na editora Dnipro. Eu editava traduções em ucraniano de romances estrangeiros. Dentro da editora, todos falavam ucraniano – essa era a regra tácita do lugar. Eu me lembro de percorrer a rua a pé com meus colegas a caminho do trabalho, conversando sobre algo em russo; assim que entrávamos pela porta da editora, automaticamente continuávamos a mesma conversa, só que em ucraniano.

Conhecer a língua ucraniana não me tornou automaticamente ucraniano. Apesar de eu ter vivido na capital da Ucrânia soviética desde a infância, "russo" era a informação escrita na coluna de nacionalidade do meu passaporte soviético. Quando recebi um passaporte da Ucrânia independente, constatei que não continha nenhuma coluna de nacionalidade, apenas o nome da minha nova pátria, "Ucrânia", gravado em relevo dourado na capa. Sem ter cruzado nenhuma fronteira, eu me vi em um novo país. Não mudei muito, e a minha atitude em relação à liberdade de escolha não mudou. Continuei a escrever textos literários em russo, mas me autodenominava e me considerava um escritor ucraniano. Alguns dos meus colegas de língua ucraniana trataram com hostilidade a minha autoidentificação. Teimavam em me chamar de escritor russo, e insistiam que, se eu quisesse me definir como escritor ucraniano, deveria passar a escrever em ucraniano. No período entre meados da década de 1990 e meados da primeira década do século XXI, participei de dezenas, se não centenas, de debates sobre o tema, e não me lembro de nenhum dos participantes ter mudado de opinião. Por outro lado, alguns escritores de língua russa começaram a usar o ucraniano como língua de criatividade.

A atual guerra causou uma nova onda de migração linguística. O mais famoso escritor de língua russa do Donbas, Vladimir Rafeenko, deu as costas à língua russa no ano passado. Esta guerra fez com que muitos ucranianos étnicos começassem a usar o ucraniano na vida cotidiana. Eles não sentem mais necessidade do russo.

A questão da autoidentificação tornou-se um dos principais temas de discussão pública. Os soldados no front pedem aos amigos que lhes enviem livros sobre a história da Ucrânia. Temos assistido a uma explosão de interesse pela literatura clássica ucraniana e pela poesia ucraniana moderna. Pútin, com as suas declarações de que os ucranianos não existem, provocou em nós o desejo de sentir e agir da forma mais ucraniana possível. O processo de ucranização é agora imparável. A ucraneidade tornou-se uma poderosa arma na defesa do nosso país.

Para dizer a verdade, posso ver que a minha autoidentificação como ucraniano é mais importante para mim do que a minha língua materna. Ser ucraniano, especialmente agora, significa ser livre. Eu sou livre. Usando essa liberdade, mantenho o direito à minha língua materna, embora a própria língua tenha adquirido o status de "língua do inimigo".

A Ucrânia foi e continua sendo um Estado multiétnico com uma dezena de minorias nacionais ativas, cada uma com a sua própria cultura e literatura, muitas vezes escrita na sua própria língua – entre elas o tártaro-crimeu, o húngaro, o russo, o gagauz. Vejo todas essas línguas e culturas como parte da minha ucraneidade. A tolerância nas relações interétnicas é uma tradição ucraniana, e a harmonia que decorre dessa tolerância deverá florescer novamente no meu país, assim que tivermos paz.

## 29 de abril de 2023
## Os componentes básicos da vitória

Aos poucos a palavra "vitória" tornou-se banal. Passou a ser incluída em todos os tipos de saudação, incluindo votos de aniversário: "Um brinde ao seu aniversário e à vitória!". Na verdade, ansiamos pela vitória, mas não compreendemos bem como alcançá-la. Muitos nem sequer têm certeza de que cara ela tem.

A fórmula mais comum para a vitória vem do gabinete do presidente e é compreensível e de uma clareza cristalina: a devolução, ao controle ucraniano, de todos os territórios ocupados e anexados. Essa será a restauração do Estado ucraniano dentro das fronteiras reconhecidas internacionalmente, e isso significa guerra até que o último soldado russo tenha ido embora. Para conseguir isso, será necessário alcançar êxitos consideráveis em território russo, de preferência facilitados pelos próprios russos, porque o exército ucraniano não entrará na Rússia. A Ucrânia nunca teve intenções imperialistas agressivas.

Para que a Rússia deixe de querer lutar, a elite política do Kremlin tem de mudar. Seus valores imperialistas devem ser substituídos por valores democráticos. Algum dia isso acontecerá, embora obviamente não num futuro próximo. Os que se engalfinharem pelo poder depois de Pútin empregarão os mesmos slogans chauvinistas e arrogantes e seguirão os passos dele, porque a ideia de que a democracia não é boa para a Rússia, de que o país precisa de um imperialismo autoritário, está profundamente enraizada na mente dos cidadãos russos.

Há quinze anos a Geórgia tem vivido com as consequências da agressão russa e, surpreendentemente, os dirigentes do país aceitaram a perda de territórios e estão tentando restabelecer relações "normais" no tráfego aéreo e nos acordos comerciais. Os cidadãos russos entram calmamente na Geórgia, e fazem isso sem vistos, para escaparem da mobilização na guerra na Ucrânia. Acostumar-se com as consequências de uma guerra injusta afasta os pensamentos de uma possível vitória ou vingança. Ao que parece, foi isso o que aconteceu na Geórgia.

Na Ucrânia, apenas uma outra palavra é capaz de competir com "vitória" em termos da frequência com que é empregada. Essa palavra é "contraofensiva". Para muitos ucranianos, esses dois vocábulos tornaram-se quase sinônimos. Eles têm certeza de que a contraofensiva levará à vitória. Qualquer pessoa sensata, por mais que saiba que a vitória é impossível sem uma contraofensiva, compreende que depois da contraofensiva será criada uma nova linha de contato, uma nova linha de frente. Somente quando essa linha for a fronteira com a Rússia é que será possível mudar o foco de modo a assegurar que o vizinho oriental da Ucrânia não volte a invadir seu território.

Quero acreditar que o exército ucraniano chegará à fronteira com a Rússia, como fez durante a libertação da região de Kharkiv; porém, se isso não acontecer, a Ucrânia terá de se preparar para uma nova contraofensiva. Mais uma vez, precisaremos acumular munições e armas – e fazer isso sob constantes bombardeios.

A palavra "vitória", em sua nova acepção ucraniana, é mais específica do que qualquer uma das versões russas do termo. No início, a Rússia definiu a vitória como a captura de todo o país; depois a captura da Ucrânia inteira, com exceção de seus territórios ocidentais; e depois a tomada de Kyiv. Agora, a "vitória" russa significa a captura das ruínas de Bakhmut, Maryinka e Avdiivka. No entanto, o exército russo está em apuros, mesmo com esse êxito. As tropas russas não estão prontas para perder esta guerra, embora já a estejam perdendo há muito tempo. É precisamente isso o que explica as constantes mudanças nos objetivos declarados da "operação militar especial".

A Ucrânia já obteve muitas pequenas vitórias que contribuem para uma futura grande vitória, mas nem todas estão diretamente ligadas à agressão russa. A Ucrânia necessitará de vitórias muitas vezes e em muitas frentes de batalha internas: na linha de frente contra a corrupção e a incompetência, no front das reformas e até na linha de frente ideológica. A vitória é necessária porque uma parte significativa da população permanece em oposição silenciosa a qualquer mudança, aparentemente indiferente ao futuro de seu país.

Durante vários meses, na cidade de Pervomaisk, no Donbas, os moradores discutiram a mudança de nome da cidade. Como substituir o nome da era soviética que homenageia o 1º de maio, o Dia do Trabalhador? Jovens ativistas propuseram uma dezena de novos nomes e até organizaram votações on-line e off-line, o que determinou que o nome Dobrodar ("Bons Presentes") era a preferência popular. No entanto, a câmara municipal decidiu não deliberar sobre o assunto. Os ativistas foram informados de que apenas cerca de setecentos dos 30 mil residentes participaram da votação – os demais pareciam satisfeitos com o antigo nome da cidade. Provavelmente é isso mesmo.

A questão agora é se os ativistas desistirão ou continuarão a lutar para se livrarem do nome associado à história soviética. Conhecendo o nosso caráter nacional, presumo que a luta continuará e, no final, a vitória será da nova Ucrânia. Mas isso acontecerá antes ou depois da grande vitória? Não sei.

Não duvido que essas pequenas batalhas no interior da Ucrânia estejam sendo cuidadosamente observadas pela Rússia, e que quaisquer derrotas para as forças pró-europeias motivarão os políticos russos a continuar lutando. Eles alegam que querem libertar os ucranianos, aqueles que ficam sentados quietos em seus sofás aguardando que a guerra acabe e que tudo volte a ser como era antes. É a eles que os russos se dirigem quando prometem devolver a todas as cidades ucranianas renomeadas seus antigos nomes soviéticos, reintegrar Lênin e Marx nos nomes das ruas. Na Rússia, vão até mudar o nome da cidade de Volgogrado, revertendo para o antigo nome soviético de Stalingrado. Isso demonstra aos russos, aos ucranianos e ao mundo todo a posição à qual as autoridades russas desejam levar de volta o país e todas as terras de que a Rússia conseguir se apoderar.

Seria mais justo mudar o nome de Volgogrado para Bakhmut, em memória da cidade destruída e das dezenas de milhares de civis ucranianos que morreram em consequência do ataque criminoso da Rússia a um país vizinho. Isso, sim, poderia ser considerado um significativo ato de arrependimento.

Depois disso poderíamos falar de uma grande e plena vitória – depois da vitória da Rússia sobre si mesma.

\*

Em todos os territórios ucranianos ocupados, o exército russo aguarda a contraofensiva ucraniana. Na região de Kherson, os residentes dos vilarejos e das cidadezinhas ocupados próximos da linha de frente estão sendo obrigados a evacuar seus lares, enquanto as tropas russas se instalam nos apartamentos e casas. O mesmo acontece nas zonas ocupadas da região de Zaporíjia, onde os russos tentam forçar a saída de mais de 18 mil residentes.

Os ucranianos, que desde abril também aguardam com expectativa a contraofensiva ucraniana, continuam à espera. Já existe uma pitada de aborrecimento e cansaço. As explicações de que o tempo úmido está causando o atraso não convencem todos os cidadãos do país. Muitos começam a suspeitar que o Ocidente ainda não forneceu ao exército ucraniano a quantidade necessária de armas e munições para lançar a contraofensiva.

Na Rússia, as pessoas também vivem em estado de tensão. Cada vez mais, elas perguntam: "Onde está a vitória?". E, cada vez mais, comentaristas de TV ou convidados de *talk shows* apresentam desculpas – "A Rússia está lutando contra a OTAN e quase o mundo inteiro. Sob tais condições, é impossível obter uma vitória rápida!".

Nos últimos tempos, os políticos russos passaram a fazer menos promessas de uma vitória tranquila. Mesmo nos *talk shows* televisivos diários sobre a guerra, que em tese mantêm um elevado grau de vigoroso patriotismo na sociedade russa, manifestam-se dúvidas cada vez mais explícitas sobre a possibilidade de vitória sobre a Ucrânia. Os telespectadores estão perdendo o interesse até mesmo em propagandistas outrora populares como Olga Skabeeva ou Vladimir Solovyov. Por outro lado, nos meios de comunicação de massa russos tem havido um acentuado aumento no interesse pelos "prenunciadores do futuro", na sua maioria não russos, e outros profetas e visionários do mesmo naipe.

Nos últimos meses, a televisão russa tem popularizado o matemático afegão Sediq Afghan, o "Nostradamus do século XXI", que estudou na URSS na década de 1980 e mais tarde viveu algum tempo em Moscou. Sediq Afghan já prometeu aos telespectadores russos que as eleições presidenciais americanas em 2024 serão as últimas antes do colapso dos Estados Unidos da América. Ele prevê a desintegração completa da União Europeia no período 2027-2032. E garantiu aos telespectadores russos a vitória completa da Rússia sobre a Ucrânia e o renascimento da União Soviética. A propósito, na primavera de 1991, Sediq Afghan foi deportado da União Soviética por vaticinar que a URSS se dividiria em 44 Estados diferentes.

Não faz muito tempo, a televisão russa encontrou outro visionário que inspira confiança. Na mente dos russos menos instruídos, um verdadeiro vidente deveria ser cego, como o famoso adivinho búlgaro Vanga, que, aliás, previu em 1993 que a União Soviética renasceria em 2025 e que a Bulgária se tornaria parte da nova URSS.

Nikolai Tarasenko, um senhor idoso do Donbas com grave deficiência visual, começou a prever o futuro em 2014. Antes disso, dizem, ele tinha o poder de curar através do toque. As mensagens televisivas de Tarasenko refletem as dos políticos russos, mas ele usa palavras mais simples; ele fala "na língua do povo".

"Os Estados Unidos acabaram", declarou ele no popular canal de televisão russo NTV, "não porque eu queira isso, mas porque os Estados Unidos já duraram além da conta. Os Estados Unidos, como Estado, não existirão. Começarão os cataclismos geológicos, climáticos e sociais. Agora o povo está pronto para se dividir em Estados menores, em repúblicas".

Segundo Tarasenko, o sistema financeiro americano também sofrerá um abalo descomunal. Outros Estados se afastarão de pagamentos em dólares americanos, e isso prejudicará a economia do país. "Em breve os dólares voarão feito lixo pelas ruas", profetizou ele em entrevista ao canal NTV. Ele também prevê uma inflação catastrófica nos Estados Unidos, apontando como culpado a guerra "desencadeada pelos americanos na Ucrânia". Ele prenuncia a vitória da Rússia na Páscoa de 2024.

Nesse contexto, em comparação, a televisão ucraniana parece pálida e enfadonha. Nenhum vidente, seja deficiente visual ou com olhos de lince, previu a data da vitória da Ucrânia sobre a Rússia. Talvez seja por isso que nos debates e nos programas de auditório da televisão ucraniana as pessoas prefiram discutir sobre outra coisa: o que poderíamos considerar como uma vitória para a Ucrânia, e que tipo de vitória deveria ser.

Todo mundo concorda que a libertação de todos os territórios ocupados e anexados do Estado ucraniano pode ser considerada uma vitória para a Ucrânia. No entanto, todo mundo concorda também que, mesmo após a possível libertação dos territórios ocupados, a ameaça russa permanecerá. Isso significa que a guerra deve terminar não apenas com uma vitória militar, mas também com a assinatura de um tratado de paz com a Rússia e garantias de segurança para a Ucrânia por parte de países ocidentais individuais e do bloco militar da OTAN.

## 22 de maio de 2023
## Ícones e outras mensagens

Mesmo quando estou no exterior e visito a casa de alguém, a primeira coisa a que presto atenção automaticamente é a espessura das paredes externas e internas. Sem a interferência do pensamento consciente, meu cérebro verifica de forma independente o nível de segurança de cada local. Estou me planejando para o caso de bombardeios com mísseis russos ou drones iranianos. Receio que esse hábito automático permaneça comigo por muito tempo. Esta guerra nos habituou ao perigo e à necessidade de estarmos preparados para tudo, incluindo uma explosão nuclear. No entanto, estar preparado não garante a sobrevivência.

Faz três semanas que os habitantes de Kyiv dormem nos corredores ou nos banheiros de casa. Os mais incansáveis deixam sacolas de mão prontas e passam a noite sentados ou deitados em abrigos antiaéreos ou nas profundezas de uma das estações de metrô de Kyiv. Quando chega a manhã, os cafés abrem e as pessoas vão trabalhar como se a guerra não existisse. Por quanto tempo isso pode durar, e como isso afeta a psique humana? Para as pessoas que permaneceram na Ucrânia, a raiva e o ódio contra a Rússia e todos os russos devem estar se acumulando.

Entretanto, há vários sinais de que alguns russos ainda se opõem à guerra, embora não em público e normalmente apenas à noite, quando todos dormem. Por exemplo, em Novosibirsk, na noite de 15 de maio, alguém escreveu as palavras "Não matarás" na cerca de uma igreja ortodoxa consagrada aos novos santos mártires da Rússia. É, obviamente, uma citação direta dos dez mandamentos do Antigo Testamento. No entanto, no noticiário russo, a inscrição foi definida como "provocativa", e um representante da metrópole de Novosibirsk descreveu o ocorrido como "um ato de barbárie e ilegalidade". A polícia e os serviços especiais russos procuram o autor da inscrição, mas os resultados da busca ainda não foram divulgados.

Maio foi um mês recheado de notícias sobre a vida espiritual da Rússia. No início do mês, Pútin enviou dois ícones idênticos ao sul e ao leste da Ucrânia, onde os russos estão em combate. Cada ícone é acompanhado por um sacerdote que deve garantir que os ícones visitem todos os locais militares russos, incluindo as trincheiras e os abrigos da linha de frente. Com exceção dos soldados muçulmanos, cada combatente russo tocará com os lábios a imagem sagrada, para que o ícone possa incutir neles a confiança na vitória da Rússia.

O padre Vyacheslav, que acompanha o périplo de um dos ícones pelo território ao sul, acredita que levará mais de um mês para visitar todas as posições das tropas russas. Comentando a reação dos soldados, ele disse: "Ver esta imagem, recebê-la nas trincheiras das mãos do presidente é, claro, uma honra e uma alegria".

Enquanto os russos procuram um local tranquilo para refletir sobre as mensagens místicas que emanam dos ícones de Pútin, alguns dos projéteis disparados contra eles pelos canhões ucranianos transportam um tipo de mensagem bastante diferente – palavras inscritas em sua superfície metálica. Embora a prática não esteja estritamente de acordo com os regulamentos militares, ninguém na Ucrânia associaria esses breves textos a "atos de barbárie e ilegalidade". Pelo contrário, as inscrições nos projéteis, mísseis e foguetes disparados dos múltiplos lançadores ajudam os artilheiros e canhoneiros ucranianos a descarregar parte da sua emoção reprimida. Na maioria das vezes, eles escrevem os nomes de seus camaradas mortos ou os nomes de cidades e vilarejos destruídos pelo exército russo: "Por meu irmão Kolya", "Por Bakhmut", "Por Irpin".

Os artilheiros e canhoneiros russos também escrevem em seus projéteis e foguetes algumas mensagens e ameaças, e esses telegramas de campo de batalha vêm voando em ambas as direções há algum tempo; porém, recentemente, no lado ucraniano essa atividade se transformou em um movimento internacional capaz de trazer ajuda tangível ao exército. Vários sites da internet permitem que a pessoa solicite sua própria inscrição em uma peça de artilharia que voará em direção a posições russas. O serviço tem um preço razoável, de 40 a 250 dólares. Em troca, o "cliente" recebe uma fotografia com a inscrição escolhida gravada no projétil, e às vezes até um vídeo mostrando o exato momento em que o míssil foi lançado contra o inimigo. Naturalmente, o dinheiro recebido por essas inscrições destina-se a ajudar o exército.

Esse método de matar vários "pássaros" com um míssil só foi concebido por um estudante de Cherkasy de 22 anos de idade, Anton Sokolenko. Ao perceber que muitos dos seus amigos serviam no exército, incluindo nas forças de artilharia, ele criou anúncios publicitários na internet sugerindo a possibilidade de "congratular" as forças de ocupação com uma mensagem escolhida de maneira personalizada. Sokolenko ficou surpreso com a entusiástica resposta que sua sugestão recebeu. Acabou sendo razoavelmente simples negociar com os soldados ucranianos sobre "a parte da produção" do projeto. Aparentemente os comandantes subalternos não tinham nada contra a ideia. De início as autoridades superiores não foram informadas, mas logo perceberam. Oficialmente, ninguém autorizou essa modalidade de arrecadação de fundos, mas ninguém a proibiu.

As inscrições nas peças de artilharia são cada vez mais variadas, e algumas são memoráveis, como "Da Albânia, com amor" e "Feliz Dia dos Pais!".

## 9 de junho de 2023
## À procura de abrigo e férias de verão

Desde a destruição da barragem de Kakhovka, Kyiv passou a sofrer menos ataques aéreos. No entanto, a escassez de abrigos antiaéreos nas áreas urbanas continua sendo um grande problema. Ao longo de maio, o país inteiro foi fustigado por intensos ataques com mísseis e, em 1º de junho, uma moça e uma criança foram mortas em

Kyiv, perto da entrada de um abrigo antiaéreo fechado. Agora os abrigos antiaéreos passam por uma inspeção em toda a Ucrânia. Os resultados dessas verificações não são nada animadores. Embora um enorme orçamento tenha sido destinado à criação e à reparação de abrigos, constatou-se que inúmeros deles se encontravam ou em condições inadequadas ou fechados, ou ambas as coisas.

As duas mortes recentes em Kyiv suscitaram novos ataques ao prefeito da cidade, Vitaliy Klitchko, até mesmo por parte de autoridades do governo Zelensky. Essas acusações saíram pela culatra, porque a responsabilidade pelos abrigos antiaéreos é compartilhada em igual medida pela administração civil e pela administração militar da cidade, cujos dirigentes são nomeados diretamente pelo gabinete presidencial.

Agora as escolas e outras instituições educacionais também estão sob escrutínio. De acordo com as regras, seus abrigos devem permitir a continuidade das aulas durante os ataques aéreos. Há um ano, a Universidade Estadual de Ujhorod conseguiu realizar exames de admissão em seu abrigo subterrâneo. Contudo, nem todas as instituições educacionais se preocuparam com a manutenção dessas instalações, e agora os gabinetes do Ministério Público estão recorrendo a ameaças de ação legal contra os diretores de escolas e faculdades, a fim de forçá-los a limpar seus porões e tornar possível a continuidade dos dias letivos.

Em Chernihiv, recentemente o tribunal regional ordenou ao diretor de uma escola no distrito de Kozeletsky que reparasse o seu abrigo antiaéreo. O juiz não aceitou a desculpa do diretor de que não havia recebido nenhum financiamento oficial para custear a obra. Com efeito, muitas obras e tarefas com o intuito de garantir a segurança da população civil estão sendo realizadas sem qualquer financiamento adicional. Até certo ponto, isso decorre da tradição soviética de exigir que os pais e mães paguem pelo custo dos reparos – e executem por conta própria os consertos – nas instalações escolares durante as férias. As administrações municipais estão encontrando outras fontes gratuitas de mão de obra para a realização dessas melhorias. Em Chernihiv, há mais de um ano está em ação o "Exército da Renovação", que consiste em pessoas oficialmente registradas como desempregadas e que concordam em participar dos trabalhos de reparos em abrigos e outras instalações na cidade e na região em geral. No momento, cerca de 3 mil desempregados estão cadastrados para ajudar dessa forma.

Localizada na fronteira com Belarus e a Rússia, a região de Chernihiv é vasta e pouco povoada. São poucas as estradas e abundantes os pântanos e rios. Alguns vilarejos são de difícil acesso. Quando tomou parte da região, em março do ano passado, o exército russo não conseguiu estabelecer uma base sólida devido à natureza do terreno. No final, as tropas russas tiveram que bater em retirada.

Nos últimos meses, a Rússia desferiu ataques regulares – com foguetes, drones e artilharia – contra vilarejos e cidadezinhas fronteiriços, mas não fez novas tentativas de abocanhar território. Provavelmente é por isso que a reserva natural de Mezinsky, que abrange mais de 300 quilômetros quadrados e fica a apenas uma hora de carro da fronteira russa, abriu seus hotéis e começou a convidar os amantes da natureza e os ornitólogos para desfrutarem do verão lá. A reserva tem dois museus e, para os entusiastas da arqueologia, há mais de cinquenta locais de interesse, incluindo os resquícios de um antigo assentamento do Paleolítico com mais de 20 mil anos. A guerra exigiu alguns ajustes nas regras de visitação à reserva. Estão suspensos os passeios de caiaque e de barco nos rios e lagos, mas dá para andar de jipe por uma rota florestal especialmente preparada. Para os donos de SUVs, também há oportunidades para testar suas habilidades de direção e as capacidades do carro.

A milenar cidade de Chernihiv está tentando levar uma vida normal. Lojas, cafés e teatros estão abertos ao público, mas os turistas de outras regiões da Ucrânia não têm pressa em visitá-los. Este ano, o concurso para jovens pianistas ucranianos, que se realiza em Chernihiv de dois em dois anos, contou com a presença de participantes de apenas duas outras regiões do país: Kharkiv e Mykolaiv, ambas na linha de frente. Anastasia Grushko, da Faculdade de Música de Kharkiv, ganhadora do primeiro prêmio no concurso, disse que a maior dificuldade foram os constantes alertas de ataques aéreos, o que tornava muito difícil ensaiar e se preparar. Mesmo assim, ela tem dois motivos para se sentir sortuda: não soaram sirenes durante sua apresentação, e ela realizou o sonho de tocar com uma orquestra sinfônica.

A fronteira com a Rússia na região de Chernihiv pode sem dúvida ser chamada de linha de frente. Poucas pessoas continuam morando lá. Em sua maioria os vilarejos ficaram em ruínas e foram abandonados. Por outro lado, a fronteira com Belarus é tranquila e calma, atravessando pântanos e florestas impenetráveis. Os moradores locais, é claro, conhecem todos os caminhos e trilhas secretos, mas para forasteiros esse terreno é mortífero. Durante a Segunda Guerra Mundial, milhares de soldados alemães morreram nos pântanos da área.

Agora os postos de controle na fronteira com Belarus estão fechados, o comércio oficial com o aliado da Rússia está proibido, mas os contrabandistas continuam atuando em surdina. A atividade de contrabando aqui é muito diferente daquela que acontece ao longo das fronteiras ocidentais da Ucrânia, em que os cigarros são o principal produto ilegal. A julgar pelas últimas notícias, o principal produto contrabandeado é o repelente de insetos. Antes da chegada do exército russo, os principais inimigos dos moradores da região de Chernihiv eram os mosquitos.

Desde o início do verão, surgiram mais ônibus nas estradas ucranianas que levam à Moldávia e à Polônia. Os ônibus circulam entre cidades ucranianas e aeroportos de países vizinhos. Os ucranianos que têm condições de pagar e que são livres para deixar o país estão ansiosos para passar férias na Grécia e na Turquia, onde o mar é quente e onde não há disparos de artilharia.

Este ano há menos turistas ucranianos no exterior do que nos anos anteriores à covid, mas eles se tornaram mais exigentes. Muitos ucranianos que planejam ir à Turquia pedem às agências de viagens que encontrem hotéis onde não haja russos. No verão passado, os resorts na Turquia registraram muitos conflitos e até brigas entre ucranianos e russos. Os russos costumam usar camisetas adornadas com a letra Z ou outros símbolos para mostrar o seu apoio à guerra na Ucrânia e ao presidente Pútin. Os ucranianos também usam camisetas com seus símbolos nacionais, como o tridente, e costumam vestir roupas nas cores da bandeira ucraniana: amarelo e azul.

Na Turquia já apareceu uma lista de hotéis e redes hoteleiras que garantem "férias sem russos". Tendem a ser lugares mais caros, com serviço cinco estrelas, e incluem as redes de hotéis Tui Blue, Tui Magic Life e TT Hotels. Todos já anunciaram que não aceitam mais reservas de turistas russos. A lista de hotéis "livres de russos" está aumentando.

O número de turistas russos que viajam para o exterior também diminuiu devido à guerra e ao agravamento da situação econômica. No entanto, o turismo interno vem sendo amplamente divulgado, por exemplo com anúncios publicitários para viagens à Sibéria e ao lago Baikal. Para os russos que vivem no extremo oriente, a China tem cidades turísticas inteiras prontas para receber os seus vizinhos.

Nos territórios ocupados da Ucrânia, em Mariupol, Novoazovsk e outras cidades costeiras do Mar de Azov, os residentes compartilham as praias com os militares russos, embora prefiram relaxar longe de hotéis e complexos de resorts onde soldados e oficiais russos estão agora aquartelados – e que tendem a ser alvo de foguetes ucranianos.

A vida nos territórios ocupados tornou-se estranhamente calma, para não dizer silenciosa. Após ataques regulares de guerrilheiros ucranianos a colaboracionistas e aos militares russos, equipes de oficiais de inteligência russos chegaram às regiões para identificar residentes com opiniões pró-Ucrânia. Inicialmente concentraram sua estratégia na utilização de taxistas, ordenando-lhes que conversassem com os passageiros para instigá-los a revelarem suas opiniões políticas. Os taxistas estavam incumbidos de denunciar as pessoas que parecessem insatisfeitas com a ocupação. Nos territórios ocupados, agora as viagens de táxi acontecem em silêncio. Um táxi nos territórios ocupados não é um bom lugar para baixar a guarda.

Os funcionários dos serviços especiais russos também prestam atenção especial aos residentes dos territórios ocupados que não desejam obter a cidadania russa. São tantos que Pútin assinou um decreto especial permitindo a deportação de ucranianos dos territórios ocupados caso se recusem a adquirir a cidadania russa.

No entanto, muitos ucranianos adquiriram passaporte russo. Para os homens, a principal desvantagem é que podem ser convocados para o exército russo e despachados para o front. Entre os soldados inimigos capturados pelas forças ucranianas no ano passado, verificou-se que um número imenso era de residentes do leste ou do sul da Ucrânia. Os ucranianos capturados em uniforme militar russo raramente querem regressar aos territórios ocupados por meio do esquema de troca de prisioneiros. Isso significaria um retorno à frente de batalha.

A lei ucraniana reconhece que esses homens receberam passaporte russo ilegalmente, e muitas vezes sob pressão. No entanto, como cidadãos da Ucrânia, se forem capturados com armas nas mãos são traidores da pátria, ou serão formalmente acusados de traição na Ucrânia ou trocados por soldados ucranianos capturados, situação em que todos os envolvidos perdem. Talvez a Ucrânia pudesse usar esses infelizes para criar um "Exército da Renovação" especial incumbido de consertar e construir novos abrigos antiaéreos em todo o país. Afinal, todo o centro de Kyiv, destruído durante a Segunda Guerra Mundial, foi reconstruído por soldados alemães capturados.

### 16 de junho de 2023
### Focos de sociedade civil

Desde a era soviética, a etiqueta do consumo de álcool na Ucrânia determina que, antes de tomar cada gole de uma bebida, deve-se fazer um brinde. Pode ser um discurso longo ou uma frase curta, mas, tradicionalmente, você não pode beber até que alguém anuncie a que ou a quem você está bebendo. Há quinze meses, em casa, em restaurantes e bares, os ucranianos bebem "à vitória!". Enquanto assistíamos à detenção em Moscou do ex-oficial do FSB e nacionalista pró-guerra e pró-Rússia Girkin[14], uma frase mais recente era o brinde repetido com mais frequência: "Vamos beber a todos eles destruindo-se uns aos outros!".

Durante esta guerra, embora os restaurantes e cafés tenham mantido o seu papel como centros de cultura gastronômica, os bares tenderam a se tornar plataformas da sociedade civil onde pessoas com ideias semelhantes se reúnem para compartilhar histórias e desenvolver um senso de unidade nacional. Os clientes habituais se sentem membros de uma família que comungam das mesmas preocupações e de um forte desejo de ajudar no futuro da Ucrânia.

Recentemente, Bogdan "Bodya" Kuzminsky, conhecido barman de Kyiv, despediu-se de seus amigos. Ele se juntou às fileiras

---

14  Também conhecido como Igor Strelkov.

do exército. Reuniram-se para a despedida todos os colegas de Bodya e os frequentadores assíduos do lendário bar Barman Diktat de Kyiv, localizado na rua Khreshchatyk, 44. A entrada do estabelecimento se dá por um pátio estreito. Entrar no bar é como adentrar um abrigo antiaéreo. Muito possivelmente foi uma das primeiras funções dessas espaçosas instalações subterrâneas. A adega foi privatizada e desde então revendida várias vezes, tornando-se o que é hoje, um bar muito acolhedor e adorado pelos moradores de Kyiv e pelos corajosos expatriados que, apesar dos ataques quase diários de foguetes e drones em Kyiv, não se deixaram expulsar da cidade.

No Barman Diktat, os eventos costumam ser precedidos de reuniões do Clube dos Amantes de História, apresentando "Histórias para adultos" – debates sobre temas históricos relevantes. Essas discussões são ora conduzidas pelo escritor Oleg Kryshtopa, ora pela crítica literária Nastiia Evdokimova, ora por ambos, juntamente com convidados especiais, renomados especialistas numa ou noutra área da história ou da vida contemporânea. Os debates são gravados em vídeo e publicados em um canal do YouTube de mesmo nome, "Histórias para adultos". Aos poucos o canal está ganhando popularidade, e o número de inscritos já ultrapassou a marca dos 250 mil.

O tema de um desses debates foi a personalidade do escritor Mykola Gógol. A principal questão que se colocou em pauta foi: "Gógol pode ser considerado um escritor ucraniano?". Tomando um ou dois copos de uísque – afinal, a discussão de uma hora e meia aconteceu num bar! –, os participantes concluíram que ele pode, sim, ser considerado ucraniano. No entanto, acrescentaram que o tema da identidade de Gógol pode ser esmiuçado até a eternidade, uma vez que ele sempre será visto como alguém que dominava tanto a cultura russa como a ucraniana. Ao se hospedar em um hotel alemão, Gógol se registrou como ucraniano, mas descrevia a si mesmo como um escritor russo.

Entre os clientes habituais do Barman Diktat há muitos veteranos de guerra que regressaram da frente de batalha, alguns em decorrência de ferimentos. O bar é um labirinto de salas, e os veteranos costumam se reunir em um dos cantos mais afastados. Ao saírem, têm que caminhar pela área principal do bar, sempre lotada e barulhenta, e onde o palco fica montado numa das extremidades. Quando os veteranos passam, um silêncio perceptível toma conta do recinto. Nos olhares ocultos dos outros clientes aparecem tanto o medo quanto a admiração.

A atmosfera alegre do bar pode dar a impressão de que tudo em Kyiv está bem, mas todos os frequentadores estão cientes da infinidade de problemas que a guerra trouxe à cidade, tanto acima como abaixo do solo. A questão da verificação do acesso aos abrigos antiaéreos expôs outro problema. Alguns dos funcionários responsáveis por manter os abrigos abertos se defenderam alegando que deixam os abrigos fechados como uma forma de afugentar os desabrigados. Com a eclosão da guerra, o termo "desabrigado" adquiriu um novo significado. Agora, em Kyiv e em outras cidades grandes, voluntários e instituições de caridade alimentam dezenas de milhares de pessoas que vivem nas ruas, incluindo um imenso número de pessoas que perderam sua moradia devido aos bombardeios russos. A população sem-teto em Kyiv aumentou muitas vezes.

Aos poucos se torna cada vez mais imprecisa a distinção entre pessoas deslocadas, refugiadas e aquelas tradicionalmente consideradas desabrigadas. Ninguém tem dinheiro suficiente para viver. Todos têm problemas de moradia, e é muito difícil para qualquer um imaginar seu futuro. Verdade seja dita, hoje em dia todos os ucranianos têm dificuldade para vislumbrar o futuro, quer residam em seus próprios apartamentos, quer vaguem pelo mundo, quer vivam como pessoas deslocadas na Ucrânia.

Um colega de Bodya, barman de um bar parceiro na margem esquerda do rio Dnipro também chamado Barman Diktat, já voltou do front, mas sem uma das mãos. Atualmente está desempregado e sonha em voltar ao seu antigo local de trabalho. Seus colegas estão organizando uma campanha de arrecadação de fundos para comprar uma prótese de alta qualidade.

Espero que Bogdan "Bodya" volte são e salvo da guerra, fique novamente atrás do balcão e crie alguns novos coquetéis, para que os clientes possam tomar parte da alegre tarefa de encontrar nomes devidamente pacíficos para os drinques.

## 29 de junho de 2023
## O papel da cultura após a guerra

Durante os primeiros meses da nova invasão russa, em fevereiro de 2022, em paralelo às discussões sobre as operações de combate houve um ativo debate na sociedade ucraniana sobre a futura reconstrução do país. Os ativistas anunciaram a criação de fundações para angariar fundos destinados à reconstrução. Arquitetos estrangeiros apresentaram seus ambiciosos planos e projetos. Cidades da Europa Ocidental e até países inteiros anunciaram quais áreas da Ucrânia "tomariam sob sua proteção" para ajudar na restauração de infraestruturas, estradas e edifícios.

Desde então a guerra se arrasta. O fardo da destruição ficou mais pesado, e os debates sobre a reconstrução da Ucrânia no pós-guerra recuaram para o segundo plano. O trabalho de reconstrução local continua na região de Kyiv, onde foguetes e fogo de artilharia russos devastaram as cidades de Borodianka, Bucha, Irpin, Hostomel, Vorzel, entre outras. Embora vários edifícios de apartamentos danificados por projéteis russos em Kyiv tenham sido restaurados, parece que, após a guerra, a Ucrânia enfrentará uma tarefa gigantesca e quase irrealizável: reconstruir fisicamente um país aniquilado pela Rússia, 20% do qual permanece sob ocupação ainda hoje.

Reconstruir fisicamente a Ucrânia significa revitalizar áreas do país que foram arrasadas e estraçalhadas. Os antigos residentes só regressarão quando as condições de vida normal forem restabelecidas. Nas zonas rurais, muitos ucranianos provavelmente desejarão reconstruir as suas próprias casas e propriedades. No entanto, não devemos desprezar o estado psicológico e físico de todas as pessoas que regressarão às cidades grandes, cidadezinhas e vilarejos recém-reerguidos. A Ucrânia é um país de pessoas traumatizadas. A extensão do trauma pode variar bastante. Muitos perderam não apenas seu lar, mas também amigos e entes queridos. Muitos testemunharam a morte de muito perto e escaparam dela por pouco. Muitos ucranianos que vivem longe das linhas de frente ouviram as explosões de foguetes e drones e viram as consequências dos ataques aéreos. Tudo isso pode ser resumido em uma única palavra: dor. Essa dor se avoluma na alma de cada ucraniano e não deve ser ignorada, porque necessita de conforto e cura. Ela ressurgirá repetidas vezes, muito depois do fim da guerra.

A reconstrução de cidades grandes, cidadezinhas e vilarejos exigirá materiais de construção, maquinário pesado, ferramentas e mão de obra – mas ferramentas de um tipo muito diferente são necessárias para reequilibrar a mente de uma pessoa traumatizada. Uma das "ferramentas" mais importantes para ajudar uma pessoa a regressar à vida normal é a cultura.

Essa palavra abrange muitos conceitos. Não se trata apenas das artes, trata-se também de poder regressar a uma comunidade onde existe uma conhecida tradição de comunicação, um padrão de comportamento de ser bons vizinhos e de exibir a tradicional tolerância ucraniana, algo especialmente importante nas regiões fronteiriças que são lar de várias minorias nacionais.

Nos últimos meses, eu me lembrei muitas vezes da minha infância nas décadas de 1960 e 1970. Embora já tivessem passado quinze ou vinte anos, a Segunda Guerra Mundial era onipresente para mim. Kyiv foi reconstruída e restaurada e, se ainda havia ruínas na cidade, muitas vezes eram preservadas como memoriais, como lembranças da guerra. Um exemplo disso é a Catedral da Dormição no Kyiv-Petchersk Lavra.

Apesar da vida aparentemente pacífica nas décadas de 1960 e 1970, a guerra tinha uma presença cotidiana, lembrando-nos constantemente de si mesma e recontando suas histórias. Depois de 1945 a guerra tornou-se o tema principal da cultura soviética. Filmes de guerra eram exibidos na televisão todos os dias, e os veteranos iam às escolas e relatavam seus feitos heroicos. As livrarias vendiam vários romances sobre os bravos soldados soviéticos. Nós, crianças, "brincávamos de guerra" no quintal de casa. Quando íamos para a escola, eram os professores que organizavam os jogos de guerra. No que agora me parece algo mais parecido com exercícios militares para crianças, eles nos levavam para o campo e organizavam "jogos" conhecidos como *zarnitsa* (que significa "raios de calor"). Esses jogos eram disputados habitualmente em toda a União Soviética. As excursões escolares a museus de guerra e aos campos de batalha da Segunda Guerra Mundial também desempenharam um importante papel na nossa educação.

Essas lembranças me levam a pensar que, depois desta guerra em curso, as infâncias ucranianas não deveriam ser marcadas pela guerra. A cultura, a música, o cinema e a literatura têm responsabilidades especiais. A cultura ucraniana deve guiar os ucranianos para fora do estado de guerra e ajudá-los a lidar com o seu trauma. Ao mesmo tempo que promove a liberdade de expressão e defende a diversidade, a cultura ucraniana precisa tornar-se uma força unificadora para todos os ucranianos; cabe à cultura unir os ucranianos no caminho que percorrerão em um futuro pós-guerra.

As vozes desta guerra continuarão, no entanto, audíveis. Desempenharão um importante papel patriótico. Os livros dos escritores que pegaram em armas para defender a Ucrânia se tornarão novos clássicos: Anatoliy Dnistrovyi, Artem Chekh, Artem Chapeye, Markiian Kamysh e muitos outros formarão uma nova geração de escritores da linha de frente. No entanto, não terão o mesmo destino dos autores soviéticos da frente de batalha, obrigados pelo Partido Comunista a escrever livros sobre a guerra pelo resto da vida.

A história impõe padrões, mas vivemos numa época mais dinâmica e, sobretudo, mais democrática. Isso significa que o Estado não pode ditar aos artistas, escritores e músicos os temas sobre os quais devem cantar e escrever. O Estado não diz aos arquitetos qual estilo combina mais com o momento. Ao longo de mais de trinta anos de independência, emergiu na Ucrânia uma cultura independente do clima político. A cultura ucraniana conseguiu tornar-se autossuficiente. As figuras culturais ucranianas respondem às necessidades culturais dos próprios ucranianos. Quando os ucranianos quiseram saber mais sobre a história do seu país e do seu povo, publicaram-se novos livros acadêmicos e obras de ficção sobre o assunto. Quando os ucranianos quiseram saber mais sobre suas figuras históricas, escreveram-se romances biográficos e estudos sobre o atamã Ivan Mazepa, Pavlo Skoropadsky e Nestor Makhno.

## 3 de julho de 2023
## A janela de oportunidade de Prigojin

Pode parecer que na Rússia teve início uma nova era – a era de um Pútin fraco e de um Lukachenko forte. Pelo menos é essa a opinião que se obtém a partir dos noticiários televisivos belarussos, que informaram que o próprio Lukachenko se ofereceu para deter a rebelião e, num dia de conversas telefônicas com Prigojin, salvou a Rússia de Pútin de descambar para uma guerra civil.

Nos primeiros dias após a marcha subitamente abortada do exército privado de Prigojin sobre Moscou, ninguém na Rússia refutou essas declarações. No entanto, outro dia, jornalistas russos expressaram a versão de que foi Pútin quem instruiu Lukachenko a negociar com Prigojin. Os detalhes exatos dos acordos com Prigojin não são conhecidos. Num comentário que Prigojin fez a seus apoiadores alguns dias depois, ele afirmou que a "marcha da justiça" – na definição que ele mesmo deu à sua rebelião – foi provocada por seu conflito com o ministro da Defesa Shoigu e o chefe do estado-maior, o general Valery Gerasimov, e pelo desejo do Ministério da Defesa de destruir física e legalmente o exército privado Wagner. Lukachenko havia garantido que o Grupo Wagner permaneceria intacto e poderia continuar suas atividades com o mesmo status jurídico de que os exércitos mercenários desfrutavam na Rússia.

O mais estranho de tudo, talvez, é que o exército paramilitar privado Wagner não pode ter qualquer status legal na Rússia, porque a existência de grupos mercenários é proibida por lei na Federação Russa. As leis russas claramente não se aplicam ao Grupo Wagner, assim como não se aplicam a dezenas de outras empresas militares privadas, incluindo a Gazprom, que, no início de fevereiro, anunciou a criação do seu próprio exército privado "para proteger gasodutos e outros bens". Hoje já existem trinta desses exércitos privados na Rússia. Entre eles há um que está até registrado como organização pública para promover a formação de jovens patrióticos. Membros deste exército privado, o ENOT, estão lutando na Ucrânia, na Síria e em outros países.

Pelo menos um dos exércitos privados, conhecido como Patriot, está ligado diretamente ao ministro da Defesa russo Shoigu. Não está claro por que um ministro da Defesa teria dois exércitos sob seu comando, mas combatentes do Patriot foram vistos na Ucrânia e estão mobilizados no Donbas. Aparentemente, esse exército não está tão pronto para o combate como o Grupo Wagner. Caso contrário, Shoigu poderia tê-lo usado contra Prigojin desde o início do conflito. Em vez disso ele tentou usar o exército russo, o que resultou na humilhação de alguns oficiais russos que foram capturados como prisioneiros de guerra pelos homens de Prigojin. Por outro lado, colocar dois exércitos privados lado a lado na linha de frente da guerra com a Ucrânia poderia provocar um forte descontentamento no setor ultranacionalista da população russa.

Quanto mais exércitos privados existirem na Rússia, mais provável será a eclosão de confrontos entre eles e o exército nacional da Rússia, como aconteceu durante a marcha de Prigojin sobre Moscou, via Rostov e Vorónej. Unidades do Grupo Wagner abateram seis helicópteros e um avião de transporte militar do comando do exército da Rússia, matando doze pilotos militares russos. Confrontos armados resultaram também na morte de vinte soldados russos.

Desde então, nos cemitérios onde militares russos e wagneristas estão enterrados próximos uns dos outros, alguém removeu as bandeiras do Grupo Wagner hasteadas em mastros acima dos túmulos. No entanto, talvez os familiares dos combatentes mortos do Wagner fiquem ainda mais chateados com o fechamento dos escritórios do Wagner, que costumavam distribuir grandes somas à guisa de indenização às famílias quando um soldado do Wagner morria em ação.

Após o triunfo de Lukachenko como o homem que pôs fim à guerra civil, o jatinho privado de Prigojin voa regularmente e sem obstáculos entre Belarus e São Petersburgo, a cidade onde Prigojin fez amizade com Pútin há mais de vinte anos. Será possível que Prigojin esteja transportando móveis do seu apartamento em São Petersburgo para o novo em Minsk? Ou ele está encerrando seus negócios e transportando dinheiro vivo para Minsk? Durante buscas dentro e nos arredores de seus escritórios após o motim, oficiais do FSB encontraram uma minivan carregada com caixas cheias de dinheiro em espécie. Prigojin confirmou que o dinheiro era dele. Não se sabe de quantos desses cofres sobre rodas ele é dono.

Os combatentes do Grupo Wagner, agora em Minsk, podem pensar que simplesmente terão uma nova base, a partir da qual poderão voar para a Síria, o Mali, a República Centro-Africana, o Sudão e outros países onde os mercenários estão há muito envolvidos em conflitos internos. Além disso, no passado eles também voaram para a África via Minsk. No entanto, parece provável que haja algumas surpresas à espera desses combatentes em Belarus.

Não é segredo que setores da liderança militar belarussa prefeririam ficar fora da guerra na Ucrânia. Com a ajuda da chantagem, ou de salários muito elevados, Lukachenko pode pensar que tem o seu próprio exército, pequeno mas bem treinado, pronto para realizar qualquer tarefa que seja impopular entre os militares belarussos. Por outro lado, Pútin sempre expressou insatisfação com a velocidade da unificação de Belarus com a Rússia. Se Pútin exigir, as forças do Wagner poderão receber ordens para tomar Minsk.

A localização de Prigojin e de seus combatentes em Belarus também já está criando tensão na fronteira de Belarus com a Polônia e a Lituânia. Dependendo do número de homens do Wagner posicionados lá, o nível de ameaça aos Estados membros da OTAN na região poderá ser bastante elevado, exigindo despesas adicionais com a defesa por parte dos governos da Polônia e dos Estados Bálticos.

Hoje, muitos jornalistas têm certeza de que Pútin não perdoará Prigojin e que o comandante e proprietário do Grupo Wagner é um homem marcado para morrer. O chefe da inteligência militar ucraniana, [Kyrylo] Budanov, chegou a dizer que o FSB russo já recebeu uma ordem para eliminar Prigojin. Isso é possível, é claro. Afinal, não foi à toa que Pútin disse que o exército Wagner era totalmente financiado pelo orçamento russo e não pelo bolso de Prigojin. De fato, isso sugere que o verdadeiro "Prigojin" é Pútin, e que o Prigojin que conhecemos é um gestor contratado que simplesmente perdeu o controle – tal como tantos outros gestores, que recentemente começaram a cair de janelas de hospitais, de apartamentos caros e até de *villas* espanholas e hotéis tailandeses.

Portanto, é bem possível que, mais cedo ou mais tarde, Prigojin se depare com uma escolha: tomar Belarus ou cair pela janela. Além disso, Prigojin estará ciente de que, mesmo que faça o que Pútin lhe manda, isso não significa que a "janela de oportunidades negativas" ficará fechada para sempre.

### 15 de julho de 2023
### "Ó esporte, tu és a paz"

Quando recentemente a melhor tenista ucraniana, Elina Svitolina, derrotou Victoria Azarenka em Wimbledon, ela, como sempre, se recusou a apertar a mão de sua adversária belarussa. "Já repeti muitas vezes: até que as tropas russas deixem a Ucrânia, até recuperarmos os nossos territórios, não apertaremos as mãos", disse ela. Os jornalistas de Wimbledon abordaram imediatamente Victoria Azarenka e perguntaram se ela se sentia uma vítima.

"Vítima?", respondeu Victoria. "Vítima porque alguém não apertou a minha mão? Ah, não! Ela não quer apertar a mão de russos e belarussos. Eu respeito a decisão dela!"

Embora esteja orgulhoso de Svitolina, eu me envergonho por já ter sentido orgulho de alguns outros campeões ucranianos que mudaram de lado, traindo o seu país, não na arena esportiva, mas de uma forma mais séria. Como os historiadores do esporte devem avaliar a contribuição para o desenvolvimento do esporte ucraniano de certas figuras a exemplo de Sergey Bubka, ex-presidente de longa data do Comitê Olímpico Nacional da Ucrânia, campeão olímpico de salto com vara, "Herói da Ucrânia" que se enveredou na política; ou da quatro vezes campeã olímpica de natação, também "Heroína da Ucrânia", Yana Klochkova?

Logo no início da guerra, Klochkova rumou para a Crimeia anexada, para a casa dos seus pais e, uma vez lá, apagou as suas contas do Facebook e do Instagram. Agora ela se comunica com seus fãs apenas nas páginas das redes sociais russas. Ninguém conseguiu obter dela um único comentário que seja sobre a guerra da Rússia contra a Ucrânia. Para ela não há guerra, o que significa que escolheu ficar do lado da Rússia.

Bubka tornou-se refugiado nos primeiros dias da nova invasão russa, indo primeiro para a Suíça e depois para a Itália. Mais tarde, renunciou ao cargo de presidente do Comitê Olímpico Nacional da Ucrânia e passou suas responsabilidades para o ministro da Juventude e Esportes, Vadim Gutsait. No entanto, Bubka permaneceu no Comitê Olímpico Internacional (COI). Lá, teve a ideia de dar passaporte ucraniano a atletas russos que não podem ou não querem competir em nome da Rússia. A sugestão não obteve o apoio do governo ucraniano.

O COI, presidido por Thomas Bach, decidiu no início do ano permitir que atletas russos e belarussos participem dos Jogos Olímpicos de 2024. A decisão suscitou protestos de muitos países, e a decisão final foi adiada para o verão de 2023. No entanto, já está claro que atletas russos e belarussos participarão, ainda que sem a bandeira ou o hino russo.

    Bubka e Klochkova, ambos atletas famosos, eram apoiadores do pró-Rússia Partido das Regiões e de seu líder, o ex-presidente ucraniano Viktor Yanukovych, que reside em Moscou desde que fugiu da Ucrânia após a Revolução da Dignidade, em 2014. Se Yana Klochkova está lentamente desaparecendo da consciência ucraniana, Sergey Bubka ainda é lembrado e até requisitado. Ele é dono de empresas registradas em Kyiv e em Donetsk (em Donetsk estão registradas ao abrigo da lei russa), negócios que atraem a atenção tanto de jornalistas como de detetives. A sua empresa mais famosa, a Mont Blanc, que até 2018 concorreu em licitações para a venda de combustíveis, alimentos e muito mais ao Estado ucraniano, assinou recentemente contratos com a administração da ocupação de Donetsk para o fornecimento de combustível. É verdade que esses contratos não são assinados pelo próprio Sergey Bubka, mas por seu irmão Vasily, também ex-atleta do salto com vara, que agora vive em Donetsk. No entanto, a lista dos fundadores da empresa inclui o nome Sergey Bubka.

## 19 de setembro de 2023
### Esconde-esconde – Mobilização na Ucrânia

Recentemente, em Lviv, um carro repleto de agentes de registro e alistamento militar dirigiu-se a um grupo de jovens que esperavam num ponto de ônibus. Os homens saltaram, agarraram um dos jovens e tentaram arrastá-lo para dentro do carro. Ele resistiu. Os agentes começaram a espancá-lo, e ele caiu no chão. Os transeuntes exigiram que os militares deixassem o homem em paz. Por fim ele se desvencilhou e saiu correndo rua afora. Os oficiais não o perseguiram.

    Suspeito que cenas semelhantes estejam ocorrendo em outras cidades. Sei que a mesma coisa aconteceu em Odessa há alguns meses. Alguém filmou o incidente, e o vídeo viralizou em toda a Ucrânia, gerando controvérsia sobre as práticas de recrutamento. Assustados, muitos homens deixaram de frequentar locais públicos e evitam viajar para outras regiões do país porque podem ser "mobilizados" nos postos de controle rodoviário durante a verificação de documentos.

Veio à tona um paradoxo: os soldados ucranianos que lutam no front são adorados e tidos como heróis, ao passo que os agentes de registro e alistamento, que também são militares, são repreendidos, muitas vezes desprezados e até atacados.

Os serviços de inteligência russos lançaram na internet uma campanha destinada a desestabilizar a mobilização na Ucrânia e a provocar medo entre potenciais recrutas. A partir de contas criadas com esse propósito específico no Facebook, TikTok e Instagram, robôs russos ensinam os homens ucranianos a evitar a mobilização.

Ao mesmo tempo, os oficiais na linha de frente queixam-se da falta de pessoal. É consenso que as baixas durante a contraofensiva foram pesadas. São muitos os mortos e feridos; se não forem substituídos, a contraofensiva poderá estagnar. É uma guerra de desgaste, com o intuito de exaurir a mão de obra, a artilharia, os mísseis e drones do inimigo. Se, no início da guerra, o exército ucraniano respondia a 50 mil projéteis russos com mil ou 2 mil, agora ambos os exércitos têm igual poder de artilharia, e cada lado dispara diariamente 40 mil projéteis contra posições inimigas.

Apesar de enfrentarem pesadas perdas, os generais russos se sentem confiantes. Alegam que a Rússia dispõe de 40 milhões em recursos humanos para a guerra, e a Ucrânia, apenas 4 milhões. Entretanto, o parlamento ucraniano está discutindo vários novos projetos de lei, cuja adoção poderá afetar a mobilização e a capacidade de defesa do país de forma geral.

O principal projeto de lei, no qual mais de uma centena de deputados vêm trabalhando, diz respeito à introdução do registro eletrônico do pessoal militar.

Depois que Zelensky chegou ao poder, a documentação eletrônica virou moda, especialmente entre os jovens. A maioria dos ucranianos instalou em seus smartphones um aplicativo governamental chamado Dyelo (que significa "ação"), por meio do qual a pessoa pode receber certificados e documentos sem ter de visitar repartições do governo. O Dyelo permite que o usuário receba no smartphone sua carteira de motorista eletrônica e passaporte interno eletrônico.

O projeto de lei proposto envolve a coleta, a partir de bases de dados governamentais existentes, dos dados pessoais de todos os homens aptos ao serviço militar entre os 18 e os 60 anos de idade. Essa superbase de dados conterá não somente os nomes e endereços das pessoas aptas ao serviço militar, mas também todas as informações conhecidas sobre elas, incluindo seus números de celular e endereços de e-mail. Aqui surge a questão: será que o sistema Dyelo, que os ucranianos tanto amam, usará o GPS de um smartphone para informar aos escritórios de registro e alistamento militar onde estão localizados os potenciais recrutas? O governo jura que não, mas já aumentou as multas para quem não reside no endereço oficial cadastrado e deixou de informar as autoridades sobre seu atual local de moradia.

Entre os projetos de lei que estão sendo preparados para discussão no parlamento há um que é relativamente humanizado, o número 9566, apresentado por Georgiy Mazurashu, parlamentar do partido Servo do Povo, do presidente Zelensky. A proposta permitiria aos ucranianos que não querem ir para a guerra recusar a mobilização e, em vez disso, trabalhar em atividades de defesa. Mazurashu acredita que essa lei reduziria as tensões sociais e poderia ainda reduzir o número de homens ávidos por deixar o país de forma legal ou ilegal. Contudo, muito provavelmente não será adotada pelo parlamento, uma vez que contraria a política de mobilização geral.

Agora as comissões médicas militares da Ucrânia funcionam sob um rigoroso escrutínio. Essas comissões determinam a adequação de um potencial recruta para o serviço militar com base em seu estado de saúde e condição física. As verificações iniciais mostraram que alguns integrantes dessas comissões vendiam certificados de "inaptidão" aos indivíduos que não queriam ir para o front e estavam dispostos a pagar de 4 mil a 5 mil dólares por um desses diagnósticos fictícios.

O Departamento Estadual de Investigação está compilando listas dos cidadãos que talvez tenham recebido certificados de dispensa ilegais. Esses homens serão chamados de volta para novos exames médicos. Posso apenas imaginar a "tensão social" que eles estão enfrentando neste momento.

Há uma semana, os meios de comunicação ucranianos publicaram uma lista de 372 ONGS e organizações de voluntariado que, mediante pagamento de uma taxa, têm ajudado homens a irem para o exterior. Essas organizações providenciavam cartas com as quais os homens tinham autorização para deixar a Ucrânia por alguns dias para realizar trabalhos relacionados com a assistência humanitária e projetos de voluntariado em apoio ao exército ucraniano. Milhares de homens que saíram do país usando essas cartas nunca mais voltaram. Em vez disso, solicitaram um status de proteção temporária nos países vizinhos.

David Arakhamia, membro do parlamento ucraniano, sugeriu que a cooperação internacional recentemente reforçada resolverá o problema. "Em qualquer país do mundo, exceto a Rússia, as nossas agências de aplicação da lei podem solicitar a extradição dessas pessoas, que serão trazidas de volta à Ucrânia para que sofram a punição adequada", afirmou. No entanto, representantes dos governos austríaco, alemão e húngaro já afirmaram que não irão extraditar os homens que deixaram a Ucrânia por não querer integrar o exército ucraniano. De acordo com estimativas oficiais, hoje há cerca de 200 mil homens ucranianos em idade militar somente na Alemanha, e é improvável que a polícia alemã se envolva na investigação de quais deles deixaram a Ucrânia em violação das leis de tempos de guerra do país.

A partir de 1º de outubro deste ano, as mulheres de 18 a 60 anos que sejam profissionais da área médica também serão obrigadas a se registrar no serviço militar. Elas podem ser convocadas como médicas e enfermeiras. Apenas as médicas grávidas e as mães em licença-maternidade estão isentas desse registro. As mulheres que têm outras habilidades potencialmente úteis para o exército podem se alistar voluntariamente nas forças armadas.

Atualmente, mais de 60 mil mulheres servem no exército ucraniano. Desse número, cerca de 7.500 são oficiais. Isso equivale a duas vezes e meia o número de 2014, no início da guerra com a Rússia. A mulher de patente mais elevada é a coronel Larysa Yakobchuk, vice-comandante de brigada. "Em primeiro lugar sou oficial, depois mulher, e só depois loira", diz ela, sorrindo, sobre si mesma. Desde fevereiro do ano passado, mais de cem mulheres soldados morreram no front e mais de quinhentas ficaram feridas.

Perdura o problema da motivação dos homens recém-mobilizados. O Ministério da Defesa encomendou diversos vídeos motivacionais para uso nas redes sociais. O Ministério da Educação oferece ensino universitário gratuito aos jovens após o serviço militar, mas isso não é suficiente para mudar as atitudes com relação à mobilização. Muitos especialistas acreditam que o melhor estímulo seriam salários mais altos para o pessoal militar, em torno de 5 mil a 10 mil dólares por mês. No momento, o salário padrão é de 100 mil hryvnias mensais (equivalente a pouco mais de 2.600 dólares no momento da escrita deste livro) para serviço de linha de frente, ou 30 mil hryvnias para quem servir na retaguarda.

Na Rússia, salários muito mais elevados motivam as pessoas a se alistar. Uma grande porcentagem de soldados russos entra no serviço militar devido a problemas financeiros e dívidas. Ao mesmo tempo, a despeito das sanções internacionais, a Rússia ainda dispõe de reservas financeiras para manter altos salários. Os ucranianos tendem a ter menos dívidas, e o Estado ucraniano funciona sobretudo graças à assistência da União Europeia e dos Estados Unidos. O governo terá, portanto, de propor algo diferente de incentivos financeiros para motivar os recrutas à medida que continua a mobilização geral durante os próximos dois a três meses.

## 2 de outubro de 2023
### Ucrânia e Polônia – Amigos ou apenas vizinhos?

Olga Viazenko, advogada e jornalista residente em Kyiv, mudou-se com o marido para a Nova Zelândia pouco antes da guerra e imediatamente se tornou uma figura de destaque na diáspora ucraniana. Enquanto choviam mísseis russos sobre Kyiv, Olga passava dias agarrada ao seu smartphone, tentando persuadir a mãe Lyudmila e a sogra Natalia a deixarem a Ucrânia. Por fim Olga conseguiu, e as duas partiram, levando consigo o cachorro de Lyudmila, um toy terrier chamado Patrick.

Olga também estava ocupada publicando pedidos de ajuda na internet, dirigidos principalmente aos poloneses, devido à calorosa recepção que os refugiados ucranianos tiveram na Polônia. No fim das contas, Michal e Gosia, casal de poloneses residente nos Estados Unidos, se ofereceram para ajudar. Assim que souberam da situação das duas senhoras, esses desconhecidos compraram passagens de avião e rumaram para a Polônia a fim de conhecerem

Lyudmila e Natalia e levá-las, juntamente com o toy terrier, para sua casa em Cracóvia, que estava vazia.

O plano era que as duas refugiadas ucranianas ficassem na Polônia enquanto solicitavam um visto para a Nova Zelândia, mas esse processo demorou muito mais do que se esperava. Michal e Gosia tiveram que regressar aos Estados Unidos, e pagaram as despesas de um mês de hospedagem das ucranianas num hotel; no final desse período, Pavel, outro polonês, se ofereceu para alojar gratuitamente as duas senhoras na sua casa de vilarejo. Ele cuidou delas por seis meses, até que por fim chegou o visto para a Nova Zelândia e Lyudmila e Natalia puderam embarcar para ficar com Olga. Agora você pode ver um toy terrier chamado Patrick correndo no quintal de Pavel, porque o cachorro não foi autorizado a entrar na Nova Zelândia. Pelo menos o animal de estimação não mora tão longe de sua Ucrânia natal quanto sua dona.

Devem existir milhares de histórias como essa, exemplos de trabalho árduo, determinação e solidariedade. Editores poloneses arrecadaram e enviaram centenas de milhares de euros a seus colegas na Ucrânia. Pagando do próprio bolso, imprimiram livros infantis em ucraniano e distribuíram exemplares gratuitos a jovens refugiados. Por toda a Polônia, as pessoas recolheram roupas, alimentos, brinquedos e mobiliário para doar aos ucranianos expulsos de suas casas pela guerra. Voluntários poloneses entregam regularmente ajuda humanitária e militar às cidades e aos vilarejos ucranianos. Milhões de ucranianos recordarão com gratidão tudo o que o povo polonês fez por eles durante esta agressão russa.

O mesmo se pode dizer do Estado polonês, que organizou centros logísticos no seu território para prestar assistência militar ao exército ucraniano, deu à Ucrânia grandes quantidades de munições e armas e abriu as fronteiras do país às exportações ucranianas e ao trânsito de cereais e outros bens. Políticos poloneses e representantes do governo polonês se expõem regularmente ao risco de ataques com mísseis para visitar Kyiv e expressar o seu apoio ao governo da Ucrânia e ao seu presidente.

Nos últimos meses, porém, um conflito quanto à questão dos cereais ucranianos prejudicou um pouco as relações bilaterais. Em março deste ano, agricultores poloneses bloquearam estradas para protestar contra a importação de cereais ucranianos para a Polônia. Oficialmente os cereais eram importados apenas para trânsito até os portos marítimos poloneses no Mar Báltico, porque os ataques russos tornaram impossível a utilização dos portos ucranianos do Mar Negro. Contudo, assim que teve início o fluxo de cereais ucranianos, os preços dos cereais poloneses pagos aos agricultores começaram primeiro a flutuar e depois a cair, indicando que uma parte dos cereais ucranianos, em vez de estarem em trânsito, vinham abastecendo o mercado interno.

Em abril de 2023, o governo polonês anunciou um novo mecanismo para regular o trânsito de cereais ucranianos que evitaria essas fugas, e prometeu a seus agricultores que os silos de cereais poloneses seriam esvaziados de cereais ucranianos antes do início da nova colheita. No entanto, o ministro da Agricultura, Henryk Kowalczyk, pediu exoneração, alegando que não conseguiria gerir a crise dos grãos. Agora a Polônia bloqueia o trânsito e a exportação de cereais ucranianos, e as tensões sobre os embarques de cereais da Ucrânia não mostram sinais de arrefecimento. As vindouras eleições parlamentares na Polônia são fundamentais para isso, e é provável que os votos dos agricultores afetem o resultado.

Em agosto, quando Zelensky acusou com todas as letras o governo polonês de "preparar o palco para um ator de Moscou", o primeiro-ministro da Polônia, [Mateusz] Morawiecki, disse a Zelensky: "Nunca mais insulte o povo polonês!". Em seguida, afirmou que a Polônia não poderia continuar fornecendo quaisquer armamentos aos ucranianos, pois a própria Polônia precisava se armar.

Morawiecki admitiu que essas discussões entre Varsóvia e Kyiv servem apenas para deixar a Rússia feliz.

Enquanto os governos polonês e ucraniano tentam apagar as chamas desse conflito, os cereais não são a única questão que azeda as relações ucraniano-polonesas. Resta pouca reconciliação histórica entre os dois países no que diz respeito ao massacre de Volyn e a outros episódios trágicos da história ucraniano-polonesa.

A partir da primavera de 1943, o Exército Insurgente Ucraniano exterminou ativamente os poloneses étnicos que viviam em Volyn, área onde as comunidades polonesa e ucraniana residiam em estreita proximidade. Em resposta, o Exército da Pátria polonês destruiu vilarejos ucranianos e matou seus habitantes. Todos foram massacrados, incluindo idosos, mulheres e crianças. Os residentes do vilarejo teriam sido conduzidos para casas ou igrejas e depois queimados vivos. Nem a Polônia nem a Ucrânia querem admitir culpa nesses massacres.

A história das relações ucraniano-polonesas nem sempre é escrita com sangue. Há também muitos episódios positivos que os políticos parecem demorar a recordar. Um dos primeiros heróis da Ucrânia, o bispo, escritor e pensador Meletiy Smotrytsky (1577-1633), escreveu suas obras exclusivamente em polonês; já o escritor polonês Viacheslav Lypynski (1882-1931) escrevia em ucraniano. O muito admirado escritor ucraniano Ivan Franko (1856-1916) redigiu obras em ucraniano, polonês e alemão.

Hoje, tal como antes da guerra, o principal mercado estrangeiro para a literatura ucraniana é o polonês, no qual livros de autores ucranianos traduzidos para polonês vendem mais do que na Ucrânia. Essa situação se deve, em parte, às deficiências do mercado livreiro ucraniano, mas também ao enorme interesse que existe na Polônia pela Ucrânia.

O interesse pela literatura polonesa na Ucrânia não é tão grande nem tão estável, embora isso não pareça incomodar os poloneses. A grande maioria tem uma atitude muito positiva em relação aos ucranianos. Isso já foi provado e comprovado repetidas vezes pelo povo polonês desde o início da guerra. Se pudesse falar, Patrick, o toy terrier que agora corre e brinca num quintal polonês, sem dúvida também daria seu testemunho.

### 17 de outubro de 2023
### Uma questão de confiança – Em quem e em que os ucranianos acreditam?

Já se passaram mais de seiscentos dias desde o início do ataque total do exército russo à Ucrânia. Em breve, duas datas tristes ficarão gravadas na história moderna do país: já são dez anos desde a anexação da Crimeia e o começo da guerra no Donbas e dois anos desde que a Rússia passou a atacar todo mundo, em qualquer lugar da Ucrânia. Não tenho a expectativa de que essas datas sejam assinaladas de forma especial, mas, para a maioria dos ucranianos, fevereiro de 2024 trará um novo motivo para contemplar o passado recente, o presente e o futuro.

Não é segredo que o otimismo com relação ao fim iminente da guerra diminuiu desde o ano passado, quando mesmo aqueles que não votaram no presidente Zelensky acreditavam que a energia desenfreada dele ajudaria a Ucrânia a obter as armas necessárias para expulsar o inimigo do território ocupado. Ninguém pareceu se preocupar com o fato de os relatórios sobre o fornecimento de armas mencionarem apenas quantidades muito pequenas: "A Eslováquia deu à Ucrânia dois obuses Zuzanna, e a Alemanha cedeu dois sistemas de defesa aérea Iris", e coisas do gênero.

Corriam rumores de que os nossos aliados estavam fornecendo estoques muito maiores de armamento em segredo, por não querer irritar a Rússia. Se antes os ucranianos esperavam um milagre das armas ocidentais, agora conversas sobre sistemas lançadores múltiplos de foguetes HIMARS e sobre mísseis Storm Shadow tornaram-se algo familiar, quase banal.

Muitas pessoas se preocupam com o que acontecerá se os territórios ocupados forem libertados, mas a Rússia continua disparando mísseis e drones contra todo o território da Ucrânia. Isso poderia ser considerado uma vitória ou apenas uma vitória parcial? O que a Ucrânia deve fazer em resposta a esses ataques? Bombardear o território russo? A Ucrânia deve ser forçada a continuar a gastança de dinheiro em armas quando será necessário realizar inúmeras e dispendiosas obras de restauração? Essas questões suscitam pensamentos melancólicos sobre os muitos meses ou mesmo anos de guerra por vir, e isso levou os dirigentes da Ucrânia a se concentrar diretamente na questão da unidade nacional e do compartilhamento de ideias e modos de pensar, destacando estudos sociológicos que corroboram que essa é a abordagem correta.

Antes da guerra, a principal divisão na sociedade ucraniana era entre os apoiadores de Porochenko e os partidários de Zelensky. Ainda apoiam Zelensky 75% dos ucranianos. Contudo, estudos e pesquisas de opinião sobre uma série de temas apontam divergências nas atitudes e convicções dos ucranianos. Os resultados muitas vezes mostram atitudes contraditórias num indivíduo. Isto não é surpreendente: somos uma sociedade traumatizada pela guerra, dilacerada entre a crença em milagres e a realidade nem tão inspiradora.

Os índices de confiança no presidente Zelensky atingiram 90% no ano passado, antes de caírem para o nível atual. Embora ele ainda esteja no topo da lista de popularidade das figuras públicas, neste verão, 78% dos ucranianos consideram o presidente Zelensky pessoalmente responsável pela corrupção no governo e nas administrações militares regionais. No ranking de confiabilidade institucional e pessoal, o exército ucraniano ocupa o primeiro lugar entre as instituições nacionais, contando com a confiança de 93% a 94% dos ucranianos, seguido pelas formações militares voluntárias e pelos voluntários em geral. O presidente está em sétimo lugar, com uma avaliação de 72%.

Em recente entrevista a jornalistas estrangeiros, Zelensky afirmou que, se a guerra continuasse, ele concorreria a um segundo mandato, mas, se a guerra terminasse, não se candidataria a mais cinco anos como presidente. Esse é provavelmente o sinal mais concreto que recebemos sobre as suas intenções, pois para a maioria dos ucranianos está claro que a guerra continuará. Eleições durante uma guerra, quando cerca de 8 milhões de ucranianos se tornaram refugiados no exterior e mais de meio milhão estão lutando na linha de frente, não seriam consideradas justas nem legítimas. Por alguma razão, não se realizaram pesquisas de opinião sobre o tema.

Nesse meio-tempo, intensificaram-se os ataques dos opositores às ações presidenciais. Ao tradicional estilo ucraniano, um dos líderes desses ataques é Oleksiy Arestovych, antigo conselheiro do chefe do gabinete do presidente. No ano passado, enquanto trabalhava para a equipe de Zelensky, o blogueiro Arestovych, ex-oficial da inteligência militar, quebrou todos os recordes nas pesquisas de popularidade. Hoje, segundo o serviço sociológico do Centro Razumkov[15], 71% dos ucranianos não confiam nele, embora isso não pareça incomodá-lo. Ele nutre inequívocas ambições presidenciais e parece determinado a recuperar a maior parte da popularidade que perdeu por criticar Zelensky e o governo.

---

15 *Think tank* governamental também conhecido como Centro Ucraniano de Estudos Econômicos e Políticos.

Nesse ínterim, uma sondagem sobre quantos ucranianos estariam dispostos a aceitar perdas territoriais em troca do fim da guerra deveria ser do interesse dos jornalistas. Esse número cresceu quatro pontos percentuais nos últimos seis meses: no geral, 14% da população total aceitaria perdas territoriais em troca da paz. Contudo, se considerarmos os resultados por região, veremos que no sul da Ucrânia o número dos que estão dispostos a abrir mão de um naco de território aumentou de 8% para 21% e, no leste da Ucrânia, de 13% para 22%. Falar sobre prescindir de território pressupõe que o exército ucraniano não tem condições de vencer esta guerra; os entrevistados podem julgar que a falta de fé na vitória é uma atitude antipatriótica. Portanto, é possível que alguns entrevistados evitem ser honestos ao responder a essa pergunta.

Enquanto isso, a contraofensiva ucraniana no sul avança muito lentamente. No leste, as tropas russas lançaram nova ofensiva em torno de Avdiivka, Maryinka e Kupiansk. Parece que o inverno na linha de frente será quente, e os soldados ucranianos celebrarão novamente o Ano-Novo nas trincheiras e sob fogo.

## 24 de outubro de 2023
## A Ucrânia endurece com o Patriarcado de Moscou

A neblina do outono desceu sobre a Ucrânia. Está ficando mais frio. Mais uma vez a Rússia lança drones em todas as direções, de uma ponta à outra da Ucrânia. Recentemente ouviram-se explosões em muitas partes da região de Kyiv. Era o som dos nossos sistemas de defesa funcionando de forma eficaz.

Agora que a vida depende do aquecimento, da eletricidade e da água, as pessoas temem uma intensificação dos ataques às centrais elétricas e às infraestruturas ucranianas. No entanto, a liderança ucraniana está confiante de que os nossos sistemas antiaéreos estão prontos para tudo o que a Rússia lançar sobre as nossas cidades neste inverno. Os países europeus estão alugando para a Ucrânia sistemas de defesa aérea adicionais durante a estação fria. Além de realçar o caráter comercial da relação entre aliados, a ideia de alugar equipamentos indica que os países europeus têm medo de ficar sem armas.

O inverno está congelando a linha de frente. Nos meios de comunicação ucranianos fala-se cada vez menos sobre a contraofensiva, mas o exército russo ainda tenta desferir ocasionais manobras ofensivas nas regiões de Kharkiv e do Donbas. Um ataque recente à zona de Avdiivka, muito perto de Donetsk, envolveu centenas de tanques e milhares de soldados. A data da investida foi programada para coincidir com a chegada do presidente Pútin a Rostov-no-Don, perto da fronteira oriental da Ucrânia com a Rússia, onde ele se reuniria com o chefe do estado-maior do exército russo, o general Gerasimov.

Aparentemente o comando militar russo esperava dar a Pútin um presente por ocasião de sua chegada: a captura de Avdiivka, que é controlada pela Ucrânia desde 2014. Essa ofensiva resultou em mais de cinquenta tanques russos destruídos, e em milhares de soldados russos mortos ou desaparecidos. Os generais não tinham nenhum "presente real" para oferecer a seu líder. A comunicação social russa minimizou a viagem de Pútin em direção à linha de frente, mostrando apenas fotografias noturnas do general Gerasimov e do presidente Pútin em que ambos se assemelhavam a figuras do museu de cera Madame Tussauds.

Enquanto o comando russo lambe as feridas e despacha mais reforços para as regiões de Donetsk e Kharkiv, o parlamento ucraniano lançou outra ofensiva contra a Igreja Ortodoxa do Patriarcado de Moscou na Ucrânia.

Já faz vários meses que, contrariando decisões judiciais e parlamentares, a Igreja do Patriarcado de Moscou se recusa a desocupar as instalações do mosteiro mais importante da Ucrânia, Kyiv-Petchersk Lavra. Alguns dos edifícios do complexo do mosteiro fazem parte de um museu estatal, mas os monges e padres do Patriarcado de Moscou continuam resistindo em outros edifícios, e não permitem que a polícia ou os oficiais de justiça os desalojem. Para surpresa geral, na semana passada o parlamento ucraniano votou a favor da aprovação de um projeto de lei que proibia organizações religiosas com centros na Rússia ou que sejam afiliadas a esse país.

A extinção de organizações religiosas associadas à Rússia será muito complicada por uma simples razão: a Igreja Ortodoxa Ucraniana do Patriarcado de Moscou não está legalmente registrada na Ucrânia como uma organização integral. Existe a metrópole de Kyiv, vários episcopados e mais de 9 mil comunidades eclesiais, cada uma delas registrada separadamente. De acordo com a nova lei, cada caso deve ser investigado para provar uma ligação com a Rússia. Cada entidade jurídica deve ter tempo para corrigir a situação, pondo fim à sua ligação com a Rússia. É pouco provável que o Patriarcado de Moscou abandone sem luta o controle de suas igrejas ucranianas, portanto esperam-se longos processos judiciais.

Entretanto, Moscou proporcionou outro fato para causar riso nos ucranianos. Durante um de seus discursos, o Patriarca Kirill, a principal voz da Igreja de Moscou e o aliado mais próximo de Pútin, afirmou que os cientistas soviéticos criaram armas atômicas com a ajuda e a proteção do santo ortodoxo russo Serafim de Sarov, e que é apenas graças a essas armas atômicas que a Rússia continua existindo.

## 31 de outubro de 2023
## Funerais e casamentos, lágrimas e alegria

O frio e a neve que afetam as táticas na linha de frente também trazem novos motivos de ansiedade na retaguarda. O inverno adiará muitos projetos de construção, incluindo o plano de criação de um cemitério militar nacional como local de descanso dos heróis militares desta guerra.

Não é segredo que as famílias de muitos soldados ucranianos mortos em combate mantêm as urnas com as cinzas dos seus entes queridos em casa, ou armazenadas em crematórios, na ansiosa expectativa da criação do cemitério militar nacional que o parlamento aprovou em maio de 2022. No entanto, desde então o plano não avançou. Na verdade, o projeto de lei ainda não foi sancionado pelo presidente Zelensky. Inicialmente, decidiu-se que a localização do novo panteão seria discutida com os familiares das vítimas. Em março, a ONG Heart Out se registrou na Ucrânia para unir os parentes dos soldados ucranianos mortos. Sua fundadora e diretora é Vera Litvinenko, mãe de Vladislav Litvinenko, que morreu lutando em Mariupol. À medida que o número de mortos aumenta, a Heart Out torna-se mais ativa, e aumenta a intensidade das declarações públicas de Vera Litvinenko.

De início, as autoridades estaduais e municipais cogitaram quatro locais em Kyiv para o complexo memorial, incluindo uma área próxima ao Centro Memorial do Holocausto em Babyn Yar. Cada um desses locais foi posteriormente descartado. Em seguida entrou na pauta uma área nos arrabaldes de Kyiv, perto do vilarejo de Bykovnya. Na época soviética, essa área era conhecida como um local de execução e sepultamento de "inimigos do povo" durante 1937-1940. Muitos dos mortos eram representantes da intelectualidade ucraniana, incluindo escritores, jornalistas, professores e cientistas.

Os membros da Heart Out consideraram Bykovnya um local aceitável para o cemitério, mas as autoridades do governo mais uma vez mudaram de ideia e decidiram situar o cemitério mais longe de Kyiv, nos limites do vilarejo de Gatne, no distrito de Fastiv. A explicação oficial para a mudança de planos foi que Bykovnya já tinha um complexo memorial dedicado às vítimas das repressões de Stálin, e que o lugar oferecia muito pouco espaço. Desde o início considerou-se que seriam necessários 100 hectares, mas o local proposto em Bykovnya tinha apenas 50 hectares.

As autoridades acreditam que Gatne é o melhor ponto para o cemitério porque lá há bastante terreno e as restrições aos projetos de construção são menos rigorosas do que dentro dos limites da cidade de Kyiv. No entanto, os parentes dos soldados mortos estão descontentes. O maior cemitério público de Kyiv, Yuzhnoe, está localizado perto de Gatne, e o trânsito é sempre intenso. Em segundo lugar, nas proximidades há também um cemitério alemão, onde estão enterrados os soldados germânicos da Segunda Guerra Mundial, bem como os prisioneiros de guerra alemães que morreram nos anos do pós-guerra enquanto faziam trabalhos forçados nas obras de reconstrução de Kyiv.

À medida que a Ucrânia rechaça ataques cada vez mais violentos ao longo da linha de frente, ouve-se música fúnebre em todas as regiões da Ucrânia. Contudo, o conflito militar não tirou das pessoas o desejo de se casar. A guerra também expandiu o âmbito geográfico das agências de casamento da Ucrânia. De tempos em tempos acontecem casamentos na linha de frente. Certas agências organizam cerimônias de casamento para militares, gratuitas e realizadas com rapidez incomum. Uma dessas agências foi criada por Olena Yaroshenko, de Zaporíjia. Sua ideia se chama "O amor vence". No ano passado, quando Zaporíjia estava sob constantes ataques, Olena mudou-se para Khmelnytskyi, mais longe da linha de frente. Ela continua organizando cerimônias de casamento para militares em toda a Ucrânia, até mesmo em acampamentos muito perto da linha de frente.

Às vezes, tanto a noiva como o noivo são soldados, porém com mais frequência apenas o noivo é militar, que dispõe de alguns dias de licença para se casar. Olena convence esses casais, que normalmente preveem uma rápida assinatura do registro cartorial com uma cerimônia mínima e nenhuma celebração, a realizarem um casamento de verdade. Ela fornece gratuitamente roupas de casamento aos noivos, e encontra um local apropriado onde o casal pode desfrutar de uma tradicional celebração de matrimônio ucraniana. Nos últimos sete anos, Olena organizou mais de cinquenta cerimônias de casamento para militares. "É a nossa maneira de dizer 'Obrigado!' aos caras por arriscarem a vida. Queremos dar a eles o melhor dia de sua vida", diz Olena.

Desde fevereiro de 2022, muita coisa mudou na legislação ucraniana sobre o casamento. Os casais não precisam mais esperar um mês após solicitar o casamento. Agora é possível concluir o processo em um único dia. Os militares podem até mesmo se casar on-line; se necessário, o comandante imediato de um soldado está autorizado a elaborar uma certidão de casamento e formalizar desse modo a união do casal.

O frio e a neve do inverno estão por vir. Nesta época do ano, as emoções se apaziguam. Espero que até a primavera encontrem alguma solução que seja adequada a todos e, acima de tudo, às famílias dos soldados ucranianos mortos em combate.

## 14 de novembro de 2023
## Kherson – Cidade sem música

Há poucos dias, a cidade de Kherson celebrou o primeiro aniversário da sua libertação da ocupação russa. A data foi marcada mais de forma on-line do que presencialmente, e não houve fogos de artifício. O presidente Zelensky, no entanto, anunciou prêmios para os defensores de Kherson e para os residentes que demonstraram heroísmo enquanto a cidade esteve sob ocupação.

Um dos premiados foi Igor Dryuk, cirurgião do hospital municipal que continuou operando moradores da cidade ao mesmo tempo que se recusava a tratar militares russos. Como ele conseguiu permanecer vivo e trabalhar é um mistério, mas sabemos que os militares russos desconfiam dos médicos ucranianos, sobretudo dos cirurgiões. Eles atraem especialistas russos para os territórios ocupados oferecendo-lhes salários e subsídios de viagem bastante elevados.

O presidente Zelensky não visitou Kherson por ocasião do aniversário. A cidade e os vilarejos e cidadezinhas dos arredores estão sob constantes bombardeios vindos da margem esquerda do rio Dnipro, ainda ocupada, e dizer que o clima é de celebração seria uma mentira. No entanto, a data foi marcada pela abertura de um novo espaço público subterrâneo, Svoye ("Nosso") – o resultado da cooperação entre empresas locais, assistentes sociais e ativistas. O Svoye é um abrigo antiaéreo bem equipado, e seu formato se assemelha ao de um clube. Servirá como palco para eventos culturais e cursos de formação, incluindo sessões para crianças com foco na segurança.

A segurança é uma questão fundamental para Kherson. Antes da guerra a população da cidade era de 350 mil habitantes. Agora são apenas cerca de 55 mil, e isso inclui aproximadamente 5 mil crianças. Todas as escolas funcionam on-line devido aos bombardeios diários e porque quase todos os edifícios escolares foram danificados ou destruídos. Os jardins de infância também funcionam on-line, mas na realidade os pais e mães cuidam dos filhos enquanto os professores dos jardins de infância participam de conferências pedagógicas on-line, pelas quais recebem dois terços de seu salário, apenas para que tenham algo para garantir seu sustento.

Desde a libertação, mais de oitocentas pessoas, incluindo mais de trinta crianças que viviam na cidade ou nas imediações, foram mortas por bombas e mísseis russos.

No aniversário da libertação, realizou-se em Kherson um fórum de escritores militares. Os eventos ocorreram tanto no subsolo quanto na superfície. Os participantes tiveram que se inscrever antecipadamente num site especial, e só foram informados sobre o local exato das reuniões pouco antes de começarem.

Os russos monitoram de muito perto a atividade na Ucrânia. Estão especialmente interessados no que está acontecendo em Kherson. No mesmo dia do fórum de escritores, lançaram uma bomba teleguiada sobre a principal biblioteca da cidade – a Biblioteca Regional Oles Gonchar.

Enquanto os bombeiros tentavam controlar o incêndio, a Rússia atacou novamente a biblioteca, desta vez tentando matar os bombeiros e destruir seus equipamentos. Alguns bombeiros ficaram feridos, mas depois de algumas horas o fogo foi por fim extinto. A biblioteca não reabrirá tão cedo. Necessita de grandes obras de restauro e de um novo acervo de livros.

Na margem esquerda do Dnipro, a administração russa também organizou festivais literários. O "Dia de Ivan Turguêniev" foi celebrado quase simultaneamente com o aniversário da libertação de Kherson. Os encontros e exposições dedicados à vida e à obra do clássico escritor russo traziam títulos pomposos como "Cordas da alma russa", "Todos os meus pensamentos sobre a Rússia" e "O cantor da palavra russa". As fotografias utilizadas nos comunicados de imprensa mostram apenas os livros de Turguêniev, e nenhuma multidão de participantes. Talvez ninguém tenha sido convidado ou ninguém quisesse ser filmado por medo de se comprometer.

A Rússia já anunciou orgulhosamente que trouxe para os territórios ocupados mais de 3 milhões de exemplares de livros de escritores russos, incluindo Turguêniev, Dostoiévski e Púchkin. Os ucranianos, por sua vez, publicam anúncios no Facebook e no Instagram oferecendo-se para doar volumes de clássicos russos a quem os desejar. Há muito mais pessoas interessadas em se desfazer desses livros do que em adquiri-los. As famílias leitoras tinham volumes de Tolstói, Tchékhov e Dostoiévski da época soviética.

De manhã e no início da tarde, os civis que vemos nas ruas de Kherson usam coletes à prova de balas. São servidores públicos, funcionários de todas as categorias e pessoal dos serviços comunitários – zeladores, encanadores e eletricistas –, todos obrigados a usar 10 quilos extras de "roupa" todos os dias. Sobram vagas para esses cargos e ofícios, e os moradores dizem que é justamente por causa da obrigatoriedade do uso de coletes à prova de balas que as pessoas não querem os empregos. O pesado kit torna o trabalho muito cansativo.

O toque de recolher em Kherson começa às oito da noite, mas raramente se verá alguém nas ruas depois das quatro da tarde, quando o transporte urbano para de funcionar. Os motoristas de táxi atendem aos cidadãos apenas até a hora do almoço e geralmente se recusam a ir aos subúrbios, que são bombardeados com mais frequência desde a margem esquerda. Diante de tudo isso, os moradores da cidade tendem a passar os dias dentro de seus apartamentos e casas, saindo apenas para visitar o comércio.

Todas as mercadorias básicas estão disponíveis, mas a vida na libertada Kherson continua longe do normal, e os níveis de tensão e estresse devem estar muito mais elevados do que nos vilarejos e cidades mais distantes da linha de frente. No entanto, mesmo em Bukovina, no oeste da Ucrânia, as autoridades locais veem a necessidade de distrair seus residentes e as pessoas deslocadas dos pensamentos de guerra. Os prefeitos das cidades montanhosas de Putyla e Vyjnytsia tentam colocar isso em prática por meio da música.

Em Putyla, todos os dias ao meio-dia, Petro Semashko vai à praça central para tocar a trembita, instrumento musical folclórico hutsul semelhante a uma trompa alpina. A trembita pode ter até 8 metros de comprimento, e emite um som que pode ser ouvido a uma distância de até 6 quilômetros. Ao meio-dia, moradores e visitantes convergem para o centro da cidade para o ritual diário.

Infelizmente as coisas nunca estão calmas em Kherson, e o único evento musical ocorrido recentemente foi a filmagem de um videoclipe em que Kirilo Boridko, ex-aluno de uma das escolas de música (agora extintas) da cidade, tocou piano nas ruínas do ginásio mais antigo de Kherson. Os moradores compartilham o link do videoclipe com amigos e parentes que deixaram a cidade, e juntos choram por um passado que nunca mais voltará.

### 21 de novembro de 2023
### Guerra, férias de inverno e esqui

Na popular estação de esqui ucraniana de Bukovel, limpa-neves desobstruem as ruas enquanto os proprietários de restaurantes dão os retoques finais a seus menus e negociam com fornecedores de produtos frescos. A temporada lucrativa está prestes a começar e, embora os mísseis e drones russos possam afetar os planos, as empresas estão determinadas a entreter os hóspedes e a ganhar dinheiro.

Os preços dos hotéis caíram um pouco, e pode ser que este ano os ucranianos menos abastados tenham condições de passar férias de inverno. No entanto, se os restaurantes lotados em Odessa e Kyiv e os números divulgados sobre as vendas de carros novos (quase nos mesmos níveis anteriores à guerra) servirem de referência, ainda há muitas pessoas na Ucrânia que não estão muito preocupadas com os custos de sua viagem de esqui.

O verdadeiro problema para os gestores de resorts é encontrar funcionários. Em Bukovel há uma grave escassez de trabalhadores: cerca de 275 vagas para administradores de hotéis, cozinheiros, garçons, governantas, eletricistas e encanadores. Para os cargos menos especializados, os empregadores estão prontos para contratar pessoas sem experiência e treiná-las no trabalho. Os funcionários recebem refeições gratuitas, acomodação e salários razoáveis. No entanto, muitos homens simplesmente temem demais ir para essa "ratoeira nas montanhas", aonde os agentes de registro e alistamento militar podem chegar a qualquer momento numa das suas campanhas de mobilização. Eu não me surpreenderia se neste inverno alguns dos restaurantes e cafés se transformassem em praças de alimentação self-service.

As hostilidades continuam, sobretudo nos arredores de Avdiivka, cidadezinha que o exército russo tenta capturar há vários meses. Milhares de soldados russos já morreram lá, mas os comandantes insistem em continuar enviando reforços, muitas vezes sem o apoio de tanques ou blindados de transporte de pessoal. Todos os dias, um novo grupo de soldados russos rasteja em direção às posições ucranianas através de campos lamacentos repletos de cadáveres de seus compatriotas. Ao mesmo tempo, a artilharia russa está empenhada em varrer a cidade da face da Terra. Mais de mil residentes ainda vivem nos porões dos prédios de apartamentos de Avdiivka. Recentemente a população diminuiu ainda mais, depois que uma centena de pessoas concordou enfim em evacuar. A polícia ucraniana as levou para a retaguarda.

Juntamente com voluntários de uma organização de resgate de animais de Kharkiv, a polícia tem ajudado em outra operação especial na área. Na primavera, os russos bombardearam um haras nos subúrbios de Avdiivka, matando cerca de trezentos cavalos. Dois deles fugiram para a cidade, onde desde então passaram a viver entre as ruínas, traumatizados e com medo das pessoas. Voluntários de resgate de animais convocaram um tratador profissional, que chegou a Avdiivka com seu cavalo. Como era de imaginar, os animais indomados ficaram à vontade ao ver o cavalo visitante, e assim o tratador conseguiu conduzi-los até um cercado, de onde serão transportados para longe da linha de frente.

Um novo lote de prisioneiros de guerra russos também aguarda para ser enviado rumo ao oeste. São mais fáceis de transportar do que cavalos, mas os que não estão feridos passam primeiro por uma série de interrogatórios para determinar se cometeram crimes de guerra. Após o processo de verificação, uma longa jornada os aguarda. A viagem geralmente termina no oeste da Ucrânia, no único campo de prisioneiros de guerra em funcionamento, Zahid-1, onde, segundo alguns comentaristas, a vida é um pouco confortável demais. Os prisioneiros se levantam às seis horas, fazem exercícios físicos e depois tomam o café da manhã.

Desde que, vários meses atrás, a Rússia congelou o processo de troca de prisioneiros, há cada vez mais prisioneiros na Ucrânia, assim como há prisioneiros ucranianos na Rússia.

Por enquanto, os prisioneiros russos estão dispostos a trabalhar realizando tarefas simples, como desmontar paletes de madeira e transformá-los em outros produtos de madeira. No tempo livre, podem ler ou assistir a canais de televisão ucranianos, incluindo o canal estatal de língua russa Dom. Às vezes conversam por telefone com seus parentes na Rússia. Há também uma biblioteca, em sua maior parte abastecida com edições soviéticas de autores russos e soviéticos.

Em troca do trabalho, os prisioneiros de guerra recebem um salário simbólico, o equivalente a cerca de 7 euros por mês. No acampamento há uma loja na qual eles podem gastar esse dinheiro. Dizem que o produto mais popular é a Coca-Cola, que não está mais disponível na Rússia.

Entre os prisioneiros russos há soldados comuns mobilizados, soldados mercenários e ex-criminosos libertados da prisão em troca do compromisso de lutar contra a Ucrânia. O último grupo de presos "profissionais" tentou estabelecer os mesmos sistemas que havia nas prisões russas, onde os presidiários e não a administração ditavam as regras, e onde os detentos menos experientes sofriam maus-tratos. A equipe do campo de prisioneiros ucraniano teve de trabalhar arduamente para manter o controle. Alguns desses prisioneiros de guerra foram transferidos para prisões civis e agora podem ser encontrados em cinquenta diferentes presídios em toda a Ucrânia.

À medida que o Zahid-1 atinge a sua capacidade máxima, um novo campo está sendo construído na região de Vinítsia, no sudoeste do país, e a construção de outro campo está em discussão.

Nem todos os prisioneiros russos estão ansiosos para voltar para casa. Se voltarem, sabem que serão mandados de volta para o front. Eles se sentem seguros na Ucrânia e, segundo informações disponíveis no site do governo ucraniano, suas condições de vida são razoáveis. Recentemente, um dos prisioneiros de guerra russos chegou a receber a visita da esposa.

Na verdade, a licitação para a compra de alimentos para os prisioneiros de guerra, anunciada pelo Estado, causou indignação entre muitos ucranianos. Um membro do parlamento, Sergiy Rudyk, historiador e tenente-coronel do exército ucraniano, dirigiu-se ao ministro da Justiça nos seguintes termos: "Só na compra de doces e chocolates gastamos mais de mil hryvnias (cerca de 2.900 euros). E olhei apenas as primeiras páginas das compras governamentais de setembro [...]. Dezenas de variedades de salsichas caras, queijos, café [...]. Gente, vocês estão loucos? É assim que vocês alimentam os prisioneiros de guerra russos, ou vocês estão apenas roubando de maneira estúpida e cínica?". O ministro da Justiça não deu nenhuma resposta, embora Rudyk provavelmente não esperasse uma. Seu grito veio do fundo do coração.

Manter as pessoas no trabalho e ocupadas é importante, à medida que aumentam os receios sobre o inverno e os contínuos ataques às infraestruturas da Ucrânia. Felizmente, os meteorologistas prometem que este inverno será 2 a 3 graus mais quente que o do ano passado, sem geadas severas. Mas haverá um bocado de neve – o suficiente para satisfazer os turistas em Bukovel e as crianças de todas as idades no país inteiro, que aguardam ansiosamente a oportunidade de subir nos seus trenós.

### 28 de novembro de 2023
### Um lugar onde você pode escolher o nome da sua família, mas não do que se lembrar

O clima fez uma entrada dramática na guerra. Primeiro, uma tempestade assolou o Mar Negro, como havia cem anos não se via. As ondas atingiram uma altura de 9 metros, arrastando fortificações e trincheiras russas das praias da Crimeia. Um navio de patrulha militar russo da classe *Raptor* foi rachado ao meio pela força das ondas. No Mar de Azov, a tempestade destruiu todas as estruturas de defesa flutuantes que a Rússia montara para proteger a ponte entre Kerch e a Rússia. Ao mesmo tempo, fortes nevascas na região de Odessa bloquearam estradas. Dez cidadãos ucranianos morreram nas tempestades de neve e nas ventanias que as acompanharam, e durante algum tempo dezenas de milhares de pessoas ficaram sem eletricidade.

As condições meteorológicas extremas começaram após o Dia de Memória do Holodomor, que lembra a deliberada morte por fome de milhões de ucranianos durante 1932-1933, depois que unidades especiais do Exército Vermelho confiscaram todas as reservas alimentares dos camponeses da Ucrânia, incluindo quaisquer sementes de cereais. Para relembrar essa tragédia, colocamos velas acesas nas nossas janelas.

Embora o último sábado de novembro tenha sido estabelecido como o Dia de Memória do Holodomor em 1998, acender velas só se tornou uma prática amplamente aceita após a Revolução Laranja de 2004-2005. À medida que cresceu a conscientização da nação com relação a essa tragédia, os políticos russos tornaram-se cada vez mais histéricos ao ridicularizá-la. A Rússia nunca admitiu a sua participação no Holodomor ou na fome da Ucrânia no pós-guerra de 1947. Segundo Pútin, ninguém organizou a fome-terror. "Foi apenas uma colheita ruim." Para sublinhar a sua atitude, na noite do Dia de Memória do Holodomor, sábado, 25 de novembro, drones iranianos atacaram Kyiv, no mais intenso bombardeio contra a capital em muitos meses, impedindo os 3 milhões de residentes da cidade de dormirem. Dos 75 drones disparados contra a cidade, 74 foram abatidos. De manhã, o povo de Kyiv se levantou da cama e continuou a trabalhar normalmente, cansado, mas decidido.

Para colaboracionistas e representantes das autoridades de ocupação na cidade de Oleshki, região de Kherson, o dia 26 de novembro também foi dos mais agitados. Sua tarefa era destruir o monumento às vítimas do Holodomor. Na parte ocupada da região de Kherson não resta nenhum memorial a esses eventos. O governo russo os chama de "instrumentos de manipulação", por meio dos quais "o governo ucraniano incita o ódio à Rússia entre os seus cidadãos". Do ponto de vista da Rússia, a destruição desses monumentos consiste em "desmantelar símbolos de desinformação".

Além de eliminar tudo o que é ucraniano, as administrações de ocupação dão continuidade a outros processos que foram deflagrados tão logo tomaram o poder, entre eles a distribuição de passaportes russos. No entanto, esse processo está decorrendo mais lentamente do que de início. Embora a maioria das pessoas se recusasse a tirar passaporte russo, todos os ucranianos pró-Rússia tiraram passaporte russo logo de cara, tornando-se assim elegíveis para receber pensões e aposentadorias russas e outros benefícios estatais. Entretanto, para os residentes que insistem em recusar os passaportes, impõem-se novas barreiras a cada etapa. Por exemplo, agora só podem receber atendimento médico as pessoas que tiverem passaporte russo, e apenas os cidadãos russos têm o direito de trabalhar como motoristas de táxi.

Em todas as cidadezinhas ou vilarejos ocupados, as "autoridades" elaboram listas de residentes que se recusaram a trocar seu passaporte ucraniano por um russo. De vez em quando, representantes dos serviços secretos da Rússia visitam esses "encrenqueiros" para "bater um papo", e os colaboracionistas são convidados a vigiá-los e relatar as suas atividades. Na escola, os celulares das crianças dessas famílias são amiúde verificados em busca de provas de que trabalham para o exército ucraniano.

Apesar desses esforços, a Rússia não obteve grande sucesso na destruição da identidade ucraniana nos territórios ocupados. Pelo contrário, muitos pais e mães apresentaram abaixo-assinados aos diretores das escolas exigindo que as aulas fossem ministradas em ucraniano. Estão recorrendo ao cumprimento de uma lei russa que determina que a língua de instrução nos territórios deve ser uma decisão das "minorias nacionais". Como muitos professores de língua ucraniana foram embora das regiões de Kherson e Zaporíjia à medida que as forças de ocupação avançavam, professores da Rússia vieram substituí-los. Como resultado, poucos professores nos territórios ocupados são capazes de ministrar aulas em ucraniano.

Enquanto a Rússia planeja a impressão dos manuais escolares em ucraniano, os representantes russos na região de Zaporíjia criaram um dispositivo adicional a fim de estimular a troca para passaportes russos. Os residentes com sobrenomes ucranianos que desejem receber um passaporte russo podem alterar seus sobrenomes de modo que soem mais russos. Cartazes anunciando esse serviço diziam: "Vai mudar de passaporte? Mude seu sobrenome também! Vamos nos purificar do nazismo ucraniano que nos impuseram!".

Os sobrenomes ucranianos têm várias terminações tradicionais, por exemplo a terminação "ko" – como Chevchenko, Petrenko e similares. Se você adicionar a esses sobrenomes a letra v, eles imediatamente soarão mais "russos", porque muitos sobrenomes russos comuns terminam em "ov". Para ilustrar as possibilidades, o cartaz oferece um exemplo de como o sobrenome ucraniano "discordante" Halushko pode de súbito tornar-se o "belo" sobrenome russo Glushkov. (Também não existe equivalente à letra H em russo.)

Em resposta ao apelo para russificar os sobrenomes ucranianos, os ativistas ucranianos, lembrando quantos ucranianos ainda vivem com sobrenomes que foram russificados durante a era soviética, exortaram as pessoas a removerem essas letras extras de seus sobrenomes. Tudo isso me faz lembrar uma conversa que tive certa vez com o poeta ucraniano Pavel Movchan. No início dos anos 1990, ele tentou me provar que o meu nome verdadeiro não era Kurkov, mas sim Kurko, e que os meus antepassados eram ucranianos russificados.

Que fique bem claro: levando-se em conta a multiculturalidade da sociedade ucraniana de hoje, não tenho certeza se os ucranianos deveriam se preocupar muito em ter um sobrenome russo típico. Afinal, um dos principais ideólogos do nacionalismo ucraniano do início do século XX tinha um típico sobrenome russo associado ao rio Don. Seu nome era Dmitry Dontsov; ele está, portanto, associado aos topônimos Donetsk e Donbas.

Os moradores do vilarejo de Sartana, nos arredores de Mariupol, também no Donbas, têm em sua maioria sobrenomes gregos.

Eles são gregos de Azov, e sempre tiveram uma especial simpatia pela Rússia. Em 2014, deitaram-se diante de veículos blindados ucranianos, impedindo-os de se dirigirem para a fronteira ucraniana com a Rússia e, assim, ajudaram o exército russo a capturar a cidade de Novoazovsk. Em 2015, um oficial ucraniano servindo no Donbas me contou que os gregos de Azov estavam ajudando os militares russos, mas me pediu para não escrever a respeito disso. "Não há necessidade de provocar ódio étnico", disse ele com sabedoria. Passaram-se nove anos, e agora as pessoas falam abertamente sobre os gregos de Azov – como eles se tornaram os mais ativos colaboracionistas e rapidamente se juntaram à Sociedade Russa de Gregos Étnicos.

Recentemente chegaram notícias inesperadas de Sartana. As autoridades de ocupação russas convocaram todos os homens do vilarejo exigindo que comparecessem ao escritório de registro e alistamento militar. Parece que a mobilização nos territórios ocupados está ganhando impulso, e em breve muitos novos cidadãos da Federação Russa serão convidados a lutar contra o exército ucraniano. Os residentes de Donetsk e Lugansk já combatem há muito tempo o exército ucraniano e, quando acabam sendo feitos prisioneiros, afirmam que foram forçados a se alistar.

O que dizem os gregos de Azov de Sartana, Mariupol, Novoazovsk e outras cidadezinhas costeiras quando caem no cativeiro ucraniano? Eles pegaram passaporte russo voluntariamente, e estavam entre os primeiros a fazer isso. Podem até não querer lutar, mas os homens que já obtiveram passaporte russo não têm o direito de recusar a mobilização.

Enquanto isso, a Ucrânia está enviando aos gregos de Azov instruções sobre como se renderem da maneira correta. Esse conhecimento pode muito bem salvar sua vida.

## 5 de dezembro de 2023
**Voos e devaneios**

Sempre que surge uma onda de pessimismo na sociedade ucraniana, os meios de comunicação voltam-se para o tema da retomada das conexões do transporte aéreo do país com o resto do mundo. Desde que começaram a aparecer artigos analisando as razões da fracassada contraofensiva de verão, os políticos repetem que a Ucrânia está prestes a reativar a aviação civil. Recentemente, o chefe de gabinete do presidente, Andriy Ermak, convocou diplomatas estrangeiros para uma reunião no aeroporto de Kyiv-Boryspil. Os convites aos embaixadores foram enviados em formato de cartões de embarque, cujo destino do voo era a fórmula de paz ucraniana.

Fotografias da reunião mostram uma centena de participantes, incluindo representantes de 83 Estados estrangeiros, sentados em torno de uma enorme mesa redonda no grande salão do Terminal D. Os participantes estrangeiros da reunião falaram sobre o apoio à fórmula de paz ucraniana. As fotografias foram cuidadosamente calculadas para restaurar o otimismo e a fé no fim iminente da guerra. O terminal do aeroporto reluzia e parecia pronto para entrar em ação. Até o painel de embarque dos voos cintilava, mostrando otimismo em suas indicações de destinos para os quais antes não havia voos diretos – Buenos Aires, Jacarta, Cidade do Panamá, Reykjavik e Washington.

A escolha do local não foi acidental. O principal aeroporto do país simboliza a disposição para uma ação diplomática decisiva com o intuito de promover a fórmula de paz ucraniana.

Durante a reunião, jornalistas ucranianos notaram que sites de empregos anunciavam vagas no Kyiv-Boryspil. O aeroporto está à procura de pilotos de aviões Airbus e An-148, comissários de bordo, um ornitólogo da aviação civil e especialistas em manutenção pré-voo de aeronaves. Ao mesmo tempo, o gabinete do presidente anunciou que Kyiv-Boryspil seria o primeiro aeroporto ucraniano a reiniciar as operações. É lógico que a declaração incluía uma frase esclarecendo que o aeroporto só reabrirá quando os voos da aviação civil estiverem cem por cento seguros, por isso é melhor esperarmos sentados.

Os aviões continuam voando, mesmo que não haja voos comerciais de passageiros. Durante o período que passei como deslocado interno no extremo oeste da Ucrânia, na cidade de Zakarpatskii, eu via aviões de pequeno porte decolar e pousar. Não eram aviões comuns de passageiros, embora o aeroporto continue em funcionamento e ainda tenha alguns funcionários.

A companhia aérea ucraniana SkyUp, cujos onze Boeings operam em regime de leasing fora da Ucrânia desde o início da guerra, recentemente fez a Ucrânia lembrar-se de sua existência de uma forma inesperada. A empresa publicou um livro infantil em ucraniano sobre como se preparar para viagens aéreas. O intuito do livro é, sobretudo, ajudar crianças com autismo, para quem qualquer viagem está associada à tensão. A publicação descreve, passo a passo, os preparativos de um passageiro antes de um voo.

É preciso dizer que, para a maioria das crianças na Ucrânia, o céu é agora um lugar perigoso, de onde vem a devastação. Poucos ucranianos olharão para as estrelas durante o Natal e imaginarão o trenó do Papai Noel brilhando no alto.

Muitas crianças esperam passar pelo menos a época festiva com seus pais e mães. Infelizmente, mesmo esse desejo simples está fora do alcance de muita gente. A catastrófica escassez de soldados na linha de frente, que se estende por mais de mil quilômetros, está forçando os escritórios de registro e alistamento militar a tomarem medidas cada vez mais firmes para fortalecer a campanha de mobilização. Agora os agentes de alistamento, com o auxílio da polícia, param veículos nas estradas e levam os motoristas diretamente para os campos de treinamento militar, deixando os seus carros abandonados na beira da estrada. Esses eventos de mobilização nas rodovias chegam a ser espantosos em seu absurdo cinematográfico.

A julgar por uma entrevista recente com a esposa do presidente Zelensky, nem ela tem plena certeza de que o marido estará com a família no Natal. A sra. Zelensky afirmou também que era categoricamente contrária à candidatura do marido a um segundo mandato presidencial. Ela pareceu bastante sincera. No entanto, o primeiro mandato do presidente Zelensky poderia facilmente se estender por mais um. Já se decidiu que enquanto a guerra continuar não será possível realizar nem as eleições presidenciais nem as legislativas. De fato, como realizar eleições quando 8 milhões de cidadãos ucranianos estão vivendo como refugiados no exterior, milhões de outros não residem em seu domicílio eleitoral, e centenas de milhares de eleitores ainda lutam na frente de batalha?

À medida que o Natal se aproxima, devemos pensar nas pessoas que vivem nas áreas ocupadas da Ucrânia, especialmente as crianças das cidades de Lysychansk e Rubizhne, na região de Lugansk, para quem a época festiva será ofuscada por uma figura dos seus pesadelos, o Babai, o bicho-papão noturno.

Pútin instruiu a República do Tartaristão a assumir uma espécie de patrocínio dessas cidades, que já tiveram uma população combinada de aproximadamente 200 mil pessoas. Hoje o número de moradores provavelmente chega a apenas um quarto disso. Desde então, produtos do Tartaristão apareceram nas lojas, e médicos, eletricistas, músicos, encanadores e administradores públicos daquela distante república foram trazidos para trabalhar nessas cidades. Como resultado, agora ouve-se o idioma tártaro nas ruas de Lysychansk e Rubizhne.

O dinheiro do orçamento do Tartaristão está sendo utilizado para ajudar a reconstruir as duas cidades, praticamente destruídas pelo exército russo. Além disso, Kysh Babai, o Papai Noel tártaro, está prestes a chegar para passar as férias. O problema é que, desde a invasão tártaro-mongol, as crianças tanto na Rússia como na Ucrânia têm sido informadas de que, caso se comportem mal, Babai virá a fim de pegá-las e levá-las embora para um mundo terrível e sombrio. Embora Kysh Babai se pareça e se comporte muito como o Papai Geada russo, e seja sem dúvida amado pelas crianças no Tartaristão, a imposição de seu nome por Pútin nas celebrações nos territórios ocupados da Ucrânia carrega uma ironia grotesca que não deve passar despercebida.

### 9 de dezembro de 2023
### Uma troca de prisioneiros e outras coisas das quais não se pode rir

No início de janeiro, chegaram ao vilarejo de Solovyivka notícias sobre a morte do soldado Iurii Yakovenko. A família de Iurii vestiu roupas de luto. Cavou-se uma cova no cemitério, e vizinhos e amigos se prepararam para receber o veículo que traria o corpo para o vilarejo na manhã seguinte. No entanto, o funeral não aconteceu. Ninguém reconheceu o corpo no caixão. Não era Iurii. Todos se animaram. Será que Iurii ainda estava vivo? Afinal, "desaparecido" podia significar que ele fora capturado.

Nos primeiros dias de janeiro, a Rússia e a Ucrânia trocaram prisioneiros de guerra pela primeira vez em seis meses. A Ucrânia assistiu ao regresso de 230 dos seus cidadãos, tanto militares como civis. Entre eles estavam 48 militares considerados "desaparecidos em combate". Essa troca trouxe alegria aos familiares e amigos dos libertados, mas o coração dos que ainda aguardavam notícias de seus entes queridos ficou mais pesado. Mais de 15 mil soldados constam como desaparecidos. Há cerca de 6 mil prisioneiros de guerra ucranianos na Rússia. A maioria deles foi identificada e não figura na lista de pessoas desaparecidas.

Entre os que retornaram do cativeiro no início de janeiro estava Halina Fedyshyn, fuzileira naval e enfermeira. Ela participou da defesa de Mariupol e foi capturada junto com Mykola Gritsenyak, seu colega fuzileiro naval. Mykola foi libertado na troca de prisioneiros de setembro de 2022, mas Halina permaneceu em cativeiro por quase dois anos. Assim que Halina foi libertada, Mykola a pediu em casamento e ela aceitou.

Enquanto a guerra continuar, não se pode considerar que a história de Halina e Mykola tenha tido um final feliz – ainda não. Muitos militares que retornaram do cativeiro se esforçam para voltar ao front. Só poderemos contar finais felizes quando a guerra terminar. Ninguém sabe quando isso acontecerá ou quem viverá para ver o final do conflito.

O agressor está forçando a Ucrânia a jogar roleta-russa. O país inteiro é bombardeado com foguetes e drones camicases todas as noites. Em que as pessoas pensam quando vão para a cama? Elas sabem que esta noite alguém morrerá, alguém ficará ferido, a casa de alguém será destruída. Pela manhã, os sobreviventes vasculharão os noticiários para saber quem teve azar.

Durante muito tempo os ucranianos ficaram perplexos ao assistir a vídeos filmados por drones mostrando soldados russos que, feridos ou cercados, decidem tirar a própria vida, explodindo granadas ou atirando em si mesmos com metralhadoras. "Por que eles simplesmente não se rendem?", perguntavam-se as pessoas.

Uma resposta a essa pergunta foi dada por um prisioneiro capturado na semana passada nas imediações do vilarejo de Rabotino, no Donbas: "Vocês não vão derramar espuma de poliuretano na nossa boca?", perguntou ele, aterrorizado. Acontece que os oficiais russos incutem medo em seus soldados com histórias da morte terrível e dolorosa que os aguarda no cativeiro ucraniano.

Nos bolsos dos soldados russos capturados perto de Rabotino também foram encontrados panfletos de campanha contra a rendição: "Soldado! Se você quer viver, cave uma trincheira e lute! Fora da trincheira só existe a morte ou o cativeiro ucraniano, onde a morte é a melhor coisa que o espera! Se não o matarem imediatamente, você enfrentará torturas desumanas: costelas partidas, olhos arrancados das órbitas, castração, estupro, pulmões perfurados, fome, dedos e orelhas cortados. Você será espancado até a morte e esquartejado".

Algumas dessas torturas são de fato praticadas em prisioneiros de guerra ucranianos; os soldados russos são facilmente persuadidos, portanto, de que um tratamento semelhante os aguarda no cativeiro na Ucrânia.

Enquanto isso, a temperatura na Ucrânia despencou para 20 graus Celsius negativos. Ficar sentado em trincheiras em condições de congelamento pode ser letal. Soldados ucranianos estão sendo internados no hospital com dedos das mãos e dos pés congelados. Eles não podem acender fogueiras em suas trincheiras, porque a fumaça atrairia imediatamente a atenção do inimigo. Se adormecerem a temperaturas tão baixas, pode ser que nunca mais acordem. Eles precisam continuar se mexendo. O frio também pode explicar por que os soldados russos atacam com tanta frequência. A morte por hipotermia talvez pareça mais provável do que a morte por uma bala, ou quem sabe eles achem preferível morrer em batalha para que seus parentes possam chamá-los de "heróis".

A frequência dos ataques russos obriga os soldados ucranianos a estarem sempre em alerta máximo. É cansativo, mas a ação mantém o corpo aquecido. Os soldados feridos que não conseguem se mover correm tanto perigo em decorrência do frio quanto dos ferimentos. No frio, os médicos militares têm muito menos tempo para agir do que em climas mais quentes. Às vezes, eles simplesmente desistem de tentar salvar uma vida porque demora muito para evacuar os feridos da zona de combate. Na paisagem nevada, mesmo à noite é fácil avistar os veículos de transporte dos feridos, que, portanto, se tornam alvos instantâneos da artilharia e dos drones russos.

A médica militar Alina Mikhailova poderia contar muitas histórias a respeito disso, mas se mantém em silêncio. Ela é viúva do lendário combatente voluntário de alcunha "Da Vinci", que morreu na primavera passada. Agora ela tem que lutar "em duas frentes" – nas trincheiras e na retaguarda, contra programas de comédia na televisão e no YouTube. Em um episódio recente de *Alcomics*, a comediante Victoria Taran causou uma tempestade de indignação com uma de suas piadas: "Que nome se dá às mulheres com dinheiro? Viúvas!".

"Você é sujeira e podridão, e merece ser cancelada pela sociedade. Hoje você cuspiu na cara de milhares de viúvas ucranianas, milhares de crianças que ficaram órfãs, milhares de mães", disse Mikhailova em resposta à piada. Em seu vídeo de desculpas, Victoria Taran prometeu ter mais cuidado ao escrever seus textos. Ao mesmo tempo, alguns colegas comediantes saíram em sua defesa.

## 13 de dezembro de 2023
## De volta à URSS

Na noite de segunda e na manhã de terça-feira, Rússia e Ucrânia trocaram ataques cibernéticos. Os hackers ucranianos deixaram em polvorosa a administração fiscal da Rússia, ao passo que um ataque cibernético russo ao Monobank da Ucrânia foi rechaçado com sucesso. No entanto, os hackers russos conseguiram travar o trabalho da Kyivstar, uma das três principais operadoras de telefonia móvel da Ucrânia. Foi um duro golpe para a gigante das telecomunicações. O ataque paralisou as comunicações telefônicas móveis e bloqueou os sistemas de transações financeiras em todo o país, deixando inoperantes muitos caixas eletrônicos. Várias regiões da Ucrânia perderam serviços de alerta de ataques aéreos, incluindo a cidade de Boryspil, nas imediações de Kyiv, onde carros da polícia foram incumbidos de circular anunciando por meio de alto-falantes os alertas de ataque aéreo.

Os ataques cibernéticos seguiram-se a outra emergência com a qual a Rússia nada teve a ver. Um ramal do sistema de metrô de Kyiv foi parcialmente fechado devido a problemas de despressurização num túnel subterrâneo. Os reparos levarão vários meses. As estradas nas áreas afetadas já estão irremediavelmente congestionadas.

Assim que ocorreram as infiltrações cibernéticas, os assinantes da Kyivstar fizeram fila para comprar pacotes de serviços de outras empresas, que se esgotaram rapidamente. Agora, a concorrente da Kyivstar, a Vodafone, enfrenta seus problemas causados pelo aumento do número de usuários.

Os ucranianos começaram a publicar seus novos números de telefone em chats abertos no Facebook, aparentemente alheios ao fato de que, ao fazer isso, estavam divulgando seus números a golpistas do mundo todo.

Enquanto os especialistas tentam entender por que motivo o sistema da Kyivstar se mostrou tão vulnerável, há muitas perguntas sobre uma possível conexão entre o ataque hacker e a descoberta de cartões SIM da Kyivstar dentro dos sistemas de mira de drones de ataque russos abatidos recentemente. Especialistas sugeriram que os cartões SIM ucranianos estavam sendo incorporados aos sistemas de orientação dos drones para aumentar sua precisão.

Nesse meio-tempo, a Rússia está levando telefones públicos aos territórios ocupados e instalando um sistema telefônico por cabo nas cidades da região de Lugansk. Muitos residentes têm idade suficiente para se lembrar dos telefones públicos soviéticos, por isso não precisarão aprender a usá-los. Até o momento, não está claro qual moeda os telefones públicos aceitarão ou para quem se poderá ligar a partir deles. Podemos presumir que não será possível usar esses telefones públicos para ligar para parentes na Ucrânia livre. Talvez alguém em Lysychansk, por exemplo, possa ligar para outro telefone público localizado em Donetsk. Para tanto, precisará apenas pensar numa maneira de avisar com antecedência os amigos ou parentes, de modo que já estejam esperando no telefone público certo, na hora certa.

Telefones públicos de rua estão sendo instalados na ocupada Sievierodonetsk. A população da cidade antes da guerra, de 100 mil pessoas, encolheu para 15 mil. Civis e militares russos estão se mudando para apartamentos e casas habitáveis vazios deixados por ex-residentes que evacuaram a cidade. Agora há mais russos do que residentes locais em Sievierodonetsk.

Os apartamentos não são os únicos espaços ocupados. As autoridades de ocupação reabriram um jardim de infância danificado pela guerra, embora sem fazer reparos, preocupando-se apenas em pendurar na parede um retrato de Pútin. No edifício da antiga garagem de ônibus elétricos, um novo café trabalha nos últimos preparativos para ser inaugurado. A "Cantina da URSS" procura cozinheiro e outros funcionários. O cardápio incluirá "pratos caseiros" a serem servidos num espaço "de estilo retrô". Se a Cantina da URSS pretende proporcionar aos clientes uma experiência soviética, não se deve esperar conforto excessivo nem comida particularmente saborosa.

A maioria dos residentes originais que permanecem em Sievierodonetsk é de pensionistas para quem a sobrevivência significava obter um passaporte russo de modo que pudessem receber uma pensão estatal russa. Uma vez por mês, eles vão à chamada agência dos correios da "República Popular de Lugansk" (RPL) para receber sua pensão, antes de irem fazer compras num dos dois supermercados atualmente em funcionamento.

*

À medida que o Natal se aproxima, os museus e exposições de arte na Ucrânia recebem muito mais visitantes. As pessoas procuram emoções positivas para distraí-las das preocupações quanto ao futuro.

Outro local popular para os moradores urbanos visitarem é a estação ferroviária, quando chega a "chama do Natal de Belém". No passado, a chama era transportada de Israel para Kyiv, mas este ano a insólita carga atravessou a Ucrânia vindo da Eslováquia, por via terrestre. Em seguida foi entregue aos escoteiros ucranianos, que viajaram com ela de trem por todo o país para que os fiéis pudessem acender suas velas e levar a chama de Belém para casa no Natal.

A chama acaba de chegar a Kramatorsk, cidade do Donbas onde, no ano passado, perto da mesma estação ferroviária, um míssil russo matou dezenas de pessoas que esperavam por um trem que as levaria para longe do Donbas. Agora as pessoas correm novamente para as estações, não com malas, mas com velas. Imagino essa chama ardendo tarde da noite nas casas dos funcionários da Kyivstar enquanto eles fazem hora extra, pelejando para eliminar as consequências do ataque de hackers russos.

Foi o ataque cibernético mais grave já sofrido pela Ucrânia. Enquanto os serviços eram restaurados, muitas autoridades locais implantaram sistemas Starlink. Apesar das declarações inúteis de Elon Musk, os ucranianos continuam a ser gratos a ele e desejam a Musk, e a todos os que agiram para ajudar o nosso país, felicidade e paz no Natal e no Ano-Novo.

### 19 de dezembro de 2023
### Três granadas para o Natal

A distância entre o atual foco desta guerra, a cidade de Avdiivka, até o vilarejo de Keretsky, na Transcarpátia, é de 1.300 quilômetros. Isso faz de Keretsky o ponto mais longínquo possível da linha de frente sem sair da Ucrânia. No entanto, foi lá que outro dia explodiram três granadas, matando uma pessoa e ferindo 24. As explosões ocorreram durante uma reunião da câmara de vereadores do vilarejo em que se discutia o orçamento para 2024. O presidente da câmara, Mykhailo Mushka, apresentou uma moção para aumentar o seu salário e conceder a si mesmo um bônus de final de ano. Enquanto essas propostas eram discutidas, Serhiy Batrin, vereador do partido Servo do Povo, deixou a sala. Ele foi para casa, escreveu uma nota de suicídio e voltou à reunião trazendo consigo três granadas. O evento foi gravado em vídeo; portanto, o momento em que Batrin entrou novamente na sala e detonou as granadas está totalmente documentado.

A primeira coisa de que os jornalistas locais se lembraram quando souberam das explosões foi que o presidente da câmara de vereadores do vilarejo, Mykhailo Mushka, tinha sido membro do partido pró-Rússia Plataforma de Oposição Pela Vida, até o banimento do partido em setembro de 2022. Ele se recusou a apoiar a remoção do monumento a um soldado soviético, postura pela qual recebeu elogios na televisão russa. Não faz muito tempo, Mushka foi detido pela polícia por suspeita de aceitar suborno, mas não foi formalmente acusado e continuou a presidir a câmara municipal do vilarejo.

Na comunidade, Serhiy Batrin tinha reputação de ser um idealista e um paladino em defesa da justiça. Por iniciativa própria, construiu um parque infantil e organizou a restauração do cemitério do vilarejo. Batrin já esteve envolvido no ramo dos transportes, embora no momento de sua morte já tivesse desistido disso havia algum tempo. Na fatídica reunião da câmara municipal, ele apresentou a sua candidatura a secretário. No entanto, seu nome não foi inscrito na ordem do dia, e outro vereador, também do partido Servo do Povo, foi eleito.

Entre as vítimas das explosões estava o vereador Vasyl Shtefko, veterano da guerra no Donbas. Ele havia perdido as duas pernas em um acidente vinte anos antes, mas isso não o impediu de se voluntariar como motorista no início da invasão total. Ele atuou transportando munição para as forças ucranianas. Na reunião da câmara municipal do vilarejo de Keretsky, duas granadas explodiram sob a cadeira de Shtefko. Se ele tivesse pernas, provavelmente as teria perdido. Uma de suas pernas protéticas foi arrancada e terá que ser substituída assim que ele receber alta do hospital. Por enquanto, os médicos estão lidando com os muitos fragmentos de granadas alojados em seu corpo.

É estranho que nos comentários e artigos sobre o incidente em Keretsky ninguém tenha mencionado o clímax da série televisiva *Servo do povo*, na qual Goloborodko, um simplório professor ucraniano interpretado por Zelensky, metralha o parlamento ucraniano porque está farto da corrupção nos altos escalões. Os meios de comunicação de massa russos, mesmo os canais abertamente propagandísticos, foram comedidos em seus comentários sobre os acontecimentos em Keretsky, apenas insinuando o enorme número de armas não registradas nas mãos de civis ucranianos.

A bem da verdade, na Ucrânia circulam muitas armas longe da frente de batalha. Em breve acontecerá o julgamento de um padre da Igreja Ortodoxa Ucraniana do Patriarcado de Moscou. Ele foi detido enquanto tentava vender dois sistemas de mísseis antiaéreos; além disso, ele escondeu outras armas em uma igreja parcialmente construída e no porão de um prédio de apartamentos de vários andares em sua cidade natal, Kherson. O arsenal incluía granadas e lançadores de granadas, 7 mil cartuchos para fuzis de assalto kalashnikov e uma metralhadora. Segundo o padre, ele encontrou essas armas em Kherson após a retirada do exército russo.

Agora se pode ouvir o som de tiros de espingardas de caça de porte legal nos arredores da cidade de Radekhiv, na região de Lviv, onde as autoridades, com a aprovação da administração militar regional, anunciaram o abate de animais nas florestas próximas. Juntamente com lobos e raposas, na lista original de animais a serem abatidos estavam também cães e gatos de rua. A guerra forçou os animais a migrar para o oeste da Ucrânia, e dezenas de milhares de animais selvagens e domésticos vivem agora em espaços relativamente confinados perto de áreas povoadas. Isso deu origem ao receio de um aumento dos casos de raiva. Ativistas dos direitos dos animais protestaram contra o abate, e no fim a administração de Radekhiv concordou em excluir cães e gatos da lista de animais a serem abatidos.

Enquanto isso, continua a caçada por homens aptos para atuar no exército. Isso está criando consideráveis problemas aos serviços de transporte urbano. Os motoristas de ônibus estavam entre os primeiros homens a serem mobilizados, não apenas porque o exército precisava de motoristas profissionais, mas também porque era fácil encontrá-los em seu local de trabalho. Como resultado, os horários dos ônibus deixaram de existir, e as cidadezinhas e lugarejos remotos ficam por vezes desprovidos de qualquer serviço de transporte público.

"Agora é muito difícil fornecer transporte na cidade", disse Serhiy Yakovenko, chefe do departamento de transportes de Sumy. "Recebemos queixas constantes dos residentes de Vasylivka, mas é simplesmente impossível resolver a questão [...]. Há uma escassez catastrófica de motoristas, uma vez que muitos foram mobilizados. O dono da empresa de ônibus diz que, se continuarem a levar seus homens, ele encerrará de vez as atividades porque não haverá mais ninguém para trabalhar. É a situação que enfrentam todas as empresas, e no futuro só vai piorar."

Enquanto os residentes dos subúrbios da cidade aguardam seus ônibus, o Ministério da Administração Interna anunciou medidas para aumentar a segurança nas áreas públicas. Em breve serão instalados detectores de metais em estações ferroviárias e centros comerciais, bem como em escolas. Os detectores de metais serão operados por policiais especialmente treinados. No entanto, ainda não se fala em instalar detectores de metais nos edifícios dos vilarejos e das câmaras municipais onde se discutem os orçamentos do próximo ano. Ninguém fala sobre a necessidade de a polícia estar de plantão nessas reuniões.

Nem todos os vereadores na Ucrânia votaram para conceder bonificações a si próprios. O comportamento da maioria indica que entendem que o país está lutando por sua própria existência. Recentemente a câmara municipal de Yavoriv, na região de Lviv, aprovou em votação que 143 milhões de hryvnias (3,5 milhões de euros) do orçamento da cidade fossem doados ao exército ucraniano para a compra de drones e outros equipamentos militares. Os ucranianos comuns também doam regularmente tudo o que podem ao exército ucraniano. Eles compreendem a frase atribuída a Napoleão: "Quem não alimenta o seu exército alimentará o de outrem".

### 1º de janeiro de 2024
### Ucrânia 2024 – Pano para a manga

Dois dias antes do Ano-Novo, a Ucrânia sofreu o maior ataque russo de mísseis e drones até então, ainda mais intenso que o de 25 de novembro. Essa nova e triste data ficará na história da capital, com pelo menos 25 civis mortos e muitos feridos. O ataque durou a noite toda, e novamente a cidade inteira ficou acordada até que no início da manhã soou o sinal de que o perigo havia passado.

Na noite seguinte, com medo de novos ataques, Irina Khazina, a viúva do meu primeiro editor, sentou-se no corredor. De manhã, tomou um chá e pegou o metrô até um dos mercados de pulgas mais conhecidos da capital, o Petrivka, onde se pode comprar de tudo, desde livros e antiguidades até comidas exóticas. "Eu simplesmente queria estar entre as pessoas", explicou ela. Para justificar a si mesma o passeio, Irina propôs um objetivo específico. Há duas décadas ela compra temperos e especiarias na mesma barraca do mercado Petrivka. Irina rumou diretamente para essa sua banca predileta e ficou satisfeita ao ver a conhecida vendedora atrás do balcão. A presença dela teve um efeito calmante e deu força a Irina. Ela comprou especiarias, até algumas do Iêmen, para adicionar ao café. As duas mulheres conversaram sobre a vida e a guerra. Em seguida, Irina foi tomar café da manhã num café tártaro-crimeu, em frente ao mercado. Pediu pastéis de cordeiro e ficou lá sentada por um longo tempo, saboreando seu café da manhã naquele espaço tranquilo.

Enquanto os cidadãos da Ucrânia procuravam esperança no início de um novo ano, drones russos sobrevoavam o país. Em Kyiv, a noite de Ano-Novo passou sem quaisquer explosões, mas em Odessa os destroços de um drone russo atingiram um edifício de vários andares. Um morador morreu, e vários outros ficaram feridos.

No final de dezembro, uma cozinha especial sobre trilhos chamada de "o trem da comida" visitou as cidades da linha de frente de Kramatorsk, Sloviansk, Zaporíjia, Kherson e Mykolaiv. O trem especial foi patrocinado pelo bilionário americano Howard Buffett, filho de Warren Buffett. A tarefa do trem era entregar refeições aos ucranianos que não tiveram a oportunidade de preparar comida festiva para si próprios. As 8 mil refeições – além de mil presentes de Ano-Novo para as crianças – entregues pelo trem permitiram que muitas famílias que viviam sob o constante fogo de artilharia russo tivessem um gostinho do espírito natalino. Não creio que a mente dessas pessoas tenha se distraído da guerra, nem por um momento, mas pelo menos o trem lhes deu um sinal de que não tinham sido esquecidos.

Em 31 de dezembro, 1.200 residentes de Kharkiv receberam comida gratuita fornecida por Fuminori Tsuchiko, aposentado japonês de 75 anos que ganhou status de herói em toda a Ucrânia. No dia 24 de fevereiro de 2022, ele esteve na Polônia, depois de passar a maior parte do mês de janeiro em Kyiv estudando os crimes de guerra cometidos pelos fascistas alemães durante a Segunda Guerra Mundial. Quando os refugiados ucranianos começaram a chegar à Polônia, Tsuchiko regressou a Kyiv e depois rumou para Kharkiv. Durante os brutais ataques contra a cidade, ele viveu numa estação de metrô com moradores comuns. Foi durante esses dias difíceis que decidiu ficar e ajudar os cidadãos ucranianos.

Tsuchiko vendeu sua casa no Japão e abriu um café com comida gratuita no bairro mais perigoso de Kharkiv, Saltovka. Juntamente com voluntários ucranianos, começou a preparar comida todos os dias para alimentar todos os moradores necessitados da cidade. O café Fumi não oferece culinária japonesa, mas sempre há borsch, macarrão, tortas, bolinhos de alho, pãezinhos e chá.

Os esforços de Tsuchiko são em parte financiados por simpatizantes do Japão. Todos os dias ele usa as redes sociais para relatar o trabalho do café e mostrar como Kharkiv está conseguindo sobreviver. Como vem aumentando cada vez mais o número de pessoas que vão comer no seu café gratuito, agora Tsuchiko começou a recolher dinheiro dos residentes de Kharkiv nas ruas da cidade. Pouco antes do Ano-Novo, ele estava com sua caixa de doações no shopping center Nikolsky, em Kharkiv. A administração do shopping chamou a polícia e exigiu que retirassem de lá o mendigo japonês. Os residentes de Kharkiv protestaram imediatamente contra os maus-tratos ao benfeitor da cidade. A questão foi debatida em toda a Ucrânia, e o presidente da câmara municipal de Kharkiv, Ihor Terekhov, teve de intervir. A história tem um final feliz: o shopping center Nikolsky se ofereceu para doar uma grande quantidade de alimentos ao café Fumi.

Há um ano, Tsuchiko decidiu passar alguns dias na Polônia para fazer uma pequena pausa no voluntariado. Ele foi retirado do ônibus pelos guardas de fronteira ucranianos, e todos os outros passageiros tiveram de esperar várias horas até que o aposentado japonês pagasse a multa por exceder o período de isenção de visto na Ucrânia. Tsuchiko pagou a multa, seguiu para a Polônia e passou as férias empenhado em obter permissão das autoridades ucranianas para reentrar no país. Agora, um ano depois, Tsuchiko é uma figura mais conhecida na Ucrânia do que Madre Teresa. Recentemente o presidente Zelensky concedeu a ele o prêmio de Lenda Nacional da Ucrânia.

Alimentar os famintos tornou-se um passatempo nacional. A cada poucas semanas, voluntários em nosso vilarejo coletam *smakoliki* (petiscos saborosos) para os militares. Costumam pedir aos moradores que doem biscoitos, produtos enlatados e engarrafados e qualquer coisa que possa ser armazenada por muito tempo. É difícil calcular a quantidade de alimentos que os ucranianos enviaram ao exército no período que antecedeu o novo ano, mas muitas vezes a liderança militar vê com desconfiança essas doações e afirma que os soldados já recebem comida adequada. Embora isso seja, provavelmente, pelo menos 90% verdade, num país que viveu duas grandes fomes provocadas pelo homem as pessoas estão quase geneticamente programadas para pensar que a ajuda com alimentos é de altíssimo valor.

Esse sentimento pode fazer com que alguns programas de "voluntariado gastronômico" cheguem ao absurdo. Em dezembro de 2023, um grupo de voluntários ucranianos preparou 11 toneladas de salada Olivier para os soldados da linha de frente. Essa salada, um prato tradicional na mesa festiva soviética, é feita com batatas e cenouras em cubos, ervilhas, salsichas e pepinos. Notícias sobre as 11 toneladas de salada foram alardeadas com orgulho em programas de televisão. Trinta e seis carros apinhados de baldes plásticos de salada partiram em direção a vários pontos da linha de frente. A reação dos militares foi inesperada.

"Esta salada Olivier não chegará às áreas mais perigosas da linha de frente, onde pode haver problemas com a alimentação", disse o militar Ilya Krotenko. "Os militares já são abastecidos com comida em um nível perfeitamente decente. As manchetes sobre voluntários que preparam 11 toneladas de salada para o exército ucraniano poderiam ser interpretadas da seguinte maneira: voluntários jogam na lata do lixo mais de 1 milhão de hryvnias. Todos esses baldes de bolinhos, saladas, tortas, almôndegas e outras comidas caseiras estragam no caminho até a frente de batalha. Algumas unidades já notificaram casos de intoxicação alimentar. Os comandantes já não permitem que seus subordinados comam comida caseira fornecida por voluntários."

Nos últimos dois anos, a Ucrânia e a Rússia tornaram-se os principais compradores de drones no mercado mundial, e em breve se tornarão também os principais fabricantes de drones. Produzidas para a batalha, essas ferramentas essenciais têm vida curta, e por isso a produção deve ser em grande escala. No final de 2023, a Ucrânia produzia 50 mil drones por mês. A Rússia produz cerca de 300 mil. Recentemente o presidente Zelensky prometeu que a Ucrânia produziria 1 milhão de drones por ano. E isso é possível. Há um ano, havia apenas sete empresas produtoras de drones na Ucrânia. Agora são setenta. Quantas serão daqui a doze meses? O sigilo em torno do assunto torna impossível coletar dados estatísticos, mas a Ucrânia está gradualmente colocando sua economia em pé de guerra.

Os últimos dois anos revelaram grandes doses de talento e boa vontade dentro da Ucrânia. Isso atraiu mais pessoas de fora do país, como atesta a nossa Lenda Nacional japonesa. O país tornou-se sinônimo de engenhosidade, embora eu ainda não consiga deixar de me preocupar com a quantidade daquela salada Olivier que chegou às mesas festivas dos soldados antes de estragar. Não poderiam ter usado drones para fazer a comida chegar à linha de frente mais rapidamente?

### 16 de janeiro de 2024
### Continue respirando e ouça os corvos

Recentemente, enquanto eu dirigia pela autoestrada de Jytomyr, passei por dois supermercados que foram destruídos e saqueados pelo exército russo durante a ofensiva contra Kyiv na primavera de 2022. Ambas as lojas foram reconstruídas e agora estão abertas e em funcionamento.

A rodovia de Jytomyr, a principal estrada que liga Kyiv ao oeste da Ucrânia, foi reformada no outono, e agora é uma estrada fácil de dirigir. O mesmo não se pode dizer das estradinhas secundárias da região. Algumas são quase intransponíveis por qualquer veículo que não seja um jipe ou um tanque.

Ultimamente a administração do Donbas ocupado vem se vangloriando da qualidade das suas estradas. Cheias de orgulho, as autoridades de ocupação explicam a maneira como essas estradas foram consertadas. Suas explicações me deixaram desassossegado. Eu me lembrei de como, na década de 1990, os filmes de terror americanos que apareceram nos cinemas da recém-independente Ucrânia fracassaram nas bilheterias. Esses filmes não atraíram os espectadores, porque o terror de Hollywood parecia um conjunto de ridículos mal-entendidos em comparação com o horror da vida real vivido pelos habitantes da Ucrânia durante a era soviética. As deportações, o Holodomor de 1932-1933, o Holocausto, o *gulag*: essa experiência histórica estabeleceu o padrão para os ucranianos no que diz respeito ao horror. Como gênero de entretenimento, despertou pouco interesse.

Os detalhes fornecidos nos relatórios russos sobre a engenharia rodoviária em Donetsk me fazem lembrar aqueles horrores soviéticos. As estradas no Donbas, eles nos dizem, foram reparadas utilizando-se mais de 100 mil toneladas de "resíduos de construção" trazidos de Mariupol. Isso significa que a Rússia esmagou e removeu da cidade em ruínas os destroços de prédios de apartamentos e de casas destruídas pelos mísseis e pela artilharia russa, juntamente com os corpos, ou fragmentos dos corpos, de moradores que morreram dentro de seus lares. Esses "resíduos de construção", encharcados com o sangue dos ucranianos assassinados, constituem agora as estradas pelas quais circulam carros particulares, ônibus coletivos e veículos militares russos.

Para pais e mães no resto da Ucrânia, lidar com o horror e o medo – os próprios e os dos filhos – é uma preocupação diária. Os pais estão preocupados com a forma como a experiência da guerra afeta a psique dos jovens e a percepção que as crianças têm da vida. Os pais querem saber a melhor forma de falar com os filhos sobre a guerra e a morte, como acalmar seus nervos durante os ataques e como distraí-los dos sentimentos de medo e ansiedade.

Vários livros infantis concebidos para ajudar pais e mães nessa tarefa apareceram nas livrarias e estão vendendo bem. Também são populares as colunas de jornais e revistas escritas por psicólogos infantis, e as redes sociais estão repletas de mensagens dos pais e mães sobre o que aprenderam. Ocorre-me que esse é um conhecimento útil para todos os adultos na Ucrânia de hoje. Por exemplo, quando você está em um abrigo antiaéreo com uma criança e há explosões lá fora, você precisa ter certeza de que a criança está respirando normalmente. Existem jogos e brincadeiras que você pode fazer para ajudar, como soprar bolhas de sabão ou pedir à criança para imitar o som do ar saindo de uma bexiga. Se as explosões forem muito próximas, é importante manter contato tátil com a criança: massageie as orelhas e acaricie as bochechas dela. De vez em quando, é preciso pedir para a criança fingir que está muito cansada, dar um grande bocejo e se espreguiçar.

Assim que soar a sirene avisando que o perigo já passou, elogie a criança pela coragem dela. Diga: "Acabou! Estamos a salvo! Obrigado por você ser tão corajoso e forte! Ouvimos uma porção de explosões, mas conseguimos enfrentar o perigo! Não ficamos com medo!".

Após dizer essas palavras, você precisa convidar o menino ou a menina a sugerir o que deseja fazer nas horas seguintes ao ataque aéreo. Fazer planos para o futuro é a melhor forma de distrair as crianças da guerra.

Quando eu penso no futuro, fito o céu. Hoje em dia, em Kyiv, o céu está azul-acinzentado. Às vezes cai neve nas ruas e ouvem-se os ruídos habituais da cidade e o grito dos corvos. O corvo é, na verdade, o símbolo ornitológico não oficial de Kyiv. Nossos corvos não voam durante o inverno. Eles frequentam a cidade o ano todo. Seu crocitar não é um som agradável. Em tempos de paz, parecia que eles estavam sempre alertando uns aos outros sobre alguma coisa. Agora, parecem alertar os moradores de Kyiv.

Há alguns dias, vários corvos na Praça Lviv fizeram uma gritaria tão alta e entusiasmada que parei junto com outros transeuntes e por muito tempo observamos a algazarra das aves nas copas das árvores nuas, de onde os grandes pássaros pretos proferiam seus estridentes discursos. No passado, esses corvos teriam me irritado, mas agora me peguei ouvindo-os com prazer. Por um breve período eles me distraíram da realidade em que vivo, da realidade em que vive hoje toda a Ucrânia.

Tal qual uma criança, suponho que parte de mim esteja esperando que alguém diga: "Acabou! Estamos a salvo! Obrigado por você ser tão corajoso e forte! Ouvimos uma porção de explosões, mas conseguimos enfrentar o perigo! Não ficamos com medo!".

### 21 de janeiro de 2024
### Os passaportes e a guerra

A economia russa trabalha a todo vapor para a guerra. Isso não é mais segredo. As fábricas russas que produzem explosivos, foguetes, granadas e tanques operam 24 horas por dia. A máquina de propaganda russa também funciona 24 horas por dia, sete dias por semana, e aparentemente o mesmo se pode dizer das gráficas que produzem documentos oficiais. Há uma grande demanda por formulários especiais para registrar a morte de militares e por formulários de solicitação de passaportes da Federação Russa.

Os passaportes russos tornaram-se uma arma poderosa. A tomada do território ucraniano, juntamente com os seus habitantes, é apenas a primeira etapa de uma estratégia de tomada de poder cujo intuito é transformar os ucranianos em "russos". Os passaportes desempenham um papel fundamental.

A posição do governo ucraniano sobre a imposição da cidadania russa ficou clara mesmo antes da invasão de 2022. Os residentes da Crimeia ou das regiões do Donbas e de Lugansk que utilizam passaporte da Federação Russa para sobreviver não são considerados traidores. Para a Ucrânia, apenas o colaboracionismo – isto é, a cooperação voluntária e proativa com os ocupantes russos – é ilegal. Ter um passaporte da Federação Russa não é em si um crime. Contudo, à medida que prossegue a "passaportização" russa dos ucranianos, agrava-se a situação tanto na linha de frente como nos territórios ocupados. A pessoa que obtiver um passaporte russo, mesmo que sob coação, ainda poderá considerar-se traidora em algum nível. Um sentimento de culpa pode fazê-la temer sua própria pátria tanto quanto teme a Rússia.

No pé em que as coisas estão, a Ucrânia não reconhece a dupla cidadania. Por lei, um cidadão ucraniano não pode ter passaporte de outro país. Em 2021, o presidente Zelensky anunciou a preparação de um projeto de lei que permitiria a dupla cidadania. É possível que a motivação por trás disso tenha sido a necessidade de legalizar uma situação já existente. Muitos empresários, políticos e autoridades do governo ucraniano tinham passaportes ilegais de outros países. Embora os passaportes de Israel, dos Estados Unidos e de Chipre sejam populares entre os políticos e empresários ucranianos, os da Federação Russa eram mais comuns entre os funcionários públicos.

Agora o presidente Zelensky apresentou ao parlamento outro projeto de lei sobre a dupla cidadania. Uma cláusula do novo projeto de lei, incluída também no projeto de lei de 2021, afirma que os cidadãos da Ucrânia que tenham passaporte de outro Estado não podem participar do processo político, trabalhar como funcionários públicos, ter acesso a segredos de Estado ou gerir propriedades estatais. Parece que foi por causa dessa cláusula que a versão de 2021 do projeto de lei jamais foi discutida no parlamento. Numa entrevista anônima à revista *Forbes Ucrânia*, um consultor jurídico do gabinete do presidente afirmou que o projeto de lei não foi discutido porque no partido Servo do Povo havia muita gente com dupla cidadania ilegal, incluindo pessoas do círculo íntimo do presidente Zelensky. Se a lei tivesse sido aprovada, eles teriam perdido seus cargos.

Ao que parece, agora o partido do presidente está disposto a votar a favor desse projeto de lei. A legislação vigente assevera com todas as letras que a dupla cidadania com a Federação Russa é proibida, mas doravante os ucranianos poderão obter passaporte de outros países. Cidadãos de outros países também poderão solicitar passaporte ucraniano sem renunciar à sua cidadania primária.

Por que o presidente Zelensky decidiu voltar a essa lei durante uma guerra em grande escala? Pode ser que uma das razões seja a crise demográfica da Ucrânia. Os especialistas preveem que, depois da guerra, a população da Ucrânia terá diminuído para algo entre 25 milhões e 35 milhões de habitantes. Previsões com maior exatidão são impossíveis porque, embora se pensasse que a população do país antes da guerra beirava os 43 milhões, não existem estatísticas precisas. Ademais, as previsões baseiam-se, em parte, no número de refugiados ucranianos que vivem atualmente fora do país. Esses dados também são apenas aproximados.

Enquanto o projeto de lei sobre a dupla cidadania era submetido ao parlamento em Kyiv, vozes do gabinete do presidente começaram a apelar aos Estados europeus para que reduzissem a assistência aos refugiados ucranianos. Numa entrevista, Sergei Lechtchenko, político, jornalista e conselheiro do presidente, apelou aos governos ocidentais para que facilitem o regresso dos refugiados ucranianos à sua terra natal. Ele falou sobre o crescente abismo entre os refugiados e os seus compatriotas na Ucrânia. "Como as pessoas que deixaram a Ucrânia nunca compreenderão as pessoas que ficaram, acredito que os países de acolhimento deveriam parar de ajudar os refugiados, de modo que assim eles retornem para casa", disse ele.

É lógico que essas palavras de um representante do estreito círculo de amigos do presidente Zelensky não foram proferidas por acaso. A crise demográfica da Ucrânia afeta tudo, mas afeta, acima de tudo, a economia. Tornar a cidadania ucraniana uma opção possível para os estrangeiros é apenas uma das muitas medidas políticas que poderiam melhorar a situação, mas, mesmo que a lei sobre a dupla cidadania seja adotada, o procedimento para a obtenção de um passaporte ucraniano será provavelmente complicado e lento. Tampouco é provável que a guerra torne o país atraente para potenciais portadores de um segundo passaporte.

As gráficas nas quais são produzidos os documentos do Estado ucraniano não precisarão trabalhar 24 horas por dia. Seu ritmo de trabalho habitual será suficiente.

### 30 de janeiro de 2024
### Uma segunda-feira difícil e o sigilo militar

A noite da última segunda-feira foi difícil para os ucranianos. Não porque mais uma vez, como todos os dias, bandos de drones iraniano-russos voaram desde a Crimeia anexada. Não porque a Rússia tenha disparado mísseis contra Donetsk, Kharkiv, Sumy e outras regiões dos territórios ocupados. Nem porque as notícias desses ataques nos lembraram da situação monotonamente precária na frente de batalha e em outras partes do país. A noite de segunda-feira foi difícil porque fontes de informação confiáveis relataram que o presidente Zelensky havia demitido o chefe do exército ucraniano, o general Zalujnyi. Isso foi suficiente para que as redes sociais transbordassem e sobrecarregassem as redes móveis.

"O que está acontecendo?", queriam saber os ucranianos. "Ainda esta manhã os dois estavam depositando coroas de flores no monumento aos heróis que morreram pela Ucrânia independente em 1918!"

A informação não oficialmente confirmada sobre a demissão de Zalujnyi entrou no radar dos meios de comunicação social na Europa e chegou, é claro, à Rússia, onde uma das principais propagandistas do país, Margarita Simonyan, afirmou que, mesmo que não fossem verdadeiros, os rumores realçavam o caos que reinava atualmente na Ucrânia.

Apenas algumas horas depois, o Ministério da Defesa ucraniano publicou no seu site uma mensagem muito curta: "Não, não é verdade!". Isso estava longe de se assemelhar a uma declaração oficial, mas as palavras repercutiram nas ondas das redes sociais, aliviando a tensão na sociedade ucraniana. O próprio presidente Zelensky não fez comentários. Seu secretário de imprensa, porém, confirmou mais tarde que Zelensky não havia demitido Zalujnyi.

Durante dois anos, os ucranianos não somente viveram numa zona de guerra física, como também viveram num campo de batalha midiático, em que as armas do inimigo são projetadas para espalhar dúvidas e confusão. Os ucranianos também tateiam na zona escura da péssima comunicação entre as autoridades estatais e a sociedade. Além disso, esquecem-se com frequência de onde vivem. Eles se esquecem dos perigos e presumem que as informações que veem ao redor estão corretas.

As operações de desinformação russas tentam diariamente desestruturar a unidade dos ucranianos e convencê-los de que a liderança do país é incompetente e corrupta, que o exército está desmoralizado, que os soldados não têm munições nem alimentos suficientes, enquanto os generais compram para si próprios luxuosas *villas* na Espanha e na Itália. Quando informações desse tipo se sobrepõem ao que os ucranianos já sabem sobre a corrupção e a falta de transparência no seu país, praticamente qualquer informação falsa pode ser tida e havida como a mais pura verdade. Os ucranianos tornam-se veículos fáceis para a propaganda russa, disseminando entre seus amigos e conhecidos uma enxurrada ainda mais caudalosa de mentiras e informações fabricadas.

Na semana passada, a Rússia coordenou o disparo em massa de e-mails que supostamente tinham sido enviados pelo gabinete do presidente. Os e-mails que os ucranianos receberam em suas caixas de mensagens continham uma declaração de Zelensky sobre a sua disposição em ceder à Rússia os territórios ocupados e anexados. Antes disso, a "declaração de rendição de Zelensky" foi divulgada por usuários anônimos nas redes sociais ucranianas. Depois de dois anos de experiência às voltas com fake news e provocações psicológicas russas, os ucranianos já poderiam ter aprendido a identificá-las e a ignorá-las, mas essas provocações continuam causando violentos abalos na sociedade ucraniana. As nossas autoridades são parcialmente culpadas. Não aprenderam a responder de forma rápida e eficaz à disseminação de informações falsas. Os intervalos entre o aparecimento de fake news e a sua refutação são longos demais, permitindo que as falácias se tornem temas de discussão nas redes sociais.

Talvez o mais surpreendente de tudo seja o modo como informações importantes e verdadeiras não se tornam o principal tema de debate na Ucrânia. Isso também deve ser culpa das autoridades, que ou não sabem como distribuir as informações ou não desejam transmiti-las à nossa sociedade.

\*

Recentemente ocorreram buscas e prisões em Lviv, a principal cidade do oeste da Ucrânia. A ação policial estava relacionada com um caso de corrupção de grande repercussão no fornecimento de munições ao exército ucraniano logo no início das hostilidades, em fevereiro-março de 2022. O governo ucraniano destinou vultosas somas para a compra de munições. O maior contrato foi concedido à empresa Lviv Arsenal, que se comprometeu a fornecer ao exército ucraniano 100 mil morteiros. O Ministério da Defesa pagou antecipadamente ao fornecedor 97% do valor do contrato.

O exército ucraniano não recebeu nenhum dos projéteis, mas somente agora, dois anos depois, teve início uma investigação efetiva sobre a questão. O número de empresários e altos funcionários do Ministério da Defesa envolvidos no caso não para de aumentar. Um dos presos é o ex-vice-ministro da Defesa.

As informações sobre o roubo do dinheiro do orçamento e outros casos criminais relacionados à corrupção na cadeia de abastecimento militar aparecem no domínio público a conta-gotas, em doses bastante moderadas, e de uma forma que não atrai muito a atenção do público em geral. Parece que as autoridades ucranianas ficam mais satisfeitas quando a sociedade se dedica a discussões sobre notícias falsas do que quando lida com questões genuínas. Talvez isso seja verdade. As fake news sempre acabam sendo, mais cedo ou mais tarde, seguidas de uma refutação, e no fim todos respiram aliviados. Em contrapartida, as informações sobre casos reais de corrupção devem ser constantemente atualizadas com novos detalhes. É necessário instaurar e seguir processos legais. São raros os veredictos judiciais em grandes casos de corrupção. Será que isso acontece porque a sociedade não acompanha nem as investigações nem os julgamentos?

Hoje, uma auditoria em massa, em curso no Ministério da Defesa, já encontrou irregularidades financeiras que ultrapassam o montante de 10 bilhões de hryvnias (aproximadamente 265 milhões de dólares). Um maior escrutínio da opinião pública poderia motivar as autoridades a lutar mais ativamente contra a corrupção.

Embora a luta contra a corrupção no Ministério da Defesa não tenha se tornado o principal foco de atenção entre os ucranianos comuns, acabou por empurrá-los, no entanto, na direção de algumas conclusões inesperadas. Historicamente, Lviv, a capital do oeste da Ucrânia, foi considerada o berço da cultura e do patriotismo ucranianos. Prevalecia a generalizada percepção de que o leste da Ucrânia era um território pró-Rússia, com elevados níveis de criminalidade e corrupção, ao passo que o oeste da Ucrânia era um território de patriotas sinceros – um refúgio da língua ucraniana, da honestidade e da moralidade religiosa. Os recentes acontecimentos no Ministério da Defesa prejudicaram bastante esses estereótipos, ao mesmo tempo que a cidade de Kharkiv, no leste, a 40 quilômetros da fronteira russa e sujeita a ataques diários de morteiros e mísseis, tornou-se um novo símbolo do patriotismo e da resiliência ucranianos.

## 4 de fevereiro de 2024
### Início da primavera

Enquanto Pútin tenta impulsionar sua desnecessária campanha presidencial e exige do exército russo algum indício de vitória, a Ucrânia desferiu vários e violentos golpes contra a infraestrutura da indústria petrolífera russa em São Petersburgo e Volgogrado e contra a aviação russa e as forças navais na Crimeia. Os ucranianos ficaram especialmente satisfeitos com os seis drones aquáticos que afundaram o *Ivanovets*, navio russo de ataque munido de lançadores de mísseis. Cada um dos drones filmou ao vivo suas investidas contra o navio, e os ucranianos puderam apreciar a visão do *Ivanovets* sendo atingido em tempo real pelos disparos que por fim o levaram ao fundo do Mar Negro.

Parece que a primavera chegará cedo este ano, e talvez já tenha começado. Nas áreas centrais, vimos a temperatura subir para 12 graus Celsius. Um inverno quente tem suas vantagens. Utiliza-se menos gás para aquecer edifícios residenciais e públicos, e os ucranianos pagam menos para aquecer as suas casas. O governo já anunciou, em tom triunfante, que neste inverno não utilizou gás importado e que as reservas de gás ucraniano durarão até o final da temporada de aquecimento central.

Há coisas sobre as quais o governo prefere não falar. Por exemplo, o fato de um ramal de gasoduto de trânsito ainda circular desde a Rússia através da Ucrânia, transportando gás russo para clientes europeus. O gasoduto, no entanto, desempenha um papel um tanto positivo para a Ucrânia. A Rússia quer mantê-lo intacto para que as cidades e os vilarejos localizados ao longo do percurso do gasoduto não fiquem expostos aos ataques sofridos pelo resto do país.

\*

O Kremlin abriu um novo front na sua guerra muito especial. Desta vez os alvos são os russos. Ninguém mais dentro da Rússia se manifesta contrariamente à guerra. Lá não há ninguém com quem lutar. Contudo, os intelectuais russos emigrados na Europa estão ganhando confiança e se tornando mais ativos. Assim como aconteceu após a Revolução Bolchevique de 1917, em breve pode ser que vejamos editoras e clubes de emigrados russos em ação na Europa. As publicações on-line de autores russos emigrados anti-Pútin já estão atraindo novos leitores, e foi provavelmente isso que levou o Kremlin a atacar Dmitry Bykov e Boris Akunin – os escritores russos mais conhecidos que vivem no exterior. Os livros de Bykov e Akunin já não podem ser publicados nem vendidos na Rússia, o que fatalmente constituirá um sério golpe financeiro para os autores. As peças de Akunin ainda são exibidas nos teatros russos, mas ele não receberá mais royalties sobre a venda de ingressos, e seu nome já foi extirpado dos cartazes de divulgação. O Teatro Acadêmico Alexandrinsky em São Petersburgo continuará a apresentar sua produção de *1881*, baseada na peça de mesmo título de Akunin. Mas agora o diretor artístico da produção é quem receberá os créditos e a remuneração como autor.

Ainda não está claro se as forças especiais culturais de Pútin conseguirão persuadir milhões de russos a abandonar seus escritores favoritos. Porém, o esforço para combater e reprimir as celebridades culturais dissidentes continuará. Livros de outra escritora russa icônica, Liudmila Ulítskaia, cotada até mesmo para ganhar o Prêmio Nobel de Literatura, estão sendo retirados de circulação. As universidades russas revogaram os títulos de professora honorária de Ulítskaia, ao passo que os canais de comunicação social trabalham com afinco para retratá-la como um dos maiores inimigos da Rússia.

Embora ninguém dentro da Rússia se oponha abertamente à guerra com a Ucrânia, ainda assim as autoridades consideram pertinente lutar contra as esposas e mães dos soldados russos que "tiveram a audácia" de se unirem numa organização chamada "O caminho de volta para casa". Essas mulheres exigem que seus homens sejam desmobilizados e que outros sejam mobilizados em seu lugar. Elas não são contra a guerra ou contra Pútin. Não fazem declarações públicas, apenas colocam cravos amarrados com fitas brancas nos monumentos ao soldado desconhecido. Depois tiram fotos desses cravos e as publicam nas redes sociais. Também escrevem cartas a Pútin implorando pela desmobilização e o retorno de seus homens. Por essas ações pacíficas, elas são detidas e multadas.

Também na Ucrânia não há desmobilização, e a lei proposta para regular essa difícil área ainda não foi aprovada no parlamento. Também aqui as esposas e mães dos soldados protestam, mas podem se manifestar abertamente e não são perseguidas. Elas tentam se assegurar de que seus protestos não sejam confundidos com os dos familiares dos prisioneiros de guerra. A sociedade vê com simpatia a causa da desmobilização, mas os protestos não surtem efeito. Os que foram convocados para o exército muitos meses atrás continuam lutando, a menos que tenham morrido em combate ou sido capturados ou estejam incapacitados.

## 11 de fevereiro de 2024
## Em defesa da liberdade de imprensa

A era do general Zalujnyi, comandante em chefe do exército, terminou de forma surpreendentemente pacífica e sem causar a divisão na sociedade que os analistas políticos davam como inevitável caso ele fosse afastado do cargo. Durante dois dias uma multidão se reuniu na Maidan com cartazes de "Tragam Zalujnyi de volta!", mas essas manifestações ordeiras foram pequenas e não atraíram a atenção dos jornalistas.

A sociedade ucraniana se cansou de especular sobre um vago conflito entre o general Zalujnyi e o presidente Zelensky e as possíveis consequências desse embate. Quando, no dia seguinte à demissão do general, o gabinete do presidente divulgou um vídeo anunciando que o general Zalujnyi e o general Budanov tinham ambos recebido o título de "Herói da Ucrânia", toda a controvérsia arrefeceu, e pela primeira vez alguns ucranianos expressaram desapontamento com Zalujnyi. Depois de ser condecorado com a estrela de "Herói da Ucrânia", Zalujnyi abraçou o presidente com simpatia aparentemente genuína. Em contrapartida, o general Budanov – o principal oficial da inteligência militar – foi bem mais comedido. Ao receber o prêmio das mãos do presidente, ele simplesmente meneou a cabeça e se afastou.

O novo comandante em chefe, o general [Oleksandr] Syrsky, é uma personalidade bem conhecida na Ucrânia. Ele comandou a operação militar no Donbas após a anexação da Crimeia. É russo étnico; seu pai, sua mãe e seu irmão ainda moram na Rússia e apoiam Pútin. O pai do general Syrsky é um coronel reformado. A mãe, de 82 anos, canta em um coral de veteranos. O irmão trabalha como segurança em um shopping center e posta bandeiras russas e as palavras "Eu amo a Rússia" em suas páginas nas redes sociais. Agora, o pai e a mãe do general Syrsky se escondem dos jornalistas e da onda de ódio que se levantou contra eles na Rússia. São descritos como "os pais de um traidor", mas não devem ter ficado muito surpreendidos com a postura do filho, porque imediatamente após o colapso da União Soviética ele atrelou seu destino e carreira militar à Ucrânia, e ainda jovem aprendeu a língua ucraniana.

Os ucranianos estão dispostos a experimentar coisas novas, até mesmo novos generais. Estão frustrados com a falta de transparência no governo do país, e certamente não estão dispostos a regressar à velha prisão do regime autocrático de Moscou.

### 17 de fevereiro de 2024
### Atos de resistência

Recentemente tive um sonho estranho. Eu, mais jovem, estava na rua na Kyiv soviética com meu colega de classe Leonid Shterenberg, que, devido ao antissemitismo da época, mais tarde adotou um sobrenome que soava mais ucraniano. No meu sonho, Leonid está ocupado com alguma coisa. Ele empunha uma pá, e eu estou ao lado dele em uma rua seca, mas sinto a água enchendo minhas botas. Eu as tiro, despejo a água e as calço novamente. Meus pés permanecem secos e ainda assim, repetidamente, aparece água em minhas botas.

Durante dois anos depois de eu ter servido no exército soviético, continuei usando calçados militares. Talvez eu pensasse que estavam na moda, ou talvez fosse algum tipo de inércia psicológica – eu ainda estava sob o domínio do exército, embora já de volta em casa e vivendo como uma pessoa livre, tanto quanto isso era possível na década de 1980 em Kyiv.

Esse sonho me fez evocar outros que tive há pouco tempo – todos surpreendentemente nítidos, e todos impressos com detalhes vívidos na minha memória diurna. Podem não ser sonhos sobre a guerra em curso, mas tenho certeza de que é por isso que me lembro deles. Agora meu sono está diferente – instável, ansioso e intermitente. Parece que estou ouvindo o silêncio e, se escuto um sinal de ataque aéreo, facilmente me levanto da cama. Vou para o corredor e me sento em nosso pequeno banco estofado. Consulto o relógio para decidir se devo colocar alguma roupa de cama no chão ou lavar o rosto e fazer café.

Nos últimos tempos, não sou o único a ter sonhos intensos e intranquilos. Mesmo que o nosso corpo não tenha sido capturado pelo inimigo, a nossa mente foi. "Em um sonho recente, acabei em um campo de filtragem em território ocupado", disse-me minha amiga Oksana Tsyupa. Ela não foi submetida aos horrendos métodos da Rússia para descobrir civis pró-ucranianos nos territórios ocupados, mas é de Irpin, uma das cidades nas cercanias de Kyiv controladas e devastadas pelos russos no início da guerra. Oksana escapou bem a tempo, pela estrada que um dia depois se tornou um campo de extermínio.

Jornalistas de todo o mundo estão afluindo aos borbotões à Ucrânia. Na Khreshchatyk, a rua principal de Kyiv, em cafés e pubs, eles fazem reportagens sobre o aniversário de dois anos da invasão russa em grande escala, em 24 de fevereiro. É uma boa razão para lembrar ao mundo sobre a Ucrânia. Os alegres e dinâmicos jornalistas entrevistam os transeuntes. Os entrevistados respondem devagar, talvez com relutância. Parecem cansados – cansados da incerteza, cansados do apoio vacilante dos nossos parceiros europeus e americanos.

Mas talvez sejam os nossos parceiros que estão cansados. Talvez sejam eles que estão impondo seu cansaço à Ucrânia. Estariam eles tentando fazer minguar o apetite da Ucrânia por um resultado justo – pela libertação de todos os territórios ocupados pela Rússia?

Nós sempre soubemos que a vitória da Ucrânia depende da ajuda ocidental, mas durante os últimos meses, com os fundos bloqueados nos Estados Unidos e a falta de unidade na Europa, tornou-se cada vez mais difícil manter a nossa esperança nesse apoio.

Pode ser que os ucranianos estejam respondendo aos jornalistas de forma menos otimista do que há um ano, mas tampouco há pessimismo. Chegou a hora do realismo – a compreensão de que esta guerra durará muito tempo, de que devemos aprender a conviver com ela. O esforço para continuar "continuando", que tem sido uma forma de resistência dos civis desde a invasão total, agora requer um pouco mais de energia. Para os ucranianos que não estão na frente de batalha, a guerra tornou-se o pano de fundo da vida, e os alertas diários de ataques aéreos são anotados juntamente com a previsão do tempo.

Este ano, o maior fornecedor de energia da Ucrânia, a DTEK, lançou o projeto Lelechenki, com o objetivo de fortalecer os ninhos em situação de risco. Os moradores que notarem um ninho instável podem ligar para uma equipe de eletricistas que o transferirá para uma plataforma de metal acima dos cabos energizados. O fator tempo é essencial. Os ninhos devem ser deslocados antes do retorno das cegonhas. Assim, enquanto alguns eletricistas ucranianos estão restaurando linhas elétricas destruídas por mísseis russos, outros reforçam os hábitats das cegonhas do país.

Recusando-se a se esconder em abrigos antiaéreos ou a suspender sua vida até o final da guerra, os agricultores da Ucrânia continuam preparando seus campos de cultivo e pedaços de terra para a época da semeadura. É claro que aqueles que foram mobilizados para o exército podem apenas sonhar em regressar à sua vida anterior. Eles recebem permissão para voltar em curtas licenças – tempo suficiente apenas para ver a família e os amigos. Os que sofrem ferimentos leves ou moderados podem passar um pouco mais de tempo em casa após o tratamento e até conseguir um retorno temporário às atividades anteriores à guerra.

A memória dos soldados ucranianos mortos em combate é um tema doloroso. O governo afirmou que até o final da guerra não fornecerá estatísticas sobre as vítimas, mas fontes de inteligência estrangeiras estimam que pelo menos 70 mil pessoas já perderam a vida. Nos cemitérios de todo o país, bandeiras ucranianas tremulam sobre os túmulos dos soldados. Em alguns cemitérios, como o Lychakiv, em Lviv, é pavorosa a visão de tantas bandeiras adejando ao vento.

O lamento da música fúnebre tocada nos funerais militares não abafa a música cotidiana da vida nas cidades grandes. Dezenas de novos grupos de rock e artistas solo surgiram e ganham fama em bares, pubs, salas de concerto e até mesmo em hospitais militares. Recentemente ouvi a música "Tenha paciência, cossaco" interpretada por um jovem cantor e fiquei surpreso ao saber que a letra foi escrita pelos campeões mundiais de boxe peso-pesado Oleksandr e Usyk. Acontece que Usyk, que nasceu e foi criado na Crimeia e cresceu falando apenas russo, e que antes defendia publicamente a Igreja Ortodoxa Russa, agora escreve poemas patrióticos em ucraniano.

## 19 de fevereiro de 2024
## Além do "aniversário"

Por que o mundo não assinala o aniversário de dez anos da agressão russa, e prefere em vez disso falar do aniversário de dois anos da fase em grande escala do conflito? Esta guerra começou em 20 de fevereiro de 2014, após o assassinato dos manifestantes da Maidan e após a anexação da Crimeia e o surgimento das duas entidades separatistas em solo ucraniano, as chamadas "repúblicas" de Lugansk e Donetsk. Para grande parte do mundo, os acontecimentos de 2014-2015 foram uma questão "interna" para a Rússia e a Ucrânia resolverem – algo parecido com a agressão russa contra a Geórgia em 2008, que recebeu pouca atenção fora dos países do antigo Bloco Soviético. Até recentemente, com as notáveis exceções da Lituânia, da Estônia e da Letônia, os políticos europeus viam os países que outrora faziam parte da URSS como "uma família" no âmbito da qual estavam fadados a ocorrer mal-entendidos e escândalos, que por vezes descambariam para a violência.

Dois anos atrás, após os massacres de civis em Bucha, Vorzel, Irpin e Borodianka, o mundo decidiu deixar de considerar esta guerra um "conflito interno" e finalmente tomou o lado de uma vítima da agressão russa – a Ucrânia.

Portanto, para mim, o dia 24 de fevereiro não marcará o segundo ou o décimo aniversário da agressão russa, mas o aniversário de dois anos do momento em que o mundo democrático viu a luz, quando muitos Estados enfim reconheceram que este abuso de um território soberano e de seu povo não poderia ser tolerado por qualquer país defensor de valores democráticos – e que Pútin e a agressão russa tinham de ser impedidos.

No dia 18 de fevereiro, aniversário da data em que, há dez anos, manifestantes foram mortos por franco-atiradores na Maidan de Kyiv, as vítimas foram lembradas, bem como a anexação da Crimeia, mas foi Avdiivka o principal tema da conversa. As tropas russas cumpriram as ordens de Pútin para obter algum tipo de vitória a tempo das eleições presidenciais de março.

A captura de Avdiivka foi o resultado direto da escassez ucraniana de projéteis de artilharia e de sistemas de defesa aérea eficazes na área de combate. A cidade de Avdiivka, já destruída por milhares de bombas russas de meia tonelada e centenas de milhares de projéteis de artilharia, caiu agora sob o controle do exército do Estado pária.

A cidade resistiu aos separatistas e ao exército russo durante quase dez anos, por isso a captura das suas ruínas não será considerada uma vitória suficientemente gloriosa para Pútin. O exército russo avançará sobre outros setores do front, procurando oportunidades para romper as linhas de defesa ucranianas e para encher os meios de comunicação russos com fotografias de "soldados heroicos" rumando para a batalha e morrendo "pela Pátria, por Pútin". Pútin precisa dessas mensagens para os seus apoiadores russos, que por sua vez precisam de tempos em tempos ser alimentados com motivos para se sentirem orgulhosos. A Rússia tem outras mensagens diferentes para a Europa e os Estados Unidos. Uma delas foi entregue no primeiro dia da Conferência de Segurança de Munique, com a notícia da morte de Alexei Navalny.

\*

Não há mais "Navalnys" na Rússia. Ele era único.

Os que conhecem a Rússia de Pútin compreendiam que Navalny nunca sairia vivo da prisão. Na Rússia, é bastante comum que prisioneiros morram enquanto estão sob custódia. Via de regra, seus corpos são simplesmente levados ao cemitério. Mas, se uma morte pode ser usada como mensagem, deve ser usada com o máximo efeito. Alguém no Kremlin apresentou um plano para alterar a agenda da Conferência de Segurança de Munique de modo a forçar os participantes a falar menos sobre a Ucrânia e mais sobre a Rússia. Esse plano exigiria um acontecimento de grande significado aos olhos da comunidade democrática internacional, mas que significaria muito pouco dentro da Rússia. O plano funcionou. A Rússia, tão terrível e cruel, e Navalny, eliminado com tanta facilidade, tornaram-se o foco da conferência. O choque da notícia da morte de Navalny numa prisão russa levou os participantes em Munique à única conclusão razoável: é preciso fazer mais para ajudar a Ucrânia.

Enquanto Navalny estava vivo, seu destino foi um trunfo de que a Rússia poderia lançar mão em qualquer negociação. Para garantir a sua libertação, o Ocidente estaria disposto a entregar alguns dos espiões e assassinos russos que se encontravam em prisões europeias e americanas. Recentemente o jornal alemão *Bild* noticiara que Navalny estava prestes a ser trocado pelo agente russo Vadim Krasikov, que matou um emigrante político tchetcheno em Berlim. Libertar Navalny da prisão e deixá-lo ir para o exterior, no entanto, teria fortalecido o movimento anti-Pútin entre os emigrados, e isso não estava na lista de desejos do Kremlin.

Agora a Rússia trocará seus espiões e assassinos pelo correspondente do *Wall Street Journal* Evan Gershkovich, e por outros cidadãos estrangeiros que tiveram a imprudência de estar naquele perigoso país num momento difícil para a ordem mundial.

Os jornalistas internacionais, que atualmente se enxameiam sobre a Ucrânia para fazer reportagens sobre "o aniversário", em breve regressarão a seus países com um sentimento de dever cumprido. A guerra continuará, e a situação da linha de frente mostrará se a prometida ajuda militar da União Europeia e dos Estados Unidos finalmente chegará.

Sem assistência militar, a linha de frente será gradativamente empurrada para a retaguarda. Mais cidadezinhas e vilarejos ucranianos ficarão ao alcance da artilharia russa, acionando os mecanismos para a evacuação obrigatória da população civil.

A expressão "evacuação obrigatória" parece muito rigorosa, mas o fato é que as autoridades ucranianas não aprenderam como arrancar à força as pessoas das zonas de perigo. As autoridades ucranianas tiveram extrema dificuldade até mesmo para retirar algumas crianças de zonas de guerra ativas. A polícia e os voluntários ucranianos precisaram passar semanas à procura das crianças que os pais e as mães esconderam entre as ruínas de Bakhmut e Avdiivka.

Quando Avdiivka caiu, aproximadamente novecentos moradores ainda estavam escondidos em porões. A esses adultos se ofereceu, em dezenas de ocasiões, a remoção para áreas mais distantes da linha de frente, mas eles se recusaram a partir. Quando as tropas russas já haviam capturado metade da cidade, o último carro a ir embora, com duas mulheres chorosas e um cachorro a bordo, foi conduzido em alta velocidade em direção às posições ucranianas.

Das pessoas que permaneceram nas ruínas, apenas um residente concordou em dar entrevistas a jornalistas russos. "Muito obrigado pela libertação!", disse ele. Os jornalistas dos canais de televisão não conseguiram encontrar mais ninguém disposto a agradecer ao exército russo. Sem dúvida encontrarão alguém mais tarde. Talvez comprem outro "obrigado" por um pão e uma lata de ensopado. Durante meses, os residentes que permaneceram na zona de batalha sobreviveram com comida e água fornecidas pelos militares e voluntários ucranianos, pessoas que arriscaram a vida repetidas vezes para que os moradores de Avdiivka não passassem fome.

O que farão os soldados ucranianos se o Ocidente continuar a postergar o fornecimento de ajuda militar? Em que eles depositarão sua fé? O apoio ao eu interior dos soldados tornou-se uma questão importante na frente de batalha. Cada unidade conta com um oficial treinado para lidar com problemas leves de saúde mental: estresse, depressão ou agressividade. Esses oficiais ajudam com o melhor de sua capacidade; estudos mostram que os soldados se sentem mais próximos dos capelães que não são seus superiores hierárquicos e que, se necessário, lutam ao lado deles.

Os capelães passaram a figurar em todos os regimentos do exército ucraniano apenas em outubro de 2022. Agora estão presentes na guarnição de todas as unidades militares. Recebem salário e participam tanto de exercícios militares quanto de operações de combate. Ao longo dos últimos dezoito meses, muitos capelães se feriram e vários morreram. No momento há 750 capelães servindo na linha de frente e em unidades de retaguarda. São em sua maioria homens jovens, fisicamente aptos e, na linha de frente, muitas vezes têm de largar as suas Bíblias e empunhar armas.

Na Ucrânia, a morte de Navalny não suscitou uma reação significativa. Ele foi considerado antiucraniano por causa de sua posição em relação à Crimeia. Ele havia declarado que a Crimeia não seria devolvida à Ucrânia. "O que é a Crimeia, um sanduíche de salsicha, para ser passada de mão em mão de um lado para outro?", disse ele em outubro de 2014, oito meses após a anexação. Os ucranianos não o perdoam por isso. Navalny também demorou a reconhecer os crimes de guerra da Rússia contra a Ucrânia, embora em declarações posteriores tenha admitido a necessidade de a Rússia perder esta guerra e de a Ucrânia regressar às suas fronteiras de 1991. No fim, Navalny compreendeu que, se a Rússia não perder, não haverá futuro para o país. Haverá apenas a Rússia do passado, a mesma Rússia diante da qual o mundo agora se encolhe de medo, a Rússia que matou Alexei Navalny, Anna Politkovskaya, Boris Nemtsov e muitos, muitos outros.

### 25 de fevereiro de 2024
### Papagaios, propaganda e espetáculos
### de marionetes – Mantendo nossa mente afiada

Em Tchernivtsi, perto da fronteira com a Romênia, as sirenes de ataque aéreo soam com muito menos frequência do que nas regiões centrais da Ucrânia. A razão, claro, é a distância entre Bukovina e a linha de frente. As pessoas dessa região são mais relaxadas. Elas podem apreciar os sinais da primavera e contemplar o belo pôr do sol. À medida que os botões em flor das árvores ganhavam vida, os residentes de Tchernivtsi notaram uma exótica adição à flora e à fauna da cidade – uma considerável população de grandes papagaios verdes.

Andriy Bokotey, ornitólogo de Lviv, acredita que, indiretamente, esse estranho fenômeno se deve à guerra. Antes de fugirem da cidade, os donos dos papagaios libertaram as aves de suas gaiolas. Relativamente livres de ansiedades sobre bombardeios, os residentes em Tchernivtsi se sentem obrigados a levar outras preocupações mais a sério e, quando os papagaios apareceram pela primeira vez, em novembro de 2023, havia dúvidas sobre se as aves sobreviveriam ao inverno. No entanto, são papagaios de Kramer, espécie muito resistente, e parecem estar vicejando na cidade. Eles têm suas árvores favoritas e estão especialmente apegados ao parque Oktyabrsky, onde os aposentados penduram nos galhos comedouros com maçãs e banha. Todavia, os ornitólogos locais estão cautelosos com os papagaios, explicando que são uma espécie invasora e correm o risco de expulsar as aves nativas.

Para os indivíduos pensantes, tudo o que acontece no mundo exige uma explicação. Todos queremos compreender de onde vêm a eletricidade e o vento, e todos queremos compreender a causa desta guerra. Será que foi esse tipo de curiosidade que estimulou o jornalista americano Tucker Carlson a viajar até Moscou para uma audiência com Pútin? Carlson já tinha algumas ideias fixas sobre as razões da invasão russa. Estaria ele simplesmente interessado em obter a confirmação das suas teorias diretamente dos lábios de Pútin? Talvez Carlson tivesse a expectativa de que as explicações de Pútin seriam tão fáceis de compreender e tão lógicas quanto as explicações dos ornitólogos para o aparecimento de espécies de aves exóticas no oeste da Ucrânia.

Durante a entrevista, o próprio Carlson parecia um pássaro exótico de climas mais quentes que de súbito se via numa camada de terra congelada do Ártico. Ele se mostrou claramente indiferente ao jorro de informações vertidas pelo presidente Pútin, o autoproclamado professor da sua própria versão da história. Carlson não compreendeu que Pútin estava dando essa entrevista, ou melhor, sua palestra, não para o jornalista de televisão americano, mas para o povo russo. O que as menções à dinastia Rurikovich e ao povo pechenegue significam para o fã médio de Tucker Carlson? No entanto, apenas por ouvir as fantasias históricas de Pútin, Carlson emprestou legitimidade à versão da história de Pútin, que agora está sendo integrada ao currículo escolar tanto na Rússia como nos territórios ocupados da Ucrânia.

A organização sem fins lucrativos russa Apoio a Iniciativas Governamentais já elaborou instruções sobre como usar o texto e a videoaula criados a partir da entrevista. As instruções, preparadas para os chefes das autoridades educacionais, explicam como discutir a palestra com as crianças e os seus pais e mães de forma a "fortalecer seu senso de identidade nacional".

"Envolver os alunos em projetos de investigação relacionados aos tópicos da entrevista ajuda a desenvolver competências na coleta e análise de informação [...]. O debate sobre a entrevista também pode ajudar a construir o entendimento mútuo entre a instituição educativa e a família sobre questões relacionadas com a formação de cidadãos informados e responsáveis", o documento afirma.

A leitura desse manual de seis páginas me levou de volta aos tempos soviéticos. No início dos anos 1980, todo o povo soviético, incluindo estudantes como eu, tinha de ler, analisar e discutir três livros comparativamente sutis do então secretário-geral do Partido Comunista da URSS, Leonid Bréjnev: *Renascimento*, *Malaya Zemlya* [A Terra pequena] e *Terras virgens*. Por meio desses textos, escritos com a ajuda de jornalistas profissionais, Bréjnev abordou, do seu ponto de vista, acontecimentos significativos da história soviética dos quais ele participou. Cada um desses livros foi publicado em edições de 15 milhões de exemplares. Parece que Bréjnev teve algum pressentimento da sua morte e tentou deixar um "monumento literário" para si mesmo e para o seu lugar na história da União Soviética.

A agressão russa impactou drasticamente o sistema educacional na Rússia. Agora o componente ideológico ocupa o centro das atenções. Além de aulas abertamente propagandísticas chamadas "Conversas sobre coisas importantes", há aulas sobre "segurança da vida", nas quais as crianças são treinadas para reagir durante ataques terroristas e informadas de que esses ataques à Rússia são cometidos pela Ucrânia. Nos últimos meses a Rússia tem discutido a possibilidade de treinar crianças em idade escolar para montar drones de combate. Também deverá ser muito fácil reintroduzir as "lições de trabalho" que foram abolidas nas escolas russas em 2010. A partir de 1º de setembro deste ano, essas lições reaparecerão no currículo escolar, por vezes sob o nome de "tecnologia", o que sugere que, em vez de fazer suportes para bules ou porta-velas, os alunos aprenderão sobre microchips e eletrônicos.

As mudanças no currículo escolar causadas pela agressão russa estão sendo introduzidas gradualmente. A própria Guerra Russo-Ucraniana já é estudada nas aulas de história. O vice-ministro da Educação, Dmitro Zavgorodniy, disse que num futuro próximo centenas de milhares de estudantes do ensino médio, bem como estudantes universitários, aprenderão a montar drones. Essa informação suscitou reações conflitantes entre pais e mães, muitos dos quais sugeriram que para estudantes do ensino médio o treinamento em primeiros socorros era mais importante. Para as salas de aula das escolas de ensino fundamental foram desenvolvidos jogos de computador e aventuras patrióticos. A guerra já se tornou, naturalmente, tema de livros infantis e até de espetáculos de marionetes.

Durante o período de 2014 a 2022, os ucranianos que viviam longe do Donbas conseguiram ignorar a guerra, mas a invasão russa em grande escala não deixou um único canto do país isento de lembranças da agressão. Esses lembretes chegam com frequência cada vez maior, mesmo no pacífico domínio dos restaurantes ucranianos. Além das tradicionais gorjetas aos garçons, agora os clientes podem deixar uma porcentagem da conta para o exército ucraniano. Esses pagamentos adicionais são chamados de "gorjetas de combate" e lembram aos clientes, como se eles necessitassem de algum lembrete, sobre a relativa segurança com que desfrutaram da sua refeição, e por quem e a que custo essa segurança é proporcionada.

Se conseguirmos deixar de lado os receios quanto ao futuro, poderemos imaginar que, em questão de semanas, os restaurantes de Kyiv e Tchernivtsi abrirão as suas varandas de verão, atraindo ainda mais clientes, que deixarão gorjetas mais polpudas para o exército do que para os garçons. A menos, é claro, que a essa altura tanto os garçons como os clientes tenham sido mobilizados.

# Epílogo
## Sonhando com a paz

Os políticos ucranianos costumam dizer que 2025 pode ser o ano que interromperá esta guerra. Vez por outra, modificam a frase para "dará fim à fase ativa desta guerra". Contudo, nenhuma dessas ressalvas significa "A guerra terminará".

Todos eles sonham com uma conclusão diplomática para o conflito. Eu também sonho com isso, mas entendo a diferença entre sonho e realidade. Eu vivo no mundo real e não em uma terra de fantasia. A realidade ucraniana é de constantes e destrutivas mudanças impingidas a nós pela Rússia – uma realidade que fez cerca de 7 milhões de pessoas fugirem do país. Ela forçou agricultores do Donbas a se deslocarem para o oeste da Ucrânia e tentarem colocar em prática suas aptidões em terras arrendadas, em um ambiente agrícola muito diferente. Ela destruiu centenas de milhares de famílias com o assassinato de esposas e crianças pequenas por meio de ataques de drones e foguetes, e enviou pais, filhos e filhas para a linha de frente.

Agora, filhos de muitos soldados e oficiais ucranianos estão estudando em escolas do mundo inteiro, inclusive no Brasil. Os pais não podem visitá-los, pelo menos não até o fim da guerra, e ninguém sabe quando isso acontecerá. As mães veem os filhos se estabelecendo em seu país de refúgio e, como também buscam estabilidade, muitas vezes optam por pedir o divórcio de seus maridos ucranianos, abrindo mão do futuro ucraniano das crianças em troca de um futuro diferente em um país estrangeiro.

Ao mesmo tempo, aqueles que permanecem na Ucrânia, dia e noite sob o feroz ataque da Rússia, adquirem novos hábitos que lhes permitem sobreviver sem eletricidade, água ou aquecimento na época mais fria do ano.

Foi a mesma coisa no ano passado; a diferença é que uma parte da infraestrutura de fornecimento de energia ainda estava funcionando. Agora, 90% dela está destruída.

Quando vou para a cama durante um apagão, deixo o interruptor de luz ligado para que eu acorde quando a energia voltar e possa carregar meu telefone, meu laptop e minhas baterias extras. É um dos hábitos que nos permitem lidar com uma das muitas dificuldades que esta guerra nos impõe.

Em novembro, minha esposa plantou bulbos de tulipas e narcisos no jardim ao redor da nossa casa no campo. Quanto mais destruição vivenciamos, mais nos esforçamos para introduzir algo belo em nossa vida. Não sei quantos anos levará para a Ucrânia se recuperar de toda essa destruição após a guerra – quantas árvores e flores precisarão ser plantadas quando os edifícios forem reconstruídos, quando as vilas e cidadezinhas voltarem a ser habitáveis. Não tenho certeza de quantos dos antigos habitantes desses lugares retornarão da Espanha, do Canadá, do Brasil. Por ora, não penso nisso. Penso naqueles que ficaram aqui e enfrentam o trauma diário além, claro, daqueles que estão nos defendendo no front.

Nossos vizinhos do vilarejo plantaram cebola e alho para a primavera. Eles estão se preparando para a colheita futura, para mais um ano de vida agrícola, apesar dos ataques diários da Rússia ao nosso país. Estão esperando a guerra acabar. Eles sonham com isso, mas continuam vivendo e trabalhando, como todos aqueles que permanecem na Ucrânia neste trágico momento.

Kiyv<br>
Dezembro de 2024

## Sobre os autores

ANDREI KURKOV é hoje o escritor mais famoso da Ucrânia. Autor de dezenas de romances e livros para crianças, além de mais de vinte roteiros para cinema e televisão, é conhecido pelo tom cômico e o senso de absurdo que caracterizam sua prosa de ficção. Seus livros foram traduzidos para mais de quarenta idiomas. Desde o início da invasão total russa, em fevereiro de 2022, Kurkov tornou-se presença constante na imprensa internacional, revelando a situação de seu país devastado pelo conflito.

ROMANA ROMANYSHYN E ANDRIY LESIV, responsáveis pelo projeto gráfico e ilustrações da capa, são ucranianos de Lviv. Designers, ilustradores e autores de livros para crianças, são formados pela Academia Nacional de Artes de Lviv e fundaram o estúdio Agrafka. Receberam diversos prêmios, como o Bologna Ragazzi (2014 e 2015), o Andersen (2019), os "Cem melhores livros ilustrados do mundo inteiro", da Feira de Frankfurt (2019), e o European Design Award (2020 e 2021).

PREPARAÇÃO  Débora Donadel e Yuri Martins de Oliveira
REVISÃO  Tamara Sender, Huendel Viana e Ana Clara Werneck
CAPA  Romana Romanyshyn e Andriy Lesiv
PROJETO GRÁFICO DE MIOLO  Laura Lotufo
COMPOSIÇÃO  Kaio Cassio e Letícia de Cássia
ASSISTÊNCIA EDITORIAL E DIREITOS AUTORAIS  Gabrielly Saraiva

DIREÇÃO EXECUTIVA  Fabiano Curi
DIREÇÃO EDITORIAL  Graziella Beting
PRODUÇÃO GRÁFICA  Lilia Góes
RELAÇÕES INSTITUCIONAIS E IMPRENSA  Clara Dias
COMERCIAL  Fábio Igaki
ADMINISTRATIVO  Lilian Périgo
ATENDIMENTO AO CLIENTE  Roberta Malagodi
DIVULGAÇÃO/LIVRARIAS E ESCOLAS  Rosália Meirelles

EDITORA CARAMBAIA
Av. São Luís, 86, cj. 182
01046-000 São Paulo SP
contato@carambaia.com.br
www.carambaia.com.br

copyright desta edição © Editora Carambaia, 2025
copyright © Andrei Kurkov, 2024

Títulos originais: *Diary of an Invasion* [Londres, 2022] e *Our Daily War* [Londres, 2024]

CIP-BRASIL. CATALOGAÇÃO NA PUBLICAÇÃO
SINDICATO NACIONAL DOS EDITORES DE LIVROS, RJ

K98u
Kurkov, Andrei, 1961-
*Ucrânia : diário de uma guerra* / Andrei Kurkov ; [ilustração Romana Romanyshyn, Andriy Lesiv] ; tradução Marcia Vinha, Renato Marques.
1. ed. – São Paulo : Carambaia, 2024.
392 p. ; 23 cm.

Tradução de: *Diary of an invasion* e *Our Daily War*
ISBN 978-65-5461-086-5

1. Kurkov, Andrei, 1961- - Diários. 2. Ucrânia - Política e governo - Séc. XX. 3. Ucrânia - História - Invasão russa, 2022 - Narrativas pessoais ucranianas. I. Romanyshyn, Romana. II. Lesiv, Andriy. III. Vinha, Marcia. IV. Marques, Renato. V. Título.

24-95464   CDD: 947.7062   CDU: 94.(477)"20"
Meri Gleice Rodrigues de Souza – Bibliotecária CRB-7/6439

*Fonte*
Antonia

*Papel*
Pólen Bold 70 g/m²

*Impressão*
Rettec